KB076850

Arsène Lupin

4

Huit cent treize

아르센 뤼팽 전집 4
813

1판 1쇄 펴냄 2015년 3월 1일
1판 3쇄 펴냄 2021년 6월 15일

지은이 모리스 르블랑
옮긴이 바른번역
감수 장경현, 나혁진
펴낸이 하진석
펴낸곳 코너스톤
주소 서울시 마포구 독막로 3길 51
전화 02-518-3919
ISBN 979-11-85546-29-2 04860

아르센 뤼팽
전집

4

Arsène   Lupin

813

모리스 르블랑 지음   바른번역 옮김
장경현, 나혁진 감수

코너스톤
Cornerstone

일러두기

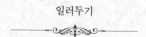

저자 모리스 르블랑은 아르센 뤼팽 시리즈의 초기작에서 영국 작가 아서 코난 도일의 추리소설에 등장하는 주인공 셜록 홈즈Sherlock Holmes를 등장시켜 뤼팽과 대결하게 한다. 모리스 르블랑은 아서 코난 도일에게 캐릭터 사용을 허락받고자 했지만 거절당하자 셜록 홈즈의 성과 이름의 머리글자를 바꿔 헐록 숌즈Herlock Sholmes로, 셜록 홈즈의 파트너인 왓슨Watson은 윌슨Wilson으로 수정해 등장시킨다. 이 책에서는 모리스 르블랑의 표기를 따랐다.

차례

제1부

아르센 뤼팽의
이중생활

Arsène
Lupin

살인 사건

1

케셀바흐는 거실 문턱에서 문득 걸음을 멈추더니 비서의 팔을 붙잡고 두려움이 깃든 목소리로 나지막이 속삭였다.

"채프먼, 누군가 이곳에 또 침입했네."

"그럴 리가요. 걱정하지 마세요, 선생님. 방금 선생님께서 대기실 문을 직접 여셨습니다. 열쇠는 우리가 식당에서 점심을 먹는 동안 줄곧 선생님 주머니 속에 있었고요."

비서가 대꾸했다.

"채프먼, 누군가 이곳에 또 침입했단 말일세."

케셀바흐는 같은 말을 되풀이했다.

이어 벽난로 위에 놓인 여행 가방을 가리키며 말했다.

"보게나. 여기 증거가 있어. 이 가방은 잠겨 있었네. 그런데 지금은 열려 있지 않은가."

채프먼이 되받아쳤다.

"선생님, 가방을 잠그신 게 확실합니까? 게다가 그 가방에는 값싼 잡동사니들과 세면도구뿐인데⋯."

"혹시나 싶어 외출하기 전에 지갑을 미리 꺼내놓았기 때문이

네. 그러지 않았다면…. 채프먼, 단언하건대 우리가 점심을 먹는 동안 누군가 여기 들어왔었네."

벽에는 전화기 한 대가 걸려 있었다. 케셀바흐는 얼른 수화기를 집어들었다.

"여보세요! 케셀바흐… 415호요…. 그렇습니다…. 아가씨, 경찰청 좀 연결해주세요. 치안국으로…. 전화번호는 따로 알려드릴 필요는 없을 것 같은데, 그래도 괜찮습니까? 좋아요…. 고맙습니다…. 끊지 않고 기다리겠습니다."

1분 후 통화가 다시 이어졌다.

"여보세요? 여보세요? 르노르망 치안국장님과 잠시 통화하고 싶습니다. 케셀바흐라고 합니다…. 여보세요? 물론입니다. 치안국장님은 무슨 일인지 알고 있습니다. 그분과 이야기가 되어 있어서 전화한 겁니다만…. 아! 지금은 자리를 비우셨군…. 지금 전화받는 분은 누구입니까? 구렐 경감…. 구렐 경감, 어제 르노르망 국장님과 이야기를 나눌 때 당신도 그 자리에 있었던 것 같은데…. 아, 그래요! 경감, 똑같은 일이 오늘 또 일어났습니다. 누군가 내가 묵고 있는 숙소에 침입했단 말입니다. 지금 당장 이곳에 온다면 단서가 될 만한 걸 발견할 수도…. 한두 시간 후에 도착한다고요? 좋습니다. 415호에 볼일이 있다고만 말하면 될 겁니다. 고맙습니다!"

다이아몬드의 왕 또는 희망봉의 주인이라 불리는 억만장자(재산이 1억 프랑 이상일 것으로 추정된다), 루돌프 케셀바흐는 파리에 들러 일주일 전부터 팔라스 호텔 5층 415호에 묵고 있었다. 415호는 세 개의 방으로 이루어져 있었는데, 오른쪽에는 비교적 널찍한 거실과 큰방이 대로를 마주하고 있었고 왼쪽에는 비서 채프먼이 사용하는 방이 쥐데가에 면해 있었다. 그 방과 이웃해 나란히 붙어 있는 방 다섯 개는 케셀바흐 부인을 위해 예약한 것으로, 그녀는 남편에게서 연락을 받는 즉시 현재 머물고 있는 몬테카를로를 떠나 합류하기로 되어 있었다.

몇 분 동안 루돌프 케셀바흐는 수심 가득한 표정으로 방 안을 서성거렸다. 케셀바흐는 큰 키에 혈색이 좋은, 아직은 젊은 축에 속하는 남자였다. 금테 안경 너머 꿈꾸는 듯한 담청색 눈동자는 다정하고 수줍은 인상을 풍겼는데, 다부진 이마와 각진 턱이 주는 강렬한 느낌과 묘한 대조를 이뤘다.

케셀바흐는 창가로 다가갔다. 창문은 단단히 잠겨 있었다. 더구나 무슨 수로 이 창문을 통해 침입할 수 있단 말인가? 객실을 둘러싼 전용 발코니는 오른쪽이 끊겨 있고, 왼쪽도 석조 내력벽이 있어 쥐데가로 향해 있는 다른 발코니들과 분리되어 있다.

케셀바흐는 자기 방으로 건너갔다. 인접한 다른 방과 연결된 통로는 전혀 없다. 뒤이어 비서의 방에도 들어갔다. 케셀바흐 부인을 위해 예약된 다섯 개의 방으로 통하는 문은 빗장까지 걸린 채 굳게 잠겨 있다.

"도저히 이해할 수 없군, 채프먼. 수차례 확인해봐도… 보다시피 이상한 일이야. 어제는 누군가 지팡이를 건드렸고… 그제는 분명 서류에 손을 댔어…. 어떻게 이런 일이 가능하지?"

"불가능합니다, 선생님."

채프먼이 대답했다. 그 정직한 남자의 온화한 얼굴에는 그 어떤 불안의 흔적도 찾아볼 수 없었다.

"단지 짐작일 뿐… 어떠한 증거도 없지 않습니까…. 그저 느낌일 뿐이지요…. 그렇게 걱정하실 일이 아닙니다! 이 방은 대기실을 통해야만 들어올 수 있습니다. 선생님께서는 이곳에 도착하신 날 특수 열쇠까지 만들게 하셨고 그 여벌의 열쇠를 가지고 있는 사람은 하인 에드바르뿐입니다. 에드바르를 믿으시지요?"

"말이라고 하나! 지난 10년간 날 위해 일해온 사람 아닌가…. 하지만 에드바르는 우리와 함께 점심을 들었지. 그게 잘못이었네. 이제부터는 우리가 돌아온 후에 내려보내야겠어."

채프먼은 어깨를 살짝 으쓱거렸다. 희망봉의 주인은 어떤 알수 없는 걱정 때문에 정신이 좀 이상해진 게 분명했다. 더구나 값나가는 물건이나 큰돈을 몸에 지니지도 않았고 주변에 놓아두지도 않았는데, 대체 호텔 안에서 무슨 위험을 느끼는 걸까?

현관문이 열리는 소리가 들렸다. 에드바르였다.

케셀바흐가 그를 불렀다.

"에드바르, 제복을 입고 있군? 그래! 좋아! 오늘은 아무도 안 만나겠네. 한 사람만 제외하고 말이지. 구렐 경감이 찾아올 걸세. 그때까지 현관에서 문을 지키고 있게. 채프먼과 나는 중요한 일을 해야 하네."

둘은 얼마간 중요한 일을 처리했다. 케셀바흐는 우편물을 살펴보고 서너 통의 편지를 대충 읽어본 후 답장할 편지를 추렸다. 펜을 들고 받아쓸 말을 기다리던 채프먼은 케셀바흐가 편지 내용이 아닌 딴생각에 빠져 있음을 깨달았다. 케셀바흐는 낚싯바늘 모양으로 구부러진 검은 핀 하나를 손가락 사이에 끼운 채 유심히 살펴보고 있었다.

"채프먼, 내가 탁자 위에서 찾은 걸 좀 보게나. 이 구부러진 핀에는 분명 어떤 의미가 있네. 이건 하나의 증거, 증거품일세. 자네도 이제 아무도 이 방에 들어오지 않았다고 더는 우기지 못할 걸세. 이 핀이 제 발로 여기에 걸어 들어오진 않았을 테니."

"물론 아닙니다. 그 핀은 제가 놔둔 거니까요."

"뭐라고?"

"예, 그건 제가 넥타이를 깃에 고정할 때 사용하는 핀입니다. 어제저녁에 선생님께서 책을 읽는 동안 제가 그걸 뽑아서 별생각 없이 구부려놓았고요."

기분이 언짢아진 케셀바흐는 자리에서 일어나 몇 발짝 걷다가 갑자기 멈춰 서서 이렇게 말했다.

"분명 날 비웃겠지, 채프먼…. 그래, 자네가 옳아…. 반박하진 않겠네. 최근 희망봉에 다녀온 이후로 내가 좀… 이상해졌지. 하지만 기막힌 계획, 대단한 무언가가… 내 인생에 또다시 등장한 걸 자네는 모를 걸세. 아직은 미래의 뿌연 안개에 가려서 잘 보이지 않지만, 점점 윤곽이 드러나고… 거대해질…. 아! 채프먼, 자네는 상상조차 못 할 걸세. 돈 같은 건 아무래도 상관없네. 돈이야 나한테 얼마든지 있지 않나…. 너무 많아…. 하지만 이건 그것보다 더 대단한 거라네. 권력이자 힘이자 권위야. 내가 예상한 게 현실과 맞아떨어진다면 난 희망봉의 주인뿐만 아니라 다른 왕국의 주인도 될 걸세…. 아우크스부르크 주물제조

업자의 아들인 루돌프 케셀바흐가 이제까지 자신을 얕잡아보던 자들과 어깨를 나란히 할 거란 말이네…. 아니, 그자들 위에 군림할 수도 있을 거야, 채프먼. 그들 위에 올라설 거라고. 내 말을 믿게. 하지만 만약….."

케셀바흐는 지나치게 이야기를 많이 털어놓았다고 생각했는지 흠칫 이야기를 멈추고 채프먼을 바라보았다. 그러나 곧 충동에 휩싸여 이렇게 이야기를 마무리 지었다.

"채프먼, 얼마 지나지 않아 내가 이토록 불안해하는 이유를 이해할 걸세. 내 머릿속에 대단히 가치 있는 아이디어가 들어 있는데, 누군가 이 아이디어를 눈치채고 나를 훔쳐보고 있다는 생각이… 그런 확신이 든단 말일세…."

벨소리가 울려 퍼졌다.

"전화가 왔습니다….."

채프먼이 말했다.

"그들일 거야….."

케셀바흐가 중얼거렸다.

"여보세요? 누구세요? 대령입니까…? 아! 그렇군요! 맞아요, 저예요…. 새로운 소식이라도…? 좋아요…. 기다리겠습니다…. 부하들과 함께 올 예정입니까? 좋습니다…. 여보세요! 아닙니다. 방해받을 일은 없을 거예요…. 필요한 조치를 해놓겠습니다. 그렇게 심각한 일입니까…? 다시 말하지만 철저하게 지시해놓겠습니다…. 내 비서와 하인이 문 앞을 지키고 서 있을 테니 그 누구도 들어오지 못할 겁니다. 길은 알고 있습니까? 그러면 지체 말고 출발하십시오."

케셀바흐는 수화기를 내려놓은 즉시 이렇게 말했다.

"채프먼, 신사 두 분이 올 걸세…. 그래, 신사 두 분…. 에드바르가 그분들을 안내할 거야…."

"하지만… 구렐 씨는… 그 경감 말입니다…."

"그 사람은 나중에 도착할 걸세…. 한 시간 후에 말일세…. 그래도 어쩌면 서로 만날 수도 있겠군. 에드바르에게 지금 당장 관리실로 가서 이야기해놓으라고 말하게. 내가 아무도 만나지 않겠다고…. 대령과 대령의 친구, 그리고 구렐 씨만 빼고 말일세…. 그 사람들의 이름을 적어두라고 하게."

채프먼은 재깍 지시를 수행했다. 다시 돌아온 채프먼은 케셀바흐가 봉투, 혹은 검은 가죽으로 된 작은 주머니를 손에 들고 있는 것을 보았다. 겉보기에 속이 텅 빈 듯했다. 케셀바흐는 그 주머니를 어찌해야 좋을지 모르겠다는 듯 망설이는 기색이 역력했다. 주머니를 호주머니에 넣을까 아니면 다른 곳에 놓을까?

마침내 결심한 듯 케셀바흐는 벽난로로 다가가 여행 가방 속에 가죽 주머니를 잽싸게 집어넣었다.

"채프먼, 편지를 끝마치세. 시간이 10분밖에 없네. 아! 아내의 편지로군. 왜 아내한테서 편지가 왔다는 사실을 알리지 않았나? 필체를 못 알아본 건가?"

케셀바흐는 아내의 손길이 묻어 있고 어느 정도 은밀한 생각이 적혀 있을 그 편지를 만지고 바라보며 애틋한 감정을 굳이 감추지 않았다. 편지에 묻은 아내의 향기를 들이마신 후 편지 봉투를 뜯어 나지막한 목소리로 천천히 읽어 내려갔다. 채프먼의 귀에 한 문장씩 편지 내용이 들려왔다.

조금 지치네요, 전 방에만 줄곧 틀어박혀 있어요…. 따분해요. 언제쯤 당신을 볼 수 있나요? 당신의 전보를 간절히 기다릴게요….

"채프먼, 오늘 아침에 전보를 보냈지? 그렇다면 아내가 수요일인 내일 도착하겠군."

짓누르던 중압감이 한결 가벼워지기라도 한 듯 케셀바흐의 얼굴에 화색이 만발했다. 케셀바흐는 마침내 모든 걱정근심에서 해방된 사람처럼 보였다. 성공을 확신하고 당당하게 행복을 누리며 충분히 자신을 지킬 수 있는 강인한 남자의 모습으로 돌아온 케셀바흐는 두 손을 호기롭게 문지른 다음 숨을 크게 내뱉었다.

"벨이 울리네, 채프먼. 현관 벨이 울렸어. 어서 가보게."

그 순간 에드바르가 들어와 말했다.

"두 신사분께서 주인님을 뵙길 청합니다. 그분들 성함이…."

"누군지는 안다네. 지금 대기실에 계신가?"

"그렇습니다, 주인님."

"대기실 문을 닫고 구렐 경감을 제외한 그 누구에게도 절대 문을 열어주지 말게. 채프먼, 자네는 그 신사분들에게 가서 내가 우선 대령과 따로 이야기를 나누고 싶어 한다고 전하게."

에드바르와 채프먼은 방을 나선 후 거실 문을 도로 닫았다. 루돌프 케셀바흐는 창문으로 다가가 유리창에 이마를 댔다.

창밖 아래로 마차와 자동차가 이중선으로 나누어진 길 위를 나란히 달리고 있었다. 차체의 구리와 에나멜이 투명한 봄 햇살을 받아 반짝거렸다. 나무에는 연녹색 기운이 번지고 마로니에 새순에서는 이제 막 여린 이파리들이 피어나고 있었다.

"채프먼은 대체 무얼 하고 있는 거야? 얼마나 장황하게 이야기를 늘어놓고 있기에…."

케셀바흐는 탁자 위에 놓인 담배 하나를 집어들어 불을 붙이고는 입가로 가져가 몇 모금 피웠다. 바로 그 순간, 입에서 희미한 비명이 새어나왔다. 생전 처음 보는 남자가 옆에 서 있었기 때문이다.

케셀바흐는 주춤거리며 한 걸음 뒤로 물러났다.

"누구인가?"

검은 머리에 콧수염이 있고 강한 눈빛을 지닌, 비교적 우아해 보이는 말쑥한 차림을 한 사내가 냉소적인 어조로 말했다.

"누구냐고 물으셨습니까? 그야 당연히 대령이지…."

"아니, 그럴 리 없어. 내가 그렇게 부르는 사람, 임의로 대령이라는 호칭을 사용해 내게 편지를 보내는 사람은… 당신이 아니야."

"내가 맞습니다. 맞아요…. 그 사람은 그저… 아무튼, 여보세요. 친애하는 선생, 그런 건 전혀 중요하지 않습니다. 중요한 건 내가… 나란 사실이지. 나는 확실히 그 사람입니다."

"그런데 당신의 이름은?"

"대령… 우선 그렇게 부르십시오."

케셀바흐는 점점 더 커다란 공포에 휩싸였다. 이 사람은 누구일까? 자신에게 무얼 바라는 걸까?

케셀바흐는 다급하게 소리쳤다.

"채프먼!"

"이런, 딴 사람을 소리쳐 부르다니! 나와 함께 있는 것만으로는 충분하지 않습니까?"

"채프먼! 채프먼! 에드바르!"

케셀바흐가 더 크게 소리쳤다.

"채프먼! 에드바르!"

이번에는 낯선 사내가 덩달아 소리쳤다.

"이 친구들아, 무얼 하고 있나? 이렇게 애타게 찾고 있질 않나."

"제발 날 좀 지나가게 해주게."

"이런, 친애하는 선생, 누가 당신을 막기라도 한단 말입니까?"

사내는 공손하게 옆으로 물러났다. 케셀바흐는 앞으로 걸어가 문을 열었다. 그러나 곧 소스라치게 놀라며 뒤로 물러섰다. 문 앞에는 권총을 든 또 다른 남자가 서 있었던 것이다.

케셀바흐가 말을 더듬었다.

"에드바르…, 채프….."

케셀바흐는 차마 말을 잇지 못했다. 자신의 비서와 하인이 재갈이 물리고 결박당한 채 대기실 한구석에 나란히 쓰러져 있는 광경을 목격한 것이다.

케셀바흐는 불안하고 예민한 성격을 지녔지만, 용감한 면도 없지 않았다. 급박한 위기에 처한 케셀바흐는 낙담에 빠지기는

커녕 가슴속 깊은 곳에서 의욕과 에너지가 솟구쳐 오름을 느꼈다.

공포와 당혹감에 휩싸인 척하면서 벽난로를 향해 뒷걸음질 친 후 벽에 등을 기댔다. 그런 다음 손가락으로 비상벨을 찾았다. 마침내 손가락이 벨에 닿자 길게 눌렀다.

"그다음에는?"

낯선 사내가 물었다.

케셀바흐는 아무런 대꾸도 않은 채 연신 벨을 눌러댔다.

"그다음에는 어떻게 하시겠습니까? 이 벨을 눌렀으니 호텔이 온통 들썩거리며 누군가 달려와 주길 기대하는 겁니까…? 하지만 불쌍한 양반, 뒤를 돌아보세요. 선이 끊겨 있을 겁니다."

케셀바흐는 상황을 파악하려는 듯 재빨리 몸을 돌렸다. 하지만 다음 순간 여행 가방을 홱 낚아채서 그 속에 손을 집어넣더니 권총을 꺼낸 다음 사내를 향해 방아쇠를 당겼다.

"오! 선생은 권총에 공기와 정적을 장전해두신 겁니까?"

두 번째, 이어서 세 번째 방아쇠를 당겼다. 하지만 총알은 발사되지 않았다.

"세 발 더 쏘시지요, 희망봉의 왕이여. 내 몸에 여섯 발의 총알 정도는 박혀야 만족할 것 같습니다. 이런! 포기하십니까? 안타깝군요…. 과녁을 명중시킬 수도 있었는데."

사내는 의자 등받이를 잡아 빙그르르 돌려 걸터앉은 후 케셀바흐에게는 안락의자를 권했다.

"수고스럽더라도 앉으시지요, 친애하는 선생. 편안하게 계십시오. 담배도 한 대 피우시겠습니까? 난 괜찮습니다. 담배보다는 시가를 좋아하거든요."

탁자 위에는 상자 하나가 놓여 있었다. 사내는 고급스러운 모양의 금빛 우프만 시가를 골라 불을 붙인 후 케셀바흐에게 고개를 숙여 보였다.

"고맙습니다. 이 시가는 맛이 참 좋군요. 자, 이제 이야기를 시작해보지요. 괜찮겠습니까?"

루돌프 케셀바흐는 당황한 채 사내의 이야기에 귀를 기울였다. 이 괴상한 인물은 대체 누구란 말인가? 그러나 평온한 표정으로 끊임없이 떠드는 사내를 보자 웬지 마음이 놓였고, 이 상황이 폭력이나 난동 없이 무사히 마무리될 거란 믿음이 조금씩 생기기 시작했다. 케셀바흐는 호주머니에서 지갑을 꺼내 펼치더니 두툼한 지폐 다발을 보여주며 물었다.

"얼마를 원하나?"

사내는 무슨 말인지 이해하지 못했다는 듯 얼빠진 표정으로 케셀바흐를 바라보았다. 잠시 후 사내가 소리쳤다.

"마르코!"

권총을 든 사내가 다가왔다.

"선생께서 친절하게도 자네 여자 친구를 위해 지폐 몇 장을 주시겠다는군. 받게, 마르코."

마르코는 오른손에 권총을 쥔 채 왼손을 내밀어 지폐를 받아 챙긴 후 자리에서 물러났다.

"이 문제는 선생의 뜻대로 해결됐으니, 이제 내가 이곳을 방문한 목적에 관한 이야기를 해보도록 합시다. 간단명료하게 말하겠습니다. 첫 번째는 선생이 늘 몸에 지니고 다니는 검은 가죽으로 된 작은 주머니 때문이고, 두 번째는 어제까지만 해도 저 여행 가방 안에 들어 있던 흑단 상자 때문입니다. 차근차근 문제를 해결해보지요. 자, 가죽 주머니는 어디에 있습니까?"

"태웠네."

낯선 사내는 눈썹을 찌푸렸다. 사내는 고집 센 사람들의 입을 열기 위해 강압적인 수단을 동원했던, 다소 편했던 지난날을 떠올리는 모양이었다.

"좋아요. 그건 나중에 확인해봅시다. 그러면 흑단 상자는?"

"태웠네."

"아! 날 놀리고 있군. 겁 없는 양반 같으니라고."

사내는 케셀바흐의 팔을 사정없이 비틀었다.

"루돌프 케셀바흐, 어제 당신은 외투 속에 상자 하나를 숨기고 이탈리아 대로에 있는 리옹 은행에 들어갔습니다. 그곳에서 금고 하나를 빌렸지. 정확하게 말하자면 9열 16번 금고야. 당신은 서명하고 돈을 지급한 후 지하로 내려갔고 다시 올라왔을 때는 상자를 가지고 있지 않았습니다. 맞습니까?"

"정확하군."

"그렇다면 상자와 주머니는 리옹 은행에 있겠군."

"아니네."

"금고 열쇠를 주십시오."

"거절하겠네."

"마르코!"

마르코가 달려왔다.

"시작하게, 마르코. 네 겹으로 단단히 묶어."

반항할 새도 없이 순식간에 온몸이 끈으로 꽁꽁 묶였다. 어찌나 세게 묶였는지 빠져나오려고 발버둥칠수록 끈이 살을 더욱 깊이 파고들었다. 팔은 등 뒤로 결박당했고 상체는 안락의자에 묶였으며 다리는 작은 끈으로 미라 다리처럼 돌돌 매였다.

"뒤져보게, 마르코."

마르코는 방 안을 살펴보았다. 2분 후 마르코는 대장에게 16과 9라는 숫자가 적혀 있고 니켈로 도금된 작고 얇은 열쇠 하나를 가져왔다.

"훌륭해. 가죽 주머니는 못 찾았나?"

"없습니다, 대장."

"그건 금고 안에 있을 거야. 케셀바흐 선생, 비밀번호를 말하세요."

"싫네."

"거부하는 겁니까?"

"그래."

"마르코?"

"예, 대장."

"선생의 관자놀이에 총구를 겨누게."

"알겠습니다."

"방아쇠 위에 손가락을 갖다 대게."

"분부대로 하지요."

"아! 케셀바흐, 이제 털어놓을 마음이 생겼습니까?"

"아니."

"딱 10초만 세게, 1초도 더 세지 말고. 마르코?"

"그런 다음에는요, 대장?"

"10초 후 선생의 두개골을 날려 버리게."

"알겠습니다."

"케셀바흐, 이제 숫자를 세기 시작하겠습니다. 하나, 둘, 셋, 넷, 다섯, 여섯…."

루돌프 케셀바흐가 멈추라는 신호를 보냈다.

"털어놓을 겁니까?"

"그리하겠네."

"가까스로 목숨을 건지셨군. 자, 비밀번호는… 암호는?"

"**돌로르 Dolor** 일세."

"**돌로르**라…. '고통'이란 뜻이로군…. 그러고 보니 선생 부인의 이름이 돌로레스 아닙니까? 이봐, 출발해…. 마르코, 예정대로 일을 진행해…. 실수 없이, 알겠나? 다시 말하겠네…. 자네가 알고 있는 그 사무실로 가서 제롬을 만나 열쇠를 건네주고 암호를 알려주게. **돌로르**라고 말이야. 그리고 함께 리옹 은행으로 가게. 제롬 혼자 그곳으로 들어가서 신원 기록부에 서명한 다음 지하로 내려가 금고에 들어 있는 것을 모두 가져오는 거야. 알겠나?"

"예, 대장. 하지만 금고가 열리지 않는다면, 그러니까 그 '돌로르'가…."

"끝까지 듣게, 마르코. 리옹 은행에서 나와 제롬과 헤어진 후 자네는 집으로 돌아가서 일이 어떻게 진행되었는지 내게 전화로 알려주게. 만약 암호가 '돌로르'가 아닐 경우 우리, 그러니까

내 친구 케셀바흐와 나는 최후의 짧은 면담을 할 걸세. 케셀바흐, 암호는 확실한 겁니까?"

"그래."

"그 말은 금고를 뒤져봐도 소용없을 거란 뜻인가? 나중에 확인해봅시다. 서두르게, 마르코."

"하지만 대장은요?"

"난 여기 있겠네. 아! 걱정할 필요는 전혀 없어. 이렇게 위험 부담이 적었던 적도 없었으니. 안 그렇습니까, 케셀바흐? 아무도 들여보내지 말라고 철저하게 지시를 내렸겠지요?"

"그리했네."

"이런, 서둘러 대답하는 모양이 영 수상하군. 시간을 벌어보려는 수작인가? 그러면 내가 바보처럼 함정에 빠질 줄 알고?"

잠시 생각에 빠진 후 사내는 자신의 포로를 바라보며 이렇게 말했다.

"아니, 불가능한 일이지. 방해받는 일 따위는 없을 거야."

말을 채 끝마치기도 전에 현관벨이 울렸다. 사내는 루돌프 케셀바흐의 입을 손으로 거칠게 틀어막았다.

"아! 이 늙은 여우 같으니라고, 누군가 오기로 되어 있었군!"

포로의 눈에서 희망의 빛이 반짝였다. 입을 막은 사내의 손 아래로 비웃음 소리가 새어나왔다. 사내는 분노로 몸을 떨었다.

"조용히 해, 안 그러면 목을 졸라버릴 테니. 마르코, 이리 와서 재갈을 물리게. 서둘러… 됐군."

또다시 벨소리가 울렸다. 사내는 마치 자신이 루돌프 케셀바흐이고 에드바르가 문 쪽에 있는 것처럼 소리쳤다.

"문을 열어주게, 에드바르."

그런 다음 조용히 현관으로 가서 비서와 하인을 가리키며 나지막한 목소리로 말했다.

"마르코, 이자들이 눈에 띄지 않도록 저쪽 방으로 밀어 넣을 테니 나를 좀 도와주게."

사내는 비서를, 마르코는 하인을 옮겼다.

"좋아, 이제 거실로 돌아가세."

사내는 마르코를 따라갔다가 곧 현관으로 되돌아와 짐짓 놀란 척 소리 높여 말했다.

"하인이 지금 없습니다, 케셀바흐 씨…. 아닙니다. 신경 쓰지 마세요…. 편지 쓰는 일을 마저 끝내십시오. 제가 나가 보겠습니다."

그런 후 사내는 차분히 현관문을 열었다.

"케셀바흐 씨 댁인가요?"

방문객이 사내에게 물었다.

사내 앞에는 거대한 몸집에 넓적하고 활기 넘치는 얼굴, 강렬한 눈빛을 지닌 남자가 서 있었다. 그 방문객은 다리를 건들거리며 손에 든 모자의 가장자리를 비틀고 있었다.

"그렇습니다. 무슨 말씀을 전해드릴까요?"

"케셀바흐 씨께서 전화하셔서… 저를 기다리고 계실 겁니다…."

"아! 당신이군요…. 케셀바흐 씨께 오셨다고 알려드리겠습니다…. 잠시 여기서 기다리시겠습니까? 곧 만나실 수 있을 겁니다."

사내는 대담하게도 열린 문틈 사이로 거실 일부가 들여다보이는 대기실 문턱에 방문객을 홀로 남겨두었다. 그런 다음 뒤도 돌아보지 않고 천천히 거실로 돌아와 케셀바흐 옆에 있는 자신의 공범에게 다가갔다.

"낭패로군. 저자는 치안국의 구렐 형사야."

마르코가 칼을 움켜잡았다. 사내가 그의 팔을 붙잡았다.

"어리석은 짓 하지 말게, 알겠나! 내게 생각이 하나 있네. 자, 내 말 잘 듣게. 마르코, 이번에는 자네가 말할 차례야…. **케셀바흐인 것처럼** 말하란 말이야…. 알겠나, 마르코. 자네는 케셀바흐야."

사내가 매우 차분하고 근엄하게 이야기해서 마르코는 더 이상의 설명 없이도 자신이 케셀바흐가 되어야 한다는 사실을 이해했다. 그러고는 밖에까지 들리도록 큰 목소리로 이렇게 말했다.

"미안하네, 친구. 죄송하지만 급한 일이 있어 오늘은 만날 수 없다고 구렐 씨에게 말씀드리게…. 내일 아침 9시에 다시 찾아와 달라고 전하게. 그래, 9시 정각에 말일세."

"됐어. 더는 움직이지 말게."

사내가 속삭였다.

사내는 대기실로 돌아왔다. 구렐이 기다리고 있었다. 사내가 구렐에게 말했다.

"케셀바흐 씨가 죄송하다고 하시는군요. 중요한 일을 끝마쳐야 해서 지금은 만나실 수 없답니다. 내일 아침 9시에 다시 오시겠습니까?"

침묵이 흘렀다. 구렐은 놀란 듯했고 얼핏 불안해 보이기도 했다. 사내는 주머니 속에서 주먹을 움켜쥐었다. 상대가 수상한 행동을 하면 곧장 주먹을 날릴 작정이었다.

마침내 구렐이 입을 열었다.

"알겠습니다… 내일 9시에…. 그래도 어쨌든…. 아! 됐습니다. 그래요, 내일 9시에 다시 오겠습니다."

구렐은 모자를 다시 눌러쓰고 호텔 복도 저편으로 사라져갔다.

마르코가 거실에서 웃음을 터트렸다.

"대장, 대단하십니다. 아! 감쪽같이 속였군요!"

"이제 자네가 나서게. 마르코, 구렐을 미행해. 호텔을 벗어나면 구렐을 내버려 두고 예정대로 제롬과 만나서… 전화하게."

마르코가 재빨리 자리를 떴다.

사내는 벽난로 위에 놓인 물병을 집어들고 커다란 유리컵에 물을 따라 한 모금 마신 다음 손수건에 물을 적셔 이마에 맺힌 땀을 닦아냈다. 그리고 자신의 포로 옆에 앉아 공손하고 다정한 어조로 말했다.

"케셀바흐 씨, 그래도 내 소개는 하는 게 예의겠지요."

사내는 주머니에서 명함 한 장을 꺼내며 말했다.

"괴도신사, 아르센 뤼팽입니다."

2

그 유명한 모험가의 이름을 듣자 케셀바흐의 감정에 커다란 변화가 이는 듯했다. 그 기색을 놓치지 않은 뤼팽이 큰 소리로 외쳤다.

"아! 친애하는 선생, 마음이 놓이는가 보군! 아르센 뤼팽은 고결한 도둑이고 피를 싫어하며 재물만 취할 뿐 중죄는 저지르지 않는다. 불필요한 살인을 저질러 마음의 짐을 지려 하지는 않을 것이다. 뭐, 그렇게 생각하고 있을 겁니다. 좋아요…. 하지만 당신을 없애는 일이 과연 불필요한 일일까? 모든 게 당신의 대답에 달려 있습니다. 맹세코 지금 장난하는 게 아닙니다. 이야기를 나눠봅시다, 친구."

뤼팽은 안락의자를 자기 곁으로 끌어와 포로의 입에 물린 재갈을 느슨하게 풀어준 다음 단호하게 말했다.

"케셀바흐 씨, 파리에 도착한 바로 그날 당신은 바르바뢰라는 사설탐정소 소장과 접촉했습니다. 그리고 당신의 비서인 채프먼이 이 사실을 알지 못하도록 바르바뢰 씨는 '대령'이라는 호칭을 쓰면서 편지나 전화로 당신과 연락을 취했지. 이 점은 반드시 짚고 넘어가고 싶은데, 바르바뢰는 세상에서 가장 정직한 남자입니다. 다만 운 좋게도 내 절친한 친구 하나가 그 사설 탐정소 직원 중 한 명일 뿐이지. 그래서 바르바뢰와 무슨 일을 꾸민다는 걸 알았고 당신에게 상당히 관심이 생겨 위조 열쇠를 만들어 몇 차례 이곳을 방문했던 겁니다. 하! 하지만 안타깝게도 내가 원하는 것을 찾지 못했지."

뤼팽은 목소리를 낮추고 포로의 눈을 똑바로 응시하며 아리송한 속내를 알아내려 애썼다.

"케셀바흐 씨, 당신은 바르바뢰에게 파리 외진 곳을 샅샅이 뒤져 피에르 르뒥이라는 이름을 가진, 또는 그 이름을 썼던 자를 찾아달라고 요청했습니다. 그 남자의 간략한 인상착의는 이렇습니다. 키 1미터 75센티미터에 금발이고 콧수염을 길렀습니다. 특징은 다음과 같습니다. 상처를 입어 왼쪽 새끼손가락 끝이 잘려나갔고 오른쪽 뺨에 흐릿한 흉터 자국이 있습니다. 당신은 이 남자를 찾는 데 상당히 심혈을 기울인 듯 보입니다. 찾기만 하면 엄청난 이익이라도 생길 것처럼…. 이 남자가 누구입니까?"

"모른다."

대답은 확고하고도 명료했다. 알고도 모른다고 답한 걸까? 아니면 정말로 모르는 걸까? 아무래도 상관없다. 중요한 것은 케셀바흐가 입을 열지 않기로 마음먹었다는 것이다.

"좋습니다. 하지만 그 남자에 대해 바르바뢰에게 건네준 정보보다 훨씬 많은 정보를 갖고 있지 않습니까?"

"전혀 없네."

"거짓말을 하고 있군요, 케셀바흐 씨. 바르바뢰 앞에서 가죽 주머니 속에 들어 있던 서류를 두 차례 살펴보지 않았습니까."

"그랬지."

"그 주머니는 어찌했습니까?"

"태웠네."

뤼팽은 분노에 휩싸여 몸을 떨었다. 고문으로 문제를 손쉽게 해결할 생각이 또다시 뇌리에 스친 게 분명했다.

"태워버렸다고? 하지만 상자는… 실토하십시오…. 리옹 은행에 있는 겁니까?"

"그래."

"그렇다면 상자 안에는 무엇이 들어 있습니까?"

"내 개인 소장품 중 최상품 다이아몬드 200개가 들어 있네."

이 고백이 모험가의 마음에 든 모양이었다.

"오호! 최상품 다이아몬드 200개라! 꽤 값이 나가겠군…. 그래, 웃고 있군…. 당신에게 그 정도는 푼돈에 지나지 않을 테니…. 당신이 숨긴 비밀은 그보다 더 가치가 높겠지…. 당신한테는 그럴 테고, 과연 내게도 그럴까?"

뤼팽은 시가 하나를 집어들고 성냥에 불을 붙였다. 그러고는 무심코 성냥불을 끈 다음 미동도 않은 채 깊은 생각에 빠져들었다.

몇 분이 훌쩍 흘렀다.

뤼팽이 웃기 시작했다.

"우리의 원정이 실패해 금고문을 열지 못하길 기대하고 있는 건가요? 가능한 일이지, 선생. 하지만 그럴 땐 나를 번거롭게 한 대가를 치러야 할 겁니다. 안락의자에 앉아 그런 표정을 짓는 당신이나 보려고 이곳에 온 건 아니니까… 다이아몬드가 있다니…. 다이아몬드냐 아니면 가죽 주머니냐…. 고민되는군.

뤼팽이 문득 손목시계를 바라보았다.

"30분…. 제길…! 일이 호락호락하게 풀리지 않는군…. 하지만 비웃지는 마십시오, 케셀바흐 씨. 맹세하건대 빈손으로 돌아가지는 않을 겁니다…. 절대로!"

그때 전화벨이 울렸다. 뤼팽은 다급히 수화기를 붙들고 케셀바흐의 거친 억양을 흉내 내며 목소리 음색을 바꾸었다.

"그렇습니다, 나예요, 루돌프 케셀바흐…. 아! 그래요. 아가씨, 연결해주십시오…. 자넨가, 마르코…? 좋아…. 일은 잘 해결됐고…? 잘했군…. 별문제는 없었나…? 잘했네, 이 친구…. 그래, 그곳에 뭐가 있던가? 흑단 상자…. 그것 말고는? 서류는 없던가…? 아, 그래! 그리고 상자 안에는…? 다이아몬드는 좋아 보이던가…? 좋았어, 훌륭해. 기다리게, 마르코. 잠시 생각 좀 해봐야겠네…. 이 모든 게 알다시피… 내 의견을 말하자면…. 잠깐 기다리게…. 전화 끊지 말고…."

뤼팽이 고개를 돌렸다.

"케셀바흐 씨, 다이아몬드에 미련이 있습니까?"

"그렇다."

"내게서 되살 마음이 있는 겁니까?"

"아마도."

"얼마에 가져가겠습니까? 50만?"

"50만… 좋네…."

"그런데 곤란한 문제가 하나 있군…. 어떻게 교환하지? 수표? 안 돼, 당신이 나를 속일 수 있으니. 뭐, 내가 당신을 속일 수도 있고…. 잘 들으십시오. 모레 아침 리옹 은행에 들러 50만 프랑을 찾은 다음 오퇴유 근처 숲으로 오십시오…. 나는 다이아몬드를 가방에 넣어서 가지고 갈 테니…. 그게 더 편할 테지…. 상자는 너무 눈에 띄니…."

"안… 안 돼…. 그 상자도 함께… 난 전부를 원하네."

"아!"

뤼팽이 웃음을 터트렸다.

"당신은 함정에 빠지셨습니다. 다이아몬드에는 전혀 관심이 없으시군…. 다른 걸로도 얼마든지 대체할 수 있을 테니…. 하지만 상자, 그 상자를 목숨처럼 생각하는군…. 좋습니다! 당신은 상자를 갖게 될 겁니다…. 아르센 뤼팽의 명예를 걸고 단언하건대… 내일 아침 우편물로 그 상자를 받을 겁니다."

뤼팽은 전화기를 다시 집어들었다.

"마르코, 지금 상자가 눈앞에 있나…? 특별한 점이라도? 흑단이고 상아 상감이 되었고…. 그래, 그건 알고 있네…. 포부르 생트 앙투안느에서 파는 일본식 제품이란 말이지…. 상표는 없나? 아! 작고 둥근 라벨이 있고 테두리가 파란색이라고, 번호가 적혀 있고…. 그래, 물품 표시일 걸세…. 그건 중요하지 않아. 그리고 상자 밑바닥은 두꺼운가…? 이런! 그럼 이중 바닥은 아니겠군…. 이보게, 마르코, 위쪽 상아 상감 장식을 잘 살펴보게…. 아니, 거기가 아니라 뚜껑 말일세."

뤼팽이 기쁨의 탄성을 내질렀다.

"뚜껑! 그래, 그거야, 마르코! 케셀바흐의 눈동자가 흔들렸거든…. 거의 다 왔어. 아! 케셀바흐 선생, 내가 당신을 엿보고 있는 걸 몰랐나 보군요. 어수룩한 양반!"

뤼팽이 마르코와 다시 이야기를 이어가기 시작했다.

"아, 그래! 자네, 어디까지 살펴봤나? 뚜껑 안쪽에 거울이 있어…? 거울을 밀면 옆으로 움직이나? 홈은 없고? 없다고…. 그래! 거울을 깨트려보게. 그래, 깨트리라고 말했네…. 거울이 그곳에 붙어 있을 이유가 없으니… 덧붙여진 거지."

뤼팽이 조바심을 냈다.

"이런, 멍청이. 자네와 상관없는 일에 신경 끄게…. 그저 내가 시키는 대로 해…."

수화기 너머로 마르코가 거울을 깨뜨리는 소리가 들린 게 분명했다. 뤼팽이 승리감에 들뜬 목소리로 이렇게 외쳤기 때문이다.

"내가 뭐라고 했습니까, 케셀바흐 선생. 빈손으로 돌아가진 않겠다고 말하지 않았습니까…? 여보세요? 어떤가? 그래…? 편지 한 통이 있어? 성공이로군! 희망봉의 다이아몬드에다 이 양반의 비밀까지 모두 얻다니!"

뤼팽은 보조 수화기까지 들어 두 개의 판을 조심스럽게 귀에 댄 다음 말을 이어나갔다.

"읽어보게, 마르코, 천천히 읽게…. 우선 봉투에 적힌 것부터… 그래…. 이제 반복하게."

뤼팽은 자신이 들은 내용을 따라 말했다.

"'검은 가죽 주머니 속에 든 편지의 사본'이라…. 그다음에는? 봉투를 찢게, 마르코. 괜찮겠습니까, 케셀바흐 씨? 예의 바른 행동이라고는 할 수 없지만 어쨌든… 어서 찢게, 마르코. 케셀바흐 씨가 허락하셨네. 됐나? 그래! 이제 읽어보게."

뤼팽은 귀를 기울이더니 냉소 띤 어조로 말했다.

"이런! 그다지 훤히 보이는 것 같지 않군. 보자, 내가 요약해보겠네. 손때가 묻지 않아 접힌 부분이 빳빳한 네 겹으로 접은 종이 한 장이라… 좋아…. 이 종이 오른쪽 위에 '키 1미터 75센티미터, 왼쪽 새끼손가락 절단' 같은 메모가 적혀 있다고. 그래, 그게 피에르 르뒥 씨의 신체적 특징이지. 케셀바흐 씨의 필체가 맞는가? 좋아…. 종이 한가운데에 대문자로 **APOON**이라는 글자가 인쇄되어 있다는 말이지. 마르코, 그 종이를 잘 보관하게. 상자나 다이아몬드에는 손도 대지 말고. 10분 안에 이 양반과 이야기를 끝마칠 생각이네. 20분 내로 자네와 합류하겠네…. 아! 그런데 차는 보냈나? 잘했네. 잠시 후에 보세."

뤼팽은 수화기를 제자리에 내려놓고 현관을 지나 방 안으로 들어가서 비서와 하인이 여전히 끈으로 묶여 있는지, 재갈 때문에 숨이 막힐 위험은 없는지 확인한 다음 자신의 포로에게로 되돌아왔다.

뤼팽은 단호하고 냉정한 표정으로 말했다.

"이제 장난은 끝났습니다, 케셀바흐. 그래도 말하지 않겠다면 당신에게 무척 애석한 일이 벌어지겠지만. 결심은 하셨습니까?"

"무슨 결심 말인가?"

"어리석은 짓 하지 마시고, 아는 것을 말하란 말이지요."

"아무것도 모르네."

"거짓말을 하는군. APOON이 무슨 뜻입니까?"

"내가 그걸 알았다면 거기에 적어놓지는 않았겠지."

"좋습니다, 그럼 누구와 무슨 일로 관련이 있는 겁니까? 어디서 보고 베낀 거지? 어디서 그 글자를 보았습니까?"

케셀바흐는 대답하지 않았다. 예민해진 뤼팽은 더욱 딱딱해진 말투로 말을 이었다.

"잘 들어요, 케셀바흐. 제안을 하나 하겠습니다. 당신이 아무리 부자고 거물이라 해도 당신과 나는 크게 다르지 않습니다. 아우크스부르크의 주물제조업자 아들과 괴도의 왕자 뤼팽이 힘을 합친다고 해서 우리 둘 중 누구도 수치스러워 할 일은 아니란 말입니다. 난 집 안에서, 당신은 증권 거래소에서 도둑질 하지 않습니까. 그러니 거기서 거기란 말입니다. 자, 케셀바흐. 우리 이 사건을 위해 뭉칩시다. 나는 이 사건의 자세한 내막을 모르기 때문에 당신이 필요합니다. 그리고 당신은 혼자서 이 문제를 해결할 수 없으니 내가 필요할 겁니다. 바르바뢰는 무능한 작자예요. 하지만 난 뤼팽이지. 어떻습니까?"

침묵이 흘렀다. 뤼팽이 흥분한 목소리로 케셀바흐를 몰아붙였다.

"대답하세요, 케셀바흐. 어떻습니까? 만약 내 제안을 받아들인다면 48시간 내로 피에르 르뒥을 찾아주겠습니다. 당신이 찾는 사람이 바로 그 남자지, 그렇지 않습니까? 이건 그자와 관련된 일이지 않습니까? 그러니 어서 대답하세요! 대체 이 남자가

누구입니까? 왜 그 남자를 찾는 거지? 그자에 대해서 무엇을
알고 있는 겁니까? 나도 알고 싶습니다."

뤼팽은 갑자기 차가워지더니 독일인의 어깨에 손을 얹고 건
조한 목소리로 말했다.

"한마디만 하십시오. 나와 함께 하겠습니까, 그러지 않겠습
니까?"

"그러지 않을 것이네."

뤼팽은 케셀바흐의 양복 주머니에서 우아한 금시계를 꺼내
더니 포로의 무릎 위에 올려놓았다.

케셀바흐의 조끼 단추를 풀고 셔츠를 벌려 가슴이 드러나게
한 다음, 근처 탁자 위에서 금 상감이 손잡이가 달린 강철 단검
을 집고는 그 뾰족한 칼끝을 심장박동에 따라 꿈틀거리는 맨가
슴 위에 가져다 댔다.

"마지막으로 기회를 주지. 마음을 바꾸겠습니까?"

"거절하네."

"케셀바흐 씨, 3시까지 8분 남았습니다. 8분 안에 대답하지
않으면 당신은 죽은 목숨입니다."

3

　다음 날 아침, 정확하게 약속 시각에 맞춰 팔라스 호텔에 나타난 구렐 경감은 승강기는 거들떠보지도 않은 채 걸음을 멈추지 않고 성큼성큼 층계를 올라갔다. 5층으로 올라간 경감은 오른쪽으로 몸을 틀어 복도를 따라 걸어가 415호의 벨을 눌렀다.

　아무런 인기척도 들리지 않았다. 다시 한 번 벨을 눌렀다. 대여섯 차례 벨을 눌러보았으나 아무런 반응도 없자 결국 층별 관리실로 향했다. 마침 지배인이 있었다.

　"케셀바흐 씨를 뵐 수 있을까요? 벨을 열 번이나 눌러도 아무런 반응이 없더군요."

　"케셀바흐 씨는 이곳에서 주무시지 않으셨어요. 어제 오후부터 뵙지 못했습니다."

　"그러면 하인이나 비서는 어디에 있습니까?"

　"그들도 보지 못했습니다."

　"그러면 그 사람들도 어젯밤에 이곳에서 자지 않았나요?"

　"그럴 겁니다."

　"그럴 거라니! 확실히 알고 있어야 할 게 아닙니까."

"어떻게 아나요? 케셀바흐 씨는 이 호텔에 투숙하고 계신 게 아니라 개인 공간인 자신의 거처에 묵고 계십니다. 더군다나 그분의 시중도 우리가 아니라 하인이 들고 있고요. 그러니 그분 거처에서 무슨 일이 일어나는지 알 도리가 없지요."

"그렇겠군요…. 그렇겠어…."

구렐의 얼굴에 당황한 기색이 역력했다. 구렐은 공식적인 명령을 받고 구체적인 임무를 수행하러 이곳에 왔고, 그 한계 안에서만 지적인 능력을 발휘했다. 한계를 벗어나면 어떻게 대응해야 할지 갈피를 잡지 못했다.

"국장님이 계셨더라면… 국장님이 계셨다면…."

구렐이 중얼거렸다.

구렐은 신분증을 보여주며 자신의 신분을 밝혔다. 그런 다음 느닷없이 질문을 던졌다.

"아무튼, 그들이 돌아오는 모습을 보지 못했단 말입니까?"

"그렇습니다."

"그래도 나가는 모습은 보았겠지요?"

"나가는 것도 보지 못했습니다."

"그렇다면 어떻게 그들이 나간 걸 알았습니까?"

"어제 오후 415호를 방문한 한 신사분이 말해줘서 알았습니다."

"갈색 콧수염을 기른 신사 말입니까?"

"그렇습니다. 제가 그분을 만난 건 3시경으로 그분이 호텔을 떠나실 때였습니다. 제게 이렇게 말하더군요. '415호에 묵고 있는 사람들이 지금 막 외출했습니다. 케셀바흐 씨는 오늘 저녁 베르사유에 있는 레제르부아르에서 주무실 겁니다. 그곳으로 우편물을 보내주시면 됩니다'라고요."

"그 신사는 누군가요? 누군데 그런 말을 당신에게 전한 겁니까?"

"저도 모릅니다."

구렐은 불안했다. 모든 정황이 이상하게만 여겨졌다.

"열쇠를 가지고 있습니까?"

"아니요. 케셀바흐 씨가 특수 열쇠를 따로 제작하셨습니다."

"가봅시다."

구렐은 신경질적으로 다시 벨을 눌렀다. 역시나 아무런 인기척이 없었다. 돌아서려는 찰나, 갑자기 몸을 굽혀 열쇠 구멍에 귀를 바짝 갖다 댔다.

"들어봐요…. 무슨 소리가…. 그래, 분명해…. 신음… 끙끙거리는 소리…."

구렐은 주먹으로 문을 거칠게 내리쳤다.

"하지만 경감님, 경감님은 이럴 권리가 없으신데…."

"그래, 권리는 없지!"

구렐은 더욱 거세게 문을 두드렸지만 아무 반응이 없자 곧 포기했다.

"어서 빨리 열쇠공을 불러요."

호텔 종업원 한 명이 열쇠공을 부르러 뛰어갔다. 구렐은 수선스럽고 불안한 마음으로 문 앞을 서성거렸다. 다른 층의 하인들이 몰려왔다. 프런트와 관리부 직원들도 다가왔다. 구렐이 소리쳤다.

"인접한 방을 통해 들어가는 건 어떻습니까? 그 방들이 이곳과 연결돼 있지 않습니까?"

"그렇긴 하지만 연결된 문은 항상 양쪽에서 빗장을 질러놓습니다."

"그렇다면 치안국에 전화를 걸겠습니다."

구렐에게는 상관만이 유일한 구원의 빛인 듯했다.

"경찰청에도 연락하세요."

지켜보던 누군가 말했다.

"좋습니다, 그러길 원하신다면."

구렐은 이런 형식적인 절차에는 그다지 관심이 없다는 듯 건성으로 대답했다.

전화통화를 끝내고 돌아왔을 때는 열쇠공이 자신이 가진 열쇠 대부분을 열쇠 구멍에 맞춰본 상태였다. 마지막 남은 열쇠가 구멍에 들어가자 드디어 문이 열렸다. 구렐이 서둘러 방 안으로 달려 들어갔다.

신음이 나는 쪽으로 쏜살같이 달려가던 중 무언가 발에 툭 걸렸다. 비서 채프먼과 하인 에드바르였다. 채프먼은 끈질기게 노력한 끝에 입에 물린 재갈을 어느 정도 느슨하게 만들어 희미한 신음을 내고 있었다. 에드바르는 잠이 든 것 같았다.

사람들이 둘을 풀어주었다. 구렐은 불안한 기분이 들었다.

"그런데 케셀바흐 씨는?"

구렐은 거실로 건너갔다. 케셀바흐가 탁자 옆에 놓인 안락의자 등받이에 몸이 묶인 채 앉아 있었다. 고개는 가슴 쪽으로 푹 숙여 있었다.

"기절했군. 빠져나오려 애쓰다 기진맥진한 모양이야."

구렐이 가까이 다가가며 말했다.

구렐은 재빨리 케셀바흐의 어깨를 묶은 끈을 잘라냈다. 그 순간, 케셀바흐의 상체가 앞으로 고꾸라졌다. 두 팔로 케셀바흐를 받아 안은 구렐은 공포에 질려 비명을 지르며 주춤거렸다.

"죽었어! 만져봐…. 손이 얼음장처럼 차가워. 그리고 눈을 봐!"

누군가 말했다.

"뇌출혈일 겁니다. 동맥류 파열이거나."

"그럴 수도 있겠군. 상처 입은 흔적이 없는 걸 보니 자연사야."

사람들은 소파에 시체를 눕히고 옷을 벗겼다. 그러자 하얀 셔츠 위에 붉은 얼룩이 나타났다. 셔츠를 풀어 헤치자 심장 부근에 깊게 파인 상처가 드러났고 바로 그곳에서 가는 핏줄기가 흘러나왔다.

셔츠에는 명함 하나가 핀으로 꽂혀 있었다.

구렐이 몸을 숙여 들여다봤다. 피범벅이 된 아르센 뤼팽의 명함이었다.

구렐은 단호하고 위엄 있게 몸을 일으켜 세웠다.

"살인 사건입니다! 아르센 뤼팽의 짓입니다! 나가세요…. 모두 나가요…. 누구도 이 거실이나 방에 남아 있어서는 안 됩니다…. 이 두 사람은 다른 방으로 옮겨서 돌보세요. 모두 나가요…. 아무것도 만지면 안 됩니다…. 국장님이 오실 거예요."

4

아르센 뤼팽!

구렐은 굳은 표정으로 숙명적인 이 두 마디를 거듭 되뇌었다. 그 이름이 마음속에서 조종 소리처럼 울려 퍼졌다. 아르센 뤼팽! 도적의 왕! 뛰어난 모험가! 세상에, 어떻게 이런 일이 가능하단 말인가?

"아니야, 말도 안 돼, 그럴 리 없어. **뤼팽은 죽었으니까!**"

하지만 뤼팽이 정말로 죽었을까?

아르센 뤼팽!

구렐은 얼빠진 채 우두커니 시체 옆에 서서, 마치 유령의 도전장을 받기라도 한 듯 두려운 기색으로 이리저리 명함을 살폈다. 아르센 뤼팽! 어떻게 해야 한단 말인가? 행동에 나서야 할까? 자신의 능력을 동원해 전투에 뛰어들어야 할까? 아니, 아니야…. 가만히 있는 편이 나아…. 그런 대단한 적과 맞선다면 분명 실수를 저지르겠지. 게다가 국장님이 오실 게 아닌가?

국장님이 오신다! 구렐의 심리 상태는 이 짧은 한 문장으로 요약된다. 구렐은 능숙하고 침착하며 용감하고 노련할 뿐만 아니라 헤라클레스 같은 힘도 지녔지만 지시를 받아야만 앞으로 나아가고 명령을 받아야만 임무를 완수하는 부류의 인간이었다.

뒤두이 국장의 뒤를 이어 르노르망이 치안국 국장으로 취임한 이후 이 같은 의존적 성향은 나날이 얼마나 더 심해졌는지! 르노르망은 진정 국장다운 국장이다! 르노르망과 함께 있으면 옳은 방향으로 나아간다는 확신이 샘솟았다! 그러한 확신에 길든 구렐은 이제 국장의 지시 없이는 아무런 행동도 할 수 없었다.

하지만 국장이 올 것이다! 구렐은 시계를 주시하며 국장이 도착할 정확한 시간을 계산했다. 경찰서장이 먼저 오지 않기를, 국장이 이 사건의 핵심 사항을 파악하기 전에 지금쯤 이미 정해졌을 예심판사나 법의학자가 도착해 부적절한 초동수사를 벌이는 일이 없기를!

"이봐, 구렐. 무슨 생각을 그리 골똘히 하는 건가?"

"국장님!"

표정과 안경 너머로 반짝이는 두 눈동자만 보면 르노르망 국장은 아직 젊어 보였다. 그러나 구부러진 등과 밀랍처럼 누렇고 푸석한 피부, 희끗희끗한 턱수염과 머리카락, 피곤해 보이고 기운 없이 쇠약한 전반적인 외형을 놓고 보면 노인에 가까웠다.

식민지에서 본국 정부의 경찰로 일한 르노르망은 극도로 위험한 직책을 수행하며 고단한 세월을 보냈다. 그곳에서 열병에 걸려 신체적으로는 쇠약해졌지만 사위지 않는 에너지, 홀로 지내고 적게 말하며 조용히 행동하는 습관, 사람을 멀리하는 성격을 얻었다. 그리고 55세에 그 악명 높은 알제리 비스크라의 세 스페인인 사건을 해결한 계기로 하루아침에 자신의 능력에 합당한 커다란 명성을 얻었다. 그동안 받았던 부당한 대우에서 벗어나 즉각 보르도로 발령받았고, 파리 치안국 부국장에 취임한 데 이어 뒤두이 국장이 죽자 치안국 국장으로 승진하기에 이르렀다. 르노르망은 임무마다 매번 특이한 접근 방식과 뛰어난 방책, 새롭고 독창적인 자질을 보여주었고, 특히 최근 일어난 네댓 건의 사건을 뛰어난 활약을 통해 성공적으로 해결함으로써 여론을 들끓게 했다. 덕분에 이제 르노르망의 위상은 가장 저명한 경찰들과 어깨를 나란히 할 정도였다. 구렐도 당연히 르노르망을 그렇게 생각했다. 국장은 구렐의 순진한 성품과 수동적이고 복종적인 성향을 좋아했기에 특별히 아꼈고, 구렐은 르노르망을 그 누구보다 완벽한 우상이자 절대적인 신 같은 존재로 여겼다.

그날 르노르망은 유난히 피곤해 보였다. 지친 듯 풀썩 자리에 앉아 올리브색과 유행 지난 디자인으로 사람들의 뇌리에 깊이 박힌 낡은 프록코트 자락을 풀어 헤치고, 역시나 대중에 종종 회자되는 밤색 머플러를 푼 다음 나지막이 말했다.

"말해보게."

구렐은 자신이 보고 들은 모든 것을 평소 국장의 지시대로 요점만 추려 보고했다.

구렐이 뤼팽의 명함을 보여주자 르노르망이 몸을 떨었다.

"뤼팽!"

르노르망이 외쳤다.

"그렇습니다. 뤼팽의 짓입니다. 이놈이 다시 움직이기 시작했어요."

"차라리 잘된 일일세. 잘된 일이야."

잠시 생각에 잠겼던 르노르망이 말했다.

"잘된 일이고말고요."

구렐이 반복했다. 상관의 유일한 흠이 말수가 지나치게 적은 것으로 생각했기 때문에, 상관이 드물게 내뱉은 말에 자신이 몇 마디 덧붙일 기회가 생겨 상당히 흡족했다.

"잘된 일이에요. 드디어 국장님이 제대로 실력 발휘할 상대를 만나셨으니…. 뤼팽은 상대를 잘못 만난 겁니다. 이제 뤼팽은 더는 존재하지 않을 겁니다…. 뤼팽이라는 이름은…."

"수색을 시작하게."

르노르망 국장이 말허리를 잘랐다.

마치 사냥꾼이 사냥개에게 명령하듯 강압적인 어조였다. 명령이 떨어지자 구렐은 충직하고 기민하며, 영리하고 끈질긴 사냥개처럼 자신의 주인이 지켜보는 가운데 수색에 돌입했다. 르노르망은 마치 치밀한 생각에 따라 덤불이나 풀숲을 가리키듯 지팡이 끝으로 어느 구석이나 안락의자를 가리켰다.

"아무것도 없습니다."

경감이 결론지었다.

"자네에겐 그렇겠지."

르노르망 국장이 퉁명하게 대답했다.

"제 말이 그 말입니다. 국장님에게는 사람이, 그것도 마치 확실한 증인이 상황을 설명해준 것처럼 무언가 훤히 보이는 게 있겠지요. 어쨌거나 이번 사건은 뤼팽에게 책임이 있는 게 분명합니다."

"시작은 그랬겠지."

르노르망 국장이 날카롭게 지적했다.

"시작이라, 그렇군요…. 하지만 이런 일이 벌어지는 건 불가피했습니다. 그런 인생을 살다 보면 언젠가는 상황에 몰려 심각한 범죄를 저지르기 마련이니까요. 케셀바흐 씨는 자신을 방어하려다…."

"아닐세, 온몸이 묶여 있지 않나."

"그렇군요."

구렐이 당황한 기색으로 말했다.

"정말 이상하군요…. 꼼짝 못하는 상대를 왜 죽였을까요…? 하긴 지금에서야 무슨 상관이겠습니까. 어제 현관 문턱에서 그자와 단둘이 있었을 때 목덜미를 부여잡기만 했어도…."

르노르망 국장이 발코니로 나갔다. 그런 다음 오른쪽에 있는 케셀바흐의 방으로 들어가서 창문과 문이 제대로 잠겼는지 확인했다.

"제가 들어왔을 때 두 방의 창문이 잠겨 있었습니다."

구렐이 당시 상황을 보고했다.

"잠겨 있었나, 닫혀 있었나?"

"그 후 아무도 손대지 않았으니 지금 확인해보지요. 아, 잠겨 있군요, 국장님…."

사람 목소리가 들리자 이들은 거실로 다시 나왔다. 법의학자가 시체를 살펴보고 있었고 그 곁에는 예심판사인 포르므리가 와 있었다.

포르므리가 외쳤다.

"아르센 뤼팽! 마침내 이 도둑과 대적할 행운이 찾아오다니, 퍽 기쁘군! 그놈이 상대를 잘못 만난 거야…! 게다가 이번에는 살인 사건이라니…! 제대로 겨뤄보자, 뤼팽!"

포르므리는 몇 년 전 기상천외한 랑발 공작부인 왕관 사건 때 뤼팽에게 감쪽같이 당한 일을 여전히 잊지 않고 있었다. 그 일은 프랑스 법조계에서 유명한 사건으로 전해졌고, 사람들은 아직도 그 일을 화젯거리로 삼아 웃어댔기 때문에 포르므리가 뤼팽에게 원한을 품고 통쾌한 복수를 꿈꾸는 것도 어찌 보면 당연한 일이었다.

"명백한 살인 사건입니다."

포르므리가 확신에 찬 표정으로 말했다.

"동기는 쉽게 찾을 수 있을 겁니다. 자, 모든 게 순조롭게 풀리겠군요. 르노르망 국장님, 안녕하십니까…. 반갑습니다…."

하지만 사실 포르므리는 반가운 마음이 전혀 들지 않았다. 오히려 르노르망의 등장이 썩 달갑지 않을 정도였다. 르노르망 치안국장이 자신에 대한 멸시를 숨김없이 드러냈기 때문이다. 포르므리는 몸을 일으켜 세운 후 엄숙한 태도를 유지한 채 이렇게 말했다.

"자, 의사 선생님, 이 사람이 죽은 지 열두 시간 정도, 혹은 그 이상의 시간이 지났다는 겁니까…? 제 생각에도 그런 것 같습니다…. 의견이 일치하는군요…. 그렇다면 범행 도구는?"

"뾰족한 칼날입니다, 예심판사님. 이것 보십시오. 죽은 사람의 손수건으로 칼날을 닦았군요…."

의사가 대답했다.

"그렇군요…. 과연 그래…. 뚜렷한 흔적이군요…. 이제 케셀바흐 씨의 비서와 하인을 신문하러 갑시다. 분명 무언가 실마리가 잡힐 겁니다."

에드바르와 함께 거실 왼편에 있는 자신의 방으로 옮겨진 채프먼은 끔찍했던 사건의 충격에서 이미 어느 정도 벗어난 상태였다. 채프먼은 케셀바흐가 유난히 초조해했던 일과 자칭 대령이라는 자가 예정대로 방문했던 일을 상세히 밝히고 나서 마침내 공격받았던 정황을 이야기하기 시작했다.

"아! 이런! 공범이 있었군! 그리고 당신이 그 공범의 이름을 들었고요…. 마르코라… 매우 중요한 정보입니다. 공범을 잡으면 수사에 진척이 있을 겁니다."

포르므리가 외쳤다.

"그렇겠지. 하지만 아직 공범이 잡히지 않았습니다."

르노르망이 응수했다.

"두고 봅시다. 다 때가 있는 법이니…. 그래, 채프먼 씨. 이 마르코란 자는 구렐 씨가 벨을 누른 후 곧 떠났습니까?"

"그렇습니다. 나가는 소리가 들렸어요."

"떠난 다음에는 아무런 소리도 듣지 못했습니까?"

"들었습니다…. 이따금 희미하게…. 문이 닫혀 있었거든요."

"무슨 소리였습니까?"

"높은 언성이 들렸어요. 그자가…."

"아르센 뤼팽이라고 부르십시오."

"아르센 뤼팽이 전화통화를 하는 것 같았습니다."

"잘됐군! 이 호텔에서 시내 전화 연결 업무를 맡은 직원을 조사해보면 되겠군요. 그 후 뤼팽이 나가는 소리도 들었습니까?"

"우리가 잘 포박되어 있는지 확인한 다음 15분쯤 지나 이곳을 나갔고 현관문을 도로 닫았습니다."

"그래, 일을 저지르자마자 떠난 게로군. 좋아…. 훌륭해…. 모든 정황이 맞아떨어집니다…. 그리고 그 후에는…?"

"그 이후에는 아무 소리도 들리지 않았습니다…. 밤이 되었고… 피로가 몰려와서 선잠이 들었어요…. 그건 에드바르도 마찬가지였고요…. 그리고 오늘 아침이 되어서야…."

"그래요…. 알겠습니다…. 좋아요, 나쁘지 않습니다…. 모든 게 맞아떨어지는군요…."

포르므리는 신문으로 얻어낸 정보를 차례대로 짚어보며 생각에 잠긴 채 미지의 사내에 대한 승리감이 묻어나는 말투로 중얼거렸다.

"공범… 전화… 범행 시간… 희미하게 들린 소리…. 좋아, 아주 좋아…. 이제 범행 동기만 알아내면 되겠군. 뤼팽이 관련된 사건이니만큼 동기는 명확해. 르노르망 국장님, 침입 흔적은 전혀 발견하지 못하셨나요?"

"전혀 없습니다."

"그렇다면 희생자가 직접 가지고 있던 물건을 도난당했을 겁니다. 희생자의 지갑을 발견하셨습니까?"

"웃옷 주머니에 그대로 내버려 두었습니다."

구렐이 대답했다.

그들은 모두 거실로 갔다. 포르므리 판사가 지갑을 열어보니 그 안에는 명함과 신분증만 들어 있었다.

"이상하군요. 채프먼 씨, 케셀바흐 씨가 꽤 많은 돈을 가지고 있었다고 말씀하시지 않았나요?"

"예, 그랬습니다. 사건이 일어나기 전날인 그제 월요일, 우리는 리옹 은행에 갔고 그 은행에서 케셀바흐 씨가 금고를 빌렸습니다…."

"리옹 은행에서 금고를 빌렸다고요? 좋습니다…. 그 부분은 나중에 좀 더 알아봐야겠군요."

"그리고 떠나기 전, 케셀바흐 씨가 계좌에서 5000프랑에서 6000프랑 정도에 달하는 지폐를 인출했습니다."

"좋아요…. 무언가 감이 잡히는군요."

채프먼이 말을 이었다.

"한 가지 말씀드릴 게 있습니다, 판사님. 케셀바흐 씨는 며칠 전부터 몹시 불안에 떨었습니다. 이유는 이미 말씀드렸다시피 그분이 매우 중요하게 생각하는 계획 때문이었지요. 케셀바흐 씨는 두 가지 물건에 상당히 집착했습니다. 하나는 흑단 상자인데 이 상자는 리옹 은행에 안전하게 맡겼고, 또 다른 하나는 서류 몇 개를 직접 집어넣은 자그마한 검은색 가죽 주머니였습니다."

"그 주머니는 어디 있습니까?"

"뤼팽이 도착하기 전, 케셀바흐 씨가 제가 보는 앞에서 여행 가방에 넣으셨습니다."

포르므리는 가방을 집어들더니 그 속을 뒤지기 시작했다. 주머니는 그곳에 없었다. 포르므리는 두 손을 문질렀다.

"그래요, 모든 게 들어맞는군요…. 우리는 범인과 사건 정황 그리고 범행 동기를 알고 있습니다. 이 사건을 해결하는 데 그리 오랜 시간이 걸리지 않을 것 같군요. 제 생각에 전적으로 동의하시겠지요, 르노르망 국장님?"

"전혀 동의하지 않습니다."

한순간 어색한 침묵이 감돌았다. 이미 경찰서장이 도착해 그 뒤로 경찰들이 문 앞을 지키고 서 있었는데도, 대기실에는 강제로 문을 열고 들어온 기자들과 호텔 직원들이 진을 치고 있었다.

때때로 고위층의 질책을 받았을 정도로 무례한 국장의 거친 태도는 이미 악명이 자자했지만, 이러한 예상치 못한 퉁명스러운 대답이 날아오자 그 자리에 있던 사람들은 모두 당황할 수밖에 없었다. 특히나 포르므리 판사는 한 대 얻어맞은 듯 어안이 벙벙한 얼굴이었다.

"하지만 제 눈에는 이 사건이 매우 단순해 보입니다. 뤼팽은 도둑이고…."

포르므리 판사가 말했다.

"그렇다면 뤼팽이 왜 살인을 저질렀을 것 같습니까?"

르노르망이 질문을 던졌다.

"훔치려고 그랬겠지요."

"미안합니다만 증인의 증언을 들어보면 도둑질은 살인이 이루어지기 전 이미 끝난 상태였습니다. 케셀바흐 씨는 결박당하고 재갈이 물린 다음 도난을 당했습니다. 그렇다면 여태껏 살인을 저지른 적 없는 뤼팽이 저항할 힘도 없고 돈도 이미 탈탈 털린 사람을 왜 죽였겠습니까?"

예심판사는 난해한 문제에 봉착할 때마다 자주 그랬듯 자신의 긴 금발 구레나룻을 쓰다듬었다. 포르므리는 생각에 잠긴 어투로 대답했다.

"여러 가능성이 있겠지요."

"어떤 가능성을 말하는 겁니까?"

"그건 상황에 따라서… 그러니까 아직 밝혀지지 않은 여러 사항에 달린 일입니다. 더군다나 국장님께서 반박하는 부분은 범행 동기와 관련된 세부 사항뿐입니다. 그 부분만 제외하면 우리 둘의 의견은 일치합니다."

"그렇지 않습니다."

연이어 단호하고 날카롭고 무례하기까지 한 대답이 돌아오자 판사는 완전히 당황해 반박할 생각조차 못 하고 이 특이한 협력자 앞에서 멍하니 넋을 놓고 말았다. 마침내 예심판사가 입을 열었다.

"각자 자신의 방식이 있겠지요. 국장님의 방식은 어떤 건지 알고 싶군요."

"난 그런 거 없습니다."

치안국장은 자리에서 일어나 지팡이를 짚고 거실을 가로질러 몇 발자국 걸었다. 주변 사람들이 모두 숨을 죽였다. 이 허약하고 노쇠한 노인이, 굳이 상대를 설득시키려 하지 않아도 저

절로 자신을 따르게 하는 압도적인 위엄을 발산하며 다른 사람들을 제압해가는 모습을 바라보노라면, 상당히 묘한 기분이 들었다.

오랜 침묵 끝에 마침내 르노르망이 입을 열었다.

"여기로 통하는 다른 방들도 가보고 싶습니다."

총지배인이 국장에게 호텔 내부 배치도를 보여주었다. 오른쪽에 있는 케셀바흐의 방은 현관으로만 드나들 수 있었지만 왼쪽에 있는 비서의 방은 다른 방과 통해 있었다.

"이 방으로 가봅시다."

포르므리는 어깨를 으쓱해 보인 뒤 이렇게 투덜거렸다.

"하지만 샛문에는 빗장이 질러져 있습니다. 창문도 잠겨 있고."

"그곳으로 갑시다."

국장은 안내를 받아 케셀바흐 부인을 위해 예약된 다섯 개방 중 첫 번째 방으로 향했고, 그곳을 둘러본 다음 양해를 구해 그 방과 연결된 다른 방들도 가보았다. 샛문은 모두 양쪽으로 빗장이 질러져 있었다.

국장이 물었다.

"이 방에 묵는 사람은 없습니까?"

"없습니다."

"열쇠는?"

"관리실에 있지요."

"그렇다면 아무도 이 안에 들어올 수 없다는 말인가요?"

"그렇습니다. 환기하고 먼지 터는 일을 맡은 각 층 담당 직원을 제외하면….”

“담당 직원을 불러오십시오.”

귀스타브 뵈도라는 이 종업원은 자신이 전날 지시에 따라 다
섯 개 방의 창문들을 모두 잠갔다고 진술했다.

“그게 몇 시쯤이었습니까?”

“저녁 6시쯤이었습니다.”

“수상한 점은 없었습니까?”

“아니요, 전혀 없었습니다.”

“그러면 오늘 아침에는?”

“오늘 아침에는 8시를 알리는 종소리를 듣고 창문을 열었습
니다.”

“그때도 수상한 점은 발견하지 못했습니까?”

“예…. 아무것도…. 아! 그러고 보니….”

귀스타브 뵈도는 머뭇거렸다. 질문이 쏟아지자 그제야 이렇
게 털어놓았다.

“그게, 제가 420호 벽난로 근처에서 담뱃갑 하나를 주웠습니
다. 오늘 저녁에 관리실에 맡길 생각이었습니다.”

“지금 가지고 있습니까?”

“아니요. 제 방에 있습니다. 광택이 나는 강철로 된 담뱃갑이
었습니다. 한쪽에는 담배와 담배 말이 종이를 넣어둘 수 있고,
다른 쪽에는 성냥을 넣을 수 있습니다. 거기에 금색으로 두 개
의 머리글자가 적혀 있었는데… L과 M이라는 글자였습니다.”

“방금 뭐라고 했나?”

앞으로 나선 사람은 채프먼이었다. 채프먼은 놀란 기색이 역

력한 채 종업원에게 질문을 던졌다.

"광택이 나는 강철 담뱃갑이라고 했나?"

"그렇습니다."

"담배, 종이, 성냥을 넣을 수 있게 세 칸으로 나뉘었고… 연한 빛깔의 고급 러시아산 담배가 들어 있는?"

"맞습니다."

"가서 가져와 보게…. 봐야겠어. 직접 확인해야겠어…."

치안국장의 신호가 떨어지자 귀스타브 뵈도는 담뱃갑을 가지러 황급히 자리를 떠났다. 르노르망은 자리에 앉아서 날카로운 눈빛으로 양탄자와 가구, 커튼을 살펴보았다. 르노르망이 물었다.

"여기가 420호인 건 확실합니까?"

"그렇습니다."

판사가 비아냥거렸다.

"이 일이 살인 사건과 어떤 관련이 있다는 건지 상당히 궁금하군요. 케셀바흐 씨가 살해된 방에서 이 방으로 오려면 잠긴 문을 다섯 개나 통과해야 합니다."

르노르망은 대꾸조차 하지 않았다.

시간이 꽤 흘렀지만 귀스타브는 돌아오지 않았다.

"총지배인 선생, 귀스타브 씨가 묵는 방이 어디입니까?"

국장이 물었다.

"쥐데가가 내려다보이는 6층입니다. 그러니까 바로 이 위층이지요. 아직 오지 않다니, 이상한 일이군요."

"누군가를 보내주시겠습니까?"

총지배인은 채프먼과 함께 귀스타브를 직접 찾으러 나섰다. 몇 분 후, 놀란 표정의 그가 혼자 다급하게 뛰어왔다.

"무슨 일입니까?"

"죽었습니다….."

"살해됐단 말입니까?"

"그렇습니다."

"아! 제길, 만만치 않은 놈들이로군, 제대로 당했어! 구렐, 서두르게. 호텔을 봉쇄해…. 출구를 감시하고…. 그리고 총지배인 선생, 우리를 귀스타브 뵈도의 방으로 안내하십시오."

르노르망 국장이 큰 소리로 외쳤다.

총지배인이 방을 나섰다. 그가 방을 나서자 르노르망 국장은 허리를 숙여 이미 눈여겨보았던 둥글게 말린 작은 종이 하나를 집어들었다.

파란 테두리가 둘린 라벨이었다. 거기에는 813이라는 숫자가 적혀 있었다. 르노르망은 만일을 대비해 자신의 지갑에 그 라벨을 집어넣고 다른 사람들을 향해 다가갔다.

5

귀스타브의 등에는 견갑골 사이로 가느다란 상처가 나 있었다. 의사가 말했다.

"케셀바흐 씨와 똑같은 상처입니다."

"그렇군, 동일 인물이 같은 무기로 찔렀어."

르노르망 국장이 동의했다.

시신의 자세로 보아 청년은 자신의 침대 앞에 무릎을 꿇고 매트리스 아래에 숨겨놓은 담뱃갑을 찾다가 습격을 당한 것으로 보였다. 팔이 여전히 침대 밑판과 매트리스 사이에 파묻혀 있었다. 하지만 담뱃갑은 보이지 않았다.

"그 물건이 심히 수상쩍군요."

더는 구체적인 사건을 밝히기 두려워진 포르므리가 소심하게 말했다.

"그야 당연한 소리 아닙니까!"

치안국장이 말했다.

"하지만 머리글자를 알고 있으니… L과 M이라…. 그 단서를 토대로 채프먼 씨가 아는 내용을 짚어보면 쉽게 정보를 얻을 수 있을 겁니다."

그 순간 르노르망 국장이 소스라치게 놀랐다.

"채프먼! 그는 어디 있습니까?"

일순간 복도에 몰려 있는 사람들에게 시선이 쏠렸다. 채프먼은 그곳에 없었다.

"채프먼 씨는 저와 함께 있었습니다." 총지배인이 말했다.

"그래요, 알고 있습니다. 하지만 당신과 함께 내려오진 않았습니다."

"그렇습니다. 시체 곁에 두고 저 혼자 내려갔지요."

"시체 곁에 두고 왔다고! 홀로!"

"제가 채프먼 씨에게 '여기 계십시오. 어디 가시면 안 됩니다'라고 당부했습니다."

"거기에 아무도 없었나요? 아무도 보지 못했습니까?"

"복도에는 아무도 없었습니다."

"하지만 주변 다락방이라든가 저 모퉁이 뒤편에 누군가 숨어 있지 않았습니까?"

르노르망 국장은 무척 흥분한 것 같았다. 이리저리 서성거리며 방문을 열어보았다. 그러더니 갑자기 믿기 어려울 정도로 민첩하게 어디론가 달려갔다.

르노르망 국장은 여섯 층을 단숨에 뛰어 내려갔다. 저 멀리서 총지배인과 예심판사가 국장을 뒤쫓아 왔다. 아래층에 도착한 르노르망 국장은 현관 앞을 지키는 구렐에게 다가갔다.

"나간 사람은 아무도 없나?"

"없습니다."

"오르비에토가로 통하는 다른 문은?"

"디외지에게 보초를 서게 했습니다."

"철저하게 감시하라고 일러두었겠지."

"예, 국장님."

호텔의 널찍한 로비는 불안한 표정의 여행객들로 북적댔다. 그들은 이 기묘한 살인 사건에 관해 자신들이 전해 들은 이런저런 이야기를 나누었다.

전화로 모든 종업원에 소집 명령을 내리자 하나둘 모여들었다. 르노르망이 즉시 신문에 들어갔다.

하지만 그들 중 누구에게도 쓸 만한 정보를 얻지 못했다. 불쑥 6층 담당 여종업원이 앞으로 나섰다. 자신이 10분 전쯤 6층과 5층 사이 직원용 계단을 내려가는 두 신사와 마주쳤다고 했다.

"그 두 분은 계단을 쏜살같이 내려갔어요. 한 남자가 다른 남자의 손을 잡고 있었고요. 직원용 계단에서 느닷없이 두 신사분과 마주쳐 상당히 놀랐던 기억이 납니다."

"얼굴을 알아볼 수 있겠습니까?"

"한 남자는 못 알아볼 것 같아요. 얼굴을 돌리고 있었거든요. 호리호리한 체격에 금발이었고, 검은 중절모자에 검은 옷을 입고 있었습니다."

"그리고 다른 남자는?"

"아! 다른 남자는 영국인인 듯했어요. 말끔하게 면도한 커다란 얼굴에 체크무늬 옷을 입고 있었습니다. 모자는 쓰고 있지 않았고요."

분명 채프먼의 인상착의였다. 여자가 말을 이었다.

"그 남자는 그러니까…. 마치 정신이 나간 사람처럼 묘한 표정을 짓고 있었어요."

구렐에게 감시 상황을 보고받았지만, 르노르망 국장은 성이 차지 않았다. 르노르망은 직접 양쪽 문을 지키고 있는 종업원들을 차례로 신문했다.

"채프먼 씨를 아십니까?"

"예, 압니다. 그분과 자주 이야기를 나누었습니다."

"그럼 채프먼 씨가 나가는 걸 보지 못했습니까?"

"보지 못했어요. 오늘 아침에는 나가지 않았습니다."

르노르망은 경찰서장 쪽으로 몸을 돌렸다.

"경찰서장, 부하 몇 명과 함께 왔습니까?"

"네 명입니다."

"네 명으로는 부족합니다. 비서에게 전화를 걸어 가능한 한 많은 인력을 보내라고 지시하세요. 그리고 모든 출구를 철저히 감시하도록 직접 조직을 정비해주십시오. 비상사태입니다. 경찰서장…."

"하지만 우리 고객들은…."

총지배인이 항의했다.

"당신 고객들은 내가 알 바 아닙니다. 내게는 임무가 먼저니까. 범인을 잡는 게 내 임무입니다. 무슨 수를 써서라도…."

"그럼 국장님이 짐작하시기에…."

예심판사가 용기를 내 물었다.

"짐작이 아닙니다, 판사 선생…. 난 이 두 살인 사건의 범인이 아직 호텔 안에 있다고 확신합니다."

"하지만 채프먼은…."

"지금으로선 채프먼이 살아 있다고 단언할 수 없습니다. 어쨌든 이건 시간을 다투는 문제예요. 촌각을 다투는 문제란 말입니다…. 구렐, 두 사람을 데리고 가서 5층의 모든 방을 뒤져보게. 총지배인 선생, 직원 한 명을 저들에게 딸려 보내주십시오. 다른 층은 지원 인력이 오면 수색을 시작하겠습니다. 자, 구렐, 시작하게. 눈을 크게 뜨고…. 만만치 않은 사냥감이야."

구렐과 부하들은 서둘러 자리를 떴다. 르노르망 국장은 로비를 떠나지 않고 프런트 옆에 남아 있었다. 이번에는 평소 습관대로 앉을 생각조차 하지 않았다. 르노르망 국장은 현관문에서 오르비에토가로 통하는 문까지 걸어간 다음 다시 출발 지점으로 되돌아왔다.

이따금 지시를 내리곤 했다.

"총지배인 선생, 부엌을 감시해주십시오. 범인이 그쪽으로 도망칠지도 모르니…. 총지배인 선생, 호텔 내부에 있는 사람 중 시내 통화를 원하는 사람이 있다면 절대 전화를 연결하지 말라고 전화 교환원에게 일러두십시오. 만약 시내에서 전화가 걸려오면 그쪽에서 요구하는 상대와 전화는 연결하되, 그 사람의 이름을 반드시 적어놓으라고 하십시오. 총지배인 선생, 당신의 고객 중 이름이 L이나 M으로 시작되는 사람들의 명단을 작성해주십시오."

르노르망 국장은 이 모든 지시를 큰 소리로 내렸다. 마치 장군이 중위에게 전투의 승패를 좌우하는 명령을 내리듯 말이다.

실제로 이 상황은 파리의 호화로운 호텔 안 우아한 환경 속에서 벌어지는 치열하고 끔찍한 전투였다. 치안국장이라는 막강한 인물과 쫓기고 추적당해 이미 독 안에 든 쥐나 마찬가지지만 간교하고 잔인해 결코 얕볼 수 없는 미지의 인물이 벌이는 숨 막히는 전투.

불안감이 구경꾼들을 짓눌렀다. 로비 중앙에 모인 그들은 조용히 숨을 몰아쉬었고, 악마 같은 살인자의 형상을 떠올리며 희미한 소리에도 불안에 떨었다. 범인은 어디에 몸을 숨겼을까? 다시 나타날까? 우리 가운데 있는 건 아닐까? 이 사람이 범인가? 아니면 저 사람이?

모두 신경이 어찌나 예민해졌는지 만약 국장이 그 자리에 없었다면 봉기라도 일으켜 강제로 문을 열고 거리로 뛰쳐나갈 기세였다. 그러나 국장은 그 존재만으로도 사람들을 안심시키고 침착하게 하는 인물이었다. 사람들은 마치 유능한 선장이 이끄는 배에 올라탄 승객들처럼 든든한 기분마저 들었다.

모든 사람의 시선이 희끗희끗한 머리에 안경을 쓰고 등을 구부정하게 굽힌 채 쇠약한 다리로 로비를 서성대는, 올리브색 프록코트에 밤색 머플러를 두른 이 노인에게 쏠렸다.

구렐을 따라 수색 작업에 나선 부하들이 이따금 달려왔다.

"새로운 소식은?"

"없습니다, 국장님. 아무것도 찾지 못했습니다."

총지배인은 국장에게 지시를 거두어달라고 두 차례 요청했다. 이 상황을 잠자코 지켜볼 수만은 없었다. 프런트에는 밖에 볼일이 있거나 막 호텔을 떠날 참이었던 수많은 여행객이 항의

하고 있었다.

"내가 알 바 아닙니다."

르노르망 국장은 같은 말을 되풀이했다.

"하지만 전부 제가 아는 사람들입니다."

"잘됐군."

"국장님은 지금 직권을 남용하고 계신 겁니다."

"알고 있습니다."

"질책을 받으실 겁니다."

"그럴 테지."

"예심판사님이 직접 나서실 겁니다."

"포르므리 판사가 꽤 성가시게 구는군! 판사가 할 수 있는 최선의 일은 지금처럼 종업원들을 신문하는 일입니다. 나머지는 예심판사의 소관이 아니란 말입니다. 경찰의 일이니 내가 나설 일이지."

그 순간 한 무리의 경찰이 호텔 안으로 밀고 들어왔다. 치안국장은 이들을 여러 팀으로 나누어 4층으로 올려보낸 뒤 경찰서장에게 말했다.

"친애하는 경찰서장, 서장에게 감시 임무를 맡기겠습니다. 당부하건대 온 힘을 쏟아주십시오. 그 후의 상황은 내가 책임지겠습니다."

르노르망 국장은 승강기를 타고 3층으로 향했다.

수색 작업은 쉽지 않았다. 방문 예순 개를 열어서 모든 욕실과 침실, 벽장과 후미진 곳을 샅샅이 뒤져야 했기 때문이다. 별다른 소득도 없었다. 한 시간 정도 지나고 정오를 알리는 종소리가 울렸을 때 르노르망 국장은 3층 수색을 막 끝마친 참이었고, 다른 경찰들은 그 위층을 여전히 수색하는 중이었다. 하지만 새롭게 발견된 건 아무것도 없었다.

르노르망 국장은 잠시 주저했다. 살인자가 다락방으로 다시 올라간 것일까?

하지만 때마침 케셀바흐 부인이 전담 하녀와 도착했다는 보고를 받고 일단 아래층으로 내려가 보기로 했다. 충직한 늙은 하인 에드바르가 부인에게 케셀바흐의 죽음을 알리는 임무를 맡아주었다.

르노르망 국장은 특별실에서 넋 나간 표정의 케셀바흐 부인을 발견했다. 눈물을 흘리고 있지는 않았지만 고통으로 얼굴이 일그러졌고 열병에 걸린 사람처럼 오들오들 떨고 있었다.

큰 키에 갈색 머리를 지닌 케셀바흐 부인의 아름다운 눈동자는 금가루가 촘촘히 박힌 듯 금빛이 서려 있어서, 마치 어둠 속에서 반짝이는 금속 조각 같았다. 케셀바흐가 이 여인을 처음만난 곳은 네덜란드였는데, 돌로레스는 그곳에서 전통 있는 스페인계 가문인 아몽티 가문의 딸로 태어났다.

두 사람은 첫눈에 사랑에 빠졌고 애정과 헌신으로 이루어진 그들의 결합은 지난 4년간 단 한 번도 깨진 적이 없었다.

르노르망 국장이 자신을 소개했다. 케셀바흐 부인은 아무런 대답도 하지 않은 채 르노르망 국장을 응시했다. 국장은 말을 멈추었다. 넋이 나간 채라 어떤 이야기를 해도 아무런 소용이 없을 것 같아서였다. 갑자기 케셀바흐 부인은 울음을 터트리며 자신을 남편에게 데려가 달라고 부탁했다.

로비로 나간 르노르망 국장은 자신을 애타게 찾는 구렐을 발견했다. 구렐은 서둘러 손에 든 모자를 건넸다.

"국장님, 이걸 주웠습니다…. 범인의 것이 맞겠지요?"

펠트로 만든 검은색 중절모였다. 안을 보니 안감도 없고 상표도 없었다.

"어디서 주웠나?"

"3층 직원용 층계참에서 주웠습니다."

"다른 층에서는 아무것도 발견하지 못했나?"

"예, 샅샅이 뒤졌지만 아무것도 없었습니다. 이제 2층만 남았습니다. 이 모자로 추정해보건대 범인이 거기까지 내려온 게 확실합니다. 거의 다 온 것 같습니다, 국장님."

"그런 것 같군."

층계 아래에서 르노르망이 걸음을 멈췄다.

"경찰서장에게 가서 이 말을 전하게. 층계 네 곳 아래에 각각 권총을 든 사람을 두 사람씩 배치하고 필요한 경우에는 발포하라고 말일세. 내 말 잘 듣게, 구렐. 만약 채프먼을 구하지 못하고 범인도 놓친다면 난 끝장일세. 벌써 두 시간이나 헛짓을 하다니."

말을 마치고 르노르망 국장은 2층으로 올라갔다. 그곳에서 종업원의 안내를 받으며 객실에서 나오는 경찰 두 명과 마주쳤다.

복도는 텅 비어 있었다. 종업원들은 감히 그곳에 나타나기를 꺼렸다. 투숙객들은 이중으로 문을 걸어 잠근 채 방 안에만 틀어박혀 있어서 문을 열게 하려면 밖에서 끈질기게 문을 두드리거나 확실하게 신분을 밝혀야 했다.

더 먼 곳에서는 관리실로 들어가는 경찰 한 팀이 보였고 복도 끝에선 모서리를 도는, 다시 말해 쥐데가에 면한 객실들로 경찰들이 다가가는 모습이 눈에 띄었다.

그 순간 느닷없이 비명이 들렸다. 뒤이어 사람들이 헐레벌떡 뛰어오더니 황급히 시야에서 사라졌다. 국장이 걸음을 재촉했다.

경찰들이 복도 한가운데 모여 있었다. 통로를 막고 선 그들의 발치에는 한 남자가 얼굴을 바닥에 댄 채 엎드려 있었다.

르노르망 국장이 몸을 숙여 축 늘어진 머리를 두 손으로 들어 올렸다.

"채프먼이군, 죽었어."

르노르망 국장이 중얼거렸다.

국장은 시신을 살펴보았다. 하얀 비단으로 짠 머플러가 목을 죄고 있었다. 머플러를 풀자 붉은 혈흔이 나타났다. 머플러는 피로 흥건히 젖은 두꺼운 솜뭉치를 목덜미에 고정하는 역할을 했다.

이번에도 이전처럼 과감하고 무자비하게 찔린 작고 또렷한 상처였다.

소식을 전해 들은 포르므리 판사와 경찰서장이 서둘러 달려왔다.

"나간 사람은 아무도 없었습니까? 수상한 낌새라도!"

치안국장이 물었다.

"전혀 없었습니다. 층계마다 두 명씩 보초를 서고 있습니다."

"그렇다면 놈이 다시 올라간 걸까요?"

포르므리가 물었다.

"아닙니다! 아니에요!"

"하지만 누군가 그놈과 마주쳤을 수도…."

"아닙니다… 이미 한참 전에 벌어진 일입니다. 손이 싸늘하게 식어 있으니…. 두 살인 사건은 거의 연속적으로 이루어졌습니다. 직원용 계단을 통해 여기에 도착하자마자 놈이 채프먼을 살해한 거지요."

"하지만 그랬다면 누군가 시신을 발견했겠지요! 두 시간 전부터 쉰 명이 넘는 사람이 이곳을 지나다니지 않았습니까."

"시신은 이곳에 없었습니다."

"그렇다면 어디에 있었단 말입니까?"

"이런! 그걸 내가 어떻게 알겠습니까? 나처럼 직접 찾아보시지요! 말만 한다고 해서 뭐가 달라지겠습니까?"

화가 치솟은 르노르망 국장은 신경질적으로 지팡이 손잡이를 두들겨댔다. 그러다 꼼짝 않고 시신을 들여다보며 말없이 생각에 잠겼다. 마침내 르노르망 국장이 입을 열었다.

"경찰서장, 희생자를 빈방으로 옮기십시오. 의사도 불러야겠지. 그리고 총지배인 선생, 이 복도에 있는 모든 객실의 문을 열어주십시오."

복도 왼쪽에는 현재 투숙객이 없는 세 개의 방과 두 개의 거실로 이루어진 객실이 있었다. 르노르망 국장은 우선 그곳을 살펴보았다. 복도 오른쪽에는 네 개의 방이 있었다. 그중 두 곳은 르베르다와 지아코미치 남작이라는 이탈리아인이 묵고 있었는데, 그 시각에는 둘 다 외출 중이었다. 세 번째 방에서는 영국인 노처녀가 여전히 자고 있었고, 네 번째 방에서는 한 영국인이 바깥의 소란에도 아랑곳 하지 않고 태평하게 담배를 피우며 책을 읽었다. 이 영국인은 파버리 소령이라는 인물이었다.

수색과 신문이 이어졌지만 아무런 소득도 얻지 못했다. 영국인 노처녀는 경찰들이 비명을 지르기 전까지는 그 어떤 싸우는 소리도, 신음이나 고함도 듣지 못했다고 말했다. 파버리 소령에게서도 똑같은 대답이 돌아왔다.

게다가 가엾은 채프먼이 그 방 중 어딘가를 지나갔으리라 짐작할 만한 어떤 단서나 혈흔도 발견되지 않았다.

"이상하군, 모든 게 이상해…."

예심판사가 중얼거렸다.

그러고는 어수룩한 표정으로 이렇게 덧붙였다.

"사건이 점점 더 오리무중에 빠지는 것 같습니다. 제가 놓친 게 있는 듯한데…. 어떻게 생각하십니까, 르노르망 국장님?"

르노르망 국장이 평소처럼 불쾌한 감정을 드러내며 신랄하게 쏘아붙이려는 찰나, 숨이 턱까지 차오른 구렐이 황급히 뛰어왔다.

"국장님… 이걸 발견했는데…. 그러니까… 호텔 관리실… 의자 위에 이게…."

검은색 서지 천으로 싸맨 자그마한 꾸러미였다.

"열어보았나?"

국장이 물었다.

"예. 하지만 내용물을 확인한 후 원래 상태로 복구시켜놓았습니다. 보다시피 아주 단단히 묶여 있었습니다."

"풀어보게."

구렐이 꾸러미를 풀자 그 안에는 부드러운 플란넬 소재의 검정 상의와 바지가 들어 있었다. 엉성하게 접힌 꼴로 보아 누군가 다급하게 싸놓은 모양이었다.

그 한가운데에 혈흔이 낭자한 수건이 한 장 있었는데, 누군가 그 수건으로 손을 닦고 손자국을 없애려 물에 담갔다 뺀 게 틀림없었다.

수건 안에는 손잡이가 금으로 상감된 강철 단도가 들어 있었다. 단도는 피로 붉게 물들어 있었다. 300여 명이 오가는 이 드넓은 호텔 안에서 어떤 보이지 않는 손에 몇 시간 만에 연달아 살해당한, 바로 그 세 사람의 피였다. 하인 에드바르는 그 칼이 케셀바흐의 것임을 단번에 알아보았다. 에드바르는 뤼팽이 오기 전날부터 그 칼이 탁자 위에 놓여 있었다고 진술했다.

"총지배인 선생, 지시를 철회하겠습니다. 구렐이 따로 출입문을 개방하라고 지시를 전달할 겁니다."

"뤼팽이 호텔을 빠져나갔다고 생각하시는 겁니까?"

포르므리 판사가 물었다.

"아닙니다. 이 세 건의 연쇄살인범은 호텔 안에 있습니다. 객실에 숨어 있거나 로비나 거실에 모인 여행객 가운데 섞여 있을 겁니다. 내 생각에는 이 호텔 투숙객 같습니다."

"그럴 리가! 그렇다면 어디서 옷을 갈아입었단 말입니까? 지금은 어떤 옷을 입고 있을까요?"

"모르겠습니다. 하지만 내 짐작이 맞을 겁니다."

"그런데도 범인이 호텔을 나가게 내버려 둔단 말입니까? 호주머니에 손을 찔러넣고 유유자적 사라질 겁니다."

"짐 없이 떠나서 다시 돌아오지 않는 여행객이 있다면, 그가 바로 범인일 겁니다. 총지배인 선생, 관리실로 같이 가주십시오. 투숙객 명단을 자세히 살펴보고 싶습니다."

관리실로 들어선 르노르망 국장은 케셀바흐 앞으로 온 몇 개의 편지를 발견했다. 국장은 그 편지를 예심판사에게 건네주었다.

편지 말고도 파리 우체국 소포 담당과에서 방금 배달된 꾸러미 하나가 놓여 있었다. 찢긴 포장지 틈 사이로 루돌프 케셀바흐라는 이름이 새겨진 흑단 상자가 얼핏 보였다.

상자를 열어보았다. 뚜껑 안쪽에 남은 흔적으로 보아 그곳에서 떨어졌을 거라 추정되는 유리 파편과 함께 아르센 뤼팽의 명함 한 장이 들어 있었다.

하지만 정작 치안국장을 놀라게 한 건 아주 사소한 무언가인 듯했다. 흑단 상자 바깥 아래쪽을 보니, 문제의 담뱃갑이 발견됐다던 5층 객실 바닥에서 주운 것과 똑같이 생긴, 파란 테두리를 두른 작은 라벨 하나가 붙어 있었던 것이다. 그 라벨에도 역시 813이라는 숫자가 적혀 있었다.

르노르망 국장, 계획에 착수하다
1

"오귀스트, 르노르망 국장을 들여보내게."

보좌관이 나가고 얼마 지나지 않아 치안국장이 들어왔다. 보보 광장의 널찍한 장관 집무실 안에는 세 남자가 앉아 있었다. 지난 30년간 급진당을 이끈 당수이자 현 총리 겸 내무부장관인 저명한 발랑글레, 검찰총장 테스타르, 경찰청장 들롬이 그들이었다.

경찰청장과 검찰총장은 총리와 면담을 시작했을 때부터 줄곧 앉아 있던 의자에 그대로 궁둥이를 붙인 채 일어서지 않았다. 하지만 총리는 자리에서 일어나 치안국장에게 악수를 건넨 뒤 다정하게 말을 건넸다.

"친애하는 르노르망 국장! 내가 왜 국장에게 와달라고 부탁했는지 잘 알고 있겠지요?"

"케셀바흐 사건 때문입니까?"

"그렇습니다."

케셀바흐 사건! 이제 내가 막 그 복잡한 실타래를 풀기 시작한 사건, 전쟁이 발발하기 2년 전 수사 단계마다 우리 모두를 그토록 흥분시켰던 이 비극적인 사건을 기억하지 못하는 사람은 아무도 없을 것이다. 그 사건이라면 세세한 일들까지 모조리 기억하고 있을 정도가 아니던가. 게다가 이 사건이 프랑스 국내외에서 불러일으켰던 그 엄청난 충격을 어찌 잊을 수 있단 말인가. 하지만 기묘한 환경에서 행해진 세 차례의 연쇄살인 사건보다, 그 잔혹했던 범행 수법보다, 사람들에게 더 큰 충격을 안겨준 것이 있었으니 그건 다름 아닌 뤼팽의 갑작스러운 재등장이었다. 대중은 이를 두고 아르센 뤼팽의 부활이라고 불렀다.

아르센 뤼팽! 믿기 어려울 정도로 대단했던 기암성의 모험 이후, 헐록 숌즈와 이지도르 보트를레가 보는 앞에서 사랑하는 여인의 시신을 둘러업고 늙은 유모 빅투아르와 함께 어둠 속으로 사라진 그날 이후로, 지난 4년간 뤼팽의 소식을 전해 들은 사람은 아무도 없다.

대부분 사람은 뤼팽이 죽었다고 믿었다. 어쨌든 경찰이 내놓은 의견은 그러했다. 뤼팽의 흔적을 전혀 찾지 못한 경찰이 그렇게 감쪽같이 간단하게 뤼팽을 매장한 것이다.

하지만 개중에는 뤼팽이 살아남았으리라고 믿는 사람도 있었다. 어떤 이는 뤼팽이 부인과 아이들 곁에서 정원을 가꾸며 평화로운 부르주아의 삶을 살리라고 믿었고, 또 어떤 이는 슬픔의 무게에 짓눌리고 세속의 덧없음에 지쳐 트라피스트 수도원에 은둔했으리라고 주장했다.

그런데 뤼팽이 다시 모습을 드러냈다! 또다시 사회와의 무자비한 결전을 벌이는 것이다! 기상천외하고 신출귀몰하며 예측할 수 없는 대담무쌍한 예전의 아르센 뤼팽으로 되돌아온 것이다.

하지만 이번에는 공포의 비명이 울려 퍼졌다. 아르센 뤼팽이 사람을 죽였다. 그때까지 영웅적 미담처럼 전해오던 뤼팽의 신사적이며 때로는 감상적이기까지 한 모험가의 이미지는, 그 야만적이고 잔혹하며 냉혹한 살인 사건으로 비인간적이고 피에 굶주린 야수의 형상으로 한순간에 추락해버렸다. 대중은 섬세한 기품과 기발한 재치를 지닌 뤼팽에게 그토록 열광했던 만큼 이제는 과거 자신들의 우상이었던 뤼팽을 증오하고 두려워했다.

그러나 공포에 질린 대중의 분노는 이내 경찰로 향했다. 예전에는 경찰이 뤼팽에게 당해도 그저 웃어넘길 수 있었다. 우스꽝스럽게 우롱당한 경찰을 용서할 수 있었다. 하지만 장난이 너무 길었다. 반항심과 분노가 폭발한 시민은 두 손 놓고 당한 이 가공할 범죄 사건에 대한 당국의 해명을 요구했다.

신문지상에서, 공공모임에서, 거리에서, 심지어 국회에서까지 분노가 들끓자 당황한 정부는 온갖 방법을 동원해 성난 민심을 가라앉히려 애썼다.

발랑글레 총리는 치안과 관련된 문제라면 세세한 일까지 특히 관심을 기울이는 인물이었기에, 평상시에도 늘 그 특출한 자질과 배짱을 높이 평가해온 치안국장과 함께 몇몇 사건을 자세히 분석하는 일을 즐기곤 했다. 그런 총리가 경찰청장과 검찰총장을 집무실로 불러 미리 이야기를 나눈 뒤 이제 르노르망 국장까지 부른 것이다.

"그래요, 친애하는 르노르망 국장. 케셀바흐 사건 때문입니다. 하지만 본격적으로 이야기를 나누기 전에 한 가지 짚고 넘어갈 문제가 있습니다. 특히 들롬 청장이 신경을 많이 쓰는 문제인데…. 청장, 르노르망 국장에게 설명 좀 해주시겠습니까?"

"아! 르노르망 국장도 충분히 이 문제를 잘 알고 있을 겁니다. 함께 이야기를 나눈 적이 있으니까요. 팔라스 호텔에서 국장이 취했던 부적절한 행동에 대해 제가 어떻게 생각하고 있는지 이미 이야기했습니다. 한마디로 대단히 분개했습니다."

경찰청장은 퉁명스러운 어투로 자기 부하인 치안국장을 그다지 탐탁지 않아 하는 마음을 그대로 내비쳤다.

르노르망 국장이 자리에서 일어나 주머니에서 종이를 꺼내 탁자 위에 올려놓았다.

"이게 무엇인가요?"

발랑글레가 물었다.

"사직서입니다. 총리 각하."

발랑글레가 펄쩍 뛰었다.

"무슨 소리입니까! 사직서라니? 경찰청장이 가벼운 지적 좀 했기로서니, 게다가 청장이 별다른 뜻이 있어서 한 말도 아니지 않습니까. 들롬 청장, 그렇지 않습니까? 그깟 일로 이렇게 발끈하다니! 르노르망 국장, 솔직히 당신 성격도 유별나지 않습니까. 이 종잇조각일랑 다시 집어넣고 진지하게 이야기를 해봅시다."

치안국장이 다시 자리에 앉았다. 불쾌한 감정을 감추지 않는 들롬 청장을 진정시킨 후 발랑글레가 말을 이어갔다.

"르노르망 국장, 간략하게 말하자면 문제는 이겁니다. 뤼팽이 다시 등장해서 우리를 곤경에 빠트리고 있습니다. 오래전부터 이놈은 우리를 우롱해왔지요. 사실 재밌는 구석도 있었습니다. 고백하건대, 내가 그 누구보다 많이 웃었을 겁니다. 하지만 이번에는 살인 사건입니다. 사람들을 즐겁게 해준다면야 아르센 뤼팽이 하는 짓거리쯤 얼마든지 참아줄 수 있어요. 하지만 사람을 죽인다면 그건 다른 문제입니다."

"그렇다면 총리 각하, 제게 무얼 원하십니까?"

"원하는 게 무엇이냐고요? 아! 간단합니다. 우선 그놈을 붙잡아주세요. 그다음에는 그자의 목을 매달아야겠지요."

"그놈을 붙잡는 일은 언젠가는 반드시 하겠다고 약속드릴 수 있습니다. 하지만 목을 매다는 일은 곤란합니다."

"어째서요? 그놈을 잡으면 중죄 재판소에서 재판이 열릴 테고 틀림없이 교수형이 선고될 겁니다."

"아닙니다."

"왜요?"

"뤼팽은 살인을 저지르지 않았기 때문입니다."

"뭐라고요? 르노르망 국장, 당신 제정신입니까? 그러면 팔라스 호텔의 시신들은 다 헛것이란 말입니까? 세 차례 연쇄살인 사건은 없었던 일인가요?"

"아닙니다. 분명 살인 사건이 일어나긴 했으나 범인은 뤼팽이 아니란 뜻입니다."

국장은 지극히 침착하게, 그러나 확신에 가득 찬 어조로 말했다.

검찰총장과 경찰청장이 반박했다. 하지만 발랑글레가 말을 이어갔다.

"르노르망 국장, 내 생각에는 국장이 타당한 이유 없이 그런 가정을 했을 것 같지는 않은데?"

"가정이 아닙니다."

"증거가 있습니까?"

"우선 두 가지 증거가 있습니다. 둘 다 심증입니다. 제가 현장에서 예심판사에게 설명했고, 신문에서도 비중 있게 다룬 내용입니다. 첫째, 뤼팽은 사람을 죽이지 않습니다. 둘째, 자신의 목적인 도둑질을 마친 상태인 데다 상대는 재갈이 물리고 결박까지 당해 움직일 수조차 없는데, 뤼팽이 대체 무슨 이유로 살인을 저질렀겠습니까?"

"그렇다 칩시다. 그렇다면 물적 증거는?"

"이성이나 논리와 비교하면 물적 증거는 무가치합니다. 하지만 제게는 물적 증거라 할 만한 것도 있습니다. 문제의 담뱃갑이 발견된 객실에 뤼팽이 있었다는 사실은 무엇을 뜻할까요? 또한 경찰이 찾은 검은 양복은 살인자의 것이 분명한데, 아르센 뤼팽이 입었다고 보기에는 치수가 전혀 맞지 않았습니다."

"뤼팽을 아는 겁니까?"

"저야 모릅니다. 하지만 에드바르가 그를 보았고, 구렐도 그를 보았습니다. 이들이 본 사람은 직원용 계단에서 채프먼을 끌고 갔던 남자와 동일인물이 아닙니다."

"그렇다면 사건이 어떻게 벌어졌다고 추론하십니까?"

"**진실**이라고 해두지요, 총리 각하. 적어도 제가 아는 한 진실은 이렇습니다. 4월 16일 화요일 오후 2시경, 뤼팽이라는 작자가 케셀바흐의 집을 침입했습니다."

비웃음 소리가 르노르망 국장의 말을 가로막았다. 경찰청장이었다.

"여봐요, 르노르망 국장. 너무 성급해 보이는군. 그날 3시에 케셀바흐 씨는 리옹 은행의 금고로 내려갔던 게 분명합니다. 신원확인 기록부에 남은 사인이 그 증거지."

로노르망 국장은 상관이 말을 마치기를 잠자코 기다렸다가, 그러한 공격에 직접 대응할 가치를 못 느꼈는지 하던 이야기를 계속 이어갔다.

"오후 2시경 뤼팽은 마르코라 불리는 공범의 도움을 받아 케셀바흐 씨를 결박하고 그가 몸에 지닌 현금을 전부 빼앗았습니다. 그런 다음 협박해 리옹 은행의 금고 암호를 털어놓게 했지요. 암호를 알아내자마자 마르코는 그곳을 떠나 두 번째 공범과 합류했습니다. 두 번째 공범은 케셀바흐 씨와 비슷한 외모를 지닌 자로, 그날은 특별히 케셀바흐 씨가 평소에 입던 옷과 비슷한 옷을 입고 금테 안경까지 착용해 이 닮은 외모를 더욱 강조했을 겁니다. 덕분에 아무 탈 없이 리옹 은행에 들어가 케셀바흐 씨의 사인을 흉내 낸 다음 금고에 든 물건을 찾아 마르코와 함께 현장을 떠났겠지요. 마르코는 뤼팽에게 이 사실을 즉각 보고했고, 케셀바흐 씨가 자신을 속이지 않았다는 사실을 확인한 뤼팽은 목적이 달성되자 그곳을 미련 없이 떠난 겁니다."

발랑글레가 머뭇거리는 기색이었다.

"그래…. 좋아요…. 그렇다고 칩시다. 그런데 의문스러운 점이 있어요. 뤼팽 같은 자가 그깟 자잘한 이익을 취하려고 그런 큰 위험을 감수했겠느냐는 겁니다. 그가 가져간 거라곤 약간의 돈과 아직은 가설일 뿐인 금고 안 물건 정도 아닙니까."

"뤼팽은 더 큰 걸 탐했습니다. 여행 가방 속에 들어 있던 가죽 주머니나 금고 속 흑단 상자를 원했던 겁니다. 빈 상자를 돌려보낸 걸로 보아 뤼팽은 상자를 손에 넣었던 게 분명합니다. 그러니 현재 케셀바흐 씨가 죽기 얼마 전 자신의 비서에게 밝힌 모종의 계획에 대해 이미 알았거나, 적어도 알아가는 중일 겁니다."

"모종의 계획이 무엇이었습니까?"

"저도 모릅니다. 탐정소 소장인 바르바뢰라는 자가 말해준 바로는 케셀바흐 씨는 피에르 르뒥이라는 부랑자를 찾고 있었다고 합니다. 그 사람을 왜 찾았을까요? 피에르 르뒥을 찾는 일이 그의 계획과 어떤 관련이 있는 걸까요? 저로서도 알 수 없는 일입니다."

"좋아요, 지금까지는 아르센 뤼팽의 행적에 관한 이야기였습니다. 그건 그렇다고 칩시다. 케셀바흐 씨는 결박당하고 돈을 빼앗겼지만 여전히 살아 있었습니다! 그렇다면 그때부터 시체가 발견되기 전까지 대체 무슨 일이 일어났던 겁니까?"

"몇 시간 동안 아무 일도 일어나지 않았습니다. 밤이 될 때까지는 말입니다. 하지만 밤에 누군가 침입했습니다."

"어디로 들어왔단 말입니까?"

"케셀바흐 씨가 예약해놓은 420호를 통해 들어왔습니다. 그자는 분명 위조 열쇠를 가지고 있었을 겁니다."

"하지만 그 방과 케셀바흐 씨의 숙소 사이에는 빗장이 걸린 문이 다섯 개나 있었습니다!"

경찰청장이 소리를 질렀다.

"발코니가 있지 않습니까."

"발코니라!"

"그렇습니다. 쥐데가로 향한 같은 층 방들은 하나의 발코니로 둘러싸여 있습니다."

"칸막이가 있는 걸로 아는데?"

"민첩한 사람이라면 뛰어넘을 수 있습니다. 문제의 침입자가 바로 그랬을 겁니다. 게다가 그 흔적도 발견했습니다."

"하지만 그곳의 문은 모두 잠겨 있었고, 범행이 일어난 후에도 여전히 잠긴 걸 확인했습니다."

"단 한 곳, 비서 채프먼의 방은 예외였습니다. 채프먼의 방은 닫혀 있기만 했습니다. 제가 직접 확인해보았습니다."

이번에는 총리도 다소 당황하는 기색이었다. 그만큼 르노르망 국장의 이야기는 빈틈없이 논리적이었으며 확실한 근거에 기초한 듯했다.

갈수록 흥미진진해지는 이야기에 조바심이 난 총리가 재촉했다.

"그렇다면 범인이 그곳에 온 목적은 무엇인가요?"

"모르겠습니다."

"아! 모르는군…."

"그의 이름만큼이나 전혀 짐작이 안 갑니다."

"그러면 살해 동기는?"

"그것 역시 모릅니다. 그저 짐작하건대, 그자는 본디 살인을 저지를 의도는 없었을 겁니다. 그 역시 가죽 주머니와 상자 속에 든 서류를 가지러 왔다가 저항할 수 없는 처지에 놓인 적을 발견하자 얼떨결에 죽였을 겁니다."

"그래요, 가능한 일입니다…. 그러면 국장은 그자가 서류를 찾았다고 생각하는 겁니까?"

"흑단 상자는 찾지 못했을 겁니다. 그곳에 없었으니까요. 하지만 여행 가방 깊숙한 곳에 있던 검은 가죽 주머니는 찾아냈을 겁니다. 그러니까 뤼팽과 그자는 같은 입장에 놓인 셈입니다. 두 사람 모두 케셀바흐 씨의 계획에 대해 같은 내용을 알고 있습니다."

"그렇다면 그 두 사람이 맞설 거란 말이군요."

총리가 말했다.

"그렇습니다. 사실 전투는 이미 시작되었습니다. 아르센 뤼팽의 명함을 발견한 살인자는 그 명함을 시신에 핀으로 꽂아 놓았습니다. 그래서 모든 정황이 아르센 뤼팽에게 불리하게 돌아간 겁니다…. 결국 아르센 뤼팽이 살인자라는 누명을 쓴 거지요."

"그렇군…. 그래…. 정확하게 앞뒤가 들어맞는군."

"만약 살인범이 가면서, 혹은 오면서 운 나쁘게 420호에 담뱃갑을 떨어뜨리지 않았다면, 그리고 그 귀스타브 뵈도라는 호텔 종업원이 그 담뱃갑을 줍지 않았더라면, 그자의 계략은 성공했을 겁니다. 하지만 살인범은 자신이 발각될 처지에 놓인 걸 알고….”

"그자가 그 사실을 어떻게 알았을까요?"

"어떻게 알았느냐고요? 그야 당연히 포르므리 예심판사 때문입니다. 판사는 모든 사람이 알아차리게 대놓고 신문을 진행했습니다! 예심판사가 귀스타브 뵈도에게 다락방으로 가서 담뱃갑을 찾아오라고 시켰을 때 살인자는 분명 구경꾼들이나 종업원, 기자 속에 섞여 있었을 겁니다. 뵈도가 올라가자 그놈이 뒤를 쫓아가 죽인 겁니다. 이렇게 두 번째 살인 사건이 벌어진 거지요."

더는 반박하는 사람이 없었다. 그만큼 그 비극적인 사건이 생생한 현실감과 면밀한 정확성을 토대로 재구성되었던 것이다.

"그렇다면 세 번째 살인 사건은?"

"그건 우발적으로 발생한 사건입니다. 뵈도가 돌아오지 않자 채프먼은 그 담뱃갑을 살펴보고 싶은 마음에 호텔 총지배인과 함께 직접 뵈도를 찾으러 나섰습니다. 그러다 느닷없이 살인자와 마주쳤고 어느 객실로 끌려가 살해당한 겁니다."

"하지만 마주친 상대가 케셀바흐 씨와 귀스타브 뵈도를 죽인 살인범이라는 걸 알았을 텐데 왜 그렇게 속수무책으로 끌려가서 당했을까요?"

"모르겠습니다. 살인이 어느 방에서 일어났는지, 범인이 어떻게 그렇게 감쪽같이 도주한 건지, 그 또한 전혀 짐작할 수 없습니다."

"파란 라벨 두 장에 대해서도 말들이 많던데?"

발랑글레가 물었다.

"그렇습니다. 하나는 뤼팽이 보낸 상자 속에 있었고, 또 다른 하나는 제가 직접 주웠습니다. 제가 주운 라벨은 분명 살인범이 훔친 가죽 주머니에서 떨어졌을 겁니다."

"그래서요?"

"딱히 특별한 건 없습니다. 사실 그것들은 아무런 의미가 없어 보였습니다. 그나마 제 눈길을 끈 건 케셀바흐 씨가 각각의 라벨 위에 적어놓은 813이라는 숫자입니다. 이미 필체를 확인했습니다."

"813이라는 숫자는 무슨 뜻이…?"

"수수께끼입니다."

"수수께끼라고요?"

"유감이지만 이번에도 전혀 아는 바가 없습니다."

"무언가 짚이는 것도 없나요?"

"전혀 없습니다. 제 부하 두 명을 팔라스 호텔로 보내 채프먼의 시신이 발견된 층의 객실에 머물게 했습니다. 그들을 통해 호텔 내 모든 사람을 감시하고 있지요. 범인은 아직 호텔을 떠나지 않았을 겁니다."

"살인이 일어나는 동안 걸려온 전화는 없었나요?"

"있었습니다. 시내에서 누군가 파버리 소령을 찾는 전화를 걸어왔습니다. 파버리 소령은 2층에 투숙하고 있는 네 사람 가운데 한 명입니다."

"그래서 그 소령은요?"

"제 부하들을 시켜서 감시하고 있습니다. 지금까지는 특별한 점을 전혀 발견하지 못했습니다."

"어떤 방향으로 수사를 진행할 겁니까?"

"아! 수사 방향은 매우 명료합니다. 제가 보기에 범인은 케셀 바흐 부부의 친구나 측근입니다. 범인은 부부의 행적을 뒤쫓았 고, 그들의 습관과 케셀바흐 씨가 파리에 방문한 목적을 알고 있었습니다. 게다가 케셀바흐 씨의 계획이 얼마나 중요한 건지 어느 정도 짐작하고 있었습니다."

"그럼 전문가의 범죄는 아니란 말이군요?"

"아닙니다. 절대! 아니고말고요! 범행은 믿기 어려울 정도로 능숙하고 과감하게 저질렀지만 상황상 그렇게 보일 뿐입니다. 거듭 말씀드리자면 수사는 케셀바흐 부부의 주변 인물을 중심 으로 이뤄져야 합니다. 케셀바흐 씨를 죽인 범인이 귀스타브 뵈도를 죽인 이유는 그 청년이 담뱃갑을 가지고 있었기 때문 입니다. 그리고 채프먼을 죽인 이유는 그 비서가 담뱃갑에 대 해 무언가를 알고 있었기 때문이고요. 담뱃갑 이야기를 들었을 때 채프먼이 보였던 반응을 떠올려보십시오. 담뱃갑 모양을 설 명하는 순간 채프먼은 이미 이 비극에 대해 무언가를 알아차렸 습니다. 그가 담뱃갑을 보았다면 틀림없이 우리에게 정보를 주 었겠지요. 범인은 그걸 알았습니다. 그래서 채프먼을 처리했지 요. 안타깝게도 이제 우리가 아는 거라곤 L과 M이라는 두 머리 글자뿐입니다."

르노르망 국장은 잠시 생각에 잠긴 다음 말을 이었다.

"총리 각하의 질문에 답이 될 만한 또 한 가지 증거가 있습니 다. 채프먼이 범인을 전혀 몰랐다면, 그렇게 순순히 범인의 손에 이끌려 호텔 복도와 층계를 지나갔겠습니까?"

사실들이 차곡차곡 쌓였다. 진실이, 적어도 진실일 가능성이 높은 사실들이 점점 윤곽을 드러냈다. 가장 흥미로운 부분은 여전히 베일에 가려져 있다 할지라도, 이만하면 크나큰 발전 아닌가! 아직 범행 동기는 모르지만 이 비극적인 아침나절 동안 어떠한 순서로 사건이 차례차례 전개되었는지는 명확하게 설명되지 않았는가!

침묵이 흘렀다. 각자 생각에 잠겨 논쟁과 반박의 여지를 찾고 있었다. 마침내 발랑글레가 외쳤다.

"친애하는 르노르망 국장, 모든 게 완벽합니다…. 나 또한 당신 의견에 동의합니다…. 하지만 이것만으로는 더는 사건을 진척시킬 수 없습니다."

"무슨 말씀이십니까?"

"말 그대로입니다. 우리가 이 자리에 모인 이유는 수수께끼 일부를 풀기 위해서가 아닙니다. 물론 국장이라면 분명 언젠가는 이 수수께끼를 모두 풀어낼 겁니다. 하지만 우리가 이 자리에 모인 이유는 대중의 요구를 가능한 한 폭넓게 들어주기 위해서입니다. 범인이 뤼팽이든 아니든, 혹은 둘이나 셋 또는 한 명이든 그걸 안다고 해서 우리가 범인의 이름을 알 수 있거나 놈을 체포할 수 있는 건 아니지 않습니까. 참담하게도 대중은 경찰이 무능하다는 인상을 쉽게 바꾸지 않을 겁니다."

"그러면 제가 어떻게 해야 합니까?"

"한마디로, 대중이 만족하게 해야 합니다."

"그 정도라면 조금 전에 말씀드린 설명만으로도 이미 충분할 듯한데….”

“말로는 충분하지 않습니다! 대중은 행동을 원합니다. 그들에게 만족을 줄 수 있는 건 단 한 가지, 범인을 체포하는 것뿐입니다.”

“세상에! 맙소사! 그렇다고 아무나 붙잡을 수는 없지 않습니까.”

“아무도 안 붙잡는 것보단 나을 듯싶은데….”

발랑글레가 미소 지은 뒤 말을 이었다.

“자, 잘 찾아봐요…. 케셀바흐 씨의 하인인 에드바르는 범인이 아닌 게 확실합니까?”

“절대적으로 확실합니다…. 그리고 안 됩니다. 총리 각하, 지나치게 위험하고 터무니없는 일입니다. 검찰총장님도 분명 같은 생각이시겠지만… 우리가 체포할 수 있는 사람은 단 둘뿐입니다. 누군지는 모르나… 범인… 그리고 뤼팽뿐입니다.”

“그래서요?”

“아르센 뤼팽을 체포할 순 없습니다. 그러려면 적어도 충분한 시간이 필요하고 전반적인 조치도 필요합니다. 뤼팽이 조용히 지내고 있거나 죽었으리라고 생각해서 아직 그러한 조치를 마련해놓지 않았습니다.”

발랑글레는 자신의 요구가 즉시 이루어지길 바라는 사람처럼 조급하게 발을 굴렀다.

“하지만… 그래도… 친애하는 르노르망 국장, 무엇이든 조치해야 합니다…. 국장을 위해서도 그래야만 합니다…. 국장도 자신이 막강한 적들을 상대하고 있단 걸 알고 있을 겁니다. 만약 내가 이 자리에 없었다면… 르노르망 국장, 당신이 그런 식으로 빠져나가는 건 용납할 수 없습니다…. 그렇다면 공범은 어떻습니까? 뤼팽만 있는 건 아니니…. 마르코도 있고… 케셀바흐 씨를 흉내 내서 리옹 은행 지하로 내려갔던 인물도 있지 않습니까."

"그자면 충분하시겠습니까, 총리 각하?"

"충분합니다! 제발, 당신만 믿겠습니다."

"여드레만 주십시오."

"여드레라니! 이건 날이 아니라 일분일초를 다투는 문제입니다."

"그러면 시간을 얼마나 주시겠습니까, 총리 각하?"

발랑글레는 시계를 꺼낸 다음 냉소 띤 어투로 이렇게 말했다.

"10분을 주겠습니다, 친애하는 르노르망 국장."

이번에는 치안국장이 자신의 시계를 꺼낸 다음 침착한 목소리로 또박또박 말했다.

"4분이 남겠군요. 총리 각하."

2

발랑글레가 넋 나간 표정으로 국장을 쳐다보았다.

"4분이 남는다니, 도대체 무슨 말입니까?"

"10분이나 주실 필요는 없다는 말씀입니다, 총리 각하. 정확히 6분이면 됩니다."

"아, 그래요? 하지만 르노르망 국장, 지금은 농담할 때가 아닌 듯한데….'"

치안국장은 창가로 다가가 관저 앞뜰에서 한담을 나누며 서성대는 두 사내를 향해 신호를 보낸 다음 다시 돌아왔다.

"검찰총장님, 나이는 47세, 이름은 델르롱, 오귀스트 막시맹 필리프로 체포 영장을 발부해주십시오. 직업란은 비워두십시오."

국장이 현관문을 열었다.

"구렐, 들어오게. 디외지 자네도….'"

구렐이 디외지를 대동하고 모습을 드러냈다.

"수갑을 갖고 왔나, 구렐?"

"예, 국장님."

르노르망 국장이 발랑글레에게 다가갔다.

"총리 각하, 준비를 마쳤습니다. 하지만 이 체포 지시를 철회해주시길 간절하게 부탁합니다. 이 체포로 제 모든 계획이 어긋나버릴 겁니다. 계획이 수포로 돌아갈 수 있습니다. 사소한 만족을 위해 모든 걸 망쳐버리는 우를 범할 수 있다는 뜻입니다."

"이제 80초밖에 남지 않았습니다, 르노르망 국장."

국장은 신경질적인 동작을 애써 억누르며 지팡이에 몸을 의지해 방 안을 이리저리 거닐더니 화가 난 표정으로 자리에 앉았다. 입을 다물기로 한 사람처럼 잠자코 있던 국장은 돌연 마음을 정한 듯 입을 열었다.

"총리 각하, 이제 이 사무실 문을 열고 처음으로 들어올 자가 총리 각하께서 그토록 잡기를 원하는 인물입니다. 하지만 이건 결코 제 뜻이 아니라는 점만은 확실히 해두고 싶습니다."

"이제 15초 남았습니다."

"구렐, 디외지… 처음으로 이 문을 열고 들어오는 사람이네, 알겠나? 검찰총장님, 체포 영장에 서명은 하셨습니까?"

"10초 남았습니다. 르노르망."

"총리 각하, 호출벨을 눌러주시겠습니까?"

발랑글레가 벨을 누르자 보좌관이 문턱에 나타나 지시를 기다렸다.

발랑글레가 국장을 향해 몸을 돌렸다.

"자, 르노르망 국장, 이제 지시를 내리세요. 누구를 들어오라 할까요?"

"더 들어올 사람은 없습니다."

"하지만 국장이 체포하겠다고 한 그자는 어쩌고요? 6분이 훨씬 지났습니다."

"그렇습니다. 하지만 그자는 지금 여기에 있습니다."

"뭐라고 했습니까? 무슨 말인지 도통 이해할 수 없군. 아무도 여기에 들어오지 않았습니다."

"들어왔습니다."

"이런! 르노르망 국장, 지금 날 놀리는 겁니까? 거듭 말하지만 아무도 이곳에 들어오지 않았습니다."

"이 집무실에 네 명이 있었지만 지금은 다섯 명입니다, 총리 각하. 누군가 들어왔단 말이지요."

"뭐라고! 당신 제정신입니까? 대체 무슨 말을 하고 싶은 겁니까?"

그 순간 두 형사가 출입문과 보좌관 사이를 가로막았다. 르노르망 국장은 보좌관에게 다가가 그의 어깨에 손을 얹고 묵직한 목소리로 이렇게 말했다.

"총리실 전속 수석보좌관 델르롱, 오귀스트 막시맹 필리프, 법의 이름으로 당신을 체포한다."

"아! 재미있군…. 재미있어…. 르노르망, 덕분에 정말 오랜만에 이렇게 웃어봅니다…."

르노르망 국장은 검찰총장을 향해 몸을 돌렸다.

"검찰총장님, 체포 영장 직업란에 델르롱 씨의 직업을 써넣는 걸 잊지 마십시오, 총리실 전속 수석보좌관이라고 말입니다."

"그래…. 좋아…. 총리실 전속 수석보좌관…."

발랑글레가 더듬거리며 말을 이었다.

"아! 르노르망 국장이 기발한 생각을 해냈군…. 대중은 누군 가를 체포하기를 원하고… 누군가 제대로 걸린 거야…. 내 수 석보좌관 오귀스트, 그 모범적인 직원이…. 아, 그래! 압니다, 르노르망 국장. 당신이 괴짜인 건 어느 정도 알고 있었지만 이 정도일 줄은 몰랐습니다! 배짱 한번 두둑합니다!"

이 소동이 일어난 순간부터 오귀스트는 도통 무슨 영문인지 모르겠다는 표정으로 한자리에 꼼짝 않고 서 있었다. 충직하고 성실한 부하직원다운 얼굴에는 어리둥절한 기색이 역력히 드 러나 있었다. 오귀스트는 이들이 나누는 대화가 무슨 뜻인지 파악하려는 듯 말하는 상대의 얼굴을 번갈아 바라보았다.

르노르망 국장은 구렐에게 몇 마디 지시를 내려 어딘가로 보 낸 다음 오귀스트 쪽으로 다가가 단호한 어조로 이렇게 말했 다.

"허튼짓하지 말게. 자네는 꼼짝없이 잡혔어. 게임에서 졌을 땐 패를 내려놓는 게 상책일세. 화요일에 무슨 일을 했지?"

"저요? 아무 일도 안 했습니다. 그저 여기에 있었습니다."

"거짓말을 하는군. 그날 자네는 휴가였어. 외출했지."

"그렇군요…. 이제 기억나네요…. 지방에서 친구가 와서… 숲에서 산책했습니다."

"그 친구 이름은 마르코겠지. 리옹 은행 지하실을 산책했을 테고…."

"제가 말입니까! 도통 무슨 말씀인지 모르겠습니다…! 마르 코라니요? 그런 이름을 가진 사람은 알지도 못합니다."

"그럼 이건 알고 있나?"

국장이 금테 안경을 코앞에 들이대며 소리쳤다.

"아니요…. 전 안경을 쓰지 않습니다…."

"아니, 리옹 은행에 가서 케셀바흐 씨 행세를 할 땐 쓸 걸세. 이 안경은 자네가 제롬이라는 이름으로 묵는 콜리제가 5번지 방에서 가져온 거니까."

"제가 방을 얻었다고요? 전 이 관저에서 살고 있습니다."

"하지만 뤼팽 일당으로서 자네가 맡은 역할을 수행할 땐 그 방에서 옷을 갈아입겠지."

궁지에 몰린 상대는 이마에 맺힌 땀을 손으로 닦아냈다. 이어 창백해진 얼굴로 더듬거리며 말했다.

"무슨 말씀이신지 이해할 수가…. 그러니까 국장님 말씀은… 말씀은…."

"그렇다면 자네가 이해할 수 있도록 또 한 가지 물건을 보여줄까? 여기 있네. 대기실 자네 책상 밑 휴지통에서, 바로 자네가 버린 종이 뭉치 사이에서 건진 거라네. 바로 이곳에서 말이지."

르노르망 국장이 상단에 총리실 마크가 인쇄된 종이를 펼치자 케셀바흐의 필체를 흉내 낸 흔적들이 종이 여기저기에서 드러났다.

"그래, 이제 이 종이는 대체 뭐라고 말할 텐가, 충직한 보좌관? 케셀바흐 씨의 서명을 연습한 증거 같은데, 아닌가?"

그 순간 가슴에 정통으로 날아든 주먹을 맞고 르노르망 국장이 비틀거렸다. 오귀스트는 눈 깜짝할 사이 열린 창문으로 달려가 창틀을 넘어 앞뜰로 뛰어내렸다.

"이런…! 나쁜 놈! 몹쓸 자식!"

벨을 누르고 창가로 달려간 발랑글레가 소리를 지르려 했다. 하지만 르노르망 국장이 침착하기 그지없는 목소리로 이렇게 말했다.

"진정하십시오, 총리 각하…."

"하지만 오귀스트, 저놈이…."

"잠시 제 말 좀 들어보십시오…. 전 일이 이렇게 될 줄 알았습니다. 사실 기대했을 정도입니다. 이보다 확실한 자백은 없으니까요."

발랑글레는 한없이 침착한 국장의 태도에 압도당해 자리로 돌아와 의자에 앉았다. 그리고 잠시 후 구렐은 총리실 전속 수석보좌관이자 제롬이라 불리기도 하는 델르롱, 오귀스트 막시맹 필리프의 멱살을 붙잡고 집무실로 돌아왔다.

"데려오게, 구렐."

르노르망 국장이 마치 사냥감을 입에 물고 돌아온 사냥개에게 '가져와!'라고 명령하듯 강경한 어조로 지시했다.

"순순히 따라오던가?"

"약간 물리긴 했지만 제가 단단히 붙들고 있었습니다."

경감이 커다랗고 우락부락한 손을 내밀며 답했다.

"잘했네, 구렐. 이제 이 친구를 마차에 태워 유치장에 데려가게. 그럼 또 만나세, 제롬."

발랑글레는 이제 이 상황을 즐기고 있는 듯 손을 비비며 웃었다. 자신의 수석보좌관이 뤼팽의 공범이라는 사실이 더없이 흥미롭고 역설적으로 느껴지는 모양이다.

"브라보, 친애하는 르노르망. 모든 게 감탄스러울 정도입니다. 그런데 어떻게 이런 일을 해낼 수 있었습니까?"

"아! 아주 간단합니다. 저는 케셀바흐 씨가 바르바뢰 사설탐정소에 일을 의뢰했다는 사실과 뤼팽이 이 탐정소에서 나온 사람인 척 신분을 가장해 케셀바흐 씨의 집에 들어갔다는 사실을 알고 있었습니다. 이 점을 유념해 집중적으로 파헤쳐 보니, 케셀바흐 씨와 바르바뢰 간에 오갔던 은밀한 정보가 탐정소 직원인 제롬이라는 인물에게 흘러들어 가고 있음을 알았습니다. 총리 각하께서 그렇게 서두르라고 지시하지만 않으셨다면, 보좌관을 계속 감시해서 마르코, 심지어 뤼팽까지 잡을 수 있었을 겁니다."

"당신이라면 분명 그랬겠지요, 르노르망. 그리고 우리는 뤼팽과 당신이 벌이는 세상에서 가장 흥미진진한 결투를 보았을 겁니다. 난 당신이 이겼을 거라고 장담합니다."

다음 날 아침, 여러 신문에 다음과 같은 편지가 실렸다.

치안국 르노르망 국장님께 보내는 공개서한.

친애하는 나의 친구 국장님, 보좌관 제롬을 체포한 일에 대해 아낌없는 찬사를 보냅니다. 국장님의 명성에 걸맞은 탁월한 쾌거를 거두셨더군요.

아울러 총리 각하께 케셀바흐 씨의 살인범이 내가 아니라는 사실을 기막힌 솜씨로 증명한 점에 대해서도 한없는 찬사를 보냅니다. 국장님의 주장은 명쾌하고 논리적이었으며 흠잡을 데 없는 데다, 무엇보다 진실했습니다. 국장님께서도 아시다시 피 나는 살인을 저지르지 않습니다. 이 기회를 빌려 그 점을 분명히 밝혀주신 데 감사의 인사를 전합니다. 고백하건대 같은 시대를 살아가는 사람들, 특히 국장님에게 올바른 평가를 받는 일이야말로 내게는 한없이 중요한 사안입니다.

국장님, 본론을 말씀드리겠습니다. 내가 당신을 도와 그 잔혹한 살인마를 추적하고 케셀바흐 사건을 해결하는 데 일조하도록 허락해주십시오. 짐작하셨겠지만 이 사건은 상당히 흥미를 끌더군요. 어찌나 흥미진진하던지 충직한 애견 셜록(저자 모리스 르블랑은 이 부분만큼은 '셜록Sherlock'이라고 올바로 표기함—옮긴이)과 함께 책에 파묻혀 지냈던 지난 4년간의 은둔 생활을 박차고 나와 제 모든 친구를 불러 이 아수라장 속으로 다시 뛰어들었을 정도입니다.

인생이란 참 알다가도 모를 일 아닙니까! 이렇게 내가 당신의 협력자가 되는 날이 오다니…. 이러한 운명의 호의에 커다란 기쁨을 느끼고 있으며 감사한 마음 또한 응당 품고 있다는 점을 알아주시길 바랍니다.

—아르센 뤼팽

추신 — 몇 마디 덧붙여도 이해해주시리라 믿습니다. 제 휘하에서 투쟁하는 영광스러운 특권을 누리는 신사를 축축한 짚이 깔린 감옥에서 썩게 내버려 두는 것은 부당한 처사라 생각됩니다. 따라서 앞으로 5주 후인 5월 31일 금요일, 총리실 전속 수석보좌관으로 심어놓았던 제롬을 탈출시킬 예정입니다. 당신에게는 이 사실을 미리 알리는 게 도리란 생각이 들더군요. 잊지 마십시오. 5월 31일 금요일입니다.

작전에 돌입한 세르닌 공작

1

오스만 대로와 쿠르셀가가 맞닿은 모퉁이 건물 1층, 그곳에는 파리에 거주하는 러시아 이민자들 가운데 가장 성공한 인물 중 한 명이며, 신문의 소식란에 줄곧 이름이 오르내리는 세르닌 공작이 살고 있다.

오전 11시, 공작이 서재에 들어섰다. 35~38세가량으로 보이는 혈색 좋은 남자는 드문드문 은발이 섞인 밤색 머리카락에 짙은 콧수염을 지녔고, 짧게 다듬은 구레나룻이 윤나는 뺨 위로 깔끔하게 자리 잡고 있었다. 공작은 몸에 꼭 맞는 회색 프록코트에 흰색 즈크로 가두리 장식이 된 조끼를 입고 있었다.

"휴, 오늘 하루는 고되겠군."

공작이 나지막이 중얼거리며 커다란 방으로 연결된 문을 열었다. 몇 사람이 그곳에서 공작을 기다리고 있었다.

"바르니에 있는가? 들어오게, 바르니에."

소시민적인 분위기가 느껴지는 땅딸막하고 다부진 체격의 사내가 공작의 부름에 재깍 따라나섰다. 공작은 사내를 들어오게 한 다음 곧바로 문을 닫았다.

"일은 어떻게 되어가나, 바르니에?"

"오늘 저녁 거사를 위해 모든 준비를 마쳤습니다, 대장."

"좋아. 간단히 말해보게."

"남편이 죽은 이후 케셀바흐 부인은 대장이 보낸 안내책자를 보고 가르셰에 있는 여성용 휴양소를 자신의 거처로 정했습니다. 그곳 정원 구석에는 다른 입주자들과 떨어져 지내고 싶어 하는 여성들에게 빌려주는 빌라 네 채가 있는데, 케셀바흐 부인은 그중 마지막 빌라인 '왕후의 빌라'에서 지내고 있습니다."

"하인들은?"

"사건이 발생하고 몇 시간 후 부인과 함께 현장에 도착했던 개인 하녀 게르트루드가 있고, 몬테카를로에서 부름을 받고 와 허드렛일을 하는 게르트루드의 자매 쉬잔이 있습니다. 두 자매가 부인을 헌신적으로 돌보는 것 같습니다."

"하인 에드바르는?"

"부인이 거두지 않아 에드바르는 자신의 고향으로 돌아갔습니다."

"사람들은 좀 만나는가?"

"아무도 만나지 않습니다. 소파에 축 늘어져서 시간을 보내고 있더군요. 무척 쇠약하고 병약해 보입니다. 자주 울기도 하고요. 어제는 예심판사가 부인 곁에서 두 시간 정도 머물다 돌아갔습니다."

"알겠네. 그 젊은 여자는 어떻게 지내고 있나?"

"주느비에브 에르느몽 양은 길 맞은편에 머물고 있습니다…. 그곳은 넓은 들판으로 뻗은 골목인데, 골목에서 오른쪽 세 번째 집이 거처입니다. 주느비에브 양은 요즘 정신지체 학생을 위한 자선 학교를 운영하고, 할머니인 에르느몽 부인과 함께 지내고 있습니다."

"자네 보고서로는 주느비에브 에르느몽과 케셀바흐 부인이 서로 아는 사이라고?"

"그렇습니다. 그 아가씨가 케셀바흐 부인에게 학교 후원금을 요청했습니다. 서로 마음이 잘 맞는 듯 보이더군요. 휴양소 정원과 연결된 빌뇌브 공원을 벌써 나흘째 함께 산책하는 걸 보면 말입니다."

"몇 시쯤에 산책하던가?"

"5시부터 6시까지입니다. 정각 6시에는 그 아가씨가 학교로 돌아가야 하니까요."

"일은 잘 계획해놓았겠지?"

"오늘 6시입니다. 준비는 모두 마친 상태입니다."

"아무도 없겠지?"

"그 시각에는 공원에 아무도 없습니다."

"좋아, 그리로 가겠네. 나가 보게."

공작은 사내를 현관문으로 나가게 한 다음 대기실로 다시 돌아가 이름을 불렀다.

"두드빌 형제!"

다소 지나칠 정도로 우아한 복장에 강렬한 눈빛과 호감 가는 인상을 지닌 젊은 사내 두 명이 들어섰다.

"잘 있었나, 장. 반갑네, 자크. 그래, 경찰서에 새로운 일은 없나?"

"별다른 일은 없습니다, 대장."

"르노르망 국장은 여전히 자네들을 믿고 있나?"

"여전합니다. 구렐 다음으로 신뢰하고 있습니다. 우리를 팔라스 호텔로 보내 채프먼이 살해되었을 당시 2층 객실에 투숙하고 있던 사람들을 감시하는 임무를 맡겼을 정도니까요. 매일 아침 구렐이 올 때마다 대장께 올리는 보고와 똑같은 내용을 전하고 있습니다."

"잘했네. 경찰청 안에서 벌어지는 모든 일과 오가는 모든 이야기를 내가 반드시 알아야만 하네. 르노르망 국장이 자네들을 자신의 사람으로 믿는 한 난 마음대로 상황을 통제할 수 있어. 호텔에선 별다른 단서를 찾지 못했나?"

형인 장 두드빌이 대답했다.

"2층에 투숙했던 영국인 여자가 호텔을 떠났습니다."

"그 여자는 관심 없네. 알아볼 만큼 알아봤어. 그러면 그 옆방에 머물고 있던 파버리 소령은?"

순간 형제의 얼굴에 당황한 기색이 스쳤다. 마침내 둘 중 한 명이 입을 열었다.

"오늘 아침, 파버리 소령은 12시 50분에 출발하는 기차에 맞춰 자신의 짐을 북역으로 운반해달라고 부탁한 다음, 본인은 자동차를 타고 호텔을 떠났습니다. 그래서 기차가 떠날 때까지 역에서 기다렸지만 그자는 끝내 나타나지 않았습니다."

"그러면 짐은?"

"역에서 다시 찾아오라고 시켰더군요."

"누구에게?"

"심부름꾼에게 시켰다고 합니다."

"자신의 흔적을 남기지 않으려고?"

"그렇습니다."

"드디어 해냈어!"

공작이 쾌재를 부르자 두 사람은 놀란 눈빛으로 쳐다보았다.

"그래, 마침내 단서를 잡은 거라네!"

"그렇게 생각하십니까?"

"물론이지. 채프먼은 그 복도에 있는 어느 방에서 살해된 게 틀림없네. 케셀바흐의 살해범이 비서를 끌고 간 곳도, 죽인 곳도, 그리고 옷을 갈아입은 곳도, 바로 그 공범의 방이지. 살인범이 떠난 뒤 공범이 복도에 시체를 내놓았을 테고 말이야. 하지만 과연 그 공범이 누구일까, 바로 그게 문제일세. 파버리 소령이 그렇게 홀연히 사라졌다는 건 이 사건과 밀접한 관련이 있다는 증거 아니겠나. 어서 르노르망 국장과 구렐에게 전화를 걸어 이 희소식을 전하게. 경찰이 가능한 한 빨리 알아야만 해. 이제 우린 같은 곳을 향해 나란히 걸어가는 사이니…."

세르닌 공작은 경찰청 형사 겸 세르닌 공작의 수하로서 이중 역할을 수행하는 데 명심해야 할 몇 가지 주의 사항을 전달한 다음 두드빌 형제를 내보냈다.

대기실에는 이제 두 명의 방문객만 남았다. 공작은 그중 한 명을 들어오게 했다.

"정말 미안하네, 의사 선생. 이제야 당신에게 집중할 수 있게 됐군. 그래, 피에르 르뒥은 어떤가?"

"죽었습니다."

"아! 이런! 오늘 아침 이야기를 듣고 예상은 했네. 그래도 설마 했는데, 그 딱한 친구가 오래 버티질 못했군….

"이미 쇠약해질 대로 쇠약해진 상태였습니다. 실신하더니 그 길로 세상을 떠났습니다."

"입은 열던가?"

"아니요."

"벨빌의 어느 카페 탁자 아래에서 데려온 이후 당신 병원의 그 누구도 경찰과 케셀바흐가 무슨 수를 써서라도 찾으려 했던 베일에 싸인 인물, 피에르 르뒤이라는 사실을 눈치채지 못한 게 확실한가?"

"아무도 눈치채지 못했습니다. 외딴 방에서 혼자 지냈으니까요. 게다가 새끼손가락 상처가 눈에 띄지 않도록 왼손에 붕대를 감아놓았습니다. 뺨의 상처는 수염에 가려 보이지 않았고요."

"자네가 직접 감시했겠지?"

"그렇습니다. 지시받은 대로 정신이 맑아 보일 때마다 기회를 놓치지 않고 질문을 해왔습니다. 하지만 알아들을 수 없는 말만 더듬거리더군요."

공작은 생각에 잠긴 채 중얼거렸다.

"죽었군…. 피에르 르뒤이 죽었어…. 이 사건의 열쇠를 쥔 인물이었는데…. 자신과 자신의 과거에 대해 아무런 사실도 밝히지 않고, 한마디 말도 않은 채 이렇게 허망하게 사라져버렸군…. 깜깜하게만 보이는 이 모험 속으로 내가 뛰어들 필요가 있을까? 너무 위험해…. 자칫하면 구렁텅이에 빠질 수 있어."

공작은 잠시 생각에 잠겨 있다 소리쳤다.

"아! 어쩔 수 없지! 그래도 가보는 거야. 피에르 르뢰이 죽었다고 이 게임을 포기할 순 없지. 아니, 그 반대야! 이건 내게 유리한 기회가 될 수도 있어. 그래, 피에르 르뢰은 죽었어. 고인에게 명복을! 이제 가보게, 의사 선생. 오늘 저녁에 전화하겠네."

의사가 방을 나갔다.

"이제 우리 둘뿐이군, 필리프."

공작이 마지막 방문객에게 말했다. 작은 체구의 그 남자는 회색빛 머리카락에 삼류 호텔 종업원 같은 복장을 하고 있었다.

"대장, 지난주에 저더러 베르사유에 있는 레 되장프뢰르 호텔에 종업원으로 잠입해서 한 청년을 감시하라고 한 지시를 기억하고 계시겠지요."

"당연히 기억하고 있네…. 제라르 보프레를 감시하라고 했지. 그래, 그자는 어떻게 지내던가?"

"자금이 바닥난 상태입니다."

"여전히 우울해 보이고?"

"여전합니다. 자살까지 생각하는 모양입니다."

"심각한가?"

"아주 심각합니다. 서류 더미에서 연필로 쓴 이 짧은 메모를 발견했습니다."

"아! 이런! 자신이 죽을 거라고 적어놓았군. 때는 오늘 저녁이야!"

"그렇습니다, 대장. 밧줄도 사놓았고 천장에 갈고리도 고정해놓았더군요. 지시하신 대로 가깝게 지냈더니 제게 고민을 털어놓기에 그때를 놓치지 않고 대장을 한번 만나보라고 충고했지요. '세르닌 공작은 부자인 데다 성품도 훌륭해서, 아마도 그분이라면 제라르 보프레 씨를 도와주실 겁니다'라고요."

"잘했네. 그래서 제라르 보프레가 올 것 같나?"

"벌써 이 근처에 와 있습니다."

"어떻게 알았나?"

"그자의 뒤를 쫓았거든요. 파리행 기차를 타고 왔는데 지금은 대로를 서성이고 있습니다. 곧 마음을 정할 겁니다."

그 순간 하인이 명함 하나를 가져왔다. 공작이 명함을 살펴본 후 이렇게 말했다.

"제라르 보프레를 들여보내게."

그런 다음 필리프에게 말했다.

"이 골방으로 들어가 조용히 대화를 엿듣게."

홀로 남은 공작이 중얼거렸다.

"어째서 내가 망설이는 거지? 운명이 내게 저자를 보내주었는데⋯."

몇 분 후 여윈 얼굴에 마른 체격을 지닌 키 큰 금발 사내가 열에 들뜬 눈을 하고서 문가에 나타났다. 사내는 손을 벌리고 싶지만 차마 그러지 못하는 걸인처럼 당황한 기색으로 우물쭈물 망설였다.

대화는 짤막하게 이어졌다.

"제라르 보프레 씨인가요?"

"예, 그렇습니다."

"실례지만 누구신지….

"그러니까 공작님… 어떤 사람의 소개로….

"어떤 사람이라니, 누구 말인가요?"

"호텔 종업원이… 공작님 집에서 일했다고 하던데….

"그래, 용건이 무엇입니까?"

"저기, 그러니까….

공작의 위압적인 태도에 당황한 청년이 주눅이 들어 차마 말을 잇지 못했다. 공작이 소리쳤다.

"아무튼 용건을 말해야….

"저, 공작님, 그 사람 말로는 공작님께서 상당한 재력가시고 성품도 훌륭하다고…. 그래서 혹시 저를 도와줄 수 있으신지….

굴욕감을 무릅쓰고 애원할 자신이 도저히 없는지 청년은 또다시 말문을 닫아버렸다.

세르닌이 그에게 다가갔다.

"제라르 보프레 씨, 혹시 《봄의 미소》라는 시집을 출간하지 않으셨습니까?"

"예, 맞습니다. 그 시집을 읽어보셨습니까?"

청년의 얼굴에 모처럼 화색이 돌았다.

"그렇습니다…. 당신의 시는 아름답더군요…. 아주 아름다웠어요…. 그런데 그 시집으로 생활이 펴리라고 생각하는 겁니까?"

"물론입니다. 언젠가는….

"언젠가라…. 아마도 당장은 아닌 것 같습니다. 그렇지 않나요? 그 언젠가가 올 때까지 살아갈 방편을 찾고자 이렇게 내게 도움을 청하러 오셨습니까?"

"먹는 문제만이라도 해결하고자 왔습니다."

세르닌이 청년의 어깨에 한 손을 얹고 차갑게 말했다.

"시인들은 밥을 먹고 살지 않습니다. 운율과 꿈을 먹고 살지요. 그렇게 사세요. 그편이 구걸하며 사는 것보다 낫습니다."

청년이 모욕감에 몸을 떨었다. 청년은 한마디 말도 하지 않고 곧장 문 쪽을 향해 걸어갔다.

세르닌이 불러 세웠다.

"잠시 멈춰보세요, 보프레 씨. 당신에겐 지금 돈이 한 푼도 없는 건가요?"

"전혀 없습니다."

"기댈 데도 없습니까?"

"희망을 걸고 있는 곳이 한 곳 있긴 한데…. 친척 중 한 분에게 무얼 좀 보내달라고 편지를 써 보냈습니다. 오늘 답장이 오리라 기대하고 있습니다. 오늘까지가 제가 버틸 수 있는 한계입니다."

"그 말인즉슨 답장이 안 온다면 오늘 밤 당신은 필시 마음의 결정을…."

"그렇습니다. 공작님."

청년의 대답은 분명하고 단호했다.

세르닌이 웃음을 터트렸다.

"맙소사! 재미있군, 이 친구! 이렇게 고지식하다니! 내년에 다시 날 찾아오겠습니까? 그때 이 문제에 대해 다시 이야기를

나눠봅시다… 신기하고 흥미롭군. 무엇보다 재미있고…. 하하
하!"

공작은 웃느라 어깨까지 들썩였다. 그런 뒤 과장된 몸짓으로
몇 마디 인사를 건넨 후 청년을 문으로 안내했다.

"필리프, 다 들었겠지?"

"예, 대장."

"제라르 보프레는 오늘 오후에 전보가 오기를 기다리네. 구
원의 약속을…."

"예. 마지막 남은 실탄인 셈이지요."

"그 전보가 절대 손에 들어가서는 안 되네. 전보가 도착하면
가로채서 찢어버리게."

"알겠습니다, 대장."

"호텔에는 자네 혼자인가?"

"그렇습니다. 요리사가 있긴 하지만 호텔에서 자지는 않습니
다. 사장은 자리에 없고요."

"좋아. 이제 우리가 호텔의 주인일세. 오늘 밤 11시경에 보
세. 가보게."

2

세르닌 공작은 자기 방으로 가서 하인을 호출했다.

"모자, 장갑, 지팡이를 가져오게. 차는 준비됐나?"

"예, 공작님."

세르닌은 옷을 갖추어 입고 집 밖으로 나선 뒤 널찍하고 안락한 리무진에 올라탔다. 차는 불로뉴 숲에 있는 가스틴 후작 부부의 집 앞에 멈춰 섰다. 부부에게서 점심 초대를 받았던 것이다.

2시 반, 후작의 저택을 나와 클레베 가도에 잠시 차를 세워 친구 두 명과 의사를 태운 뒤 2시 55분에 프랭스 공원에 도착했다.

정각 3시, 스피넬리라는 이탈리아인 소령과 펜싱 경기를 벌여 1회전에서 상대의 귀를 베어버렸다. 3시 45분에는 캉봉 가의 도박 클럽에서 바카라 게임을 했고, 5시 20분에는 4만 7000프랑을 따고 그곳을 빠져나왔다.

세르닌은 이 모든 일을 오만함이 묻어나는 무심한 태도로 느긋이 해치웠다. 보통 사람의 삶에서라면 소용돌이가 몰아친 듯

한 요란한 행보였을 테지만 공작에게는 평온하기 그지없는 일상 같았다.

"옥타브, 가르셰로 가세."

마침내 5시 50분, 세르닌을 태운 차가 빌뇌브 공원의 낡은 담장 앞에 멈춰 섰다.

빌뇌브 영지는 이제 잘게 분할되고 황폐해졌지만 나폴레옹 3세의 아내였던 외제니 황후가 휴식을 취하러 오던 시절의 그 찬란한 광휘를 어느 정도 간직하고 있었다. 고목과 연못 그리고 생 클루 숲의 드넓은 녹음이 어우러져 빚은 풍경에는 우아함과 서글픔 같은 것이 은은히 서려 있었다.

영지의 꽤 넓은 땅은 파스퇴르 연구소가 차지하고 있었다. 연구소와는 공유지를 사이에 두고 분리된, 연구소 부지보다 좁지만 그래도 상당히 넓은 구획에는 휴양소가 들어서 있었는데, 그 휴양소 주위로 네 채의 빌라가 외따로 세워져 있었다.

"저곳이 케셀바흐 부인의 거처로군."

공작이 멀리 떨어진 휴양소 지붕과 네 채의 빌라를 바라보며 속으로 중얼거렸다.

공작은 공원을 가로질러 연못으로 향했다.

그렇게 걸어가던 세르닌은 빽빽이 모여 선 나무 뒤에서 문득 걸음을 멈췄다. 연못을 가로지르는 다리 난간에 두 여자가 팔꿈치를 기대고 선 모습을 목격했다.

"바르니에와 그 부하들이 이 부근 어딘가에 있을 텐데…. 젠장, 워낙 꼭꼭 숨어 있어서 아무리 찾아본들…."

두 여자는 이제 아름드리나무 아래에 펼쳐진 잔디밭을 거닐었다. 고요한 산들바람이 흔들어대는 나뭇가지 사이로 파란 하늘이 언뜻언뜻 드러났다. 대기에는 감미로운 봄 향기와 싱그러운 새순 내음이 은은하게 감돌았다.

연못까지 뻗은 경사진 잔디밭에는 데이지, 제비꽃, 수선화, 은방울꽃처럼 4~5월에 피는 온갖 자그마한 꽃들이 다채로운 빛깔의 별들을 뿌려놓은 듯 여기저기 흐드러지게 피어 있었다. 어느덧 해가 지평선 너머로 뉘엿뉘엿 기울었다.

바로 그 순간, 덤불숲에서 세 남자가 불쑥 튀어나오더니 산책 중인 여자들을 향해 다가가기 시작했다.

세 남자가 여자들에게 접근했다.

몇 마디 말이 오갔다. 두 여자의 얼굴에 두려운 기색이 역력히 묻어났다. 한 남자가 두 여자 중 더 키가 작은 여자에게 다가가 손에 쥔 황금빛 지갑을 빼앗으려 했다.

여자들이 비명을 지르자 세 명의 남자들이 한꺼번에 달려들었다.

"마침내 나설 때가 됐군."

공작이 속으로 중얼거렸다.

곧바로 앞으로 내달린 공작은 불과 10초 만에 연못가에 도달했다.

공작이 다가오자 세 남자가 황급히 도망쳤다.

"도망쳐라, 이 불한당들아. 죽을힘을 다해 도망쳐봐라. 여기 구원자가 나타났다."

공작이 비웃듯 말했다.

남자들을 쫓아가려는 순간 한 여자가 애원했다.

"제발! 선생님, 도와주세요. 제 친구가 아파요."

아닌 게 아니라 둘 중 작은 체구의 여자가 정신을 잃은 채 잔
디밭에 쓰러져 있었다. 발길을 돌린 공작은 걱정스러운 표정으
로 물었다.

"다치신 겁니까? 저 몹쓸 놈들이 혹시?"

"아닙니다…. 그건 아니고… 단지 놀라서… 충격을 받아
서…. 그러니까… 이해하실 겁니다…. 이분이 바로 케셀바흐
부인이시거든요."

"아!"

세르닌이 탄식을 내뱉었다.

작은 각성제 병을 여자에게 건네자 여자가 서둘러 케셀바흐
부인의 코 밑에 갖다 댔다. 세르닌이 다시 말했다.

"자수정 마개를 열면 작은 상자가 하나 있을 겁니다. 상자 안
에는 작은 알약이 들어 있고요. 부인에게 딱 한 알만 먹이십시
오. 아주 독한 약입니다…."

세르닌은 친구를 간호하는 젊은 여자를 바라보았다. 금발에
무척 순수해 보이는 인상이었고, 부드럽고 진지한 얼굴에는 웃
지 않을 때조차 낯빛을 생기 있게 밝혀주는 옅은 미소가 어려
있었다.

'이 여자가 주느비에브로군.'

세르닌은 커다란 감정에 휩싸여 여자의 이름을 마음속으로
되뇌었다.

'주느비에브… 주느비에브….'

그사이 케셀바흐 부인이 서서히 정신을 회복했다. 처음에는 어안이 벙벙해 무슨 일이 일어났는지 깨닫지 못하는 듯했으나, 이윽고 기억을 떠올리고는 자신을 구해준 사람에게 고개를 숙여 감사의 뜻을 표했다.

그제야 세르닌은 허리를 깊숙이 숙여 정식으로 인사한 다음 자신을 소개했다.

"제 소개를 올리지요. 저는 세르닌 공작이라고 합니다."

케셀바흐 부인이 나지막이 말했다.

"어떻게 감사를 표해야 할지 모르겠군요."

"그러실 필요 없습니다, 부인. 감사를 받아야 할 대상은 우연이지요. 제 발길을 이쪽으로 이끈 게 우연이었으니까요. 제가 부축해드려도 되겠습니까?"

몇 분 후 케셀바흐 부인은 휴양소 문 앞에서 벨을 누른 뒤 공작에게 말했다.

"마지막으로 한 가지 청을 드려야겠네요. 부디 이 일에 대해 아무 말도 하지 말아주세요."

"하지만 부인, 그래야 진상을 밝힐 수가…."

"진상을 밝히려면 조사를 벌여야 할 테고, 그렇게 되면 신문과 갖가지 성가신 일로 주위가 또 한차례 소란스러워질 겁니다. 전 더는 버틸 힘이 없어요."

공작은 더 이상 설득하려 애쓰지 않았다. 그저 작별 인사를 건네며 물었다.

"제가 나중에 들러 안부를 여쭈어도 괜찮을까요?"

"물론이지요."

케셀바흐 부인은 주느비에브와 포옹한 뒤 안으로 들어갔다.

해가 저물어 어둠이 내리기 시작했다. 세르닌 공작은 주느비에브가 집까지 혼자 가지 않도록 함께 길을 나섰다. 그런데 오솔길로 접어들자마자 웬 그림자 하나가 어둠 속에서 뛰쳐나왔다.

"할머니!"

주느비에브가 소리쳤다.

손녀는 노파의 품으로 와락 달려들었고, 노파는 손녀에게 입맞춤을 퍼부었다.

"이런! 내 아가, 무슨 일이냐? 왜 이렇게 늦었어. 이런 일이 한 번도 없었잖니."

주느비에브가 할머니를 공작에게 소개했다.

"제 할머니, 에르느몽 부인이세요. 그리고 이 분은 세르닌 공작님이시고요."

손녀에게서 사건의 전말을 전해 들은 에르느몽 부인은 너무나 놀란 나머지 같은 말만 되풀이했다.

"오! 얘야, 얼마나 놀랐겠니⋯! 이 은혜는 절대로 잊지 않겠습니다, 선생님⋯. 절대로⋯. 그래, 얼마나 놀랐겠어, 가여운 내 아가!"

"할머니, 진정하세요. 이렇게 무사히 돌아왔잖아요."

"그래, 하지만 그렇게 놀랐으니 탈이 날 수도 있잖니⋯. 나중에 어디가 어떻게 아플지는 아무도 모르는 법이란다. 세상에, 끔찍해라⋯."

그들은 울타리를 따라 걸어갔다. 울타리 너머로는 우람한 나무가 심긴 뜰과 앞마당, 하얀 건물 한 채가 보였다.

건물 뒤로 돌아가자 아치형으로 우거진 딱총나무 사이로 작은 문 하나가 나타났다.

노파는 세르닌 공작을 안으로 들어오게 하고 담화 공간을 겸하는 아담한 응접실로 안내했다.

주느비에브는 마침 야식 시간이니 잠시 학생들에게 다녀오겠노라고 세르닌 공작에게 양해를 구한 후 집을 나섰다.

거실에는 공작과 에르느몽 부인 단둘만 남아 있었다.

중간 가르마를 타서 끝을 곱슬곱슬하게 말아 올린 백발의 노파는 창백한 안색에 어딘지 모르게 서글픈 인상이었다. 거칠고 둔한 걸음걸이 탓인지 노파는 귀부인다운 외모와 복장에도 다소 투박한 인상을 풍겼다. 하지만 두 눈동자만큼은 한없이 선량하게 빛났다.

노파가 연신 손녀에 대한 걱정을 토로하며 탁자를 정리하고 있던 그 순간, 세르닌 공작이 갑자기 노파에게 다가가 두 손으로 노파의 얼굴을 감싸고 양 볼에 입을 맞추었다.

"잘 지내셨어요?"

노파는 멍한 눈으로 입을 벌린 채 그 자리에서 굳어버렸다.

공작이 웃으며 또다시 볼에 입을 맞추었다.

에르느몽 부인이 더듬거리며 말했다.

"도련님이로군요! 세상에, 도련님이야! 아! 하느님 아버지… 성모 마리아님…. 이럴 수가! 성모 마리아님…."

"그래요, 빅투아르 유모!"

"그렇게 부르지 마세요. 빅투아르는 죽었답니다. 도련님의 늙은 유모는 더 이상 존재하지 않아요. 나는 이제 오로지 주느비에브만을 위해 산답니다."

에르느몽 부인은 나지막한 목소리로 말했다.

"아! 신문에서 도련님 이름을 자주 봤어요. 그게 사실인가요? 그 고약한 생활을 다시 시작한 건가요?"

"아시다시피."

"하지만 그런 생활을 청산하겠다고 제게 맹세했잖아요. 영원히 손을 씻고 정직한 사람으로 살겠다고 말이에요."

"노력했어요. 4년 동안이나…. 지난 4년간 제가 시끄럽게 지냈다고는 말하지 못하시겠지요?"

"그런데 왜 다시 시작했나요?"

"그 생활이 지겨워서요."

에르느몽 부인은 한숨을 내쉬었다.

"항상 똑같군요. 변한 게 없네요…. 아! 이젠 저도 지쳤어요. 도련님은 영원히 변하지 않으실 거예요…. 그렇다면… 지금 케셀바흐 사건에도 개입하고 있는 건가요?"

"물론이지요! 그렇지 않았다면 뭐하러 부하들을 풀어 6시에 케셀바흐 부인을 습격하게 한 뒤 6시 5분에 부인을 구해냈겠어요? 부인은 내 덕분에 봉변을 면했으니 앞으로 날 만나줄 수밖에 없을 겁니다. 드디어 중심부로 파고들었지요. 그 미망인을 보호하면서 주변을 살펴볼 겁니다. 아! 대체 내게 무얼 원하는 거예요? 어쩌겠어요. 한가롭게 빈둥거리며 까다로운 식이요법이나 전채 요리 따위에 매달리는 그런 삶은 안 맞는데…. 나는 극적으로 나서고 통쾌한 승리를 거두는, 그런 삶을 살아야 해요."

창백하게 질린 얼굴로 세르닌을 쳐다보던 노파가 더듬거리며 말했다.

"그렇군요…. 이제 전부 알겠어요, 다 거짓말이었군요…. 그러면 주느비에브는…."

"아! 일석이조인 셈이에요. 한 번의 구출 작전으로 두 사람의 마음을 얻을 기회잖아요. 내가 그 애와 친해지려면 얼마나 많은 시간과 노력을 쏟아부어야 했겠어요? 내가 그 애에게 어떤 존재였습니까? 또 어떤 존재가 될 수 있겠어요? 그저 낯선 남자나 이방인이었겠지요. 하지만 이제 난 그 애에게 은인입니다. 한 시간 안에 친구가 될 거고요."

에르느몽 부인은 몸을 떨었다.

"주느비에브를 구한 게 아니었군요…. 단지 도련님의 계획에 우리를 끌어들이려는 것뿐이었어요…."

에르느몽 부인은 갑자기 성난 몸짓으로 공작의 어깨를 움켜잡았다.

"절대 안 됩니다. 당장 그만둬요. 아시겠어요? 도련님이 내게 그 애를 데려온 날 이렇게 말씀하셨어요. '자, 여기 이 애를 맡아주세요. 이제 이 애의 부모는 죽은 겁니다. 이제 유모가 이 아이의 보호자예요.' 그래요, 내가 그 애를 보호해왔어요. 이제 도련님으로부터, 도련님의 수작으로부터 그 애를 지킬 거예요."

두 주먹을 불끈 쥔 채 단호한 얼굴로 버티고 선 에르느몽 부인은 필요하다면 무슨 일이라도 저지를 태세였다.

세르닌 공작은 침착하게 자신을 움켜쥔 두 손을 하나씩 떼어냈다. 그런 다음 이번에는 자신이 노파의 어깨를 붙잡고 안락의자에 앉힌 후 부인의 얼굴을 향해 몸을 숙여 차분하게 말했다.

"쉿!"

한순간에 무너져버린 에르느몽 부인은 울음을 터트리며 두 손을 모아 빌었다.

"제발 우리를 내버려 두세요. 도련님이 나타나시기 전까지 우리는 행복했어요. 도련님이 우리를 잊어버렸으리라 생각하고, 하루하루가 지날 때마다 하늘에 얼마나 감사드렸다고요. 물론… 전 여전히 도련님을 좋아해요. 하지만 주느비에브는…. 이 애를 위해서 내가 어떻게 해야 할지 모르겠네요. 그 애는 도련님 대신 내 마음을 차지했어요."

공작이 웃으며 이렇게 말했다.

"눈치채고 있었어요. 그 애를 위해서라면 날 악마에게라도 보낼 태세잖아요. 자, 이제 어리석은 짓은 관둡시다. 주느비에브와 이야기를 좀 해야겠어요."

"그 애와 이야기를 한다고요!"

"물론입니다! 그게 무슨 범죄인가요?"

"그 애에게 대체 무슨 할 말이 있다는 거예요?"

"비밀이지요…. 아주 중대하고도 감동적인 비밀…."

노파는 겁에 질려 말했다.

"그 비밀이 주느비에브를 힘들게 하는 건 아니겠지요? 아! 모든 게 걱정돼요. 그 애에 관한 일이라면 모든 게 걱정돼요."

"그 애가 오는군요."

"아직 올 시간이 아니에요."

"확실합니다. 오고 있어요. 눈물을 닦고 침착하게 행동하세요."

"잘 들어요, 도련님. 도련님이 무슨 말을 할지, 무슨 비밀을 털어놓을지 저야 알 수 없지만, 도련님보다는 제가 그 애를 더 잘 알아요. 그래서 하는 이야기인데, 주느비에브는 용기 있고 강인하지만 아주 예민한 아이이기도 해요. 그러니 말할 때 각별히 조심하세요. 그 애가 상처 입을 수도 있어요. 도련님은 상상도 못 할 일이겠지만…."

"도대체 왜 내가 상상도 못 할 거란 겁니까?"

"그 애는 도련님과는 전혀 다른 부류, 다른 세계의 사람이니까요. 도덕적인 면에서 완전히 다른 세계에 속했다는 말이에요. 도련님과 그 애 사이에는 건널 수 없는 장벽이 있어요…. 주느비에브는 지극히 순수하고 고귀한 성품이지요. 그리고 도련님은…."

"나는요?"

"도련님은 정직한 인간이 아니에요."

3

주느비에브가 생기 있고 매력적인 모습으로 다시 방 안에 들어섰다.

"아이들을 모두 침실로 들여보내서 10분간 여유가 생겼어요…. 아, 할머니, 무슨 일 있었어요? 표정이 안 좋으신데…. 그일 때문에 아직도 이러시는 거예요?"

"아닙니다, 아가씨. 제가 부인을 충분히 안심시켰어요. 단지 아가씨 이야기를 나누다 보니 부인께서 아가씨의 어린 시절 이야기를 잠시 해주셨는데, 그게 부인을 울컥하게 했나 봅니다."

"제 어린 시절 이야기를 했다고요? 아! 할머니!"

주느비에브는 얼굴을 붉혔다.

"아가씨, 부인께 화내지 마세요. 우연히 이야기가 그쪽으로 흐른 것뿐입니다. 알고 보니 아가씨가 자랐던 작은 마을이 제가 자주 들렀던 곳이더군요."

"아스프르몽을요?"

"맞습니다, 니스 근처 아스프르몽…. 새로 지은 새하얀 집에서 사셨더군요."

"예. 파란색 페인트를 조금 칠한 창가 주변을 제외하고는 정말 새하얀 집이었어요…. 그때 전 아주 어렸어요. 제가 일곱 살 때 아스프르몽을 떠났으니까…. 하지만 그 시절 일이라면 아주 세세한 것까지 다 기억나요. 하얀 건물 전면에 쏟아지던 햇살, 뜰 한구석에 드리워져 있던 유칼립투스 그늘…."

"아가씨, 그리고 그 뜰 구석에는 올리브 나무 몇 그루가 심겨 있었지요. 그중 한 그루 아래에는 탁자가 놓여 있어서 날씨가 더운 날이면 아가씨 어머니가 그곳에서 일하시곤 했고요."

"예. 맞아요. 전 그 옆에서 놀곤 했어요…."

주느비에브는 감격에 겨운 표정으로 말했다.

"바로 거기서 아가씨 어머니를 몇 번 본 적이 있습니다. 아가씨를 보자마자 그분의 모습이 떠오르더군요. 아가씨가 조금 더 밝고 행복해 보이지만…."

공작이 말했다.

"사실 가엾은 내 어머니는 그다지 행복하지 않으셨어요. 제가 태어나던 날 아버지가 돌아가셨거든요. 그 무엇도 어머니에게는 위로가 되지 못했답니다. 자주 우셨어요. 그 시절 눈물을 닦아드릴 때 썼던 작은 손수건이 아직도 기억나요."

"장미 무늬가 있는 작은 손수건 말인가요?"

"맙소사! 그걸 어떻게…."

"언젠가 한번 그곳에서 아가씨가 어머님을 위로하시는 모습을 보았답니다. 어찌나 다정하게 위로하시던지 그 장면이 아직도 또렷이 기억나는군요."

주느비에브는 남자를 뚫어지게 쳐다보고 나서 혼잣말처럼

중얼거렸다.

"아… 맞아요…. 그 눈빛… 그 목소리… 혹시….''

주느비에브는 눈을 감더니 마치 도망치는 기억을 애써 잡으려는 듯 정신을 집중했다. 다시 눈을 뜬 주느비에브가 공작에게 물었다.

"제 어머니를 알고 계시는 거지요?"

"사실 아스프르몽 부근에 사는 친구가 몇 명 있어서 그 친구들 집에 갔다가 몇 번 뵌 적이 있습니다. 제가 마지막으로 그분을 본 날, 부인은 유난히 더 서글퍼 보이고… 창백했어요. 그리고 제가 다시 그곳에 갔을 때는 이미….''

"이미 모든 게 끝난 후였겠지요, 그렇지요?"

주느비에브가 공작의 말허리를 자르고 끼어들었다.

"그래요. 너무 갑작스럽게 돌아가셨어요…. 겨우 몇 주 만에…. 그 당시 저는 어머니를 돌봐주던 이웃들 집에 홀로 맡겨져 있었어요. 그런데 어느 날 아침 그렇게 느닷없이 어머니가 떠나신 거예요. 그리고 바로 그날 밤 어떤 사람이 와서 자고 있던 저를 안고는 이불로 싸서….''

"남자였나요?"

공작이 물었다.

"예, 남자였어요. 제게 말을 건네는데, 그 목소리가 어찌나 나긋나긋하고 부드럽던지…. 마음이 편안해졌어요…. 그 남자는 깜깜해진 밖으로 저를 데려가서 차에 태우고는 제가 놀라지 않도록 이런저런 이야기를 해주었지요. 그 목소리로… 바로 그 목소리로….''

주느비에브는 말끝을 흐리며 이야기를 멈추더니 조금 전보다 더욱 뚫어지게 공작을 쳐다보았다. 순간적으로 스친 희미한 느낌을 애써 붙잡으려는 듯했다. 공작이 주느비에브에게 물었다.

　"그다음에는요? 남자가 아가씨를 어디로 데려가던가요?"

　"바로 그 지점부터 제 기억이 희미해요…. 마치 며칠 동안 잠을 잤던 것처럼…. 여하튼 그렇게 저는 방데 지방으로 가서 그곳 몽테귀에 사는 이즈로 부부 집에서 나머지 어린 시절을 보냈답니다. 인자한 부부가 저를 먹이고 키워주셨어요. 그분들의 헌신과 애정을 결코 잊지 못할 거예요."

　"그 부부도 죽었나요?"

　"예. 그 지역에 장티푸스가 돌았거든요. 하지만 당시에는 그런 사실을 몰랐어요. 부부가 병에 걸리자마자 그전과 마찬가지로 한밤에 어떤 남자가 찾아와 저를 이불로 싼 채 어디론가 데려갔거든요. 그전과 똑같은 상황이었는데, 단지 그때는 제가 좀 더 커서 안 가겠다고 몸부림치고 소리를 지르는 바람에 그 남자가 어쩔 수 없이 제 입을 머플러로 막았지요."

　"몇 살 때 일입니까?"

　"열네 살 때 일이에요…. 그러니까 4년 전 일이지요."

　"그때는 남자를 알아보셨나요?"

　"아니요. 남자가 얼굴을 더 가린 데다 제게 한마디도 말하지 않았거든요…. 하지만 전 지금껏 그 두 남자가 동일 인물이라 생각해왔어요. 배려 깊은 태도로 세심하고 조심스럽게 저를 대하는 모습이 영락없이 예전의 그 남자였어요."

"그 후에는 어떻게 됐나요?"

"그전과 마찬가지로 잠이 들듯 정신이 몽롱해졌지요…. 아마도 아팠던 것 같아요. 열도 났던 것 같고…. 깨어나 보니 밝고 환한 방 안이었어요. 백발의 부인이 몸을 숙인 채 저를 바라보며 미소 짓고 계시더라고요. 그분이 바로 제 할머니세요. 그리고 그때 그 방은 위층에 있는 바로 제 방이고요."

주느비에브는 행복해 보이는 얼굴과 환하게 빛나는 사랑스러운 표정을 되찾았다.

"그렇게 에르느몽 부인이 어느 날 밤 문가에 쓰러져 있던 저를 발견하고 거둬들여서 제 할머니가 돼주셨어요. 몇 차례 시련을 겪었던 아스프르몽의 그 작은 소녀는 이제 평온한 삶의 기쁨을 맛보며, 다루기 어렵고 우둔하긴 해도 자신을 무척 잘 따르는 소녀들에게 산수와 문법을 가르치고 있답니다."

주느비에브는 신중하지만 가벼운 어조로 유쾌하게 자신을 소개했다. 그 모습에서 감성과 이성이 적절히 조화된 그녀의 성격이 고스란히 전해졌다.

이야기를 듣고 있던 세르닌 공작은 점점 더 커다란 경이로움을 느꼈고, 그러한 자신의 심적 동요를 굳이 감추려 하지도 않았다.

공작이 물었다.

"그 이후로 남자의 소식을 들은 적은 없나요?"

"전혀요."

"혹시 다시 만나보고 싶으신가요?"

"예. 정말 만나보고 싶어요."

"그렇다면 아가씨….."

주느비에브가 몸을 떨었다.

"무엇인가를 알고 계시는군요…. 아마도 진실을….."

"아닙니다…. 아니에요…. 단지….."

세르닌은 일어나서 방 안을 서성거렸다. 이따금 눈길이 주느비에브에게 머물렀다. 조금 더 명확한 답변을 내놓아도 될지 망설이는 기색이었다. 과연 사실을 말할 것인가?

그사이 에르느몽 부인은 손녀의 마음을 어지럽힐 비밀이 폭로될까 봐 안절부절못하고 있었다.

"아닙니다…. 그게 아니라, 어떤 생각이 떠올랐어요. 어떤 기억이….."

"기억이라니요? 어떤 기억 말인가요?"

"제가 착각했나 봅니다. 이야기에서 어떤 사소한 부분 때문에 잠시 착각한 것 같아요."

"착각하신 게 틀림없나요?"

공작이 여전히 망설이는 기색으로 대답했다.

"틀림없습니다."

"아! 전 공작님이 무언가를 알고 있으리라고….."

주느비에브는 차마 말을 맺지 못하고 공작이 자신의 질문에 스스로 나서서 답변하기만을 기다렸다.

하지만 공작은 입을 굳게 다물었다. 이내 단념한 듯 주느비에브는 에르느몽 부인 쪽으로 몸을 돌려 인사했다.

"안녕히 주무세요, 할머니. 아이들을 침실에 들여보내긴 했지만, 제가 뽀뽀해주기 전까지는 한사코 잠을 자려 하지 않아서요."

그런 다음 공작에게 악수를 청했다.

"다시 한 번 감사드립니다."

"가시려고요?"

공작이 다급하게 물었다.

"죄송해요. 할머니께서 공작님을 배웅해주실 거예요."

공작이 몸을 숙여 주느비에브의 손에 입을 맞췄다. 주느비에
브는 문을 열고 나가려다 말고 뒤를 돌아보며 미소 지었다.

그리고 이내 시야에서 사라졌다.

공작은 멀어져가는 주느비에브의 발걸음 소리를 들으며 꼼
짝 않고 서 있었다. 얼굴은 만감이 교차한 듯 창백해졌다.

"말하지 않았군요."

노파가 말했다.

"그래요."

"그 비밀은…"

"나중에요…. 오늘은 이상하게… 입이 떨어지지 않더군요."

"그렇게 어렵던가요? 자신을 두 차례나 데려갔던 그 미지의
남자가 도련님이란 걸 그 애가 눈치채지 못했을까요? 한마디
말이면 충분했는데…."

"나중에요…. 나중에…."

마음을 가다듬으며 공작이 말했다.

"아시다시피 저 애는 나를 거의 모르잖아요…. 우선 저 애의
관심과 애정을 받을 자격을 갖춰야겠습니다…. 저 애에게 어울
리는 인생, 동화 속에서나 있을 법한 그런 멋진 인생을 안겨줄

수 있을 때, 그때 가서 모든 걸 밝힐 거예요."

노파가 고개를 흔들었다.

"도련님이 잘못 생각하고 있는 거예요…. 주느비에브는 멋진 인생을 바라지 않아요…. 소박한 심성을 가진 아이랍니다."

"그 애도 다른 여자들이 갖고 싶어 하는 것들을 원할 겁니다. 재물, 호화로운 삶, 권력을 싫어하는 여자는 없지요."

"주느비에브는 달라요. 차라리 내 생각에는…."

"어차피 나중에 다 알게 되겠지요. 일단은 내가 하는 대로 내버려 두세요. 그리고 마음 놓으셔도 됩니다. 유모가 걱정하는 것처럼 주느비에브를 내 계획에 끌어들일 생각은 추호도 없으니… 이제 그 애를 만날 일은 거의 없을 거예요. 단지 어떻게 지내나 궁금했을 뿐인데… 이제 알았으니… 그걸로 됐습니다."

공작은 학교를 벗어나 자동차 쪽으로 향했다.

어느새 행복으로 가슴이 벅차올랐다.

"매력적인 아가씨로 자랐어…. 다정하면서도 진지하고! 엄마의 눈을 꼭 빼닮았더군. 눈물이 날 정도로 내 마음을 뒤흔들었던 그 두 눈…. 하, 얼마나 아득하게 느껴지는지! 얼마나 아름다운 추억인지…. 그 슬프고도 아름다운 추억!"

공작은 소리 높여 이렇게 덧붙였다.

"그래, 내가 그 애를 행복하게 해줄 거야. 지금 당장! 오늘 밤부터! 오늘 밤부터 그 애에겐 약혼자가 생기는 거야! 그거야말로 모든 처녀가 꿈꾸는 행복의 조건 아니겠어?"

4

대로변에 세워진 자동차에 올라탄 공작이 말했다.

"집으로 가세, 옥타브."

집으로 돌아온 공작은 뇌이로 전화 연결을 요청해서 공작이 의사라고 부르는 친구에게 몇 가지 지시 사항을 전달한 뒤 옷을 갈아입었다.

공작은 캉봉가의 클럽에서 저녁을 먹고 오페라 극장에서 한 시간 정도 시간을 보낸 뒤 자동차에 다시 올라탔다.

"뇌이로 가세, 옥타브. 의사를 만나러 갈 걸세. 지금은 몇 시인가?"

"10시 반입니다."

"이런! 서두르게!"

10분 후 자동차는 잉케르만 대로 끝에 있는 외딴 저택 앞에 멈춰 섰다. 경적을 울리자 의사가 내려왔다. 공작이 물었다.

"준비해놓았나?"

"포장하고 끈으로 묶어 봉인해놓았습니다."

"상태는 어떤가?"

"아주 좋습니다. 전화로 말씀하신 대로만 일이 잘 풀리면, 경찰이 전혀 낌새를 차리지 못할 겁니다."

"반드시 그래야 하네. 자, 서두르세."

그런 다음 꽤 무거워 보이는 사람 형태의 길쭉한 자루를 차 안에 실었다. 공작이 말했다.

"베르사유의 빌렝가 레 되장프뢰르 호텔 앞으로 가게, 옥타브."

"하지만 제가 알기에는 그 호텔 평판이 무척 안 좋던데요?"

"내가 모를 것 같나? 어차피 이번 일은 고될 거야, 적어도 나에게는…. 상관없네! 억만금을 준다 해도 내 자리와는 바꾸지 않을 테니! 누가 인생이 따분한 거라고 했나?"

마침내 레 되장프뢰르 호텔 앞…. 지저분한 출입로를 지나… 두 개의 계단을 내려가서 희미한 등불이 가물거리는 복도를 따라 걸어갔다.

세르닌은 주먹으로 작은 문을 두드렸다.

종업원 한 명이 나타났다. 그날 아침 세르닌으로부터 제라르 보프레에 대한 지시를 받았던 남자, 바로 필리프였다.

"여전히 여기에 있나?"

공작이 물었다.

"그렇습니다."

"밧줄은?"

"매듭을 만들어놓았습니다."

"그자가 기다리는 편지는 어떻게 됐나?"

"여기 있습니다. 제가 중간에서 가로챘습니다."

세르닌이 파란 종이를 건네받아 그 속에 적힌 내용을 읽기 시작했다.

"이런, 아슬아슬했군."

세르닌은 만족한 표정으로 외쳤다.

"내일 1000프랑을 보내겠다고 적혀 있네. 행운이 따르는군. 지금이 11시 45분이니, 15분 후면 그 가여운 친구는 영원 속으로 돌진하겠군…. 어서 안내하게, 필리프. 당신은 여기 남아 있게, 의사 선생…."

호텔 종업원이 촛불을 들고 곧장 세르닌을 안내했다. 그들은 4층으로 올라가 다락방이 줄지어 있는 음습하고 냄새나는 복도를 까치발로 걸어갔다. 그 복도 끝에는 나무 층계가 있었는데, 층계에 깔린 양탄자 잔해에는 여기저기 곰팡이가 슬어 있었다.

"아무도 내가 하는 말을 못 듣겠지?"

"그럼요. 그 두 방은 워낙 외진 곳에 있으니 걱정하지 마세요. 하지만 잘 기억해두세요. 그 사람이 머물고 있는 방은 왼쪽입니다."

"알았네. 이제 다시 내려가게. 자정이 되면 의사와 옥타브와 함께 그 자루를 들고 여기로 와서 기다리게."

공작은 열 개의 계단으로 이루어진 나무 층계를 조심조심 올라갔다…. 층계참에 다다르니 두 개의 방문이 나타났다.

문 여는 소리가 정적을 깨지 않도록 각별히 주의를 기울이느라 공작이 오른쪽 문을 열기까지는 무려 5분이나 걸렸다.

빛줄기가 어두운 방 안을 희미하게 비추고 있었다. 세르닌은 의자에 부딪히지 않으려고 사방을 더듬거리며 빛줄기를 향해 다가갔다. 그 빛줄기는 벽걸이 천 조각으로 가려진 유리문을 통해 바로 옆방에서 새어 들어오고 있었다.

공작이 그 천을 젖혔다. 창문은 반투명 유리였지만 군데군데 손상되고 금이 가 있어서 눈을 바짝 갖다 대면 옆방에서 일어나는 모든 일을 어렵지 않게 엿볼 수 있었다.

정면에는 한 남자가 책상 앞에 앉아 있었다…. 시인 제라르 보프레였다.

시인은 촛불에 의지해 무언가를 쓰고 있었다.

천장 갈고리에 걸린 밧줄 하나가 머리 위로 드리워져 있었다. 밧줄은 올가미 매듭으로 단단하게 묶여 있었다.

시내 종탑의 종소리가 희미하게 들려왔다.

"5분 후면 자정이군. 아직 5분이 남았어."

청년은 여전히 무언가를 종이에 쓰고 있었다. 그렇게 얼마간의 시간이 지나자 펜을 내려놓더니, 빼곡히 글자가 적힌 열두어 장의 종이를 정돈한 후 처음부터 다시 읽어내렸다.

글이 성에 안 찼는지 청년의 얼굴에 불만스러운 표정이 스쳤다. 청년은 종이를 찢어 촛불에 태우기까지 했다.

그런 다음 불안한 손길로 백지 위에 몇 자를 적고서는 서명을 휘갈긴 후 자리에서 일어났다.

하지만 자신의 머리에서 30센티미터 위까지 늘어진 밧줄을 보더니 이내 공포로 몸을 떨며 무너져 내렸다.

세르닌의 눈에 청년의 창백한 얼굴과 야윈 뺨이 선명하게 들어왔다. 청년은 움켜쥔 두 주먹을 두 뺨에 갖다 댔다. 한줄기 눈물이 처량하게 볼 위로 흘러내렸다. 허공을 응시하는, 슬픔에 잠식당한 두 눈동자는 이미 죽음 이후 찾아올 무의 세계를 직시하는 듯했다.

그러나 이 얼마나 파릇한 청년인가! 주름 하나 파이지 않은 저 보드라운 뺨! 동방의 푸른 하늘빛으로 빛나는 저 눈동자!

마침내 자정…. 그 비극적인 열두 번의 종소리에 얼마나 많은 사람이 절망의 무게를 견디지 못하고 이생에 작별을 고했던가!

열두 번째 종소리가 울리자 청년이 다시 몸을 일으켜 세웠다. 그러고는 이전과는 다르게 떠는 기색 없이 용감하게 그 불길한 밧줄을 바라보았다. 심지어 미소까지 지어 보이려 애썼다. 이미 죽음의 손길에 사로잡힌 포로의 얼굴에는 처량하게 일그러진 딱한 미소가 떠올랐다.

청년은 재빨리 의자 위로 올라가 한 손으로 밧줄을 붙잡았다.

그런 뒤 잠시 꼼짝도 않고 서 있었다. 망설이거나 용기가 없어서가 아니라 최후의 행동을 감행하기에 앞서 자신에게 주는 용서의 시간, 고귀한 순간을 누리기 위해서였다.

청년은 자신을 악운의 구렁텅이로 빠트린 이 추악한 방을 둘러보았다. 더러운 벽지와 초라한 침대가 눈에 들어왔다.

탁자 위에는 단 한 권의 책도 보이지 않았다. 이미 모조리 팔아버린 것이다. 사진 한 장도, 편지 봉투 하나도 눈에 띄지 않았다! 청년에게는 이제 아버지도, 어머니도, 가족도 없다…. 대체 목숨을 부지해야 할 이유가 무엇이란 말인가? 아무것도, 그 누구도 없는 것을….

별안간 청년은 자신의 머리를 올가미에 집어넣고 목이 꽉 조일 때까지 밧줄을 잡아당겼다.

그리고 두 다리로 의자를 걷어찬 후 허공에 매달렸다.

5

　10초, 그리고 20초가 흘렀다. 영원과도 같은 끔찍한 20초였다.

　허공에 매달린 청년의 몸이 두세 번 경련을 일으켰다. 두 다리는 본능에 따라 디딜 곳을 찾느라 버둥댔다. 그러고는 이내 아무런 움직임도 없었다.

　몇 초가 더 흘렀다…. 작은 유리문이 열렸다.

　세르닌이 들어왔다.

　전혀 서두르는 기색 없이 청년이 서명한 종이를 집어들고 읽기 시작했다.

　병도 들고 돈도 없고 희망도 없는 이 삶에 지쳐 나는 죽는다.
　그 누구도 내 죽음을 비난하지 않기를….
　　　　　　　　　　　　　　　　　—4월 30일, 제라르 보프레

　세르닌은 그 종이를 눈에 잘 띄도록 책상 위에 내려놓고 의자를 끌어다 청년의 발치에 놓았다. 그러고는 책상 위로 올라가 청년의 몸을 붙잡아 들어 올린 후 올가미 매듭을 느슨하게 풀어 머리를 빼냈다.

청년의 몸이 세르닌의 양팔 사이로 고꾸라졌다. 일단 자신의 품에서 미끄러져 책상 위에 늘어지도록 놔두고, 바닥으로 풀쩍 뛰어내려 다시 청년을 끌어다 침대에 옮겨 눕혔다.

그런 다음 여전히 침착한 태도로 출입문을 살짝 열었다.

"세 사람, 거기 있나?"

세르닌이 나지막이 물었다.

근처 나무 층계 발치에서 누군가 대답했다.

"여기 있습니다. 짐을 올릴까요?"

"서두르게."

세르닌은 휴대용 촛대를 들고 그들의 앞길을 비추었다.

세 사람은 끈으로 동여맨 자루를 나눠 들고 힘겹게 층계를 올라왔다.

"여기 내려놓게."

세르닌이 책상을 가리키며 말했다.

그러고는 주머니칼로 자루를 묶고 있던 끈을 잘라냈다. 하얀 천이 보였다.

천을 걷어내자 시신 한 구가 있었다. 피에르 르뒥의 시신이었다.

"불쌍한 피에르 르뒥, 이렇게 젊은 나이에 죽어서 얼마나 대단한 걸 놓쳤는지 자네는 영영 알지 못할 걸세! 내가 자네에게 훨씬 더 나은 삶을 살게 해주었을 텐데…. 어쨌든 이제 자네의 도움 없이 일해나갈 걸세. 자, 필리프, 책상 위로 올라가게. 그리고 옥타브, 자네는 의자 위로 올라가고. 이자의 머리를 들어서 저 올가미 안에 집어넣는 걸세."

2분 후 피에르 르뵈의 시신이 올가미에 매달려 허공에서 흔들렸다.

"잘했네. 시신 바꿔치기도 생각보다 그리 어렵지 않군. 이제 자네들은 나가도 좋아. 의사 선생, 자네는 내일 아침 이곳에 다시 들러 여기 이 유서와 함께 자살한 제라르 보프레를 발견하는 거야. 법의학자와 경찰서장을 부르고, 누구도 시신에서 잘린 손가락이나 뺨의 상처를 확인하지 못하도록 적절하게 조치하게."

"쉬운 일입니다."

"조서가 즉각 작성돼야 하네. 자네가 부르는 대로 말이지."

"별문제 없을 겁니다."

"마지막으로 시신이 영안실로 보내지는 걸 막고, 가능한 한 빨리 매장허가서를 받아내게."

"그건 조금 어렵겠는데요."

"어떻게든 해보게. 그런데 이 남자는 살펴보았나?"

세르닌은 침대에 축 늘어진 남자를 가리켰다.

"예. 호흡이 정상으로 돌아왔습니다. 하지만 큰일 날 뻔했습니다. 자칫 경동맥이 파열했을 수도…."

의사가 대답했다.

"위험 부담 없는 일이 어디 있겠나… 언제쯤 의식이 돌아오겠나?"

"몇 분 내로 돌아올 것 같습니다."

"좋아. 아! 아직 떠나지 말게, 의사 선생. 아래 내려가서 기다리게. 오늘 밤 자네가 해야 할 일이 남았어."

홀로 남은 공작은 담배에 불을 붙이고, 푸르스름한 담배 연기로 동그라미를 만들어 천장에 띄워 올렸다.

잠시 생각에 빠져 있던 공작은 앓는 소리에 문득 정신을 차렸다. 공작이 침대로 다가갔다. 청년이 몸을 꿈틀거리기 시작했다. 마치 악몽을 꾸는 것처럼 청년의 가슴팍이 거칠게 오르내렸다. 고통스러운 듯 청년은 두 손으로 목을 감쌌다. 의식이 돌아온 청년은 벌떡 몸을 일으키고는 공포에 질린 얼굴로 거친 숨을 몰아쉬었다.

"당신은! 당신이 어떻게….

청년은 어찌 된 영문인지 몰라 당황하며 중얼거렸다.

유령을 보듯 아연실색한 눈빛으로 공작을 바라보았다.

청년은 다시 목과 목덜미를 만지더니… 느닷없이 탁한 목소리로 비명을 질렀다. 공포에 질려 눈은 휘둥그레졌고 머리카락은 곤두섰으며 온몸은 나뭇잎처럼 바들바들 떨렸다. 공작이 옆으로 몸을 비키자 올가미에 묶여 허공에 떠 있는 목매단 시신 한 구가 눈에 들어왔던 것이다.

청년은 벽까지 뒷걸음질쳐 갔다. 이 남자, 이 목매단 시신은 바로 나다! 그 자신이다! 자신이 죽어 있다. 자신이 죽은 모습을 두 눈으로 바라보고 있다. 사후에 꾸는 잔혹한 악몽인가? 죽은 자의 혼란한 뇌가 마지막으로 꿈틀거리며 만든 환영인가?

청년은 허공에 대고 두 손을 허우적거렸다. 한동안 이 역겨운 환영으로부터 자신을 보호하려는 듯 그렇게 몸부림을 쳐대더니 결국 지치고 기운이 빠져 또다시 기절하고 말았다.

그 모습을 바라보며 세르닌이 빈정대는 어투로 중얼거렸다.

"놀랍도록… 예민한 성격이야. 감수성이 풍부해…. 이제 이 친구의 뇌 속이 난장판이 되었군. 그래, 이때야…. 20분 내로 이 일을 처리하지 못하면 모든 게 수포로 돌아갈 거야."

세르닌은 두 개의 다락방을 분리한 유리문을 밀어놓은 다음, 다시 침대로 돌아가서 청년을 들어 다른 방 침대에 옮겨 눕혔다.

차가운 물로 청년의 관자놀이를 닦은 후 각성제를 들이마시게 했다.

이번에는 혼절해 있는 시간이 비교적 짧았다.

제라르가 눈꺼풀을 조심스럽게 뜨더니 천장을 올려다보았다. 그 끔찍한 환영은 사라져 있었다.

하지만 낯설기만 한 가구 배치, 탁자와 벽난로, 방 안의 잡다한 물건들을 보고 나서 또다시 소스라치게 놀랐다. 뒤이어 엄습하는 자신이 저지른 일에 대한 기억… 목에서 느껴지는 고통….

청년이 공작에게 물었다.

"지금 제가 꿈을 꾸고 있는 건가요?"

"아니네."

"아니라니요?"

순간 어떤 기억이 뇌리에 스친 듯했다.

"아! 맞아요, 기억나요…. 제가 죽으려고 했지요…. 그런데…."

청년이 불안한 표정을 지으며 앞으로 몸을 숙였다.

"그런데 그 이후의 일은? 환영은?"

"환영이라니?"

"남자가… 밧줄에…. 그건 꿈이지요?"

"아니, 그 또한 현실이네."

세르닌이 단호하게 대답했다.

"뭐라고 하셨습니까? 그게 무슨 소리지요? 아! 아니야…. 그럴 리가…. 제발… 저를 깨워주세요. 제가 잠에 든 거라면…. 그게 아니라면, 내가 죽은 걸 텐데…! 내가 죽은 건가요? 시신이 되어 악몽을 꾸고 있는 건가 봐…. 아! 의식이 혼미해지는 게 느껴져…. 제발 날 좀 도와주세요…."

세르닌이 청년의 머리에 부드럽게 손을 얹고 허리를 숙여 말했다.

"잘 듣게…. 이제부터 내가 하는 말을 잘 듣고 이해하게. 자네는 살아 있네. 자네의 육체와 정신은 온전하게 살아 있어. 하지만 제라르 보프레는 죽었네. 내 말 알아듣겠나? 제라르 보프레라는 이름을 가진 사회적 존재는 더 이상 존재하지 않아. 자네가 그자를 없애 버렸어. 내일 아침이면 호적의 자네 이름 앞에는 '사망'이라는 글자가 적힐 걸세. 그리고 그 옆에 사망 날짜도 적히겠지."

"거짓말! 거짓말이야! 이렇게 멀쩡하게 살아 있는데…. 제라르 보프레인 내가!"

"자네는 제라르 보프레가 아닐세."

세르닌이 선언하듯 말했다.

그런 뒤 열린 문을 가리키며 이렇게 덧붙였다.

"제라르 보프레는 지금 저 옆방에 있네. 보길 원하나? 자네가 매달아놓은 그대로, 그 갈고리에 매달려 있네. 책상 위에는 자네가 직접 제라르 보프레의 죽음을 알리고 서명한 편지도 놓여 있지. 그러니 이 모든 게 지극히 논리적이고 결정적이라네. 이 돌이킬 수 없는 급작스러운 사건에는 반박의 여지가 조금도 없어. 제라르 보프레는 더 이상 존재하지 않아!"

청년은 넋 나간 표정으로 세르닌의 말을 들었다.

사태가 생각보다 처참하지 않다는 사실을 깨닫자, 청년은 한결 침착해져 상대의 말을 이해하기 시작했다.

"그래서요?"

"그러니 대화를 해보세."

"예…. 좋습니다…. 대화를 해보지요."

"담배 한 대 피울 텐가? 피운다고? 아! 이제야 다시 삶에 애착을 느끼는 모양이군. 잘됐어, 이야기가 잘 통할 것 같네."

공작은 청년의 담배에 불을 붙여주고 자신의 담배에도 불을 붙인 후 메마른 목소리로 간략히 설명하기 시작했다.

"고인이 된 제라르 보프레는 병들고 돈 없고 희망도 없는 삶에 지쳐 있었네. 그렇다면 지금 자네는 돈과 권력을 가지길 원하는가?"

"무슨 말인지 모르겠습니다."

"간단하네. 우연히 자네가 내 인생길에 나타났어. 자네는 젊고 아름다우며 시인이고 지적인 데다, 절망에 휩싸여 저지른 자네의 행동이 증명하듯 정직한 성품을 지녔지. 그런 자질을 모두 가진 사람은 흔치 않아. 나는 자네의 자질을 높이 평가하네…. 그래서 그걸 취할 생각일세."

"그런 건 팔 수 있는 게 아닙니다."

"바보 같은 소리! 정신 차리게. 내가 지금 자네에게 무언가를 사고파는 이야기를 하는 줄 아나? 그러한 자질들은 내가 차마 자네에게서 떼어낼 수 없는 소중한 보석 같은 것일세."

"그렇다면 내게 원하는 게 무엇입니까?"

"자네의 인생!"

여전히 멍 자국이 남은 청년의 목을 가리키며 세르닌이 말을 이었다.

"자네의 인생을 원하네! 자네가 제대로 쓸 줄 몰랐던 그 인생 말일세! 자네가 망치고 허비하고 파괴해버린 인생을 내가 궁극의 아름다움과 위대함 그리고 고귀함이 깃든 새로운 인생으로 바꿔놓으려 하네. 자네가 현기증이 날 정도로 말일세. 만약 자네가 내 마음의 심연 속 저 아래에 깔린 은밀한 생각을 엿볼 수만 있다면…."

세르닌은 양손으로 제라르의 머리를 감싸 쥔 채 역설적인 논리로 자신의 주장을 강조했다.

"자네는 이제 자유야! 더 이상 족쇄 따위는 없네! 이제 이름의 무거운 짐 따위는 견딜 필요가 없는 걸세! 붉게 달군 쇠로 어깨에 낙인을 찍듯 사회가 자네에게 새겨놓은 그 등록번호를 자네가 방금 지워버렸네. 모두가 상표를 달고 사는 이 노예의 세상에서 자네만은 마치 기게스의 반지(사람을 투명하게 만드는 신비한 힘을 가진 가공의 반지 - 옮긴이)를 소유한 사람처럼 아무도 모르게, 누구의 눈에도 띄지 않게 오갈 수 있는 거야. 아니면 마음에 드는 상표 하나를 고를 수도 있지. 내 말 알아듣겠나? 예술가로서, 그리고 한 사람으로서 자네에겐 귀중한 보석 같은 자질이 있다는 걸 이해하겠나? 전혀 때 묻지 않은 완전히 새로운 삶을 사는 걸세! 자네 인생은 이제 상상력이 솟구치는 대로, 이성이 충고하는 대로 마음껏 주무를 수 있는 밀랍이나 다름없단 말이네."

청년이 지친 기색으로 대꾸했다.

"아! 그래서 내가 그 보석으로 무얼 하길 바랍니까? 지금껏 내가 그걸로 무얼 했습니까? 아무것도 해놓은 게 없지 않습니까."

"그러니 그걸 내게 주게."

"그걸로 무얼 하실 생각이십니까?"

"모든 걸 할 생각이네. 자네는 예술가가 아닐지 몰라도 난 예술가거든! 그것도 지칠 줄 모르는 열정과 뚝심이 있는 진취적인 예술가이지. 자네 내면에는 신성한 열정의 불꽃이 없을지라도 난 그걸 가지고 있네. 자네가 실패한 곳에서 이 몸은 성공할 걸세! 그러니 자네의 인생을 내게 주게."

"그럴듯한 말과 허황된 약속일 뿐입니다!"

청년이 격앙된 얼굴로 소리쳤다.

"공허한 망상이고요! 난 내가 어떤 놈인지 잘 압니다…! 비겁하고 의기소침하고 노력해봤자 허탕만 치는, 비참하기 짝이 없는 그런 놈이지요. 내 인생을 다시 시작하려면 강한 의지가 필요한데 내게는 그게 없습니다."

"난 있네."

"친구들도….."

"가지게 될 걸세!"

"돈도….."

"내가 주겠네, 얼마든지! 자네는 마술 상자에서 돈을 꺼내듯 그저 꺼내서 쓰기만 하면 될 걸세."

"대체 당신은 누구십니까…?"

그제야 청년이 소리를 지르며 상대의 정체를 물었다.

"다른 사람들에게는… 세르닌 공작이라 불리지…. 자네에게 는… 아무래도 좋네. 난 공작보다, 왕보다, 황제보다 더 나은 존 재라네."

"대체 누구길래… 누구시기에….."

보프레가 더듬거리며 물었다.

"거물이라고나 할까…. 의지와 능력이 있고… 행동력이 있는 사람…. 내 의지에는 한계가 없고… 내 능력에도 한계가 없지. 나는 이 세상 최고의 갑부보다 더 부자네. 그자의 재산이 곧 내 재산이니까. 난 이 세상 최고의 권력자보다 더 강한 권력자. 그 자가 나를 위해 그 권력을 사용할 테니까."

세르닌은 다시 청년의 머리를 잡고 꿰뚫듯 바라보았다.

"그렇게 부자가 되게…. 그렇게 강해지게…. 내가 자네에게 주는 건 행복일세. 인생의 달콤함이지…. 시상을 떠올릴 수 있 는 두뇌의 평화이자… 영광일세. 받아들이겠나?"

"예…. 받아들이겠습니다….."

현혹되고 압도당한 제라르가 중얼거렸다.

"제가 무얼 해야 하나요?"

"아무것도."

"그렇지만…."

"분명히 말하는데, 아무것도 할 필요가 없네. 내 모든 계획의 발판은 자네이지만 자네 자체는 중요하지 않아. 적극 나설 필요가 없단 말일세. 지금으로서는 조연도 아니네! 내가 조종하는 체스판의 말에 불과해."

"그러면 제가 무얼 하면서 지내야 하나요?"

"아무것도…. 그저 시를 쓰게! 자네는 마음대로 살 수 있네. 돈도 생길 거고, 인생도 즐기게 될 거야. 난 자네 일에 간섭조차 안 할 걸세. 다시 한 번 말하지만, 내 모험에서 자네가 해야 할 역할은 없어."

"그러면 전 누가 되는 건가요?"

세르닌이 팔을 뻗어 옆방을 가리켰다.

"저자의 자리를 대신 차지하게 될 걸세. **자넨 이제 저자야!**"

제라르는 반감과 혐오감으로 몸서리를 쳤다.

"싫습니다! 저자는 죽었어요…. 게다가 이건 범죄입니다…. 싫어요, 전 저를 위해 만들어지고… 저를 위해 고안된… 새로운 삶을 원합니다…. 미지의 이름을 원해요…."

"저자가 되라고 말했네."

세르닌이 거부할 수 없는 힘과 권위를 내뿜으며 말했다.

"자넨 다른 그 누구도 아닌 바로 저자가 될 걸세. 저자의 운명은 멋지니까! 유명 인물인 데다 고상함과 도도함으로 이루어진 막대한 유산을 물려줄 수 있지."

"이건 범죄입니다."

보프레가 기운이 다 빠진 듯 힘없는 목소리로 답했다.

"자네는 저자가 될 걸세."

세르닌이 더없이 맹렬한 기세로 외쳤다.

"저자가 되게! 그러지 않으면 보프레로 돌아가는 거야. 그리고 보프레의 목숨은 내 손에 달려 있지. 선택하게."

세르닌은 권총을 꺼내 장전한 다음 청년을 겨누었다.

"선택하란 말일세!"

독촉하는 세르닌의 표정은 더없이 완고했다. 제라르가 겁에 질려 침대에 쓰러지며 흐느꼈다.

"살고 싶어요!"

"정말 살길 원하나, 그것도 아주 절실하게?"

"그럼요. 그렇고말고요! 그 끔찍한 일을 시도한 이후로 죽음이 두려워졌어요…. 뭐라도… 뭐라도 죽음보단 나을 겁니다…. 뭐라도 말이에요! 고통… 배고픔… 질병… 온갖 고초와 모욕… 심지어 범죄조차도…. 죽음만은 정말 피하고 싶어요…."

마치 죽음이라는 거대한 적이 여전히 주변을 맴도는 것처럼, 또 그 적의 손아귀에서 벗어날 방도가 없는 것처럼 청년은 열에 달뜨고 불안에 사로잡혀 몸을 떨었다.

공작은 청년을 먹잇감처럼 제압하며 강한 어조로 몰아붙였다.

"자네에게 불가능한 일이나 나쁜 짓을 하라고 요구하는 게 아닐세…. 무슨 일이 일어나면 내가 책임질 거야…. 아니, 이건 범죄가 아닐세…. 기껏해야 고통을 약간 느끼거나… 피를 조금

흘릴 뿐이지. 하지만 죽음의 공포에 비하면 뭐가 그리 대수겠나?"

"고통은 제게 아무런 문제가 안 됩니다."

"그렇다면 당장 시작하지! 당장! 10초만 참게…. 10초만 참으면 다른 사람의 인생이 자네 차지가 될 거야."

세르닌은 두 팔로 청년의 허리를 덥석 붙잡아 의자에 앉힌 다음 청년의 축 처진 왼손을 탁자 위로 끌고 와 다섯 손가락이 모두 벌어지도록 펼쳐놓았다. 그러고는 주머니에서 재빨리 칼을 꺼내, 새끼손가락 첫째 마디와 둘째 마디 사이에 칼날을 대고 명령했다.

"내려치게! 직접 내려쳐! 주먹만 한 번 내려치면 모든 일이 끝나네."

세르닌은 청년의 오른손을 붙잡고는 왼손 위 칼날을 내려치도록 부추겼다. 공포에 질린 제라르가 몸을 비틀어댔다. 이제야 사태를 제대로 파악한 모양이었다.

"안 됩니다! 절대 안 돼요!"

청년이 어찌할 줄 모르고 더듬거렸다.

"내려치게. 한 방이면 끝나네. 한 방이면 돼. 그러면 자네는 저자와 똑같아져서 아무도 자네를 알아보지 못할 걸세."

"저자의 이름이 무엇입니까?"

"우선 내려치게."

"안 돼요! 아! 왜 이런 일이 내게…. 나중에 할게요, 제발…."

"당장 하게…. 내가 그러길 원하고… 또 그래야만 하네."

"안 돼요…. 제발… 전 도저히 못 하겠어요."

"어서 쳐, 바보 같은 놈. 이 한 방이면 부와 명예, 사랑까지 얻을 수 있네."

제라르는 충동적으로 주먹을 들어 올렸다.

"사랑이라면…. 그래요, 사랑을 위해서라면 하지요….."

"자네는 사랑하고 사랑받을 걸세. 자네의 약혼녀가 기다리고 있어. 내가 그 여자를 골랐네. 여자는 누구보다 순수하고 아름답네. 하지만 여자를 차지하려면 적극 나서야 해. 그러니 내려치게!"

그 숙명적인 행동을 위해 청년의 팔에 힘이 들어갔다. 하지만 이내 본능이 더 큰 힘을 발휘해 행동을 저지시켰다.

불쑥 초인적인 힘이 솟아난 청년은 잽싸게 세르닌의 팔을 풀고 후다닥 도망쳤다.

청년은 미친 사람처럼 다른 방으로 뛰어갔다. 하지만 그 방의 끔찍한 광경을 목격하고는 공포에 질려 비명을 내질렀다 결국 탁자 옆으로 돌아가 세르닌 앞에 무릎을 꿇을 수밖에 없었다.

"내려치게!"

세르닌이 청년의 다섯 손가락을 다시 펼친 후 칼날을 갖다 대며 말했다.

뒤이어 기계적인 동작이 이루어졌다. 청년은 넋 나간 눈과 창백한 얼굴로 마치 자동인형처럼 주먹을 들어 올렸다가 칼날을 내리쳤다.

"아!"

고통에 찬 신음이 터져 나왔다.

작은 살덩이가 허공으로 튕겨 나갔다. 피가 솟구쳤다. 청년은 세 번째로 정신을 잃었다.

세르닌이 청년을 바라보며 부드럽게 말했다.

"가여운 친구…! 자, 자네의 잘린 손가락은 내가 100배로 보상해주지. 나는 항상 대가를 후하게 쳐주는 편이라네."

세르닌은 아래층으로 내려가 의사에게 갔다.

"끝났네. 이젠 자네 차례야…. 이제 올라가서 저 친구 오른쪽 뺨에, 그러니까 피에르 르뒤과 똑같은 자리에 흉터를 새기게. 두 상처는 똑같아야 하네. 한 시간 안에 데리러 오겠네."

"어디로 가시는 겁니까?"

"바람 좀 쐬러. 속이 뒤집힐 것 같네."

밖으로 나온 세르닌은 길게 숨을 내뱉더니 담배에 불을 붙였다.

"대단한 하루였어. 조금 고되고 피곤하긴 했지만 꽤 두둑한 수확이 있었지. 이제 나는 돌로레스 케셀바흐의 친구가 되었어. 주느비에브의 친구도 되었고. 내게 절대적으로 헌신할, 꽤 그럴싸한 새로운 피에르 르뒤도 만들어냈지. 게다가 주느비에브에게 흔치 않은 훌륭한 남편감도 찾아주었어. 이제 모든 일이 끝난 거야. 앞으로는 내가 뿌린 노력의 결실을 거두기만 하면 돼. 이제 당신이 나설 차례야, 르노르망 국장. 난 만반의 준비가 되었어."

세르닌은 자신이 휘황찬란한 약속으로 혼을 빼놓아 손가락을 자르게 한 그 불쌍한 청년을 떠올리며 이렇게 덧붙였다.

"그런데… 딱 하나 문제가 있어…. 방금 저 착한 청년에게 인

심 좋게 건네준 피에르 르뛰이라는 자의 신상에 대해 아는 게
아무것도 없어. 꽤 골치 아프군. 피에르 르뛰이 돼지고기 장수
의 아들이 아니라는 증거도 못 찾았으니!"

작전에 돌입한 르노르망 국장

1

5월 31일 아침, 모든 신문은 그날이 바로 뤼팽이 공개서한을 통해 르노르망 국장에게 수석보좌관 제롬을 탈출시키겠다고 통보한 날짜임을 환기했다.

그중 한 신문은 당시 상황을 다음과 같이 명료하게 요약해놓았다.

팔라스 호텔의 그 끔찍한 살육 사건이 발생한 날은 4월 17일로 거슬러 올라간다. 그날 이후 경찰은 무엇을 찾아냈나? 아무것도 찾아내지 못했다.

단서는 다음 세 가지이다. 담뱃갑, L과 M이라는 머리글자, 호텔 관리소에 버려진 옷 꾸러미.

그렇다면 경찰은 이 단서로 무엇을 밝혀냈나? 아무것도 밝혀내지 못했다.

경찰은 사건 발생 당시 호텔 2층 투숙객 중 한 명이었으며 얼마 전에 미심쩍게 자취를 감춘 한 남자를 용의선상에 두고 있는 듯하다. 그 남자를 발견했는가? 신원이라도 파악했는가? 그러지 못했다.

따라서 이 비극은 사건 발생 초기만큼이나 여전히 베일에 싸여 있고 짙은 어둠에 가려 있다.

설상가상으로 이러한 상황에서 경찰청장과 르노르망 치안국장 사이에 불화가 확인되었다. 실제로 국무총리로부터 비교적 확고한 지지를 얻지 못한 르노르망 국장은 이미 며칠 전 잠정적으로 사직서를 제출한 상태이다. 이 때문에 케셀바흐 사건의 수사 지휘권은 르노르망 국장과 개인적으로 앙숙 관계에 있는 치안국 베베르 부국장에게 넘어갈 것으로 보인다.

요컨대 이 사건은 혼란과 무질서 그 자체이다.

더구나 상대는 치밀한 수법, 넘치는 활력, 번뜩이는 재기의 대명사, 아르센 뤼팽이다.

그렇다면 우리의 결론은 무엇인가? 간단하다. 뤼팽은 바로 오늘 5월 31일, 예고대로 자신의 공범을 탈출시킬 것이다.

다른 모든 신문에서도 찾아볼 수 있었던 이 같은 결론은 대중이 내린 결론이기도 했다. 뤼팽의 위협은 고위층에게도 커다란 영향을 미쳤던 게 분명하다. 몸이 아프다는 명목으로 자리를 비운 르노르망 국장을 대신한 베베르 치안국 부국장과 경찰청장이 법원은 물론 문제의 피의자가 수감된 상태 교도소까지 철저하게 조치해놓은 것을 보면 말이다.

그들은 포르므리 판사가 일상적으로 행하는 심문까지는 차마 중단시키지 못했지만, 신중을 기하기 위해 막대한 수의 경찰을 배치해 교도소에서부터 팔레 대로에 이르기까지 피의자가 지나가는 통행로를 철통같이 지키게 했다.

5월 31일이 지나갔고 놀랍게도 예고된 탈출은 일어나지 않았다.

한 가지 일이 있긴 했다. 하필 호송차가 지나가는 길에서 누군가 소동을 일으키는 바람에 전차와 합승마차 그리고 트럭이 뒤엉켰고, 호송차 바퀴 하나가 알 수 없는 이유로 파손되었다. 하지만 그 정도에서 마무리되었다.

따라서 탈출 작전은 실패했다. 대중은 은근히 실망했고 경찰은 의기양양했다.

하지만 그다음 날 토요일, 믿을 수 없는 소문이 법원 안에서 퍼지기 시작해 신문사 편집국으로 흘러들었다. 보좌관 제롬이 사라졌다는 것이다.

이것이 가능한 일일까?

각 신문사의 호외가 이 소문을 발 빠르게 전했음에도 사람들은 인정하려 하지 않았다. 하지만 6시, 〈데페슈 뒤 수아르〉에 실린 짤막한 기사가 그 소문을 공식적으로 확인시켜주었다.

본사에 아르센 뤼팽의 서명이 적힌 통지문이 전달됐다. 그곳에 붙어 있는 특수 우표는 뤼팽이 지난번 편집부로 보내온 편지에 붙어 있던 우표와 일치하므로 본사는 이 문서의 진정성을 인증한다.

친애하는 사장님,

어제 약속을 지키지 못한 점, 여러분께 정중히 용서를 구합니다. 나는 마지막 순간에서야 5월 31일이 금요일이라는 사실을 깨달았습니다! 어떻게 금요일에 내 친구를 탈출시킬 수 있겠습니까? 고민 끝에 그러한 부담은 질 필요가 없다고 결정했습니다.

아울러 평소의 내 솔직한 태도와 달리 이 자리에서 이 작은 사건이 어떻게 이루어진 것인지 명확하게 밝히지 못하는 점, 여러분께 양해를 구합니다. 방법이 지나치게 기발하고 단순해서 만약 공개한다면 온갖 불량한 놈들이 모방할까 봐 심히 우려스럽습니다. 내가 방법을 공개하는 날, 사람들이 얼마나 놀랄지! 설마 그게 전부냐며 어이없어 하겠지요. 간단해 보이지만 이 또한 궁리 끝에 얻은 방법이었답니다.

사장님께 경의를 표하며….

—아르센 뤼팽

한 시간 후 르노르망 국장은 전화 한 통을 받았다. 내무부로 오라는 발랑글레 총리의 호출이었다.

"안색이 좋아 보이는군요, 르노르망 국장! 아픈 줄 알고 쉬는데 방해가 될까 봐 연락도 못 했는데!"

"아프지 않습니다, 총리 각하."

"그렇다면 자리를 비운 건 토라져서군! 역시나 그 고약한 성격 때문이었어."

"총리 각하, 제 성격이 고약한 건 인정하지만… 토라진 건 아닙니다."

"하지만 집에만 틀어박혀 있었지요! 뤼팽이 그 기회를 이용해 자기 동료를 탈출시켰고….."

"그걸 제가 무슨 수로 막을 수 있겠습니까?"

"무슨 말입니까! 뤼팽의 꾀는 조잡합니다. 늘 하던 대로 탈출 날짜를 예고해 모든 사람이 그 사실을 믿게 했지요. 탈출 시도와 비슷한 게 있긴 했지만 정작 탈출은 일어나지 않았습니다. 그런데 모두가 방심하고 있을 다음 날, 쳇, 새가 그만 날아가 버렸다는 말입니다."

"총리 각하, 뤼팽이 한번 마음먹으면 우리로서는 도저히 막아낼 재간이 없습니다. 탈출은 확실하고도 정밀한 방법으로 이루어졌을 겁니다. 차라리 손을 떼고… 웃음거리가 될 상황을 다른 사람에게 넘기는 편을 택했지요."

치안국장이 심각한 어조로 말했다.

이야기를 들은 발랑글레가 냉소를 지었다.

"그래서 지금 국장 대신 경찰청장과 베베르 부국장이 속을 태우고 있지 않습니까…. 자, 국장은 이게 어찌 된 일인지 설명해줄 수 있습니까?"

"총리 각하, 우리가 아는 사실은 탈출이 법원에서 이루어졌다는 것뿐입니다. 문제의 피의자는 호송차에 실려 포르므리 판사의 집무실로 인도됐지만… 법원에서 나오지는 않았습니다. 그 이후 피의자가 어디로 갔는지는 아무도 모릅니다."

"해괴한 일입니다."

"해괴한 일이지요."

"그래서 아무것도 알아낸 게 없습니까?"

"있습니다. 사건 당일 예심판사의 집무실이 줄지어 늘어선 안쪽 복도는 피의자, 변호사, 경비원, 집행관 등 갖가지 부류의 사람들이 몰려 있어서 무척 혼잡한 상태였습니다. 그런데 확인한 바로는 그들 모두가 법원으로 바로 그 시각에 출두하라는 가짜 출석요구서를 받았더군요. 한편 이들에게 출석요구서를 보냈다던 예심판사들은 단 한 명도 집무실에 나오지 않았습니다. 이 예심판사들도 검사실에서 보냈다는 가짜 출석요구서를 받고 파리 각지와 외곽으로 외근을 나가 있었던 겁니다."

"그뿐입니까?"

"더 있습니다. 그날 경관 두 명과 피의자 한 명이 법원 안뜰을 가로지르는 모습을 누군가 목격했다고 합니다. 밖에는 마차가 기다리고 있었고 세 명 모두가 마차에 올라탔답니다."

"르노르망 국장, 그래서 당신의 가설은 무엇입니까? 견해는요?"

"제 가설은 이렇습니다, 총리 각하. 그 두 경관은 뤼팽의 공범이며 복도가 혼잡한 틈을 타 진짜 경관 행세를 한 겁니다. 그리고 제 견해를 말씀드리자면, 이 탈출은 아주 특별한 상황과 기묘한 일련의 사건이 조합돼야만 성공할 수 있으므로 분명 우리가 용납하지 못할 은밀한 공모 관계가 숨어 있는 게 틀림없습니다. 뤼팽은 법원 내부에 우리의 모든 계획을 수포로 돌아가게 할 자신의 끄나풀을 심어놓았습니다. 경찰청에도 심어놓았고, 제 주변에도 심어놓았을 겁니다. 뤼팽의 패거리는 무시무시한 조직입니다. 제가 이끄는 치안국보다 수천 배 더 노련하고 다양하고 유연하고 대담한, 또 하나의 치안국인 셈이지요."

"그냥 가만히 보고만 있을 작정입니까, 르노르망 국장!"

"아닙니다."

"그런데 사건 초반부터 왜 그토록 무기력하게 손을 놓고 있었던 겁니까? 당신이 뤼팽에 맞서 한 일이 대체 무엇입니까?"

"싸움을 준비했습니다."

"아! 훌륭하군요! 그런데 국장이 준비만 하는 동안 그자는 행동하고 있었습니다."

"그건 저도 마찬가지입니다."

"그렇다면 무언가를 알고 있단 말입니까?"

"많은 걸 알고 있지요."

"그게 무엇인가요? 말해보세요."

르노르망 국장은 생각에 잠긴 채 지팡이를 짚으며 널찍한 집무실 안을 서성거렸다. 그러고는 발랑글레 앞에 앉아 올리브색 프록코트 가장자리를 손가락 끝으로 쓸고 은테 안경을 코 위로 추켜올린 다음 확고한 어조로 말했다.

"총리 각하, 제 수중에는 세 가지 패가 있습니다. 우선 현재 아르센 뤼팽이 무슨 이름으로 자신의 정체를 숨기고 있는지 알고 있습니다. 뤼팽은 그 이름으로 오스만 대로에 살면서 매일 협력자와 접견하고 자신의 패거리를 재정비하며 이끌고 있습니다."

"이런, 그렇다면 왜 체포하지 않는 겁니까?"

"사달이 난 후에야 이 사실을 알았기 때문입니다. 얼마 뒤 그 아무개 공작은 모습을 감추었습니다. 다른 일로 외국에 나갔다고 하더군요."

"만일 다시 나타나지 않는다면?"

"처한 상황이나 케셀바흐 사건에 개입한 방식으로 미루어 보건대 다시 나타날 겁니다, 그것도 같은 이름으로요."

"하지만…."

"총리 각하, 이제 제 두 번째 패에 대해서 말씀드리겠습니다. 피에르 르뒥을 마침내 찾아냈습니다."

"뭐라고요!"

"정확하게 말하자면 뤼팽이 찾아낸 거지요. 뤼팽은 잠적하기 전에 피에르 르뒥을 파리 근교의 어느 자그마한 빌라에 데려다 놓았습니다."

"맙소사! 그걸 어떻게 알았습니까?"

"아! 쉬운 일이었습니다. 뤼팽은 피에르 르뒥 곁에 감시 겸 보호 목적으로 공범 두 명을 붙여놓았지요. 그런데 실은 이 공범들이 제 부하 요원이었습니다. 제가 아무도 모르게 고용한 두 형제인데, 이들은 기회가 닿는 대로 뤼팽을 제게 넘겨줄 겁니다."

"훌륭하군요! 훌륭해! 그러니까…."

"그러니까 피에르 르뒥은 이 유명한 케셀바흐 사건을 캐내려는 모든 자의 노력을 집중시키는 결정적 인물이니… 언젠가는 피에르 르뒥을 통해서 삼중 연쇄살인범을 찾아낼 겁니다. 이 몹쓸 작자는 케셀바흐 씨 자리를 꿰차고 정체불명인 엄청난 계획을 실현하려 하고 있습니다. 케셀바흐 씨가 이 계획을 완수하기 위해 피에르 르뒥을 절실히 필요로 했던 만큼 이 살인범도 그를 애타게 찾고 있을 겁니다. 더불어 아르센 뤼팽도 잡을 수 있을 겁니다. 아르센 뤼팽도 같은 목표를 좇고 있으니까요."

"대단합니다. 즉 피에르 르뒥은 적을 유인하기 위한 미끼인 셈이군요."

"물고기가 그 미끼를 덜컥 물었습니다, 총리 각하. 방금 받은 보고에 따르면 웬 수상한 자 하나가 제 부하들의 보호 아래 피에르 르뒥이 머무는 작은 빌라 주변을 이따금 배회한다고 합니다. 네 시간 안에 제가 직접 현장에 갈 예정입니다."

"르노르망 국장, 세 번째 패는 무엇입니까?"

"총리 각하, 어제 루돌프 케셀바흐 씨 앞으로 도착한 편지 하나를 제가 가로챘습니다."

"가로채다니, 큰 건 하나 잡으셨군요."

"편지를 개봉한 후 제가 간직하고 있습니다. 여기 있습니다. 두 달 전에 보낸 편지인데, 희망봉발 소인이 찍혀 있고 내용은 이렇습니다."

친애하는 루돌프, 난 6월 1일에 파리에 도착할 겁니다. 현재 나는 당신이 구해주었을 때만큼이나 비참한 상황입니다. 하지만 일전에 말했던 피에르 르뒥 건에 큰 희망을 걸고 있습니다. 정말 기묘한 이야기이지 않나요! 피에르 르뒥을 찾았습니까? 일은 어디까지 진척되었나요? 신속히 알고 싶습니다.

— 당신의 충실한 벗, 슈타인벡

"오늘이 6월 1일입니다. 그래서 제 밑에 있는 형사에게 슈타인벡이라는 자를 데려오라고 시켰습니다. 틀림없이 제 부하가 이자를 데려올 겁니다."

"나 역시 그러리라 의심치 않습니다."

발랑글레가 자리에서 일어나며 소리쳤다.

"르노르망 국장, 한 가지 고백을 하고 정중히 사과해야겠습니다. 사실 나는 당신을 놓아버릴까 생각하고 있었습니다…. 완전히 말입니다! 그래서 내일 경찰청장과 베베르 부국장을 만나기로 약속했습니다."

"이미 알고 있습니다, 총리 각하."

"그럴 리가."

"그 사실을 몰랐다면, 제가 왜 이렇게 부랴부랴 총리 각하를 뵈러 왔겠습니까? 오늘 총리 각하께서는 제 전투 계획을 아셨습니다. 다시 정리해드리자면, 저는 살인자가 걸려들게 함정을 쳐놓았습니다. 피에르 르뒤이나 스타인벡을 이용해 그자를 잡을 겁니다. 한편, 뤼팽의 주위도 맴돌고 있습니다. 뤼팽의 부하 중 두 명이 저를 위해 일하고 있으니까요. 뤼팽은 그들이 자신의 충직한 심복이라고 철석같이 믿고 있습니다. 게다가 저와 마찬가지로 연쇄살인범을 쫓고 있으니 결국 저를 위해 일하고 있는 거나 마찬가지입니다. 뤼팽은 자신이 나를 이용한다고 생각하겠지만, 실은 제가 뤼팽을 이용하는 겁니다. 그러니 계획은 틀림없이 성공할 겁니다. 단 한 가지 조건이 충족된다면 말이지요."

"무슨 조건 인가요?"

"어디까지나 제가 자유롭게 행동할 수 있어야 한다는 조건입니다. 조바심을 내는 여론이나 절 궁지에 몰아넣으려는 상관들을 신경 쓸 필요 없이 그때그때 상황에 맞춰 행동할 수 있어야 합니다."

"알았습니다."

"총리 각하, 그렇게만 해주신다면 저는 며칠 안에 승리하든 가… 죽을 겁니다."

2

여기는 생 클루. 인적이 드문 길을 따라 펼쳐진 고원지대 중에서도 최정상에 있는 자그마한 빌라로 때는 밤 11시였다. 생클루에 도착한 르노르망 국장은 차에서 내려 조심조심 길을 걸었다.

어둠 속에서 그림자 하나가 불쑥 튀어나왔다.

"구렐인가?"

"그렇습니다, 국장님."

"두드빌 형제에게 내가 올 거라고 전했나?"

"예, 주무실 수 있도록… 국장님 방도 마련해놓았습니다. 물론 피에르 르뒤이 오늘 밤 납치되지 않아야 주무실 수 있겠지만요. 두드빌 형제가 엿본 그의 행동으로 미루어 보건대, 그런 일이 벌어진다 해도 그다지 놀랄 일은 아닙니다."

그들은 뜰을 가로질러 조용히 안으로 들어가 2층으로 올라갔다. 장 두드빌과 자크 두드빌 형제가 그들을 기다리고 있었다.

"그래, 세르닌 공작에 대한 소식은 없나?"

국장이 그들에게 물었다.

"아무 소식도 없습니다, 국장님."

"피에르 르뒥은?"

"1층 자기 방이나 뜰에서 종일 축 늘어져 있습니다. 우리를 보러 올라오는 일은 전혀 없어요."

"몸은 좀 나아진 것 같던가?"

"훨씬 나아진 것 같습니다. 푹 쉬더니 눈에 띄게 좋아지더라고요."

"뤼팽에게 충직하던가?"

"뤼팽이라기보다 세르닌 공작에게 그렇다고 해야겠지요. 그두 사람이 같은 사람인 줄은 꿈에도 모르고 있으니까요. 적어도 제 생각은 그렇습니다. 좀처럼 입을 열지 않으니 그 속내를 누가 알겠습니까. 아! 정말이지 특이한 사람입니다! 어쨌든 그 사람을 생기 돌게 하고 입을 열게 하고 심지어 웃게까지 하는 사람이 딱 한 명 있긴 합니다. 가르셰에 사는 주느비에브 에르느몽이라는 아가씨인데, 세르닌 공작이 피에르 르뒥에게 그 아가씨를 소개해줬지요. 벌써 세 번이나 왔다 갔습니다… 오늘도요."

이어 장난기 어린 목소리로 덧붙였다.

"아마도 둘이 사귀는 것 같습니다… 세르닌 공작과 케셀바흐 부인 사이도 심상치 않고요…. 공작이 부인에게 추파를 던지고 있는 것 같아요…. 그 대단한 뤼팽이…!"

르노르망 국장은 아무런 대답도 하지 않았다. 겉으로는 신경 쓰지 않는 듯했지만 필요한 경우 언제라도 전해 들은 정보를 통해 결론을 도출할 수 있도록 이 모든 시시콜콜한 사항들을 머리 깊숙한 곳에 차곡차곡 기록하고 있는 듯했다.

르노르망 국장은 담배에 불을 붙인 뒤 피우지는 않고 질겅질겅 씹어댔다. 그러다 다시 한 번 불을 붙였으나 이내 던져버렸다.

그 이후에도 두세 가지 질문을 더 한 다음, 옷을 입은 그대로 침대에 몸을 던졌다.

"조금이라도 수상한 일이 생기면 나를 깨우게…. 그렇지 않다면 그저 잠이나 자게 내버려 두고. 자, 각자 위치로!"

그들은 방을 나왔다. 한 시간이 흐르고 두 시간째….

잠을 자던 르노르망 국장이 누군가의 손길에 번뜩 눈을 떠보니 눈앞에 구렐이 서 있었다.

"일어나세요, 국장님. 누가 철책 문을 열었습니다."

"한 명인가, 두 명인가?"

"제가 본 건 한 명뿐이었습니다…. 마침 달이 떠서 얼핏 볼 수 있었는데… 덤불 속에 웅크리고 있었습니다."

"두드빌 형제는?"

"뒤쪽을 통해 밖으로 내보냈습니다. 때가 되면 놈의 퇴로를 차단할 겁니다."

구렐은 르노르망 국장의 손을 잡고 아래층으로 이끈 뒤 어두운 방 안으로 데리고 들어갔다.

"움직이지 마세요, 국장님. 여기는 피에르 르뒥이 사용하는 화장실입니다. 피에르 르뒥이 잠을 자는 내실의 문을 열겠습니다…. 걱정하실 필요 없습니다…. 여느 날처럼 수면제를 먹고 잠들었으니까요…. 깨는 일은 없을 겁니다…. 이리로 오세요…. 은신처가 그럴싸하지요…? 침대 커튼입니다…. 이곳에 계시면 국장님은 창밖도 보실 수 있을뿐더러, 침대에서 창문에 이르는 이 방의 한쪽 면 전체를 보실 수도 있습니다."

창문은 활짝 열려 있었다. 창을 통해 어슴푸레한 빛이 새어 들어왔는데 달이 구름 사이를 뚫고 나올 때면 잠깐잠깐 선명한 빛이 방 안을 가득 채우곤 했다.

두 사람은 예상한 사건이 곧 일어나리라 확신한 채, 텅 빈 창틀에서 눈을 떼지 않았다. 마침내 희미한 소리… 무엇인가가 삐걱거리는 소리가 들려왔다.

"놈이 철망을 기어오르는 모양입니다…."

구렐이 속삭였다.

"철망은 높은가?"

"한 2.5미터 정도 됩니다…."

삐걱거리는 소리가 더 또렷이 들렸다.

"가보게, 구렐."

르노르망이 나지막이 말했다.

"두드빌 형제와 합류하게…. 그들을 담장 아래로 데려가서 누구라도 그리로 오거든 그 즉시 길을 차단하게."

구렐이 자리를 떠났다.

그 순간 사람 머리 하나가 창틀 밑에서 쑥 올라오더니 그림자가 발코니를 타고 넘어왔다. 짙은 색 옷을 입고 모자를 쓰지 않은, 비교적 작은 키에 야윈 체구의 사내였다.

사내는 뒤로 돌아서 발코니 아래로 몸을 숙이고는 아무런 위험이 없는지 확인하려는 듯 몇 초간 허공을 바라봤다. 그런 뒤 곧바로 몸을 낮춰 바닥에 바짝 엎드렸다. 한동안 아무런 움직임도 없는 듯했다. 하지만 잠시 후 르노르망 국장은 이 검은 형체가 어둠을 뚫고 서서히 전진하여 자신에게 다가오는 것을 깨달았다.

형체가 어느새 침대까지 도달했다.

마치 자신의 귓가에 사내의 숨소리가 들려오는 듯했다. 심지어 불화살처럼 어둠을 가르며 자신을 **보고 있는** 이글거리고 매서운 두 눈도 머릿속에 그려졌다.

피에르 르뒥이 크게 숨을 내쉰 뒤 돌아누웠다.

또다시 정적이 감돌았다.

사내가 슬며시 침대로 다가가자 침대를 덮은 흰 시트 위로 시커먼 형체가 뚜렷이 드러났다.

사내는 르노르망이 팔만 뻗어도 닿을 만한 거리에 있었다. 이번에야말로 피에르 르뒥의 숨소리와 함께 낯선 사내의 숨소리가 또렷이 들려왔고, 심지어 심장 뛰는 소리마저 들리는 듯했다.

순간 쏟아지는 환한 불빛…. 사내가 손전등을 켜자 피에르 르뒥의 얼굴이 훤히 드러났다. 하지만 사내는 여전히 어둠 속에 몸을 숨기고 있어서 르노르망은 그의 얼굴을 도저히 분간할 수 없었다.

하지만 그 순간 빛이 비치는 공간에서 무언가 번뜩이는 것이 보였다. 르노르망 국장은 파르르 몸을 떨었다. 칼날이었다. 끝이 뾰족하고 가늘어 단도보다는 비수에 가까운 그 칼은 케셀바흐의 비서인 채프먼 시신 곁에서 주웠던 칼과 똑같았다.

르노르망은 사내를 덮치고 싶은 충동을 간신히 참았다. 우선은 무슨 짓을 할지 알고 싶었기 때문이었다.

사내의 손이 올라갔다. 과연 내리칠 것인가? 르노르망은 사내를 가로막으려고 그와 자신 사이의 거리를 재빠르게 계산했다. 하지만 아무 일도 일어나지 않았다. 사람을 죽이려는 동작이 아니라 그저 만일의 경우를 대비하려는 동작이었다.

만약 피에르 르뒥이 깨어나 움직이거나 도움을 청한다면, 사내는 가차 없이 그 손으로 내려칠 태세였다. 사내는 무언가를 살펴보려는 듯 자는 사람 위로 몸을 기울였다.

'오른쪽 뺨…. 오른쪽 뺨에 있는 상처를 찾는 거야… 정말로 피에르 르뒥이 맞는지 확인하는 거라고.'

사내는 약간 몸을 틀고 있어서 르노르망은 그의 어깨만 볼 수 있었다. 하지만 사내의 옷과 외투가 어찌나 가까이 있는지 조금만 움직여도 르노르망 국장이 숨은 커튼에 스칠 정도였다.

'조금이라도 미심쩍은 행동을 하거나 수상한 낌새를 보이면 당장 뛰쳐나가 붙잡아야지.'

그러나 사내는 오로지 피에르 르뒥을 살펴보는 일에만 몰두할 뿐, 움직일 기미조차 없었다. 이윽고 사내는 손전등을 쥔 손으로 단도를 옮겨 잡은 뒤 침대 시트를 서서히 들어 올렸다. 처음에는 살짝만 젖히더니 좀 더 과감히 시트를 걷어 피에르 르뒥의 왼쪽 팔과 손이 전부 드러나게 했다.

손전등 불빛이 피에르 르뒥의 손을 비추었다. 네 손가락이 펴져 있었다. 다섯 번째 손가락은 두 번째 마디에서 잘려 있었다.

피에르 르뫼이 두 번째로 몸을 뒤척였다. 즉시 불빛이 꺼졌다. 한동안 사내는 경직된 자세로 침대 곁에서 꼼짝 않고 서 있었다. 칼로 내려칠 작정인가? 손쉽게 살인을 막을 수 있는데도 최후의 순간까지 나서지 않으려다 보니 르노르망 국장은 마음이 여간 불안한 게 아니었다.

길고 긴 침묵이 흘렀다. 불현듯 어렴풋하게 한쪽 팔이 올라가는 모습이 보였다. 르노르망은 본능적으로 피에르 르뫼 위로 손을 뻗었다. 동시에 사내를 들이박았다.

둔탁한 외마디 비명이 터졌다. 사내는 허공에 주먹을 날리며 마구잡이로 방어하더니 창가 쪽으로 내달렸다. 하지만 르노르망이 사내를 덮쳐 두 팔로 어깨를 단단히 에워쌌다.

이내 르노르망은 사내가 서서히 포기하는 것을 느낄 수 있었다. 자신이 더 열세란 것을 깨달은 사내는 싸움을 피하고 상대의 팔에서 빠져나오려고 버둥댔다. 르노르망은 온 힘을 다해 사내를 옥죈 다음 허리를 반으로 접어 바닥에 등을 대고 뻗게 했다.

"아! 드디어 잡았군…. 드디어 잡았어…."

르노르망이 의기양양하게 중얼거렸다.

이 잔혹한 살인범, 입에 담기조차 어려운 괴물을 꼼짝달싹 못하게 제압하면서 묘한 기분에 도취되었다. 두 존재가 한데 뒤엉켜 숨결이 뒤섞이는 이 상황 속에서 생동감과 전율, 분노와 절박함이 느껴진 것이다.

"누구냐? 넌 누구야…? 어서 말해…."

팔 안에 갇힌 상대의 몸이 작아지다가 이내 사라질 것만 같아서 점점 더 바짝 옥죄었다. 그리고 더… 더욱… 팔에 힘을 가했다.

바로 그 순간 머리부터 발끝까지 오싹한 전율이 일었다. 르노르망은 아주 예리한 무언가에 찔린 듯 목에 고통을 느꼈고, 여전히 느끼고 있었다…. 화가 나서 상대를 더욱 단단히 옥죄자, 그만큼 고통도 심해졌다. 사태를 파악해보니 사내가 용케 자신의 한쪽 팔을 비틀어 가슴까지 손을 끌어 올려 칼날을 세웠던 것이다. 물론 그 팔은 전혀 움직이지 못했지만. 그럼에도 르노르망이 사내를 옥죄면 옥죌수록 칼날은 점점 더 깊숙이 살을 파고들었다.

르노르망은 칼끝을 피하려고 고개를 약간 뒤로 젖혔다. 하지만 칼끝이 그러한 움직임을 악착같이 뒤쫓았고, 상처는 깊어져만 갔다.

세 건의 연쇄살인에 대한 기억과 그 작은 비수가 지닌 무시무시하고 잔인하고 치명적인 모든 의미가 엄습하자 르노르망은 더 이상 움직일 수 없었다. 문제의 비수가 이번에는 자신의 살을 가차 없이 파고드는 것이다….

르노르망은 결박을 풀고 뒤로 화들짝 물러났다. 다시 반격을 가하려 했지만 때는 이미 늦어버렸다.

사내는 쏜살같이 창문으로 달려가 아래로 뛰어내렸다.

"조심하게, 구렐!"

탈주자를 잡으려고 대기하고 있을 구렐을 향해 르노르망이 외쳤다.

르노르망은 창밖을 내려다보았다.

자갈이 부딪히는 소리… 두 그루의 나무 사이를 지나가는 그림자… 철문이 삐걱거리는 소리… 그리고 정적…. 더 이상 아무 소리도 들리지 않았다….

피에르 르뒤이 깨든 말든 르노르망은 냅다 소리를 질렀다.

"구렐…! 두드빌…!"

아무런 대답도 없었다. 들판을 가득 메운 밤의 정적뿐….

반사적으로 세 차례의 살인과 강철 비수가 머릿속에 떠올랐다. 천만에, 절대 그럴 리 없다…. 사내는 칼을 내리칠 시간이 없다. 게다가 탈출로도 확보했는데 굳이 왜 그런 짓을 저질렀겠는가.

르노르망은 창밖으로 뛰어내렸다. 손전등을 켜자 땅에 널브러진 구렐의 모습이 보였다.

"빌어먹을…! 만약 죽기라도 했다면 놈에게 그 대가를 톡톡히 치르게 할 테다."

다행히 구렐은 죽은 게 아니라 잠시 정신을 잃었을 뿐이었다. 이내 정신이 돌아온 구렐이 화가 나 씩씩거렸다.

"주먹 한 대에, 국장님…. 겨우 주먹 한 대에 가슴팍을 정통으로 가격당했을 뿐입니다. 엄청나게 힘센 놈이었어요!"

"그럼 둘이었단 말인가?"

"그렇습니다. 올라간 건 작은 놈이고, 망보고 있던 저를 습격한 자는 또 다른 놈이었습니다."

"두드빌 형제는?"

"못 봤습니다."

잠시 후 발견된 자크는 철문 옆에서 턱이 깨진 채 피를 철철

흘렸고, 장은 좀 더 멀리 떨어진 곳에서 가격당한 가슴팍을 부여잡고 숨을 헐떡거리고 있었다.

"무슨 일인가? 대체 무슨 일이 있었던 거야?"

르노르망이 물었다.

자크는 어떤 사내가 장과 자신에게 달려들었는데, 미처 방어할 틈도 없이 순식간에 당했다고 말했다.

"한 놈이었나?"

"아닙니다. 우리 옆을 지나칠 때 유심히 보니 자기보다 작은 놈과 함께였습니다."

"자넬 공격한 놈의 얼굴은 보았나?"

"떡 벌어진 어깨로 보건대 팔라스 호텔에서 투숙했던 그 영국인 같았습니다. 우리가 흔적을 놓친 그자 말입니다."

"소령 말인가?"

"예, 파버리 소령입니다."

3

잠시 생각에 빠져 있던 르노르망이 마침내 입을 열었다.

"더 이상 의심의 여지가 없군. 케셀바흐 사건에는 두 놈이 개입돼 있어. 한 놈은 단도로 살인을 저지른 그자이고, 또 다른 한 놈은 공범인 소령일세."

"세르닌 공작도 그렇게 말하더군요."

자크 두드빌이 중얼거렸다.

"그리고 오늘 밤 일을 벌였던 자들 역시… 바로 그 두 놈이었어."

치안국장이 계속해서 말을 이었다.

"오히려 잘된 일이야. 한 놈보다는 두 놈 잡기가 더 쉬울 테니까."

르노르망 국장은 부하들을 치료해주고 침대에서 쉬게 한 다음, 침입자들이 혹시 떨어뜨리고 간 물건이나 흔적이 없는지 여기저기 살펴보았다. 하지만 결국 아무것도 발견하지 못한 채 다시 눈을 붙였다.

아침이 되자 구렐과 두드빌 형제는 상처의 고통이 거의 사그

라졌을 정도로 많이 호전됐다. 르노르망은 두 형제에게 주변을 샅샅이 뒤져보라고 지시한 뒤 자신은 신속히 일을 처리하고 명령을 내리기 위해 구렐을 대동하고 파리로 떠났다.

르노르망은 자신의 집무실에서 점심을 간단히 해결했다. 오후 2시가 되자 희소식이 날아들었다. 유능한 부하 중 하나인 디외지가 케셀바흐에게 편지를 보냈던 독일인 슈타인벡을 마르세유발 열차에서 내릴 때 용케 낚아챘다는 것이다.

"디외지는 거기 있나?"

"예, 국장님. 그 독일인과 함께 있습니다."

구렐이 대답했다.

"둘 다 내게 데려오게."

그 순간 전화 한 통이 걸려왔다. 가르셰 전화국에서 장 두드빌이 걸어온 전화였다.

통화는 신속하게 이뤄졌다.

"자넨가, 장? 새로운 소식이라도 있나?"

"있습니다, 국장님. 파버리 소령이…."

"그래, 소령이 어쨌단 말인가?"

"소령을 찾았습니다. 피부를 갈색으로 태우고 스페인인 행세를 하고 있더군요. 방금 보았습니다. 가르셰의 자선 학교로 들어갔어요. 그 아가씨가 맞이하더군요…. 세르닌 공작과 알고 지내는 주느비에브 에르느몽이라는 젊은 여자 말입니다."

"세상에!"

르노르망은 전화기를 다급히 내려놓고 모자를 낚아채 복도로 뛰어나갔다. 거기서 디외지와 독일인을 마주치자 다급하게 소리쳤다.

"6시, 6시에 여기서 다시 만나세…."

층계를 내려간 르노르망은 구렐과 다른 형사 세 명을 낚아채 듯 데리고 자동차에 후다닥 올라탔다.

"가르셰로 갑시다…. 팁으로 10프랑을 주겠습니다."

빌뇌브 공원 근처, 학교로 통하는 골목길 모퉁이에 이르자 르노르망이 차를 세우게 했다. 그곳에서 대기하던 장 두드빌이 르노르망을 보자마자 소리쳤다.

"그놈이 골목길 반대편으로 사라졌어요. 10분쯤 전에요!"

"혼자였나?"

"아닙니다. 여자와 함께였습니다."

르노르망은 두드빌의 멱살을 잡았다.

"이 멍청한 놈! 그냥 가게 내버려 뒀나! 어떻게든…."

"동생이 뒤를 밟고 있습니다."

"꽤나 대단한 일을 하셨군! 놈은 자네 동생쯤은 쉽게 떨쳐버 릴 걸세. 자네들이 그자와 상대라도 될 줄 아나?"

르노르망은 손수 운전대를 잡고 울퉁불퉁하게 파인 바닥과 덤불숲 따위는 완전히 무시한 채 과감히 골목길을 질주하기 시 작했다. 이내 지방 도로가 나왔고, 곧이어 오거리가 나왔다. 르 노르망은 한 치의 망설임도 없이 생 퀴퀴파 숲으로 향하는 왼 쪽 길을 선택했다. 덕분에 그들은 연못을 내려다보는 언덕 위 에서 이렇게 외치는 자크 두드빌을 앞지를 수 있었다.

"마차를 타고 갔어요…. 1킬로미터 정도 앞서 있을 겁니다."

국장은 차를 멈추지 않았다. 그대로 내리막길을 질주하고 급커

브를 돌아 연못을 에둘러 달렸다. 순간 르노르망의 입에서 승리의
탄성이 터져 나왔다.

전방에 솟은 자그마한 언덕 꼭대기에서 마차 지붕 덮개가 보
였던 것이다.

그 중요한 순간, 안타깝게도 자동차는 길을 잘못 들어 후진
해야만 했다.

갈림길로 다시 돌아왔을 때 다행히 마차는 여전히 그 자리에
있었다. 커브를 도는 동안 여자가 마차에서 뛰어내리는 모습이
보였다. 뒤이어 한 남자가 발판 위에 모습을 드러냈다. 여자가
한쪽 팔을 뻗었다. 그 순간 두 발의 총성이 울려 퍼졌다.

자동차에서 쏜 총알이 목표물을 빗겨간 게 분명했다. 고개
하나가 마차 반대편으로 나오더니 뒤쫓아 오는 자동차를 발견
하고는 곧장 말에 힘껏 채찍을 후려쳤던 것이다. 황급히 출발
한 마차는 모퉁이를 돌아 시야에서 사라져버렸다.

르노르망은 쏜살같이 달려가 여자를 그대로 지나친 뒤 과감
하게 커브를 돌았다.

그곳은 울창한 숲 사이로 가파르게 뻗은 돌투성이 길이어서
각별히 조심을 기울여 천천히 운전해야 하는 지형이었다. 하지
만 무슨 상관이랴! 조심히 발굽을 내딛는 말 한 마리에 의존해
자갈길 위를 춤추듯 가는 저 이륜마차가 겨우 스무 걸음 앞에
있는데. 걱정할 필요가 전혀 없다. 추적을 따돌리기란 불가능
하다.

그렇게 마차와 자동차는 요동치고 흔들거리며 비탈길을 내
려갔다. 사실 거리가 너무 가까워서 르노르망은 차라리 차에서

내려 부하들과 함께 달리는 편이 나을 거란 생각마저 들었다. 하지만 이렇게 가파른 내리막길에서 급제동을 걸면 자칫 큰 사고가 날 수 있다. 르노르망은 마치 사정권에 들어온 먹잇감을 눈으로 좇으며 추격하듯 마차를 바짝 뒤쫓았다.

"거의 다 따라잡았습니다. 국장님… 다 됐어요…!"

형사들이 이 난데없는 추격전에 가슴을 바짝 졸이며 중얼거렸다.

내리막길 끝에서 센 강변의 부지발이라는 마을로 향하는 길이 시작되었다. 평지에 도착하자 말은 서두르지 않고 길 한복판을 터벅터벅 걸어갔다.

반면 자동차는 차체가 뒤흔들릴 정도로 속력을 높였다. 달린다기보다 야수가 껑충 뛰어오르듯 도약해서 거치적거리는 게 무엇이든 들이박을 기세로 내달렸다. 얼마 지나지 않아 마차를 따라잡고 나란히 달리더니 이윽고 추월했다….

르노르망의 입에서 욕설이 튀어나왔다…. 분노의 고함이 터졌다. 마차 안이 텅 비어 있었던 것이다!

마차 안은 감쪽같이 텅 비어 있었다. 말은 등에 고삐를 매고 느긋하게 걸어갔다. 틀림없이 근방 어느 여인숙으로 되돌아가는 길일 터였다. 그놈이 여인숙에서 한나절 동안 말을 빌린 게 분명했다.

화가 머리끝까지 치솟은 치안국장이 툭 내뱉듯 말했다.

"내리막길 초입에서 우리 시야에서 벗어난 몇 초를 틈타 소령이 마차에서 뛰어내린 모양이야."

"숲을 뒤져보면 될 겁니다, 국장님. 분명히…."

"헛수고야. 그놈은 이미 멀리 달아났어. 하루에 두 번이나 궁지에 몰릴 멍청한 놈은 아닐 걸세. 제길! 빌어먹을!"

그들은 자크 두드빌과 함께 있는 젊은 여자에게로 돌아갔다. 여자는 좀 전에 겪었던 험한 일을 크게 개의치 않는 듯했다.

르노르망은 자기소개를 하고 여자를 집까지 바래다주겠다고 한 뒤, 영국인 파버리 소령에 대해 질문 공세를 퍼부었다.

"그 사람은 영국인도, 소령도 아니에요. 이름도 파버리가 아닌걸요."

"그렇다면 그 사람 이름은 무엇입니까?"

"후안 리베이라라고 했어요. 스페인 사람이고 프랑스 학교 제도를 연구하기 위해 스페인 정부에서 파견을 나왔다고 하더군요."

"좋아요. 이름과 국적은 중요하지 않습니다. 그 남자가 바로 우리가 찾던 자입니다. 그 사람을 알아온 지 오래됐나요?"

"한 보름 정도 됐어요. 제가 가르셰에 세운 학교 소문을 들었다면서 제 교육적 시도에 무척 관심을 보였어요. 이따금 들러서 학생들의 발전 상황만 확인할 수 있다면 연간 보조금도 지원하겠다고 했을 정도로요. 제가 거절할 처지는 아니라서…."

"물론 그러셨겠지요. 하지만 그런 일은 주변 사람들과 상의하셨어야지요…. 세르닌 공작과도 친분이 있지 않나요? 그분이라면 현명한 충고를 해주실 텐데."

"아! 전 그분을 전적으로 신뢰해요. 하지만 지금은 여행을 떠나셨어요."

"주소도 모르십니까?"

"몰라요. 설령 안다고 해도 뭐라고 말씀드리겠어요? 리베이라 씨의 태도는 이제껏 나무랄 데 없이 훌륭했는데. 유독 오늘만 이런 일이… 대체 무슨 영문인지….'

"부탁입니다, 아가씨. 솔직히 말씀해주세요. 저 또한 믿을 만한 사람입니다."

"예, 그럴게요. 오늘 오후 리베이라 씨가 찾아오셨어요. 부지발에 들른 한 프랑스 귀부인의 청을 받고 왔다면서요. 이 부인에게 딸이 하나 있는데, 그 딸의 교육을 제게 맡기고 싶으니 지체 말고 와달라고 했다더군요. 저로서는 지극히 자연스러운 일이었어요. 마침 오늘은 쉬는 날이고 리베이라 씨가 빌린 마차도 길 끝에 대기하고 있기에, 별다른 의심 없이 마차에 올라탔어요."

"그래서 결국 그자의 목적은 무엇이었습니까?"

여자가 얼굴을 붉히며 대답했다.

"그저 절 납치하려는 거였어요. 30분쯤 지나서 털어놓더라고요."

"그자에 대해서 아는 게 전혀 없습니까?"

"전혀요."

"파리에 거주하고 있나요?"

"그럴 거예요."

"편지를 받은 적은 없습니까? 그자의 친필이 적힌 메모나 놓고 간 물건, 그러니까 우리에게 도움이 될 만한 단서 같은 건 없나요?"

"전혀요…. 아! 그런데… 별로 중요한 건 아닐 텐데…."

"말씀해보세요, 어서…. 부탁입니다."

"저기, 그러니까 그게 이틀 전이었어요. 이 신사분이 제 타자기를 빌려달라면서, 서툰 솜씨로 어렵게 편지 한 장을 작성하더라고요. 그런데 우연히 주소를 보고 깜짝 놀랐어요."

"주소가 어디로 되어 있던가요?"

"〈르 주르날〉지로 보내는 편지였어요. 그리고 봉투 안에 우표를 스무 장 정도 넣더군요."

"아, 아마도 개인광고를 내려 했나 보군요."

"마침 오늘 자 신문이 제게 있습니다, 국장님."

구렐이 말했다.

르노르망은 신문을 펼쳐 8면을 살펴보다가 소스라치게 놀랐다. 개인광고 글이 흔히 그렇듯 짤막한 단어로만 쓰인 글 하나가 눈에 띄었는데, 그 내용이 다음과 같았다.

> 슈타인벡을 알고 있다면 그의 파리 거주 여부와 주소를 알려주길 바람.
>
> 같은 경로로 답변 요망.

"슈타인벡이라면, 디외지가 우리에게 데려온 사람이 아닙니까?"

구렐이 소리쳤다.

"맞아, 맞네. 케셀바흐 씨에게 편지를 보낸 사람이자 케셀바흐 씨를 부추겨 피에르 르뒥의 뒤를 쫓게 한 인물이지…. 역시 그놈들도 피에르 르뒥과 그의 과거에 대한 정보가 필요한 모양이군… 놈들도 여기저기 찔러보고 다니는 거야…"

르노르망은 혼잣말을 하듯 대꾸했다.

그러고는 흡족한 표정으로 두 손을 비볐다. 슈타인벡은 수중에 있다. 이제 한 시간 내로 슈타인벡이 입을 열 것이다. 한 시간 내로 자신을 짓누르는, 르노르망이 그토록 해결하고자 하는 케셀바흐 사건을 뿌옇고 기괴하게 만든 어둠의 베일이 찢겨나갈 것이다.

르노르망 국장, 무너지다

1

저녁 6시, 르노르망은 경찰청 내 자신의 집무실로 돌아왔다. 그리고 곧장 디외지를 불렀다.

"그 친구 아직 여기에 있지?"

"그렇습니다."

"일은 어디까지 진척됐나?"

"별다른 진전이 없습니다. 도통 입을 열지 않더라고요. 새로운 명령에 따라 외국인은 경찰청에 체류신고를 해야 한다고 말하고선 이리로 데려왔습니다."

"내가 직접 신문하겠네."

그 순간 사환 한 명이 들어왔다.

"국장님, 어떤 부인이 국장님께 당장 드릴 말씀이 있다고 합니다."

"명함은?"

"여기 있습니다."

"케셀바흐 부인이군! 당장 들여보내게."

르노르망은 직접 그 젊은 여자에게 다가가 정중하게 자리로 안내했다. 여자는 여전히 낙담한 눈빛에 병약한 안색, 삶의 고뇌가 드러나는 극도로 지친 모습이었다.

여자가 〈르 주르날〉을 내밀고는 슈타인벡의 소식을 묻는 광고문을 가리켰다.

"슈타인벡은 제 남편의 친구였어요. 틀림없이 많은 걸 알고 있을 거예요."

"디외지, 기다리고 있는 그 사람을 데려오게…. 잘 오셨습니다, 부인. 다만 한 가지 부탁드리건대, 이 사람이 들어오면 부디 한마디도 하지 마십시오."

문이 열렸다. 한 남자가 모습을 드러냈다. 턱밑을 새하얗게 뒤덮은 구레나룻에 깊게 파인 주름, 남루한 옷차림을 한 남자는 매일 음식을 찾으러 이곳저곳을 떠돌아다니는 부랑자들 특유의 쫓기는 듯한 인상을 풍겼다.

남자는 문턱에 서서 두 눈을 끔뻑거리며 르노르망을 쳐다보았다. 침묵으로 자신을 맞이하는 방 안 분위기에 당황한 기색이었다. 남자는 어색함에 어쩔 줄 모르며 손에 쥔 모자만 빙빙 돌려댔다.

그러다 갑자기 매우 놀라 두 눈이 휘둥그레지더니 더듬거리며 말했다.

"부인… 케셀바흐 부인."

그제야 남자가 젊은 여자를 알아보았던 것이다.

침착해진 남자는 더 이상 쭈뼛거리지 않고 미소를 지으며 여자에게 다가가 서툰 억양으로 말을 걸었다.

"아! 반갑습니다…. 드디어…! 다시는 못 뵙는 줄 알았는데…. 놀랐습니다…. 소식도 없고… 전보도 없어서…. 그래, 루돌프 케셀바흐는 잘 지냅니까?"

젊은 여자는 뺨을 세차게 한 대 얻어맞은 것처럼 뒤로 주춤 물러나더니 의자에 풀썩 주저앉아 흐느껴 울기 시작했다.

슈타인벡이 놀라 물었다.

"아니! 대체 무슨 일입니까…?"

르노르망이 즉시 끼어들었다.

"최근에 일어난 일들을 아직 모르시나 보군요. 여행하신 지 꽤 오래됐나 보지요?"

"예, 한 석 달 정도…. 광산까지 올라갔지요. 그리고 희망봉으로 돌아가 케셀바흐에게 편지를 썼고요. 그런데 이리로 돌아오는 길에 포트사이드에서 일자리를 하나 얻었어요. 루돌프가 내 편지를 받았을 텐데요?"

"케셀바흐 씨는 이제 없습니다. 왜 그런지는 차차 설명하지요. 하지만 그전에 몇 가지 알고 싶은 게 있습니다. 선생이 알고 있는 자, 즉 선생이 케셀바흐 씨와 이야기를 나눌 때 피에르 르 뒥이라고 칭했던 인물에 관한 겁니다."

"피에르 르 뒥이라고! 세상에! 누가 당신에게 그에 대해 말했습니까?"

노인은 적잖이 당황한 기색이었다. 그가 다시 더듬거리며 말했다.

"누가 그러던가요? 누가 그 사실을 알려주었습니까?"

"케셀바흐 씨입니다."

"그럴 리 없습니다! 내가 그 친구에게 알려준 비밀이고, 루돌프는 비밀을 잘 지키는 사람입니다…. 더구나 이 건에 대해서는…."

"하지만 우리의 질문에 반드시 답하셔야 합니다. 우리는 현재 피에르 르뒥에 관해서 촌각을 다투는 다급한 수사를 벌이고 있습니다. 그런데 이제 케셀바흐 씨가 안 계신 탓에 진실을 규명해줄 사람은 오로지 선생, 단 한 분밖에 없습니다."

"그래, 대체 무슨 이야기를 듣고 싶은 겁니까?"

슈타인벡이 결심한 듯 물었다.

"피에르 르뒥이라는 자를 아십니까?"

"한 번도 본 적은 없습니다. 하지만 오래전부터 그 사람과 관련된 비밀 하나를 알고 있어요. 이 자리에서 굳이 말할 필요 없는 이런저런 사건들과 우연이 연속으로 겹쳐, 파리에서 처참하게 사는 한 남자가 바로 제가 찾으려 했던 사람임을 알았지요. 피에르 르뒥이라는 이름으로 불리고 있었지만, 그건 진짜 이름이 아닙니다."

"그렇다면 그 사람은 자신의 진짜 이름을 알고 있습니까?"

"그럴 겁니다."

"선생은요?"

"나도 알고 있습니다."

"그렇다면 우리에게도 말씀해주십시오."

슈타인벡은 망설이더니 돌연 거친 어조로 이렇게 말했다.

"그럴 순 없습니다…. 그러지 않을 겁니다."

"이유가 무엇인가요?"

"내겐 그럴 권한이 없어요. 모든 비밀의 열쇠가 거기에 있거든요. 그 비밀을 루돌프에게 털어놓자 커다란 관심을 보이며 입을 다무는 조건으로 막대한 돈을 줬어요. 또 피에르 르뒥을 찾아내 그 비밀을 활용할 때가 오면 단단히 한몫 챙겨주겠노라고 약속했습니다."

노인은 씁쓸한 미소를 지었다.

"지금은 지난번에 루돌프에게서 받은 돈이 거의 바닥난 상태입니다. 그래서 내 재산이 달린 그 사건이 어떻게 진행되고 있나, 그걸 알아보러 온 겁니다."

"케셀바흐 씨는 죽었습니다."

마침내 치안국장이 사실을 밝혔다.

슈타인벡이 펄쩍 뛰었다.

"죽다니! 그럴 리 없어요! 아니야, 이건 함정이야. 케셀바흐 부인, 지금 이 말이 사실인가요?"

부인은 고개를 떨구었다.

노인은 이 청천벽력 같은 소식에 커다란 충격을 받은 듯했다. 충격과 더불어 애통한 심정이 복받치는지, 이내 울음을 터트렸다.

"가엾은 루돌프, 어렸을 때부터 봐왔는데…. 아우크스부르크에 있는 우리 집에도 자주 놀러 오곤 했었어…. 내가 정말 좋아했지."

노인은 케셀바흐 부인의 반응을 유도했다.

"그 역시 저를 무척 좋아했어요. 그렇지 않나요, 부인? 아마 부인에게는 이 슈타인벡 영감에 대해 말했을 텐데…. 루돌프가 날 그렇게 부르곤 했어요."

르노르망이 노인에게 다가가 단호하기 그지없는 목소리로 이렇게 말했다.

"내 말 잘 들으십시오. 케셀바흐는 살해당했습니다. 자, 진정하세요. 그렇게 울어봤자 아무 소용없는 일 아닙니까. 범죄의 모든 정황을 고려해보건대, 살인자는 이 엄청난 계획을 알고 있을 겁니다. 혹시 계획의 내용 중 사건을 해결하는 데 도움이 될 만한 특별한 점은 없습니까?"

슈타인벡은 순간 당황해 머뭇거리더니 더듬거리며 대답했다.

"내 잘못입니다…. 내가 그 친구를 이 일에 끌어들이지만 않았어도…."

케셀바흐 부인이 앞으로 나서서 애원했다.

"당신은… 당신이라면 무언가 알고 있을 거예요…. 오! 제발, 슈타인벡…."

"아무것도 아는 게 없습니다…. 생각해본 적도 없고요…. 아무래도 생각을 좀 해봐야 할 것 같아요…."

"케셀바흐 씨의 주변 인물들을 잘 떠올려보십시오…. 케셀바흐 씨와 계획을 논의할 때 혹시 누가 그 옆에 있지 않았습니까? 케셀바흐 씨가 직접 누군가에게 말하지는 않았을까요?"

르노르망이 다그치듯 물었다.

"아무에게도 말하지 않았을 겁니다."

"잘 생각해보십시오."

돌로레스와 르노르망은 노인에게 몸을 기울인 채 대답이 나오기만을 초조하게 기다렸다.

"아니요…. 모르겠습니다."

"잘 좀 생각해보세요. 살인자 이름의 머리글자는 L과 M입니다."

치안국장이 끈질기게 몰아붙였다.

"L이라… 모르겠는데…. L과… M이라…."

"예, 살인자가 흘리고 간 담뱃갑 귀퉁이에 금색으로 된 그 두 글자가 새겨져 있었습니다."

"담뱃갑이라고요?"

슈타인벡이 기억을 떠올리려 애쓰며 되물었다.

"광택이 나는 강철로 된 건데… 내부의 한쪽 공간이 둘로 나뉘어 있어 작은 곳에는 담배 말이용 종이를 넣을 수 있고 또 다른 한곳에는 담배를 넣을 수 있습니다…."

"둘로 나뉘어 있다…. 둘로…."

구체적인 이야기 덕분에 기억이 되살아나는 듯 슈타인벡이 되풀이해서 중얼거렸다.

"그 담뱃갑 좀 볼 수 있겠습니까?"

"여기 있습니다. 그 담뱃갑은 아니고 실제를 본떠 만든 복제품입니다."

르노르망 국장이 담뱃갑 하나를 내밀며 말했다.

"아! 이런!"

슈타인벡이 담뱃갑을 받아들며 외쳤다.

담뱃갑을 멍한 눈으로 바라보고 이리저리 뒤집으며 살펴보던 슈타인벡이 느닷없이 비명을 내질렀다. 끔찍한 생각이 떠오를 때 터지는 그런 비명이었다. 노인은 얼빠진 눈과 창백해진 얼굴로 손을 바들바들 떨며 그 자리에서 굳어버렸다.

"말하십시오. 어서 말해요."

르노르망 국장이 재촉했다.

"아! 이제 모든 게 설명되는군."

슈타인벡은 강렬한 빛에 눈이 부신 사람 같았다.

"말하십시오, 어서⋯."

노인은 두 사람을 밀쳐내고 창가까지 비틀비틀 걸어간 다음 다시 발길을 돌려 치안국장에게 달려들었다.

"잘 들어요, 국장님⋯. 루돌프를 죽인 살인자는⋯ 바로⋯."

노인은 불현듯 말을 멈추었다.

"바로⋯?"

르노르망 국장과 케셀바흐 부인이 되물었다.

잠시 침묵이 흘렀다⋯. 여태껏 숱한 자백과 고발을 들어왔을 벽들이 에워싼 공간에, 집무실 안을 가득 채운 침묵을 뚫고 과연 그 잔혹한 살인마의 이름이 울려 퍼질 것인가? 르노르망 국장은 깊이를 알 수 없는 심연의 가장자리에 선 기분이었다. 곧 한 목소리가 솟아오를 듯, 솟아올라 자신의 귀에 닿을 듯했다⋯. 몇 초 후면 드디어 알게 되리라.

"아니, 안 됩니다. 말할 수 없어요⋯."

슈타인벡이 중얼거렸다.

"대체 무슨 말입니까?"

치안국장이 소리쳤다.

"말할 수 없다고 했습니다."

"당신에겐 침묵할 권리가 없습니다! 법이 요구하고 있어요!"

"내일 말하겠습니다. 내일… 내일까지 생각을 좀 해보고…. 내일 피에르 르뢰에 대해 내가 아는 모든 걸 말하겠습니다…. 그 담뱃갑에 대해서 내가 짐작하고 있는 모든 것도…. 맹세코 내일은 꼭 말하겠습니다."

아무리 애써도 노인의 고집을 결코 꺾을 수 없을 듯했다. 르노르망은 일단 한발 물러섰다.

"좋습니다. 내일까지 시간을 드리지요. 하지만 경고하는데, 내일도 말하지 않는다면 예심판사에게 이 사실을 통보할 수밖에 없습니다."

국장이 벨을 눌러 디외지 형사를 따로 불렀다.

"호텔까지 따라가게…. 그리고 그곳에 머물러 있게…. 두 사람을 더 보내주겠네…. 절대로 한눈팔아서는 안 돼. 누군가 빼돌릴지도 모르니."

형사가 슈타인벡을 데리고 나가자 르노르망 국장은 조금 전 상황으로 심한 충격에 빠진 케셀바흐 부인 곁으로 되돌아갔다. 그리고 부인에게 정중히 사과했다.

"정말 유감입니다, 부인…. 얼마나 상심이 크시겠습니까…."

그런 다음 부인에게 케셀바흐와 슈타인벡이 친밀하게 지냈던 시절과 그 기간에 대해서 물어보았다. 하지만 여자가 너무 지쳐 있어서 더는 캐물을 수 없었다.

"내일 다시 와야 하나요?"

여자가 물었다.

"아닙니다. 그러실 필요 없어요. 슈타인벡 씨가 뭐라고 말했는지는 나중에 따로 알려드리겠습니다. 마차까지 부축해드려도 괜찮겠습니까…? 층계가 너무 가파르니 내려가기 어려우실 거예요….”

르노르망은 문을 열고 부인이 먼저 나갈 수 있도록 옆으로 정중히 비켜 섰다. 그 순간 복도에 느닷없는 고함이 울려 퍼졌다. 형사와 사환들이 달려나왔다….

“국장님! 국장님!”

“무슨 일인가?”

“디외지가…!”

“디외지는 방금 여기서 나갔는데….”

“계단에 쓰러져 있습니다.”

“죽었나…?”

“아닙니다. 누군가에게 맞아서 기절한 것 같습니다….”

“그럼 그 남자는…? 디외지와 함께 있던 남자는…? 슈타인 벡, 그 노인은?”

“사라졌습니다….”

“빌어먹을…!”

2

르노르망은 복도를 냅다 달려 미끄러지듯 계단을 내려갔다.
2층 층계참에 디외지가 널브러져 있었고, 그 주변에는 한 무리
의 사람들이 디외지를 돌보고 있었다.

때마침 구렐이 계단을 올라왔다.

"아! 구렐, 아래층에서 올라오는 길인가? 올라오면서 누군가
마주친 사람은 없었나?"

"없었습니다, 국장님….."

그 순간 디외지가 정신을 차려 가까스로 두 눈을 뜨고 중얼
거렸다.

"저기, 층계참에, 작은 문….."

"아! 제길, 7호실 문이로군! 내가 분명히 열쇠로 잠가놓으라
고 말해두었건만…. 언젠간 이런 일이 벌어질 줄 알았어…." (르
노르망이 치안국을 떠나 있는 동안 범죄자 두 명이 그들을 호송하던
경찰 두 명을 물리치고 이 문으로 도주한 사건이 있었다. 경찰은 이
탈주 사건에 대해 침묵했다. 이 통로가 꼭 필요하다면, 반대쪽에 있는
불필요한 빗장이라도 없애 버려야 할 게 아닌가? 이 빗장만 없었다면

도주자가 모든 추격을 따돌리고 민사법정 7호실 복도와 수석판사실 회랑을 통해 유유히 달아나지 못했을 게 아닌가?)

르노르망은 문 손잡이를 향해 달려갔다.

"그럼 그렇지! 반대쪽에 빗장이 질러져 있군."

문 일부는 유리로 되어 있었다. 르노르망은 권총 손잡이로 유리창을 깨트려 빗장을 푼 다음 구렐에게 소리쳤다.

"여기로 나가서 도핀 광장 쪽 출구까지 얼른 쫓아가게."

그러고 나서 다시 디외지에게 말했다.

"자, 디외지, 어서 말해보게. 어떻게 당한 건가?"

"주먹이 날아왔습니다, 국장님…."

"그 노인이 주먹을? 자기 몸 하나 가누는 것도 힘겨워 보이던 그 노인네가?"

"노인이 그런 게 아닙니다, 국장님. 슈타인벡이 국장님과 함께 있는 동안 복도를 어슬렁거리던 놈이 하나 있었어요. 그놈이 마치 자기도 나가는 길인 척하며 우리 뒤를 쫓더라고요…. 이 자리쯤 왔을 때 담뱃불을 빌릴 수 있는지 묻더군요…. 그래서 제가 성냥갑을 찾는데… 그 틈을 타서 제 배를 갈긴 겁니다. 전 그대로 쓰러졌어요. 쓰러지면서 얼핏 보니, 남자가 저 문을 열고 노인을 데리고 나가는 것 같았어요."

"그놈을 알아볼 수 있겠나?"

"아! 그럼요, 국장님…. 단단한 체구에 까무잡잡한 피부… 틀림없이 남부 사람 같았습니다."

"리베이라군."

르노르망이 이를 갈았다.

"또 그놈이야…! 리베이라, 또 다른 이름은 파버리. 아! 막무가내로군, 대담한 놈이야! 슈타인벡이 입을 열까 봐 불안했겠지…. 그래서 노인을 데려가려고 바로 내 코앞까지 나타난 거고!"

르노르망은 치밀어 오르는 화를 못 이겨 발을 굴렀다.

"이런, 그런데 슈타인벡이 이곳에 있는 걸 그놈이 어떻게 알았을까! 생 퀴퀴파 숲에서 내가 그놈을 추격한 지가 네 시간도 채 안 지났는데… 벌써 여기에 나타나다니! 어떻게 알았을까…? 내 일거수일투족을 훤히 꿰뚫고 있단 말인가?"

아무 소리도 들리지 않고 아무 것도 보이지 않는 듯, 르노르망은 혼자만의 깊은 생각에 빠졌다. 케셀바흐 부인이 지나가며 작별 인사를 건넸지만 아무런 대꾸도 하지 않았다. 하지만 누군가의 발걸음 소리가 복도에 울려 퍼지자 그 즉시 현실로 되돌아왔다.

"그래, 자넨가, 구렐?"

"그렇습니다. 국장님."

숨이 턱까지 차오른 구렐이 대답했다.

"두 놈이었습니다. 노인을 데려간 놈은 이 길을 따라 도핀 광장으로 빠져나갔습니다. 자동차 한 대가 그들을 기다리고 있었는데, 그 안에 두 사람이 타고 있었어요. 한 남자는 검은 옷에 중절모를 눈 위까지 눌러쓰고…."

"바로 그자야. 리베이라이며 파버리인 인물의 공범이자 살인범. 그리고 또 한 사람은?"

"여자였습니다. 모자를 쓰지 않았고 하녀처럼 보였는데, 예쁘장한 편이었고 적갈색 머리카락이었습니다."

"뭐라고? 뭐라고 했나! 적갈색 머리카락이라고?"

"그렇습니다."

르노르망은 몸을 홱 돌려 한번에 네 계단씩 층계를 뛰어 내려간 후 안뜰을 가로질러 오르페브르 강둑으로 향했다.

"멈추세요!"

로노르망이 다급하게 소리쳤다.

두 마리의 말이 끄는 무개 사륜마차 하나가 멀어져갔다. 케셀바흐 부인을 태운 마차였다…. 마부가 르노르망이 외치는 소리를 듣고 마차를 세웠다. 르노르망 국장은 이미 마차 발판 위에 올라서 있었다.

"정말 죄송합니다, 부인. 부인의 도움이 절실히 필요해졌습니다. 부디 저와 동행해주십시오. 하지만 서둘러야 합니다. 구렐, 내 차를… 뭐, 돌려보냈다고…? 그럼 다른 차라도, 어떤 차라도 상관없네…."

사람들이 사방으로 흩어져 뛰었다. 하지만 자동차 한 대를 빌려 오기까지는 10여 분이나 걸렸다. 르노르망은 초조한 마음에 속을 끓였고, 케셀바흐 부인은 인도 위에서 각성제 병을 손에 쥔 채 휘청거렸다.

마침내 그들은 차에 올라탔다.

"구렐, 운전석 옆에 타게. 우리는 가르셰로 곧장 갈 걸세."

"제 집으로요?"

돌로레스가 깜짝 놀라 물었다.

하지만 르노르망은 아무 대답도 하지 않았다. 거리에서 교통 정리 중인 경찰과 마주칠 때마다 창밖으로 몸을 내밀고 자유통행증을 흔들며 자신의 이름을 외쳐댔다. 드디어 차가 쿠 르 라 렌에 이르자 자세를 고쳐잡고 이렇게 말했다.

"부탁입니다, 부인. 제 질문에 명확하게 대답해주십시오. 조금 전 4시경에 주느비에브 에르느몽 양을 만나셨습니까?"

"주느비에브…. 예, 제가 외출하려고 옷을 갈아입고 있을 때였어요."

"〈르 주르날〉에 슈타인벡 관련 광고가 실렸다는 이야기를 해준 사람도 그 여자였나요?"

"그래요."

"그래서 부인이 저를 찾아오신 거고요?"

"그래요."

"에르느몽 양이 방문하는 동안 다른 사람은 없었습니까?"

"글쎄요…. 잘 모르겠어요…. 왜 그러시나요?"

"잘 생각해보세요. 혹시 하녀 중 한 명이 주변에 있지 않았나요?"

"아마도 그랬을 거예요…. 제가 옷을 갈아입던 중이었으니까…."

"그 여자들 이름이 어떻게 됩니까?"

"쉬잔하고… 게르트루드인데요."

"그 두 여자 중 한 명이 적갈색 머리카락인가요?"

"예, 게르트루드가 적갈색 머리예요."

"그 여자를 알고 지낸 지 오래됐습니까?"

"게르트루드의 동생이 오래전부터 제 시중을 들었어요. 게르트루드도 제 집에서 일한 지 몇 년 됐고요…. 게르트루드는 헌신과 성실, 그 자체예요."

"그러니까 그 여자를 보증한다는 말입니까?"

"오! 그야 당연하지요."

"좋아요…. 더 잘됐군요…."

저녁 7시 반, 해가 뉘엿뉘엿 저물 때쯤 마침내 자동차가 휴양소 앞에 도착했다. 국장은 동행한 부인에게 신경도 쓰지 않은 채 부랴부랴 관리실로 달려갔다.

"케셀바흐 부인의 하녀가 방금 귀가하지 않았나요?"

"누구라고요? 하녀요?"

"예. 게르트루드라고, 자매 중 한 명입니다."

"하지만 게르트루드는 외출하지 않았을 텐데요, 선생님. 나가는 걸 보지 못했습니다."

"그렇지만 누군가 방금 돌아왔을 겁니다."

"아! 아닙니다, 선생님. 그러니까… 저녁 6시 이후로는 아무에게도 문을 열어주지 않았습니다."

"이 문 말고 다른 출입구는 없습니까?"

"전혀 없습니다. 여기는 사방이 벽으로 둘러싸여 있고, 벽들더 꽤 높지요…."

"케셀바흐 부인, 부인의 빌라까지 가봐야겠습니다."

그렇게 세 사람이 길을 나섰다. 케셀바흐 부인은 열쇠가 없었으므로 벨을 눌렀다. 문을 열고 나온 사람은 동생 쉬잔이었다.

"게르트루드가 집에 있니?"

케셀바흐 부인이 물었다.

"그럼요, 부인. 지금 자기 방에 있어요."

"좀 나오라고 해주십시오, 아가씨."

치안국장이 지시했다.

잠시 후 게르트루드가 수로 장식된 흰 앞치마를 두른 채 상 냥하고 우아한 모습으로 내려왔다. 예쁘장한 얼굴에 역시나 적 갈색 머리카락이었다. 르노르망 국장은 그 해맑은 눈동자를 꿰 뚫어 보기라고 하려는 듯, 한동안 아무런 질문도 하지 않고 여 자를 바라보았다. 잠시 후 입을 뗀 르노르망은 그저 이렇게만 말했다.

"됐습니다, 아가씨, 고마워요. 구렐, 이리로 오겠나?"

경감과 함께 빌라를 나와 어둑한 오솔길을 걷던 르노르망이 돌연 이렇게 말했다.

"바로 그 여자네."

"확실합니까, 국장님? 무척 침착해 보이던데요!"

"지나치게 침착했지. 다른 사람이었다면 깜짝 놀라서 자신을 부른 이유가 무엇이냐고 물어봤겠지. 하지만 여자는 단 한마디 도 묻지 않았네. 억지로 미소를 지으려고 애쓸 뿐이었어. 하지 만 관자놀이에 맺힌 땀 한 방울이 귓가를 따라 흘러내리더군."

"그래서요?"

"그러니 이제 모든 게 명확해졌네. 게르트루드는 케셀바흐 사건과 관련된 일을 꾸미는 그 두 놈과 한패일세. 무언가를 알 아내거나, 그 대단한 계획을 실행하거나, 또는 미망인의 엄청 난 재산을 가로채려는 속셈일 테지. 보나 마나 그 동생도 공범

일 걸세. 오늘 오후 4시쯤, 게르트루드는 내가 〈르 주르날〉에 실린 광고를 보았으며 게다가 슈타인벡과 곧 만날 거라는 사실까지 알았지. 그래서 부인이 외출한 틈을 타 파리로 부리나케 달려왔고 리베이라와 중절모를 쓴 사내를 만난 다음 법원으로 데려온 걸세. 그렇게 그곳에서 리베이라가 슈타인벡을 가로채 간 거지."

르노르망은 잠시 생각에 잠겼다가 이렇게 결론을 지었다.

"모든 정황을 고려해보았을 때 다음과 같은 사실을 알 수 있네. 첫째, 놈들이 슈타인벡을 상당히 중요하게 여기고 있으며 입을 열까 봐 두려워한다는 것. 둘째, 심각한 음모는 현재 케셀바흐 부인 주변에서 이루어진다는 것. 셋째, 그 음모가 이제 무르익었으니 나로서는 더는 낭비할 시간이 없다는 것."

"그렇군요. 하지만 여전히 이해할 수 없는 점이 한 가지 있습니다. 게르트루드가 어떻게 관리인 몰래 이곳 정원을 나갔다 들어올 수 있을까요?"

"놈들이 최근에 비밀 통로 하나를 만들어놓았을 테고, 바로 그 통로를 이용했겠지."

"그리고 그 비밀 통로는 케셀바흐 부인의 빌라로 통하겠군요?"

"그래, 아마도 그럴 걸세…. 하지만 또 다른 생각이 하나 스치는군…."

두 사람은 담벼락 둘레를 따라 걸어갔다. 밤하늘이 밝았다. 다른 사람들이 두 사람의 형체를 구분할 수 있을 정도로 밝은 건 아니었지만, 담벼락 돌들을 살펴볼 정도로는 충분히 밝았다. 하지만 조사 끝에 얻은 결론은 담벼락에는 그 어떤 구멍도 뚫려 있지 않다는 것이었다.

"사다리를 사용했을까요?"

구렐이 넌지시 물어봤다.

"아닐세. 게르트루드는 날이 훤할 때도 이곳을 빠져나올 수 있었으니까 그런 식으로는 내통하지 않았을 걸세. 출구는 분명 기존의 건축물 어딘가에 숨겨져 있을 거야."

"빌라는 네 채뿐이고, 그 안에는 모두 사람이 살고 있는데요."

"미안하지만, 그중 세 번째 건물인 오르탕스 빌라에는 아무도 살지 않네."

"누가 그러던가요?"

"관리인한테 들었지. 주변이 소란해질 걸 염려했던 케셀바흐 부인이 결국 자신의 빌라 근처에 있는 그 빌라까지 빌렸다더군. 부인이 그렇게 하도록 옆에서 게르트루드가 부추겼을지도 모르지 않나?"

르노르망은 오르탕스 빌라를 한 바퀴 돌았다. 덧문이 닫혀 있었다. 혹시나 해서 걸쇠를 들어 올리자 뜻밖에도 문이 스르르 열렸다.

"아! 구렐, 드디어 찾은 것 같네. 들어가지. 손전등을 켜고…. 음! 현관, 거실, 식당…. 다 소용없어. 주방이 이곳에 없는 걸 보니 분명 지하 공간이 있을 거야."

"이쪽입니다, 국장님…. 여기 계단이 있어요."

두 사람은 계단을 내려갔다. 르노르망이 짐작한 대로 정원용

의자와 등나무 의자가 어지러이 널린 꽤 널찍한 주방 하나가 나왔다. 그 옆에는 지하저장실 겸 세탁장이 있었는데, 잡동사니 물건들이 겹겹이 쌓여 있어 어수선하기는 마찬가지였다.

"저기 반짝거리는 게 뭘까요, 국장님?"

구렐이 몸을 숙여 한쪽 끝에 모조 진주가 박힌 구리 핀 하나를 주웠다.

"진주가 여전히 빛나고 있군. 핀이 지하에 오래 방치돼 있었다면 이렇게 빛나진 않았을 걸세. 게르트루드가 이곳을 지나간 거야, 구렐."

르노르망이 말했다.

구렐은 곧장 텅 빈 나무통들과 칸막이 선반, 낡은 절름발이 책상이 겹겹이 쌓인 더미를 헤집기 시작했다.

"시간 낭비야, 구렐. 통로가 여기라면 이 모든 물건을 치우고 빠져나간 다음, 또다시 쌓아놓아야 했을 텐데 그럴 시간적 여유가 있었을 것 같나? 자, 저기 딱히 벽에 걸려 있어야 할 이유가 없는 쓸모없는 덧문이 하나 있군. 그걸 열어보게."

구렐이 즉시 지시를 따랐다.

과연 덧문 뒤에는 벽이 하나 뚫려 있었다. 손전등을 비추자 깊숙이 뚫린 지하 통로가 훤히 모습을 드러냈다.

3

"내 짐작이 맞았군. 이 통로는 최근에 만든 거야. 보다시피 서둘러 임시로 만든 거로군…. 벽돌 공사도 안 돼 있어. 군데군데 두꺼운 널빤지 두 개가 십자형으로 세워져 있고, 들보 용재가 천장 구실을 하는 게 다야. 간신히 버티고 있을 뿐이지만 놈들이 의도했던 목적을 이루기에는 이만하면 충분하지. 그러니까…."

"그 목적이 무엇입니까, 국장님?"

"놈들은 이 통로를 만들어 우선 게르트루드와 공범이 서로 왕래하게끔 하려 했을 테고… 언젠가는 케셀바흐 부인을 납치하려 했을 걸세. 아무도 그 방법을 짐작하지 못하게끔 감쪽같이 사라지게 하려고 했던 거지."

둘은 위태위태해 보이는 들보를 건드리지 않도록 조심하며 앞으로 나아갔다. 얼핏 봐도 터널의 길이는 빌라에서 정원 담장 사이의 거리인 50미터를 훌쩍 넘는 것 같았다. 따라서 이 터널을 따라 걷다 보면 담벼락을 지나, 휴양소를 따라 뻗은 거리 너머로 도달할 게 분명했다.

"빌뇌브와 연못 쪽으로 이어진 걸까요?"

구렐이 물었다.

"천만에, 그 반대쪽일세."

르노르망이 대답했다.

조금 걷다 보니 살짝 경사진 내리막길이 나타났다. 둘은 계단을 하나 그리고 또 하나를 지난 후 오른쪽으로 몸을 틀었다. 그 순간 정성껏 시멘트가 발라진 석재 틀 안에 낀 문 하나가 나타났다. 르노르망이 그 문을 밀자 스르르 열렸다.

"잠깐만, 구렐⋯. 생각 좀 해보자⋯. 아무래도 되돌아가는 게 나을 것 같군."

"왜요?"

"생각해보게. 리베이라가 이런 상황을 예상하고 이 지하 통로가 발각될 경우를 대비해 무슨 조치를 해놓았을지도 모르지 않나. 그자는 우리가 정원을 수색한 사실을 알고 있을 걸세. 또 이 빌라에 들어온 걸 틀림없이 봤을 거야. 그자가 덫을 놓지 않았다고 누가 장담하겠나."

"우리는 두 명입니다, 국장님."

"저쪽은 스무 명일지도 모르네."

르노르망이 앞을 바라보았다. 지하 통로가 다시 오르막을 형성하고 있었다. 그들은 5~6미터가량 떨어진 또 다른 문 쪽으로 걸어갔다.

"일단 저기까지만 가보지."

르노르망은 뒤따라오는 구렐에게 문을 열어놓으라고 지시한 다음, 더 이상은 가지 않겠다고 스스로 다짐하며 또 다른 문

쪽으로 걸어갔다. 하지만 그 문은 잠겨 있었다. 자물쇠가 풀리는 듯도 했지만 좀처럼 열리지 않았다.

"빗장이 질러져 있군. 조용히 돌아가세. 일단 밖으로 나가서 통로 방향을 근거로 경로를 추정해 또 다른 출구를 찾으면 되니까."

그들은 첫 번째 문 쪽으로 발길을 돌렸다. 앞장서 가던 구렐이 놀라서 비명을 질렀다.

"이런, 문이 잠겨 있어요…."

"뭐라고! 내가 문을 열어놓으라고 하지 않았나."

"열어놓았습니다, 국장님. 그런데 저절로 닫힌 것 같아요."

"그건 불가능해! 그랬다면 소리가 났어야지."

"그렇다면…?"

"그렇다면… 그렇다면 나도 모르겠네…."

르노르망은 문에 바짝 다가갔다.

"보자고…. 열쇠가 하나 있어…. 돌아가긴 하는군. 그런데 반대쪽에 빗장이 채워져 있는 모양이야."

"누가 빗장을 걸었을까요?"

"당연히 그놈들 짓 아니겠나! 우리 등 뒤에서 말이야. 이곳으로 통하는 또 다른 통로로 들어왔거나 비어 있는 이 빌라에 머물고 있겠지…. 결국 우리는 덫에 걸려든 거로군."

르노르망은 악착같이 자물쇠에 매달려 틈새에 단도를 집어넣는 등 온갖 방법으로 문을 열어보려 애썼다. 하지만 이내 지쳐서 이렇게 말했다.

"어쩔 도리가 없군!"

"뭐라고요, 국장님? 그럼 우린 이제 끝장이란 말인가요?"

"그런 것 같네…."

둘은 다른 문 쪽으로 갔다가 첫 번째 문으로 되돌아왔다. 둘 다 단단한 목재에 가로장으로 보강까지 된 육중한 문인지라 결코 부서트릴 수 없을 듯한 위용마저 느껴졌다.

"도끼가 필요해. 아니면 적어도 그럴듯한 도구라든지…. 제대로 된 칼만 있어도 빗장이 걸려 있을 만한 자리를 짐작해 잘라볼 텐데…. 이거 원, 지금 우리에겐 아무것도 없으니…."

르노르망은 분노가 치밀어 올라 문을 쳐부술 기세로 장애물을 향해 돌진했다. 하지만 이내 무력감과 패배감에 사로잡혀 구렐에게 말했다.

"잘 듣게. 한두 시간 정도 상황을 지켜봐…. 난 지쳐서 잠시 눈 좀 붙여야겠어…. 그동안 망을 보고 있게…. 그리고 누군가 공격해오면…."

"아! 그렇게만 된다면 우리는 구조된 거나 마찬가지지요, 국장님…."

아무리 불리한 상황이라도 싸움이라면 자신 있다는 듯 구렐이 호기롭게 외쳤다.

르노르망은 땅에 몸을 눕혔다. 잠시 후 잠에 빠져들었다.

잠에서 깬 르노르망은 몇 초간 몽롱했다. 그러다가 이내 자신을 괴롭히는 이 고통이 무엇인지 생각해보았다.

"구렐… 이런! 구렐?"

아무런 대답도 들려오지 않자 르노르망은 손전등을 켰다. 구렐은 옆에서 세상 모르게 자고 있었다.

"왜 이렇게 고통스러운 거지…? 속이 쥐어뜯기는 느낌이야… 아! 배가 고픈 거로군! 그저 배가 고파 죽을 지경인 거야! 그러고 보니 지금 몇 시지?"

시계를 보니 바늘이 7시 20분을 가리키고 있었다. 하지만 곧 자신이 시계태엽을 감아놓지 않았음을 깨달았다. 구렐의 시계는 훨씬 더 오래전에 멈춰 있었다.

구렐 역시 배고픔을 이기지 못하고 잠에서 깼다. 점심시간을 훌쩍 지나쳐서 꽤 오랫동안 잠을 잔 게 분명했다.

"다리가 뻣뻣하게 굳은 것 같아요…. 발은 마치 얼음 속에 빠진 것 같고…. 아, 기분이 참 이상하네!"

구렐은 몸을 문지르더니 다시 말을 이었다.

"이런, 내 발이 얼음이 아니라 물속에 빠져 있었네…. 이것 좀 보세요, 국장님…. 첫 번째 문 쪽은 거의 늪이에요…."

"물이 새어 들어오고 있군. 두 번째 문 쪽으로 올라가 있게. 발을 말릴 수 있을 걸세…."

"그런데 지금 뭐하고 계세요, 국장님?"

"내가 이 지하실에서 생매장당할 것 같나…? 아니, 천만에! 아직 그럴 나이는 아니지…. 두 문이 굳게 잠겨 있으니 벽을 통해 빠져나갈 시도를 해보자고."

르노르망은 지상까지 비스듬히 올라가는 또 다른 통로를 만들고자 자신의 손 높이에 있는 튀어나온 돌들을 하나하나 떼어냈다. 그러나 이 부근 돌들은 시멘트로 발라져 있어서 지나치게 오랜 시간과 많은 노력이 필요했다.

"국장님… 국장님…."

구렐이 목멘 소리로 국장을 불렀다.

"왜 그러나?"

"국장님 발도 물에 잠겼어요."

"그럴 리가! 아, 그렇군…. 그래서 지금 무얼 어쩌라는 건가! 밖에 나가서 햇볕에 말리면 되지 않나."

"어떤 상황인지 모르시겠어요?"

"무슨 말인가?"

"물이 차오른다고요, 국장님…. 물이 차오르고 있어요…."

"뭐가 차오른다고?"

"물이요…."

순간 르노르망의 온몸에 소름이 돋았다. 그 즉시 사태의 심각성을 깨달았다. 우연히 새어 들어온 물이 아니다. 누군가 무시무시한 시스템을 가동해 기계적이고 무자비하게 발생시킨 치밀하게 준비된 홍수였다.

"아! 이 야비한 놈…. 잡히기만 해봐라!"

르노르망은 이를 갈며 말했다.

"예, 예, 국장님…. 하지만 그러려면 먼저 여기서 나가야 하는데, 저로서는…."

구렐은 완전히 기가 죽어서 묘책을 짜내거나 계획을 제안할 상태가 아닌 듯했다.

르노르망 국장은 땅에 무릎을 꿇고 앉아 물이 차오르는 속도를 측정했다. 물은 첫 번째 문의 4분의 1까지 차올라 있었고, 첫 번째 문과 두 번째 문의 중간 지점까지 흘러갔다.

"속도는 느리지만 지속적이군. 몇 시간 내로 우리 머리 꼭대기까지 차오를 걸세."

"섬뜩하네요, 국장님. 끔찍해요."

구렐이 탄식했다.

"아! 이런, 계속 그렇게 우는소리로 성가시게 굴 텐가? 원한다면 계속 그렇게 칭얼대게. 하지만 자네의 우는소리 따위는 듣지 않겠네."

"배가 고파서 약해지나 봅니다, 국장님! 머릿속이 빙글빙글 돌고 있어요."

"자네 주먹이라도 물고 있게."

구렐이 말한 대로 상황은 끔찍했다. 만약 르노르망의 기력이 조금만 약했더라면, 그토록 허망해 보이는 투쟁은 포기해버렸을 것이다. 무엇을 어찌해야 한단 말인가? 리베이라가 온정을 베풀어 길을 내어줄 리는 만무했다. 이 터널의 존재조차 모르는 두드빌 형제가 그들을 구하러 올 가능성은 더더욱 희박했다. 따라서 아무런 희망도 남지 않았다…. 불가능한 기적을 바라는 수밖에는….

"이보게, 정신 차려. 이건 말도 안 돼. 우린 여기서 죽지 않을 거야! 제기랄! 무언가 방법이 있을 걸세…. 불빛 좀 비춰보게, 구렐."

르노르망은 두 번째 문에 찰싹 달라붙어 구석구석 샅샅이 살폈다.

그들이 있는 문 안쪽에는 분명 반대쪽에도 부착돼 있을 큼지막한 빗장이 하나 걸려 있었다. 르노르망은 칼날로 나사를 풀어 빗장을 떼어냈다.

"이제는 어떻게 하실 건가요?"

구렐이 물었다.

"이제는 어떻게 할 거냐면 말일세, 이 빗장은 철로 돼 있고 꽤 긴 데다 끝이 뾰족한 편이니까… 물론 곡괭이만은 못하겠지만 그래도 어쨌든 빈손보단 나으니… 이걸로…."

르노르망은 말을 마치지도 않고 통로 내벽을, 즉 문의 경첩을 지지하는 석조 기둥 근처를 빗장으로 힘껏 찔렀다. 그렇게 시멘트와 돌로 이루어진 층을 허물자, 르노르망이 기대했던 대로 그 밑은 부드러운 흙으로 이루어져 있었다.

"작업을 시작하지!"

르노르망이 소리쳤다.

"저도 그러고 싶은데, 국장님, 설명을 좀…."

"간단하네. 이 기둥 주변으로 3~4미터가량의 통로를 파서 문 반대편 터널과 만나게 하는 거야. 그럼 우리는 여기서 달아날 수 있네."

"그러려면 시간이 꽤 걸릴 텐데요. 그동안 물은 계속 차오를 테고요."

"불이나 비추게, 구렐."

르노르망 국장의 생각은 적중했다. 빗장으로 흙을 느슨하게 만든 다음 그 흙을 통로에 내던지는 일을 몇 차례 반복하자 곧 들어갈 수 있을 만큼 널찍한 구멍이 만들어졌다.

"이제 제가 하겠습니다."

구렐이 말했다.

"아! 이런! 다시 살아났나? 잘됐군, 해보게…. 이 기둥 주변만 집중적으로 파내면 되네."

어느덧 물이 발목까지 차올랐다. 과연 이 작업을 끝마칠 시
간적 여유가 있을까? 땅을 파면 팔수록 작업은 더욱 어려워졌
다. 파헤친 흙이 점점 늘어날수록 작업하는 데 흙더미가 방해
가 되어 어쩔 수 없이 통로에 납작하게 누워 흙더미를 계속 퍼
내야 했기 때문이다.

두 시간 정도 지나자 작업의 4분의 3가량이 이루어졌다. 하
지만 물은 이미 다리까지 차올랐다. 한 시간 정도 후면 차오른
물이 파놓은 구멍 입구까지 도달할 상황이었다.

그렇게 되면 이번에는 정말로 끝장이다.

구렐은 허기가 져서 기운도 빠진 데다 점점 더 좁아지는 통
로 속을 드나들기에는 몸집도 너무 컸기에 결국 작업을 포기할
수밖에 없었다. 구렐은 차가운 물이 조금씩 자기를 삼킨다는
생각에 사로잡혀 꼼짝도 않은 채 바들바들 떨었다.

하지만 르노르망은 끈질기게 작업을 계속했다. 숨 막히는 어
둠 속에서 마치 한 마리 개미처럼 반복적이고 끔찍한 노역을
감당했다. 두 손에서 피가 흘러내렸다. 허기가 져서 실신하기
직전이었고 공기가 부족해 호흡하기조차 어려웠다. 게다가 때
때로 들려오는 구렐의 한숨 소리마저 이 동굴 안에 도사린 숨
막히는 위험을 절감하게 했다.

그러나 그 무엇도 르노르망을 좌절시킬 수 없었다. 드디어
통로의 내벽을 이룬, 시멘트로 접합된 돌들이 모습을 드러내기
시작했다. 가장 어려운 작업이 남아 있었지만 목적지가 바로
코앞에 다가온 것이다.

"물이 올라와요, 올라와!"

구렐이 목멘 소리로 외쳤다. 르노르망은 더욱 작업에 박차를 가했다. 문득 빗장이 허공을 가르는 느낌이 들었다. 통로가 뚫린 것이다. 이제는 구멍을 넓히는 일만 남았다. 이제 흙더미를 앞으로 던질 수 있으니 남은 작업은 한결 수월할 터였다. 극심한 공포에 사로잡힌 구렐이 죽어가는 짐승 소리를 냈다. 하지만 르노르망은 흔들리지 않았다. 구원이 바로 손 닿을 거리에 있었다.

흙이 떨어지는 소리로 추측하건대 반대쪽 터널에도 물이 차 있는 게 분명했다. 르노르망은 잠시 불안해졌다. 하긴 문이 제방 역할을 하기에는 역부족일 테니 생각해보면 당연한 일이다. 하지만 무슨 상관이랴! 드디어 문이 열렸는데. 마지막 남은 힘을 끌어모아… 르노르망이 통로를 빠져나갔다.

"이리 오게, 구렐."

동료를 챙기러 돌아온 르노르망이 소리쳤다.

르노르망은 반쯤 죽은 듯한 구렐의 손목을 잡아끌었다.

"가지. 움직이란 말일세, 멍청한 친구야. 이제 우린 살았네."

"정말입니까, 국장님…? 사실인가요…? 물이 가슴까지 차올랐는데…."

"신경 쓰지 말게…. 물이 입까지 차오르지 않는 이상…. 그런데 손전등은?"

"고장 났습니다."

"어쩔 수 없지."

순간 그들은 기쁨의 탄성을 내질렀다.

"계단 하나… 계단 둘… 층계…! 드디어!"

마침내 그들은 자신들을 집어삼킬 뻔했던 그 지긋지긋한 물에서 빠져나왔다. 감미로운 감각이 온몸을 훑었고, 한없는 해방감을 누리며 흥분했다.

"멈추게!"

르노르망이 속삭였다.

무언가 르노르망의 머리에 닿았다. 팔을 뻗어 장애물을 힘껏 누르니 무언가 들썩거렸다. 뚜껑문의 문짝이었다. 이 뚜껑문을 열자 채광창을 통해 달빛이 새어 들어오는 지하 저장고가 나타났다.

르노르망은 문짝을 젖히고 마지막 계단을 올라갔다.

그 순간 커다란 천이 르노르망을 뒤덮었다. 여기저기에서 뻗어온 팔들이 르노르망의 몸을 억세게 붙잡았다. 누군가 자신에게 담요인지 자루인지를 뒤집어씌운 채 밧줄로 묶는 게 느껴졌다.

"다른 놈도."

누군가의 목소리가 들려왔다.

구렐도 똑같은 일을 당하고 있는 게 분명했다. 똑같은 목소리가 연이어 들려왔다.

"소리 지르면 그 즉시 죽여버리게. 칼은 가지고 있겠지?"

"예."

"가보지. 자네 둘은 이자를 맡고… 자네 둘은 저자를 맡아…. 불빛을 비추어도 안 되고, 소리를 내서도 안 돼…. 그럼 일이 커지네! 오늘 아침부터 놈들이 정원을 수색하고 있으니…. 열 명에서 열다섯 명 정도가 소란을 피우고 있지. 게르트루드, 넌 빌라로 돌아가. 조금이라도 무슨 일이 생기면 파리에 있는 내게 전화해."

사람들은 르노르망을 들어 밖으로 옮겼다.

"수레를 가져와."

그 목소리가 다시 들려왔다.

르노르망은 마차와 말이 내는 소리를 들었다. 곧이어 바닥에 눕혀졌다. 구렐도 옆에 실렸다.

그들은 마차를 타고 약 30분 동안 어딘가로 이동했다.

"멈춰!"

목소리 주인이 명령했다.

"놈들을 내려. 자! 마차꾼, 수레 뒤쪽이 다리 난간에 닿도록 방향을 돌려…. 됐어…. 센 강에 배는 없나? 없어? 그럼 지체하지 마…. 참! 놈들에게 돌은 매달아 놨겠지?"

"예. 포석을 묶어두었습니다."

"그럼 서둘러. 르노르망 국장, 당신의 영혼을 신께 맡기시지. 그리고 이 파버리 리베이라, 아니 알텐하임 남작으로 더 잘 알려진 날 위해 기도해주시게. 됐나? 모든 준비가 끝났어? 그럼 즐겁게 여행하시길, 르노르망 국장!"

르노르망은 난간에 놓였다. 누군가가 밀었다. 자신의 몸이 허공으로 떨어지고 있었다. 낄낄대며 빈정대는 그자의 목소리가 들려왔다.

"즐겁게 여행하게!"

그로부터 10초 후 구렐 반장도 똑같은 일을 당했다.

파버리 리베이라 알텐하임

1

주느비에브의 새로운 동료인 샤를로트 양의 보호 아래 소녀들이 정원에서 뛰놀고 있었다. 에르느몽 부인은 소녀들에게 과자를 나눠준 뒤 거실 겸 응접실로 쓰이는 방으로 돌아와 책상 앞에 자리를 잡고 서류와 장부를 정리하기 시작했다.

갑자기 방 안에 낯선 인기척을 느낀 노파는 불안한 마음에 뒤를 돌아보았다.

"도련님…! 어디서 오는 건가요…? 어디로 들어오셨어요?"

노파가 소리쳤다.

"조용히 하세요. 내 말 잘 들어요. 시간 낭비하지 맙시다. 주느비에브는요?"

세르닌 공작이 말했다.

"케셀바흐 부인 집에 갔는데요?"

"곧 돌아오나요?"

"한 시간은 지나야 올 거예요."

"그렇다면 두드빌 형제가 오게 놔둬야겠군요. 그들과 약속이 있어요. 주느비에브는 잘 지내나요?"

"아주 잘 지낸답니다."

"내가 떠난 후, 그러니까 열흘 전부터 그 아이가 몇 번이나 피에르 르뢱을 만났지요?"

"세 번 정도 만났어요. 그리고 오늘 케셀바흐 부인 집에서 또 그 친구를 만나기로 한 모양이에요. 도련님이 시키신 대로 주느비에브가 부인에게 그 청년을 소개했거든요. 하지만 내가 보기에 피에르 르뢱이라는 청년은 별로예요. 주느비에브에게는 그보다 더 좋은 남자가 어울려요. 그러니까, 학교 선생님 같은 사람 말이에요."

"미쳤어요? 주느비에브를 학교 선생과 결혼시키다니!"

"아! 주느비에브의 행복을 생각한다면…!"

"쳇, 빅투아르. 그런 허튼소리로 날 성가시게 하지 마세요. 내가 그런 감상에 빠져 있을 만큼 한가해 보이나요? 난 체스를 두고 있고, 내 말들의 생각과는 상관없이 말을 움직이는 거라고요. 게임에서 이기면 그때 가서 피에르 르뢱 기사와 주느비에브 왕비의 마음이 어떤지 알아보도록 하지요."

노파가 말을 가로막았다.

"들었나요? 휘파람 소리…."

"두드빌 형제예요. 들여보내세요. 우리를 방해하지 마시고요."

두드빌 형제가 들어오자 세르닌은 언제나처럼 구체적인 질문을 쏟아냈다.

"신문에서 르노르망과 구렐의 실종 사건을 떠들썩하게 다루고 있더군. 더 아는 건 없나?"

"없습니다. 현재 베베르 부국장이 이 사건을 맡고 있어요. 벌써 일주일 전부터 휴양소 정원을 수색하고 있지만 그들이 어떻게 사라졌는지 아직 밝혀내지 못했습니다. 경찰 당국이 완전히 허둥대고 있어요…. 이런 일은 처음인지라…. 치안국장이 흔적도 없이 사라지다니!"

"두 하녀는?"

"게르트루드는 사라졌어요. 그래서 그 여자를 찾는 중입니다."

"그럼 동생인 쉬잔은?"

"베베르 부국장과 포르므리 판사가 신문했는데, 별다른 혐의점을 발견할 수 없었습니다."

"더 할 말은 없나?"

"아! 아니요. 더 있습니다. 신문에는 이야기하지 않은 사실들입니다."

그들은 르노르망 국장이 실종되기 전 이틀 동안 벌어진 사건들, 즉 오밤중에 두 괴한이 피에르 르뒥의 빌라에 침입했던 일, 그다음 날 리베이라가 주느비에브를 납치하려 해서 생 퀴퀴파 숲을 가로질러 추격했던 일, 그리고 슈타인벡이 파리에 도착해 케셀바흐 부인이 지켜보는 가운데 신문을 받은 다음 법원에서 감쪽같이 사라진 일 등을 모두 이야기했다.

"자네들 말고 이런 자세한 사실들을 아는 사람은 없나?"

"디외지가 슈타인벡 사건을 알고 있습니다. 우리에게 그 이야기를 전한 사람이 바로 디외지였으니까요."

"경찰청에서는 아직도 자네들을 믿고 있겠지?"

"이 사건에 우리를 공공연하게 기용했을 만큼 신뢰가 두텁습니다. 특히 베베르 부국장은 우리가 하는 이야기라면 무조건 믿지요."

"그래, 모든 걸 잃은 건 아니군. 르노르망 국장이 성급한 행동을 저질러 생명이 위태로운 것 같지만, 그래도 국장이 그전에 일을 잘 진행해놓았으니 그대로만 따라가면 되겠어. 지금은 적이 앞서고 있지만 곧 우리가 따라잡을 걸세."

"어려울 겁니다, 대장."

"무엇이? 슈타인벡을 찾기만 하면 되지 않나. 그 사람이 수수께끼를 풀 열쇠를 가지고 있으니까."

"그렇긴 하지요. 하지만 리베이라가 슈타인벡을 어디에 가둬놓았을까요?"

"당연히 자기 집이겠지."

"그럼 리베이라가 어디에 사는지 알아내야겠군요."

"당연한 소리!"

세르닌은 그들을 돌려보내고 휴양소를 찾아갔다. 정문 앞에는 자동차들이 세워져 있었고 남자 두 명이 보초를 서는 듯 그 앞을 왔다 갔다 했다.

케셀바흐 부인의 별장 근처 정원에는 주느비에브와 피에르 르뒥 그리고 외알박이 안경을 낀 어떤 뚱뚱한 신사가 벤치에 앉아 있었다. 세 사람은 이야기를 나누느라 여념이 없는 탓에 아무도 세르닌을 보지 못했다.

그 순간 빌라에서 몇 사람이 나왔다. 포르므리 판사와 베베르 부국장, 재판소 서기와 형사 두 명이었다. 주느비에브는 빌

라 안으로 들어갔고, 외알박이 안경을 쓴 남자는 판사와 치안
국 부국장에게 말을 건넨 뒤 그들과 함께 서서히 멀어져갔다.
세르닌은 피에르 르뒥이 앉은 벤치로 다가가 나지막이 속삭였
다.

"움직이지 말게, 피에르 르뒥. 나일세."

"당신은…! 당신은…!"

베르사유의 그 끔찍했던 밤 이후로 청년이 세르닌을 만난 건
이번이 세 번째였지만, 청년은 세르닌을 볼 때마다 매번 크게
동요했다.

"대담하게…. 외알박이 안경을 쓴 남자는 누군가?"

피에르 르뒥은 얼굴이 창백해진 채 말을 더듬거렸다. 세르닌
이 팔을 꼬집었다.

"대답하라니까, 빌어먹을! 누구야?"

"알텐하임 남작입니다."

"어디서 나타난 자인가?"

"케셀바흐 부인의 친구입니다. 오스트리아에서 엿새 전에 도
착했고, 케셀바흐 부인을 돕기 위해 항상 대기하는 상태입니
다."

"남작이 자네에게 무언가를 물어보던가?"

"예, 많이요. 제 상황에 아주 관심이 많아 보이더군요. 가족
을 찾아주려 했고, 어린 시절에 대해서도 꼬치꼬치 캐물었습니
다."

"뭐라고 답했나?"

"어차피 모르는 일이어서 아무 말도 안 했습니다. 제게 기억

이란 게 있을 리 없지 않습니까? 당신이 날 다른 사람 자리에 앉혔고, 난 그 사람에 대해 아무것도 모르는데."

"모르는 건 나도 마찬가지네! 그래서 자네 상황이 특이한 걸세." '

공작이 킥킥거렸다.

"이런! 비웃는군요…. 언제나처럼…. 하지만 전 이제 신물이 납니다…. 꺼림칙한 일에 말려든 기분이에요. 다른 사람 역할을 하며 겪어야 할 위험은 제쳐놓더라도요."

"무슨 말인가…. 자네가 자네 자신이 아니라니? 내가 러시아 공작이듯 자네는 프랑스 공작일세…. 그보다 더 높은 귀족일 수도 있지…. 만약 공작이 아니더라도 그렇게 되게. 제기랄! 주느비에브는 공작과 결혼해야만 하네. 주느비에브를 보게…. 주느비에브의 아름다운 두 눈동자가 자네의 영혼을 팔 만큼의 가치도 안 된단 말인가?"

세르닌은 청년의 생각 따위에는 관심 없는 듯 쳐다보지도 않았다. 두 사람은 걸음을 옮겨 빌라에 도착했고, 계단 아래에서 우아한 모습으로 미소 짓는 주느비에브와 마주쳤다.

"돌아오셨군요? 아! 잘됐어요! 기쁘네요…. 케셀바흐 부인을 만나러 오신 건가요?"

잠시 후 주느비에브는 세르닌을 케셀바흐 부인의 방으로 안내했다. 공작은 부인을 보자 충격을 받았다. 마지막으로 그녀를 보았을 때보다 훨씬 더 창백하고 수척해진 몰골이었다. 흰 천을 감고 긴 의자에 누운 케셀바흐 부인의 모습은 싸우기를 포기한 환자 같았다. 부인은 삶과 가혹한 운명에 대항해 싸우기를 포기한 듯했다.

세르닌은 깊은 연민을 굳이 숨기지 않은 채 안타까운 심정으로 바라보았다. 부인은 그러한 호의에 고마워했다. 케셀바흐 부인은 알텐하임 남작에 대해서도 우호적인 어조로 이야기했다.

"예전부터 남작을 알았습니까?"

세르닌이 물었다.

"이름은 알고 있었어요. 남편과 매우 친한 사이여서 그이한테 들었지요."

"제가 다뤄가에 사는 알텐하임이란 사람을 만난 적이 있는데, 그 사람이 이 사람일까요?"

"오! 아니에요. 그분이 사시는 곳은…. 사실 저도 그분에 대해 아는 게 별로 없어요. 주소를 받긴 했는데 정확히 기억나지 않아서 말씀드릴 수가…."

몇 분간 이야기를 나눈 뒤 세르닌은 자리에서 일어났다. 밖을 나서자 주느비에브가 현관에서 기다리고 있었다.

"드릴 말씀이 있어요…. 심각한 이야기인데… 그 사람을 보셨어요?"

주느비에브가 흥분한 어조로 말했다.

"누구 말입니까?"

"알텐하임 남작이요…. 하지만 그건 진짜 이름이 아니에요…. 아니면 적어도 다른 이름이 있거나…. 제가 그 사람을 알아봤거든요…. 확실해요…."

주느비에브는 공작을 밖으로 데리고 나갔다. 걸음걸이에 격한 감정이 그대로 묻어났다.

"진정해요, 주느비에브…."

"그 사람이 바로 저를 납치하려던 사람이에요…. 가엾은 르 노르망 국장님이 안 계셨다면 전 그때 납치당했을 거예요…. 아마도 알고 계실 거예요. 공작님은 모르는 게 없으시니까."

"그렇다면 그자의 진짜 이름이 무엇인가요?"

"리베이라예요."

"확실합니까?"

"외모와 억양, 걸음걸이를 꽤 많이 바꿨지만 그 사람을 보는 순간 엄청난 두려움이 몰려와 그 즉시 누구인지 알아차릴 수 있었어요. 하지만 공작님이 돌아오시길 기다리며 아무한테도 말하지 않았어요."

"케셀바흐 부인한테도 아무 말씀 안 하셨나요?"

"전혀요. 부인은 남편의 친구를 다시 만나서 무척 행복해 보였거든요. 하지만 공작님이 부인한테 이 이야기를 전해주실 거지요? 부인을 보호해주실 테니까요…. 그 사람이 나와 부인에게 무슨 짓을 하려는 건지 모르겠어요…. 르노르망 국장님이 안 계시니 무서운 게 없나 봐요. 제 세상 만난 듯 활개치고 다녀요. 도대체 누가 그자의 가면을 벗길 수 있을까요?"

"제가 할 수 있습니다. 모든 문제를 처리하겠습니다. 하지만 이 이야기는 아무에게도 하지 마세요."

그들은 어느덧 관리실 앞에 도착했다. 문이 열려 있었다. 공작이 다시 말을 꺼냈다.

"잘 있어요, 주느비에브. 내가 있으니까 침착하고요."

공작은 문을 닫고 뒤로 돌았다. 그 순간 흠칫 놀라 뒤로 물러서고 말았다.

눈앞에 딱 벌어진 어깨와 다부진 체격의 외알박이 안경을 쓴 남자, 즉 알텐하임 남작이 버티고 서 있었던 것이다.

둘은 2~3초 동안 아무 말 없이 서로를 노려보았다. 남작이 미소 지으며 말했다.

"기다리고 있었습니다, 뤼팽."

제아무리 감정 통제에 능숙한 세르닌이라도 이번만큼은 소스라치게 놀랄 수밖에 없었다. 적의 정체를 밝히려고 왔는데, 오히려 적이 선수를 쳐 자신의 정체를 알아낸 것이다. 게다가 이 적은 자신의 승리를 확신한 듯 대담하고 후안무치하게 싸움에 나섰다. 더없이 당당한 태도에서 만만치 않은 기가 느껴졌다.

두 남자는 불꽃 튀는 눈싸움을 벌이며 서로 탐색했다.

"그래서?"

세르닌이 대꾸했다.

"그래서라니? 우리가 만날 필요가 있다고 생각하지 않습니까?"

"어째서지요?"

"당신에게 할 말이 있습니다."

"언제가 좋겠습니까?"

"내일. 식당에서 같이 식사나 합시다."

"당신 집은 어떻습니까?"

"우리 집 주소를 모르지 않습니까?"

"알고 있습니다."

세르닌 공작은 눈 깜짝할 사이 알텐하임의 주머니에서 삐져나온 신문 하나를 낚아챘다. 신문은 주소가 적힌 포장지가 채 벗겨지지 않은 상태였다.

"빌라 뒤퐁 29번지."

"제법이군. 그럼 내일 우리 집에서 봅시다."

"내일, 당신 집에서. 몇 시에?"

"1시에 보는 걸로 하지요."

"알았습니다. 그럼 그때 보지요."

그렇게 각자 발길을 돌려 가는데 알텐하임이 갑자기 걸음을 멈추었다.

"아! 한마디만 더 하겠습니다, 공작. 내일 무기를 가져오십시오."

"왜요?"

"내겐 하인이 네 명이나 있지만 당신은 혼자니까요."

"나는 주먹이 있으니 공평한 게임이 될 겁니다."

세르닌은 말을 끝내고 등을 돌렸다가 다시 돌아 상대를 불러 세웠다.

"아! 나도 한마디만 하겠습니다, 남작. 내일 하인을 네 명 더 고용하십시오."

"왜요?"

"생각해봤는데, 승마용 채찍을 가지고 갈 듯합니다."

2

 정각 1시 불로뉴 숲 부근, 페르골레즈가로만 통하는 한적한 길에서 말을 탄 한 남자가 라 빌라 뒤퐁의 철책을 뛰어넘었다.

 길 가장자리에는 정원과 아름다운 저택이 늘어서 있었다. 길 끝은 일종의 작은 공원으로 막혀 있고 웅장하고 오래된 저택 하나가 순환 철도를 마주 보고 우뚝 솟아 있었다.

 바로 그곳이 알텐하임 남작이 사는 29번지다.

 세르닌은 미리 대기시킨 시종에게 말고삐를 넘겨주며 이렇게 말했다.

 "2시 반에 다시 말을 데리고 오게."

 세르닌은 벨을 눌렀다. 정원 문이 열려 현관 앞 층계를 향해 걸어가니, 그곳에 제복을 갖춰 입은 건장한 사내가 둘 있었다. 그들은 세르닌을 장식 하나 없는 서늘하고 드넓은 석조 현관으로 안내했다. 세르닌이 들어서자 둔탁한 소리를 내며 문이 닫혔다. 불굴의 용기를 가진 세르닌이었지만 고립된 감옥 안에서 홀로 적들에게 둘러싸인 듯한 느낌이 엄습하자 심히 괴로운 마음이 드는 건 어찌할 수 없었다.

"세르닌 공작이 왔다고 전하게."

거실은 가까운 곳에 있었다. 세르닌은 즉시 그리로 안내되어
방으로 들어섰다.

"아! 오셨군요, 친애하는 공작."

남작이 세르닌 앞으로 다가오며 말했다.

"좋아! 자… 도미니크, 20분 후에 점심을 가지고 오게…. 그
때까진 우리를 방해하지 말고. 그건 그렇고 친애하는 공작, 난
당신이 정말로 오리라고는 기대하지 않았습니다."

"이런! 왜 그런 생각을 하셨습니까?"

"그럴 수밖에. 오늘 아침 당신의 선전포고가 너무나 확고해
서 그 어떤 회담도 불필요해 보였거든."

"선전포고라니?"

남작은 〈르 그랑 주르날〉을 펼치고 '공식 성명'이라는 제목
이 붙은 기사 내용을 손가락으로 가리켰다.

르노르망 국장 실종이 아르센 뤼팽을 행동에 나서게 했다. 아
르센 뤼팽은 간단한 조사를 벌인 후 케셀바흐 사건의 진상을
규명하려는 본디 계획의 연장선에서, 생사 여부가 불투명한
르노르망 국장을 찾아내고 극악무도한 범죄를 저지른 범인
(들)을 사법 당국에 넘기기로 했다.

"이 글은 물론 당신이 작성했겠지요, 친애하는 공작?"

"물론 내가 작성했습니다."

"결국 내 생각이 맞았군. 이건 전쟁입니다."

"그렇습니다."

알텐하임은 세르닌에게 의자를 권한 뒤 자신도 자리에 앉더니 너그러운 어조로 말했다.

"이런, 안 돼, 그건 용납할 수 없어요. 우리 같은 두 사람이 서로 싸우고 상대에게 해를 끼치는 건 말도 안 되는 일이지요. 상대를 설득하고 방법을 모색하면 될 게 아닙니까. 우리는 원래 잘 통할 수밖에 없는 사람들이지요."

"내 생각은 정반대입니다. 우리 같은 사람은 결코 통할 수 없는 법이지요."

상대는 초조한 몸짓을 애써 억누르며 말을 이었다.

"잘 듣게, 뤼팽…. 그런데 내가 뤼팽이라고 불러도 되겠지?"

"난 당신을 뭐라고 불러야 하나? 알텐하임, 리베이라 아니면 파버리?"

"아! 이런! 생각했던 것보다 나에 대한 정보가 많군! 제길, 잽싸기도 하지…. 그러니 더더욱 우리가 한뜻으로 뭉쳐야 하지 않겠나."

남작이 뤼팽에게 몸을 기울였다.

"잘 듣게, 뤼팽. 내가 하는 이야기를 듣고 잘 생각해보게. 한마디 한마디 깊이 생각하고 하는 말이니까. 자… 우리 둘은 막상막하네…. 웃나? 그럼 안 되지…. 물론 자네도 내겐 없는 수단을 갖고 있겠지만, 내게도 자네가 모르는 무언가 있네. 게다가 자네도 알다시피, 난 그다지 도덕적이지 않아…. 대신 교활하고… 자네 같은 고수들도 인정할 만큼 변장술에 능하지. 한마디로 우리 둘은 서로 팽팽한 맞수네. 하지만 한 가지 의문점이 남아. 왜 우리가 적이 돼야 하나? 우리는 같은 목적이 있지 않나? 그런데 계속 싸우기만 한다면? 우리의 경쟁 관계로 어떤 일이 초래되겠나? 우리는 서로의 수고를 물거품으로 만들어버릴 테고, 서로가 이뤄놓은 일을 파괴할 걸세. 결국 우리 둘 다 목적을 이루지 못할 거란 말일세! 그러면 누가 좋을까? 르노르망 같은 사람이나 또 다른 도둑이겠지…. 이건 너무나 멍청한 짓이야."

"멍청한 짓이긴 하지. 하지만 한 가지 방법이 있네."

세르닌이 반응했다.

"어떤 방법 말인가?"

"자네가 물러나게."

"농담하지 말게. 난 심각하니까. 내가 하려는 제안은 그렇게 생각도 안 해보고 단번에 거절할 만한 게 아니야. 한마디로 요약하면 이거네. 우리, 협력하세."

"하! 이런!"

"물론 각자의 일에 대해서는 앞으로도 계속 자유롭게 활동할 수 있네. 이 사건에 한해서만 우리의 노력을 합치자는 거야. 어떤가? 손을 잡고 둘이 똑같이 나누는 게."

"자네는 무얼 보탤 생각인가?"

"나 말인가?"

"그래. 자네는 내 가치가 어느 정도인지 알지 않나. 나는 이미 증명해 보였네. 자네가 제안한 연합을 위해 내가 가져갈 지참금 액수를 아는 셈이지…. 그렇다면 자네가 내놓을 지참금은?"

"슈타인벡을 내놓겠네."

"너무 적어."

"엄청난 거네. 슈타인벡을 통해 피에르 르뢰을 둘러싼 진실을 알 수 있으니까. 결국 슈타인벡을 통해 그 엄청난 케셸바흐 계획이 무언지 알게 될 거란 말일세."

세르닌이 웃음을 터트렸다.

"그것 때문에 자네가 날 필요로 하는 거 아닌가?"

"뭐라고?"

"이보게, 풋내기. 자네의 제안은 너무 유치해. 자네가 슈타인벡을 수중에 넣었는데도 내 협력을 원한다는 건, 슈타인벡의 입을 열지 못했다는 뜻이겠지. 그렇지 않았다면 굳이 내 도움이 필요하지 않았을 거야."

"그래서?"

"그래서 난 자네의 제의를 거절하겠네."

두 남자는 살벌하고 거친 기세로 자리에서 일어났다.

"거절하겠네."

세르닌은 다시 또박또박 말했다. 그리고 이야기를 이어갔다.

"뤼팽은 활동하는 데 그 누구도 필요치 않아. 나는 혼자 일하는 부류지. 자네 주장대로 자네가 나와 대등한 적수라면 연합할 생각은 절대 안 했을 걸세. 우두머리의 자질을 갖춘 사람은 명령할 뿐이지. 즉 **연합이란 곧 복종이야.** 난 절대로 복종하지 않아!"

"거절한다고? 거절해?"

모욕감에 얼굴까지 창백해진 알텐하임이 같은 말을 되풀이했다.

"애송이, 내가 자네에게 해줄 수 있는 일은 내 조직에 자리 하나를 마련해주는 것뿐이라네. 우선은 졸병이지. 내 명령에 따라 일하면서 장군이 어떻게 전투에서 이기고 전리품을 독차 지하는지 보고 배우는 거야. 어떤가, 졸병?"

알텐하임은 분노로 이성을 잃고 이를 갈았다.

"자네가 틀렸네, 뤼팽…. 자네가 틀렸어…. 나 또한 그 누구도 필요치 않아. 이 일은 내가 지금까지 해치운 수많은 일에 비해 그리 대단한 게 아니야…. 내가 제안한 건 그저 상대의 방해 없 이 신속하게 목적을 달성하기 위해서였어."

"자네는 내게 방해가 안 되네."

공작이 거만하게 말했다.

"좋아! 우리가 협력하지 않는다면 우리 중 단 한 사람만 목표 에 도달하겠지."

"그거면 충분하네."

"상대의 시체를 짓밟고 지나쳐서야 그 목표에 도달할 수 있을 거야. 이런 결투를 치를 준비는 되어 있나, 뤼팽…? 이건 죽음의 결투야, 알겠나? 자네는 칼을 무시하지만 만약 그 칼이 목 한가 운데를 뚫는다면 어떤 기분이 들까?"

"아! 아하! 결국 그게 자네의 제안인가?"

"아니야. 난 피를 좋아하지 않아…. 내 주먹을 봐…. 내가 주 먹을 날리면 상대는 쓰러지지…. 난 주먹을 쓰지만… **누구는** 그 저 죽여버리네…. 죽은 자들의 목에서 발견된 작은 상처를 떠 올려봐. 아! 뤼팽, 그자를 조심해야 할 거야…. 냉혹하고 무자비 하지…. 아무도 그를 말릴 수 없어."

나지막이 들려오는 이 말에 세르닌은 미지의 사내와 관련된 끔찍한 기억이 되살아나 순간 등골이 오싹해졌다.

"남작, 자네는 동료를 두려워하고 있군!"

세르닌이 비웃었다.

"앞길을 가로막는 다른 사람을 위해, 바로 뤼팽, 자네를 위해 두려워하는 거야. 내 제안을 받아들이지 않으면 틀림없이 패할 걸세. 필요하다면 직접 나설 거야. 목표가 바로 눈앞이니까···. 손에 닿을 듯해···. 그러니 넌 꺼져, 뤼팽!"

분기탱천한 알텐하임은 당장에라도 상대를 칠 듯 거칠게 행동했다.

세르닌이 어깨를 으쓱해 보였다.

"세상에! 정말 배가 고프군! 자네 집에서는 점심을 왜 이렇게 늦게 먹나!"

세르닌이 하품하며 말했다.

그 순간 문이 활짝 열렸다.

"식사가 준비되었습니다."

집사가 말했다.

"아! 듣던 중 반가운 소식이군!"

하인이 있든 없든 상관 않고 알텐하임은 문턱에서 세르닌의 팔을 붙잡았다.

"진심으로 충고하는데··· 받아들이게. 지금이 마지막 기회야···. 그편이 나을 걸세. 단언하건대 그편이 낫네···. 받아들이게···."

"캐비어로군! 아! 친절도 하시지···. 러시아 공작을 대접한다는 사실은 제대로 기억하고 있었군."

두 사람은 식탁에 마주 보고 앉았다. 그들 사이에는 긴 은빛 털을 지닌 커다란 그레이하운드가 자리 잡고 있었다.

"내 가장 충직한 친구, 시리우스를 소개하지."

"고향 친구가 생각나는군. 영광스럽게도 차르(제정 러시아 황제의 칭호 – 옮긴이)의 목숨을 구할 기회가 있었는데, 그 때문인지 차르가 내게 개 한 마리를 주고 싶어 했지. 그 개를 결코 잊지 못할 거야."

"아! 그런 일이 있었군…. 분명 테러 음모였겠지?"

"그렇다네. 실은 내가 꾸민 음모였지. 그때 개 이름이 세바스토폴이었는데…."

식사 분위기는 화기애애했다. 알텐하임은 다시 기분이 좋아졌고 두 사람은 예의를 지켜가며 재치 있게 대화를 이어나갔다. 세르닌이 일화를 풀어놓으면 남작도 뒤질세라 이야기를 쏟아냈다. 사냥, 스포츠, 여행이 주된 대화 주제였고, 유럽의 유서 깊은 가문, 스페인 귀족, 영국 귀족, 헝가리 마자르족, 오스트리아 대공 등이 줄줄이 등장했다.

"아! 우리는 얼마나 멋진 일을 하고 있는지! 이 세상에 존재하는 온갖 좋은 것들을 접해볼 수 있으니 말이네. 자, 시리우스, 송로를 넣은 이 고기 좀 먹어보렴."

개는 세르닌에게서 눈을 떼지 않은 채 건네주는 모든 음식을 덥석 받아 물었다.

"샹베르탱산 포도주 한잔 어떤가, 공작?"

"기꺼이 마시겠네, 남작."

"마음에 들 걸세. 벨기에 레오폴드 왕의 포도주 저장실에서 나온 거니."

"선물로 받은 건가?"

"그렇지. 내가 나한테 선물한 것일세."

"맛이 좋군…. 향도 기막히고…! 간으로 만든 파테를 곁들이니 더욱 환상적이야. 좋겠군, 남작. 당신 집 요리사 솜씨가 정말 일품이야."

"여자 요리사일세, 공작. 사회당 하원의원 르브로 씨에게 비싼 값을 주고 데려왔지. 카카오 아이스크림을 얹은 쇼프루아도 한번 먹어보게. 이 건과자도 함께 먹어보길 권하네. 그 과자, 정말 상상을 뛰어넘을 정도로 맛이 좋거든."

"일단 보기에는 먹음직스러워 보이는군."

세르닌이 과자를 접시에 옮겨 담았다.

"과연 모양만큼 맛도 좋을지…. 자, 시리우스, 네 맘에 들 거야. 로쿠스타(로마 시대의 여성으로 독살 전문가 – 옮긴이)도 이보다 더 잘 만들 수는 없었을 테니."

세르닌은 잽싸게 과자를 던져주었다. 단번에 과자를 집어삼킨 개는 2~3초간 꼼짝 않고 멍하게 서 있다가 제자리에서 빙그르르 돈 후 푹 쓰러져 즉사하고 말았다.

세르닌은 하인들이 급작스럽게 공격해올 것을 대비해 뒤로 물러섰다.

"이보게, 남작. 친구를 독살하려거든 목소리를 차분하게 가라앉히고 떠는 손도 주의해야 할 거야…. 그러지 않았으니 당장 이렇게 의심을 받는 게 아니겠나…. 그런데 난 자네가 살인은 싫어하는 줄 알았는데?"

"칼로 죽이는 건 싫어하지. 하지만 독살은 언젠가 한번 해보고 싶었네. 어떤 느낌일까 궁금했거든."

알텐하임은 조금도 동요하는 기색 없이 말했다.

"제길! 이 양반, 먹잇감 한번 제대로 골랐군. 러시아 공작을 상대로!"

세르닌은 알텐하임 근처로 다가가 은밀한 말투로 이야기했다.

"자네가 성공했다면, 다시 말해 내가 3시까지 친구들에게 돌아가지 않는다면 무슨 일이 생길지 아는가? 3시 반에 경찰청장은 자칭 알텐하임 남작이란 작자를 어떻게 처리해야 할지 정확하게 알고, 남작은 해가 채 지기도 전에 꼼짝없이 붙잡혀 감옥에 갇히는 신세가 되고 말걸세."

"쳇, 감옥이야 도망쳐 나오면 그만이지만, 내가 자네를 보내려 했던 저세상은 한번 가면 영영 돌아올 수 없지."

"물론이네. 하지만 그러려면 먼저 날 저세상으로 보내야 할텐데 그게 말처럼 쉽지는 않을 걸세."

"과자 한입만 먹여도 되는 일이었어."

"확실한가?"

"직접 한번 시도해보게."

"애송이, 자네는 아직 위대한 모험가의 자질을 갖추지 못하고 있어. 그리고 앞으로도 그렇게 될 가망이 없네. 이딴 덫이나 놓는 걸 보니 말이야. 자신을 영광스러운 삶에 합당한 인물이라고 믿는다면 말일세, 그럴 능력을 갖추어야 하네. 그러기 위해서는 모든 가능성에 대비할 수 있어야 하고…. 설혹 사기꾼이 독살하려 해도 죽지 않을 수 있어야만 해…. 난공불락의 육체에 대담한 정신, 그게 바로 우리가 마음에 새기고… 도달해야 할 이상이지. 노력하게, 애송이. 난 대담한 데다 난공불락이야. 미트라다테스 왕(폰투스의 왕, 독약에 대한 면역성을 스스로 키웠다고 전해짐 – 옮긴이)을 한번 떠올려보게."

세르닌이 다시 자리에 앉았다.

"다시 식탁에 앉게! 내 장점을 증명하고 싶고, 또 자네 요리사를 실망시키고 싶지도 않으니. 자, 저 과자 접시를 이리 줘보게."

세르닌은 과자 하나를 집어 반으로 갈라 한쪽을 남작에게 건넸다.

"먹게!"

남작은 주춤 뒤로 물러섰다.

"겁쟁이!"

세르닌이 외쳤다.

남작과 그의 부하들이 놀란 눈으로 지켜보는 가운데 세르닌은 마치 부스러기 한 조각도 흘리고 싶지 않을 만큼 맛있는 음식을 먹는 사람처럼 두 조각으로 나뉜 과자를 하나씩 야금야금 먹기 시작했다.

3

두 사람은 다시 만났다.

바로 그날 저녁, 세르닌 공작은 알텐하임 남작을 카바레 바텔로 초대해 시인, 음악인, 금융가, 아름다운 여배우 둘, 테아트르 프랑세 회원 배우들과 식사하는 자리에 합석하게 했다.

다음 날은 부아 대로에서 함께 점심을 들었고 저녁이 되자 오페라 극장에서 또다시 만났다.

그렇게 그들은 일주일 동안 매일 만났다.

마치 상대방 없이는 못 살 것처럼 친밀해 보였고, 신뢰와 존중과 공감대로 형성된 굳건한 우정이 두 사람을 단단히 묶은 듯했다.

그들은 즐겁게 시간을 보냈고 좋은 와인을 마시고 고급 시가를 피우며 정신 나간 사람처럼 웃어댔다.

하지만 사실 치열한 탐색전을 벌이는 중이었다. 걷잡을 수 없는 증오로 갈라진 두 앙숙은 상대로 무너트릴 수 있다는 확신을 품고, 또는 그러하길 바라는 뜨거운 염원을 품었다. 알텐하임은 세르닌을 제거할 기회가 오기만을, 세르닌은 자신이 파놓은 구렁텅이로 알텐하임을 떨어트릴 기회가 오기만을 손꼽아 기다렸다. 두 명 모두 최후의 날이 머지않았음을 알았다. 둘 중 하나는 목숨을 내놓을 터였고 이는 몇 시간, 기껏해야 며칠 내로 판가름날 문제였다.

이처럼 고조되는 비극에 세르닌 같은 사람이 묘하고 강렬한 매력을 느끼는 것은 지극히 당연했다. 적과 사귀고 그 곁에서 지내는 상황, 즉 조금만 발을 헛디디거나 방심해도 죽음의 나락으로 빠지는 상황은 얼마나 큰 쾌감을 안겨주는가!

그러던 어느 날 알텐하임 역시 회원으로 속한 캉봉가 클럽의 정원에서 두 사람은 단둘이 남았다. 때는 6월의 어느 날 저녁, 식사 시간이 막 시작될 황혼 무렵이라 아직 저녁 시간대 손님들이 모여들기 전이었다. 그들은 잔디밭을 산책했다. 잔디밭을 따라 덤불이 뻗은 담장이 있고, 담장에는 쪽문이 하나 있었다. 알텐하임의 이야기를 듣던 도중 세르닌은 갑자기 그의 목소리가 불안하게 떨리는 것을 눈치채고 곁눈질로 알텐하임을 관찰했다. 알텐하임은 상의 호주머니에 손을 넣고 있었다. 세르닌은 그 천 너머로 갈피를 못 잡고 망설이느라 힘을 주었다 풀었다 하며 단도 손잡이를 움켜쥔 손을 **보았다**.

얼마나 감미로운 순간인가! 알텐하임이 칼을 꺼낼 것인가? 감히 행동하지 못하는 겁 많은 본능이 이길 것인가, 아니면 살인하기 위해 바짝 긴장한 의식에서 비롯한 의지가 이길 것인가?

상체를 꼿꼿이 펴고 뒷짐을 진 채 세르닌은 불안과 기쁨의 전율을 느끼며 그 순간이 오기를 기다렸다. 남작은 말을 멈췄고 한동안 둘은 침묵 속에서 나란히 걸어갔다.

"찌르게!"

공작이 소리쳤다.

공작은 걸음을 멈추고 남작을 향해 몸을 돌렸다.

"찌르란 말일세. 지금 아니면 기회는 영영 없어! 아무도 보는 사람이 없네. 저 쪽문으로 도망가면 돼. 마침 열쇠도 담장에 걸려 있군. 그걸로 끝이네, 남작…. 보는 사람도, 아는 사람도 없어…. 내 생각에는 이게 다 계획된 일 같군. 자네가 나를 여기로 끌고 왔으니…. 그런데 무얼 망설이는 거지? 찌르란 말일세!"

세르닌은 남작의 눈을 뚫어지게 쳐다보았다. 남작은 얼굴이 창백해진 채 무기력하게 벌벌 떨었다.

"겁쟁이!"

세르닌이 비웃었다.

"난 자네한테 아무 짓도 안 할 걸세. 진실을 말해줄까? 자넨 날 두려워해. 그래, 내 앞에 서면 무슨 일이 닥칠지 몰라 불안한 거야. 자네는 행동에 나서고 싶어 하지. 하지만 상황을 지배하는 건 내 행동, 내가 할지도 모를 행동이란 말이네. 그래, 역시 그렇군. 자네는 아직 내 별빛을 흐리게 할 인물이 못 돼!"

세르닌은 말을 채 마치기도 전에 목이 잡힌 채 뒤로 끌려갔다. 누군가 쪽문 옆 덤불숲에 숨어 있다가 세르닌의 머리를 낚아챈 것이다. 날이 번쩍이는 칼을 움켜쥔 손이 올라갔다. 곧 그 팔이 달려들어 목 한가운데 칼날이 닿았다.

그 순간 알텐하임이 일을 마무리 지으려고 달려들었고, 그렇게 둘은 화단에 뒤엉켜 굴렀다. 불과 20~30초 동안 벌어진 일이었다. 강한 체력을 가졌고 싸움에 단련된 알텐하임이지만 이내 고통의 비명을 지르며 맥없이 물러났다. 세르닌은 몸을 일으켜 검은 형체가 막 빠져나간 뒤로 문이 닫힌 쪽문을 향해 달려갔다. 아뿔싸, 너무 늦었다! 열쇠 구멍에서 딸그락거리는 소리가 들려왔다. 문은 꿈쩍도 하지 않았다.

"아! 나쁜 놈! 널 붙잡는 날, 내 인생 최초로 살인을 저지르는 날이랄…!"

세르닌은 다시 원래 있던 곳으로 돌아와 허리를 굽히고 자신을 찌르다가 조각난 단도 파편을 집어들었다.

알텐하임이 움직이기 시작했다. 세르닌이 말했다.

"아, 남작, 괜찮은가? 어떤 일격에 당한 건지도 모르겠지? 나는 태양신경총 일격이라고 부르네. 인체의 태양을 촛불 심지 자르듯 훅 치는 거지. 깔끔하고 빠르고 고통 없고… 무엇보다 실수할 일도 없네. 그런데 이 단도는 어떤가…? 하! 내가 목에 건 이런 쇠사슬 목가리개만 있다면 누가 와도 전혀 겁낼 필요가 없지. 특히나 검은 형체의 자네 친구는 더더욱 신경 쓸 필요가 없네. 그놈은 항상 목만 노리는 멍청한 녀석이니까! 자, 그자가 좋아하는 장난감을 한번 보게…. 아주 산산조각이 나지 않았나!"

세르닌이 남작에게 손을 내밀었다.

"자, 일어나게, 남작. 저녁 식사에 초대하지. 그리고 내가 왜 자네보다 월등한지 그 비결을 잘 한번 떠올려보게, 난공불락의 육체에 대담한 정신, 잊지 말게."

세르닌은 클럽의 거실로 돌아와 2인용 자리를 잡은 뒤 긴 의자에 앉아 저녁 식사를 기다리며 깊은 생각에 잠겼다.

'게임이 꽤 재밌는 건 사실이지만 점점 아슬아슬해지는군. 이쯤에서 끝내야겠어…. 그러지 않으면 저 짐승 같은 놈들이 내 바람보다 더 빨리 날 저세상으로 보내버릴지 몰라…. 그런데 골치 아픈 건 슈타인벡 노인을 찾기 전까진 저놈들을 당최 어찌할 방법이 없다는 거야…. 사실 그 노인을 찾는 것만큼 중요한 사안은 없으니까. 내가 남작과 찰싹 붙어 다니는 것도 혹시 어떤 단서를 얻지 않을까 해서잖아…. 대체 놈들이 노인을 어떻게 한 걸까? 알텐하임이 매일 그와 연락을 취하는 건 분명해. 케셀바흐 계획에 대한 정보를 캐내려 온갖 수단을 동원하고 있는 것도 틀림없어. 그런데 알텐하임은 대체 어디서 그 노인과 만나는 걸까? 어디다 꼭꼭 숨겨놓았을까? 친구 집? 라 빌라 뒤퐁 29번지, 알텐하임의 집?'

세르닌은 꽤 오랫동안 생각에 잠긴 후 담배에 불을 붙여 세 모금을 빨고 내던졌다. 그것이 신호였는지 두 청년이 옆으로 다가와 앉았다. 세르닌은 그들을 전혀 모르는 사람처럼 딴청을 피우다가 은밀히 이야기를 주고받았다.

두 청년은 그날만 특별히 사교계 신사처럼 차려입은 두드빌 형제였다.

"무슨 일입니까, 대장?"

"애들 여섯 명을 데리고 라 빌라 뒤퐁 29번지 집으로 들어가게."

"맙소사! 어떻게요?"

"법의 이름으로. 자네들은 치안국 소속 형사 아닌가? 가택수사를 한다고 해."

"하지만 우리에겐 그럴 권리가 없는데요…."

"그럼 가지게."

"하인들은 어떻게 하고요? 저항하면요?"

"네 명밖에 없네."

"소리를 지르면요?"

"그러지 않을 걸세."

"알텐하임이 돌아오면요?"

"10시 이전에는 돌아가지 않을 거야. 내가 붙잡고 있겠네. 그러면 자네들에게는 두 시간 반 정도의 여유가 생길 걸세. 그 정도 시간이면 충분히 집 안을 샅샅이 뒤질 수 있을 거야. 슈타인벡 노인을 찾으면 그 즉시 내게로 와서 알리게."

알텐하임 남작이 다가오자 세르닌이 직접 남작을 데리러 갔다.

"저녁 식사를 해야겠지, 그렇지 않나? 방금 정원에서 있었던 작은 사건 탓에 배가 꽤 고프군. 그건 그렇고, 친애하는 공작, 당신에게 해줄 몇 가지 충고가 있네."

두 사람은 테이블에 앉았다.

저녁 식사를 마친 후 세르닌은 당구를 한판 칠 것을 제안했고 알텐하임은 그 제안을 선뜻 받아들였다. 당구 게임이 끝나자 바카라 게임 방으로 갔다. 딜러가 마침 이렇게 외쳤다.

"판돈은 50루이입니다. 원하시는 분 없습니까?"

"100루이."

알텐하임이 말했다.

세르닌이 시계를 쳐다보았다. 10시였다. 두드빌 형제가 아직 오지 않았다. 수색에 성과가 없는 모양이었다.

"방코(바카라 게임에서 플레이어를 상대하여 오히려 뱅커에게 베팅하는 행위 – 옮긴이)!"

세르닌이 외쳤다.

알텐하임이 자리에 앉아 카드를 나누었다.

"돌리겠네."

"난 됐네."

"일곱."

"여섯."

"내가 졌군. 이번엔 두 배로?"

"그러지."

남작이 말했다.

남작이 카드를 돌렸다.

"여덟."

"아홉."

남작이 자기 패를 보여주며 말했다.

세르닌이 발길을 돌리며 중얼거렸다.

'300루이를 잃었지만 괜찮아. 저렇게 저자를 여기에 딱 붙잡아 둘 수 있으니.'

잠시 후 세르닌이 탄 자동차가 라 빌라 뒤퐁 29번지 앞에 멈춰 섰다. 세르닌은 자동차에서 내리자마자 곧장 현관에 모여 있는 두드빌 형제와 부하들에게 다가갔다.

"노인을 찾아냈나?"

"못 찾았습니다."

"빌어먹을! 어딘가에 있을 거야! 하인들은 어디 있나?"

"저기, 서재에 묶어놓았습니다."

"잘했네. 나는 되도록 남들 눈에 안 띄는 게 좋을 테니. 자, 모두 가보게. 장, 아래층에 남아서 망을 보게. 자크, 나와 함께 이 집을 돌아보세."

세르닌은 신속히 지하실에서 지붕 밑 다락방까지 둘러보았다. 자신의 부하들이 세 시간 동안 찾아내지 못한 걸 자신이 몇 분 만에 발견할 수 없으리라는 걸 잘 알기에 거의 걸음을 멈추지 않고 휙 둘러보는 정도였다. 하지만 그러는 와중에도 방의 형태와 배치 구조를 꼼꼼하게 머릿속에 기록해두었다.

방을 다 둘러본 세르닌은 두드빌이 알텐하임의 방이라고 알려준 방으로 돌아와서 다시 한 번 면밀하게 살펴보았다.

옷으로 가득 찬 컴컴한 벽장을 가린 커튼을 걷어내며 세르닌이 말했다.

"내게 안성맞춤인 장소로군. 여기라면 방 안 전체를 훤히 볼 수 있겠어."

"하지만 남작이 집을 뒤지면요?"

"무엇 때문에?"

"하인들이 누군가 집에 들어왔다고 알릴 게 아닙니까."

"그렇긴 하지. 하지만 누군가 자신의 집에 남아 있을 거라고는 생각하지 못할 걸세. 우리의 시도가 실패했다고만 생각할 거야. 그러니 난 여기 남아 있겠네."

"어떻게 빠져나오시려고요?"

"아! 너무 많은 걸 물어보는군. 중요한 건 여기 이렇게 들어와 있다는 사실이야. 이제 가보게, 두드빌. 문 닫는 거 잊지 말고. 자네 형과 이곳을 떠나게…. 그럼 내일 보세. 아니면…."

"아니면…."

"내 걱정은 하지 말게. 필요하면 신호를 보내겠네."

세르닌은 벽장 구석에 놓인 작은 상자 위에 앉았다. 네 줄로 걸린 옷들이 몸을 가려주었다. 벽장 안을 샅샅이 뒤져보지 않는다면 발각될 위험은 전혀 없을 것이다.

그렇게 10여 분이 흘렀다. 길가에서 둔탁한 말발굽 소리와 방울 소리가 들려왔다. 곧이어 마차가 멈춰 선 듯했고 아래층에서 문이 철컥 열리는 소리가 들려왔다. 사람 말소리와 탄식, 웅성거리는 소리가 울려 퍼졌다. 아마도 하인 중 한 명이 재갈에서 풀려난 모양이었다.

'자초지종을 설명하는 모양이군…. 남작은 화가 머리 꼭대기까지 차올랐겠지…. 이제야 클럽에서 내가 왜 그렇게 행동했는지 이해했을 테고, 감쪽같이 속았다는 사실도 깨달았을 거야…. 하긴 완전히 속여 넘겼다고 볼 수도 없지. 슈타인벡을 아직 찾지 못했으니…. 이제 제일 먼저 그 노인한테 신경을 쓰겠지. 우리가 슈타인벡을 빼내 갔을까 봐 불안할 테니 말이야. 그 사실을 확인하려고 노인을 숨겨놓은 장소로 부리나케 달려가겠지. 계단을 올라오는 소리가 들리면 노인은 위층에 있는 거고, 내려가는 소리가 들리면 아래층에 있는 거야.'

세르닌은 귀를 기울였다. 1층에 있는 방에서 말소리가 계속 들려왔지만 어디론가 이동하는 낌새는 전혀 느껴지지 않았다.

알텐하임이 부하들에게 질문하는 모양이었다. 30분이 지나서 야 계단으로 올라오는 소리가 들렸다.

'위층인가 보군. 그런데 왜 이렇게 늑장을 부린 거지?'

"이제 모두 잠자리에 들도록 하게."

남작은 자신의 부하 한 명과 함께 방에 들어온 뒤 문을 닫았다.

"나도 이만 자야겠네, 도미니크. 밤새도록 이야기해봤자 아무런 진전도 없을 거야."

"제 생각에는 그놈들이 슈타인벡을 찾으러 온 것 같습니다."

부하가 말했다.

"내 생각도 그렇다네. 그러니 비웃는 거지. 슈타인벡은 여기 없으니까."

"그럼 슈타인벡은 대체 어디에 있는 겁니까? 어떻게 하신 겁니까?"

"그건 비밀일세. 알다시피 난 비밀을 절대 발설하지 않아. 내가 말해줄 수 있는 건 그 노인은 현재 상상조차 못 할 곳에 감금돼 있고 입을 열기 전까지는 절대로 빠져나올 수 없다는 것뿐이네."

"그럼 공작은 헛수고만 한 겁니까?"

"그래, 그렇다고 해야겠지. 게다가 그 눈부신 결실을 얻으려고 돈까지 제대로 날리셨지. 그래, 우습군. 비웃음이 절로 나와…. 딱한 공작 나리…."

"어쨌든 공작을 제거해야겠습니다."

부하가 말했다.

"진정하게, 친구. 곧 그렇게 될 걸세. 일주일 이내에 내가 특별히 자네에게 지갑 하나를 선물로 주겠네. 뤼팽의 살가죽으로 만든 지갑 말일세. 이제 잠 좀 자게 자리를 비켜주게. 졸려서 쓰러질 지경이야."

문이 닫히는 소리가 들렸다. 그 후 남작이 빗장을 걸고 주머니를 비운 뒤 시계태엽을 감고 옷을 벗는 소리가 들려왔다.

남작은 무척 기분이 좋은 듯 휘파람을 부르고 콧노래를 부르며 큰 소리로 혼잣말까지 했다.

"그래, 뤼팽의 살가죽을… 일주일 이내로…. 아니, 어쩌면 나흘 이내가 될 수도 있어! 그렇게 하지 않으면 그 무뢰한 같은 작자가 우릴 집어삼킬 수 있으니…! 여하튼 그자는 오늘 완전히 헛물켰어…. 짐작이야 정확했지…. 슈타인벡은 당연히 여기 있을 수밖에 없으니, 다만…."

남작은 침대에 올라가 바로 전등을 껐다. 세르닌은 벽장을 가린 커튼을 살짝 걷었다. 창문을 통해 희미한 달빛이 흘러들었지만 침대 주위는 컴컴한 어둠에 휩싸여 있었다.

'그래, 내가 멍청이군. 완전히 잘못 생각하고 있었어. 놈이 코를 골면 그때 빠져나가자….'

그 순간 희미한 소리가 들려와 세르닌은 움찔 놀랐다. 정체를 알 수 없는 소리가 침대에서 들려왔다. 삐걱거리는 소리 같았는데 거의 들릴 듯 말 듯한 소리였다.

"아, 슈타인벡, 우리가 어디까지 했더라?"

남작이 말하고 있다! 분명 남작의 목소리인데, 어떻게 방에 있지도 않은 슈타인벡과 이야기할 수 있단 말인가? 알텐하임이 말을 이었다.

"아직도 고집을 부리겠다는 건가…? 그래? 이 멍청한 놈! 알고 있는 걸 털어놓을 수밖에 없을 걸세…. 그렇지 않나…? 아무튼 잘 자게. 내일 또 보지."

'내가 꿈을 꾸는 거야, 꿈이라고. 아니면 남작이 잠꼬대하는 거겠지. 자, 생각해보자고. 슈타인벡은 남작 옆은 물론 옆방이며 집 안 어느 곳에도 없어. 알텐하임이 그렇게 말했으니…. 근데 이 말도 안 되는 이야기는 뭐지?'

세르닌은 망설였다. 지금 당장 남작에게 달려들어 멱살을 움켜쥐고서 꾀로써 알아내지 못한 걸 무력과 협박을 통해 얻어낼까? 어리석은 생각이다! 알텐하임은 그런다고 해서 결코 주눅들 인간이 아니지 않은가.

'좋아, 우선 빠져나가자. 오늘 하루 헛물켠 것으로 끝내야지.'

하지만 세르닌은 떠나지 않았다. 도저히 발길이 안 떨어졌고 조금만 기다리면 우연한 행운이 찾아와 도와줄 것만 같았다.

세르닌은 최대한 조심을 기울여 네다섯 벌의 옷가지와 짤막한 외투를 거둬 바닥에 깔고, 그 위에 앉아 등을 벽에 기댄 채 더할 수 없이 편안하게 잠이 들었다.

남작은 아침에 일찍 일어나는 유형의 인간이 아니었다. 어디선가 괘종시계 종소리가 아홉 번 울리고 나서야 침대에서 빠져나와 하인을 불렀다.

남작은 하인이 가져온 우편물을 검토하고 아무런 말없이 옷을 갈아입은 다음 자리에 앉아 편지를 쓰기 시작했다. 그동안 하인은 남작이 전날 밤 입었던 옷들을 조심스레 벽장에 걸었다. 세르닌은 주먹을 불끈 쥔 채 속으로 중얼거렸다.

'이런, 태양신경총 일격을 가해야 하나?'

10시, 남작이 명령을 내렸다.

"물러가게!"

"그래도 아직 조끼를⋯."

"물러가라고 했네. 내가 다시 부르기 전까지는 오지 말게."

남작은 아무도 못 믿겠다는 듯 직접 문까지 열고 하인이 나가기를 기다렸다. 그런 다음 전화기가 놓인 탁자로 다가가 수화기를 들었다.

"여보세요⋯! 아가씨, 가르셰로 연결해주십시오⋯. 그렇습니다, 아가씨. 이리로 전화하면 됩니다⋯."

남작은 전화기 옆에 꼼짝 않고 서 있었다.

세르닌은 조바심에 몸을 떨었다. 남작이 베일에 싸인 그 공범과 통화하려는 걸까?

마침내 전화벨이 울렸다.

"여보세요⋯. 아! 가르셰군요⋯. 좋아요⋯. 아가씨, 38번 부탁합니다⋯. 예, 38번⋯."

잠시 후 지극히 낮고 명료한 목소리로 말했다.

"38번⋯? 나일세⋯. 불필요한 말은 말고⋯. 어제⋯? 그래, 자네가 정원에서 그놈을 놓쳤지⋯. 다음 기회에 처리한다고? 물론이지⋯. 하지만 시간이 없네⋯. 어제저녁 그자가 집을 뒤졌거든⋯. 이야기해주겠네⋯. 물론 아무것도 못 찾았지⋯. 뭐라고⋯? 여보세요⋯! 아니야, 슈타인벡은 여전히 입을 열지 않

아…. 협박과 회유, 모두 안 통하네…. 여보세요…. 그래, 물론이
지. 슈타인벡도 우리가 어찌할 수 없단 걸 알아…. 우린 케셀바
흐 계획과 피에르 르뵈의 과거에 관해 일부분만 알지 않나….
슈타인벡만이 수수께끼를 풀 열쇠를 갖고 있어…. 아! 털어놓
을 거야, 내 장담하지…. 오늘 밤에라도…. 그러지 않으면… 아!
무얼 어떻게 하겠나, 그자를 도망치게 내버려 둘 수는 없지 않
나! 공작이 그 노인을 가로채는 꼴을 보고 싶나. 아! 사흘 내로
그놈을 없애야 해…. 생각이 있다고…? 그렇군…. 좋은 생각이
야. 아! 그래! 훌륭하군…. 내가 처리하지…. 언제 볼까? 화요일
은 괜찮나? 좋아. 화요일에 그리로 가지…. 2시에…."

남작은 전화기를 제자리에 내려놓고 방을 나갔다. 뒤이어 지
시를 내리는 소리가 들려왔다.

"이번에는 주의하게, 알았나? 어제처럼 멍청하게 당하지 말
고. 난 밤이 돼서야 돌아올 걸세."

육중한 현관문이 닫히더니 정원의 철책 문이 덜그럭거리는
소리가 들려왔고 곧 말방울 소리가 점점 멀어져갔다.

20분 후 하인 두 명이 나타나 창문을 열고 방을 청소했다.

그들이 다시 방을 나간 후에도 세르닌은 하인들이 식사할 시
간이 될 때까지 한참을 더 기다렸다. 마침내 하인들이 주방 식
탁에 모여 있을 거란 확신이 들자 세르닌은 살그머니 벽장 밖
으로 나와 남작의 침대와 그 침대가 놓인 벽을 면밀히 조사했
다.

'이상하군. 정말 이상해…. 특별한 점이 안 보여. 이 침대는
바닥이 이중으로 돼 있지도 않고… 아래에도 뚜껑문은 없어.

옆방을 살펴봐야겠군.'

천천히 옆방으로 이동했다. 가구 하나 없는 텅 빈 방이다.

'여기에도 노인이 없어…. 이 벽 사이에 있나? 불가능해. 너무 얇아서 거의 칸막이 수준인걸. 제기랄! 도저히 이해할 수 없군.'

세르닌은 바닥과 벽 그리고 침대를 샅샅이 조사해보았지만 결국 아무 소득 없이 시간만 낭비하고 말았다. 분명 굉장히 단순한 속임수가 숨어 있을 텐데, 현재로서는 그게 무엇인지 도통 알 수 없었다.

'알텐하임이 미치지는 않았을 텐데…. 그런데 그게 유일하게 받아들일 수 있는 가정이야. 확인해보려면 여기 남아 있을 수밖에. 그러니 계속 여기 남겠어. 무슨 일이 일어나든 그건 나중 일이고.'

세르닌은 발각되지 않도록 재빨리 은신처로 돌아갔다. 그곳에서 꼼짝 않고 앉아 생각에 잠겼다가 극심한 허기를 느끼며 꾸벅꾸벅 졸았다.

날이 저물고 어둠이 내려앉았다.

알텐하임은 자정이 넘어서야 집으로 돌아왔다. 이번에는 혼자 자기 방으로 올라왔으며 옷을 벗고는 침대에 올라가 전날과 마찬가지로 즉시 전등을 껐다.

전날과 똑같이 초조한 기다림이 시작됐다. 전날과 다름없이 정체 모를 삐걱대는 소리도 들려왔다. 역시나 빈정거리는 알텐하임의 목소리가 그 뒤를 이었다.

"그래, 잘 지냈나, 친구…? 이런, 욕을 해…? 아니지, 아니야,

친구. 내가 바라는 건 그게 아니야! 잘못 짚었어. 내가 원하는 건 말일세, 자네가 케셀바흐에게 밝혔던 모든 내용을 내게도 낱낱이 털어놓는 거라고…. 피에르 르뒥에 관한 이야기 등을 말이야. 알겠나…?"

세르닌은 놀라움을 금치 못한 채 이야기를 들었다. 이번에는 분명 잘못 들은 게 아니었다. 남작은 **실제로** 슈타인벡 노인에게 말을 걸었다. 이 얼마나 인상적인 밀담인가! 마치 산 자와 죽은 자 간의 신비로운 대화, 다른 세상에서 숨 쉬는 형언할 수 없는 존재, 보이지 않고 만질 수 없고 존재하지 않는 대상과 나누는 대화를 엿듣는 기분이었다.

남작이 냉소적이고 잔인한 말투로 다시 말을 이었다.

"배가 고픈가? 그럼 먹게, 이 친구야. 단지 죽을 때까지 먹을 빵을 한꺼번에 받았다는 사실만 기억하게. 하루에 조금씩 몇 번만 뜯어먹어도 기껏해야 일주일도 버티지 못할 걸…. 어쩌면 열흘도 가능하겠군! 열흘 이내로 꽥, 이 세상에 더 이상 슈타인벡 영감은 없는 거야. 그전에 입을 연다면 모를까. 안 그래? 그럼 내일 보자고…. 잘 자게, 늙은 친구."

다음 날 오후 1시, 하룻밤과 아침나절을 무사히 보낸 세르닌은 라 빌라 뒤퐁에서 조용히 빠져나왔다. 어질어질한 머리와 흔들거리는 다리를 이끌고 가장 가까운 식당으로 향하며 세르닌은 지금까지의 상황을 되짚어 보았다.

'그러니까 돌아오는 화요일, 알텐하임과 팔라스 호텔의 살인자는 전화번호가 38번인 가르셰의 어느 집에서 만날 거라는 말이지. 나는 화요일에 그 두 범인을 경찰에 넘기고 **르노르망**

국장을 구하면 되겠군. 그리고 그날 저녁에는 슈타인벡 노인을 구하는 거야. 그렇게 되면 마침내 피에르 르뒤이 돼지고기 장수의 아들인지 아닌지, 과연 주느비에브에게 적합한 신랑감인지 아닌지 알게 될 거야. 부디 그대로 이루어지기를!'

화요일 아침 11시, 발랑글레 총리는 경찰청장과 베베르 치안국 부국장을 호출해 자신이 막 받은 세르닌 공작의 서명이 적힌 속달우편 하나를 보여주었다.

국무총리 각하,
각하께서 르노르망 국장에게 각별한 관심을 두고 계신 것을 알고 있으니 제가 우연히 알게 된 사실을 각하께 알려드리고자 합니다.
르노르망 국장은 현재 가르셰에 위치한 휴양소 근처, 글리신 빌라 지하실에 감금돼 있습니다.
팔라스 호텔의 살인범들이 오늘 오후 2시에 르노르망 국장을 살해할 계획을 세웠습니다.
경찰이 제 도움이 필요할 경우를 대비해 저는 1시 반에 휴양소 정원이나, 영광스럽게도 제가 친구로 지내는 케셀바흐 부인의 집에서 기다리고 있겠습니다.
총리 각하께 존경을 표하며.

— 세르닌 공작

"보다시피 사태가 위중합니다, 베베르 부국장. 폴 세르닌 공작이 하는 말은 전적으로 신뢰할 만해요. 공작과 저녁 식사를 몇 번 같이한 적이 있는데 매우 진중하고 지적인 사람이었습니다…."

발랑글레가 말했다.

"저 또한 오늘 아침에 받은 편지 한 장을 보여드려도 되겠습니까?"

부국장이 요청했다.

"이 사건과 관련된 겁니까?"

"그렇습니다."

"그럼 한번 봅시다."

발랑글레가 편지를 받아 읽기 시작했다.

선생님,

자칭 케셀바흐 부인의 친구라 주장하는 폴 세르닌 공작은 다름 아닌 아르센 뤼팽이라는 사실을 알려드립니다.

한 가지 증거만으로도 이 사실을 입증할 수 있습니다. 폴 세르닌Paul Sernine이라는 이름 철자의 순서를 바꾸면 아르센 뤼팽Arsène Lupin이 됩니다. 두 이름은 똑같은 글자로 이루어져 있지요. 한 글자도 넘치거나 모자르지 않습니다.

—L. M.

발랑글레가 어리둥절해 있는 동안 베베르 부국장이 이렇게 덧붙였다.

"아무래도 이번에는 뤼팽, 이 친구가 제대로 된 적수를 만났나 봅니다. 뤼팽이 상대를 고발하는 동안 그 상대도 질세라 우리에게 뤼팽을 넘겨주었으니 말입니다. 마침내 여우가 덫에 걸린 셈이지요."

"그래서요?"

발랑글레가 물었다.

"총리 각하, 그래서 우리는 둘 다 나란히 잡아들일 생각입니다…. 그러기 위해서 200명의 경찰을 출동시킬 예정이고요."

올리브색 프록코트

1

12시 15분, 마들렌 성당 근처의 한 식당에서 세르닌 공작이 점심을 들고 있었다. 옆 테이블에는 두 청년이 앉아 있었다. 공작은 그들에게 가볍게 눈인사한 뒤 마치 우연히 친구를 만난 것처럼 자연스레 말을 걸기 시작했다.

"파견 나왔나?"

"그렇습니다."

"모두 몇 명인가?"

"여섯 명인 것 같습니다. 각자 따로 출발해 집결하기로 돼 있습니다. 휴양소 근처에서 1시 45분에 베베르 부국장과 합류할 예정입니다."

"좋아, 나도 가겠네."

"뭐라고요?"

"그 파견을 지휘해야 할 사람은 내가 아닌가? 르노르망의 소재를 공개적으로 밝혔으니 그를 찾아내야 할 사람도 나여야 하지 않겠나?"

"대장, 르노르망 국장이 여전히 살아 있다고 믿으십니까?"

"확신하네. 그래, 어제부터 확신했지. 알텐하임과 그 패거리가 르노르망과 구렐을 부지발 다리로 데리고 가서 난간 아래로 던져버린 게 분명해. 구렐은 익사했지만 르노르망 국장은 탈출했지. 적당한 때에 이와 관련한 모든 증거를 제시할 걸세."

"하지만 만약 살아 있다면 왜 모습을 드러내지 않는 걸까요?"

"자유의 몸이 아니니까."

"그렇다면 대장이 말한 게 사실입니까? 정말로 글리신 빌라 지하실에 있는 건가요?"

"그렇게 믿을 수밖에 없는 이유가 충분하네."

"어떻게…? 무슨 단서라도 있나요…?"

"비밀일세. 하나만 말해주겠네. 그 사실이 밝혀지면… 뭐랄까…. 엄청난 파문이 일 걸세. 이제 식사는 끝났나?"

"예."

"내 자동차가 마들렌 성당 뒤편에 있네. 그곳으로 오게."

가르셰에 도착하자 세르닌은 자동차를 돌려보내고 일행과 함께 주느비에브의 학교 쪽으로 뻗은 오솔길까지 걸어갔다. 그곳에서 세르닌이 걸음을 멈췄다.

"자네들, 내 말 잘 듣게. 지금부터 가장 중요한 이야기를 할 거야. 휴양소로 가서 벨을 누르게. 자네들은 형사니까 문제없이 들어갈 수 있지 않나? 그런 다음 거주자가 없는 오르탕스 빌라로 가게. 그곳 지하로 내려가면 낡은 덧문이 하나 보일 테고, 그 문을 열면 내가 최근에 발견한 터널 구멍이 드러날 걸세. 글리신 빌라와 곧바로 연결된 터널이지. 바로 그곳을 통해 게르트루드와 알텐하임 남작이 내통해왔네. 르노르망 국장도 바로 그곳을 지나가다가 적의 손아귀에 붙잡힌 거고."

"그렇게 믿으십니까, 대장?"

"그래, 그렇게 믿네. 그리고 요점은 이걸세. 터널이 내가 어젯밤 본 그 상태 그대로인지 확인하게. 터널을 막은 문 두 개가 열려 있는지, 두 번째 문 근처의 구멍 속에 내가 직접 놓고 온 서지 천으로 감싼 꾸러미가 그대로 있는지 확인해보란 말일세."

"꾸러미를 풀어봐야 합니까?"

"그럴 필요 없네. 그저 갈아입을 옷이야. 이제 가보게. 되도록 다른 사람 눈에 띄지 않도록 조심하고. 기다리겠네."

10분 후 그들이 돌아왔다.

"문 두 개가 그대로 열려 있었습니다."

두드빌이 말했다.

"서지 천으로 감싼 꾸러미는?"

"그 자리에 그대로 있었습니다. 두 번째 문 근처에요."

"좋아! 1시 25분이군. 이제 곧 베베르가 투사들을 이끌고 들이닥칠 걸세. 그들은 빌라를 감시하다 알텐하임이 그 안으로 들어가면 주위를 포위할 걸세. 그러면 난 베베르 부국장과 합의한 대로 초인종을 누를 거고. 하지만 그때부터 내겐 따로 계획이 있어. 그래, 사람들이 무척 재미있어 할 아이디어가 하나 있지."

그들을 보낸 뒤 세르닌은 혼잣말을 중얼거리며 학교로 통하는 오솔길을 걸었다.

'모든 일이 잘 풀리고 있어. 내가 정한 장소에서 전투가 벌어질 거야. 분명 내가 이기게 돼 있어. 두 적을 모두 해치우고 나 혼자 케셀바흐 사건에 매진하는 거야… 피에르 르뒤과 슈타인 벡이라는 강력한 두 패를 들고 말이야… 그러니까 왕은… 이 몸인 거지. 다만 한 가지 걸리는 건… 알텐하임이 어떻게 나올까? 분명 자기 나름대로 공격 계획이 있겠지. 어디를 쳐서 공격해올까? 왜 아직도 공격하지 않는 거지? 불안하군. 혹시 경찰에 밀고한 걸까?'

세르닌은 자그마한 학교 운동장을 따라 걸었다. 학생들은 교실에서 수업을 받고 있었다. 세르닌이 현관문을 두드렸다.

"아, 도련님이군요! 주느비에브를 파리에 두고 온 건가요?"

에르느몽 부인이 말했다.

"그러려면 주느비에브가 지금 파리에 있어야 하잖아요."

세르닌이 대답했다.

"그 애는 거기에 있는걸요. 도련님이 불렀잖아요."

"도대체 무슨 말을 하는 거예요?"

세르닌이 노파의 팔을 붙잡고 외쳤다.

"뭐라고요? 도련님이 나보다 더 잘 알고 있을 거 아니에요!"

"난 모르는 일이에요…. 대체 어떻게 된 일이지…. 어서 말해 봐요…!"

"주느비에브에게 생 라자르 역에서 만나자고 편지를 보내셨 잖아요."

"그래서 그 애가 거기로 갔나요?"

"물론이지요…. 리츠 호텔에서 같이 점심을 하기로 했다던 데…."

"편지 좀… 편지 좀 보여주세요."

에르느몽 부인은 위층으로 올라가 편지를 찾아와 건네주었다.

"이런, 맙소사. 이 편지가 가짜라는 걸 눈치채지 못했어요? 내 필체를 애써 흉내 냈지만… 이건 가짜예요…. 이토록 뻔히 보이는데…."

세르닌은 화가 치밀어 올라 움켜쥔 두 주먹을 관자놀이에 갖다 댔다.

"내가 걱정하던 일격이 바로 이거였군. 아! 비겁한 놈! 주느비에브를 통해 나를 공격하다니…. 그런데 어떻게 알았지? 아! 아니야, 모를 거야…. 그놈이 이런 짓을 저지르려 한 게 벌써 두 번째잖아…. 주느비에브 때문이야. 놈이 주느비에브에게 연정을 품고…. 아! 그건 안 돼, 절대! 잘 들어요, 빅투아르…. 그 애가 놈을 사랑하는 건 분명 아니지요…? 맙소사! 내가 미쳤군! 자… 침착해…. 생각해야 돼…. 지금 이러고 있을 때가 아니야…."

세르닌은 시계를 바라보았다.

"1시 35분… 아직 시간이 있어…. 이런, 멍청이! 시간이 있으면 뭐해? 그 애가 어디에 있는지 알기나 해?"

세르닌은 정신 나간 사람처럼 서성거렸다. 세르닌이 그토록 이성을 잃고 동요하자 늙은 유모는 무척이나 당황했다.

"그래도 마지막 순간에 수상한 낌새를 눈치챘을지도 모르잖아요…."

"만약 그랬다면 그 애가 지금 어디에 있을까요?"

"모르겠어요⋯. 아마도 케셀바흐 부인 집에⋯."

"맞아, 맞아요⋯. 유모 말이 맞아요."

갑자기 희망이 샘솟아 세르닌이 소리쳤다.

세르닌은 휴양소를 향해 서둘러 달려갔다.

도중에 문 근처에서 관리실로 들어가려는 두드빌 형제와 마주쳤다. 관리실에서는 길이 한눈에 내다보였으므로 두드빌 형제는 그곳에서 글리신 빌라 주변을 감시할 수 있을 것이다. 멈추지 않고 왕후의 빌라로 달려간 세르닌은 쉬잔을 불러 케셀바흐 부인의 방으로 곧장 안내받았다.

"주느비에브 있습니까?"

세르닌이 말했다.

"주느비에브요?"

"예. 여기에 오지 않았나요?"

"아니요. 며칠 전부터 오지 않았는데요."

"올 겁니다, 그렇지 않나요?"

"그렇게 생각하세요?"

"확실합니다. 지금 주느비에브가 어디에 있을까요? 짐작 가는 곳이라도 있으세요?"

"생각해봤지만 모르겠어요. 정말로 저와 주느비에브는 만날 약속이 없었답니다."

그러더니 케셀바흐 부인은 문득 두려움에 사로잡혀 이렇게 물었다.

"그런데 왜 이렇게 불안에 떠시는 건가요? 주느비에브에게 무슨 일이 생긴 건 아니지요?"

"아닙니다, 아무 일도 아닙니다."

세르닌은 이미 밖으로 뛰쳐나와 있었다. 불현듯 한 가지 생각이 뇌리를 스쳤다. 만약 알텐하임 남작이 글리신 빌라에 없다면? 만약 약속 시각이 바뀌었다면?

'그자를 만나야겠어…. 어떻게 해서든 만나야 해.'

세르닌은 아무것도 눈에 보이지 않는 듯 정신없이 달려갔다. 하지만 관리실에 도착한 순간 마음을 가다듬고 애써 냉정함을 되찾아야 했다. 저 멀리 두드빌 형제와 이야기하는 치안국 부국장의 모습이 보였던 것이다. 만약 평소처럼 냉철한 통찰력을 발휘했다면 자신에게 다가오는 베베르 부국장에게서 미세한 동요를 감지했을 것이다. 하지만 세르닌은 아무것도 눈치채지 못했다.

"베베르 부국장님 아니십니까?"

"그렇습니다…. 누구신지…?"

"세르닌 공작입니다."

"아! 그렇군요. 경찰청장님께서 공작님이 우리에게 커다란 도움을 주셨다고 말씀하시더군요."

"범인을 넘겨 드려야만 제대로 도와드렸다 말할 수 있겠지요."

"곧 그렇게 될 겁니다. 그 패거리 중 한 명이 막 들어간 것 같습니다…. 꽤 덩치가 좋고 외알박이 안경을 끼고 있더군요."

"그자가 바로 알텐하임 남작입니다. 경찰들을 주변에 배치해 놓으셨겠지요, 베베르 부국장님?"

"그렇습니다. 200미터 떨어진 곳 길 위에서 잠복하고 있습니다."

"그렇다면 부국장님, 그들을 이 관리실 앞으로 집결시켜주십시오. 여기서 별장까지 함께 가는 겁니다. 제가 벨을 누르겠습니다. 알텐하임 남작과 저는 알고 지내는 사이인지라 제게 문을 열어줄 겁니다. 그러면 제가 부국장님과 함께 안으로 들어가는 겁니다."

"훌륭한 계획이군요. 곧 돌아오겠습니다."

부국장은 정원에서 나가 글리신 빌라 반대편 길로 사라져갔다.

세르닌은 재빨리 두드빌 형제 중 한 명의 팔을 붙잡았다.

"부국장을 쫓아가게, 자크…. 부국장을 맡아…. 내가 글리신 빌라로 들어가 있는 동안… 가능한 한 공격 시기를 늦춰…. 핑계를 대라고…. 내게는 10분의 시간이 필요하네…. 빌라를 포위하게…. 하지만 들어오지는 말고. 그리고 장, 오르탕스 빌라의 지하 출구로 가서 그 앞에 버티고 서 있게. 만약 남작이 거기서 나오거든 곧바로 머리를 후려치게."

두드빌 형제가 멀어져갔다. 공작은 밖으로 나와 철판으로 둘러쳐진 높은 철책이 있는 글리신 빌라의 입구까지 뛰어갔다.

벨을 누를 것인가?

주위에는 아무도 없었다. 세르닌은 철책을 향해 단숨에 달려들어 자물쇠 가장자리에 한 발을 딛고 창살에 매달렸다. 무릎에 힘을 꽉 주고 손목의 힘으로 철책을 기어오른 세르닌은 뾰족한 철책 끝에 찔릴 위험을 감수하고 마침내 철책을 넘어 땅으로 풀쩍 뛰어내렸다.

포석이 깔린 안뜰을 재빨리 지나쳐 기둥 여러 개가 있는 회
랑 계단을 올라갔다. 계단 위 창문들은 채광창까지 모두 덧문
으로 굳게 닫혀 있었다.

집 안으로 들어갈 방법을 모색하고 있던 그때, 라 빌라 뒤퐁
저택 문을 연상시키는 쇳소리와 함께 문이 스르며 열리더니 알
텐하임이 모습을 드러냈다.

"이런, 공작. 늘 이런 식으로 사유지에 침입해왔던 건가? 경
찰을 불러야겠군, 친애하는 공작."

세르닌은 남작의 멱살을 움켜잡고 긴 의자 위로 넘어뜨렸다.

"주느비에브… 주느비에브는 어디에 있나? 이 나쁜 놈, 여자
를 어떻게 한 건지 불지 않으면…!"

"말할 수 있게 해줘야 말할 거 아닌가."

남작이 더듬거리며 말했다.

세르닌이 남작을 풀어주었다.

"우리 같은 남자들에게 무엇보다 중요한 건 편안한 분위기
아니겠나…."

남작은 조심스럽게 문을 닫고 빗장을 질렀다. 그러고 나서
세르닌을 가구도 커튼도 없는 옆 거실로 안내했다. 남작이 말
했다.

"이제 자네의 말을 들어보겠네. 무얼 원하는 건가?"

"주느비에브는?"

"잘 있네."

"아! 자백하는 건가?"

"물론이지! 자네가 그 일에 그토록 부주의하다니 꽤 놀랐

을 정도라네. 좀 조심하지 그랬나? 너무나도 당연한 일이었는데….."

"헛소리 집어치워! 주느비에브는 지금 어디에 있나?"

"예의가 없군."

"어디 있나?"

"사방이 벽인 곳에서 자유롭게 있네…."

"자유롭다고…?"

"그래, 이쪽 벽에서 저쪽 벽까지 자유롭게 오갈 수 있지."

"빌라 뒤뜰에 있겠지? 슈타인벡을 가두기 위해 네놈이 고안한 그 감옥 속에 말이야."

"아! 알고 있었군…. 하지만 주느비에브는 그곳에 없네."

"그럼 어디에 있나? 말해. 그러지 않으면…."

"이보게, 공작. 자네를 꼼짝 못하게 할 비밀을 순순히 털어놓을 만큼 바보로 보이나? 이런, 자넨 그 여자를 사랑하고 있군…."

"닥쳐…! 그따위로 말하면…."

"그러면 뭐? 모욕적이란 말인가? 나 역시 주느비에브를 사랑하네. 그래서 위험을 무릅쓰고…."

세르닌에게서 전해지는 무서운 노기에 남작은 순간적으로 위축돼 말을 잇지 못했다. 세르닌은 아무 말도 없었지만 억눌린 분노로 얼굴이 온통 일그러져 있었다.

두 사람은 상대의 약점을 찾으며 한참이나 서로를 노려보았다. 마침내 세르닌이 상대에게 다가가 제안보다는 협박에 가까운 단호한 목소리로 말했다.

"잘 듣게. 지난번에 자네가 내게 했던 제안을 기억하나? 케셀바흐 사건을 위해 뭉치자고 했던… 함께 목표를 향해 나아가자고 했던 것 말일세…. 그렇게 해서 이익을 나누자고 했지…. 내가 거절했고…. 오늘 그 제안을 받아들이겠네…."

"너무 늦었어."

"잠깐, 그보다 더 양보하겠네. 이 사건에서 손을 떼겠어…. 완전히 물러나겠단 말일세…. 자네가 다 가지게…. 필요하다면 내가 돕겠네."

"조건은?"

"주느비에브가 어디 있는지만 말해주게."

알텐하임이 어깨를 으쓱해 보였다.

"허튼소리하고 있군. 보기 딱할 지경이야…. 그 나이에…."

두 사람 사이에 또다시 살벌한 침묵이 흘렀다.

침묵을 깨고 남작이 비아냥거렸다.

"그래도 이렇게 징징대고 구걸하는 자네 모습을 보니 말도 못 할 정도로 기분이 좋군. 뭐, 일개 졸병이 장군을 신나게 두들겨 패는 셈이지 않나."

"어리석은 놈!"

세르닌이 중얼거렸다.

"공작, 오늘 밤 당신에게 결투를 신청하겠네. 자네가 그때까지 이 세상 사람이라면 말일세."

"어리석은 놈!"

세르닌은 한없이 경멸이 묻어나는 어투로 같은 말을 되풀이했다.

"당장 끝내고 싶으신 모양이지? 좋으실 대로 하게, 공작. 어차피 자네에게 최후의 순간이 곧 다가올 테니. 신께 자네의 영혼을 받아달라고 기도나 하게. 웃나? 실수하는 걸세. 난 자네보다 엄청나게 유리한 입장이야. 필요하다면 죽일 수도….."

"어리석은 놈!"

역시나 같은 말을 내뱉은 세르닌이 시계를 꺼냈다.

"지금 2시군, 남작. 자네에게는 이제 몇 분밖에 남지 않았어. 2시 5분, 아무리 늦어도 2시 10분이 되면 베베르 부국장과 대여섯 명의 장정들이 이 은신처로 거침없이 들이닥쳐 자네 덜미를 잡을 걸세…. 자네도 그리 웃을 처지가 아니야. 지금 자네가 생각하는 그 탈출구도 이미 발각됐네. 내가 그곳을 발견하고 보초를 세워놨지. 그러니 자네는 독 안에 든 쥐인 셈이야. 교수대가 자네를 기다리고 있네, 친구."

알텐하임은 얼굴이 창백해진 채 더듬거렸다.

"네놈이 그런 짓을? 그런 야비한 짓을?"

"이 집은 포위되었네. 곧 경찰들이 들이닥칠 거야. 말하게. 그러면 내가 자네를 구해주지."

"어떻게 말인가?"

"빌라의 탈출구를 지키는 자들은 내 부하일세. 그러니 내 말 한마디면 자네는 목숨을 구할 수 있어."

알텐하임이 잠시 생각에 잠겨 망설이더니 불쑥 단호한 어투로 외쳤다.

"허풍을 떠는 거겠지. 자네는 늑대 아가리 속에 뛰어들 만큼 순진한 친구가 아니야."

"주느비에브와 관련된 일이지 않나. 그 일이 아니라면 내가 왜 여기에서 이러고 있겠나? 말하게."

"거절하네."

"좋아. 그럼 기다리지. 담배 한 대 피우겠나?"

"기꺼이."

"이 소리 들리나?"

잠시 후 세르닌이 말했다.

"그래…. 들리는군…."

알텐하임이 자리에서 일어나며 말했다.

쿵쾅거리는 소리가 철책에서 울려 퍼졌다. 세르닌이 말했다.

"통상적인 경고도 없이… 예비 단계도 없이 곧바로 들이닥칠 걸세…. 아직 털어놓을 마음이 없나?"

"전혀 없네."

"저들이 가진 도구를 이용하면 이 안으로 들어오기까지 그리 오랜 시간이 걸리지 않으리란 건 알고 있겠지?"

"저들이 쳐들어와도 난 자네의 제안을 거절할 걸세."

철책 문이 열렸다. 이어서 돌쩌귀가 삐걱대는 소리가 들려왔다.

"스스로 곤경을 자초하는 것까지는 그렇다고 치세. 하지만 수갑을 채우라고 손까지 내미는 건 바보짓이지 않나. 자, 고집은 그만 부리게. 말하고 여기서 도망치게."

"자네는?"

"난 남아 있을 걸세. 내가 두려워할 일이 뭐가 있겠나?"

"저기를 한번 보게."

남작이 덧문 틈을 가리켰다. 세르닌이 그곳에 눈을 갖다 대고 밖을 내다보더니 흠칫 놀라 뒤로 물러났다.

"이런! 나쁜 놈, 네놈도 나를 고발했어! 베베르가 열 명이 아니라 쉰 명, 아니 100명, 200명을 끌고 왔잖아…."

남작이 대놓고 비웃음을 터트렸다.

"그렇게 많은 인원을 대동한 걸 보면 분명 뤼팽을 잡으려는 거겠지. 나를 잡는 데는 대여섯 명 정도면 충분할 테니."

"네놈이 경찰에게 알린 건가?"

"그래."

"어떤 증거를 댔나?"

"네 이름인 폴 세르닌, 다시 말해 아르센 뤼팽이 증거였지."

"혼자서 그 사실을 알아냈단 말인가…? 여태껏 누구도 생각지 못했던 사실을…? 그럴 리가! 다른 놈의 생각이지? 솔직히 말해."

세르닌은 덧문 틈으로 밖을 내다보았다. 구름처럼 몰려든 경찰들이 빌라 주변으로 흩어졌다. 이제는 쿵쾅거리는 소리가 문 근처에서 울려 퍼졌다.

후퇴할 것인지 아니면 계획을 실행에 옮길 것인지 생각해야 했다. 이대로 도망친다면 일시적이긴 해도 알텐하임을 놓아주는 꼴이다. 게다가 알텐하임이 또 다른 탈출구를 마련해놓지 않았을 거라고 그 누가 장담할 수 있는가? 이러한 생각이 들자 세르닌은 동요했다. 남작을 풀어주다니! 남작이 주느비에브의 곁으로 가서 괴롭히고 혐오스러운 애정의 노예로 삼게 하다니!

기존의 계획이 무산된 상태에서 주느비에브의 안전을 최우선적으로 생각하며 새로운 계획을, 그것도 당장에 짜내야 하는 잔인하기 그지없는 순간이었다.

세르닌은 남작의 눈에 시선을 고정했다. 남작에게서 비밀을 캐내 얼른 그 자리를 떠나고 싶은 마음이야 굴뚝 같았지만 더이상 상대를 설득할 시도조차 하지 않았다. 무슨 말을 해도 통할 것 같지 않았기 때문이다. 세르닌은 이러한 생각을 계속 이어가면서 남작이 무슨 생각을 하는지, 무기가 무엇인지, 어떤 구원의 희망을 품었는지 추리해보았다. 현관문은 빗장이 단단히 질러 있었고 철판도 둘러쳐 있었지만, 거센 공격을 이기지 못하고 이내 흔들리기 시작했다. 두 남자는 문 뒤에서 미동도 않고 서 있었다. 사람들의 대화 소리가 들려왔다.

"자신만만해 보이는군."

세르닌이 말했다.

"물론이지!

남작은 순식간에 세르닌의 다리를 걸어 넘어뜨리고는 곧장 줄행랑쳤다.

세르닌은 즉시 몸을 일으켜 커다란 층계 아래에 있는, 알텐하임이 방금 통과한 작은 문을 지나 돌계단을 통해 지하실로 황급히 뛰어 내려갔다….

복도를 지나니 천장이 낮은, 커다랗고 어두컴컴한 거실이 나왔다. 바로 그곳에서 남작이 무릎을 꿇고 뚜껑문을 막 열었다.

세르닌이 달려들며 외쳤다.

"멍청한 놈, 이 터널 반대편에는 내 부하들이 기다리고 있고, 그들은 네놈을 개처럼 죽이라는 명령을 받았다고 말하지 않았나…. 만약… 만약 이리로 연결된 또 다른 출구가 있다면 모를까…. 아! 그렇고말고! 내가 짐작했지…. 그러니까 네놈 생각엔….”

치열한 몸싸움이 벌어졌다. 탄탄한 근육질에 거대한 체격을 가진 알텐하임은 적의 몸통을 두 팔로 꽉 조인 채 팔을 마비시키고 숨까지 막히게 했다.

“물론… 그렇지…. 그래, 좋은 생각이야…. 내가 지금은 팔을 못 써 네놈의 어딘가를 부서뜨릴 수 없으니 꽤 유리하겠지…. 하지만… 네놈인들 이 상태에서 무얼 할 수 있겠나…?”

순간 세르닌은 등골이 오싹해졌다. 닫혀 있는 데다 두 사람이 온몸으로 짓누르기까지 한 뚜껑문이 들썩거렸기 때문이다. 누군가 문을 밀어 올리려고 애쓰는 게 느껴졌다. 남작 역시 그 사실을 눈치챘는지, 싸우면서도 뚜껑문이 열릴 수 있도록 옆으로 필사적으로 옮겨가려 했다.

‘그놈이군…! 공범이야…! 만약 이 문을 열고 들어오면 난 끝장이야.’

베일에 싸인 존재가 불러일으키는 까닭 모를 두려움에 휩싸인 채 세르닌은 생각했다.

눈치채지 못할 정도의 미세한 동작으로 결국 옆으로 이동하는 데 성공한 알텐하임은 이번에는 적을 자신 근처로 끌어당기려 애썼다. 하지만 세르닌은 남작의 다리에 자신의 다리를 걸고, 그사이 아주 조금씩 한 손을 빼냈다.

이제 그들 위에는 파성추로 성문을 부수는 듯한 엄청난 쾅음이 들려왔다.

'5분밖에 시간이 없어. 1분 안에 이놈을 처리해야 해…'

세르닌이 생각했다.

뒤이어 큰 소리로 외쳤다.

"조심해, 친구. 이 악물고 버텨보라고."

세르닌은 괴력을 발휘해 양 무릎을 힘껏 조였다. 허벅지 한쪽이 뒤틀린 남작이 비명을 질러댔다.

세르닌은 적이 고통을 느끼는 틈을 타 오른쪽 팔을 가까스로 빼내 남작의 멱살을 움켜잡았다.

"좋아! 이렇게 하니 우리 둘 다 한결 편안해졌군…. 아니야, 굳이 칼을 찾으려 하지 말게…. 그만두지 않으면 자네의 목을 닭 모가지 비틀듯 비틀어버릴 테니. 알다시피 난 예의 바른 사람일세…. 그리 강하게 힘을 주고 있는 건 아니야…. 그저 자네가 팔다리를 들썩이고 싶은 마음이 들지 않을 정도로 적당히 누르고 있을 뿐이지."

그렇게 말하면서 세르닌은 한 손으로 주머니에서 가느다란 끈을 꺼내 아주 능숙한 솜씨로 상대의 손목을 묶었다. 숨이 턱까지 차오른 남작은 더 이상 아무런 저항도 하지 못했다. 세르닌은 몇 번의 정교한 동작으로 상대를 단단히 결박했다.

"이렇게 얌전할 수가 있나! 잘했어! 딴사람이 되었군. 자, 그래도 혹시 자네가 도망치고 싶어 할지 모르니 내 작업을 마무리해줄 철사 뭉치도 준비해놓았지…. 우선 손목… 이번에는 발목… 됐어…. 세상에! 이렇게 친절하다니!"

남작이 서서히 기운을 차렸다. 그리고 더듬거리며 말했다.

"네놈이 날 경찰에 넘기면 주느비에브는 죽는다."

"사실인가…! 어떻게…! 설명을 해봐…."

"주느비에브는 감금돼 있어. 어디에 감금됐는지는 아무도 모르지. 내가 없으면 굶어 죽을 거야…. 슈타인벡처럼…."

순간 세르닌은 몸을 떨었다.

"그래, 하지만 자네가 털어놓겠지."

"절대 그럴 일은 없을 거야."

"아니, 그렇게 될 거야. 지금은 아니지. 시간이 없으니까. 하지만 오늘 밤엔 입을 열 걸세."

세르닌은 허리를 숙여 남작의 귀에 대고 나지막이 말했다.

"잘 듣게, 알텐하임. 그리고 내가 하는 말을 잘 이해하게. 자네는 곧 체포될 걸세. 오늘 밤은 유치장에서 자겠지. 불가피하고 되돌릴 수 없는 일이야. 나로서도 어찌할 방도가 없네. 그리고 내일은 상테 교도소로 이송될 거고, 그 후에는 어디로 가게될지 알고 있나…? 그래, 자네에게 또다시 살아남을 기회를 주겠네. 잘 듣게, 오늘 밤 내가 유치장으로 자네를 찾아가겠네. 그때 내게 주느비에브가 어디에 있는지만 말하게. 그로부터 두 시간 후 자네가 한 말이 사실이라고 판명되면 자네는 자유의 몸이 될 걸세. 거짓말일 경우… 자네는 목숨에 그리 미련이 없는 거겠지."

알텐하임은 아무런 말도 하지 않았다. 세르닌은 몸을 일으켜 귀를 기울였다. 위에서 떠들썩한 소리가 들려왔다. 현관문이 열린 것이다. 현관 타일과 거실 바닥을 오가는 요란한 발소리가 울려 퍼졌다. 베베르 부국장과 그 부하들이 수색하는 모양이었다.

"잘 있게, 남작. 오늘 밤까지 잘 생각해보게. 유치장이 현명한 충고자가 되어줄 테니."

세르닌은 뚜껑문을 가린 남작의 몸을 밀친 다음 문을 들어 올렸다. 예상했던 대로 아래쪽 계단 위에는 아무도 없었다.

세르닌은 다시 돌아올 것처럼 뚜껑문을 열어둔 채 계단을 내려갔다.

스무 개의 계단을 내려가니 그 아래에는 르노르망 국장과 구렐이 반대 방향에서 걸어왔던 그 통로가 시작되었다.

그곳으로 들어서자마자 세르닌은 비명을 질렀다. 인기척이 느껴졌기 때문이다.

손전등을 켰다. 통로에는 아무도 없었다.

이어서 권총을 꺼내 든 세르닌이 큰 소리로 외쳤다.

"누구에겐 안된 일이지만… 총을 쏘겠다."

아무런 대답도 없었다. 아무런 소리도 들리지 않았다.

'착각이었나 보군. 그자 때문에 강박감에 사로잡힌 거야. 자, 계획을 성공하려면 서둘러 그 문까지 가야 해…. 옷 꾸러미를 놓아둔 구멍까지는 여기서 그리 멀지 않아. 꾸러미를 찾으면… 게임은 끝나는 거야…. 얼마나 기막힌 게임이야! 뤼팽이 만든 또 하나의 걸작이 되겠지….'

열린 문이 나타나자 즉시 걸음을 멈췄다. 오른쪽에는 르노르망 국장이 차오르는 물을 피하려고 파놓은 구멍이 있었다.

세르닌은 허리를 숙이고 입구에 불빛을 비추었다.

순간 몸이 떨렸다.

'아…! 아니야, 이럴 수는 없어…. 두드빌이 꾸러미를 더 멀리

밀어놓은 걸 거야.'

하지만 어둠 속을 아무리 뒤지고 살펴보아도 꾸러미는 없었다. 베일에 싸인 존재가 가져간 게 틀림없었다.

'이런! 치밀하게 짜놓은 계획이었는데! 모험이 다시 잘 풀려 확실하게 목표에 도달할 수 있었는데…. 이제 서둘러 도망치는 수밖에…. 두드빌이 빌라에 있을 거야…. 퇴로는 확보돼 있어…. 더 이상 장난칠 때가 아니야…. 가능한 한 서둘러 이 일을 바로잡아야겠어…. 그다음에는 **이놈**을 손봐줘야지…. 아! 이번에도 어디 한번 내 손아귀에서 빠져나가 보거라, **이놈.**'

하지만 다음 순간 경악에 찬 비명을 내지르고 말았다. 빌라로 통하는 마지막 관문이 굳게 잠겨 있었던 것이다.

'이번에는 정말 끝장이로군.'

세르닌은 맥이 풀려 자리에 털썩 주저앉았다. 베일에 싸인 존재 앞에서 한없이 무력해진 자신을 절감했다. 알텐하임은 거의 안중에도 없었다. 하지만 어둠 속에서 침묵하는 그 남자, 그자가 세르닌을 지배했고, 세르닌의 모든 계획을 엉망으로 만들었으며 교활하고 지독한 공격으로 지치게 했다.

세르닌이 패했다.

이제 곧 베베르 부국장이 들이닥쳐 동굴 깊숙한 곳, 궁지에 몰린 한 마리 짐승 같은 모습의 세르닌을 발견할 것이다.

2

'아! 아니야, 안 돼!'

세르닌은 벌떡 일어났다.

'내 목숨만 달린 일이면 몰라도…! 주느비에브가 있잖아. 오늘 밤 주느비에브를 구해야 해…. 어쨌든 아직 아무것도 잃은 건 없잖아…. 그놈이 방금 빠져나간 걸 보면 이 근처에 또 다른 출구가 있을 거야. 자, 베베르 부국장과 그 무리가 아직 날 잡은 건 아니야.'

세르닌은 손전등을 든 채 터널을 살펴보았다. 내벽을 이룬 벽돌을 조사하는 그때, 등골을 오싹하게 하는 끔찍하고 기괴한 비명이 들려왔다.

그 소리는 뚜껑문 근처에서 들려왔다. 그 순간 애당초 글리신 빌라로 다시 올라갈 작정으로 뚜껑문을 열어놓고 온 사실이 번뜩 떠올랐다. 급히 몸을 돌려 첫 번째 문을 넘었다. 가는 도중 손전등이 꺼졌다. 무언가, 아니 누군가 무릎을 스쳐 지나가는 느낌이 들었다. 누군가 벽을 따라 기어가는 것이다. 이내 그 존재가 홀연히 사라진 듯했다. 세르닌은 자신의 위치가 어디쯤인지 종잡을 수 없었다. 그 순간 계단에 부딪혔다.

'여기로군. 그놈이 빠져나간 두 번째 출구가 여기야.'

위쪽에서 다시 비명이 들려왔다. 조금 전보다 한결 약해진 소리였고, 신음과 거친 숨소리가 그 뒤를 이었다…. 세르닌은 서둘러 층계를 뛰어 올라가 지하 거실 안의 남작에게 달려갔다. 알텐하임이 목에 피를 흘리며 죽어가고 있었다. 끈은 잘려 있었지만 손목과 발목에 묶인 철사는 멀쩡했다. **남작을 풀어줄 수 없자 공범이 목을 찌른 것이다.**

세르닌은 공포에 휩싸인 채 이 광경을 바라보았다. 식은땀이 흘러내렸다. 감금돼 있을 주느비에브가 떠올랐다. 주느비에브가 갇힌 곳을 아는 사람은 알텐하임뿐이니 희망이 사라지고 있는 셈이었다.

경찰들이 현관에 가려진 쪽문을 여는 소리가 또렷이 들렸다. 그 뒤를 이어 지하 계단을 내려오는 발걸음 소리가 울려 퍼졌다.

이제 세르닌과 경찰은 사이에 문 하나만을 두고 있었다. 경찰이 문 반대편에서 손잡이를 움켜잡은 순간, 세르닌은 재빨리 빗장을 질렀다. 옆의 뚜껑문이 여전히 열려 있었다…. 아직 두 번째 탈출구로 도망칠 수 있으니 이 뚜껑문으로 빠져나가는 것만이 유일한 구원이었다.

'아니야. 주느비에브를 먼저 구해야 해. 그다음에 여유가 생기면 그때 가서 내 문제를 생각해보자.'

세르닌은 무릎을 꿇고 남작의 가슴에 손을 댔다. 심장이 아직도 뛰고 있었다. 세르닌은 몸을 더욱 숙였다.

"내 말 들리나?"

남작의 눈꺼풀이 파르르 떨렸다.

빈사 상태에 빠진 남작은 희미한 숨을 내쉬었다. 목숨만 겨우 붙어 있는 존재로부터 과연 무엇을 이끌어낼 수 있을까?

경찰들이 최후의 보루인 문을 공격했다. 세르닌이 나지막이 속삭였다.

"내가 자네를 구해주겠네…. 내게는 확실한 치료법이 있어…. 한마디만 하게…. 주느비에브는 지금 어디에 있나…?"

희망적인 말이 남작에게 힘을 불어넣은 듯했다. 알텐하임이 말하려 애썼다.

"대답하게. 대답만 하면 살려주겠네…. 오늘은 목숨을 구해주고… 내일은 자유를 찾아주지…. 어서 말하게!"

경찰들의 거센 공격에 문이 흔들렸다.

남작의 입에서 도저히 알아들을 수 없는 몇 음절이 간신히 새어나왔다. 두려움에 휩싸여 온갖 기력과 의지를 다해 몸을 기울인 세르닌은 초조해하며 거친 숨을 내쉬었다. 경찰, 피할 수 없는 체포, 감옥, 그러한 것들은 이제 아무래도 좋았다…. 하지만 주느비에브… 이 딱한 인간의 말 한마디면 굶어 죽어가는 주느비에브를 구할 수 있다…!

"대답해…. 그래야만 해…."

명령과 애원이 뒤섞인 어조였다. 거부할 수 없는 권위에 굴복한 듯 알텐하임이 최면에 빠진 사람처럼 더듬거리며 말했다.

"리… 리볼리…."

"리볼리가란 말인가? 그 거리의 어느 건물 안에 가둬놓았단 말이지? 몇 번지인가?"

순간 요란한 소음이 들려왔다…. 승리의 환호성이 터졌다…. 문이 열린 것이다.

"덮쳐. 붙잡아…! 저 둘을 모두 붙잡아!"

베베르 부국장이 외쳤다.

"몇 번지인지… 말해…. 정말로 주느비에브를 사랑한다면 말해…. 이제 침묵해봤자 무슨 소용이 있겠나?"

"2… 27번지…."

남작이 힘겹게 말을 내뱉었다.

이제 여러 개의 손이 세르닌을 붙잡았다. 열 개의 권총이 세르닌을 겨누었다. 세르닌이 경찰들을 정면으로 바라보자 본능적으로 두려움을 느낀 경찰들이 뒤로 주춤 물러섰다.

"뤼팽, 움직이면 발포하겠다."

베베르 부국장이 외쳤다.

"쏘지 마십시오. 그럴 필요 없습니다. 항복하겠습니다."

세르닌이 진중한 목소리로 말했다.

"허튼소리하지 마! 또 무슨 수작을 부리려고…."

"아닙니다. 내가 깨끗하게 졌어요. 당신에게는 발포할 권리가 없습니다. 난 반항하지 않을 테니까."

세르닌이 다시 말했다.

세르닌은 권총 두 자루를 꺼내 보여주더니 바닥에 내던졌다.

"허튼소리! 제군들, 놈의 심장을 겨눠라! 조금만 움직여도 발포해! 한마디라도 말하면 쏴버려!"

베베르 부국장이 가차 없이 대꾸했다.

그곳에 모인 경찰들은 모두 열 명이었다. 부국장은 곧 열다섯 명으로 인원을 늘렸다. 열다섯 개의 팔들이 일제히 과녁을 향했다. 분노와 기쁨, 두려움으로 흥분한 베베르 부국장이 소리쳤다.

"심장을 겨눠! 머리를 겨눠! 인정사정 봐줄 것 없다! 조금만 움직이거나 입을 열면… 총구를 들이대고 쏴버려!"

세르닌은 두 손을 주머니에 넣은 채 태연하게 웃었다. 죽음이 관자놀이 바로 옆에서 그를 노렸고, 수많은 손가락이 힘이 들어간 상태로 방아쇠 위에 놓여 있는데도 말이다.

"아! 이런 광경을 보다니 기쁘군…. 이번에는 성공할 줄 알았지. 당신에게는 고약한 일이겠지만, 뤼팽…."

베베르 부국장이 비웃으며 말했다.

베베르가 커다란 채광창으로 덮인 덧문을 열어젖히게 하자, 순식간에 대낮의 환한 햇살이 쏟아져 들어왔다. 베베르는 알텐하임을 향해 몸을 돌렸다. 놀랍게도 죽었으리라 생각했던 남작이 두 눈을 뜨고 있었다. 생기 없고 기괴하고 이미 공허로 가득한 눈이다. 남작이 베베르 부국장을 바라보았다. 그리고 무언가를 찾는 듯싶더니 세르닌을 발견하고 분노로 몸을 떨었다. 남작은 힘없이 축 처진 상태에서 벗어난 듯 보였고, 불현듯 되살아난 증오 덕분에 어느 정도 힘을 되찾은 듯했다.

남작이 두 손목으로 지탱해 몸을 반쯤 일으키며 무언가를 말하려 했다.

"자네는 저자를 알고 있겠지?"

베베르 부국장이 물었다.

"그래."

"저자가 뤼팽인가?"

"그래…. 뤼팽이야…."

세르닌은 여전히 웃으며 대화에 귀를 기울였다.

"세상에! 정말 흥미롭군!"

세르닌이 말했다.

"또 할 말이 남아 있나?"

남작의 입술이 필사적으로 움직이는 것을 바라보며 베베르 부국장이 물었다.

"그래."

"르노르망 국장님에 관한 이야기인가?"

"그래."

"어디에 국장님을 감금했나? 어디에? 대답해…."

알텐하임은 안간힘을 쓰며 온몸과 시선으로 거실 한구석에 있는 벽장을 가리켰다.

"저기… 저기…."

남작이 말했다.

"아! 이제 목표에 거의 도달했군."

뤼팽이 비아냥거렸다.

베베르 부국장이 벽장을 열었다. 선반 위에 검은색 서지 천으로 감싼 꾸러미 하나가 놓여 있었다. 꾸러미를 풀자 모자와 작은 상자 그리고 옷가지가 나왔다…. 순간 베베르 부국장은 소스라쳤다. 르노르망 국장의 올리브색 프록코트를 발견한 것이다.

"아! 이 몹쓸 놈들! 국장님을 죽였군…."

"아니…."

알텐하임이 고개를 저었다.

"그렇다면 어떻게 된 건가?"

"저자가… 저자가…."

"저자가 무엇을 했단 말인가…? 뤼팽이 국장님을 죽였나?"

"아니…."

알텐하임은 말하고 싶고 고발하고 싶은 강렬한 욕망을 느끼며 악착같은 집념을 발휘해 목숨을 부여잡았다…. 남작이 밝히고 싶은 비밀이 입술 끝에 매달려 있었지만 단어로 바꿀 능력이, 더 이상 그러할 재간이 없었다.

"이봐, 르노르망 국장님이 죽은 건 맞나?"

"아니."

"그럼 살아 있단 말인가?"

"아니."

"무슨 말인지 도통 이해할 수 없군…. 이 옷가지들은 뭐지? 이 프록코트는…?"

알텐하임이 세르닌 쪽으로 시선을 옮겼다. 그 순간 한 가지 생각이 베베르 부국장의 뇌리를 스쳤다.

"아! 그거야! 뤼팽이 르노르망 국장님의 옷을 훔쳤군. 이 옷을 입고 도망칠 생각이었어."

"맞아…. 그래…."

"나쁘지 않군. 그다운 수법이야. 이 방에서 르노르망 국장님으로 변신한 뤼팽이 발견되는 거지. 물론 사슬에 묶인 채로 말이야. 그러면 탈출할 수 있어…. 다만 시간이 부족했을 뿐이야.
내 생각이 맞나?"

"맞아….'

하지만 베베르 부국장은 죽어가는 이의 눈동자에서 또 다른
것이 있음을, 비밀이 그게 전부가 아님을 감지했다. 대체 무엇
일까? 죽기 전에 밝히려는 기묘하고 난해한 수수께끼의 정체
가 무엇일까? 부국장이 질문했다.

"르노르망 국장님은 어디에 있나?"

"저기….'

"저기라니?"

"저기 있어.'

"하지만 이 방에는 우리밖에 없지 않나!"

"또… 있어….'

"어서 말해보게….'

"세… 세르닌이… 있어."

"세르닌! 이런! 뭐라고?"

"세르닌이… 르노르망….'

베베르 부국장이 펄쩍 뛰었다. 머릿속에 섬광 같은 생각이
스쳤다.

베베르가 중얼거렸다.

"아니, 아니야. 그럴 리 없어. 정신이 나간 거야."

베베르 부국장은 자신의 포로를 힐끗 살펴보았다. 세르닌은
이 상황을 꽤 즐기는 듯했다. 마치 구경꾼처럼 이 광경을 지켜
보며 결말이 어떻게 날지 상당히 궁금해하는 눈치였다.

알텐하임은 기진맥진해 대자로 쓰러졌다. 모호한 말로 수수께끼만 던져놓고, 수수께끼를 풀 단어는 말해주지도 않은 채 그렇게 저세상으로 떠나버리고 마는 걸까? 베베르 부국장은 터무니없고 믿을 수 없으며 떠올리고 싶지도 않은, 그렇지만 자신을 붙잡고 놓아주지 않는 가설에 동요돼 또다시 다그쳤다.

"설명하게…. 그건 무슨 뜻인가? 무슨 비밀이 남아 있나…?"

시선을 허공에 고정한 채 축 늘어진 남작은 더 이상 아무 소리도 듣지 못하는 듯했다. 베베르 부국장이 남작에게 몸을 기울이더니, 이 암흑에 빠진 영혼 속으로 각 음절이 깊이 파고 들어갈 수 있게끔 또박또박 말했다.

"잘 듣게…. 내가 제대로 이해했나? 뤼팽과 르노르망 국장이…."

그다음 문장이 어찌나 끔찍하게 느껴졌는지 계속 말을 이어가기가 어려웠다. 남작의 생기 없는 두 눈동자가 고통을 가득 담은 채 베베르를 바라보고 있었다. 마치 불경한 말이라도 내뱉는 사람처럼 두근거리는 심장을 느끼며 마침내 베베르가 말을 끝마쳤다.

"그런가? 확실한가? 두 사람이 사실은 동일인이란 말인가?"

남작의 눈동자는 전혀 움직이지 않았다. 입가에는 한줄기 피가 흘렀다…. 남작은 두세 번 딸꾹질하더니… 최후의 경련을 일으켰다. 그것으로 끝이었다. 사람들로 가득한 지하실 방 안에 긴 침묵이 흘렀다. 세르닌을 감시하는 거의 모든 경찰이 뒤를 돌아보았다. 저 악당이 끝마치지 못한 그 엄청난 고발을 이해하지 못한 채, 아니 이해하기를 거부한 채 멍하니 서 있었지만, 귓가에는 내뱉지 못한 말 한마디가 연신 **울려 퍼지고 있었다.**

베베르 부국장은 검은 서지 천으로 싼 꾸러미 속에 든 상자를 집어들고 뚜껑을 열어보았다. 그 안에는 회색 가발, 은테 안경, 밤색 머플러가 들어 있었다. 이중 바닥 속에는 화장품 단지들과 가느다란 회색 털 뭉치가 담긴 작은 함이 있었다. 즉 르노르망 국장으로 변신하기 위한 도구들이었다.

베베르 부국장은 세르닌에게 다가가 몇 초간 조용히 응시했다. 그렇게 생각에 잠긴 채 사건의 각 단계를 되짚어 보더니 마침내 이렇게 중얼거렸다.

"사실인가?"

세르닌이 침착한 미소를 유지하며 이렇게 대꾸했다.

"우아하고 대담한 가설이로군. 하지만 우선 부하들에게 저 장난감 좀 치우라고 해주겠나?"

"알았네."

베베르 부국장이 부하들에게 신호를 보냈다.

"이제 말해보게."

"무얼 말인가?"

"당신이 르노르망 국장인가?"

"그래."

방 안 전체에 소요가 일었다. 동생이 비밀 출구를 지키는 동안 다른 경찰들 속에 섞여 있던 장 두드빌도 어안이 벙벙한 얼굴로 쳐다보았다. 아연실색한 베베르 부국장은 어찌할 바를 모르는 듯했다.

"많이 놀랐나? 사실 내가 생각해도 꽤 웃기긴 하군…. 세상에, 국장과 부국장으로 함께 일할 때 때때로 자네가 날 얼마나 웃겼는지…! 무엇보다 그 용감한 르노르망 국장이 불쌍한 구렐처럼 저세상 사람이 됐을 거라 철석같이 믿는 꼴이 가장 우스웠네. 하지만 그럴 리가. 아닐세, 친구. 그 신사는 아직 살아 있네…."

세르닌은 알텐하임의 시신을 가리켰다.

"보게, 이놈이 날 자루에 넣어 허리춤에 포석까지 매달아 물에 빠뜨렸지…. 그러나 내 단도를 빼앗는 걸 깜박한 모양이야…. 그 단도로 자루를 찢고 줄을 끊었지. 이야기는 그렇게 된 걸세. 딱한 알텐하임… 만약 생각이 거기까지 미쳤다면 지금 저렇게 저세상에 가 있지는 않았을 텐데…. 자, 이제 이런 이야기는 그만하고… 명복을 비네!"

베베르 부국장은 딱히 어찌할 바를 몰라 생각에 잠긴 채 가만히 이야기를 들었다. 그러다 결국 이성적으로 상황을 파악하기를 포기한 듯 체념이 묻어나는 몸짓을 했다. 그러다 갑자기 정신이 번쩍 드는지 소리쳤다.

"수갑 채워."

"애써 생각해낸 게 고작 그건가? 상상력이 부족하군…. 뭐, 자네가 재밌다면야…."

세르닌은 경찰 중 가장 맨 앞줄에 선 두드빌을 찾아내 손을 내밀었다.

"자, 친구, 자네에게 영광을 주지. 긴장할 필요 없네…. 깨끗하게 승복하는 거니까…. 달리 어찌할 방도가 없으니…."

이 같은 말에는 싸움이 일단 끝났다는 사실과 현재로서는 이 상황을 순순히 받아들일 수밖에 없다는 사실을 두드빌에게 이해시키려는 의도가 숨어 있었다. 두드빌이 수갑을 채웠다. 세르닌은 입술도 움직이지 않고, 표정도 그대로 유지한 채 두드빌에게 속삭였다.

"리볼리가 27번지… 주느비에브…."

베베르 부국장은 뤼팽이 체포되는 광경을 바라보며 흡족한 마음을 감추지 못했다.

"가자! 치안국으로!"

베베르 부국장이 외쳤다.

"그래, 치안국으로 가야지. 이제 르노르망 국장이 아르센 뤼팽을 죄수명부에 기재하고, 아르센 뤼팽은 세르닌 공작을 죄수명부에 기재해야 하니까."

"재치가 넘치는군, 뤼팽."

"맞는 말이네. 그래서 우리가 서로 잘 안 통하는 거라네."

경찰차 세 대에 에워싸여 자동차로 호송되는 동안 뤼팽은 단 한마디도 하지 않았다. 자동차는 어느새 치안국 앞에 도착했다. 뤼팽의 지난 탈출 행적을 떠올린 베베르 부국장은 곧장 뤼팽을 용의자 인체 측정대에 오르게 했고, 유치장에 가둔 뒤 신속하게 상테 교도소로 이송시켜버렸다. 미리 전화로 연락을 받은 교도소장이 세르닌을 기다렸다. 수감 절차와 소지품 수색 과정이 신속하게 이루어졌다.

저녁 7시, 폴 세르닌 공작은 상테 교도소 2동 14호 감방의 문턱을 넘었다.

"당신이 마련한 숙소는 나쁘지 않군요…. 꽤 괜찮은 편이에요…. 전등, 중앙난방, 수세식 변기까지…. 한마디로 현대적 편의시설을 완벽하게 갖추었군…. 그래요, 훌륭합니다…. 교도소장, 이곳에 머물게 되어 정말로 기쁩니다."

세르닌은 옷을 입은 그대로 침대에 몸을 던졌다.

"아! 교도소장, 한 가지 작은 부탁이 있습니다."

"무슨 부탁인가요?"

"코코아는 10시 이후에 가져다주세요…. 너무 졸려서 말입니다."

세르닌은 곧장 벽 쪽으로 몸을 돌렸다.

5분 후 곤한 잠에 빠져들었다.

제2부

아르센 뤼팽의
세 가지 범죄

Arsène Lupin

상테 팔라스

1

여기저기에서 웃음소리가 터졌다. 당연히 아르센 뤼팽의 체포 소식은 커다란 반향을 불러일으켰다. 대중은 오랫동안 고대해왔던 보복을 그토록 통쾌하게 해낸 경찰에게 빛나는 쾌거에 걸맞은 아낌없는 찬사를 쏟아냈다. 마침내 위대한 모험가가 체포되었다. 비범하고 천재적이며 베일에 싸인 영웅이, 이번에는 법이라고 불리는 가공할 힘 앞에 무릎을 꿇고 여느 사람과 다름없이 사면이 벽으로 막힌 감방 안에서 비탄에 빠져 있다. 시기가 문제일 뿐 언젠가는 정의가 길을 가로막은 장애물을 부서뜨리고 적이 이루어놓은 공적을 파괴하는 법이다.

관련 소식은 모두 기사화되어 전해졌으며 반복적으로 논평이 이루어졌다. 경찰청장과 베베르 부국장은 각각 레지옹 도뇌르 3등급과 4등급 훈장인 꼬망되르장과 오피시에장을 받았다. 사람들은 두 사람 밑에서 묵묵히 일해온 경찰들의 영민함과 용기에도 열광했다. 박수를 보내고 승리의 노래를 불렀다. 기사가 넘쳐나고 이야기가 끊이지 않았다.

그렇기는 했다! 하지만 이 멋진 찬사의 합창과 요란한 환희를 압도하는 무엇이 있었으니, 광적이고 격렬하며 충동적이고 억누를 수 없는 웃음이었다.

아르센 뤼팽이 4년 동안이나 치안국장이었다니!

무려 4년 동안 국장 임무를 맡아왔다! 직위가 부여한 모든 권리를 누리며 상관의 인정과 정부의 신임 그리고 모든 이들의 찬사를 받으며 합법적으로 임무를 수행했다.

지난 4년 동안 시민의 안녕과 재산을 아르센 뤼팽의 손에 맡긴 셈이다. 법 집행을 감시했고 선량한 자를 보호했으며 범죄자를 추적했다.

게다가 뤼팽이 이룬 성과는 또 어떠한가! 이 정도로 공고히 질서가 확립된 적이 있던가! 이토록 범죄 사건이 확실하고 신속하게 해결된 적이 있던가! 드니주 사건, 리옹 은행 도난 사건, 오를레앙 특급열차 습격 사건, 도르프 남작 살인 사건 등… 최고의 형사들이 거둔 유명한 승리와 견주어봐도 절대 뒤지지 않는 숱한 쾌거와 놀라운 업적들을 떠올려보라.

과거 루브르 궁 방화 사건과 그 범인 체포에 관련된 한 연설에서 발랑글레 총리는 르노르망의 다소 독단적인 행동을 이렇게 옹호했다.

"르노르망 국장의 통찰력과 활력, 결단력과 행동력, 기발한 수사 방식, 무궁무진한 역량은 우리에게 어떤 인물을 떠올리게 합니다. 만약 살아 있다면 적수가 될 만한 유일한 인물, 바로 아르센 뤼팽입니다. 르노르망 국장은 사회에 헌신하는 아르센 뤼팽입니다."

그런데 르노르망 국장이 정말로 아르센 뤼팽이었다니!

뤼팽이 러시아 공작이었다는 사실이 뭐가 그리 대수겠는가! 그 같은 변신은 뤼팽이 자주 사용하는 수법이다. 하지만 치안국장이라니! 얼마나 매혹적인 아이러니인가! 워낙 특별한 인생을 사는 인물이지만, 그렇다 해도 이 얼마나 기막힌 일이란 말인가!

르노르망 국장! 아르센 뤼팽!

최근 대중을 혼란에 빠뜨리고 경찰을 당황하게 한, 얼핏 보기에는 기적 같은 일들이 이제는 자연스럽게 설명되었다. 이제 사람들은 뤼팽이 자신의 공범을 어떻게 정해진 날 대낮에, 그것도 법원 한가운데서 탈출시켰는지 알았다. 그 자신도 이렇게 말하지 않았던가? '방법이 지나치게 기발하고 단순해서 만약 공개한다면 온갖 불량한 놈들이 모방할까 봐 심히 우려스럽습니다. 내가 방법을 공개하는 날, 사람들이 얼마나 놀랄지! 설마 그게 전부냐며 어이없어 하겠지요. 간단해 보이지만 이 또한 궁리 끝에 얻은 방법이었답니다.'

정말로 단순하기 그지없는 방법이다. 치안국장이 되기만 하면 그것으로 충분했다.

뤼팽이 치안국장이었으니, 뤼팽의 명령에 복종한 모든 경찰은 자신도 모르는 사이에 본의 아니게 공범 노릇을 한 꼴이다.

얼마나 어처구니없는 코미디인가! 얼마나 기막힌 속임수인가! 이 무기력한 시대에 원기를 불어넣을 기념비적인 익살극이 아닌가! 뤼팽은 비록 만회할 수 없을 정도로 참패해 감옥에 갇혔지만, 어쨌든 위대한 승리자다. 뤼팽의 광채는 감방 안에서도 파리 전체를 비추고 있다. 그 어느 때보다 대중의 우상이었고 위대한 대가였다!

　다음 날 아침, 자신이 '상테 팔라스'라고 이름 붙인 상테 교도소에서 눈을 뜬 아르센 뤼팽은 공작과 치안국장이라는 이중 신분에다 세르닌과 르노르망이라는 이중 이름으로 체포된 이 사건이 세간에 얼마나 커다란 소요를 불러일으킬지 명확하게 감지했다.

　뤼팽은 손바닥을 비벼대며 말했다.

　"고독한 사내에게 동시대인의 찬사만큼 따뜻한 벗이 되어주는 건 없지. 오, 명성이여! 살아 있는 자들의 태양이여…!"

　아침이 되어 볕이 든 감방을 보니 기분이 한결 더 흡족해졌다. 높이 자리 잡은 창문 너머로 나뭇가지들이 보였고, 그 나뭇가지 사이로 푸른 하늘이 보였다. 벽은 온통 하얀색이고, 바닥에는 달랑 탁자 하나와 의자 하나가 고정돼 있었다. 하지만 모든 것이 청결하고 친숙하게 느껴졌다.

　"그래, 여기서 잠시 휴식을 취하는 것도 나쁘지 않겠어…. 우선 몸단장을 해야지…. 필요한 게 모두 있나…? 없군…. 그렇다면 벨을 두 번 눌러 담당 종업원을 불러야겠어."

　그렇게 말하더니 뤼팽은 문 옆에 붙은 버튼을 눌렀다. 복도에 호출 신호를 울리는 장치였다.

　잠시 후 밖에서 빗장과 걸쇠가 풀리고 자물쇠가 돌아가더니 교도관 한 명이 나타났다.

　"뜨거운 물 좀 가져다주게나, 친구."

　뤼팽이 말했다.

　교도관은 화도 나고 어이도 없어서 뤼팽을 빤히 쳐다보았다.

"아! 수건도 부탁하네! 빌어먹을! 수건이 없다니!"

교도관이 으름장을 놓았다.

"날 가지고 노는 건가? 그러다 큰코다치지."

교도관이 자리를 뜨려 하자 뤼팽이 덥석 그의 팔을 붙잡았다.

"편지 한 장만 부쳐주면 100프랑을 주지."

뤼팽은 몸수색 과정에서 들키지 않고 숨겨놓았던 100프랑짜리 지폐를 주머니에서 꺼내 교도관에게 내밀었다.

"편지를 부치라고…."

교도관이 돈을 받으며 중얼거렸다.

"그래…! 잠시 편지 좀 쓰겠네."

뤼팽은 탁자에 앉아 종이 위에 연필로 몇 자를 휘갈겨 쓴 다음 봉투에 집어넣고 겉에다 이렇게 적었다.

S. B. 씨 42
국유치 우편, 파리

교도관은 편지를 챙겨 자리를 떴다.

'저 편지는 내가 직접 전달하는 것만큼이나 확실하게 목적지에 도달할 거야. 한 시간 내로 대답을 얻을 수 있겠지. 내가 처한 상황을 파악하기 위해서는 딱 그만큼의 시간이 필요해.'

뤼팽은 의자에 앉아 나지막한 목소리로 이렇게 상황을 요약했다.

'간단히 말해, 난 지금 두 부류의 적과 싸워야 해. 첫 번째 적은 날 붙잡고 있지만 별 문젯거리도 아닌 이 사회야. 두 번째 적은 날 붙잡고 있지는 않지만 결코 만만하게 볼 수 없는 미지의 남자지. 바로 그자가 내가 세르닌이라는 사실을 경찰에 고발했고, 또한 그자가 내가 르노르망 국장이란 사실을 눈치챘지. 지하 통로의 문을 걸어 잠가서 날 감옥에 처넣은 사람도 역시 그자야.'

아르센 뤼팽은 잠시 생각에 잠긴 다음 다시 혼잣말을 중얼거렸다.

'결국 그자와 나의 대결인 셈이야. 한시바삐 케셀바흐 사건의 진상을 파악하고 서둘러 행동에 나서야 하는 이 시점에 나는 꼼짝없이 갇혀 있어. 하지만 그자는 자유롭게 활보하고 다니는 데다 신원도 베일에 싸여 있고 소재도 묘연해. 게다가 피에르 르뒤과 슈타인벡이라는 두 개의 패까지 쥔 것 같아…. 날 멀찌감치 따돌렸으니 이제 목적지를 코앞에 두고 있는 셈이지.'

뤼팽은 또다시 생각에 잠겼다가 이내 독백을 이어갔다.

'상황이 그다지 좋지 않아. 한쪽은 모든 걸 가졌고, 다른 한쪽은 아무것도 가진 게 없어. 내가 맞서야 할 적은 나와 대등하거나 어쩌면 나보다 더 강한 상대일지도 몰라. 날 머뭇거리게 하는 양심의 가책이라는 게 그자에게는 없으니까. 더구나 내게는 놈을 공격할 무기도 없어.'

뤼팽은 마지막 말을 기계적으로 몇 번이나 되풀이한 뒤 입을 다물었다. 그리고 두 손으로 이마를 짚은 후 오랫동안 깊은 생각에 잠겼다.

"어서 들어오십시오, 소장."

문이 열리자 뤼팽이 소리쳤다.

"날 기다렸습니까?"

"이리로 와달라는 편지를 보내지 않았습니까? 교도관이 내 편지를 당신에게 갖다 바치리라는 걸 단 한순간도 의심하지 않았습니다. 그래서 편지 봉투에 당신 이름의 머리글자인 S. B.와 나이인 42를 적어놓은 게 아니겠습니까."

실제로 교도소장의 이름은 스타니슬라스 보렐리였고 나이는 42세였다. 호감 가는 인상에 온화한 성격을 지닌 소장은 가능한 한 죄수들을 너그럽게 대하는 편이었다. 소장이 뤼팽에게 말했다.

"내 부하의 청렴함을 과소평가하지 마세요. 여기, 당신 돈입니다. 당신이 석방될 때 돌려드리겠습니다…. 인제 수색실로 따라오셔야겠습니다."

뤼팽은 보렐리 교도소장을 따라 몸수색을 위해 마련된 작은 방으로 들어갔고 지시에 따라 옷을 벗었다. 전적이 있는지라 사람들은 뤼팽이 벗어놓은 옷을 의심쩍은 눈으로 검사했고, 그동안 뤼팽은 철통 같은 몸수색을 당해야 했다.

뤼팽이 다시 감방으로 돌아오자 보렐리 소장이 말했다.

"이제 좀 마음이 놓이는군. 됐습니다."

"소장, 당신 부하들이 이토록 세심하게 일해준 데 감사의 표시를 하고 싶군요."

뤼팽이 100프랑짜리 지폐 한 장을 건네자 보렐리 교도소장이 펄쩍 뛰었다.

"이런! 하지만… 어떻게 한 겁니까?"

"머리를 쥐어짜도 소용없습니다, 소장. 나처럼 다사다난한 삶을 사는 사람들은 어떠한 상황에서도 대처할 준비가 되어 있는 법입니다. 아무리 고약한 상황에 날 몰아넣는다 해도, 결코 날 빈털터리로 만들 순 없습니다. 비록 감옥에 가둬놓는다 해도 말이지요."

뤼팽은 오른손 엄지와 검지로 왼손 중지를 잡은 다음 단번에 뽑아버리더니 태연하게 그 손가락을 보렐리 소장에게 보여주었다.

"그렇게 놀라실 필요 없습니다, 소장. 내 손가락이 아니니까요. 짐승의 창자 가죽을 잘라 교묘하게 염색한 후 중지에 꼭 맞게 만들었을 뿐이지요. 진짜 손가락처럼 보이게 하려고요."

뤼팽이 웃으며 덧붙였다.

"그리고 물론 이런 방법으로 또 다른 100프랑짜리 지폐를 숨길 수도 있고요…. 어쩌겠습니까? 처지가 이러하니 아쉬운 대로 그때그때 지갑을 마련해 실속 있게 써먹어야지…."

뤼팽이 질겁한 보렐리 교도소장의 얼굴을 보고 자제했다.

"소장, 내가 하찮은 사교계 재주로 당신을 현혹하려 한다고 생각하지 마세요. 다만 소장이 조금… 특별한… 고객을 상대해야 한다는 사실을 알려드리고자 했을 뿐입니다. 당신 시설에서 내가 몇 가지 사소한 규칙을 어겨도 놀라지 마시라고 말입니다."

평정심을 되찾은 교도소장이 단호하게 이야기했다.

"당신이 이곳의 규칙을 따르리라고 믿고 싶습니다. 그래서 내가 가혹한 조치를 내리는 일이 생기지 않길 바랍니다…."

"소장도 꺼리는 그런 조치들 말이지요? 바로 그러한 짐을 덜어드리고자 어떠한 규칙으로도 날 묶어둘 수 없다는 사실을 증명해 보인 겁니다. 다시 말해 나는 이곳에서 친구들과 편지를 주고받을 수 있고, 내게 맡긴 중대한 이권을 보호할 수 있고, 내영향 아래 있는 신문사에 편지를 보낼 수 있고, 머릿속에 담아둔 모종의 계획을 완수해나갈 수 있습니다. 물론 탈옥도 준비할 수 있지요."

"탈옥이라니!"

뤼팽이 흥금 없이 웃음을 터트렸다.

"생각해보세요, 소장…. 내가 감옥에 들어온 이유는 단 하나, 나가기 위해서 아니겠습니까."

보렐리 소장은 뤼팽의 논리가 마음에 들지 않는 눈치였다. 이번에는 소장이 억지웃음을 지어 보였다.

"내가 알아버렸으니 그리 호락호락하게 당하지만은 않을 겁니다."

"내가 바라는 바지요. 철저하게 주의를 기울여야 할 겁니다, 소장. 나중에 문책당하는 일이 없도록 방심하지 마십시오. 내탈출로 어느 정도 곤경이야 겪겠지만, 적어도 당신 경력을 망치는 일은 없도록 나름대로 신경 쓸 생각입니다. 하고 싶은 말은 끝났습니다, 소장. 이제 나가셔도 좋습니다."

이 괴상한 수감자로 깊은 혼란에 빠진, 그리고 그 수감자가무슨 일을 꾸밀지 막연한 불안감에 휩싸인 보렐리 교도소장이발걸음을 옮겼다. 그동안 문제의 수감자는 침대에 몸을 던지며 중얼거렸다.

"뤼팽! 이 친구, 배짱 한번 좋군! 누가 보면 탈출 방법을 이미 생각해놓은 줄 알겠어."

2

　상테 교도소는 방사상 형태로 건축되었다. 즉 중심부에 일종의 원형 교차로가 있어서 모든 복도가 그리로 통하게 설계되었다. 그래서 수감자가 감방에서 나오면, 중심부 한가운데에 있는 통유리로 된 초소에서 보초를 서는 교도관들이 그 즉시 감시할 수 있었다.

　교도소를 방문한 사람들은 감시자 없이 자유롭게 돌아다니는 수감자들을 줄줄이 목격하고는 깜짝 놀라곤 했다. 하지만 한곳에서 다른 곳으로 이동하기 위해서는, 예를 들어 감방에서 출발해 안뜰에 대기 중인 호송차까지 가기 위해서는 직선 복도를 끝까지 걸어가 교도관이 열어주는 문을 통과해야만 했다. 즉 교도관은 이 문을 열어주고 문과 연결된 두 개의 직선 복도를 감시하는 일만 하면 되었다.

　따라서 얼핏 보기에는 수감자들이 자유로워 보였지만 실상은 손에서 손으로 운반되는 우편물처럼 문에서 문으로, 시선에서 시선으로 옮겨지며 철저하게 통제되었다. 건물 밖에서는 경찰들이 대기하고 있다가 '물건'이 도착하면 이를 건네받아 '샐

러드 바구니(죄수 호송차를 뜻하는 프랑스식 은어 – 옮긴이)' 선반에 차곡차곡 싣게 돼 있었다.

이러한 절차가 통상적이다.

하지만 뤼팽만은 예외였다.

교도관들은 뤼팽이 복도를 걸어 다녀도, 호송차에 올라타도 늘 노심초사했다. 뤼팽이 움직이면 한시도 마음을 놓을 수 없었다.

베베르 부국장은 자신이 선별해서 철저히 무장시킨 열두 명의 최정예 요원을 대동하고 직접 교도소로 왔다. 그리고 감방 앞까지 그 가공할 죄수를 데리러 간 다음 부하가 직접 모는 마차로 호송했다. 뤼팽이 올라탄 마차의 앞뒤 좌우를 기마경찰들이 철저히 에워싸며 따라갔다.

"대단해! 이렇게까지 날 생각해주다니 감동적이야. 의장대 호위가 부럽지 않을 정도군. 역시 베베르, 자네는 위계질서가 무엇인지 아는 사람이야! 직속상관을 어떻게 모셔야 하는지 제대로 기억하는군."

그렇게 말하며 뤼팽은 베베르 부국장의 어깨를 툭 쳤다.

"베베르, 그런데 나는 사표를 낼 생각이네. 자네를 내 후임으로 추천하지."

"이미 거의 정해진 일이네."

베베르가 대답했다.

"이거 정말 희소식이군! 안 그래도 탈옥 문제로 고민을 좀 했는데 이제야 안심이야. 베베르가 치안국장이 되는 즉시…."

베베르 부국장은 아무런 응수도 하지 않았다. 하지만 이 적과 마주하고 있자니 마음 깊은 곳에서 묘하고 복잡한 감정이 꿈틀댔다. 뤼팽에 대한 두려움, 세르닌 공작에 대한 경의, 르노 르망 국장을 향한 한결같은 경외심이 뒤섞인 감정이었다. 이 모든 감정에 원한과 시기심, 이제는 해소된 증오가 뒤섞였다.

드디어 마차가 법원에 도착했다. 이른바 '쥐덫'이라고 불리는 지하 복도에는 이미 치안국 경찰들이 대기하고 있었다. 베베르 부국장은 그 속에서 자신의 유능한 부관인 두드빌 형제를 발견하고 한결 낯빛이 밝아졌다.

"포르므리 판사는 도착했는가?"

"예, 부국장님. 판사님은 지금 집무실에 계십니다."

베베르 부국장은 층계를 올라갔고, 뤼팽도 두드빌 형제의 호위를 받으며 그 뒤를 따라갔다.

"주느비에브는?"

뤼팽이 속삭였다.

"구했습니다…."

"어디에 있나?"

"할머니 집에 있습니다."

"케셀바흐 부인은?"

"파리의 브리스톨 호텔에 있습니다."

"쉬잔은?"

"사라졌습니다."

"슈타인벡은?"

"전혀 모르겠습니다."

"라 빌라 뒤퐁은 지키고 있나?"

"예."

"오늘 아침 신문들 반응은 좋았나?"

"굉장했습니다."

"좋아. 내게 전할 말이 있거든 이 지시를 따르게."

2층 내부 복도에 이르렀을 때 뤼팽은 두드빌 형제 중 한 명의 손에 돌돌 말린 종이 한 장을 슬쩍 쥐여주었다.

뤼팽이 부국장과 함께 집무실 안으로 들어서자 포르므리 판사가 부드럽게 말을 건넸다.

"아! 왔군요! 언젠가 당신이 우리 손에 잡힐 거라고 확신했습니다."

"나도 그럴 거라 확신했습니다, 판사님. 나같이 정직한 인간을 심판할 사람으로 운명이 그 수많은 사람 중 당신을 지목한 것을 대단히 기쁘게 생각합니다."

'날 놀리고 있군.'

포르므리 판사가 생각했다.

판사 역시 진중함과 빈정거림이 묻어나는 말투로 이렇게 응수했다.

"당신 같은 정직한 인간은 앞으로 344건에 달하는 도난, 절도, 사기, 위조, 협박, 은닉 사건을 해명해야 할 겁니다. 자그마치 344건의 범죄에 대해서 말입니다!"

"정말입니까! 겨우 그 정도인가요? 부끄러워서 몸 둘 바를 모르겠군."

뤼팽이 외쳤다.

"더불어 당신 같이 정직한 인간이 오늘은 특별히 알텐하임 살인 사건을 해명해줘야겠습니다."

"이런, 이건 새로운 이야기로군. 당신 생각입니까, 판사님?"

"그렇습니다."

"대단하군! 괄목할 만한 발전입니다, 포르므리 판사님."

"경찰이 습격했을 당시 당신이 취한 자세로 보아 이 사실에는 의심의 여지가 없습니다."

"그렇군요. 다만 한 가지 물어보고 싶은 게 있습니다. 알텐하임이 어떤 상처 때문에 목숨을 잃었습니까?"

"칼에 찔린 목의 상처 때문이었습니다."

"그렇다면 그 칼은 지금 어디에 있습니까?"

"발견되지 않았습니다."

"내가 남작을 죽였고, 아직 현장을 떠나지 않았을 때 경찰이 들이닥쳤다면, 어떻게 그 칼이 발견되지 않은 걸까요?"

"그렇다면 당신 생각에 살인범은⋯?"

"케셀바흐와 채프먼을 찔러 죽인 바로 그자겠지요. 상처 특징만 살펴봐도 충분히 확인할 수 있을 겁니다."

"그럼 범인은 대체 어디로 도망쳤단 말입니까?"

"살인 사건이 벌어졌던 그 방에 있는 뚜껑문을 통해서겠지요."

포르므리 판사가 멍한 표정을 지었다.

"그렇다면 당신은 왜 그렇게 확실한 구원 방편을 마다한 겁니까?"

"나도 시도는 했지요. 하지만 출구 쪽에 있는 문을 도저히 열

수 없었습니다. 내가 그 문을 열려고 애쓰는 동안 **그자가** 방으로 들어가 자신의 공범이 붙잡혀 입을 열까 봐 죽인 겁니다. 그리고 내가 준비해놓은 옷 꾸러미를 벽장 깊숙한 곳에 숨겨놓았고요."

"왜 이 옷을 준비해놓았습니까?"

"변장하기 위해서지요. 글리신 별장으로 갈 때 본디 계획은 이랬습니다. 알텐하임을 경찰에 넘겨주고 세르닌 공작의 흔적을 지운 다음 변장해서⋯."

"르노르망 국장으로 말인가요?"

"정확히 맞혔습니다."

"아닙니다."

"뭐라고요?"

포르므리 판사가 냉소를 지으며 검지를 좌우로 흔들었다.

"아니라고 했습니다."

포르므리 판사가 힘주어 다시 말했다.

"대체 무엇이 아니라는 말입니까?"

"르노르망 국장의 이야기는⋯ 대중들에게는 통하겠지요, 친구. 하지만 뤼팽과 르노르망 국장이 동일인이라는 터무니없는 주장을 이 포르므리 판사가 믿을 줄 아십니까?"

포르므리 판사는 웃음을 터트렸다.

"치안국장이 뤼팽이라고! 천만에! 당신이야 그걸 바라지만 현실은 그렇지 않단 말입니다! 정도라는 게 있어요⋯. 난 인내심이 많은 사람입니다⋯. 하지만 이런 식으로 나오면⋯. 여보세요, 우리끼리 하는 말이지만 뭐하러 굳이 그런 거짓말을 꾸믿니까? 이해할 수 없군요….”

뤼팽이 황당한 표정으로 쳐다보았다. 포르므리 판사에 대해 어느 정도는 알고 있었지만 이 정도로 자만에 빠져 있고 비이성적인 사람인 줄은 몰랐다. 세르닌 공작의 이중 신분에 의심을 품는 사람은 현재 아무도 없었다. 단 한 사람, 포르므리 판사를 제외하고는….

입을 벌린 채 이야기를 듣고 있던 부국장을 향해 뤼팽이 몸을 돌렸다.

“베베르 부국장, 당신의 승진 건이 상당히 불투명해진 듯하군. 르노르망 국장이 내가 아니라면 따로 존재한다는 뜻이고… 르노르망 국장이 존재한다면 여기 계시는 포르므리 판사께서 그 예리한 통찰력을 발휘해 반드시 찾아내고 말 테니…. 그렇게 되면….”

“르노르망 국장을 찾아낼 겁니다, 뤼팽…. 내가 책임지고 그렇게 할 거예요. 당신과 르노르망 국장이 맞붙는다면, 상당히 볼만할 겁니다.”

예심판사는 그렇게 소리치더니 책상을 두드리며 웃음을 터트렸다.

“정말 재밌군! 아! 당신과 함께 있으면 지루할 겨를이 없습니다. 만약 당신이 르노르망 국장이라면 당신이 직접 동료를 잡아들였단 말이지 않습니까!”

“그렇습니다! 총리 각하를 기쁘게 하고 내각을 구하기 위해서 그 정도는 해야 하지 않겠습니까? 역사적인 사건이지.”

포르므리 판사가 배꼽을 잡고 웃어댔다.

"이런! 웃겨 죽겠군! 세상에, 정말 재미있어! 나 혼자 듣기 아까울 정도야. 그러니까 당신의 주장으로는 케셀바흐 씨가 살해된 후 팔라스 호텔에서 나와 함께 초동수사를 진행한 사람도 바로 당신이란 말입니까…?"

"당신과 함께 왕관 사건을 수사한 것도 나였지요. 그때 난 샤르므라스 공작 신분이었고."

뤼팽이 빈정대며 대꾸했다.

포르므리 판사가 움찔했다. 끔찍한 기억이 떠오르자 쾌활한 모습은 온데간데없이 자취를 감췄다. 돌연 무게를 잡더니 이렇게 말했다.

"그래서 그 터무니없는 주장을 계속하겠다는 말입니까?"

"그럴 수밖에 없습니다. 그게 사실이니까. 믿기 어렵거든, 코친차이나행 여객선을 타고 사이공에 가서 진짜 르노르망 국장이 죽었다는 사실을 확인하시지요. 내가 신분을 슬쩍한 그 용감한 남자는 죽었습니다. 사망 증명서도 보여줄 수 있지요."

"거짓말!"

"사실 나야 어찌 됐든 전혀 상관없습니다. 내가 르노르망 국장이었다는 사실이 그렇게 마음에 안 들거든 이 이야기는 그만둡시다. 내가 알텐하임을 죽였다고 믿고 싶다면 그렇게 하십시오. 당신이 재미있다면야 뭐, 증거를 계속 대보세요. 거듭 말하지만 내게는 전혀 중요치 않은 사안입니다. 내 생각에는 우리가 아무리 질문하고 대답한다 해도 아무 소용이 없을 듯합니다. 당신이 진행하는 예심 절차는 별 의미가 없어요. 이 절차가 끝날 즈음 난 이미 아주 먼 곳에 가 있을 테니 말입니다. 다만…"

뤼팽은 태연하게 의자 하나를 집어들더니 책상 맞은편에 놓고 포르므리 판사와 마주 앉았다. 그리고 딱딱한 어투로 이어 말했다.

"다만 이 사실만 알아두십시오. 외부적인 상황이나 당신의 의향이 어떻든 난 시간을 낭비할 마음이 전혀 없습니다. 당신에게는 당신 일이 있듯… 내게는 내 일이 있습니다. 당신이 당신 일을 하면 보상을 받듯… 나 또한 내 일을 하고 보상을 받지요. 그런데 지금 관심을 쏟는 사건은 준비와 행동에 한순간의 방심도, 한순간의 휴식도 용납되지 않습니다. 따라서 난 이 일을 계속 진행할 겁니다. 그리고 사방이 벽으로 가로막힌 감방에 가두고 잠시나마 허송세월을 보내게 했으니, 당신들에게 내이익이 달린 임무를 맡겨야겠습니다. 알겠습니까?"

말을 끝마치자 뤼팽이 의자에서 일어났다. 뤼팽의 오만한 표정과 거만한 태도에 압도당한 두 사람은 감히 끼어들지 못했다.

이윽고 포르므리 판사가 재미있는 광경이라는 듯 웃어넘기려는 반응을 취했다.

"웃기군! 별 해괴한 이야기를 다 들어보겠어!"

"해괴하든 아니든 그렇게 될 겁니다, 판사님. 당신이 즐겁다면 나를 상대로 재판을 벌이든, 살인 여부를 조사하든, 과거에 무슨 죄를 저질렀는지 캐든, 당신이 어떤 쓸데없는 일을 벌이고 다녀도 상관하지 않겠습니다. 단, 당신의 임무를 한순간도 잊지 않는다면 말입니다."

"내 임무라는 게 무엇일까요?"

포르므리가 여전히 빈정거리는 말투로 물었다.

"나 대신 케셀바흐 계획에 대한 조사를 진행하고, 특히 죽은 알텐하임 남작에게 납치되어 감금된 슈타인벡이라는 독일인을 찾아내는 것입니다."

"이건 또 무슨 이야기입니까?"

"내가 르노르망 국장이었을 때… 정확히 말하자면 르노르망 국장 행세를 했을 때 혼자서만 알려고 발설하지 않았던 이야기입니다. 그 사건 중 일부는 여기서 멀지 않은 내 집무실에서 벌어졌습니다. 베베르 부국장도 이에 관해 조금은 알고 있을 겁니다. 간단히 말해 슈타인벡 노인은 케셀바흐가 추진한, 그 베일에 싸인 계획 내용을 알고 있습니다. 그래서 알텐하임이 노인의 뒤를 쫓은 후 홀연히 자취를 감추게 했지요."

"그런 식으로 사람을 감쪽같이 증발시킬 수는 없습니다. 슈타인벡이라는 자는 분명 어딘가에 있을 테지요."

"물론입니다."

"어디 있는지 아십니까?"

"그렇습니다."

"알고 싶군…."

"라 빌라 뒤퐁 29번지입니다."

베베르 부국장이 어깨를 으쓱해 보이며 말했다.

"알텐하임의 집이란 말인가? 직접 거주했던 그 저택에?"

"그렇다네."

"이제야 이 터무니없는 소리를 믿게 할 실낱같은 증거가 나오는군! 나 역시 남작의 주머니에서 그 주소를 발견했지. 그로부터 한 시간 후 내 부하들이 저택을 점거했어!"

뤼팽이 안도의 한숨을 내쉬었다.

"아! 희소식이로군! 내 손이 닿지 않는 동안 공범이 개입해 슈타인백을 또다시 납치하진 않을까 걱정하고 있었거든. 하인들은 어떻게 됐나?"

"떠나버리고 없더군!"

"그렇겠지. 미리 전화로 상황을 통보받았을 테니까. 하지만 슈타인백은 여전히 그곳에 있네."

베베르 부국장이 조바심을 내며 대꾸했다.

"그 저택에는 아무도 없어. 다시 말하지만 내 부하들은 그 저택을 떠난 적이 없단 말이야."

"부국장, 자네에게 라 빌라 뒤퐁의 저택을 직접 수색할 권한을 주지…. 내일 아침 수색 결과를 보고하게."

베베르 부국장은 다시금 어깨를 으쓱해 보일 뿐 공격적인 반응은 보이지 않았다.

"더 급한 일이 있어서…."

"이보게, 부국장. 이보다 더 시급한 일은 없어. 자네가 늑장을 부리면 내 모든 계획은 물거품이 될 거야. 슈타인백 노인이 영영 입을 다물 거란 말이네."

"어째서 그런가?"

"만약 자네가 먹을 걸 가져다주지 않으면 그 노인은 하루이틀 안에 굶어 죽을 테니까."

3

"정말 심각하군…. 심각해…. 하지만 유감스럽게도…."

포르므리 판사가 잠시 생각에 잠긴 후 중얼거렸다.

그러더니 이내 미소를 지으며 말을 이었다.

"유감스럽게도… 당신의 주장에는 한 가지 커다란 허점이 있습니다."

"아! 어떤 허점이 있단 말입니까?"

"당신이 한 모든 이야기는 터무니없는 농간일 뿐이란 거지, 뤼팽…. 대체 원하는 게 무엇입니까? 이제 당신의 수법에 눈을 떴습니다. 그래서 이야기가 모호해질수록 점점 더 신경을 곤두세우고 있었단 말입니다."

"멍청한 작자 같으니라고."

뤼팽이 중얼거렸다.

포르므리가 자리에서 일어났다.

"이제 됐습니다. 아시다시피 이건 형식적인 신문에 지나지 않습니다. 결투에 나선 두 사람의 대면식인 셈이지요. 이제 칼을 뽑아들었으니 결투를 지켜볼 증인만 있으면 됩니다. 당신

측 변호사 말이지요."

"이런! 변호사가 꼭 필요합니까?"

"절대로 필요합니다."

"이렇게… 애매한 공판을 위해 변호사에게 수고를 끼치란 말입니까?"

"그래야 합니다."

"그렇다면 캥벨 변호사를 택하겠습니다."

"변호사회 회장 말이군. 잘 생각했습니다. 캥벨 변호사라면 당신을 훌륭하게 변호해줄 겁니다."

이렇게 첫 번째 신문이 끝났다. 뤼팽은 '쥐덫'의 계단을 내려오면서 옆에서 호위를 맡은 두드빌 형제에게 짤막한 명령문으로 지시를 내렸다.

"주느비에브의 집을 감시하게…. 네 명을 배치하도록…. 케셀바흐 부인의 집도…. 둘 다 위험해…. 곧 경찰이 빌라 뒤퐁을 수색할 걸세…. 수색에 참여하게. 만약 슈타인벡을 발견하면 입을 열지 않도록 손을 써놓게…. 필요하다면 가루약을 쓰도록."

"언제 나오실 겁니까, 대장?"

"지금은 어찌할 수가 없어…. 더구나 급한 일도 아니고…. 좀 쉬고 있네."

건물 아래에 당도하자 뤼팽은 호송차를 둘러싼 경찰들에게 다가갔다.

"곧장 집으로 가지, 제군들. 2시 정각에 나와의 약속이 있다네."

뤼팽이 소리쳤다.

호송은 아무 탈 없이 이루어졌다.

감방으로 돌아온 뤼팽은 두드빌 형제에게 전달할 자세한 지시 사항을 담은 긴 편지를 썼고, 더불어 또 다른 편지를 두 통 더 썼다.

그중 한 통은 주느비에브에게 보내는 편지였다.

주느비에브, 지금쯤 내가 누군지 알겠지요. 그리고 두 번이나 어린 당신을 품에 안고 데려간 그 남자의 이름을 왜 감출 수밖에 없었는지, 그 이유도 이해했을 겁니다.

주느비에브, 나는 당신 어머니의 친구였습니다. 그다지 가까운 친구는 아니어서 내 이중생활에 대해서는 전혀 몰랐지만, 그래도 당신 어머니는 날 믿을 만한 사람이라고 생각했어요. 그래서 죽기 전 내게 편지를 보내 당신을 부탁했던 겁니다.

비록 당신의 존경을 받기에는 한없이 부족한 사람일지라도 주느비에브, 나는 앞으로도 이 약속을 충실히 지키고자 합니다.

부디 당신의 마음속에서 나를 내치지만 말아주십시오.

— 아르센 뤼팽

다른 편지 한 장은 돌로레스 케셀바흐 부인에게 보내는 것이었다.

처음에 세르닌 공작이 케셀바흐 부인에게 접근했던 이유는 순전히 이해관계 때문이었습니다. 그러나 이후로 부인 곁을 떠나지 않았던 이유는 부인에게 헌신하고 싶은 간절한 마음 때문이었습니다.

세르닌 공작이 아르센 뤼팽이 되었으나 부인을 보호할 권리만큼은 부디 빼앗지 마시길 간청합니다. 다시는 만나지 못할 누군가를 멀리서 보호하듯 그렇게 부인을 지킬 수 있도록 말입니다.

탁자 위에는 편지 봉투가 여러 개 놓여 있었다. 그중 하나를 집고 또 다른 하나를 집고 세 번째 봉투를 집어든 순간, 뤼팽은 하얀 종이 한 장을 발견하고 소스라치게 놀랐다. 그 종이 위에는 분명 신문에서 오려냈을 법한 단어 조각들이 붙어 있었다. 뤼팽은 곧장 내용을 읽었다.

당신은 알텐하임과의 싸움에서 얻은 게 없다. 이 사건에서 손을 떼. 그러면 네 탈출을 방해하진 않겠다.

—L. M.

뤼팽은 또다시 베일에 싸인 이 가공할 존재에게서 공포와 혐오감을 느꼈다. 독 있는 파충류를 만졌을 때 밀려드는 그런 거북한 감정이었다.

"또 그놈이군. 여기까지!"

느닷없이 엄습해온 환영 또한 뤼팽을 두려움에 휩싸이게 했다. 자신만큼 강력할뿐더러 자신이 알지 못하는 엄청난 수단을 지닌 적이 불러일으킨 환영 말이다.

뤼팽은 즉시 교도관을 의심해보았다. 하지만 늘 굳은 얼굴에 딱딱한 표정을 짓고 다니는 그 빈틈없는 사내를 어떻게 매수할 수 있겠는가?

"아! 어쨌든 잘됐어! 하찮은 인간들만 상대해왔는데…. 심지어 나 자신과 싸우려고 치안국장 자리까지 감수했잖아…. 이번에는 제대로 몸 좀 풀겠어…! 이놈은 나를 자기 맘대로 다루고 있어…. 거의 가지고 노는 수준이지…. 내가 이 감옥 깊숙한 곳에서도… 공격을 피해 그놈을 무너뜨리고, 슈타인벡 노인을 찾아내 비밀을 캐내고, 사건을 차곡차곡 풀어 케셀바흐 부인을 지키고, 주느비에브에게 행복과 재산을 안겨준다면…. 그래, 그게 뤼팽이지…. 그렇게 뤼팽으로 영원히 존재하는 거야…. 그러려면 일단 잠부터 자둬야겠어…."

뤼팽은 침대에 늘어져서는 이렇게 중얼거렸다.

"슈타인벡, 내일 저녁까지만 죽지 말고 버티세요. 반드시 내가…."

뤼팽은 그날 저녁과 밤 그리고 다음 날 아침까지 줄곧 잠만 잤다. 11시경, 캉벨이 변호사 면회실에서 기다린다는 소식을 듣자 뤼팽이 대답했다.

"내 행적과 수법에 관한 정보가 필요하다면 지난 10년 동안의 신문을 참고하라고 전해주게. 내 과거는 역사의 일부가 되었으니 말일세."

정오, 뤼팽을 법원까지 데려가기 위해 전날과 똑같은 절차와 경계 태세가 이루어졌다. 뤼팽은 장 두드빌과 다시 만나 몇 마디를 나누고 준비해놓은 편지 세 통을 건넨 뒤 포르므리 판사의 집무실로 향했다.

캥벨 변호사가 서류들이 가득 든 가방과 함께 그곳에 와 있었다.

뤼팽이 즉시 사과했다.

"조금 전에 만나러 가지 못한 점, 죄송하게 생각합니다. 더불어 불필요한 수고를 끼쳐 송구스러울 따름입니다. 왜냐하면 나는…"

포르므리 판사가 불쑥 끼어들었다.

"아, 알겠습니다. 당신이 여행을 떠나리란 사실은 우리도 알고 있어요. 알아들었습니다. 하지만 그때까지 우리가 해야 할 일은 합시다. 아르센 뤼팽, 우리가 아무리 조사해도 당신의 본명과 관련된 그 어떠한 구체적인 정보도 찾을 수 없었습니다."

"정말 이상하군! 나 역시도 이해할 수 없는 일이야."

"우리로서는 당신이 1900 몇 년도인가에 상태 교도소에 수감되었다가 첫 번째 탈옥을 한 그 아르센 뤼팽이 맞는지도 확신할 수 없습니다."

"**첫 번째 탈옥**이라니, 매우 정확한 표현입니다."

"실제로 인체 측정과에서 찾아낸 당시 아르센 뤼팽의 신체 기록을 살펴본 결과, 과거 아르센 뤼팽과 현재 당신의 신체적 특징은 현격히 달랐습니다."

"점점 더 희한한 일이로군."

"인상착의, 신체 치수, 심지어 지문도 다를뿐더러… 사진 속 두 인물의 생김새도 전혀 달랐습니다. 상황이 이러하니 직접 우리에게 자신의 정체를 정확히 알려주길 바랍니다."

"나 역시 당신에게 그걸 물어보고 싶습니다. 하도 많은 이름으로 살아서 정작 내 이름이 무엇인지를 잊어버렸거든요. 나도 더는 알 도리가 없습니다."

"결국 대답을 거부하는 건가요?"

"그렇습니다."

"어째서?"

"그렇고 그런 이유 때문입니다."

"아예 마음을 굳혔습니까?"

"그래요. 내가 말하지 않았습니까? 당신의 조사는 아무런 의미가 없다고…. 나는 어제 당신에게 내 관심을 끌 만한 임무를 수행하라고 했습니다. 지금은 그 결과를 기다리는 중이지요."

"슈타인벡과 관련한 당신의 터무니없는 이야기를 단 한마디도 믿지 않는다고, 그래서 신경조차 쓰지 않을 거라고 분명히 말했습니다."

포르므리 판사가 소리를 질렀다.

"그렇다면 우리의 면담이 끝난 후 왜 빌라 뒤퐁까지 가서 베베르 부국장과 29번지를 샅샅이 뒤진 겁니까?"

"그 사실을 어떻게…?"

자존심이 상한 예심판사가 화난 표정으로 물었다.

"신문에서 읽었습니다만…."

"이런! 감옥에서 신문까지 읽는단 말입니까!"

"세상 돌아가는 이야기쯤은 알아야지요."

"혹시나 해서 그 저택을 둘러보긴 했습니다. 특별히 신경을 써서 한 일은 아니었습니다…."

"아니요, 특별히 신경을 쓰셨더군요. 당신에게 맡겼던 임무를 찬사가 아깝지 않을 정도로 열심히 수행하고 계십니다. 지금도 부국장이 그곳에 남아 열성을 다해 수색하고 있지 않습니까."

포르므리 판사가 넋 나간 표정으로 더듬거렸다.

"무슨 터무니없는 소리입니까! 베베르 부국장과 나는 그것 말고도 할 일이 아주 많은 사람입니다."

그 순간 경비원이 들어와 포르므리 판사의 귀에 대고 몇 마디를 속삭였다.

"들여보내! 어서 들여보내!"

그렇게 소리친 예심판사는 서둘러 베베르 부국장을 맞았다.

"아! 베베르 부국장, 새로운 소식이라도? 그 남자를 찾았습니까…?"

예심판사는 한시바삐 소식을 알고 싶은 마음에 자신의 속내를 감출 생각조차 하지 않았다.

부국장이 대답했다.

"흔적조차 없었습니다."

"이런! 확실히 찾아봤습니까?"

"단언하건대 그 집에는 산 사람이든 죽은 사람이든 사람이라고는 전혀 없었습니다."

"하지만…."

"방금 말한 그대로입니다, 판사님."

자신도 모르게 뤼팽의 신념에 사로잡혀 있었던 두 사람은 실망한 기색이 역력했다.

"들은 그대로입니다, 뤼팽….."

포르므리 판사가 아쉬움이 묻어나는 목소리로 말했다.

그러더니 이렇게 덧붙였다.

"우리가 추측할 수 있는 거라곤 그곳에 감금돼 있었던 슈타인벡 노인이 이제는 없다는 것뿐입니다."

뤼팽이 단호하게 말했다.

"그저께 아침까지만 해도 슈타인벡은 그곳에 있었습니다."

"그리고 같은 날 오후 5시에는 내 부하들이 그 집을 접수했고."

베베르 부국장이 상황을 되짚으며 한마디 거들자 포르므리 판사가 말했다.

"그러니 노인은 바로 그날 오후에 다른 곳으로 옮겨졌다고 봐야겠군요."

"아닙니다."

뤼팽이 말했다.

"그렇게 생각하십니까?"

예심판사의 이 같은 본능적으로 튀어나온 질문과 뤼팽의 말이라면 무조건 귀담아듣는 태도는 뤼팽의 통찰력에 대한 순진한 경외감에서 비롯되었다.

"생각하는 게 아니라 확신합니다. 현재 상황을 고려해볼 때 슈타인벡이 그곳을 벗어나는 일은 물리적으로 불가능합니다. 슈타인벡은 여전히 라 빌라 뒤퐁 29번지에 있습니다."

뤼팽이 딱 부러지게 말했다.

베베르 부국장이 두 손을 치켜들었다.

"정신 나간 소리! 내가 직접 그곳에 다녀왔단 말입니다! 모든 방을 샅샅이 뒤져봤습니다…. 사람이 동전도 아닐진대 어떻게 그렇게 감쪽같이 숨을 수 있겠습니까."

"그럼 이제 어쩌면 좋겠습니까?"

포르므리 판사가 탄식했다.

뤼팽이 즉각 반응했다.

"어찌해야 하느냐고요? 그야 간단합니다. 날 차에 태우고 당신이 성에 찰 만큼 철저하게 감시를 붙여서 라 빌라 뒤퐁 29번지에 데려가십시오. 지금이 1시니까 3시까지는 슈타인벡을 찾아낼 겁니다."

구체적이고 강압적이며 강력한 호소력이 담긴 제안이었다. 뤼팽이 발산하는 이 엄청난 의지에 예심판사와 부국장은 압도당했다. 포르므리 판사가 베베르 부국장을 바라보았다. 상황이 이렇게 된 마당에 안 될 까닭도 없지 않은가? 이 제안을 마다해야 할 이유가 대체 뭐란 말인가?

"베베르 부국장, 어떻게 생각하십니까?"

"휴…! 난 잘 모르겠습니다."

"그렇긴 하지만… 한 사람의 목숨이 달린 일이니…."

"그렇지요."

그렇게 말하고 베베르 부국장은 생각에 잠겼다.

순간 문이 열렸다. 경비원이 편지 한 통을 가져왔고, 포르므리 판사가 봉투를 찢어 내용을 읽기 시작했다.

조심하십시오. 뤼팽이 라 빌라 뒤퐁의 저택에 들어선다면, 그

저택을 나갈 때는 필시 자유의 몸이 돼 있을 겁니다. 뤼팽은 탈출 준비를 마쳤습니다.

—L. M.

포르므리 판사의 얼굴이 하얗게 질렸다. 하마터면 고스란히 당했을 일을 생각하니 섬뜩했다. 또다시 뤼팽이 자신을 가지고 놀았다. 슈타인벡이라는 사람은 애당초 존재하지도 않았다.

포르므리 판사는 나지막한 목소리로 감사 기도를 중얼거렸다. 이 기적적인 익명의 편지가 아니었다면 패배자가 되어 망신을 당했을 것이다.

"오늘은 이걸로 됐습니다. 신문은 내일 재개하겠습니다. 호송 담당자, 피의자를 다시 상테 교도소로 데리고 가게."

뤼팽은 아무런 대응도 하지 않았다. **그자**가 일격을 가해온 걸 눈치챈 것이다. 지금으로서는 슈타인벡을 구할 가능성이 20분의 1 정도에 불과했다. 하지만 이만큼이라도 가능성이 있으니 다른 사람도 아닌 뤼팽이 절망에 빠질 이유는 전혀 없었다.

"판사님, 내일 아침 10시에 라 빌라 뒤퐁 29번지에서 만납시다."

"정신 나간 소리! 난 그럴 마음이 전혀 없어요…!"

"내게는 그럴 마음이 있습니다. 그럼 된 거지요. 내일 10시에 봅시다. 약속 시각을 엄수하십시오."

4

여느 때와 마찬가지로 뤼팽은 감방에 들어오자마자 침대에 드러누웠다. 그리고 하품을 하더니 이내 생각에 잠겼다.

'사실 일을 해나가기에는 이 생활이 더없이 효율적이긴 해. 매일 손가락을 까딱해서 기계를 작동시킨 다음, 그다음 날까지 기다리기만 하면 되니까. 사건이 저절로 이루어지는 셈이지. 과로로 지친 사람에게는 이 얼마나 달콤한 휴식인지!'

그러고는 벽을 향해 몸을 돌렸다.

'슈타인벡, 삶에 애착이 있다면 죽지 마십시오! 조금만 더 버티세요. 차라리 나처럼 잠을 자세요.'

뤼팽은 식사 시간을 제외하면 또다시 아침까지 내리 잠만 잤다. 자물쇠가 돌아가고 빗장 풀리는 소리를 듣고서야 겨우 눈을 떴다.

"일어나 옷을 입게…. 서둘러."

복도에서 대기하던 베베르 부국장과 그 부하가 뤼팽을 에워싼 채 마차까지 데리고 갔다. 뤼팽이 마차에 올라타며 이렇게 말했다.

"마부 양반, 라 빌라 뒤퐁 29번지로 가주십시오…. 서두르세요."

"이런! 우리가 그리로 갈 걸 알고 있었나?"

부국장이 물었다.

"물론 알고 있었지. 어제 포르므리 판사에게 라 빌라 뒤퐁 29번지에서 10시 정각에 만나자고 말해두었으니. 뤼팽이 말하면 그 말은 현실로 이루어진다네. 그 증거로…."

페르골레즈가에 들어서자마자 한층 더 삼엄해진 경계 태세를 목격한 뤼팽은 묘한 기쁨에 도취되었다. 경찰들이 조를 이루어 거리에 빼곡히 포진해 있었고, 라 빌라 뒤퐁은 통행이 전면 차단된 상태였다.

"계엄령을 내렸나 보군, 베베르. 자네가 이유 없이 고생시키는 저 딱한 이들에게 나를 대신해 1루이씩 나눠주게. 뭐, 그렇게 잔뜩 겁을 먹는 것도 당연하지! 조금이라도 수상하면 내게 수갑을 채우라고."

뤼팽이 빈정거렸다.

"나도 바라는 바야."

베베르가 응수했다.

"그럼 그렇게 하게, 친구. 게임은 공평해야지! 생각해보게. 오늘 동원한 인력이라곤 겨우 300명뿐이지 않나!"

곧 두 손에 수갑이 채워진 뤼팽이 현관 앞 계단에서 내렸다. 뤼팽은 곧장 포르므리 판사가 있는 방으로 인도되었다. 이내 경찰들이 모두 나가고 베베르 부국장만 남았다.

뤼팽이 입을 열었다.

"용서하세요, 판사님. 1~2분 정도 지각했군요. 다음번에는 반드시…."

포르므리 판사가 얼굴이 하얗게 질린 채 바들바들 몸을 떨었다.

"선생, 내 아내가…."

판사는 숨이 차오르고 목이 막혀서 말을 멈출 수밖에 없었다.

뤼팽이 관심을 보이며 안부를 물었다.

"다정하신 포르므리 부인은 어떻게 지내고 계십니까? 지난 겨울 시청에서 열린 무도회에서 부인과 춤을 췄는데, 그 유쾌한 기억이 여전히…."

"여보세요, 선생. 내 아내가 어제저녁 장모님에게서 빨리 와 달라는 전화를 받았습니다. 아내는 전화를 끊자마자 바로 집을 나섰지요. 불행히도 나 없이 말입니다. 나는 당신과 관련된 서류를 살펴보고 있었어요."

"내 서류를 살펴보는 중이었다고요? 저런, 큰 실수를 하셨군."

뤼팽이 말했다.

"그런데 자정이 지나도 아내가 돌아오지 않았습니다. 걱정이 돼 처가로 달려갔지요. 하지만 아내는 그곳에 없었습니다. 게다가 장모님은 아내에게 전화한 적도 없다더군요. 모든 게 고약한 함정이었습니다. 아내는 여태껏 집에 돌아오지 않았습니다."

"이런!"

뤼팽이 분개해서 외쳤다.

그리고 잠시 생각에 잠기더니 이렇게 말했다.

"내가 기억하기에는 부인께서 상당한 미인이셨던 것 같은데, 맞습니까?"

판사는 그 말이 무슨 뜻인지 이해하지 못하는 듯했다. 판사가 뤼팽에게 다가가 과장된 몸짓을 섞어 수심이 가득한 목소리로 말했다.

"선생, 오늘 아침에 슈타인벡 씨가 발견되는 즉시 내 아내를 돌려보내겠다는 편지 한 통을 받았습니다. 이게 그 편지예요. 뤼팽이라고 서명돼 있지요. 정말로 당신이 보낸 겁니까?"

뤼팽이 편지를 살펴보더니 진지한 어투로 결론지었다.

"내가 보낸 게 맞습니다."

"그러니까 당신이 강제로 슈타인벡과 관련된 수색 지휘권을 얻어내겠다는 겁니까?"

"요청이지요."

"그러면 내 아내를 즉시 풀어주겠습니까?"

"그렇게 될 겁니다."

"수색이 아무런 성과 없이 끝난다고 해도 말입니까?"

"그럴 일은 없을 겁니다."

"거절한다면?"

포르므리 판사가 왈칵 성을 내며 소리를 질렀다.

뤼팽이 중얼거렸다.

"거절한다면 심각한 결과를 초래할 겁니다…. 포르므리 부인은 아름다우니까…."

"알았습니다. 찾아보세요…. 당신이 대장입니다."

포르므리 판사가 이를 갈았다.

하지만 어쩔 수 없는 상황에서는 물러설 줄 아는 사람답게 팔짱을 끼고 비켜섰다.

베베르 부국장은 한마디도 하지 않았지만 신경질적으로 콧수염을 물고 있었다. 붙잡힌 처지에서도 언제나 의기양양하기만 한 적의 변덕 앞에 또다시 굴복하자니 몹시도 화가 난 듯했다.

"올라가지."

뤼팽이 말했다.

"이 방문을 열게."

문이 열렸다.

"이 수갑을 벗겨."

일순간 머뭇거렸다. 포르므리 판사와 베베르 부국장이 눈짓을 교환했다.

"이 수갑을 벗기라고 말했네."

뤼팽이 거듭 말했다.

"내가 모든 걸 책임지겠네."

부국장이 경찰들을 안심시켰다.

그런 다음 대동하고 온 여덟 명의 부하들에게 신호를 보냈다.

"총을 들어! 지시가 떨어지면 그 즉시 발포하도록!"

부하들이 권총을 꺼내 들었다.

"총을 내려놓고 손을 주머니에 넣게."

뤼팽이 명령했다.

경찰들이 주저하자 더욱 힘주어 단호하게 말했다.

"내 명예를 걸고 맹세하건대, 나는 여기서 죽어가는 한 사람의 목숨을 구하러 왔어. 절대 도망치는 일은 없을 걸세."

"뤼팽에게 명예라니…."

경찰 한 명이 중얼거렸다.

말이 끝나기가 무섭게 그 경찰은 발길로 다리를 걷어차여 고통에 찬 비명을 내질렀다. 다른 경찰들이 화가 나 뤼팽에게 덤벼들려는 순간, 베베르 부국장이 그들을 가로막고 나섰다.

"그만하게! 좋아, 뤼팽…. 한 시간을 주겠네…. 한 시간 내로…."

"조건은 사양하네."

뤼팽이 완고한 태도로 말을 잘랐다.

"이런! 그럼 네 맘대로 해봐, 이 짐승 같은 자식!"

화가 난 부국장이 이를 갈며 말했다.

그리고 부하들을 데리고 물러섰다.

"잘됐군. 이제 드디어 조용히 일할 수 있겠어."

뤼팽은 폭신한 안락의자에 앉은 다음 담배 하나를 요청해 피워 물고는 천장에다 동그란 담배 연기를 띄워 올렸다. 그동안 다른 사람들은 호기심을 감추지 않고 뤼팽이 어떠한 행동을 취할지 기다렸다. 드디어 뤼팽이 입을 열었다.

"베베르, 침대를 옮기게."

침대가 옮겨졌다.

"침실의 커튼을 모두 걷게."

커튼이 걷혔다.

긴 침묵이 시작됐다. 그곳에 모인 사람들은 마치 어떠한 일이 벌어질지 몰라 막연한 두려움과 초조함을 느끼며 최면술을 지켜보는 관중 같았다. 마술사의 거부할 수 없는 주술로 빈사상태의 사람이 불현듯 모습을 드러낼지도 모를 일이다. 어쩌면 정말로 그럴 수도….

"뭐예요, 당신은 이미!"

포르므리 판사가 소리를 질렀다.

"그렇습니다."

뤼팽이 대답했다.

"판사, 당신은 내가 감방 안에서 아무 생각 없이 멍하니 있다가 이 문제에 대한 구체적인 아이디어도 없이 무작정 왔으리라고 생각했습니까?"

"그렇다면?"

베베르가 물었다.

"자네 부하 한 명을 초인종 기계판이 있는 곳으로 보내게. 주방 근처에 있을 걸세."

경찰 한 명이 그곳으로 향했다.

"이제 침실에 있는 초인종 버튼을 누르게. 거기 침대 높이에 있는… 좋아…. 세게 눌러…. 계속 누르고 있어…. 그래, 그렇게…. 이제 아래층으로 내려보낸 그 경찰을 부르게."

잠시 후 경찰이 올라왔다.

"아! 기술자 양반, 벨소리를 들었나?"

"아니요."

"그 기계판 중 무엇 하나라도 작동하던가?"

"아니요."

"좋아. 역시 내 생각이 맞군. 베베르, 확인했다시피 이 초인종은 가짜야. 그걸 해체해보게⋯. 그래, 그렇게⋯. 버튼을 둘러싼 그 작은 도자기 덮개부터 먼저 돌리고⋯ 잘했네⋯. 이제 뭐가 보이나?"

"깔때기 모양으로 구멍이 파여 있군. 파이프 끝 부분처럼."

"몸을 숙이고⋯ 그 파이프에 입을 갖다 대게. 마치 확성기를 사용하듯 말일세⋯."

"그렇게 했어."

"이제 이름을 불러보게⋯. 이렇게⋯ '슈타인벡⋯! 여보세요! 슈타인벡⋯!' 소리까지 지를 필요는 없고⋯. 그저 평소처럼 부르면 되네⋯. 어떤가?"

"아무 대답이 없어."

"확실한가? 잘 들어보게⋯. 여전히 대답이 없나?"

"그래."

"어쩔 수 없지. 죽었거나⋯ 대답조차 못 할 지경인가 보군."

포르므리 판사가 소리를 질렀다.

"그렇다면 모든 게 끝장난 게 아닙니까!"

"전혀 그렇지 않습니다. 다만 시간이 조금 더 걸릴 뿐이지. 이 파이프도 다른 파이프처럼 양쪽 끝이 있겠지. 그러니 여기서부터 다른 한쪽 끝까지 따라가기만 하면 됩니다."

"하지만 그러려면 집 전체를 허물어야 합니다."

"아니, 천만에…. 두고 보면 알 겁니다…."

뤼팽이 손수 작업에 나섰다. 뤼팽을 에워싼 경찰들은 감시하기보다 구경하는 심정으로 지켜봤다.

다른 방으로 가보니 뤼팽의 예상대로 방 한구석에서 도드라져 나온 납 파이프를 발견했다. 그 파이프는 수도관처럼 천장까지 뻗어 있었다.

"아! 이런! 위쪽이군…! 꽤 머리를 굴렸어…. 이럴 때 대개 지하만 뒤져본다 이거지…."

드디어 실마리가 발견되었다. 그러니 이제 그 실을 붙잡고 따라가기만 하면 되는 셈이다. 그렇게 그들은 3층과 4층을 거쳐 다락방까지 올라갔다. 그중 한 다락방의 천장이 뚫려 있고, 파이프는 그 구멍을 통과해 천장이 매우 낮은 또 다른 다락으로 뻗어 있었다. 파이프가 그 다락 위쪽까지 연결돼 있었다.

그 위는 바로 지붕이었다.

그들은 사다리를 타고 천장을 넘었다. 지붕은 함석으로 되어 있었다.

"보다시피 헛다리를 짚으셨군요."

포르므리 판사가 단호한 목소리로 말했다.

뤼팽이 어깨를 으쓱해 보였다.

"전혀 그렇지 않습니다."

"하지만 파이프가 함석판에 연결돼 있지 않습니까."

"그렇다면 당연히 이 함석판과 다락 천장 사이에 공간이 있다는 뜻이지요. 우리가 찾는… 누군가가 감금된 공간이 있을 거란 말입니다."

"터무니없는 소리!"

"확인해봅시다. 함석판을 들어내십시오…. 그쪽 말고… 이쪽으로 파이프가 연결돼 있을 겁니다."

경찰 세 명이 뤼팽의 지시를 수행했다. 얼마 지나지 않아 그중 한 명이 탄성을 내질렀다.

"아! 공간이 있습니다."

사람들이 몸을 숙여 그곳을 바라보았다. 뤼팽의 말이 맞았다. 반쯤 썩은 나무판자 격자가 지탱한 함석판 아래에는 가장 높은 곳이 채 1미터도 안되는 비좁은 공간이 있었다.

가장 먼저 그곳으로 내려가려 했던 경찰이 천장을 뚫고 다락으로 굴러떨어지고 말았다.

따라서 그들은 함석판을 들어 올리며 조심조심 지붕 위를 걸어가야 했다.

조금 더 가다 보니 굴뚝이 나왔다. 경찰들의 작업 상황을 확인하며 앞장서서 걷던 뤼팽이 불현듯 걸음을 멈추고 말했다.

"여기군."

그곳에는 시체나 진배없는 한 남자가 쓰러져 있었다. 대낮의 환한 햇살에 모습을 드러낸 남자는 창백한 얼굴로 고통에 휩싸여 경련을 일으켰다. 남자의 몸은 굴뚝 몸통에 박힌 쇠고리에 사슬로 묶여 있었고, 그 곁에는 사발 두 개가 덩그러니 놓여 있었다.

"죽었군."

판사가 말했다.

"그걸 어떻게 아십니까?"

뤼팽이 퉁명스럽게 대꾸했다.

뤼팽은 바닥 중 그나마 단단해 보이는 부분을 한 발로 툭툭 쳐가며 노인 곁으로 다가갔다. 포르므리 판사와 부국장이 따라했다.

노인을 살펴본 후 뤼팽이 외쳤다.

"아직 살아 있습니다."

"그렇군. 약하게나마 심장이 뛰고 있어. 이 노인을 살릴 수 있을 것 같습니까?"

포르므리 판사가 물었다.

"물론입니다! 아직 죽지 않았으니…."

뤼팽이 확신에 찬 목소리로 대답했다.

그리고 즉시 명령을 내렸다.

"당장 우유를 가져오도록! 비시 광천수를 섞은 우유로. 서둘러! 내가 어떻게든 살려보겠다."

20분 후 슈타인벡 노인이 눈을 떴다.

노인 옆에 무릎을 꿇고 있던 뤼팽이 환자의 머릿속에 자신의 말을 각인시키려는 듯 천천히, 또박또박 말하기 시작했다.

"잘 들으세요, 슈타인벡. 그 누구에게도 피에르 르뒥에 관한 비밀을 발설하지 마세요. 나, 아르센 뤼팽이 당신이 부르는 값을 지급하고 그 비밀을 사겠습니다. 내게 비밀을 넘기세요."

예심판사가 뤼팽의 팔을 붙잡고 심각한 목소리로 다그쳤다.

"내 아내는?"

"포르므리 부인은 이미 풀려났습니다. 당신을 애타게 기다리고 있을 겁니다."

"어떻게 그럴 수가?"

"여보세요, 보시오, 판사. 나는 말입니다, 내가 제안한 이 작은 원정 계획을 당신이 받아들이리란 걸 빤히 알았습니다. 당신은 도저히 내 제안을 거절할 수 없었을 겁니다…."

"어째서지요?"

"그러기에는 당신 부인이 너무나 아름다우니까."

현대 역사의 한 페이지
1

뤼팽이 두 주먹을 좌우로 힘차게 내뻗은 후 가슴팍에 모았다. 그리고 또다시 같은 방식으로 주먹을 내뻗은 후 가슴팍에 모았다.

그 동작을 서른 번 반복한 다음 상체를 앞뒤로 구부렸다 폈고, 그다음에는 다리를 번갈아 들어 올렸다가 내리더니 마지막으로 두 팔을 휘둘렀다.

일련의 동작을 끝마치는 데는 약 15분이 소요됐다. 뤼팽은 매일 아침 15분을 할애해 이러한 스웨덴식 체조로 근육을 풀어주었다.

뤼팽은 탁자 앞에 앉아 번호가 매겨진 하얀 종이 뭉치에서 종이 한 장을 꺼내 접기 시작했다. 어느새 봉투가 하나 만들어졌다. 그러한 작업이 수차례 반복되었다.

뤼팽이 교도소에서 매일 감내하기로 수락한 작업이었다. 수감자들은 봉투 붙이기, 종이부채 만들기, 금속 소재 지갑 만들기 등 여러 수작업 가운데 자신이 원하는 일을 선택할 수 있었다.

기계적인 작업으로 반사운동을 하며 근육을 풀어주는 동안 뤼팽은 끊임없이 머릿속으로 자신의 진짜 관심사와 관련된 구상을 했다.

　빗장 풀리는 소리에 이어 자물쇠 열리는 소리가 들렸다….

　"아! 당신이로군, 모범적인 교도관 양반. 내 목이 잘리기 전에 머리를 다듬고 몸단장을 해야 하는 순간이 온 건가?"

　"아닙니다."

　교도관이 말했다.

　"그럼 예심이 있나? 법원으로 산책하는 건가? 의외군. 그 훌륭하신 포르므리 판사께서 이제부터 신중을 기하기 위해 날 감방 안에서 신문하겠다고 통보했는데 말이야. 사실 그 때문에 내 계획에 차질이 생겼지."

　"면회입니다."

　교도관이 간결하게 말했다.

　'드디어 올 것이 왔군.'

　뤼팽이 마음속으로 외쳤다.

　면회실로 향하면서도 속으로 계속 중얼거렸다.

　'아, 내 생각대로라면 나도 참 대단한 놈이야! 나흘 만에, 그것도 감방 안에서 이 사건을 궤도에 올려놓다니 정말 대가의 솜씨잖아!'

　경찰청 제1부서 부장이 서명한 공식 면회 허가서를 소지한 방문객들은 면회실로 사용되는 비좁은 방으로 안내되었다. 이 방은 가운데에 50센티미터 간격을 두고 쳐진 두 개의 쇠창살로 분리되어 있었고, 문도 두 개가 있어 각기 다른 복도로 연결됐다. 수감자와 방문객은 각기 다른 문으로 들어왔다. 따라서 그들은 서로 만질 수도, 작은 목소리로 속삭일 수도 없을뿐더러 아무리 작은 물건이라도 무언가를 주고받는 일은 엄두조차 낼 수 없다. 게다가 경우에 따라서는 교도관이 직접 면회 과정을 내내 지켜보았다.

이번에는 주임 교도관이 그 영광을 얻은 모양이었다.

"젠장, 누가 날 면회할 수 있는 허가를 받았어? 오늘은 만날 상황이 아닌데 말이야."

면회실로 들어서며 뤼팽이 큰 소리로 외쳤다.

교도관이 문을 닫는 동안 뤼팽은 창살로 다가가 건너편 창살 뒤에 있는 사람을 살펴보았다. 주위가 어두워서 상대의 모습을 알아보기가 어려웠다.

"아! 당신이군요. 스트리파니 씨! 이렇게 반가울 수가!"

"예, 접니다. 친애하는 공작님."

"이런, 친애하는 선생, 제발 날 그 호칭으로 부르지 마세요. 이곳에 들어온 후 세속의 헛된 허영심을 모두 버렸습니다. 그저 뤼팽이라고 불러주세요. 이 상황에서는 그편이 더 적절합니다."

"뜻대로 해드리고 싶지만 제가 알던 분도, 저를 비참한 상황에서 건져준 분도, 제게 행복과 부를 안겨준 분도 바로 세르닌 공작님이십니다. 그러니 제게 당신은 영원히 세르닌 공작님이란 사실을 이해해주세요."

"알았어요! 스트리파니 씨… 본론으로 들어갑시다! 주임 교도관 선생은 매우 바쁘신 분입니다. 저분의 시간을 공연히 빼앗아서는 안 되겠지요. 단도직입적으로 말해, 이곳에 오신 이유가 무엇입니까?"

"이곳에 온 이유가 무엇이냐고요? 맙소사! 그 이유야 아주 간단합니다. 만약 제가 공작님이 시작하신 일을 완수하고자 다른 사람을 찾는다면, 공작님께서 불쾌해하시리라 생각했기 때문입니다. 게다가 그 당시 오로지 당신만이 여러 뛰어난 수단을 갖고 계셔서 상황을 되짚어 진실을 밝히고 저를 구해주셨지요. 따라서 이번에도 오직 당신만이 저를 위협적인 공격으로부터 보호해주실 수 있습니다. 제가 이러한 상황을 설명하자 경찰청장께서도 이해해주셨습니다…."

"당신에게 면회를 허가했다니, 사실 뜻밖이었습니다."

"허가를 안 할 수가 없었겠지요, 공작님. 그렇게 중대한 이권이 걸린 사건에는 반드시 당신의 개입이 필요하니까요. 제 이권뿐만 아니라 저 지체 높으신 분들의 이권이 걸린 문제 아닙니까…."

뤼팽은 교도관을 곁눈질로 살펴보았다. 교도관은 오가는 말속에 담긴 은밀한 뜻을 알아내려고 상체를 앞으로 기울여 유심히 듣고 있었다.

"그래서요…?"

뤼팽이 물었다.

"그래서 친애하는 공작님, 네 개 국어로 작성되고 인쇄된 그 문서에 관한 당신의 기억을 모두 모아주시길 부탁드립니다. 최소한 그 도입부가 이 사건과 관련이…."

그 순간 주임 교도관의 턱을 향해 날아가는 주먹 한 방…. 주임 교도관은 2~3초간 비틀거리더니 아무 신음도 내지 못한 채 뤼팽의 품으로 목석처럼 털썩 쓰러졌다.

"훌륭한 솜씨였어, 뤼팽. 깨끗하게 마무리된 작품이군. 여봐요, 슈타인벡. 클로로폼을 가지고 있나요?"

"기절한 게 확실합니까?"

"보면 모르시나요! 3~4분간은 저러고 있을 겁니다… 하지만 그 정도로는 시간이 부족합니다."

독일인이 주머니에서 구리관을 꺼내 망원경처럼 길게 뽑자 그 끝에 끼워져 있던 작은 병 하나가 모습을 드러냈다.

뤼팽이 그 병을 건네받아 손수건에 몇 방울 떨어뜨린 다음 주임 교도관의 코에 갖다 댔다.

"완벽해…! 이 신사는 완전히 정신을 잃었어요…. 그 대가로 1~2주일 정도 지하 독방 신세를 지겠지…. 하지만 그 정도야 이 직업을 가지면 으레 얻기 마련인 작은 덤이랄까."

"그럼 저는요?"

"당신? 당신에게 무슨 문제라도 있습니까?"

"이런! 당신이 주먹질했잖아요."

"당신과는 아무 관련 없는 일입니다."

"그러면 면회 허가서는요? 그건 가짜잖아요."

"그것도 당신과 아무 관련 없는 일이지요."

"하지만 제가 그 허가서를 사용했잖아요."

"여보세요! 당신은 그저께 스트리파니라는 이름으로 정식 절차에 따라 면회를 신청했고, 오늘 아침 그에 대한 공식적인 답변을 받았어요. 나머지는 당신과 상관없는 일입니다. 그 허가서를 발급해준 내 친구들이 걱정하면 몰라도 당신은 그럴 필요가 없단 말입니다. 두고 보면 알 겁니다…!"

"만약 누군가 우리를 방해하면요?"

"왜 그런 생각을 하십니까?"

"제가 뤼팽을 만날 수 있는 면회 허가서를 꺼내놓자 모두 깜짝 놀란 눈치였습니다. 교도소장이 저를 불러들이더니 허가서를 이리저리 살펴보더라고요. 분명 경찰청에 전화를 걸어보았을 겁니다."

"나도 분명 그랬으리라고 생각합니다."

"그러면 앞으로 어떻게 해야 합니까?"

"모두 예상했던 일이에요, 친구. 걱정은 그만하고 본격적으로 이야기해봅시다. 이렇게 온 걸 보니 그 문제에 대해 안 것 같은데?"

"그렇습니다. 당신 친구들이 설명해주더군요…."

"그래서 제안을 받아들였습니까?"

"제 생명을 구해준 은인은 마음껏 저를 이용할 수 있습니다. 어떠한 도움을 드린다고 해도 평생 그 빚을 갚지는 못할 겁니다."

"그 비밀을 말하기 전에 현재 내가 처한 상황을 잘 생각해보세요…. 무력한 수감자 신세일 뿐이잖습니까…."

슈타인벡이 웃음을 터트렸다.

"이런, 농담은 관둡시다. 제가 케셀바흐에게 비밀을 털어놓은 건 케셀바흐가 그 누구보다 큰 부자여서 비밀을 잘 활용하리라 생각했기 때문입니다. 하지만 감옥에 갇혀 무력한 상태에 있는 당신이 수억 프랑을 가진 케셀바흐보다 100배는 더 강해 보입니다."

"아! 이런!"

"알고 계시지 않습니까! 수억 프랑도 그 구멍에서 죽어가던 나를 발견해줄 수 없고, 날 이곳으로 데려와 무력한 수감자 신세인 당신 앞에 한 시간 동안 머무르게 해줄 수 없습니다. 그러기 위해서는 다른 게 필요하지요. 그 다른 무언가를 당신은 갖고 있습니다."

"그렇다면 말해보세요. 차근차근 이야기해봅시다. 살인자의 이름이 무엇입니까?"

"그건 말할 수 없습니다."

"아니, 말할 수 없다니요? 당신은 그자의 이름을 알고 있고, 그 모든 걸 내게 털어놓아야 합니다."

"모든 걸 털어놓을 겁니다. 하지만 그것만은…."

"그래도…."

"나중에 말하겠습니다."

"정신 나갔군! 왜 그래야 합니까?"

"제게는 증거가 없습니다. 나중에 당신이 자유의 몸이 되면 그때 함께 찾아봅시다. 그러니 지금 말해봐야 무슨 소용이겠습니까! 그리고 전 정말로 말할 수 없습니다."

"그자가 두렵습니까?"

"그렇습니다."

"알았습니다. 어쨌든 제일 시급한 문제는 그게 아니니까. 그럼 나머지 일에 관해서는 모든 걸 말할 결심이 서 있는 겁니까?"

"모든 걸 말하겠습니다."

"좋습니다! 그럼 말해보세요. 피에르 르뒤의 진짜 이름이 무엇인가요?"

"헤르만 4세입니다. 되 퐁 벨당츠 대공, 베른카스텔 공, 피스팅겐 백작, 비스바덴과 그 밖의 여러 지역의 영주로 불리기도 하지요."

자신이 보호하는 청년이 돼지고기 장수의 아들이 아니라는 사실이 분명해지자 뤼팽은 기쁨의 전율을 느꼈다.

"대단하군! 직함 한번 거창해…! 되 퐁 벨당츠 공국은 프로이센에 있는 걸로 아는데?"

"그렇습니다. 모젤 지방에 있지요. 벨당츠가는 팔라틴(자기 영토 내에서 왕권을 일부 행사할 수 있도록 허가받은 영주 – 옮긴이) 되 퐁 가문의 일파입니다. 벨당츠 대공의 영지는 뤼네빌 평화조약 이후 프랑스에 속했다가 몽 토네르 지방에 편입됐습니다. 그리고 1814년, 다시금 피에르 르뒤의 증조부인 헤르만 1세의 영지가 됐지요. 하지만 그의 아들인 헤르만 2세는 방탕한 젊은 시절을 보내며 흥청망청 돈을 쓰며 재정을 낭비했습니다. 결국 더 이상 폭정을 견딜 수 없었던 부하들은 성 일부를 불태우고 헤르만 2세를 영지 밖으로 쫓아냈지요. 그때부터 공국은 희한하게도 여전히 영주 대공이라는 칭호를 없애지 않고 헤르만 2세의 이름을 내세운 채 세 명의 섭정을 통해 통치되었습니다. 베를린에서 궁핍하게 살던 헤르만 2세는 친구였던 비스마르크 편에 서서 프랑스 원정에 참전했다가 파리 포위 작전을 수행하던 중 포탄 파편을 맞고 죽었습니다. 죽어가면서 비스마르크에게 자신의 아들 헤르만… 즉 헤르만 3세를 부탁했다고 합니다."

"그 사람이 바로 르뫽의 아버지로군."

"그렇습니다. 헤르만 3세는 비스마르크의 따뜻한 보살핌을 받았지요. 비스마르크 수상은 외국 인사 곁에 헤르만 3세를 붙여 수차례 비밀 임무를 수행하게도 했습니다. 그러한 보호자가 실각하자 헤르만 3세는 베를린을 떠나 여기저기 떠돌아다니다 드레스덴에 정착했습니다. 비스마르크의 임종도 지켰고 그로부터 2년 후 그 역시 세상을 떠났습니다. 이상이 독일 전역에 알려진 공식적인 이야기입니다. 19세기 되 퐁 벨당츠 대공들이었던 헤르만 1세, 2세, 3세의 이야기이지요."

"그렇다면 지금 우리가 관심을 쏟는 헤르만 4세에 관한 이야기는?"

"그 이야기는 나중에 해드리겠습니다. 지금은 알려지지 않은 뒷이야기를 해드리지요."

"당신만 아는 이야기겠지."

뤼팽이 말했다.

"저와 단 몇 명만이 아는 이야기입니다."

"뭐라고, 다른 사람이 알고 있다고? 비밀을 지키지 않은 겁니까?"

"아니요. 지켰습니다. 그들 모두 철저히 비밀을 지키고 있습니다. 모두 함구할 수밖에 없는 처지니 걱정하지 않으셔도 됩니다."

"그런데 그 이야기를 대체 어떻게 알게 되었습니까?"

"헤르만 3세 대공의 개인 비서이자 옛 하인에게서 들었습니다. 이 하인이 희망봉에서 내 팔에 안겨 죽어가면서 자신의 주인이 비밀리에 결혼해서 아들이 한 명 있다는 사실을 말해주더군요. 그런 다음 문제의 비밀을 털어놓았습니다."

"그 후에 당신이 그 비밀을 케셀바흐에게 털어놓은 건가요?"

"그렇습니다."

"말해보세요."

이 말이 떨어진 순간 철컥하고 열쇠 돌아가는 소리가 들렸다.

2

"아무 말도 하지 마세요."

뤼팽이 속삭였다.

그런 뒤 문 옆의 벽에 바짝 붙어 몸을 숨겼다. 문이 열렸다. 교도관 한 명이 들어오자마자 뤼팽은 그를 옆으로 밀치고 거칠게 문을 닫아버렸다. 교도관이 비명을 질렀다.

뤼팽은 교도관의 멱살을 잡았다.

"조용히 하게, 친구. 찍소리라도 내면 당신은 끝장이야."

그러면서 교도관을 바닥에 쓰러뜨렸다.

"얌전히 굴 텐가…? 상황이 이해되나…? 그래? 좋아…. 자네 손수건은 어디 있나? 손목을 이리 줘보게…. 좋아, 나도 흥분하지 않겠네. 잘 듣게…. 혹시나 해서 자네를 여기로 보낸 거겠지? 무슨 일이 생기면 주임 교도관을 도우라고 말이야…. 훌륭한 조치이긴 한데 한발 늦었네. 보다시피 주임 교도관은 이미 죽었어…! 만약 움직이거나 소리를 지른다면 자네도 저 꼴이 될 거야."

뤼팽은 교도관에게서 열쇠 꾸러미를 빼앗아 그중 한 열쇠로 자물쇠를 채웠다.

"이제 좀 조용하겠군."

"그쪽은 그렇겠지만… 이쪽은요?"

슈타인벡 노인이 따져 물었다.

"사람들이 이곳에 왜 오겠습니까?"

"아까 저자가 내지른 비명을 누가 듣기라도 했다면요?"

"아무도 못 들었을 겁니다. 그래도 혹시 모르니 내 친구들에게서 위조 열쇠를 받지 않았습니까?"

"받았습니다."

"그러면 그 열쇠로 자물쇠를 채워보세요. 잠겼나요? 좋아요! 이제 최소한 10분의 시간은 번 셈입니다. 여봐요, 선생. 겉으로는 어려워 보이는 일들이 실제로는 더 간단한 법입니다. 조금만 침착하고 유연하게 대처하면 되지요. 자, 당황하지 말고 이야기를 계속하세요. 독일어로 이야기하겠습니까? 저자가 우리가 논하는 국가 기밀을 알아봤자 좋을 건 없을 테니까. 자, 친구, 침착하세요. 그리고 마음을 편하게 가져요."

슈타인벡이 이야기를 이어갔다.

"비스마르크가 죽은 그날 저녁, 헤르만 3세 대공과 그의 충직한 하인은(제 희망봉 친구 말입니다) 뮌헨행 기차에 올라탔습니다…. 뮌헨에서 내려 시간에 맞춰 빈행 특급열차로 갈아타기 위해서였지요. 빈에서 콘스탄티노플, 콘스탄티노플에서 카이로, 카이로에서 나폴리, 나폴리에서 튀니지, 튀니지에서 스페인, 스페인에서 파리, 파리에서 런던, 런던에서 상트페테르부르크, 상트페테르부르크에서 바르샤바로…. 둘은 그 도시 중 어느 곳에도 정착하지 않았습니다. 마차에 급하게 올라타서는 두 개의 짐을 싣고 거리를 가로질러 가까운 역이나 부둣가로 가서 열차나 여객선에 올라탔지요."

"간단히 말해서 미행을 따돌리려 했던 거로군."

"그러던 어느 날 저녁, 그들은 작업복 차림에 안전모를 쓰고 봇짐이 매달린 막대기 하나를 등에 진 채 트리에르 시를 떠났습니다. 그들은 거기서 35킬로미터 떨어진 벨당츠까지 걸어갔지요. 성이라기보다는 성의 잔해에 가까운 되 퐁 고성이 있는 그곳까지 말입니다."

"묘사는 생략하세요."

"그들은 종일 근처 숲에 숨어 있다가 그다음 날 밤이 돼서야 오래된 성벽으로 다가갔습니다. 성벽에 이르자 헤르만은 하인에게 자신을 기다리라고 명령한 뒤 벽을 기어올라 '늑대의 구멍'이라고 불리는 구멍으로 들어갔지요. 그로부터 한 시간 후 돌아왔습니다. 또다시 꼬박 일주일 동안 긴 여행을 한 끝에 마침내 드레스덴에 있는 자신들의 집으로 돌아왔습니다. 원정이 끝난 거지요."

"원정의 목적은 무엇이었습니까?"

"대공은 하인에게 단 한마디도 하지 않았습니다. 하지만 하인은 세부적인 정황들과 우연히 알게 된 사실들을 토대로 진실을 추리해 밝혔지요. 부분적으로나마 말입니다."

"빨리 말해보세요, 슈타인벡. 이제 시간이 별로 없고 나는 그 진실을 꼭 알아야겠습니다."

"원정을 끝마치고 나서 보름 후, 황제의 근위대 장교이자 대공의 친구이기도 한 발데마르 백작이 여섯 명의 부하를 대동하고 대공의 집에 나타났습니다. 백작은 공작의 서재에서 종일 나오지 않았습니다. 그곳에서 몇 차례 다투는 소리와 격렬한 논쟁이 오가는 소리가 새어나왔지요. 그런데 하인이 정원을 지나가다 창문 아래에서 이런 말을 들었다고 합니다. '당신은 분명 그 서류를 가지고 있습니다. 폐하께서도 그렇게 확신하고 계십니다. 만약 서류를 자발적으로 내놓지 않겠다면…' 그다음에 어떠한 협박을 했을지, 서재 안에서 무슨 광경이 펼쳐졌을지는 그 후에 벌어진 상황으로도 쉽게 짐작할 수 있습니다. 그들이 헤르만 대공의 집을 샅샅이 수색한 겁니다."

"그건 불법이지 않습니까."

"대공이 반발했다면 불법이었겠지요. 하지만 그 역시 백작의 수색 작전에 동참했다고 하더군요."

"대체 무얼 찾았던 겁니까? 수상의 수첩이라도 있었나요?"

"그보다 더 대단한 거지요. 비밀문서 꾸러미를 찾았다고 합니다. 은밀히 입소문을 타면서 그 존재가 세상에 알려졌는데, 사람들은 헤르만 대공이 그 문서를 보관하고 있다고 확신했던 겁니다."

뤼팽은 쇠창살에 두 팔꿈치를 기댄 채 손가락으로 철망을 움켜쥐었다. 이어 감정에 벅찬 목소리로 중얼거렸다.

"비밀문서라…. 물론 매우 중요한 문서겠지요?"

"극히 중요한 문서지요. 이 서류가 공개되는 날에는 국내 정치뿐 아니라 국외 외교에도 예상치 못할 파장이 불어닥칠 수 있을 정도로요."

"아…! 이런! 그게 가능한 일인가! 증거라도 있습니까?"

"무슨 증거가 더 필요한가요? 대공의 아내가 남편이 죽은 후 하인에게 직접 털어놓은 이야기입니다."

"그렇군…. 그래…. 그렇다면 우린 대공의 증언을 들은 거나 마찬가지군."

뤼팽이 더듬거리며 말했다.

"그보다 더 확실한 게 있습니다!"

슈타인벡이 외쳤다.

"그게 무엇입니까?"

"서류입니다! 대공이 친필로 쓰고 서명까지 한 서류 말입니다. 거기에는…."

"거기에는?"

"대공이 보관한 비밀문서의 목록이 적혀 있습니다."

"간단히 말해서…?"

"간단히 말할 수가 없습니다. 내용이 매우 긴 데다 주석이 섞여 있고, 이따금 이해할 수 없는 메모도 적혀 있기 때문입니다. 이 두 개의 비밀문서 꾸러미에 붙은 제목만 말씀드리겠습니다. 그중 한 꾸러미의 제목은 〈황태자가 비스마르크에게 보낸 편지의 원본들〉입니다. 날짜를 보면 프리드리히 3세가 통치했던 3개월 동안 쓰인 사실을 알 수 있습니다. 그 내용은 프리드리히 3세의 병환, 또 프리드리히 3세와 아들 간의 불화를 떠올리면 가히 짐작할 수 있을 겁니다."

"그래, 그래요…. 알겠습니다…. 또 다른 꾸러미의 제목은?"

"〈프리드리히 3세와 빅토리아 황후가 영국의 빅토리아 여왕에게 보낸 편지의 사본〉입니다….."

"그게 있단 말입니까? 그게 있어요…?"

뤼팽이 목멘 소리로 물었다.

"대공이 이런 주석을 달아놓았습니다. '영국과 프랑스와의 협정 내용.' 그리고 이런 모호한 단어도 적혀 있었지요. '알자스-로렌… 식민지… 해군 감축….'"

"그런 단어가 적혀 있다니… 모호하다고 했습니까? 그 반대입니다. 명료하기 짝이 없군요…! 아! 이럴 수가…!"

그 순간 문 쪽에서 툭툭 치는 소리가 들려왔다. 누가 문을 두드린 것이다.

"들어오지 마세요. 지금은 바쁘단 말입니다…."

뤼팽이 말했다.

이번에는 슈타인벡이 있는 건너편에서 문 두드리는 소리가 났다.

뤼팽이 소리쳤다.

"조금만 기다리세요. 5분 내로 끝내겠습니다."

그런 다음 노인에게 명령조로 말했다.

"신경 쓰지 말고 하던 이야기나 계속하세요…. 그러니까 당신 생각에는 대공과 하인이 벨당츠 성으로 원정을 떠난 이유가 바로 그 비밀문서를 숨기기 위해서였단 말입니까?"

"의심의 여지가 없습니다."

"좋아요. 하지만 대공이 그 후에 문서를 빼내왔을 수도 있지 않습니까?"

"그랬을 가능성은 없습니다. 그 후 대공은 죽을 때까지 드레스텐을 떠나지 않았으니까요."

"하지만 문서를 손에 넣어 없애 버리려 했던 대공의 적들이 그 성에서 문서를 찾아냈을 수도 있지 않나요?"

"아닌 게 아니라 실제로 벨당츠 성까지 들이닥쳤던 모양입니다."

"그걸 어떻게 아시나요?"

"짐작하시겠지만 저도 가만히 두 손 놓고 있었던 건 아닙니다. 비밀을 듣고 난 후 제가 제일 먼저 취한 행동은 벨당츠 성으로 가 인근 마을을 돌아다니며 직접 정보를 모으는 것이었지요. 그러던 중 열두어 명의 남자들이 이미 두 차례나 성을 수색했다는 사실을 알았습니다. 그 남자들은 베를린에서 왔고 섭정의 신임장을 소지하고 있었다고 합니다."

"그래서?"

"그걸로 끝입니다! 그들은 아무것도 찾지 못했습니다. 그 이후로 성은 출입이 금지됐고요."

"누가 출입을 막는 겁니까?"

"쉰 명의 수비대가 밤낮으로 그곳을 지키고 있습니다."

"대공의 사병들인가요?"

"아닙니다. 황제의 근위대에서 차출된 군인들입니다."

이제 복도는 더욱 소란스러워졌다. 다시 문을 두드리며 주임 교도관을 부르는 소리가 들려왔다.

"주임 교도관은 취침 중입니다, 교도소장."

보렐리의 목소리를 알아듣고 뤼팽이 소리쳤다.

"문을 여십시오! 이건 명령입니다."

"그럴 수 없습니다. 자물쇠가 고장 났거든요. 조언을 한마디 해드리자면, 자물쇠를 통째로 뜯어내는 게 어떨까 싶군요."

"문을 여세요!"

"그럼 지금 우리가 논의 중인 유럽의 운명은 어쩌하고요?"

뤼팽이 노인에게 다시 몸을 돌렸다.

"그래서 당신도 성안에 들어가지 못했단 말인가요?"

"그렇습니다."

"그런데도 당신은 그 대단한 문서가 성안에 숨겨져 있다고 확신한단 말이고요."

"이런! 제가 온갖 증거를 대지 않았습니까? 아직도 제 말을 못 믿으시는 겁니까?"

"믿습니다. 믿지요. 문서는 그곳에 숨겨져 있을 겁니다…. 그건 의심의 여지가 없어요…. 틀림없이 그곳일 겁니다."

뤼팽은 머릿속으로 그 성을 그려보는 모양이었다. 그렇게 베일에 싸인 장소를 눈앞에 떠올려보는 듯했다. 온갖 금은보화가 가득 들어차 있는 화수분을 떠올린다 해도 황제의 근위대가 지키는 저 종이 뭉치를 떠올리는 것만큼 흥분되지는 않을 것이다. 정말 해볼 만한 모험이 아닌가! 자신에게 이보다 더 어울리는 일이 어디 있을까! 과거에 그랬던 것처럼 이번 사건에서도 또 한 번 묘연한 족적을 무작정 추적해가며 예리한 통찰력과 직감을 증명해 보이지 않았던가!

밖에서는 자물쇠를 뜯어내기 위한 '작업'이 한창이었다.

뤼팽이 슈타인벡 노인에게 물었다.

"대공은 왜 죽은 겁니까?"

"가슴막염에 걸려 며칠간 앓다가 죽었습니다. 죽기 전에 가까스로 반짝 정신을 차렸다고 합니다. 그리고 발작이 잠시 멈출 때마다 정신을 집중해서 무언가를 말하려고 처절하게 애썼다는데, 그 광경이 차마 눈뜨고 못 봐줄 지경이었답니다. 그렇게 몇 차례 아내를 부르고, 절망적인 표정으로 바라보며 헛되이 입술을 움직였다더군요."

"그래서 결론적으로 대공이 말을 했다는 겁니까?"

밖에서 벌어지는 '작업' 때문에 슬슬 불안해지기 시작한 뤼팽이 단도직입적으로 캐물었다.

"아니요. 아무런 말도 하지 못했습니다. 하지만 비교적 정신이 맑았던 순간에 아내가 건네준 종이 위에 온 힘을 다해 무언가를 적어놓기는 했지요."

"잘됐군! 무얼 적은 겁니까…?"

"대부분 해독이 불가능합니다…."

"대부분이라…. 그렇다면 나머지는? 그 나머지는?"

마음이 달뜬 뤼팽이 다그치듯 물었다.

"우선 이 세 개의 숫자는 확실히 알아볼 수 있었지요. 8과 1 그리고 3…."

"813이라…. 그래, 나도 아는 숫자군…. 그다음에는?"

"그다음에는 글자들이 있었는데… 그 글자 중 알아볼 수 있는 건 세 개의 글자와 그 바로 뒤에 붙은 두 개의 글자뿐입니다."

"**APOON** 아닙니까?"

"아! 알고 계셨군요…."

이제 자물쇠는 나사가 거의 다 풀려 맥없이 흔들리기 시작했다. 대화가 중간에 끊길지 모른다는 생각에 마음이 불안해진 뤼팽은 서둘러 물었다.

"그래서 그 부분적으로 끼워 맞춘 'APOON'이라는 단어와 813이라는 숫자가 대공이 아내와 아들에게 비밀문서를 찾을 수 있도록 남긴 마지막 단서라는 거군요?"

"그렇습니다."

뤼팽은 이제 곧 떨어질 지경인 자물쇠를 두 손으로 움켜잡았다.

"교도소장, 당신 때문에 주임 교도관이 깨겠어요. 그러면 못 쓰지. 1분만 더 기다려주시겠습니까? 슈타인벡, 그래서 대공의 부인은 어떻게 됐습니까?"

"남편이 죽고 얼마 지나지 않아 세상을 떠났습니다. 아마도 슬픔을 못 이긴 것 같습니다."

"그러면 아이는 친척에게 맡긴 건가요?"

"무슨 친척이요? 대공은 독자였습니다. 게다가 신부와의 신분 차이 때문에 결혼도 비밀리에 한 처지였지요. 친척이 아닙니다. 헤르만의 그 늙은 하인이 아이를 데려다 피에르 르뒥이라는 이름을 붙여주고 돌보았지요. 피에르 르뒥은 성질이 고약하고, 고집도 세고, 제멋대로인 데다 가까이 다가가기도 어려운 아이였습니다. 그 아이는 어느 날 훌쩍 집을 나가더니 그길로 영영 돌아오지 않았습니다."

"피에르 르뒥이 자신의 출생에 얽힌 비밀을 알고 있습니까?"

"예. 게다가 813이라는 숫자와 글자가 적힌 종이도 봤습니다."

"그리고 그 후에 당신이 그 이야기를 들은 거고?"

"그렇습니다."

"그 후에 케셀바흐에게 그 이야기를 털어놓은 거고?"

"오로지 케셀바흐에게만 말했지요. 제가 방금 말한 기호와 문자가 적힌 종이, 그리고 목록을 보여주기는 했지만 혹시 몰라 그 두 종이 문서는 제가 보관하고 있었습니다. 결과적으로 그렇게 하길 잘한 셈이지요."

"당신이 그 문서들을 가지고 있다고요?"

"그렇습니다."

"안전한 곳에 보관돼 있겠지요?"

"아주 안전한 곳에 있지요."

"파리에 있습니까?"

"아닙니다."

"다행이군. 잊지 마세요. 당신은 생명을 위협당하고 있고, 놈들에게 쫓기고 있습니다."

"알고 있습니다. 조금만 발을 헛디뎌도 전 끝장이지요."

"정확히 아는군. 그러니 신중을 기해서 적을 따돌리고 서류를 찾은 다음 내 지시를 기다리세요. 이 일은 분명 성공할 거예요. 아무리 늦어도 한 달 후, 우리는 벨당츠 성으로 나란히 향하고 있을 겁니다."

"그때 제가 감방 신세를 지고 있으면요?"

"내가 꺼내주겠습니다."

"가능한 일입니까?"

"내가 여기서 나간 다음 날 당신을 꺼내주겠습니다. 아니, 잘못 말했군. 바로 그날 저녁에 꺼내주겠습니다. 한 시간 후에…."

"방법이 있는 겁니까?"

"10분 전에 방법을 찾았습니다. 틀림없는 방법이지. 더 할 말이 남았나요?"

"아닙니다."

"그럼 문을 열겠습니다."

문을 열자마자 뤼팽은 보렐리 교도소장을 향해 허리를 숙여 인사했다.

"교도소장, 어떻게 사죄의 말씀을 드려야 할지…."

뤼팽은 말을 채 마치지 못했다. 교도소장과 세 명의 교도관들이 와락 달려들었기 때문이다. 보렐리 교도소장은 노기로 얼굴이 창백했다. 곧이어 교도관 두 명이 바닥에 널브러진 광경까지 목격하자 커다란 충격에 휩싸였다.

"죽었잖아!"

교도소장이 소리쳤다.

"천만에요. 보세요, 움직이지 않습니까. 말 좀 해보게, 이 딱한 친구야."

뤼팽이 빈정거리며 말했다.

"하지만 이 사람은?"

보렐리 소장이 주임 교도관에게 달려들며 말했다.

"잠들었을 뿐입니다, 소장님. 이 친구가 하도 피곤해 보이기에 잠시나마 쉬게 해주었지요. 모두 이 친구를 생각해서 한 일입니다. 이 딱한 친구가 혹여 쓰러지기라도 하면…."

"쓸데없는 소리는 그만하시오."

보렐리 소장이 벌컥 소리를 질렀다.

그런 뒤 교도관들에게 지시했다.

"이자를 다시 감방에 가두게…. 다른 조처가 내려지기 전까지. 그리고 이 방문객은…."

뤼팽은 보렐리 소장이 슈타인벡 노인을 어떻게 처리할지 끝까지 듣지 못했다. 하지만 그 문제는 티끌만큼도 중요치 않았다. 노인의 운명보다 훨씬 중요한 문제들을 혼자만의 공간으로 가지고 가니 말이다. 마침내 뤼팽은 케셀바흐의 비밀을 알았다.

뤼팽의 위대한 책략

1

뜻밖에도 뤼팽은 지하 독방행을 면했다. 몇 시간 후 보렐리 소장이 직접 찾아와서는 자신은 그러한 처벌을 불필요하게 여긴다고 말해주었다.

"불필요하기만 하겠습니까, 소장님. 위험하지요…. 위험하고 어리석고 선동적이지요."

뤼팽이 냉큼 맞받아쳤다.

"어떤 점에서 말입니까"

보렐리 소장이 물었다. 이 수감자가 소장을 점점 더 불안하게 만들었다.

"그거야 이런 이유 때문이지요, 소장. 당신은 좀 전에 경찰청에 가서 뤼팽이라는 수감자가 떠들썩하게 난동을 부렸다는 사실을 이야기했을 겁니다. 그리고 스트리파니 씨가 받은 면회 허가서를 들이밀었겠지요. 당신의 변명거리는 분명했습니다. 왜냐하면 스트리파니 씨가 면회 허가서를 내놓았을 때 당신은 신중하게도 경찰청에 전화를 걸어 이게 어떻게 된 일이냐고 물어보았을 테고, 경찰청은 그 허가서가 완벽하게 합법적인 서류라고 대답했을 테니까요."

"이런! 그걸 어떻게…."

"그렇게 대답한 경찰청 직원이 실은 내 부하이니, 그 정도 아는 게 대수겠습니까. 어쨌든 당신의 요구에 따라 즉각 담당자 조사가 시행됐을 테고, 그 결과 이 허가서는 허위 문서라는 사실이 밝혀졌을 겁니다. 지금쯤 이 허가서를 발급해준 사람을 찾으려고 난리법석을 떨고 있겠지요. 하지만 걱정하지 마세요. 아무것도 알아낼 수 없을 테니까…."

보렐리 소장이 항의하는 의미로 억지웃음을 지어 보였다.

뤼팽이 하던 말을 이어갔다.

"자, 그래서 경찰들이 내 친구 스트리파니를 신문했겠지요. 그리고 그리 애먹지 않도록 자신의 진짜 이름을 실토했을 거고요. 슈타인벡이라고 말입니다! 세상에나! 하지만 그 사실이 밝혀지면 뤼팽이 누군가를 상테 교도소에 몰래 들어 한 시간 동안이나 이야기한 게 확실시되는 겁니다! 대체 이게 무슨 일이랍니까! 차라리 이 일을 조용히 덮는 편이 낫지 않겠습니까? 그래서 어쩔 수 없이 윗선에서는 슈타인벡을 풀어주고, 보렐리 소장을 수감자 뤼팽에게 대사 자격으로 파견했겠지요. 뤼팽의 입단속을 시킬 모든 권한을 부여해서요. 내 말이 맞습니까, 소장님?"

"정확히 맞혔습니다!"

보렐리 교도소장이 당혹감을 감추려고 장난치듯 가볍게 응수했다.

"천리안이라도 가진 듯하군요. 그래, 우리의 제안을 받아들이겠습니까?"

뤼팽이 웃음을 터트렸다.

"당신의 간청을 받아들이겠느냐는 뜻이로군! 그러겠습니다,
교도소장. 경찰청 나리들을 안심시키십시오. 나는 입을 꾹 다
물 테니 말입니다. 어쨌든 이 정도 아량을 베풀 정도로는 충분
히 성과를 거둔 것 같습니다. 최소한 이 문제에 관해서는 언론
에 일언반구도 하지 않겠습니다."

이는 다른 문제에 관해서는 그럴 수 있다는 여지를 남긴 말
이다. 사실 뤼팽의 모든 행동은 다음과 같은 두 가지 목표를 추
구하기 위해서였다. 친구들과 연락을 주고받는 것, 그리고 이
친구들을 통해 자신의 주특기인 언론을 이용하는 것.

게다가 뤼팽은 체포되자마자 두드빌에게 필요한 지침을 내
렸고, 이제 그 준비 과정이 거의 막바지에 이르렀다.

뤼팽은 날마다 성실히 봉투를 만들었다. 매일 아침 번호가
매겨진 꾸러미 상태로 재료가 배달되었고, 저녁이 되면 재료를
접어 풀로 붙여 만든 봉투들을 가져갔다.

그런데 이 작업을 선택한 수감자들에게는 늘 같은 방식으로
재료가 배분되었으므로 뤼팽에게 배달되는 꾸러미에는 늘 같
은 번호가 붙어 있을 수밖에 없었다.

꾸준히 지켜본 결과 실제로 그 계산은 정확히 들어맞았다.
따라서 이제는 봉투 공급과 배달을 책임지는 회사 직원을 매수
하면 되었다.

전혀 어렵지 않았다.

성공을 확신한 뤼팽은 꾸러미 맨 위 종이에 친구들과 합의된

신호가 나타나기를 차분히 기다렸다.

게다가 시간은 빨리도 지나갔다. 정오가 되면 뤼팽은 포르므리 판사의 일상적인 방문에 응했고, 과묵한 증인인 캥벨 변호사가 입회한 가운데 깐깐한 신문을 받았다.

사실 뤼팽은 이 신문을 즐겼다. 마침내 포르므리 판사에게 자신이 알텐하임 남작의 살해에 가담하지 않았다는 사실을 이해시킨 뤼팽은 이어서 저지르지도 않은 죄를 줄줄이 자백했다. 이에 놀란 포르므리 판사가 즉각 조사를 지시했지만 조사 결과는 당혹감과 뒤늦은 후회만 안겨줄 뿐이었다. 대중들은 이렇듯 재치 있게 일격을 가하는 뤼팽 특유의 수법을 다시금 확인했다.

뤼팽의 말대로 악의 없는 사소한 장난이었다. 조금 장난을 친다고 해서 그리 해가 될 건 없지 않은가?

하지만 진중해져야 할 시간이 다가왔다. 닷새째 되는 날, 아르센 뤼팽은 배달된 꾸러미에서 손톱자국이 위에서 두 번째 종이까지 움푹하게 나 있는 것을 발견했다. 약속된 신호였다.

"드디어 왔군."

뤼팽이 중얼거렸다.

뤼팽은 은밀한 곳에 숨겨두었던 조그만 유리병을 꺼내 뚜껑을 열더니 그 속에 든 액체를 검지에 묻힌 다음 세 번째 종이 위에 문질렀다.

잠시 후 종이 위에 세로줄이 나타나는가 싶더니 이내 글자가 나타나고 마침내 문장이 드러났다.

뤼팽이 내용을 읽어 내려갔다.

만사가 순조로움, 슈타인벡은 풀려남. 슈타인벡은 시골에서 숨어 지냄. 주느비에브 에르느몽은 건강함. 케셀바흐 부인을 병문안하기 위해 브리스톨 호텔에 자주 드나듦. 그리고 그곳에 갈 때마다 피에르 르뒥을 만남. 같은 방법으로 회신 바람. 아무런 위험 없음.

이런 식으로 외부와의 연결망이 구축되었다. 뤼팽의 노력이 또다시 결실을 본 것이다. 이제 자신의 계획을 시행하는 일만 남았다. 즉 슈타인벡 노인이 털어놓은 이야기를 활용하고, 머릿속에서 싹을 틔운 비범하고 천재적인 책략을 이용해 감옥에서 빠져나가는 것이다.

그로부터 나흘 후 〈그랑 주르날〉에 다음과 같은 몇 줄의 글이 실렸다.

정통한 소식통에 따르면 비스마르크 수첩에는 이 위대한 수상이 관여했던 여러 사건의 공식적인 이야기만 담겨 있다. 그러나 이 수첩 외에도 엄청난 흥미를 불러일으킬 일련의 비밀 편지들이 존재하고 그 편지들이 마침내 발견됐다. 믿을 만한 소식통이 말한 바로는 머지않아 편지 내용이 대중에게 연속적으로 공개될 예정이라고 한다.

이 수수께끼 같은 기사가 당시 전 세계적으로 얼마나 커다란 파문을 일으켰는지 모두가 기억할 것이다. 당시 이 기사를 두고 저마다 논평과 가설을 내놓았고, 특히나 독일 언론에서는 격렬한 논쟁이 불붙었으니 말이다. 누가 이러한 글을 쓰도록 언질을 주었을까? 그 편지 내용은 무엇일까? 누가 수상과 편지를 주고받았을까? 누군가 비스마르크에게 앙심을 품고 저지른 일일까? 아니면 수상과 편지를 주고받았던 누군가의 부주의로 벌어진 사고일 뿐일까?

두 번째 기고문은 세상에 몇 가지 사실을 명확히 알려줬다. 하지만 동시에 기묘한 방식으로 더욱 여론을 들끓게 했다.

그 기고문의 내용은 다음과 같다.

> 상테 팔라스, 2동 14호 감방에서.
>
> 〈그랑 주르날〉 사장님께,
>
> 귀사의 지난 화요일 자 신문을 보니, 어느 날 저녁에 내가 이곳 상테에서 주관했던 국제 정치 강연 중 오갔던 내용을 토대로 한 짤막한 기사 하나가 실렸더군요. 이 기사 내용은 대부분 진실이지만, 그래도 약간 수정할 부분이 눈에 띄었습니다. 편지들은 분명 존재합니다. 그리고 누구도 그 편지의 중요성을 부인하지 못할 겁니다. 오죽하면 독일 정부가 편지를 찾으려고 지난 10년간 그토록 끊임없이 애썼겠습니까. 하지만 편지가 지금 어디에 있는지, 무슨 내용이 담겨 있는지는 아무도 모릅니다.
>
> 확신하건대 대중은 자신들의 합당한 호기심을 풀어줄 순간을 지체시키는 나를 원망할 겁니다. 하지만 나 역시 진실을 밝힐 모든 패를 손에 쥔 게 아니고, 더구나 더 시급한 사안들이 있어 안타깝게도 이 편지 건에는 신경 쓸 겨를이 없습니다.

지금으로서는 죽어가던 그 사람이 자신에게 제일 충직한 친구에게 편지를 맡겼고, 편지를 맡은 사람은 그 헌신으로 혹독한 대가를 치렀다는 것뿐입니다. 감시, 가택수색 등 온갖 방법으로 말이지요.

내 비밀경찰 중 최정예 요원 두 명을 뽑아 이 사건을 처음부터 조사하라고 지시했으니, 틀림없이 이틀 안에는 흥미진진한 비밀의 정체가 눈앞에 드러날 겁니다.

—아르센 뤼팽

그러니까 이 사건을 조종하는 사람은 다름 아닌 아르센 뤼팽이다! 첫 번째 기고문에서 예고한 희극 혹은 비극을 연출하는 사람은 다름 아닌 감옥 깊숙한 곳에 갇혀 있는 아르센 뤼팽이었다. 이 얼마나 흥미진진한 모험인가! 사람들은 즐거워했다. 그처럼 훌륭한 예술가가 연출을 맡는다면, 이 연극은 틀림없이 생동감과 반전이 가득할 것이다.

그로부터 나흘 뒤 〈그랑 주르날〉에는 다음과 같은 글이 실렸다.

일전에 내가 언급했던 충직한 친구의 이름을 입수했습니다. 헤르만 3세 대공입니다. 이 사람은 되 퐁 벨당츠의 영주(비록 그 지위를 박탈당하기는 했지만)이자 비스마르크의 절친한 친구입니다. 이름의 첫 글자가 W인 모 백작이 열두 명의 부하를 대동하고 대공의 저택을 수색했지만 아무런 성과도 얻지 못했습니다. 하지만 그렇다고 해도 대공에게 문제의 편지가 있으리라는 확신은 티끌만큼도 흔들리지 않았습니다.

대체 어디에 편지를 숨겼을까요? 지금은 이 세상 그 누구도 답을 내놓지 못할 듯합니다.

스물네 시간만 기다려주면 내가 이 문제를 해결해보겠습니다.

—아르센 뤼팽

그리고 스물네 시간 후 약속대로 다음과 같은 글이 신문에 실렸다.

문제의 편지는 되 퐁 대공의 영지 안에 있는, 19세기에 일부분이 폐허가 된 벨당츠 성에 숨겨져 있습니다.

그렇다면 그 성은 어디에 있을까요? 편지가 정확히 어디에 숨겨져 있을까요? 이것이 현재 내가 관심을 쏟는 두 가지 문제입니다. 내가 나흘 안에 답을 밝혀보겠습니다.

—아르센 뤼팽

드디어 예정일이 밝아오자, 사람들은 서둘러 〈그랑 주르날〉을 펼쳐 들었다. 하지만 모두의 기대와는 달리 문제의 정보는 신문의 어느 지면에도 실리지 않았다. 다음 날에도 아무런 소식이 없었고 그다음 날에도 마찬가지였다.

무슨 일이 일어났을까?

부주의하게 경찰청에서 흘러나온 정보를 통해 그 내막이 세간에 밝혀졌다. 뤼팽이 배달된 종이 꾸러미를 이용해 공범들과 내통하는 눈치라고 누군가 상테 교도소장에게 일러바친 것이다. 물론 어떠한 증거도 발견되지 않았지만, 교도소장은 만전을 기하기 위해 이 성가신 수감자에게 모든 작업을 금지했다.

성가신 수감자는 다음과 같이 대응했다.

"더 이상 할 일도 없으니 앞으로는 내 재판에나 신경 쓰겠습니다. 캥벨 변호사협회 회장에게 이 소식을 전해주십시오."

빈말이 아니었다. 이제까지 캥벨 변호사와의 대화를 일체 거부해왔던 뤼팽이 캥벨 변호사를 만나 자신의 변론을 준비할 뜻을 순순히 내비쳤으니 말이다.

2

그다음 날 캉벨 변호사는 쾌활한 목소리로 뤼팽을 변호사 접견실로 불러달라고 요청했다.

나이가 지긋한 그 남자는 안경을 끼고 있었는데, 렌즈가 어찌나 두꺼운지 두 눈이 왕방울처럼 보일 정도였다. 캉벨은 모자를 벗어 탁자 위에 올려놓고 서류 가방을 펼친 다음 철저하게 준비해온 일련의 질문들을 곧바로 쏟아냈다.

뤼팽은 지극히 호의적인 태도로 질문에 답했고, 심지어 때로는 아주 세밀한 부분까지 열중해서 묘사하기도 했다. 그러면 캉벨 변호사는 그 내용을 핀으로 고정한 종이에 차곡차곡 적어 내려갔다.

"그러니까 당신 말은 그 당시…."

변호사가 종이 위로 몸을 기울인 채 대화를 이어갔다.

"내 말은 그 당시…."

뤼팽이 뒷말을 이어받았다.

뤼팽은 아무도 눈치채지 못할 정도로 자연스럽게 탁자에 팔꿈치를 괴었다. 그런 뒤 팔을 조금씩 내리더니 캉벨 변호사의 모자에 손을 슬쩍 밀어 넣었다. 가죽 안으로 손가락을 집어넣어, 모자가 너무 클 때 가죽과 안감 사이에 집어넣는 길게 접힌 종이 띠를 끄집어냈다.

뤼팽이 종이를 펼쳤다. 약속된 신호로 작성된 두드빌의 메시지였다.

저는 켕벨 변호사의 집에 하인으로 고용되었습니다. 걱정하지 마시고 같은 방법으로 회신해주세요.

봉투 작전을 고발한 사람은 살인범 L. M.입니다. 대장이 이러한 상황이 닥치리란 걸 예측했으니 망정이지!

이 외에도 여러 일에 대한 자세한 보고와 뤼팽의 폭로를 둘러싼 세간의 이런저런 논평들이 적혀 있었다.

뤼팽은 주머니에서 자신의 지시가 담긴, 방금 것과 똑같은 모양의 종이 띠를 꺼내 모자 안에 슬쩍 집어넣고 손을 다시 원상태로 끌어모았다. 일이 깔끔하게 끝났다.

그리하여 뤼팽의 편지가 다시 〈그랑 주르날〉에 실렸다.

약속을 지키지 못해 여러분께 사과드립니다. 상테 팔라스의 형편없는 우편 서비스 때문이었습니다.

이제 우리는 고지를 눈앞에 두고 있습니다. 확고한 근거를 토대로 진실을 밝혀줄 모든 서류가 수중에 들어왔으니까요. 적당한 시기가 오면 그때 이 서류를 공개하겠습니다. 우선 이 정도만 밝혀두겠습니다. 수상이 받은 편지들 가운데는 수상의 제자이자 숭배자라고 자처했다가 그로부터 몇 년 후 성가신 스승을 제거하고 직접 나라를 통치한 누군가의 편지도 포함되어 있습니다.

이 정도만 말해도 다들 알아들으셨겠지요?

그다음 날, 아래와 같은 글이 신문에 게재되었다.

편지들은 돌아가신 황제가 병환 중에 작성했습니다. 그 사실만으로도 이 편지가 얼마나 중요한 것인지 충분히 짐작할 수 있지 않나요?

그 이후 나흘간 침묵이 이어졌다. 그리고 마침내 다음과 같은 마지막 기고문이 실렸다. 여전히 많은 사람이 그 글이 일으킨 커다란 파장을 생생히 기억하고 있을 것이다.

조사는 끝났습니다. 이제 모든 걸 알았습니다. 곰곰이 생각한 끝에 문서가 숨겨진 위치도 어느 정도 짐작할 수 있었습니다. 내 친구들이 벨당츠로 가서 여러 장애물을 극복하고 내가 일러준 입구를 통해 성안으로 들어갈 예정입니다.

따라서 곧 여러 신문이 편지의 사본을 공개할 것입니다. 나는 이미 내용을 알지만 조금 더 기다려 전문을 고스란히 게재하고자 합니다.

절대로 무산될 리 없는 이 편지 공개는 앞으로 2주 후, 정확히 8월 22일에 이루어질 예정입니다.

그때까지 침묵을 지키며 기다리겠습니다.

실제로 그날 이후 뤼팽은 〈그랑 주르날〉에 글 게재를 중단했다. 하지만 친구들과는, 그들만의 용어를 빌리자면 **모자 연락망**을 통해 계속해서 연락을 주고받았다. 얼마나 간단한 방법인가! 게다가 위험부담도 없다. 캥벨 변호사의 모자가 뤼팽의 우체통 역할을 하리라고 누가 짐작하겠는가?

그 유명한 변호사는 이틀 혹은 사흘에 한 번씩 자신의 고객에게 꼬박꼬박 우편물을 가져다주었다. 그렇게 파리와 지방 그리고 독일에서 온 편지들이 두드빌 형제들에 의해 간단한 문자와 암호로 축약돼 뤼팽에게 전달되었다. 한 시간 후, 이번에는 캥벨 변호사가 진지한 표정으로 뤼팽의 명령을 전달하기 위해 교도소를 나섰다.

그러던 어느 날 상테 교도소장은 L. M.이라는 사람에게서 전화 메시지를 받았다. 내용인즉 캥벨 변호사가 자신도 모르는 사이 뤼팽의 집배원 역할을 하고 있으니 이 신사의 방문을 유심히 감시해보라는 것이었다.

교도소장은 캥벨 변호사에게 즉시 이야기를 전했고, 변호사는 이제부터 뤼팽과 면회하러 갈 때는 반드시 비서를 대동하리라고 결심했다.

뤼팽은 끈질긴 노력과 넘치는 상상력 그리고 실패할 때마다 더욱 보강되는 놀라운 재능을 가졌지만 가공할 적의 능력에 가로막혀 또다시 외부 세계와 철저히 차단되고 만 것이다.

자신을 사정없이 짓누르는 연합 세력에 맞서 회심의 일격을 가하려는 찰나에, 이 중요하고 엄숙한 순간에 뤼팽은 꼼짝없이 고립된 처지에 놓였다.

8월 13일, 두 명의 변호사 앞에 앉아 있던 뤼팽의 시선이 캥벨 변호사의 서류 위에 덮인 신문지에 불현듯 꽂혔다. 굵은 글씨로 적힌 한 기사의 제목이 눈에 들어왔는데, 그 제목은 바로 〈813〉이었다.

기사에는 '새로운 살인 사건 발생. 동요하는 독일. APOON의 비밀은 밝혀질 것인가?'라는 소제목이 붙어 있었다.

뤼팽의 얼굴이 하얗게 질렸다. 다급히 그 밑으로 시선을 옮겨 기사를 읽어내렸다.

마감 시간에 두 건의 충격적인 전보가 도착했다.

첫 번째 전보 내용에 따르면 아우크스부르크 근처에서 목에 칼자국이 난 노인의 시신이 발견됐다. 신원을 파악해보니 케셀바흐 사건의 핵심 인물인 슈타인벡 씨로 밝혀졌다.

또 다른 전보 내용은 다음과 같다. 유명한 영국 탐정 헐록 숌즈가 부름을 받고 급히 쾰른으로 향했다. 숌즈는 그곳에서 황제를 만나 함께 벨당츠 성을 방문할 예정이다.

헐록 숌즈가 APOON의 비밀을 밝히기 위해 본격적인 계획에 착수할 게 분명해 보인다.

만약 헐록 숌즈가 성공한다면, 지난 한 달 동안 아르센 뤼팽이 매우 기묘한 방식으로 추진해온 괴이한 여론몰이 작전은 참담한 실패로 끝나고 말 것이다.

3

　머지않아 벌어질 숌즈와 뤼팽의 대결이 그 어느 때보다 대중의 호기심을 강렬하게 자극했다. 상황이 상황인 만큼 보이지 않는 대결이자 익명의 결투가 될 것이었다. 하지만 이 사건으로 벌어진 엄청난 소란을 고려해보면, 그리고 화해 불가능한 두 적이 또 한번 맞붙어 자존심 대결을 펼친다는 점에서 보면 필시 인상적인 대결이 될 게 분명했다. 게다가 이 사건은 사사로운 이해나 시시한 도난, 하찮은 사적 감정에 관한 것이 아니라 서구의 세 강대국이 정치적으로 연관되어 있고 국제사회의 평화를 위협할 수 있는, 말 그대로 세계적인 사건이다.

　당시에 이미 모로코 사건(모로코의 분할을 둘러싸고 1905년과 1911년 두 번에 걸쳐 독일과 프랑스가 충돌한 사건 ─ 옮긴이)이 발발했음을 고려해보라. 조금만 불똥이 튀어도 격렬한 분쟁으로 번질 상황이었다.

　모두가 초조한 마음으로 기다렸지만, 정작 자신이 정확히 무엇을 기다리는지는 알지 못했다. 숌즈가 대결에서 승리를 거머쥐어 편지를 찾는다 해도 그 사실을 누가 알 수 있겠는가? 이 승리를 증명해줄 증거를 무슨 수로 찾는단 말인가?

　따라서 사람들은 자신의 활약을 증명하는 증인으로 대중을 내세우는 뤼팽에게 전적으로 기대를 걸었다. 뤼팽이 이 상황에서 어떻게 대처할 것인가? 뤼팽은 자신을 위협하는 엄청난 위험을 피할 수 있을까? 아니, 이런 상황을 알고나 있을까?

　사방이 벽으로 가로막힌 감방 안에서 14호실 수감자도 이와 비슷한 질문을 자신에게 던지고 있었다. 물론 뤼팽을 자극하는 것은 헛된 호기심이 아니라 현실적인 고민과 매 순간 엄습해오는 불안이었지만 말이다.

　뤼팽은 손도, 의지도, 두뇌도 무기력해진 채 철저하게 고립된 기분을 느꼈다. 제아무리 능력 있고 기발하고 대담하고 영웅적이라 해도 아무 소용없었다. 뤼팽을 제쳐놓고 싸움이 진행되고 있었으니…. 이제 뤼팽의 역할은 끝났다. 거대한 기계 부품을 조립해놓았고 태엽까지 감아놓았는데, 그래서 머지않아 기계에서 자동으로 자유가 생산될 참이었는데, 지금은 옴짝달싹 못하는 처지가 되어 작업을 마무리 짓는 일도, 감독하는 일도 할 수 없게 돼버렸다. 예정일에 기계는 작동할 것이다. 하지만 그 안에 온갖 예상치 못한 사건이 벌어지거나 숱한 장애물이 생길 수 있다. 그리고 뤼팽에게는 이 사건들을 통제하거나 장애물을 제거할 아무런 수단이 없다.

　뤼팽은 인생에서 가장 고통스러운 시기를 보내고 있었다. 자신에 대한 의구심이 싹튼 것이다. 자신의 존재가 이 끔찍한 감옥 안에서 이대로 묻힐 수도 있다는 불안이 엄습해왔다.

뤼팽의 계산이 틀렸던 걸까? 예정일에 무사히 탈옥 작전이 이루어지리라 믿었던 건 지나치게 순진한 발상이었을까?

"미쳤군! 내 추론은 모두 엉터리였어…. 어떻게 모든 상황이 착착 맞아떨어지리라고 생각했던 거지? 아주 작은 변수만 생겨도 모든 걸 망칠 수 있어…. 모래알만 한 변수라도 생기면…."

뤼팽은 슈타인벡의 죽음과 그 노인이 자신에게 주기로 한 서류가 증발한 것에는 그다지 마음 쓰지 않았다. 부득이한 경우에는 서류 없이도 일을 진행할 수 있을 것이다. 슈타인벡이 털어놓은 여러 이야기를 토대로 직관과 천재성을 발휘해 황제의 편지에 담긴 내용을 추리하고 성공을 안겨줄 전투 계획을 세우면 되니까. 하지만 헐록 숌즈가 전투지 한가운데 등장했다면 그건 다른 문제다. 이 사건에 뛰어든 이상 숌즈는 편지를 발견해 자신이 그토록 공들여 쌓아올린 탑을 무너트릴 수도 있었다.

뤼팽은 **그자**도 떠올렸다. 무자비한 적은 교도소 주위를 감시하며, 어쩌면 교도소 안에 숨어서 자신의 머릿속에서 채 윤곽이 잡히지도 않은 더없이 은밀한 계획을 간파해냈다.

8월 17일… 8월 18일… 19일…. 이제 이틀 남았다…. 하지만 200년 같은 이틀이 아닌가! 아! 억겁의 시간이다! 평소에는 그토록 절제하며 침착하고 여유 넘치던 뤼팽이 안절부절못하고 변덕스러운 기분에 사로잡혔다. 심지어 무력감에 휩싸여 모든 것을 불신하고 침울한 상태에 빠져들었다.

어느덧 8월 20일….

뤼팽은 행동하고 싶었지만 그럴 수 없었다. 무슨 일을 하더라도 대단원의 시기를 앞당길 수 없을 것이다. 사실 대단원의 막이 내려질지 안 내려질지도 확실치 않았다. 마지막 날, 최후의 순간이 닥쳐서야 그 사실을 확인할 수 있으리라. 그때라야 비로소 자신의 책략이 여지없이 실패했는지가 판명 날 것이다.

"분명 실패할 거야. 성공하려면 빈틈없이 상황이 맞아떨어지고 극도의 심리전을 구사해야 해…. 그동안 나는 내 무기의 성능과 사정거리에 지나치게 환상을 품었던 거야…. 그래도 어쩌면…."

갑자기 뤼팽의 마음속에 희망이 싹텄다. 차분히 성공 가능성을 점쳐보았다. 그 결과 승산이 충분해 보였다. 틀림없이 자신이 예측한 대로, 자신이 바라는 대로 일이 진행될 것이다. 자명한 일이다….

그렇다, 자명한 일이다. 하지만 숌즈가 문서가 숨겨진 곳을 찾아낸다면….

숌즈를 떠올리자 뤼팽은 다시금 깊은 낙담의 구렁텅이에 빠지고 말았다.

마지막 날….

뤼팽은 악몽에 시달리며 밤을 보낸 후 늦은 아침에 눈을 떴다.

그날은 예심판사와 변호사를 포함해 누구와도 만날 일이 없었다.

음울하고 지루한 오후가 지나가고, 감방 안에는 어둠과 함께 저녁이 찾아왔다…. 뤼팽은 마음이 달떴다. 놀란 짐승처럼 심장이 날뛰었다.

시간은 가차 없이 흘러갔다….

9시, 아무 일도 일어나지 않았다. 10시, 역시나 잠잠했다.

뤼팽은 팽팽하게 당겨진 활시위처럼 촉각을 곤두세운 채 감방 밖에서 들려오는 희미한 소리에 귀를 기울여 냉혹한 벽 너머의 바깥세상 분위기를 감지하려 애썼다.

아! 흘러가는 시간을 멈출 수만 있다면, 그래서 운명에 조금만 더 여유를 줄 수 있다면!

하긴 그런들 무슨 소용인가! 이미 모든 게 끝나지 않았는가?

"아! 미치겠군. 빨리 끝나버렸으면…! 그편이 낫지. 다른 방법으로 다시 시작할 테니…. 다른 계획을 시도해볼 수도 있고…. 하지만 이렇게는 더 이상 못 하겠어. 도저히 못 하겠어."

뤼팽은 두 손을 머리에 대고 꾹 누른 채 구석에 틀어박혀서 한 가지 생각에 온 정신을 집중했다. 그렇게 하면 자신의 자유와 재산이 걸린, 기막히게 엄청나고 상상을 뛰어넘는 사건이 일어나기라도 할 것처럼.

"반드시 그렇게 돼야 해. 그렇게 될 수밖에 없어. 그렇게 될 거야. 내가 원해서가 아니라 그렇게 돼야 논리적으로 말이 되기 때문이야. 그러니 그리된다…. 그리된다…."

그러더니 뤼팽은 주먹으로 자신의 머리통을 냅다 때렸다. 발작적인 외마디 말이 새어나왔다….

자물쇠가 삐걱거렸다. 뤼팽은 분노에 휩싸여 있었기에 복도를 울리는 발걸음 소리도 듣지 못했다. 갑자기 감방 문이 열리고 빛줄기가 들이쳤다.

남자 세 명이 들어왔다.

뤼팽은 전혀 놀란 눈치가 아니었다.

드디어 믿기지 않는 기적이 일어났다. 하지만 뤼팽에게는 이 기적이 진실과 정의에 완벽하게 들어맞는 자연스럽고 정상적인 일처럼 여겨졌다.

그래도 가슴속에서는 자부심의 물결이 파도처럼 휘몰아쳤다. 뤼팽은 자신의 능력과 지혜가 얼마나 대단한지 그 순간 생생히 절감할 수 있었다.

"전등을 켤까요?"

셋 중 한 남자가 말했다. 교도소장의 목소리였다.

"아니요. 이 램프만으로 충분합니다."

세 남자 중 가장 키가 큰 사내가 외국인 억양으로 말했다.

"자리를 비켜드릴까요?"

"그저 당신의 임무를 이행하십시오."

좀 전의 그 남자가 말했다.

"경찰청 지시에 의하면 저는 무조건 시키는 대로 따르게 돼 있습니다."

"그렇다면 소장, 나가 계시는 게 좋겠습니다."

보렐리 소장은 밖으로 나가 문을 살짝 열어둔 채 목소리가 들릴 만한 거리만큼만 물러섰다.

그 방문객은 여태껏 한마디도 하지 않은 다른 남자와 잠시 이야기를 나누었다. 뤼팽은 두 사람의 얼굴을 자세히 들여다보려 했지만 주위가 너무 어두워서 헛일이었다. 자동차 운전사가 입는 품이 넓은 외투 차림에 덮개가 달린 모자를 쓴 검은 형체가 어슴푸레 보일 뿐이었다.

"당신이 아르센 뤼팽입니까?"

남자가 뤼팽의 얼굴에 램프 불빛을 비추며 물었다.

뤼팽이 미소 지었다.

"그렇습니다. 내가 아르센 뤼팽이라고 불리는 사람입니다.
지금은 상태 교도소 2동 14호실 수감자이기도 하지요."

"그렇다면 〈그랑 주르날〉에 편지인가 뭔가와 관련된 황당한
글을 게재했던 사람도 바로 당신이겠군…."

뤼팽이 불쑥 방문객의 말허리를 잘랐다.

"죄송합니다만, 선생. 나로서는 목적도 알 수 없는 모호한 대
화를 이어가기 전에 대체 누구와 이야기를 나누고 있는지, 그
것만 알게 해주시면 상당히 고맙겠습니다."

"전혀 알 필요가 없습니다."

외국인이 대답했다.

"반드시 알 필요가 있습니다."

뤼팽이 응수했다.

"어째서?"

"예의상의 이유지요, 선생. 당신은 내 이름을 알지만 난 당신
의 이름을 모릅니다. 이런 과오는 도저히 그냥 지나칠 수 없습
니다."

외국인이 왈칵 성을 냈다.

"교도소장이 우리를 안내한 것만으로도 충분히…."

"그러니 보렐리 소장이 예법에 어두운 사람이지요. 소장은
우리를 서로 소개해줬어야 했습니다. 여기서는 우리 둘 다 동

등한 입장입니다. 상하 구분도 없고, 죄수와 방문객 신분도 없습니다. 단지 두 남자만 있을 뿐이지요. 그런데 그중 한 남자는 모자를 쓰고 있군요. 예의상 마땅히 벗어야 할 모자를 말입니다.”

“아! 이런, 하지만….”

“내 가르침을 기꺼이 받아들이십시오, 선생.”

외국인이 다가와서 무언가를 이야기하려 했다.

하지만 뤼팽은 아랑곳하지 않고 다그쳤다.

“모자부터 벗으세요, 모자….”

“내 이야기를 잘 들어요!”

“싫습니다.”

“들어야 합니다.”

“싫습니다.”

상황이 터무니없이 나빠지고 있었다. 두 외국인 중 줄곧 침묵하던 남자가 지금까지 뤼팽을 상대했던 남자의 어깨에 손을 올리고 독일어로 이야기하기 시작했다.

“내게 맡기게.”

“아닙니다! 당연히….”

“입 다물고 나가 있게.”

“혼자 계시겠다는 말씀입니까!”

“그렇다네.”

“문은 어떻게 할까요?”

“닫아놓고 멀찌감치 떨어져 있게….”

“하지만 이 남자는… 잘 아시지 않습니까…. 아르센 뤼팽입니다…."

"물러가게…."

남자는 무어라 중얼거리며 밖으로 나갔다.

"문을 닫게…. 그편이 좋겠어…. 좋아…. 됐어…."

두 번째 방문객이 문 쪽을 바라보며 외쳤다.

그러고는 몸을 돌리고 램프를 조금씩 들어 올렸다.

"내가 누구인지 말해야 하오?"

그가 물었다.

"아닙니다."

뤼팽이 대답했다.

"왜 그렇소?"

"이미 알고 있으니까요."

"아!"

"제가 기다리고 있던 분이십니다."

"나를 말이오!"

"그렇습니다, 폐하."

샤를마뉴의 후계자

1

"조용히! 그 호칭으로 날 부르지 마시오."

외국인이 재빨리 말했다.

"그렇다면 어떻게 불러야 할지요, 폐…."

"어떤 이름이라도 상관없소."

두 사람 사이에 침묵이 흘렀다. 그리고 이 정지된 순간은 만반의 준비를 마친 두 적이 싸움을 앞두고 맞는, 그런 긴장된 순간과는 전혀 달랐다. 외국인은 명령을 내리고 복종을 받는 데익숙한 지체 높은 사람다운 태도로 방을 거닐었다. 뤼팽은 평소의 도발적인 태도와 빈정대는 미소를 삼간 채 진지한 얼굴로 꼼짝 않고 기다렸다. 하지만 뤼팽은 마음속으로 이 경이로운 상황을 열정적이고 뜨겁게 즐기고 있었다. 감방 안에는 수감자이자 모험가이며 사기꾼이자 도둑인… 아르센 뤼팽이 있고 그 앞에는 현시대의 반신과도 같은 엄청난 존재인, 카이사르와 샤를마뉴의 후계자가 서 있었다.

뤼팽은 잠시 자신의 능력에 도취되었다. 자신이 거둔 승리를 생각하니 눈가에 눈물이 맺힐 지경이었다.

외국인이 갑자기 걸음을 멈추었다.

그리고 단도직입적으로 말을 꺼냈다.

"내일이 8월 22일이오. 편지가 내일 공개될 예정이라는데, 맞소?"

"오늘 밤입니다. 두 시간 안에 제 친구들이 〈그랑 주르날〉에 전달할 겁니다. 아직 편지는 아니고, 헤르만 대공이 주석을 달아놓은 편지 목록만 공개할 예정입니다."

"그 목록을 신문사에 전달하지 마시오."

"전달되지 않을 겁니다."

"그 목록을 내게 넘기시오."

"그 목록은 폐… 아니, 당신의 수중에 들어갈 겁니다."

"편지들도 모두 그렇게 돼야 하오."

"그렇게 될 겁니다."

"사본도 만들어선 안 되오."

"만들지 않을 겁니다."

외국인의 목소리는 침착했고, 목소리 안에는 그 어떠한 간청의 뜻도 권위를 굽히려는 뜻도 담겨 있지 않았다. 명령도 질문도 하지 않았다. 그저 아르센 뤼팽이 반드시 해야 할 일을 알렸을 뿐이다. 그리고 일은 그렇게 풀리게 돼 있었다. 아르센 뤼팽의 요구가 무엇이든, 그 일을 이루기 위해 치를 대가가 무엇이든 일은 그렇게 될 것이었다. 한마디로 뤼팽은 상대가 제시할 조건을 들어보지도 않고 제안을 수락한 것이다.

'이런! 강적을 만났군. 마음 약하게 굴다간 망하고 말겠어…'

실제로 외국인의 거침없는 대화 방식과 솔직한 발언, 매력적인 목소리와 태도, 그 모든 게 뤼팽의 마음을 사로잡았다.

뤼팽은 약해지지 않으려고, 그토록 악착같이 얻어낸 그 모든 이득을 물거품으로 만들지 않으려고 정신을 가다듬었다.

외국인이 다시 말을 꺼냈다.

"그 편지를 읽었소?"

"아닙니다."

"하지만 당신 친구 중 누군가는 읽었겠지?"

"아닙니다."

"그렇다면?"

"사실 전 대공이 남겨놓은 목록과 주석만 가지고 있습니다. 하지만 대공이 문서를 숨겨 둔 장소를 알고 있지요."

"그런데 왜 그 문서를 손에 넣지 않았소?"

"이곳에 들어오고 나서야 그 비밀 장소를 알았기 때문입니다. 하지만 지금 제 친구들이 그리로 가는 중입니다."

"성 출입은 철저히 통제되고 있소. 내 부하 중 가장 믿을 만한 인원 200명이 그 성을 지키고 있으니."

"1만 명이어도 부족할 겁니다."

방문객은 잠시 생각에 잠겼다가 이렇게 말했다.

"그 비밀을 어떻게 알았소?"

"추측했지요."

"신문에 공개하지 않은 다른 정보들도 가지고 있겠지?"

"전혀 없습니다."

"난 나흘 동안이나 성을 샅샅이 수색하게 했소…."

"헐록 숌즈가 일을 제대로 못 했나 보군요."

"이런! 이상하군…. 정말 이상해…. 당신의 가정이 옳다고 확신하오?"

"가정이 아니라 사실입니다."

"다행이군. 다행이야…. 이 문서가 없어져야만 세상이 조용해질 테니."

외국인은 갑자기 아르센 뤼팽의 얼굴 가까이 바짝 다가와 말했다.

"얼마를 원하오?"

"예?"

뤼팽이 어리둥절한 표정으로 되물었다.

"문서를 내게 넘겨주는 대신 얼마를 원하오? 비밀을 알려주는 대신 얼마를 원하는가 말이오."

외국인은 잠시 뤼팽이 대답하기를 기다렸다. 그러다 이내 자신이 직접 액수를 불렀다.

"5만…? 10만…?"

뤼팽이 아무런 대답도 하지 않자 약간 망설이는 기색으로 다시 말했다.

"그 이상을 원하시오? 20만? 좋소! 받아들이지."

뤼팽이 미소를 지으며 나지막한 목소리로 말했다.

"솔깃한 액수군요. 하지만 국가의 군주라면, 예를 들어 영국의 왕이라면 100만까지도 내놓지 않을까요? 솔직히 그렇지 않습니까?"

"그럴 거요."

"게다가 황제께는 이 편지가 20만 프랑이든 200만 프랑이든, 200만 프랑이든 300만 프랑이든 마찬가지일 정도로 값을 매길 수 없는 게 아니겠습니까?"

"그럴 거요."

"그렇다면 **그래야만 할 경우** 황제께서는 300만 프랑까지도 내놓겠지요?"

"그렇소."

"협상은 어렵지 않게 타결되겠군요."

"방금 말한 액수에 근거해서 협상하자, 이 말이오?"

외국인이 자못 불안한 기색을 내비치며 물었다.

"그건 아닙니다…. 제가 원하는 건 돈이 아닙니다. 수백만 프랑보다 더 가치 있는 무언가를 원하지요."

"그게 무엇이오?"

"제 자유입니다."

외국인이 펄쩍 뛰었다.

"뭐라고! 당신의 자유라니…. 그건 내가 어찌할 수 없는 사안이지 않소…. 당신네 나라 사법부의 소관인데…. 난 아무런 권한이 없소."

뤼팽이 상대에게 다가가 더욱 나지막한 목소리로 말했다.

"아니, 절대적인 권한을 갖고 계시지요, 폐하…. 절 풀어주는 일은 감히 누군가 폐하의 뜻을 거슬러야 할 정도로 특별한 사안이 아닙니다."

"그러니 당신을 풀어주라고 요청하라, 이 말이오?"

"그렇습니다."

"누구에게?"

"발랑글레 총리에게 요청하시면 됩니다."

"하지만 발랑글레 총리도 나만큼이나 그럴 권한이…."

"총리라면 교도소 문을 열게 할 수 있습니다."

"그럼 엄청난 비난이 일 거요."

"전 그저 문을 열어달라고만 말했습니다…. 살짝 열어놓는 것만으로도 충분하지요…. 말하자면, 탈옥하는 것처럼 꾸미는 겁니다…. 대중은 원래부터 내 탈옥을 예상한 터라 그 일을 크게 문제 삼지 않을 겁니다."

"그렇군…. 그래…. 하지만 발랑글레 총리가 동의하지 않으면…."

"동의할 겁니다."

"어째서?"

"당신께서 원하는 일이니까요."

"총리가 반드시 내 바람을 따라야 할 필요는 없소."

"그건 그렇지요. 하지만 정부 간에는 관례로 통용되는 사항이 있는 법 아닙니까. 그리고 발랑글레 총리는 지극히 정치적인 인물이고요…."

"그러니까 프랑스 정부가 단지 내 기분을 맞추고자 그렇게 터무니없는 일을 저지를 거라 믿는 거요?"

"그 이유뿐만은 아닙니다. 폐하께서 날 풀어주라는 요청을 하면서 동시에 프랑스의 국익에 이바지할 어떤 제안을 하실 것이기 때문입니다."

"내가 제안을 할 거라고?"

"그렇습니다, 폐하."

"어떤 제안?"

"저도 모릅니다. 하지만 잘 찾아보면 합의를 이끌 만한 무언가는 언제나 있는 법 아닙니까… 그걸 통해 합의를 이루면 될 것 같은데…."

외국인은 무슨 뜻인지 이해하지 못한 채 뤼팽을 빤히 바라보았다. 뤼팽이 적절한 말을 찾으려는 듯, 적당한 방안을 생각해 내려는 듯 몸을 숙였다.

"제가 보기에는 프랑스와 독일이 사소한 문제로 분열된 듯합니다… 지엽적인 문제를 두고 시각이 엇갈린 거지요…. 예를 들어 식민지 사업도 실은 실익보다는 자존심 문제 아닙니까…. 그러니 두 국가 정상 중 한 분이 다시 유화적인 자세로 직접 이 문제를 다루는 건 정녕 불가능한 일일까요…? 그러니까 필요한 조처를 내리는 게…."

"모로코를 프랑스에 넘기려는 조치 말이오?"

외국인이 웃음을 터트렸다.

뤼팽의 이 같은 제안이 한없이 엉뚱한 우스갯소리처럼 들렸는지 껄껄대며 웃어댔다. 목적을 이루기 위해 이토록 뜬금없는 수단을 들이밀다니!

외국인이 진지해지기 위해 헛되이 애쓰며 말을 이었다.

"물론… 인정하오…. 정말 독창적인 발상이로군…. 아르센 뤼팽을 풀어주려고 현대 정치를 발칵 뒤집다니! 아르센 뤼팽이 계속 활약하도록 제국의 계획을 망치다니…. 안 될 말이지. 그럴 바엔 아예 알자스와 로렌 지방을 요구하는 건 어떻소?"

"그 생각도 해봤습니다."

외국인이 한결 더 가벼워진 말투로 응수했다.

"대단하군! 그런데 내 사정을 봐줬다, 이거로군?"

"이번에는 그랬다고 볼 수 있지요."

뤼팽은 팔짱을 꼈다. 그러고는 짐짓 심각한 표정으로 과장된 자신의 역할을 즐겼다.

"언젠가는 반환을 **요구하고 얻어낼 만한** 일련의 상황이 벌어질 겁니다. 저는 그 기회를 절대 놓치지 않을 거고요. 지금으로서는 제가 가진 무기들이 그리 신통치 않아 겸손히 굴 수밖에 없군요. 그저 모로코의 평화면 충분합니다."

"그뿐이오?"

"그뿐입니다."

"당신의 자유와 모로코를 맞바꾸자고?"

"더도 말고 덜도 말고 딱 그 말입니다…. 우리 대화의 주요 목적을 잊지 않기 위해 좀 더 정확히 말하면, 두 관련 국가 중 한쪽이 자그마한 호의를 베풀면… 제 수중에 있는 편지를 내놓겠다는 말입니다."

"아…! 그놈의 편지…! 편지가 그 정도로 가치가 있지는 않을 텐데…."

외국인이 짜증 섞인 어투로 중얼거렸다.

"폐하께서 직접 쓰신 편지입니다. 그리고 당연히 그럴 만한 가치가 있다고 여기시니 이렇게 누추한 감방까지 친히 찾아오셨을 테고요."

"이런! 그게 뭐 어떻단 말이오?"

"그리고 폐하께서 출처를 모르시는 다른 편지들도 있습니다.

제가 그 편지들에 관한 몇 가지 정보를 드릴수도 있고요."

"아!"

외국인이 불안한 표정으로 탄식했다.

뤼팽은 망설였다.

"말하오. 단도직입적으로 말하오…. 분명하게 말하란 말이오."

깊은 정적을 깨며 뤼팽이 엄숙한 어조로 말했다.

"20년 전, 독일과 영국 그리고 프랑스 간에 협정을 체결하려는 움직임이 있었습니다."

"거짓말! 있을 수 없는 일이오! 대체 누가 감히 그런 일을 도모할 수 있단 말이오?"

"황후의 영향을 받아 폐하의 부친과 폐하의 할머니이신 영국 여왕이 행한 일이었지요."

"불가능한 일이지. 다시 말하지만 있을 수 없는 일이오."

"저만 아는 벨당츠 성의 비밀 장소에 분명 그 편지들이 있습니다."

외국인이 불안한 듯 서성대다가 갑자기 멈춰 서서 이렇게 물었다.

"협정 내용이 그 편지 안에 적혀 있소?"

"그렇습니다, 폐하. 폐하의 부친께서 친필로 쓰신 내용입니다."

"뭐라고 적혀 있소?"

"이 협정에 따르면 영국과 프랑스는 독일에 거대한 식민지 제국을 양도하기로 돼 있었습니다. 지금 상황에서 보면 독일이 엄청난 강대국으로 발돋움하는 데 반드시 필요한 영토지요. 하지만 결국 이루어지지 않아서 독일은 유럽의 주도권에 대한 꿈을 접고 현재 그 정도… 국가에 만족할 수밖에 없는 겁니다."

"이 제국을 양보하는 대신 영국은 무얼 요구했소?"

"독일 함대의 감축입니다."

"프랑스는?"

"알자스와 로렌 지방입니다."

황제는 탁자에 몸을 기댄 채 조용히 생각에 잠겼다. 뤼팽이 말을 이었다.

"모든 준비가 완료된 상태였습니다. 파리와 런던의 내각은 손익을 타진해보고 협정을 받아들였지요. 다 된 일이었습니다. 세계 평화를 정착시킬 삼국 간의 대협정이 이제 막 체결되려는 참이었습니다. 하지만 폐하의 아버지께서 돌아가시는 바람에 이 아름다운 꿈은 그만 물거품이 돼버렸습니다. 하지만 폐하, 프로이센-프랑스 전쟁의 영웅이자 순수한 독일 혈통, 자국민뿐만 아니라 적에게도 존경을 받았던 프리드리히 3세가 알자스와 로렌 지방의 반환 요구를 받아들였단 사실이 알려지면, 즉 이 요구를 정당한 것으로 여겼다는 사실이 밝혀지면 독일인과 전 세계 사람들은 과연 어떠한 반응을 보일까요?"

뤼팽은 입을 다물어 상대가 황제이자 한 인간으로서 그리고 군주의 아들로서 이 질문을 정확히 제기해볼 시간을 주었다.

그러고는 이렇게 결론지었다.

"이 협정이 역사에 기록될지 그렇지 않을지는 오로지 폐하께서만 알고 계십니다. 저처럼 보잘것없는 사람으로서는 개입할 여지가 그다지 없지요."

뤼팽의 말이 끝나자 기나긴 침묵이 흘렀다. 뤼팽은 상대방의 반응을 초조하게 기다렸다. 각고의 노력과 끈질긴 집념으로 계획하고 탄생시킨 이 순간, 마침내 뤼팽의 운명이 판가름 날 것이다… 순전히 자신의 두뇌로 만들어낸 이 역사적인 순간에, 본인의 표현을 따르자면 **보잘것없는** 인물이 여러 제국의 운명과 세계 평화에 커다란 영향력을 행사하고 있었다.

그런 뤼팽 앞에 선 카이사르의 후계자는 어둠 속에서 깊은 생각에 잠겼다.

과연 무슨 말을 할 것인가? 이 문제에 대해 어떠한 해결책을 내놓을 것인가?

감방을 서성이는 그 짧은 시간이 뤼팽에게는 한없이 길게 느껴졌다.

황제가 불현듯 걸음을 멈췄고 입을 열었다.

"그것 말고 다른 조건은 없소?"

"있습니다, 폐하. 하지만 아주 사소한 것들입니다."

"어떤 거요?"

"되 퐁 벨당츠 대공의 아들을 찾았습니다. 대공에게 대공의 영지를 돌려주십시오."

"그리고?"

"대공은 어떤 여인을 사랑하고 있습니다. 물론 그 여인도 대공을 사랑하지요. 누구보다 아름답고 정숙한 여인입니다. 두 사람이 결혼할 수 있도록 허락해주십시오."

"그리고?"

"더는 없습니다."

"그게 다인가?"

"그게 전부입니다. 이제 남은 일은 폐하께서 이 편지를 〈그랑 주르날〉 사장에게 보내 사장이 잠시 후 받게 될 기사를 곧바로 폐기 처분하게 하는 일뿐입니다.

뤼팽이 편지를 내밀었다. 심장이 조여들고 손이 떨렸다. 만약 황제가 이 편지를 받는다면 자신의 제안을 수락한다는 뜻일 것이다.

황제는 잠시 망설이더니 신경질적인 몸짓으로 편지를 낚아챘다. 그러고는 모자를 눌러쓰고 외투를 입은 다음 아무 말 없이 감방을 나갔다.

뤼팽은 몇 초간 얼빠진 사람처럼 비틀거리더니… 갑자기 의자에 털썩 주저앉아 환희와 자긍심에 찬 고함을 내질렀다….

2

"예심판사, 아쉽게도 오늘로서 이별을 고해야겠군요."

"무슨 소리입니까, 뤼팽? 우리를 떠나기라도 하겠단 말인가
요?"

"부득이하게 그렇게 됐습니다. 제 마음을 아실 겁니다. 우리
관계가 워낙 돈독했었어야지요. 하지만 끝없는 즐거움이란 없는
법 아닙니까. 이제 상테 팔라스 요양을 마쳐야 할 때가 왔습니
다. 다른 일들이 날 불러서요. 오늘 밤 여기를 나가야 할 것 같
습니다."

"행운을 빕니다, 뤼팽."

"고맙습니다, 예심판사."

아르센 뤼팽은 차분하게 탈출의 순간을 기다렸다. 어떠한 방
식으로 탈출이 이루어질지, 그리고 이 찬양받을 업적을 이루기
위해 힘을 합친 프랑스와 독일이 되도록 후폭풍 없이 어떤 식
으로 처리할지 자못 궁금해하면서 말이다.

오후가 반쯤 지났을 무렵, 교도관이 뤼팽에게 오더니 교도소
입구로 나가라고 지시했다. 뤼팽이 잽싸게 달려 나가보니 교도

소장이 있었다. 교도소장은 뤼팽을 베베르에게 넘겼고, 베베르는 뤼팽을 이미 다른 사람이 착석한 자동차에 올라타게 했다.

자동차에 탄 뤼팽이 미친 듯이 웃어대기 시작했다.

"이런! 자네군, 불쌍한 베베르. 자네가 이 고역을 맡았어! 내 탈옥에 대해 책임질 사람이 자네인가? 자네도 참 운이 없군! 아! 불쌍한 친구, 재수도 없지! 날 체포해서 유명해지더니 이제 내 탈옥으로 불후의 명성을 얻게 되었어."

뤼팽은 미리 착석해 있던 다른 사람을 향해 고개를 돌렸다.

"아니, 이런, 경찰청장도 이 일에 엮이신 겁니까? 고약한 선물을 받으셨군요. 충고 한마디 하자면, 잠자코 뒤로 물러나 계세요. 베베르가 이 모든 영광을 홀로 누리도록 말이지요! 베베르는 그럴 자격이 충분해요. 얼마나 듬직한 친구인지…!"

차는 센 강을 따라 미끄러지듯 달려 불로뉴 숲을 지나쳤고, 생 클루에 이르자 강을 건넜다.

"그럼 그렇지! 가르셰로 가고 있군! 알텐하임 살인 사건을 현장 검증하기 위해 그곳으로 데려간다는 설정이군. 함께 지하로 내려가서 내가 사라지는 거지. 그러면 뤼팽이 자신만 아는 출구로 홀연히 사라졌다, 이렇게 떠벌릴 테고. 세상에! 멍청한 아이디어로군!"

뤼팽은 적잖이 실망한 기색이었다.

"멍청해. 멍청하기 짝이 없어! 내가 다 창피해서 얼굴이 붉어지는군…. 이런 작자들이 나라를 다스리고 앉아 있으니…! 우울한 시대로군! 이 딱한 양반들, 나한테 좀 물어나 보지 그랬어. 그럼 탁월하고 기막힌 탈옥 방법을 생각해냈을 텐데. 내 머릿속에는 그런 아이디어들이 언제나 준비돼 있거든! 대중은 경이로운 볼거리를 봤을 것이고, 소리를 지르며 만족감으로 몸을 떨었을 텐데. 고작… 뭐, 시간이 촉박했던 건 인정하지…. 그래도 이건 너무….”

뤼팽의 예상은 한 치도 빗나가지 않았다. 차는 휴양소 안으로 들어가 오르탕스 빌라에 멈춰 섰다. 뤼팽과 두 명의 동행인은 차에서 내려 지하로 내려갔다. 지하 통로를 가로질러 끄트머리에 다다르자 부국장이 마침내 입을 열었다.

“이제 당신은 자유의 몸이야.”

“아! 생각보다 나쁘진 않군! 베베르 부국장, 그동안 정말 고마웠고 성가시게 굴어서 미안했네. 경찰청장, 부인께 안부를 전해주세요.”

뤼팽은 글리신 빌라로 향하는 층계를 올라가 뚜껑문을 열고 안으로 껑충 뛰어들었다.

그 순간 누군가 뤼팽의 어깨를 움켜잡았다. 그의 앞에는 전날 황제를 수행했던 방문객이 서 있었다. 순식간에 양옆에 네 명의 남자들이 바짝 달라붙었다.

“이런! 이건 또 무슨 고약한 장난입니까…? 나는 자유의 몸이 아닙니까?”

뤼팽이 항의했다.

“맞습니다. 당신은 자유의 몸입니다…. 우리 다섯 명과 여행하게 될 자유의 몸이지. 괜찮다면 말입니다.”

뤼팽은 상대의 코를 한 방 때리고 싶은 격한 충동을 느끼며 노려보았다.

하지만 다섯 명의 남자는 더없이 단호해 보였다. 그들의 우두머리도 뤼팽에게 그다지 호의를 베풀 뜻이 없어 보였다. 보아하니 극단적인 조치라도 취하게 된다면 그 상황을 무척이나 즐길 것 같은 눈치였다. 게다가 이 상황에서 주먹을 날린들 저자에게 뭐가 그리 대수겠는가?

뤼팽이 조소를 날렸다.

"괜찮기만 하겠습니까! 내 꿈이었지!"

안뜰에는 리무진이 대기하고 있었다. 두 남자가 앞에 탔고 다른 두 명이 중간에 탔다. 그리고 뤼팽과 외국인은 좀 더 안쪽에 있는 긴 의자에 자리를 잡았다.

"출발! 벨당츠로 갑시다."

뤼팽이 독일어로 외쳤다.

외국인이 말했다.

"조용! 이 사람들이 눈치채면 곤란합니다. 프랑스어로 말하십시오. 그런데 군이 그렇게 말을 해야겠습니까?"

"그렇군. 군이 말할 필요가 뭐가 있겠나?"

뤼팽이 중얼거렸다.

자동차는 별일 없이 저녁 내내 도로를 달렸다. 그들은 고요히 잠든 자그마한 마을에서 자동차에 기름을 넣느라 두 차례 멈췄다.

독일인들은 교대로 포로를 감시했고 정작 그 포로는 새벽이 되어서야 눈을 떴다.

언덕 위에 있는 여관에 이르자 첫 끼를 해결하기 위해 잠시 차를 멈춰 세웠는데, 그 주변에 표지판 하나가 세워져 있었다. 뤼팽은 그제야 자신이 있는 곳이 메스와 룩셈부르크의 중간 지점임을 알게 되었다. 그 후 차는 트리에르 시를 향해 북동쪽으로 비스듬히 난 길로 방향을 틀었다.

뤼팽이 옆에 앉은 동행인에게 물었다.

"제가 이렇게 대화를 나눌 영광을 주신 분이 혹 황제의 친구이자, 드레스덴에 있는 헤르만 3세의 집을 수색했던 발데마르 백작이 아니신지?"

외국인은 아무런 대답도 하지 않았다.

'이봐, 당신. 난 당신의 얼굴이 영 마음에 안 들어. 언젠가는 그 사실을 뼈저리게 깨닫게 해주지. 자네는 못생겼고 뚱뚱하고 둔해 보여. 한마디로 내 기분을 언짢게 한다고.'

뤼팽이 속으로 중얼거렸다.

이어 큰 목소리로 이렇게 말했다.

"백작이 대답하지 않는 건 실수하는 겁니다. 다 백작을 위해 꺼낸 말이거늘. 우리가 이 길로 올라설 때 저쪽에서 자동차 한 대가 우리 뒤를 쫓아오는 걸 봤단 말이지. 당신도 보았습니까?"

"못 봤습니다. 수상한 낌새라도 있었습니까?"

"전혀."

"그래도…."

"전혀 없었습니다. 그저 주의를 환기했을 뿐입니다…. 게다가 우리는 그 차보다 거리상으로 10분이나 앞서 있고 이 자동차는 적어도 40마력은 되지 않습니까."

"60마력입니다."

독일인은 불안한 듯 곁눈질로 뤼팽을 살폈다.

"아! 그렇다면 안심이군."

차가 나지막한 비탈길을 올라갔다. 꼭대기에 이르자 백작이 차창 너머로 몸을 내밀었다.

"제기랄!"

백작이 느닷없이 욕설을 내뱉었다.

"왜 그러십니까?"

뤼팽이 물었다.

백작은 뤼팽을 향해 몸을 돌리더니 위협적인 목소리로 이렇게 말했다.

"허튼짓하지 마십시오…. 문제가 터져 당신에게 불상사가 생겨도 난 모르는 일입니다."

"아! 이런! 그 차가 가까이 다가온 모양이로군…. 하지만 왜 그리 두려워하는 겁니까, 백작? 단지 여행객일 수도… 아니면 당신을 위해 도착한 지원군일 수도 있지 않습니까."

"지원군 따위는 필요 없습니다."

독일인이 퉁명스럽게 대꾸했다.

독일인은 다시 창밖으로 몸을 내밀었다. 뒤따라오는 자동차는 이제 200미터 혹은 300미터 거리에 있었다. 독일인은 뤼팽을 가리키며 부하들에게 지시를 내렸다.

"이자를 묶어! 반항하면…."

독일인이 권총을 꺼내 들었다.

"내가 왜 반항하겠습니까, 친절한 독일인 양반?"

뤼팽이 빈정거리며 말했다.

손이 묶이면서도 뤼팽은 말을 멈추지 않았다.

"하여튼 막상 주의를 기울여야 할 때는 느긋하고, 그럴 필요가 없을 때는 신경을 곤두세우는 사람들을 보면 참 희한해. 대체 왜 이렇게 저 자동차에 신경을 쓰는 겁니까? 내 패거리일까봐? 터무니없는 발상이로군!"

독일인은 아무런 대답도 하지 않고 운전사에게 지시를 내렸다.

"오른쪽으로! 속도를 늦춰…. 저 차를 먼저 보내…. 저 차도 속도를 늦추면 아예 차를 멈춰 세워!"

하지만 뜻밖에도 뒤따라오던 차는 오히려 속력을 더 내는 듯했다. 마치 회오리바람이 지나가듯 먼지구름을 일으키며 쌩하니 앞질러 갔다.

그런데 일부분 지붕이 개방된 뒷좌석에서 검은 옷을 입은 한 남자가 서 있었다.

남자가 팔을 들었다.

느닷없이 두 번의 총성이 울려 퍼졌다.

왼쪽 차창으로 몸을 내밀어 밖을 내다보던 백작이 자동차 안으로 풀썩 쓰러졌다.

백작을 살펴보지도 않고 두 남자가 뤼팽에게 와락 달려들어 몸을 더욱 꽁꽁 묶었다.

"멍청한 놈! 한심한 놈! 오히려 날 풀어줘야지! 이런, 제길, 이젠 차까지 세우네! 이 멍청한 놈들아, 최대한 속력을 내서 따라붙어…. 저 차를 잡으란 말이다…! 저 검은 옷을 입은 자가… 살인범이야…. 이런! 멍청한 놈들…."

뤼팽의 입에 재갈이 물렸다. 그제야 그들은 백작을 살펴보았다. 상처는 깊어 보이지 않았다. 재빨리 상처 부위에 붕대를 감았다. 하지만 환자는 무척 흥분해 있었고 몸에 열이 올라 이내 정신을 잃고 말았다.

때는 아침 8시였다. 그들은 마을에서 한참 떨어진 허허벌판에 와 있었다. 백작의 부하들은 여행의 정확한 목적에 대해 언질을 받은 바 없다. 어디로 가야 하나? 누구에게 알려야 하나?

그들은 숲 근처에 차를 세우고 무작정 기다렸다.

한나절이 그렇게 흘러갔다. 저녁이 되어서야 자동차를 찾기 위해 트리에르 시에서 보낸 기병 소대가 도착했다. 두 시간 후 뤼팽은 차에서 내렸다. 그리고 여전히 두 독일인의 밀착감시를 받으며 손전등 불빛에 의지해 층계를 올라가 창문이 쇠창살로 막힌 작은 방으로 들어갔다.

뤼팽은 그곳에서 밤을 보냈다.

다음 날 아침, 장교 한 명이 뤼팽을 데리러 왔다. 군인들이 북적거리는 앞뜰을 지나 거대한 폐허가 있는 언덕 아래에 길게 늘어선 건물 중 한가운데 건물로 갔다.

그런 다음 가구가 단출하게 놓인 널찍한 방으로 안내되었다. 그저께 뤼팽을 방문했던 남자가 책상 앞에 앉아 붉은 색연필로 굵은 줄을 그으며 신문과 보고서를 읽고 있었다.

"그만 나가 보게."

남자는 장교에게 이렇게 지시한 후 뤼팽에게 다가갔다.

"문서들을 내놓으시오."

남자의 말투는 이전과 확연히 달랐다. 자신의 영역 안에 있

는 주인 특유의 강압적이고 딱딱한 말투였다. 아랫사람을 대하
는 듯했다. 게다가 얼마나 미천한 아랫사람인가! 사기꾼이자
질 나쁜 협잡꾼인 주제에 자신에게 모욕감까지 느끼게 했으니!

"문서들을 내놓으시오."

남자가 채근했다.

뤼팽은 당황하지 않고 차분하게 말했다.

"문서는 벨당츠 성안에 있습니다."

"여기가 바로 벨당츠 성 부속 건물이오."

"문서는 폐허 안에 있습니다."

"그리로 가지. 날 안내하시오."

뤼팽은 꼼짝도 하지 않았다.

"왜 그러나?"

"아! 그렇게 간단한 일이 아닙니다. 비밀 장소에 접근하려면
몇 가지 필요한 요소를 갖춰야 하는데, 그러려면 시간이 필요
합니다."

"시간이 얼마나 필요하오?"

"스물네 시간이 필요합니다."

순간적으로 성난 기색이 스쳤지만 남자는 이내 감정을 억누
르는 눈치였다.

"아! 그런 이야기는 오가지 않았는데."

"구체적인 이야기는 전혀 오가지 않았지요, 폐하…. 폐하께
서 제게 경호원을 여섯 명이나 붙여서 여행을 시켜주실 거라는
이야기도 없었고요. 그저 저는 그 문서를 폐하께 넘기기만 하
면 되는 겁니다."

"그리고 나는 그 문서를 받는 대신 당신을 풀어주면 되는 거고."

"신뢰의 문제로군요, 폐하. 만약 제가 교도소를 벗어나는 즉시 자유의 몸이 되었어도, 다시 말해 폐하께서 제가 그 문서를 가지고 도망치지 않으리라 믿어주셨더라도, 전 폐하께 문서를 전하고자 했을 겁니다. 유일한 차이점이라면, 그 문서가 이미 폐하의 수중에 있었으리라는 점이지요, 폐하. 이미 하루를 허비하지 않았습니까. 그리고 이러한 일에서 하루를 허비한다는 건… 굉장한 손실이지요…. 그래서 우리가 서로 신뢰해야 하는 겁니다."

황제는 황당한 표정으로 자신의 말을 믿어주지 않았다고 언짢아하는 도둑, 이 미천한 자를 바라보았다.

황제는 아무런 말도 하지 않고 벨을 눌렀다.

"당직 장교 들어오게."

황제가 지시를 내렸다.

발데마르 백작이 창백한 얼굴로 들어섰다.

"아! 자넨가, 발데마르? 몸은 좀 괜찮나?"

"분부만 내리십시오, 폐하."

"다섯 명을 고르게…. 자네가 신뢰하는 모양이니 아까 그 다섯 명으로. 그리고 내일 아침까지 이… 신사 곁을 떠나지 말게."

백작이 시계를 들여다보았다.

"내일 아침 10시까지일세…. 아니, 넉넉히 12시까지로 잡지. 그때까지 이 사람이 가자는 대로 가고, 하라는 대로 하게. 즉 이 사람을 전적으로 돕게. 12시에 내가 자네에게 가겠네. 만약 12

시 정각까지 내 손에 편지 꾸러미가 들어오지 않는다면, 자네는 이 사람을 다시 자동차에 태워 지체하지 말고 상테 교도소로 데리고 가게."

"만약 도망치려 하면…."

"알아서 처리하게."

황제가 방을 나갔다.

뤼팽이 탁자에서 시가 하나를 집어들고는 안락의자에 털썩 몸을 던졌다.

"잘됐군! 난 이런 식으로 일하는 게 좋아. 솔직하고 분명하잖아."

백작이 부하들을 방으로 불러들인 후 뤼팽에게 소리쳤다.

"갑시다!"

뤼팽은 시가에 불을 붙이고는 그대로 의자에 앉아 있었다.

"저자의 손을 묶어!"

백작이 지시했다.

지시가 수행되자 다시 뤼팽에게 소리쳤다.

"자… 갑시다!"

"싫습니다."

"이런, 싫다고 했습니까?"

"지금은 생각 중입니다."

"대체 무슨 생각을 한다는 겁니까?"

"비밀 장소가 어디인지 생각해야 합니다."

백작이 펄쩍 뛰었다.

"뭐라고! 그럼 당신도 모른단 말입니까?"

"당연하지! 그게 이 모험의 묘미 아니겠습니까. 그 대단한 비밀 장소가 어디인지 전혀 알지 못하고, 그걸 발견할 어떠한 수단도 없습니다. 어떠십니까, 발데마르 백작? 정말 재밌지 않습니까…. 아무런 생각도 없다니…."

황제의 편지

1

라인 강 언저리와 모젤 지방을 찾는 사람들에게는 익히 잘 알려진 벨당츠의 폐허 한가운데에는 피스팅겐의 대주교가 1277년에 건축한 고성의 잔재가 남아 있었다. 프랑스 튀렌 장군의 군대가 부숴놓은 거대한 탑 근처에는 르네상스풍의 웅장한 궁전을 에워싼 벽이 손상되지 않은 채 그대로 남아 있었는데, 그 궁전이 바로 3세기 동안 되 퐁 대공들이 거주했던 보금자리다.

물론 헤르만 2세의 부하들이 반기를 들고 노략질한 곳도 바로 이 궁전이다. 건물의 사면에는 유리가 없는 창문들 200개가 을씨년스럽게 구멍을 드러냈고, 내부의 모든 목재 건축재와 벽지 그리고 대부분 가구들은 불에 타버린 상태였다. 바닥에는 불에 그슬린 들보들이 쓰러져 있고, 부서진 천장 사이로는 드문드문 하늘이 보였다.

뤼팽은 그를 쫓아온 일행과 더불어 두 시간 만에 모든 곳을 둘러보았다.

"백작의 협조가 상당히 만족스럽습니다. 이렇게 준비가 잘돼 있는 데다 과묵하기까지 한 안내자는 처음입니다. 괜찮다면 이제 점심을 먹으러 갑시다."

실상을 말하자면 뤼팽은 알아낸 것이 전혀 없어서 속으로는 점점 더 당황하는 중이었다. 감옥에서 나가려는 목적으로 황제의 관심을 끌기 위해 모든 걸 아는 척 허풍을 떨었지만, 아직 어디서부터 시작해야 좋을지 갈피조차 못 잡은 상태였다.

'낭패로군. 이렇게 일이 안 풀릴 수가 있나.'

게다가 뤼팽은 평소의 명철함도 발휘하지 못했다. 뒤를 밟는 미지의 인물, 살인자, 괴물 같은 존재가 머릿속을 가득 채우고 있었기 때문이다.

베일에 싸인 인물이 어떻게 자신의 뒤를 밟은 것일까? 자신이 교도소를 빠져나와 룩셈부르크를 거쳐 독일 쪽으로 가고 있다는 사실을 무슨 수로 알아챘단 말인가? 초인적인 직관력을 가졌을까? 아니면 정확한 정보를 입수했을까? 그렇다면 어떠한 대가를 치르고, 어떠한 감언과 협박을 통해 그 정보를 입수했을까?

이 같은 질문들이 뤼팽의 머릿속을 온통 휘저었다.

4시경, 공연스레 돌들을 들여다보고 벽의 두께를 재보고 이런저런 것들의 모양과 형태를 살펴본 다음 뤼팽이 백작에게 물었다.

"이 성에서 마지막 대공을 모셨던 하인 중 여전히 남아 있는 사람은 없습니까?"

"그 시절 대공을 모셨던 하인들은 모두 뿔뿔이 흩어졌습니다. 이 지역을 떠나지 않았던 하인은 단 한 사람뿐입니다."

"그런데?"

"2년 전에 죽었습니다."

"슬하에 자녀는 없었습니까?"

"결혼한 아들이 한 명 있었는데 품행이 하도 좋지 않아 그 부인과 함께 쫓겨났습니다. 막내딸인 이질다라는 아이만 남기고."

"그럼 그 애는 지금 어디서 살고 있습니까?"

"여기 부속 건물 끝에 살고 있습니다. 성 출입이 자유로웠을 때 그 애의 할아버지가 이곳의 관광 안내를 맡아 했습니다. 이질다는 그 이후로 줄곧 이 폐허에서 살고 있어요. 사람들이 불쌍해서 받아준 거지. 말도 잘 못하고 자신이 무슨 말을 하는지도 모르는 딱하고 순진한 아이입니다."

"원래부터 그랬습니까?"

"그런 것 같지는 않습니다. 한 열 살 때부터 상태가 점점 안좋아졌다고 하더군요."

"무언가 슬프거나 두려운 일을 겪었습니까?"

"아닙니다. 뚜렷한 이유는 없어요. 아이의 아빠가 술에 빠져 지냈고 엄마는 미쳐서 자살하긴 했지만."

뤼팽이 잠시 생각에 잠기더니 이렇게 결론지었다.

"그 애를 만나봐야겠습니다."

백작은 뜻을 알 수 없는 묘한 미소를 지었다.

"물론 만나실 수 있습니다."

소녀는 마침 자신의 방에 있었다. 뜻밖에도 귀여운 외모를 지닌 소녀와 마주하자 뤼팽은 잠시 놀랐다. 소녀는 무척이나

야위고 창백했지만 금발에 섬세한 이목구비를 지녀 꽤 예쁘장했다. 초록색 물빛을 띤 두 눈동자는 흐리멍덩하고 꿈을 꾸는 듯해서 앞을 볼 수 없는 것처럼 느껴졌다.

뤼팽이 몇 가지 질문을 해보았지만 이질다는 아무런 대답도 하지 않거나 자신이 무슨 질문을 받았는지, 무슨 대답을 하는지도 모른 채 횡설수설하기만 했다.

뤼팽은 포기하지 않고 소녀의 손을 다정하게 붙잡고는 부드러운 목소리로 정신이 온전했던 시절에 대해, 할아버지에 대해, 성의 거대한 폐허를 마음껏 뛰놀던 어린 시절에 대해 물어보았다.

소녀는 침묵으로 일관하며 멍한 눈빛으로 뤼팽을 응시했다. 무언가 감정적인 변화가 이는 듯했지만 그렇다고 잠들어 있는 정신이 깨어나는 것 같지는 않았다.

뤼팽이 연필과 종이를 갖다 달라고 했다. 건네받은 백지 위에 '813'이라는 숫자를 적었다.

백작이 다시 그 묘한 미소를 지었다.

"이런! 대체 뭐가 그렇게 웃긴 겁니까?"

짜증이 난 뤼팽이 버럭 소리를 질렀다.

"아닙니다…. 아무것도 아니지…. 그저 흥미로워서… 무척 흥미롭군요…."

뤼팽이 종이를 내밀자 소녀는 잠시 관심을 두는 듯하더니 이내 무심한 표정으로 딴 곳을 바라보았다.

"효과가 없군."

백작이 빈정거렸다.

뤼팽이 이번에는 'Apoon'이라는 글자를 적어 내보였다.

이질다는 역시 아무런 반응을 보이지 않았다.

뤼팽은 포기하지 않고 매번 글자 간격을 달리하며 연신 같은 단어를 적어 내려갔다. 그러면서 틈틈이 소녀의 표정을 살폈다.

소녀는 티끌만큼도 동요하는 기색 없이 종이에 시선을 고정한 채 가만히 앉아 있었다.

그러다가 불현듯 연필을 붙잡더니 뤼팽의 손에서 종이를 획 낚아챘다. 그리고 마치 순간적으로 영감이 떠오른 듯 뤼팽이 써놓은 글자 한 가운데에 'l' 두 개를 적어놓았다.

뤼팽이 소스라쳤다.

Apollon(그리스 신화에 나오는 태양신인 아폴론 – 옮긴이)이라는 단어가 완성되었던 것이다.

그 후에도 소녀는 종이와 연필을 내려놓지 않고 손가락에 힘을 준 채 신통치 않은 머리가 머뭇거리며 내리는 명령을 손이 이행하도록 안간힘을 썼다.

뤼팽이 흥분에 휩싸여 소녀의 다음 행동을 기다렸다.

소녀는 마치 환각에 사로잡힌 듯 재빨리 한 단어를 휘갈겼다.

Diane(달의 여신인 디아나 – 옮긴이)라는 단어였다.

"한 단어만 더…! 한 단어만!"

뤼팽이 달뜬 목소리로 외쳤다.

소녀는 연필을 잡은 손가락을 비틀어대며 용을 썼고, 이내 연필심을 부러뜨리며 종이 위에 대문자 J를 그려놓았다. 그러고는 힘이 풀려 연필을 떨어뜨렸다.

"한 단어만 더! 제발!"

뤼팽이 소녀의 팔을 붙잡고 다그쳤다.

하지만 소녀의 눈동자는 잠시 반짝였던 총기를 잃고 다시금 흐리멍덩했다.

"갑시다."

뤼팽이 말했다.

자리에서 일어나 몇 걸음을 옮기는데, 갑자기 소녀가 달려와 뤼팽의 앞을 가로막았다.

"왜 그러니?"

소녀가 손을 내밀었다.

"뭐! 돈을 달라고? 이 애가 평소에도 이렇게 구걸을 합니까?"

뤼팽이 백작에게 물었다.

"아닙니다. 나도 어찌 된 영문인지 모르겠군…."

이질다는 호주머니에서 금화 두 개를 꺼내더니 쨍그랑 소리를 내며 손장난을 쳤다.

뤼팽이 금화들을 살펴보았다.

그해 주조된 프랑스 금화들이었다.

뤼팽이 흥분해서 소리쳤다.

"이거 어디서 났니…? 프랑스 금화잖아! 누가 주던…? 언제…? 오늘 받았니…? 말해보렴…! 대답을 좀 해보란 말이다!"

그러더니 어깨를 으쓱하며 중얼거렸다.

"나도 참 멍청하지! 이 애가 어떻게 대답을 하겠어! 친애하는 백작, 40마르크만 빌려주세요…. 고맙습니다…. 자, 이질다, 여기 있다….”

소녀는 두 개의 동전을 받아들고는 손에 쥔 다른 두 개의 동전에 부딪히게 해 쨍그랑 소리를 냈다. 그러고는 손을 뻗어서 르네상스풍 궁전을 가리켰다. 자세히 보니 왼쪽 익랑의 꼭대기를 가리키는 것 같았다.

무심코 하는 행동일까? 아니면 금화 두 개에 대한 사례의 표시일까?

뤼팽이 백작을 쳐다보았다. 백작은 여전히 그 묘한 웃음을 짓고 있었다.

'대체 이놈은 왜 웃는 거야? 날 놀리는 것 같잖아.'

뤼팽이 속으로 중얼거렸다.

혹시나 하는 마음에 뤼팽은 백작과 함께 궁전으로 향했다.

1층에는 서로 통하는 거대한 응접실들이 있었는데, 그곳에는 불에 타지 않고 그대로 보존된 몇 개의 가구들이 모여 있었다.

2층의 북쪽으로는 기다란 회랑이 뻗어 있었고 서로 똑같이 생긴 열두 개의 방들이 이 회랑으로 직통해 있었다.

3층에도 비슷한 회랑이 뻗어 있었지만, 여기에는 서로 비슷하게 생긴 방들이 스물네 개나 있었다. 모든 방이 텅 비고 훼손돼 있어 초라하기 그지없었다.

그 위로는 아무것도 없었다. 다락방들이 불에 타 손실됐던 것이다.

한 시간 동안 뤼팽은 지친 기색 없이 종종걸음으로 뛰어다니며 매서운 눈빛으로 여기저기를 살펴보았다.

어둠이 내릴 무렵 뤼팽은 자신만 아는 무슨 특별한 이유에 이끌린 듯 2층에 있는 열두 개의 방 중 한 곳으로 뛰어갔다.

그곳에 도착한 뤼팽은 깜짝 놀랐다. 황제가 누군가 대령해놓은 안락의자에 앉아 담배를 피우고 있었던 것이다.

하지만 뤼팽은 황제가 있든 없든 아랑곳하지 않고, 조사를 벌일 때 자신이 자주 사용하는 방식에 따라 구획을 나눈 뒤 차근차근 방을 수색하기 시작했다. 20분 후 뤼팽이 입을 열었다.

"폐하, 죄송합니다만 잠시 옆으로 비켜주십시오. 거기 벽난로가 있어서…."

황제가 고개를 흔들었다.

"내가 꼭 비켜야 하는 이유라도 있소?"

"예, 폐하. 거기 벽난로가…."

"이 벽난로는 그저 평범해 보이는데. 이 방도 다른 방이랑 다를 게 없어 보이고."

뤼팽은 말뜻을 이해하지 못한 채 멍하니 황제를 바라보았다. 황제가 웃으며 자리에서 일어났다.

"뤼팽, 아무래도 당신이 날 놀리고 있는 것 같소."

"뭐라고요, 폐하?"

"아! 뭐, 그다지 대단한 일은 아니오! 당신은 내게 문서를 돌려준다는 조건으로 자유를 얻어놓고, 정작 그 문서가 어디 있는지는 까마득히 모르고 있지. 한마디로 내가 제대로… 프랑스어로 뭐라 그러나? 뒤통수를 맞았다고 그러나?"

"정녕 그렇게 생각하십니까, 폐하?"

"맙소사! 어디 있는지 알고 있다면 애초에 찾지도 않았겠지. 게다가 당신은 족히 열 시간 동안이나 이렇게 헤매고 있지 않소. 이만하면 즉시 교도소로 돌아가야 한다고 생각하지 않소?"

뤼팽이 당황한 기색으로 물었다.

"폐하, 내일 정오까지 말미를 주지 않으셨습니까?"

"그때까지 기다릴 필요가 있겠소?"

"그야 당연히 작업을 마무리 짓기 위해 필요하지요."

"당신의 작업 말이오? 아직 시작도 안 했잖소, 뤼팽."

"그건 폐하께서 잘못 알고 계신 겁니다."

"증명해보시오. 그럼 내일 정오까지 기다려주겠소."

뤼팽이 잠시 생각에 잠기더니 진중한 목소리로 말을 꺼냈다.

"폐하께서 증거가 있어야만 저를 믿겠다고 하시니 말씀드리지요. 이 회랑에 면한 열두 개의 방은 각기 다른 이름을 갖고 있습니다. 그리고 각각의 방문에 그 머리글자가 적혀 있지요. 조금 전 이 회랑을 지나갈 때, 그중 그나마 불길에 덜 훼손된 글자 하나가 제 눈길을 사로잡았습니다. 그래서 곧바로 다른 문도 살펴보았지요. 그 결과 박공판 위에 새겨진 몇 개의 머리글자를 가까스로 판독할 수 있었습니다. 그런데 그것들 가운데는 디아나의 첫 글자인 D라는 글자가 있었습니다. 또 아폴론의 첫 글자인 A도 있었고요. 아시다시피 이 두 이름은 신화에 등장하는 신들의 이름 아닙니까. 이쯤 되니 나머지 머리글자도 신들의 이름에서 따왔을 거라는 생각이 들더군요. 아니나 다를까 주피터의 첫 글자인 J, 비너스의 첫 글자인 V, 머큐리의 첫 글자인 M, 사투르누스의 첫 글자인 S가 줄줄이 발견되더군요. 퍼즐

이 맞춰진 셈이지요. 열두 개의 방에는 각각 올림퍼스 신들의 이름이 붙여져 있는 겁니다. 그리고 이질다가 Apoon의 중간에 l을 두 개 그려넣어 완성한 Apollon은 바로 이 방을 가리키는 것이고요. 그러니 우리가 있는 이곳이 바로 편지가 감춰진 비밀 장소인 겁니다. 이제 몇 분 후면 그 편지들이 발견될 겁니다."

"몇 분 후일지 몇 년 후일지… 그보다 더 먼 미래일지!"

황제가 웃으며 말했다.

이 상황을 꽤 즐기는 듯한 눈치였다. 백작도 덩달아 야비한 웃음을 지어 보였다.

뤼팽이 물었다.

"폐하, 왜 그렇게 생각하는지 설명해주시겠습니까?"

"뤼팽, 오늘 당신이 열정적으로 행하고 눈부시게 보고한 그 조사는 이미 내가 다 해본 거라오. 그렇소. 2주 전 당신의 친구 헐록 숌즈와 함께 말이오. 우리는 함께 이질다에게 질문했고 당신과 같은 방법을 동원해 회랑 머리글자들의 비밀을 풀어 여기 아폴론 방까지 왔소."

안색이 납빛이 된 뤼팽이 더듬거렸다.

"아! 숌즈가… 왔습니까…. 여기까지?"

"그렇소. 나흘간의 수색 끝에 여기까지 왔지. 하지만 사실상 아무런 진전도 없었소. 아무것도 발견하지 못했으니. 하지만 최소한 편지가 여기에 없다는 건 알고 있소."

자존심에 깊은 상처를 입은 뤼팽은 치를 떨었다. 이러한 조롱을 당하니 마치 채찍으로 얻어맞은 것처럼 뜨거운 반발심이 솟구쳤다. 이렇게까지 심한 모욕감을 느껴본 건 난생처음이었다. 어찌나 화가 나던지 하마터면 연신 피식거리며 자신의 성질을 돋운 뚱뚱한 발데마르의 목을 조를 뻔했다.

하지만 뤼팽은 애써 마음을 가라앉히며 이렇게 말했다.

"숌즈는 나흘이나 걸렸습니다, 폐하. 저는 몇 시간 만에 여기까지 왔고요. 수색하는 데 걸림돌만 없었어도 시간은 더 단축됐을 겁니다."

"이런, 누가 걸림돌이란 말이오? 내 충직한 백작이? 그럴 리가 없을 텐데…."

"아닙니다, 폐하. 제 적들 가운데 가장 악랄하고 강력한 놈이 한 명 있습니다. 바로 이 무자비한 놈이 자신의 공범인 알텐하임까지 죽였지요."

"그자가 여기 있단 말이오? 확실하오?"

황제가 소리를 질렀다. 동요하는 기색을 보아하니 이미 이 사건의 내막을 속속들이 알고 있는 게 분명했다.

"제가 있는 곳이라면 어디라도 따라오지요. 끈질긴 증오심을 불태우며 저를 협박하고 있습니다. 제가 르노르망 치안국장이란 걸 알아챈 자도 그자였고, 절 감방에 처넣은 자도 그자였고, 제가 교도소에서 나왔을 때 제 뒤를 밟은 자도 바로 그자였습니다. 어제 그자는 차 안에 있는 저를 저격하려다 발데마르 백작에게 총상을 입힌 겁니다."

"하지만 어떻게 확신하오? 그자가 벨당츠에 있다는 증거가 있소?"

"이질다가 금화 두 개를 받았습니다. 프랑스 금화를요!"

"그자가 왜 온 거요? 무슨 목적으로?"

"저도 모릅니다, 폐하. 하지만 그자는 악의 화신입니다. 조심하셔야 합니다! 무슨 짓이라도 할 놈입니다."

"불가능한 일이오. 이 폐허에는 내 부하들이 200명이나 있소. 여기까지 들어오지 못했을 거요. 들어왔다면 누가 봤을 것이오."

"분명히 누군가 봤습니다."

"누가 봤다는 말이오?"

"이질다입니다."

"그럼 직접 물어보시오! 발데마르, 자네의 포로를 그 소녀에게 데려가게."

뤼팽이 묶인 손을 내보였다.

"치열한 싸움이 될 겁니다. 이 꼴로 싸움이나 될까요?"

황제가 백작에게 지시했다.

"풀어주게···. 그리고 내게 결과를 보고하도록···."

뚜렷한 증거도 없이 살인자의 혐오스러운 형상을 논쟁에 과감하게 끌어들이는 순발력을 발휘함으로써 아르센 뤼팽은 시간을 벌고 수색을 재개할 수 있었다.

'아직 열여섯 시간이 남았군. 그 정도면 충분해.'

뤼팽이 속으로 중얼거렸다.

뤼팽은 이질다의 숙소에 도착했다. 소녀의 숙소는 수비대 200명의 병영으로 쓰이는 오래된 부속 건물 끝에 있었고, 그 왼쪽 익랑은 장교들의 전용 공간이었다.

이질다는 그곳에 없었다.

백작은 소녀를 찾아오라고 부하 두 명을 내보냈다. 그들이 다시 돌아왔다. 그리고 소녀를 본 사람이 아무도 없었노라고 보고했다.

하지만 소녀가 성벽 밖으로 나갔을 리 만무했다. 게다가 르네상스풍의 궁전은 주둔 인원의 절반이 거의 에워싸다시피 해서 그 누구의 출입도 허락하지 않았다.

덧붙여 근처 숙소에 사는 중위 부인의 말에 따르면, 자신이 창문에서 눈을 떼지 않고 있었지만 소녀가 나가는 모습은 보지 못했다는 것이다.

"만약 나가지 않았다면 여기 있어야 하는데 보다시피 없지 않습니까."

발데마르가 소리쳤다.

뤼팽이 캐물었다.

"위층은 없나요?"

"있어요. 하지만 이 방에는 위층으로 통하는 계단이 없습니다."

"아니, 있습니다."

뤼팽은 어둑한 구석에 있는 열린 쪽문을 가리켰다. 사다리처럼 가파른 계단 몇 개가 어둠 속에서 어렴풋이 모습을 드러냈다.

"친애하는 백작, 부탁하건대 저 층계를 먼저 올라갈 수 있는 영광을 주시지요."

"왜 그러십니까?"

"위험할 겁니다."

말을 마치자마자 뤼팽은 쏜살같이 층계를 뛰어올라 좁다랗고 나지막한 다락방 안으로 몸을 날렸다.

뤼팽의 입에서 탄식이 새어나왔다.

"이런!"

"무슨 일입니까?"

뒤이어 도착한 백작이 놀라 물었다.

"여기… 바닥에… 이질다가….''

하지만 뤼팽은 이내 마음을 놓았다. 무릎을 꿇고 살펴보니 소녀는 단지 기절했을 뿐이고, 손목과 손에 몇 군데 찰과상을 입은 것 빼고는 아무런 상처도 없었다.

소녀의 입에는 손수건이 물려 있었다.

"일은 이렇게 된 겁니다. 살인범은 이 애와 함께 있었습니다. 우리가 도착하니 다급해진 놈이 주먹으로 이 애를 친 뒤 신음이 새나가지 못하도록 입에 수건을 물린 거예요."

"하지만 대체 그자가 어디로 도망쳤단 말입니까?"

"저쪽… 저쪽을 보세요…. 2층의 모든 다락방과 통하는 복도가 있습니다."

"그 복도를 지나 어디로 갔다는 겁니까?"

"어느 숙소의 계단을 통해 내려갔을 겁니다."

"그랬다면 누군가 봤겠지!"

"쳇, 알 게 뭐야? 이자는 투명 인간 같은 자란 말입니다! 그건 중요치 않아요! 부하들을 풀어 조사에 착수하세요. 모든 다락방과 1층에 있는 숙소를 뒤지란 말입니다!"

뤼팽은 망설였다. 자신도 함께 나서서 살인자를 쫓아야 하나?

그 순간 무슨 소리가 들려 얼른 소녀에게로 시선을 돌렸다. 소녀가 몸을 일으키면서 열두 개가량의 금화가 손에서 굴러떨어지며 난 소리였다. 뤼팽이 즉시 금화를 살펴보았다. 모두 프랑스 금화였다.

"그래, 내 짐작이 틀리지 않았어. 근데 왜 이렇게 많은 금화를 준 거지? 무얼 얻어내려고?"

순간 뤼팽은 땅에 떨어진 책 한 권을 발견했다. 몸을 숙여 책을 집어들려는 찰나, 소녀가 재빨리 낚아채 목숨을 걸고 지킬 태세로 가슴에 꼭 부둥켜안았다.

"이거로군. 이 책을 가져가려고 금화를 준 거였어. 하지만 저 애가 좀처럼 내놓으려 하지 않았겠지. 그러다가 손에 찰과상을 입은 거고. 그런데 무슨 이유로 살인범이 저 책을 가져가려 했는지가 의문이군. 그자가 이미 저 책을 읽어본 건가?"

뤼팽이 발데마르에게 말했다.

"백작, 부하들에게 명령을 내려주세요…."

발데마르가 부하들에게 신호를 보냈다. 부하 세 명이 소녀를 향해 달려들었다. 소녀는 애처롭게 발버둥치며 몸을 비틀고 비명을 지르는 등 끈질기게 저항했지만 결국에는 책을 빼앗기고 말았다.

"진정해라, 애야. 진정해…. 다 좋은 일을 하려고 이러는 거란다…. 이 애를 잘 지켜보세요! 나는 그동안 문제의 물건을 살펴볼 테니."

족히 100년은 돼 보이는 오래된 장정을 넘겨 보니 그 책은 몽테스키외의《그니드 신전 여행》전권 중 한 권이었다. 책을 펼치자마자 뤼팽이 소리쳤다.

"이런, 세상에, 이상하군. 각 페이지 겉면마다 양피지가 붙어 있고, 그 양피지 위에 작은 글씨가 빽빽하게 적혀 있잖아."

뤼팽은 첫 줄부터 차근차근 읽어 내려갔다.

"되 퐁 벨당츠 대공의 충복인 프랑스인 질 드 말레슈 경의 일기. 서기 1794년부터 기록 시작."

"아니, 그런 게 있었다니…?"

백작이 소리쳤다.

"왜 그렇게 놀라는 건가요?"

"이질다의 할아버지, 즉 2년 전에 죽은 그 늙은 하인의 이름이 말레이히입니다. 프랑스식으로 발음하면 말레슈가 되지."

"좋아! 그러니까 이질다의 할아버지가 몽테스키외의 책에다 일기를 쓴 프랑스 충복의 아들이나 손자인 거로군. 그래서 이질다가 이 일기를 물려받은 거고."

뤼팽이 무작위로 책을 펼쳐보았다.

1796년 9월 15일. 전하께서 사냥을 나가셨다.

1796년 9월 20일. 전하께서 말을 타고 외출하셨다. 전하께서 오늘 타신 말의 이름은 큐피드였다.

"제기랄, 지금까지는 심장을 두근거리게 할 내용이 없군."

뤼팽은 책장을 뒤로 더 넘겨 보았다.

1803년 3월 12일. 헤르만에게 10에퀴(프랑스의 옛 금화 - 옮
긴이)를 보냈다. 헤르만은 런던에서 요리사로 일하고 있다.

뤼팽이 웃음을 터트렸다.
"이런! 이런! 헤르만이 지위를 박탈당한 후인가 보군. 체면이
땅에 떨어졌어."
"당시 대공은 프랑스 군대에 의해 나라에서 추방당한 상태였
습니다."
발데마르가 설명을 덧붙였다.
뤼팽은 일기를 계속 읽어갔다.

1809년. 화요일인 오늘 나폴레옹이 벨당츠에서 묵었다. 내가
직접 폐하의 잠자리를 준비하고 이튿날 그분의 변기를 비웠
다.

"아! 나폴레옹이 벨당츠에 왔습니까?"
"예, 그런 적이 있습니다. 바그람으로 향하는 오스트리아 원
정 때 이곳에 들러 자신의 군대와 합류했습니다. 대공의 가문
은 나폴레옹을 모셨던 걸 무척이나 자랑스러워했습니다."
뤼팽이 다시 일기장으로 눈길을 돌렸다.

1814년 10월 28일. 전하께서 돌아오셨다.

10월 29일. 오늘 밤 드디어 전하를 비밀 장소로 모시고 갔다.

아무도 그 존재를 눈치채지 못한 비밀 장소를 전하께 보일 수 있어서 뿌듯했다. 게다가 그 누가 상상이나 할 수 있겠는가, 비밀 장소는 바로….

거기서 낭독이 뚝 끊겼다…. 뤼팽이 소리쳤다…. 이질다가 자신을 붙잡은 병사들을 뿌리치고 달려들어 책을 낚아챈 다음 줄달음질친 것이다.

"이런! 저 골칫거리! 빨리 잡으세요…! 아래층으로 내려가 돌아가세요. 내가 복도로 나가 저 아이를 쫓을 테니."

하지만 이미 방문을 나선 소녀는 반대쪽에서 빗장을 걸었다. 뤼팽은 다른 사람들과 마찬가지로 아래층으로 내려가 부속 건물들을 따라 달리며 2층으로 올라오는 층계를 찾아야 했다.

유일하게 네 번째 숙소의 문이 열려 있어서 뤼팽은 간신히 위층으로 올라갈 수 있었다. 하지만 복도는 텅 비어 있었다. 뤼팽이 문을 두드리고 자물쇠를 따고 텅 빈 방으로 들어가는 동안 발데마르도 그만큼 추격에 열을 올리며 칼끝으로 커튼과 벽지를 꾹꾹 쑤셔댔다.

불쑥 1층의 오른쪽 익랑에서 그들을 찾는 목소리가 들려왔다. 즉시 사람들이 몰려갔다. 어느 장교 부인이 복도 끝에서 손짓하며 소녀가 자신의 집에 있다고 일러주었다.

"그걸 어떻게 아십니까?"

뤼팽이 물었다.

"숙소에 들어가려 했는데 문이 잠겨 있었어요. 안에서 무슨 소리도 났고요."

과연 문은 열리지 않았다.

"창문으로 갑시다. 창문이 있을 거 아닙니까!"

안내를 받아 밖으로 나온 뤼팽은 창문 앞에 도착하자마자 백작의 칼을 빼앗아 단번에 유리를 깨뜨렸다.

그런 다음 병사 두 명의 도움을 받아 벽에 매달려 팔을 안으로 집어넣어서 문고리를 돌린 후 방 안으로 뛰어들었다. 벽난로 불꽃 앞에 웅크리고 앉아 있는 이질다의 모습이 눈에 들어왔다.

"아! 이런 맹랑한 것! 책을 불 속에 던졌잖아!"

거칠게 소녀를 밀쳐낸 뤼팽은 불 속에서 책을 꺼내보려 했지만 손만 데고 말았다. 결국 집게를 이용해 책을 꺼낸 다음 재빨리 테이블보를 덮어 불길을 껐다.

하지만 이미 늦었다. 그 오래된 책은 모두 불에 타 재가 되어 흩날렸다.

2

뤼팽이 망연히 소녀를 바라보았다. 곁에 있던 백작이 입을
열었다.

"일부러 태운 듯합니다."

"아니, 그렇지 않습니다. 저 애는 자기가 무슨 짓을 한지도 모
르고 있어요. 단지 할아버지가 애지중지한 책이니, 자신도 저
책을 보물이라 여겼겠지요. 아무도 봐선 안 되는 보물 말이에
요. 그래서 우둔한 본능에 휩싸여, 남에게 빼앗기느니 차라리
불 속에 던져버리는 편을 택한 겁니다."

"그래서 이제는 어떻게 할 겁니까?"

"어떻게 하다니?"

"이제 비밀 장소를 찾지 못할 거 아닙니까?"

"아! 이런! 백작, 잠시나마 내가 성공할 거라는 생각은 하셨
나 보군요? 이제 이 뤼팽이 순전히 사기꾼으로만 보이지는 않
지요? 안심하세요, 백작. 뤼팽에게는 준비해둔 화살이 여러 개
니까. 나는 반드시 성공할 겁니다."

"내일 12시까지 말입니까?"

"오늘 밤 자정 전까지 찾아드리겠습니다. 그런데 그전에 배가 고파 죽을 것 같군요. 무리한 부탁이 아니라면 식사를 좀…."

뤼팽은 부사관 전용 식당으로 쓰이는 부속 건물의 한 방으로 안내받았다. 푸짐한 식사가 차려졌다. 그러는 동안 백작은 황제에게 보고하러 갔다.

20분 후 발데마르가 돌아왔다. 두 사람은 마주 앉은 채 아무 말 없이 생각에 잠겼다.

"발데마르, 질 좋은 시가 한 대만 피면 딱 좋을 것 같군요…. 감사합니다. 역시 아바나산 시가답게 불 한번 잘 붙는군."

뤼팽은 시가에 불을 붙이고 1~2분간 침묵하더니 다시 입을 열었다.

"괜찮으니 당신도 피우십시오, 백작."

한 시간이 흘렀다. 발데마르는 꾸벅꾸벅 졸다가 이따금 잠을 쫓으려는 듯 샴페인 잔을 들이켰다. 병사들이 시중을 들며 들락날락했다.

"커피 좀 주십시오."

뤼팽이 부탁했다.

커피가 뤼팽의 앞에 놓였다.

"커피 맛이 형편없군…. 이게 카이사르의 후계자가 마시는 커피란 말인가! 어쨌든 한 잔만 더 부탁합니다, 발데마르. 오늘 밤은 길 듯하군요. 아! 커피 맛 한번 되게 지독하네!"

뤼팽은 또 한 대의 시가에 불을 붙이고는 더는 아무런 말도 하지 않았다.

그렇게 몇 분이 또 흘러갔다. 뤼팽은 침묵한 채 꼼짝도 않고 앉아 있었다.

갑자기 발데마르가 벌떡 일어서더니 화난 표정으로 뤼팽에게 소리쳤다.

"이런! 일어나세요!"

그 순간 뤼팽이 휘파람을 불었다. 상대야 화가 나든 말든 느긋하게 휘파람을 불어댔다.

"일어나라고 하지 않았습니까!"

뤼팽이 몸을 돌렸다. 황제가 방 안으로 막 들어선 참이다. 뤼팽이 자리에서 일어났다.

"일은 어디까지 진척됐소?"

황제가 물었다.

"폐하, 곧 폐하께서 만족하실 겁니다."

"정말이오? 그러면 어디인지 알아냈다는 뜻이군…."

"비밀 장소요? 거의 그런 셈입니다, 폐하…. 몇 가지 세부적인 문제들이 남아 있긴 하지만… 곧 모든 게 명확해지리라고 확신합니다."

"계속 여기 있어야 하오?"

"아닙니다, 폐하. 르네상스풍 궁전까지 저와 동행해주셨으면 합니다. 하지만 아직 시간적 여유가 있으니 폐하께서 허락해주신다면, 저는 두세 가지 사항을 좀 더 생각해보고자 합니다."

대답도 기다리지 않고 뤼팽이 의자에 앉았다. 그 모습을 본 발데마르의 얼굴에 노기가 가득 서렸다.

잠시 후 황제는 멀찌감치 떨어져 백작과 무언가를 의논한 후 다시 뤼팽에게 다가왔다.

"뤼팽, 이제 준비가 되셨소?"

묵묵부답이었다. 황제가 또다시 질문했지만 이제 뤼팽은 아예 고개까지 떨어뜨렸다.

"세상에, 자고 있잖아. 믿을 수가 없군."

화가 난 발데마르가 뤼팽의 어깨를 거칠게 흔들었다. 그러자 뤼팽이 의자에서 떨어져 바닥에 맥없이 쓰러졌다. 그러고는 두세 번 경련을 일으키더니 더는 움직이지 않았다.

"어찌 된 일인가? 설마 죽은 건 아니겠지!"

황제가 소리쳤다.

전등을 들고 뤼팽을 향해 몸을 기울였다.

"창백해! 밀랍 같군…! 이자를 살펴보게, 발데마르…. 심장이 뛰는지 확인하게…. 살아 있는 건가?"

백작이 잠시 후 대답했다.

"예, 폐하. 심장은 아주 규칙적으로 뛰고 있습니다."

"그럼 무슨 일인가? 대체 어떻게 된 영문인지…. 무슨 일이 있었던 건가?"

"의사를 부를까요?"

"서둘러 불러오게."

의사가 도착했을 때에도 뤼팽은 잠을 자듯 축 늘어진 상태였다. 의사는 뤼팽을 침대에 눕히고 한참을 살펴본 뒤 환자가 무엇을 먹었는지 물어보았다.

"독약을 먹었으리라 생각하는 거요?"

"아닙니다, 폐하. 독약을 먹은 것 같지는 않습니다. 하지만… 이 쟁반과 잔은 왜 놓여 있습니까?"

"커피를 마셨습니다." 백작이 대답했다.

"백작님이요?"

"아니요. 저자가 마셨어요. 나는 마시지 않았습니다."

의사가 커피를 쏟더니 맛을 본 후 이렇게 결론지었다.

"내 짐작이 틀리지 않았군요. 이 환자는 마취제에 취해 잠이 든 겁니다."

"누가 마취제를? 이보게, 발데마르. 어떻게 일을 이 지경까지 허술하게 하는가!"

"폐하⋯."

"이런! 됐네⋯! 이제 이 사람의 말에 믿음이 가기 시작하는 군. 정말로 이 성안에 누군가 들어왔을지도 모르지⋯. 금화며 마취제며⋯."

"만약 누군가 성벽 안으로 들어왔다면 이미 발각됐을 겁니다, 폐하⋯. 벌써 세 시간째 주변을 샅샅이 뒤지고 있습니다."

"하지만 커피에 마취제를 넣은 사람이 나일 리는 없지 않나⋯. 그렇다고 자네가⋯."

"아! 폐하!"

"됐네! 서둘러 찾아보게⋯. 수색하란 말일세⋯. 자네에게는 200명의 부하가 있고 부속 건물은 그리 넓지 않네! 지금 그 괴한이 건물 주변을 어슬렁거리고 있을지⋯ 식당 옆을 지나가고 있을지⋯ 누가 알겠나? 가게! 움직이란 말일세!"

주인이 명령을 내렸으니 발데마르는 밤새도록 큰 덩치를 이끌고 이리저리 분주히 돌아다녔다. 하지만 확신은 없었다. 외부인이 철통 같은 방어를 뚫고 폐허로 들어오기란 불가능하다고 여겼기 때문이다. 역시나 수색을 벌인 결과 자신의 생각이 옳았음이 증명되었다. 수색은 아무런 결실 없이 끝났고 음료에 마취제를 넣은 미지의 인물도 발견하지 못했다.

뤼팽은 그날 밤을 죽은 듯 누워 지냈다. 다음 날 아침 황제는 사람을 시켜 뤼팽의 상태를 알아오게 했고, 밤새도록 뤼팽 곁을 지켰던 의사는 환자가 여전히 자고 있다고 상황을 전했다.

오전 9시 무렵, 마침내 뤼팽이 일어나려는 듯 몸을 움찔거렸다.

잠시 후 뤼팽이 더듬거리며 입을 뗐다.

"지금이 몇 시입니까?"

"9시 35분입니다."

뤼팽이 또다시 용을 썼다. 굳은 육체 속 모든 세포가 활력을 되찾기 위해 기지개를 켜는 듯했다.

괘종시계에서 열 번의 종소리가 울렸다.

뤼팽이 소스라치며 외쳤다.

"데려가 주세요…. 궁전으로 날 데려가 주세요."

의사의 동의를 받은 발데마르는 부하를 불러 황제에게 이 소식을 알렸다.

뤼팽은 들것에 실려 궁전으로 향했다.

"2층으로 갑시다."

뤼팽이 힘없는 목소리로 말했다.

사람들이 뤼팽을 2층으로 데리고 갔다.

"복도 끝 왼쪽 마지막 방으로 갑시다."

열두 번째 방인 마지막 방에 도착하자 병사들이 의자를 가져왔다. 지친 뤼팽이 의자에 풀썩 앉았다.

황제가 도착했지만 뤼팽은 무신경한 태도와 멍한 눈빛으로 가만히 앉아 있었다.

몇 분 후 정신을 차린 듯 주변의 벽과 천장, 사람들을 둘러보더니 입을 열었다.

"마취제였지요?"

"그렇습니다."

의사가 대답했다.

"그자는… 찾았습니까?"

"못 찾았습니다."

뤼팽은 생각에 잠긴 듯 진지한 표정으로 몇 차례 고개를 끄덕였다. 하지만 자세히 보니 다시 잠든 것뿐이었다.

황제가 발데마르에게 다가갔다.

"자동차를 대기시키게."

"예? 그렇다면 폐하…?"

"그래! 아무래도 우리를 놀리는 것 같아. 이 모든 게 그저 시간을 벌기 위한 수작인 것 같단 말일세."

"아마도… 그런 것 같습니다…."

발데마르가 머뭇거리며 동의했다.

"틀림없네! 몇 번의 우연한 기회를 용케 잘도 이용했지만 실은 아무것도 아는 게 없어. 금화도 마취제도 모두 꾸며낸 이야기일 뿐이야. 계속 이런 수작에 말려든다면 이자는 우리 손에서 벗어날 걸세. 자네의 자동차를 대기시키게, 발데마르."

백작이 부하에게 지시를 내린 다음 돌아왔다. 뤼팽은 여전히 잠들어 있었다. 황제가 방 안을 살펴보더니 발데마르에게 말했다.

"이 방이 미네르바 방인가?

"그렇습니다, 폐하."

"그런데 왜 N이 두 곳에 적혀 있는 건가?"

정말로 방에는 N이 두 군데에 적혀 있었다. 하나는 벽난로 위에 적혀 있었고, 다른 하나는 벽 속에 자리한 괘종시계 위에 적혀 있었다. 처참하게 파손된 괘종시계는 복잡한 내부 장치가 훤히 들여다보였고, 줄에 매달린 추도 축 늘어진 채 멈춰 있었다.

"그 두 개의 N은….."

발데마르가 대답하려 했다.

하지만 황제는 그 대답을 끝까지 듣지 않았다. 뤼팽이 꿈틀거리며 눈을 뜨더니 알아들을 수 없는 말을 중얼거렸던 것이다. 뤼팽은 의자에서 일어나 방을 가로질러 걷더니 다시금 맥없이 쓰러지고 말았다.

육체를 마비시키는 끔찍한 무기력에 맞서 뤼팽의 두뇌와 신경, 의지가 악착같이 저항하고 있었다. 그것은 죽음에 맞서는 위독한 환자의 사투이자 공허에 맞서는 삶의 외로운 투쟁이었다.

그리고 한없이 고통스러워 보였다.

"괴로워하는군요."

발데마르가 중얼거렸다.

"아니면 괴로운 척하는 거겠지. 연기력이 뛰어나군. 훌륭한 연기자야!"

황제가 단호한 어조로 말했다.

뤼팽이 더듬거렸다.

"주사 좀 놔주십시오, 의사 선생. 카페인 주사를… 어서….'

"그렇게 할까요, 폐하?"

의사가 황제에게 물었다.

"물론이오…. 정오까지, 이자가 원하는 거라면 뭐든지 해주시오. 약속했으니까."

"정오까지… 몇 분이나 남았습니까?"

뤼팽이 다시 입을 열었다.

"40분 남았습니다."

누군가 대답했다.

"40분…? 해낼 수 있어…. 분명 해낼 수 있어…. 그래야만 하고…."

뤼팽이 두 손으로 머리를 감싸 쥐었다.

"아! 머리가 평소처럼 돌아가기만 한다면, 내 좋은 머리가 제대로 일해준다면! 그러면 금방 이 문제를 해결할 수 있을 텐데! 이제 한 가지만 밝히면 되는데… 그게 안 돼…. 생각이 자꾸 달아나…. 붙잡을 수가 없어…. 환장하겠군…."

뤼팽의 어깨가 들썩였다. 흐느끼는 것일까?

뤼팽이 같은 말을 되풀이했다.

"813… 813….'

그러고는 더 나지막이 중얼거렸다.

"813은… 8과 1… 그리고 3…. 그래, 그렇지…. 하지만 왜

지…? 무엇인가 더 있어야 하잖아."

황제가 중얼거렸다.

"인상적이군. 저 정도로 연기를 잘하다니…."

11시 30분… 11시 45분….

뤼팽이 두 손으로 관자놀이를 누른 채 꼼짝 않고 있었다.

황제는 발데마르가 켠 정밀시계에 시선을 고정한 채 정오가 되기를 기다렸다.

10분 전… 5분 전….

"발데마르, 차는 대기시켜 놓았겠지? 부하들도 준비를 마쳤고?"

"예, 폐하."

"자명종이 울리게 해놓았나?"

"예, 폐하."

"그렇다면 정오를 알리는 마지막 종소리에…."

"하지만…."

"마지막 종소리일세, 발데마르."

혹시 모를 기적을 기다리는 장엄하고 엄숙한 순간, 그 광경에는 정말이지 비장한 무언가가 서려 있었다. 정오가 되면 그야말로 운명의 목소리가 울려 퍼질 듯한 분위기가 감돌았다.

황제는 초조함을 감추지 못했다. 사실 황제 역시 아르센 뤼팽이라는 괴상한 모험가의 경이로운 인생 여정을 익히 아는 터라 마음이 어지간히 흔들렸던 것이다. 이 모호한 이야기에 종지부를 찍겠다고 결심했지만, 도저히 기대와 희망을 완전히 놓을 수는 없었다.

2분 전… 1분 전…. 이제는 초를 세기 시작했다.

뤼팽은 다시 잠든 것 같았다.

"자, 준비하게."

황제가 백작에게 지시했다.

백작이 뤼팽에게 다가가 어깨에 손을 얹었다.

은빛 시계 종이 진동하기 시작했다…. 하나, 둘, 셋, 넷, 다섯….

"발데마르, 저 낡은 괘종시계의 추를 잡아당기게."

한순간 모두 흠칫 굳어버렸다. 차분한 음성의 주인은 다름 아닌 뤼팽이었다.

느닷없는 반말에 화가 난 발데마르가 어깨를 으쓱했다.

"시키는 대로 하게, 발데마르."

황제가 지시했다.

"그래, 내가 시키는 대로 하게, 친애하는 백작."

뤼팽이 기운을 차린 듯 평소의 빈정거리는 어투로 지시를 내렸다.

"자네가 충분히 할 수 있는 일이야. 그저 줄을 잡고 당기기만 하면 되네…. 차례차례… 한 번, 두 번… 잘했네…. 과거에는 그렇게 시계태엽을 감았지."

실제로 시계추가 곧바로 움직이며 규칙적으로 똑딱이는 소리를 냈다.

"이제는 바늘을 손봐야겠네. 바늘을 정오보다 조금 이른 시각에 맞추게…. 거기서 멈춰…. 이제 내게 맡기게…."

뤼팽은 자리에서 일어나 괘종시계에서 한 발짝 떨어진 곳까지 다가갔다. 그러고는 온 신경을 집중한 채 시계 판을 뚫어지게 쳐다보았다.

둔중하고 깊은 종소리가 열두 번 울려 퍼졌다.

기나긴 침묵이 흘렀다. 아무런 일도 일어나지 않았다. 하지만 황제는 무슨 일이 벌어지리라 확신한 듯 잠자코 기다렸다. 발데마르도 두 눈을 휘둥그레 뜬 채 꼼짝하지 않았다.

시계 판 위로 몸을 기울이고 있던 뤼팽이 허리를 펴며 중얼거렸다.

"됐어…. 알아냈어…."

뤼팽은 의자로 돌아와 앉은 후 이렇게 지시했다.

"발데마르, 2분 전 12시로 바늘을 맞춰놓게. 이런! 친구, 시계 반대 방향으로 돌리지 말고… 시계 방향으로…. 그래, 알고 있네! 번거롭긴 하지만… 어쩌겠나?"

그렇게 매 30분과 정각마다 종소리를 울리게 해 11시 반까지 바늘을 옮겨놓았다.

"잘 듣게, 발데마르."

뤼팽은 스스로도 감정이 벅차오르고 초조한 듯 빈정거리는 기색 없이 진중하게 이야기했다.

"잘 들어야 하네, 발데마르. 1시를 가리키는 작고 둥근 점이 보이나? 그 점이 흔들리지? 왼손 검지를 그 위에 올려놓고 누르게. 그렇지. 그리고 엄지로 3시를 가리키는 점을 누르게…. 좋아…. 이제 오른손으로 8시를 가리키는 점을 누르게. 잘했네…. 고맙군. 이제 자리에 가서 앉게, 친구."

뒤이어 큰바늘이 움직이며 12시 지점을 스치더니… 또다시 종이 울리기 시작했다.

안색까지 창백해진 뤼팽은 아무 말도 하지 않았다. 종소리가 침묵을 뚫고 울려 퍼졌다.

마지막 열두 번째 종소리가 울리는 순간, 찰각거리는 소리와 함께 시계가 멈췄다. 추도 움직임을 멈췄다.

그 순간 시계 판 위에 매달린 숫양 머리 모양의 청동 장식이 아래로 미끄러지면서 돌을 깎아 만든 작은 벽감이 모습을 드러냈다.

벽감 속에는 정교하게 조각된 은제 상자가 들어 있었다.

"아! 당신이 옳았소…."

"틀릴 것으로 생각하셨습니까, 폐하?"

뤼팽은 상자를 꺼내 황제에게 내밀었다.

"폐하께서 직접 열어보십시오. 제게 찾으라고 분부하신 편지가 바로 이 안에 들어 있습니다."

황제가 뚜껑을 열었다. 그리고 소스라치게 놀랐다….

상자 안은 텅 비어 있었다.

3

상자 안은 텅 비어 있었다!

누구도 예상치 못한 엄청난 반전이었다. 뤼팽이 치밀하게 머리를 써서 그토록 눈부시게 시계의 비밀을 밝혀냈건만 이렇게 허망하게 일이 꼬여버렸으니, 다 된 일이라고 마음 놓았던 황제는 별안간 날벼락을 맞은 듯 어안이 벙벙한 표정이었다.

황제 앞에 서 있던 뤼팽으로 말할 것 같으면, 충혈된 눈과 창백한 얼굴을 한 채 이를 악물며 무력한 증오와 분노를 곱씹고 있었다. 뤼팽은 이마를 뒤덮은 땀을 닦아낸 후 거칠게 상자를 집어들어 홱 뒤집더니 이리저리 살펴보았다. 이중 바닥이라도 있기를 바라는 모양이었다. 그러고는 조사 마무리 겸 분풀이로 괴력을 발휘해 상자를 우그러뜨렸다.

그제야 마음이 다소 진정됐는지 뤼팽은 한결 편안하게 숨을 내쉬었다.

황제가 물었다.

"누구 짓인 것 같소?"

"매번 똑같은 놈입니다, 폐하. 저와 같은 길을 가고 저와 같은 목표를 좇는 케셀바흐 살인범 말입니다."

"언제 가져갔을까?"

"어젯밤입니다. 아! 폐하, 감옥에서 나오는 순간부터 저를 내버려 두지 그러셨어요! 자유의 몸이었다면 한시도 허비하지 않고 이리로 왔을 겁니다. 그자보다 더 빨리! 그자보다 먼저 이질다에게 금화를 줬을 겁니다…! 그랬다면 그자보다 먼저 프랑스인 하인 말레이히의 일기를 읽었겠지요!"

"그렇다면 그자가 일기를 읽고 비밀 장소를…?"

"아! 물론입니다, 폐하. 그자는 일기를 읽을 시간이 있었습니다. 그리고 어딘지는 모르겠지만 은밀한 곳에 숨어서 우리의 행동을 죄다 파악했고, 누군지는 모르겠지만 사람을 시켜 간밤에 내게 마취제를 먹였지요! 날 따돌리려고요."

"하지만 철저하게 궁전을 지키고 있었소."

"폐하의 병사들이요? 그 정도로 어떻게 그런 강적을 막을 수 있겠습니까? 게다가 발데마르는 부속 건물을 집중적으로 수색하느라 궁전 문들을 방치했을 겁니다."

"하지만 시계 소리는? 간밤에 열두 번 종소리가 났어야 하지 않소?"

"속임수를 썼겠지요, 폐하! 종소리가 나지 않도록 하는 속임수요!"

"내가 보기엔 결코 있을 수 없는 일 같소."

"제가 보기엔 너무나 명백한 일입니다, 폐하. 지금이라도 모든 병사의 호주머니를 뒤지거나 앞으로 1년간의 지출 내용을 파악한다면, 프랑스 지폐 다발을 가진 사람이 두세 명은 밝혀질 겁니다."

"이런!"

발데마르가 발끈했다

"사실이 그렇습니다, 백작. 어느 정도 대가를 치러야 하는 문제긴 한데, **그자**는 그런 것쯤은 눈 하나 깜짝 안 하고 처리했을 겁니다. 만약 그자가 마음만 먹는다면 당신도…."

황제는 혼자만의 생각에 잠겨 뤼팽의 말을 귀담아듣지 않았다. 방 안을 이리저리 서성대더니 회랑에 서 있던 장교 중 한 명에게 신호를 보냈다.

"내 차를 대기시키게…. 사람들도 대기시키고…. 곧장 떠날 걸세."

그러더니 문득 서서 뤼팽을 쳐다본 다음 백작에게 다가갔다.

"발데마르, 자네도 떠날 채비를 하게…. 파리로 곧장 가는 걸세…."

뤼팽이 귀를 기울였다. 발데마르가 이렇게 대답하는 소리가 들려왔다.

"인원을 열두 명 정도 더 보충했으면 합니다. 워낙 보통이 아닌자라…!"

"그렇게 하게. 서두르게. 오늘 밤 안으로 도착해야 하네."

뤼팽이 어깨를 으쓱하더니 중얼거렸다.

"쓸데없는 짓이로군!"

황제가 뤼팽을 향해 몸을 돌렸다. 뤼팽이 말을 이었다.

"예, 헛수고입니다, 폐하! 발데마르는 저를 감시할 만한 위인으로는 부족합니다. 제 탈출은 기정사실입니다. 그리고…."

뤼팽이 세차게 발을 굴렀다.

"제가 또다시 시간을 허비하리라 여기십니까, 폐하? 폐하께서는 이 싸움을 포기하셔도 전 결코 포기하지 않을 겁니다. 시작하면 끝을 봐야 하거든요."

황제가 반박했다.

"포기하는 게 아닐세. 앞으로 내 경찰들이 이 일을 맡을 걸세."

뤼팽이 웃음을 터트렸다.

"용서하십시오, 폐하! 너무 웃겨서 그만 무례를! 폐하의 경찰은 이 세상 다른 경찰들과 똑같습니다. 전혀 도움이 안 된단 뜻이지요! 아니요, 폐하. 전 상테 교도소로 돌아가지 않을 겁니다. 사실 감옥이 뭐, 그리 대단한 곳이겠습니까. 하지만 그자를 상대하려면 자유가 필요하니 그걸 내놓지는 않을 작정입니다."

황제가 조바심을 냈다.

"하지만 당신은 그자가 누군지도 모르지 않소."

"알아낼 겁니다, 폐하. 저만이 그자의 정체를 알아낼 수 있지요. 그자도 제가 그런 인물이란 걸 잘 알고 있고요. 전 그자의 유일한 적수입니다. 그러니 그자가 저만 공격하지요. 며칠 전 권총으로 저격한 사람도 저였고, 간밤에 자기 맘대로 행동하기 위해 잠재워야 했던 사람도 오직 저뿐이었습니다. 이건 우리 둘 사이의 결투입니다. 그 밖의 다른 사람들이 개입할 일이 아닙니다. 그 누구도 저나 그자를 도울 수 없습니다. 오롯이 우리 두 사람만의 일이지요. 지금까지 행운은 그자의 편이었지만 결국에는 제가 승리를 거머쥘 것입니다."

"어째서 그렇소?"

"제가 더 강하니까요."

"그자가 당신을 죽이기라도 한다면?"

"저를 죽일 수 없을 겁니다. 그자의 발톱을 뽑아버리고 무력하게 만들어버릴 테니까요. 그리고 편지도 찾을 겁니다. 인간의 힘으로는 도저히 저지할 수 없을 겁니다."

어찌나 확신에 차서 자신감 넘치는 어조로 말하는지 이미 일이 다 이루어진 듯한 착각이 들 정도였다.

황제는 설명할 수 없는 혼란에 휩싸일 수밖에 없었다. 감탄과 더불어 상대가 그토록 권위적인 태도로 요구해오는 모습에 신뢰를 느꼈던 것이다. 이자를 고용해 협력자로 받아들이고 싶었지만 딱 하나, 막연한 불안감이 발목을 붙잡았다. 마음을 정하지 못한 황제는 회랑에서부터 창문까지 아무 말 없이 서성거렸다.

마침내 황제가 입을 열었다.

"편지가 간밤에 도난당했음을 어떻게 확신하오?"

"도난 날짜가 적혀 있습니다, 폐하."

"무슨 말이오?"

"비밀 장소를 숨기고 있는 박공 내부를 잘 살펴보십시오. 백묵으로 날짜가 적혀 있을 겁니다. 8월 24일 자정이라고요."

"그렇군…. 그래…. 어째서 내 눈에는 안 보였단 말인가?"

황제는 중얼거리더니 호기심을 내비치며 이렇게 덧붙였다.

"벽에 적힌 저 두 개의 N도 그래…. 도저히 이해가 안 간단 말이야. 여기는 미네르바 방이지 않소."

"여기는 프랑스 황제인 나폴레옹이 묵었던 방입니다."

뤼팽이 즉시 대답했다.

"어떻게 아시오?"

"발데마르에게 물어보십시오, 폐하. 그 늙은 하인의 일기를 훑어보았을 때 뇌리 속에 무언가가 스치더군요. 숌즈와 제가 헛다리를 짚었던 겁니다. 헤르만 대공이 죽기 전 남겼던 Apoon이란 글자는 아폴론**Apollon**이 아니라 나폴레옹 **Napoléon**을 의미했던 겁니다."

"예리하군…. 당신 말이 맞소…. 그 두 단어에는 같은 글자들이 같은 순서로 들어 있지. 대공은 분명 나폴레옹을 쓰려 했던 것 같소. 그렇다면 813이라는 숫자는…?"

"아! 그 점이 가장 밝혀내기 어려운 부분이었습니다. 8과 1 그리고 3을 더해야 한다는 사실은 진작부터 알고 있었습니다. 그 세 숫자를 더하면 12가 되니, 제 머릿속에는 즉시 회랑의 열두 번째 방인 이곳이 떠올랐지요. 하지만 그걸로는 충분치 않았습니다. 분명 무언가 더 있었지요. 흐리멍덩해진 제 머리로는 도저히 밝혀낼 수 없는 무엇이요. 그런데 괘종시계, 정확히 나폴레옹 방에 자리한 저 괘종시계를 보자 모든 게 명확해지더군요. 12는 다름 아닌 12시를 가리키는 것이었습니다. 정오와 자정! 12시야말로 누구라도 기꺼이 선택하고 싶은 장엄한 시각이 아니겠습니까? 하지만 다른 숫자들을 합해도 12를 만들 수 있는데 왜 하필 8과 1 그리고 3이란 숫자인 걸까요? 그래서 우선 시험 삼아 시계의 종소리를 울려보기로 했습니다. 종소리를 울리면서 시계 판을 들여다보니 1시, 3시, 8시를 가리키는 점이 움직이더군요. 이 세 개의 숫자를 잘 배열해보면 그 운명적인 813이라는 숫자가 되지요. 발데마르가 세 개의 지점을 누르니 역시나 기계가 작동하기 시작했습니다. 그리고 그 결과는 폐하께서도 알고 계시는 바와 같이…. 폐하, 여기까지가 대공이 임종 직전에 자신의 아들이 언젠가는 벨당츠의 비밀을 풀고 그 속에 감춰진 편지를 손에 넣기를 희망하며 백지에 간신히 적어놓은 그 아리송한 단어와 813이라는 숫자에 대한 설명입니다."

황제는 촉각을 곤두세우며 상대의 말에 귀를 기울였다. 이야기를 들을수록 상대의 기지와 통찰력, 명석함과 현명함에 놀라움을 금할 수 없었다.

"발데마르?"

백작을 불렀다.

"예, 폐하?"

다음 말이 이어지려는 순간 회랑에서 비명이 들려왔다. 발데마르가 상황을 알아보러 나갔다가 곧 돌아왔다.

"그 실성한 여자아이입니다, 폐하. 그 애가 들어오려 해서 병사들이 막고 있습니다."

"들어오게 하십시오. 그 애를 만나야 합니다, 폐하."

뤼팽이 다급하게 소리쳤다.

황제가 손짓하자 발데마르가 곧장 이질다를 데리러 갔다. 안으로 들어선 소녀의 모습을 본 사람들은 모두 아연실색하고 말았다. 납빛이 된 소녀의 얼굴에 온통 검은 반점이 뒤덮여 있었던 것이다. 얼마나 고통스러운지 얼굴에는 경련까지 일었다.

소녀가 가쁜 숨을 몰아쉬며 두 손으로 가슴을 움켜쥐었다.

"이런!"

뤼팽이 공포에 질려 소리쳤다.

"이게 대체 무슨 일인가?"

황제도 놀라 물었다.

"의사를 불러주십시오, 폐하. 한시가 급합니다!"

뤼팽은 그렇게 말하고 소녀에게 다가갔다.

"말해봐, 이질다…. 무언가를 본 거지? 할 말이 있는 거지?"

소녀가 고통으로 오히려 또렷해진 눈동자를 들고 뤼팽을 유심히 쳐다봤다. 소리를 내보려 했지만… 말로 나오지 않았다.

"잘 들어라…. '예'나 '아니오'로만 대답하면 돼…. 고갯짓을 하는 거야…. 그자를 봤니? 그자가 어디 있는지 알아…? 그자가 누구인지 아니…? 잘 들어, 네가 대답하지 않으면…."

뤼팽은 순간적으로 격해지는 감정을 억눌러야 했다. 불현듯 전날 소녀와 이야기를 나눴을 당시, 소녀가 정신이 온전했을 때 시각적으로 경험한 일들은 비교적 잘 기억했던 사실이 떠올랐다. 뤼팽이 즉시 하얀 벽에 대문자 L과 M을 적었다.

소녀는 글자를 향해 손을 뻗더니 긍정하듯 고개를 끄덕였다.

"그리고…? 그리고…! 네가 직접 써보렴."

뤼팽이 소리쳤다.

하지만 다음 순간 소녀는 섬뜩한 비명을 내지르며 괴성과 함께 바닥에 나뒹굴었다.

이내 괴성과 몸부림이 뚝 멈췄다. 마지막으로 온몸이 부르르 한번 떨린 후 더는 아무런 움직임도 없었다.

"죽은 거요?"

황제가 물었다.

"독살당했습니다, 폐하."

"아! 불쌍한 것…. 대체 누가 이런 짓을!"

"**그자**입니다, 폐하. 이 아이는 분명 누군지 알고 있었을 겁니다. 자신의 정체가 탄로 날까 봐 이런 짓을 저질렀겠지요."

그제야 의사가 도착했다. 황제는 의사에게 이질다를 맡기고 발데마르에게 즉시 지시를 내렸다.

"자네의 모든 부하를 비상 소집하도록…. 건물을 샅샅이 뒤지게…. 국경 근처 역에 전보도 띄우고…."

황제가 뤼팽에게 다가갔다.

"편지를 되찾으려면 얼마의 시간이 필요하오?"

"한 달이 필요합니다, 폐하…."

"알았소, 발데마르가 여기서 당신을 기다릴 것이오. 발데마르는 내 명령 아래 전권을 위임받아 당신에게 필요한 모든 도움을 제공할 겁니다."

"폐하, 제가 원하는 건 자유입니다."

"당신은 자유의 몸이오…."

뤼팽은 멀어져가는 황제의 뒷모습을 바라보며 이를 앙다문 채 나지막이 중얼거렸다.

"우선 자유로 만족하지만… 내가 당신에게 편지를 건네줄 때는, 오, 폐하, 마음을 다해 내게 악수를 청해야 할 겁니다. 황제가 도둑에게 악수를 청하는 거지…. 당신이 까다롭게 굴었던 걸 후회하는 뜻으로 말이야. 사실 꽤 퍽퍽한 양반이잖아! 내가

그 안락한 보금자리인 상태 팔라스를 포기하고 이렇게 성실히
봉사하고 있건만 줄곧 불만스러운 표정이나 짓고 있다니…. 내
가 다시는 저 고객과 상종하나 봐라!"

7인의 악당

1

"부인, 만나시겠습니까?"

돌로레스 케셀바흐는 하인에게서 명함을 건네받아 이름을 확인했다. 명함의 주인은 **앙드레 보니**라는 사람이었다.

"아니, 모르는 사람이에요."

"그런데 이 신사분이 고집을 부려요, 부인. 부인께서 자신을 기다리고 있을 거라면서요."

"아…! 혹시… 그럴 거야…. 이리로 모시고 와요."

자신의 삶을 뒤흔들고 무자비하게 괴롭혔던 일련의 사건들을 겪은 후 돌로레스는 잠시 브리스톨 호텔에 체류했다가 파시 구역 깊숙한 곳에 있는 비뷰가의 어느 평온한 저택에 정착했다.

저택 뒤쪽으로는 아름다운 정원 하나가 펼쳐져 있었고, 울창한 나무들이 이 정원을 에워쌌다. 돌로레스는 극심한 발작이 일어날 때면 사람들의 시선을 피해 덧문을 내리고 방 안에서 종일 피신해 있었다. 하지만 그나마 증세가 호전될 때면 나무 아래로 나와 얄궂은 운명에 대항할 힘을 잃은 듯한 우수에 젖은 표정으로 힘없이 축 늘어져 있곤 했다.

정원 산책로에서 모래 밟는 소리가 들리더니 곧 하인과 함께 우아한 외모의 청년 한 명이 나타났다. 청년은 접힌 옷깃 사이로 푸른 바탕에 흰 물방울무늬 넥타이를 맸고, 전체적으로 보면 일부 화가들이 자주 입는, 다소 유행이 지난 단순한 차림새를 하고 있었다.

하인이 곧 자리를 물러났다.

"앙드레 보니 씨라고요?"

"그렇습니다, 부인."

"죄송하지만 누구신지 모르겠는데…."

"아니요. 저를 아실 겁니다, 부인. 저는 주느비에브의 할머니인 에르느몽 부인의 친구입니다. 부인께서는 가르셰에 있는 에르느몽 부인께 저를 만나고 싶다고 편지를 보내셨고요. 그래서 제가 온 겁니다."

돌로레스가 깜짝 놀라 몸을 일으켰다.

"아! 그렇다면 당신은…."

여자가 더듬거렸다.

"정말인가요? 정말 당신인가요? 못 알아보겠어요."

"폴 세르닌 공작을 못 알아보신 겁니까?"

"예…. 전혀 안 닮았어요…. 이마도 눈도… 이렇지 않았는데…."

"대체 신문들이 상테 교도소 수감자를 어떤 모습으로 다루었기에…. 어쨌든 제가 바로 세르닌 공작입니다."

뤼팽은 빙긋이 웃으며 말했다.

두 사람 사이에 긴 침묵이 흘렀다. 어색하고 불편한 분위기가 이어졌다.

마침내 뤼팽이 입을 열었다.

"왜 저를 만나기를 청하셨는지요…?"

"주느비에브가 말하지 않던가요…?"

"만나보지 못해서…. 하지만 주느비에브의 할머니께서 부인이 제 도움을 원하는 것 같다고 하시던데…."

"그래요…. 맞아요…."

"무슨 일입니까…? 저야 더할 나위 없는 영광입니다만…."

돌로레스는 잠시 망설이더니 중얼거렸다.

"무서워요."

"무섭다니요!"

뤼팽이 외쳤다.

돌로레스가 나지막한 목소리로 대답했다.

"예, 무서워요. 모든 게 무서워요. 지금, 내일, 모레 일어날 일들이 무서워요…. 삶 자체가 두려워요. 너무 괴로워서… 더는 견딜 수 없어요."

뤼팽은 연민이 가득한 눈길로 돌로레스를 바라보았다. 돌로레스가 보호를 요청해오자, 줄곧 돌로레스에게 마음이 쓰였던 혼란스러운 감정이 좀 더 분명해지는 듯했다. 그것은 아무런 대가도 바라지 않고 온전히 헌신하고 싶은 강렬한 욕구였다.

돌로레스가 말을 이었다.

"전 이제 혼자예요. 되는 대로 고른 하인들을 제외하고는 완전히 외톨이지요. 그리고 전 두려워요…. 제 주위에서 누군가 일을 꾸미고 있는 것 같아요."

"하지만 무슨 목적으로 그런 짓을 하겠습니까?"

"그건 저도 모르겠어요. 하지만 적이 주위를 맴돌며 점점 가까이 다가오는 게 느껴져요."

"그자를 봤습니까? 아니면 무엇이라도 발견하셨나요?"

"예. 최근에 남자 두 명이 여러 차례 주위를 어슬렁거리다 제 집 앞에 멈춰 서곤 했어요."

"인상착의는 기억하시나요?"

"둘 중 한 명만 자세히 봤어요. 키가 크고 다부진 체격에 면도를 깔끔히 한 남자였는데, 검은색 모직으로 된 매우 짧은 상의를 입고 있었어요."

"카페 종업원처럼 말이지요?"

"예. 호텔 지배인 복장 같기도 하고요. 전 하인을 시켜 그 남자의 뒤를 쫓았지요. 그는 퐁프가로 접어들더니 거리 왼쪽에 있는 첫 번째 건물로 들어갔대요. 1층에 와인 가게가 있는 지저분한 외관의 건물이라더군요. 그리고 며칠 전 밤에는…."

"며칠 전에는요?"

"제 방 창문을 통해 정원을 어슬렁거리는 그림자 하나를 봤어요."

"그게 다입니까?"

"예."

"제 부하 두 명이 아래층 1층 방에 머무르도록 허락해주시겠습니까?"

"당신의 부하 두 명을…?"

"아! 걱정하실 필요는 전혀 없습니다…. 샤롤레 영감과 그의 아들인데, 둘 다 선량한 사람들입니다…. 겉으로 봐서는 그런 일을 할 친구들처럼 전혀 안 보이지요…. 그들과 있으면 안심될 겁니다. 저는….."

뤼팽은 잠시 망설였다. 돌로레스가 자신을 붙잡기를 기다렸던 것이다. 하지만 돌로레스가 잠자코 있자 다시 말을 이었다.

"저는 이곳에 모습을 드러내지 않는 편이 좋겠습니다…. 예, 부인을 위해서 그러는 편이 낫겠지요…. 부하들이 제게 소식을 전해줄 겁니다."

뤼팽은 조금 더 이야기를 나누고 싶었고, 옆에 앉아 따뜻하게 위로해주고 싶었다. 하지만 둘 사이에 더는 할 이야기가 없는 듯했고 여기서 단 한마디만 더 해도 엄청난 결례일 것 같았다.

어쩔 수 없이 허리를 숙여 인사한 후 자리를 떠났다.

뤼팽은 서둘러 밖으로 나가 감정을 다스리고자 빠른 걸음으로 정원을 가로질렀다. 하인이 현관 앞에서 자신을 기다리고 있었다.

현관문을 나서는 바로 그 순간, 초인종을 누르는 한 젊은 여자의 모습이 눈에 들어왔다….

뤼팽이 소스라쳤다.

"주느비에브!"

주느비에브는 놀란 눈으로 뤼팽을 응시했다. 놀랍도록 젊어진 외모에 어리둥절한 기색이 역력했지만 분명 알아보는 듯했고, 휘청거리다가 문에 몸을 기댔을 정도로 이 뜻밖의 만남에 크게 동요하는 듯했다.

뤼팽은 모자를 벗었지만 차마 악수를 청할 엄두는 나지 않은 듯 그저 물끄러미 주느비에브를 쳐다보았다. 주느비에브가 손을 내밀어 줄까? 하지만 자신은 더는 세르닌 공작이 아니다…. 아르센 뤼팽이다. 주느비에브도 그가 아르센 뤼팽이며 감옥에 있다 나온 사실을 알고 있었다.

밖에는 비가 내렸다. 주느비에브는 하인에게 우산을 건네더니 더듬거리며 말했다.

"우산을 펼쳐서 받쳐주세요."

그런 다음 남자를 지나쳐 곧장 집 안으로 들어가 버렸다.

걸음을 옮기며 뤼팽은 마음속으로 중얼거렸다.

'이런 딱한 친구. 자네처럼 예민하고 정 많은 사람한테 왜 이리 모진 일들이 많이 생긴단 말인가. 마음 단단히 먹어야 하네. 안 그러면…. 이런, 이럴 줄 알았어. 눈가가 축축해졌지 않나! 좋지 않은 신호야, 뤼팽. 자네도 늙었나 보군.'

뤼팽은 길을 가다가 뒤에트가의 보도를 건너 비뉴가로 향하는 한 청년을 발견하고는 그 청년의 어깨를 툭 쳤다. 청년이 걸음을 멈췄다. 그리고 몇 초간 뤼팽의 얼굴을 살펴본 뒤 이렇게 말했다.

"선생님, 죄송하지만 뵌 기억이 없습니다. 아마도 사람을…."

"잘못 본 것 같겠지, 친애하는 르뒥. 아니면 자네 기억력이 형편없이 나빠졌거나. 베르사유의 일을 떠올려보게…. 레 되장프 뢰르 호텔의 작은 방을…."

"당신은!"

청년이 화들짝 놀라며 뒷걸음질쳤다.

"놀라긴. 그래, 바로 나네. 세르닌 공작이지. 아니, 이제 내 진짜 이름을 알 테니 뤼팽이라고 해야 하나! 뤼팽이 죽기라도 한

줄 알았나…? 아! 그래. 알겠네, 감옥…. 그 참에 그리되기를 바랐겠지…. 꿈 깨게, 이 친구야!"

뤼팽이 청년의 어깨를 가볍게 툭 쳤다.

"이보게, 젊은 친구. 기운 차리게. 그래도 아직 며칠은 평온하게 시를 쓸 수 있네. 지금은 때가 아니야. 시를 쓰게, 시인 친구."

그러더니 갑자기 상대의 팔을 꽉 붙잡고는 얼굴을 바짝 들이댄 뒤 이렇게 말했다.

"하지만 때가 다가오고 있네, 시인 친구. 자네의 육체와 영혼은 내 것이라는 사실을 잊지 말게. 그러니 자네의 역할에 돌입할 준비를 해놓게. 고되겠지만 멋진 경험이 될 거야. 내가 보기에는 그 역할에 자네만 한 적임자가 없지!"

뤼팽이 웃음을 터트리더니 빙그르르 돌아 어안이 벙벙한 청년을 뒤로하고 발걸음을 옮겼다.

조금 더 걸어 퐁프가 모퉁이에 이르니 과연 케셀바흐 부인이 말한 와인 소매점이 나왔다. 뤼팽은 가게 안으로 들어가 사장과 한참 이야기를 나눴다. 그런 다음 자동차를 타고 앙드레 보니라는 이름으로 투숙한 그랑 호텔로 향했다.

두드빌 형제가 호텔에서 뤼팽을 기다리고 있었다.

그들은 흥분하며 감탄과 존경을 쏟아냈고, 이러한 분위기에 무딘 뤼팽도 그 순간만큼은 오롯이 달콤한 기쁨을 만끽했다.

"어서, 대장, 설명 좀 해주세요…. 무슨 일이 있었던 겁니까? 대장과 함께 지내면서 별의별 기적 같은 일들을 다 겪어봤지만… 그래도 한계라는 게 있는 법인데…. 아무튼 이제 자유의 몸이 되신 겁니까? 변장도 거의 안 하고 파리 한복판에 나타나신 걸 보니."

"시가 한 대 피우겠나?"

뤼팽이 시가를 권했다.

"아니요, 괜찮습니다."

"후회할 걸세, 두드빌. 이건 보통 시가가 아니거든. 나와 친구 사이가 됐다고 들뜬 어떤 시가 전문가에게서 얻은 걸세."

"누군지 물어봐도 됩니까?"

"황제라네…. 자, 그렇게 멍청한 표정 그만 짓고 소식을 전해 주게. 한동안 신문도 못 읽었지 뭔가. 내 탈옥에 대한 대중의 반응은 어떠하던가?"

"대단했지요, 대장!"

"경찰은 어떤 태도를 보였고?"

"가르셰에서 알텐하임 살인 사건에 대한 현장 검증을 벌이는 도중 대장이 탈출했다고 하더군요. 안타깝게도 기자들이 들고 일어나 그런 일은 불가능하다는 걸 밝혀냈고요."

"그리고?"

"그리고 다들 어안이 벙벙했지요. 어떻게 된 일인지 추측하고 웃고, 여하튼 제법 즐기는 듯한 분위기입니다."

"베베르는?"

"말도 못하게 평판이 손상됐지요."

"그것 말고 치안국에 별다른 소식은 없나? 살인자에 대해 새롭게 밝혀진 건 없고? 알텐하임의 정체를 밝힐 단서는 여전히 못 찾았나?"

"전혀요."

"좀 심하군! 이런 작자들을 먹여 살리느라 매년 수백만 프랑의 혈세가 지출되다니. 계속 이따위로 일한다면 앞으로 세금을 내지 않을 걸세. 자, 이제 펜을 들고 자리에 앉게. 자네는 오늘 저녁 〈그랑 주르날〉에 편지를 보내는 거야. 세상 사람들이 너무 오랫동안 내 소식을 듣지 못했어. 지금쯤 조바심으로 숨이 넘어갈 지경일 거야. 받아 적게."

사장님께,

우선 대중의 합당한 조바심을 풀어드리지 못하는 점, 미리 사죄의 말씀을 드리고자 합니다.

나는 감옥을 탈출했습니다. 하지만 어떻게 탈출했는지는 공개할 수 없습니다. 이와 마찬가지로, 탈출 이후 밝혀낸 엄청난 비밀도 그리고 어떻게 이 비밀을 밝혔는지도 함구할 수밖에 없습니다.

언젠가는 내 메모를 토대로 쓰인 자서전에서 다소 독창적인 형태로 이 모든 것을 공개할 예정입니다. 이는 우리 자손들이 흥미롭게 읽을 프랑스 역사의 한 페이지가 될 것입니다.

하지만 지금은 행동하는 게 우선입니다. 내가 맡아왔던 임무가 누구의 손에 넘어갔는지를 보고 분개했고, 케셀바흐-알텐하임 사건이 제자리걸음을 면치 못함을 확인하고 지쳐버린 나로서는 이제 베베르 씨를 해임하고, 르노르망이라는 이름으로 다수를 만족시키며 그토록 탁월하게 수행했던 그 영광스러운 직책을 되찾으려 합니다.

—치안국장 아르센 뤼팽

2

저녁 8시, 아르센 뤼팽과 두드빌은 최신식 레스토랑인 카이야르에 들어섰다. 뤼팽은 꽉 끼는 연미복에 예술가 스타일의 통 넓은 바지와 느슨한 넥타이 차림이었다. 프록코트 차림의 두드빌은 판사처럼 근엄한 태도와 표정을 하고 있었다.

그들은 거대한 기둥 두 개를 사이에 두고 중앙 홀과 분리된 후미진 곳에 자리를 잡았다.

빈틈없이 차려입은 지배인이 손에 메모지를 들고 다소 오만한 태도로 주문을 기다렸다. 뤼팽은 세련된 미식가의 취향을 드러내며 세심하게 음식을 주문했다.

"물론 교도소의 음식도 먹을 만했지만 역시 정성이 담긴 음식이야말로 커다란 즐거움을 주는 법이지."

뤼팽은 아무 말 없이 왕성한 식욕을 드러내며 먹는 데 열중했고, 이따금 자신의 고민거리를 정리하기 위해 짤막한 문장을 중얼거렸다.

"물론, 잘될 거야…. 힘들기야 하겠지…. 대단한 강적이잖아…! 정말 놀라운 건 6개월이나 이 싸움을 하고 있으면서도 그자가 무얼 원하는지조차 모르고 있다는 점이야…! 공범이 죽었으니 싸움이 막바지에 이른 것 같긴 한데, 여전히 속셈을 모르겠단 말이야…. 대체 그놈은 무얼 찾는 걸까…? 내 계획이야 명확하지. 대공의 영지를 손에 넣고, 내가 만든 거나 다름없는 대공을 권좌에 앉힌 다음 주느비에브와 결혼시켜서… 그 영지를 통치하는 거야. 얼마나 명확하고 정직하며 공정해. 그런데 그 역겨운 인간, 어둠의 악령은 대체 무슨 목적으로 이러는 걸까?"

뤼팽이 외쳤다.

"종업원!"

지배인이 다가왔다.

"찾으셨습니까?"

"시가를 가져다주세요."

지배인이 돌아와서는 몇 개의 시가 상자를 열어 보였다.

"어떤 걸 추천해주시겠습니까?"

뤼팽이 물었다.

"이 우프만이 정말 훌륭합니다."

뤼팽은 두드빌에게 우프만 하나를 건넨 다음 자기도 한 대 집어들고 그 끝을 잘랐다. 지배인이 성냥에 불을 붙여 내밀었다. 그 순간 뤼팽이 지배인의 손목을 거세게 움켜잡았다.

"조용히 해…. 난 널 알고 있다…. 네 진짜 이름이 도미니크 르카라는 사실도…."

덩치와 힘에 자신 있던 남자는 손을 빼내려 했다. 하지만 곧바로 고통에 찬 비명이 새어나왔다. 뤼팽이 손목을 비틀었던 것이다.

"네 이름은 도미니크… 퐁프가 건물 5층에 살고 있어. 봉사하고 받은 얼마 안되는 돈으로 그곳에 피신해 있는 거지. 잘 들어, 이 멍청한 놈아. 안 그러면 네놈의 뼈를 분질러버릴 테니. 그 봉사란 것이 바로 알텐하임 남작을 위한 봉사였지. 그자의 집에서 집사로 일하면서 말이야."

상대는 공포로 얼굴이 하얗게 질린 채 꼼짝 않고 서 있었다.

그들이 자리 잡은 작은 홀에는 아무도 없었다. 옆 홀에서는 신사 세 명이 담배를 피우고 있었고, 두 연인이 술을 마시며 이야기를 나누었다.

"보다시피 우릴 방해하는 사람들이 없군…. 대화할 수 있겠어."

"당신은 누구입니까? 누구기에…."

"날 알아보지 못하는 건가? 그렇다면 라 빌라 뒤퐁의 그 대단했던 점심을 떠올려보게…. 내게 과자 접시를 가져다준 자가 바로 네놈이었지, 이 야비한 자식…. 그 기막힌 과자를 말이야…!"

"공작… 공작…."

사내가 더듬거렸다.

"그래, 내가 아르센 공작, 뤼팽 공작이지…. 아! 이런! 안도의 한숨을 내쉬는군…. 뤼팽이라면 전혀 겁낼 필요가 없단 뜻인가? 잘못 생각하는 걸세, 친구. 지금 네놈 처지에선 겁내야 할 일들이 천지에 깔렸어."

뤼팽이 주머니에서 명함을 꺼내더니 남자에게 내밀었다.

"자, 보게. 난 지금 경찰일세…. 무얼 바라나, 어차피 우리 같은 부류들은 이렇게 되기 마련인데…. 우리 같은 도둑질의 거장, 범죄의 황제는 어떻게든 경찰과 연이 닿는 법이지."

"그래서 대체 무얼 원하는 겁니까?"

지배인이 여전히 불안한 기색으로 물었다.

"무얼 원하느냐고? 저기 널 부르는 손님한테 가서 시중을 든다음 다시 돌아오길 원해. 허튼짓할 생각은 안 하는 게 좋아. 자네를 감시하기 위해 밖에 부하 열 명을 풀어놨으니. 자, 가봐!"

지배인이 지시를 따랐다. 5분 후 돌아와 식당을 등지고 테이블 앞에 서서 마치 시가 품질에 대해 손님과 이야기를 나누는 듯 자연스러운 태도로 말을 꺼냈다.

"왜 찾아왔습니까? 무슨 일입니까?"

뤼팽은 테이블 위에 100프랑짜리 지폐 몇 장을 펼쳐놓았다.

"내 질문에 정확히 대답하면 그만큼 이 지폐를 가져가는 걸세."

"좋습니다."

"시작하겠네. 알텐하임 남작의 패거리는 모두 몇 명인가?"

"나 빼고 일곱입니다."

"그뿐인가?"

"그렇습니다. 다만 딱 한 번, 가르셰에 있는 글리신 빌라에 지하통로를 만들려고 이탈리아인 인부를 모집한 적이 있었습니다."

"지하 통로가 두 개인가?"

"예. 하나는 오르탕스 빌라로 통하고, 다른 하나는 케셀바흐부인의 빌라까지 통하게 돼 있습니다."

"왜 지하 통로를 만들었나?"

"케셀바흐 부인을 납치하기 위해서였습니다."

"두 하녀, 쉬잔과 게르트루드도 공범이겠지?"

"예."

"그 여자들은 지금 어디 있나?"

"외국에 있습니다."

"그럼 알텐하임의 패거리였던 또 다른 일곱 명은?"

"난 떠났지만 그자들은 계속 그 일에 몸담고 있습니다."

"어딜 가면 그자들을 만날 수 있나?"

도미니크가 망설였다. 뤼팽이 1000프랑짜리 지폐 두 장을 테이블 위에 펼치더니 다시 말을 이었다.

"양심적인 고민을 하니 보상을 받는군, 도미니크. 이제 그 돈 방석 위에 앉아 대답만 하면 되는 거라네."

도미니크가 대답했다.

"뇌이 구역 레볼트가 3번지에 가면 만날 수 있습니다. 그중 한 사람은 고물장수라고 불리고…"

"좋아. 자, 그러면 알텐하임의 진짜 이름은 무언가? 자넨 알고 있겠지?"

"예. 리베이라입니다."

"도미니크, 여기까지 와서 이러면 곤란하지. 리베이라는 가명일 뿐이잖나. 진짜 이름을 대란 말일세."

"파버리입니다."

"그것도 가명 아닌가."

지배인이 망설였다. 뤼팽은 100프랑짜리 지폐 세 장을 펼쳐 놓았다.

"제기랄! 어차피 죽었잖아요? 완전히 저세상으로 가버렸단 말입니다."

"알텐하임의 본명은?"

뤼팽이 다그쳐 물었다.

"본명이요? 말레이히 경입니다."

뤼팽이 의자에서 벌떡 일어났다.

"뭐라고? 방금 뭐라 했나? 무슨 경…? 다시 말해보게…. 무슨 경이라고?"

"라울 드 말레이히 경입니다."

한동안 긴 침묵이 흘렀다. 뤼팽은 허공을 응시한 채 독살된 벨당츠의 실성한 소녀를 떠올렸다. 이질다의 성도 말레이히였다. 말레이히는 18세기에 벨당츠 궁정으로 들어간 프랑스 소귀족의 성이기도 했다.

뤼팽이 다시 물었다.

"그 말레이히라는 인물은 어느 나라 사람인가?"

"출신은 프랑스인데 독일에서 태어났습니다…. 언젠가 한번 서류를 본 적이 있어서… 이름을 알게 되었습니다. 아! 그자가 이 사실을 알았다면 내 목을 졸라 죽이려 했을 거예요."

뤼팽이 잠시 생각에 잠긴 후 입을 열었다.

"그자가 모든 명령을 내린 건가?"

"그렇습니다."

"하지만 그자에게는 공범, 협력자가 있지 않나?"

"이런! 그 이야기는 하지 맙시다…. 제발….'"

갑자기 지배인의 얼굴에 극심한 불안감이 깃들었다. 뤼팽 자신이 문제의 살인자를 떠올릴 때마다 느끼는 공포와 혐오감을 지금 그 역시 느끼는 게 분명했다.

"그자가 누군가? 본 적이 있나?"

"아! 그 이야기는 관둡시다. 그 사람에 대해서는 함구해야 한단 말입니다."

"누구냐고 물었네."

"주인이자… 대장인데… 누군지는 아무도 모릅니다."

"하지만 자네는 그자를 본 적이 있겠지. 대답해보게, 그자를 봤나?"

"어둠 속에서 얼핏 몇 번… 밤에 본 적이 있습니다. 하지만 대낮에는 본 적이 없어요. 명령은 종이쪽지나… 전화로 전달했습니다."

"그자의 이름은?"

"모릅니다. 우리는 그자를 일절 입에 올리지 않아요. 그러면 악운이 닥치거든요."

"항상 검은 옷을 입던데, 맞나?"

"맞아요, 검은 옷을 입지요. 작고 마른 체구에… 금발 머리입니다."

"그리고 살인을 저지르고?"

"예. 사람을 죽이지요…. 마치 빵 한 조각을 훔치듯 서슴지 않고 말입니다."

지배인이 떨리는 목소리로 간청했다.

"이제 그만합시다…. 정말 말하면 안 된단 말입니다…. 말했다시피… 악운이 닥칠 거예요."

뤼팽은 자신의 의지와 상관없이 공포에 질린 상대의 모습에 마음이 흔들려서 더는 아무 말도 하지 않았다.

"자, 이 돈을 가져가게. 하지만 조용히 살고 싶다면 우리가 나눈 대화에 대해서는 일언반구도 안 하는 편이 좋을 걸세."

두드빌과 함께 레스토랑을 나온 뤼팽은 방금 들은 이야기를 곱씹으며 말없이 생 드니 문까지 걸어갔다.

마침내 뤼팽이 두드빌의 팔을 붙잡고 이렇게 말했다.

"잘 듣게, 두드빌. 시간에 맞춰 노르 역으로 가서 룩셈부르크행 급행열차를 타게. 되 퐁 벨당츠의 수도인 벨당츠로 가는 거야. 그곳 시청에 가면 어렵지 않게 말레이히 경의 출생증명서와 가족에 관한 정보를 얻을 수 있을 걸세. 그렇게 일을 보고 모레인 토요일에 돌아오게."

"치안국에 알려야 할까요?"

"그건 내가 알아서 처리하지. 전화를 걸어 자네가 아프다고 해두겠네. 아! 한 가지 더 말하겠네. 그날 정오에 레볼트가에 있는 버팔로 레스토랑이라는 작은 카페에서 만나지. 작업복을 입고 오게."

이튿날부터 뤼팽은 작업복 차림에 챙 모자를 쓰고 뇌이 구역 레볼트가 3번지에 대한 조사를 시작했다. 마차가 드나들 수 있는 넓은 정문을 지나니 첫 번째 안뜰이 펼쳐졌다.

장인과 여자, 어린아이들로 복작대는 통로와 작업장이 줄지어 펼쳐져 있어 그야말로 하나의 도시를 형성하고 있었다. 뤼팽은 몇 분 만에 건물 관리인의 마음을 사로잡아 한 시간가량 이런저런 다양한 이야기를 나누었다. 그사이 행색이 미심쩍은 행인 세 명이 연달아 지나가는 것을 눈여겨보았다.

'그래, 수상한 자들이 지나가는군⋯. 냄새가 나⋯. 물론 겉으로는 선량한 표정을 짓고 있지! 하지만 날카로운 눈빛을 번쩍

이는 걸 보니 적이 곳곳에 있다는 걸, 함정이 덤불과 풀숲 곳곳에 도사리고 있다는 걸 아는 눈치야.'

그날 오후와 토요일 오전을 꼬박 바쳐 조사를 진행한 끝에, 뤼팽은 알텐하임의 공범 일곱 명이 모두 이 건물에 거주한다고 확신했다.

그들 중 네 명은 대외적으로 '의류 판매상'이라는 직함을 내걸었다. 두 명은 신문을 팔았고, 마지막 한 명은 스스로 고물장수라 칭해서 다른 사람들도 그렇게 불렀다.

그들은 시치미를 뚝 떼고 생판 모르는 사람처럼 스쳐 지나가곤 했다. 하지만 뤼팽은 이들이 저녁이 되면 맨 안쪽 뜰에 있는 허름한 창고에서 회동하는 모습을 확인했다. 창고 안에는 아마도 고물장수가 어딘가에서 훔쳐왔을 오래된 고철, 망가진 난로, 녹슨 파이프 등이 한가득 쌓여 있었다.

'자, 일에 탄력이 붙는군. 독일인 친구한테는 한 달의 시간을 달라고 했는데, 보아하니 보름이면 충분하겠어. 무엇보다 기분 좋은 점은 나를 센 강에 처박은 저놈들을 손봐주는 것으로 이 작전의 포문을 연다는 점이야. 불쌍한 구렐, 내가 자네의 원한을 갚아주겠네. 좀 늦은 감은 있지만 말이야!'

정오가 되자 뤼팽은 석공과 마부들이 끼니를 해결하기 위해 자주 찾는, 천장이 낮고 아담한 버팔로 레스토랑으로 들어갔다. 누군가 곁에 다가와 앉았다.

"시키신 일은 마치고 왔습니다, 대장."

"아! 자네로군, 두드빌. 잘됐네. 궁금해서 못 견딜 참이었네. 정보는 알아냈나? 출생증명서는? 어서 말해보게."

"알아본 바로는 이렇습니다. 알텐하임의 부모는 둘 다 외국에서 죽었습니다."

"그 이야긴 건너뛰게."

"자식은 모두 세 명이었습니다."

"세 명이라고?"

"그렇습니다.

"맏아들이 지금 서른 살 정도 됐을 겁니다. 이름은 라울 드 말레이히이고요."

"그자가 바로 우리가 알고 있는 알텐하임이지. 그리고?"

"막내는 딸이고, 이름은 이질다였습니다. 호적에 '사망'이라는 글씨가 적혀 있었습니다. 잉크 상태로 보아 최근에 기재된 듯했고요."

"이질다… 이질다…. 내 짐작이 맞았군. 이질다가 알텐하임의 여동생이었어…. 그 아이한테서 언뜻언뜻 익숙한 표정이 스쳤으니…. 둘이 이렇게 연결돼 있었군.…. 그래, 마지막 인물, 그러니까 둘째는 누군가?"

"아들입니다. 현재 스물여섯 살일 겁니다."

"그자의 이름은?"

"루이 드 말레이히."

그 이름을 듣자 뤼팽은 다소 충격을 받은 듯했다.

"그거군! 루이 드 말레이히…! 머리글자가 L. M.이잖아. 진저리 나고 소름 끼치는 서명을 가진… 살인자 이름은 바로 루이 드 말레이히였어…. 알텐하임의 남동생이자 이질다의 오빠지. 하지만 자신의 정체가 탄로 날까 봐 가차 없이 둘 다 죽인 거야…."

뤼팽은 베일에 가린 인물의 환영에 사로잡힌 듯 한동안 아무 말 없이 침울하게 앉아 있었다. 두드빌이 반박했다.

"무엇 때문에 자신의 여동생인 이질다를 두려워했겠습니까? 미친 아이라고 하던데요."

"미친 아이긴 하지. 하지만 어린 시절에 대해 몇 가지는 상세히 떠올릴 상태였어. 함께 자란 오빠 정도야 알아봤겠지…. 결국 그 기억이 생명을 앗아간 셈이야."

그리고는 이렇게 덧붙였다.

"미친 아이지! 하지만 지금 보니 그 집안사람들은 죄다 미쳤나 보군…. 엄마도 미쳤고… 아빠는 알코올 중독자였고… 이질다 역시 딱하게 정신이 온전치 않았지…. 그리고 그 살인범, 그놈은 괴물이야. 어리석은 미치광이라고…."

"그자가 어리석다고 생각하십니까, 대장?"

"당연하지. 어리석고말고! 천재적인 재능과 꾀, 귀신같은 직관력을 갖고 있지만 말레이히 집안의 다른 사람들과 마찬가지로 미치광이일 뿐이야. 미치광이들만이, 특히 그렇게 어리석은 미치광이들만이 살인을 저지르는 법이거든. 왜냐하면…."

뤼팽은 불현듯 말을 끊었다. 얼굴이 삽시간에 굳자 깜짝 놀란 두드빌이 불안한 기색으로 물었다.

"무슨 일입니까, 대장?"

"저기를 보게."

3

카페 안으로 이제 막 들어온 한 남자가 펠트 천으로 된 검은 중절모를 벗어 옷걸이에 걸더니 작은 테이블에 자리를 잡고 앉았다. 종업원이 가져온 메뉴판을 살펴보고 주문한 남자는 팔짱 낀 두 팔을 테이블보 위에 올려놓고 상체를 꼿꼿이 세운 채 꼼짝도 않고 음식이 나오기를 기다렸다.

뤼팽은 남자의 얼굴을 자세히 살펴보았다.

수염 한 올 없는 마르고 야윈 얼굴에 움푹 들어간 두 눈을 가졌고 눈동자는 강철을 연상케 하는 짙은 회색이었다. 양쪽에서 팽팽히 잡아당긴 듯한 피부는 뻣뻣하고 두꺼운 양피지 같아서 한 올의 털도 뚫고 나오지 못할 듯했다.

사내의 얼굴은 음울했다. 어떠한 표정도 떠올라 있지 않았다. 상아 같은 이마 아래에는 어떠한 생각도 흐르지 않을 것 같았다. 속눈썹 없는 눈꺼풀은 전혀 움직이지 않아서 남자의 시선은 마치 석고상의 그것처럼 한곳에 고정된 듯했다.

뤼팽은 종업원에게 신호를 보냈다.

"저 신사분은 누구십니까?"

"저기서 점심을 드시는 분 말씀이십니까?"

"그렇습니다."

"단골입니다. 매주 두세 차례 우리 레스토랑에 들르지요."

"저 사람의 이름을 아십니까?"

"그럼요…. 레옹 마시에 씨입니다."

"아! L. M.이잖아…. 그 두 머리글자… 저자가 루이 드 말레이히일까?"

뤼팽은 흥분해서 더듬거렸다.

사내를 뚫어지게 쳐다보았다. 실제로 남자의 인상은 상상해오던 살인자의 모습과 일치했다. 알고 있는 사실을 바탕으로 그 혐오스러운 존재를 떠올려보면 대략 저런 모습이었다. 하지만 뤼팽을 혼란스럽게 한 건 예상을 빗나간 남자의 눈빛이었다. 그의 눈빛에는 활력과 불꽃 대신 죽음이 담겨 있었고 저주받은 자의 혼란과 고통, 발악 대신 무감각이 서려 있었다.

뤼팽이 종업원에게 다시 물었다.

"저분이 무슨 일을 하는지 아십니까?"

"글쎄요, 그것까지는 잘 모르겠습니다. 워낙 괴짜라서…. 항상 혼자 옵니다…. 아무하고도 이야기하지 않고요. 심지어 식당 사람 중 저분의 목소리를 아는 사람이 거의 없을 정도입니다. 손가락으로 원하는 메뉴를 가리키고… 20분 만에 식사를 마치고… 돈을 내고… 휭하니 나가지요."

"그리고 다시 온단 말이지요?"

"사오일마다 옵니다. 딱히 정해놓고 오는 건 아니지만요."

'저자야. 분명 저자야. 말레이히가 저기 있어…. 내 눈앞에서 숨을 쉬고 있어. 저 손으로 사람을 죽인 거야. 저 뇌는 피 냄새에 취해 있을 테지…. 괴물… 흡혈귀가 바로 저기 있어….'

뤼팽은 속으로 생각했다.

하지만 과연 이게 가능한 일인가? 정체를 드러내지 않는 그자가 거의 가공의 존재처럼 여겨졌기 때문에, 이렇게 눈앞에서 숨을 쉬며 왔다 갔다 하고 움직이는 모습을 보자 커다란 당혹감을 느꼈다. 산 사람의 살을 먹고 희생자들의 피를 빨아먹는 흉측한 짐승으로 생각해왔는데 평범한 사람들처럼 빵과 고기를 먹고 맥주를 마시다니, 도저히 이해할 수 없었다.

"가세, 두드빌."

"무슨 일입니까? 대장? 안색이 아주 창백합니다."

"바람 좀 쐬어야겠네. 나가지."

뤼팽은 밖으로 나가자 길게 숨을 내쉬고 이마에 맺힌 땀을 닦아낸 뒤 중얼거렸다.

"이제 좀 낫군. 숨이 막혀 죽는 줄 알았어."

뤼팽이 마음을 가다듬으며 다시 말했다.

"두드빌, 끝이 보이네. 몇 주 동안 나는 안갯속을 더듬듯 보이지 않는 적과 싸워왔지. 하지만 운명이 갑자기 그놈을 내 앞에 데려다 놓은 거야! 이제야 게임이 공평해졌어."

"대장, 그러면 이제 따로 움직이는 건 어떨까요? 그자가 우리가 함께 있는 걸 봤습니다. 따로 다니면 그만큼 눈에 덜 띌 겁니다."

"그자가 우리를 봤다고? 아무것도 보지 않고 듣지 않는 것 같더니… 종잡을 수 없는 놈이군!"

10분 후 식당에서 나온 레옹 마시에는 조금도 주위를 경계하는 기색 없이 태평하게 발걸음을 옮겼다. 담배에 불을 붙여 입에 물고는 따뜻한 햇볕과 신선한 공기를 즐기며 산책하는 사람처럼 뒷짐을 진 채 느긋이 거리를 걸었다. 누가 자신의 뒤를 밟을 수 있으리라고는 꿈에도 생각지 못하는 듯했다.

남자는 세관을 지나 성벽을 따라 걷다가 상페레 문을 통해 레볼트가로 되돌아갔다.

과연 레볼트가 3번지 건물 안으로 들어갈 것인가? 뤼팽은 그러기를 간절히 바랐다. 그래야만 알텐하임의 공범이라는 사실이 확실히 증명되기 때문이었다. 하지만 남자는 모퉁이를 돌아 들레즈망가로 접어들어, 그대로 버팔로 자전거 경기장 부근까지 직행했다.

들레즈망가 왼편, 자전거 경기장 정면으로는 임대 테니스장과 임시 건물이 들어서 있었는데, 그 가운데에 비좁은 정원으로 둘러싸인 아담한 별장 하나가 외따로 서 있었다.

레옹 마시에는 그 앞에서 문득 발걸음을 멈추더니 열쇠 꾸러미를 꺼내 정원의 철책 문과 별장 문을 차례로 연 다음 안으로 들어갔다.

뤼팽이 살금살금 다가갔다. 정원 담벼락이 레볼트가의 건물 뒤편과 이어져 있음을 한눈에 알 수 있었다.

더 가까이 다가가자 정원 한구석, 높다란 담벼락 근처에 세워진 창고 하나가 눈에 들어왔다.

주변 지리적 배치로 보아 이 창고는 고물장수가 잡동사니를 쌓아두는 3번지 안뜰에 있는 창고와 맞닿아 있는 게 분명했다.

요컨대 레옹 마시에는 공범 일곱 명의 회동 장소인 창고 바로 옆집에 사는 셈이다. 그러니 레옹 마시에가 이 패거리를 지휘하는 우두머리이며, 두 창고를 연결하는 어느 통로를 통해 심복들과 내통하고 있음이 분명해졌다.

"내 짐작이 맞았군. 레옹 마시에와 루이 드 말레이히는 동일인이야. 이제 상황이 간단해졌어."

"정말 그렇군요. 며칠 내로 모든 일이 끝나겠어요."

"즉 조만간 내 목에 단도가 꽂힐 수도 있단 이야기지."

"무슨 말씀이세요, 대장? 무슨 그런 해괴망측한 생각을!"

"쳇! 누가 알겠나! 저 괴물 때문에 언젠가 내게 악운이 닥칠 것 같은 예감이 든단 말이야."

지금부터는 말레이히의 일거수일투족을 밀착 감시하는 것이 문제였다.

두드빌이 동네 주민을 상대로 알아본 바로는 그자의 생활이 생각보다 더 괴상했다. 별장 괴짜로 통하는 말레이히는 그곳에 머문 지 채 몇 달밖에 되지 않았다. 아무도 만나지 않았고, 그 누구도 집 안에 들이지 않았다. 하인도 없는 것 같았다. 하지만 창문만은 밤에도 활짝 열려 있었다. 비록 실내는 촛불이나 전등 불빛 하나 없이 언제나 어두컴컴했지만 말이다.

게다가 레옹 마시에는 대체로 저물녘에 집을 나가서 밤늦게 귀가했다. 심지어 동틀 무렵 집으로 돌아오는 모습을 목격했다는 사람도 꽤 있었다.

"그자가 무슨 일을 하는지 알아냈나?"

뤼팽이 탐문을 마치고 돌아온 두드빌에게 물었다.

"아니요. 생활이 워낙 불규칙하답니다. 며칠이나 시야에서 사라지곤 한다는데, 어쩌면 집 안에 틀어박혀 있는지도 모르지요. 한마디로 오리무중입니다."

"알았네! 조만간 알아낼 걸세."

하지만 일은 예상대로 흘러가지 않았다. 그 후 일주일이 넘도록 애를 쓰며 꾸준히 조사를 벌여봤지만, 그 괴상한 인물과 관련된 어떠한 정보도 알아내지 못했다. 게다가 이상한 일도 빈번히 일어났다. 뤼팽이 종종걸음을 치며 어딘가를 향해 바삐 가는 남자를 뒤쫓다 보면, 어느 순간 남자가 신기루처럼 사라져버린 것이다. 물론 몇 번은 어딘가에 있을 또 다른 출입구로 사라졌겠지만, 어떤 때는 사람들이 붐비는 장소에서 유령처럼 홀연히 사라졌다. 그런 순간을 목격할 때마다 뤼팽은 분노와 당혹감에 휩싸여 돌처럼 굳은 채 망연히 서 있을 수밖에 없었다.

정신을 차리고 들레즈망가로 급히 달려가 잠복한 채로 몇 분, 몇 시간을 기다리며 밤을 보내다 보면, 어느 순간 그 괴상한 인물이 눈앞에 떡하니 나타났다. 저자가 대체 무슨 술수를 부린 걸까?

4

"속달이 왔습니다, 대장."

어느 날 저녁 8시경, 들레즈망가로 뤼팽을 찾아온 두드빌이 편지를 내밀며 말했다.

뤼팽이 곧바로 봉투를 뜯었다. 서둘러 자신에게 와 도와달라는 케셀바흐 부인의 편지였다. 편지 내용에 따르면, 그날 해 질 무렵 두 사내가 부인의 방 창문 아래에서 이런 이야기를 나누었다는 것이다. "잘됐어. 전혀 눈치채지 못한 것 같군…. 그러니 결정 난 거야. 오늘 밤에 습격하자고." 이 말을 듣고 놀라 아래층으로 내려가 확인해보니 부엌에 딸린 찬방 빗장이 밖에서 열 수 있을 정도로 느슨히 풀려 있었다는 것이다.

"드디어 적이 싸움을 청해오는군. 잘됐어! 이제 말레이히의 방 창문 아래에 하염없이 서서 기다리는 것도 진저리가 나니까."

"그자가 지금 집 안에 있습니까?"

"아닐세. 그놈이 파리에서 또다시 자기 방식대로 나를 골탕 먹였어. 이제 내 방식대로 그놈을 혼내줄 차례야. 하지만 그전에 내 말 잘 듣게, 두드빌. 우리 쪽 사람 중 가장 건장한 친구로 열 명을 불러 모으게…. 그렇지, 마르코와 보좌관 제롬은 반드시 포함하도록. 팔라스 호텔 사건 이후 그 둘에게 어느 정도 휴식 시간을 줬으니까…. 이번에는 그들이 반드시 나서줘야 해. 인원이 다 모이면 그들을 데리고 비뉴가로 가게. 샤롤레 영감과 그의 아들이 보초를 서고 있을 걸세. 그들과 의기투합하게. 그리고 밤 11시 반에 비뉴가와 레이누아르가가 만나는 모퉁이로 나를 만나러 오게. 거기서 함께 집 주변을 감시할 걸세."

두드빌이 멀어져갔다. 뤼팽은 고즈넉한 들레즈망가가 완전히 한산해질 때까지 한 시간 정도 더 기다렸다. 레옹 마시에가 귀가하지 않은 것을 확인하고는 마침내 결심을 굳히고 별장을 향해 다가갔다.

주위를 둘러보니 아무도 없었다…. 몸을 날려 정원 철책을 지지하는 석단 위로 뛰어올랐다. 몇 분 후 뤼팽은 정원 안에 들어와 있었다.

본디 계획은 별장의 문을 따고 들어가 방을 뒤져 말레이히가 벨당츠에서 훔친 황제의 편지를 되찾는 것이었다. 하지만 그보다는 창고를 살펴보는 일이 급선무라는 생각이 들었다.

뤼팽은 창고 문이 열린 것을 보고 깜짝 놀랐다. 더군다나 손전등을 비춰보니 텅 비어 있었고 구석 벽을 봐도 또 다른 문 같은 건 전혀 보이지 않았다.

오랫동안 수색했지만 아무 성과도 얻지 못했다. 하지만 밖으로 나오니 석판 지붕 밑 다락방으로 올라갈 수 있도록 창고 벽에 기대 세워진 사다리 하나가 눈에 들어왔다.

다락방은 낡은 상자와 짚단, 온실용 창틀로 발 디딜 틈이 없었다. 아니, 정확히 말하자면 발 디딜 틈이 없는 것처럼 보였다. 이내 뤼팽은 맞은편 벽까지 가는 길 하나를 어렵지 않게 발견했다.

그 길로 걸어가던 중 발에 온실용 창틀이 걸리자 뤼팽은 창틀을 옆으로 옮겨놓으려 했다. 하지만 어찌 된 일인지 꿈쩍도 하지 않았다. 가까이에서 관찰해보니 이 창틀은 벽에 고정돼 있었고, 밑에는 판유리 한 장이 빠져 있었다. 구멍에 손을 넣어보니 안이 텅 비어 있었다. 뤼팽은 서둘러 손전등을 비춰 안을 들여다보았다. 놀랍게도 창틀 아래로 조금 전에 들어선 창고보다 더 널찍한, 고철과 여러 잡동사니로 가득한 거대한 헛간이 보였다.

'여기로군. 온실용 창틀은 천장 역할을 하며 고물장수의 창고와 통해 있는 거야. 이 천창으로 루이 드 말레이히는 자신을 노출하지 않고 부하들을 보고 듣고 감시할 수 있었던 거야. 이제야 그들이 왜 자기 대장에 대해 그토록 아는 게 없는지 이해되는군.'

뤼팽이 중얼거렸다.

사태를 파악한 후 불을 끄고 나가려는데, 갑자기 아래에 있는 창고 문이 스르르 열렸다. 누군가 안으로 들어섰다. 전등이 켜졌다. 고물장수의 모습이 드러났다.

어차피 사내가 그곳에 있는 한 더는 원정을 진행할 수 없는 처지였던 뤼팽은 가만히 서서 상황을 지켜보기로 했다.

고물장수는 주머니에서 권총 두 자루를 꺼냈다.

권총이 잘 작동되는지 확인한 후 보드빌 극장에서 들은 곡

한 소절을 휘파람으로 흥얼거리며 탄환을 갈아 끼웠다.

그렇게 한 시간이 흘렀다. 뤼팽은 점점 초조해졌지만 차마 자리를 떠나지 못했다.

또다시 10분… 30분… 한 시간이 흘렀다….

마침내 남자가 큰 소리로 외쳤다.

"들어와."

패거리 중 하나가 슬그머니 들어서더니 이어서 세 번째, 네 번째 공범이 모습을 드러냈다….

"이제 다 모였군. 디외도네와 주플뤼는 그곳에서 우리와 합류한다. 자, 허비할 시간이 없어…. 무장은 했겠지?"

"완전히 무장한 상태야."

"다행이군. 치열한 싸움이 될 거야."

"그걸 어떻게 아나, 고물장수?"

"대장을 만났거든…. 내 말은… 대장의 목소리를 들었다는 거지."

"그랬겠지. 언제나처럼 길모퉁이 어두컴컴한 곳에서 말이야. 아! 난 차라리 알텐하임이랑 일할 때가 좋았어. 최소한 우리가 무슨 일을 하는지는 알았잖아."

"그럼 지금은 자네가 무슨 일을 하는지 모른단 말이야…? 케셀바흐 부인의 집을 털러 가는 거잖아."

고물장수가 날카롭게 응수했다.

"그 경호원 둘은 어떡하지? 뤼팽이 배치한 두 졸병 말이야."

"무얼 어쩌겠어. 우린 일곱 명이잖아. 살려면 잠자코 입 다물고 있어야겠지."

"그럼 케셀바흐 부인은?"

"재갈을 물리고 결박한 다음 이리로 데려오는 거야…. 그리고 저 낡은 소파에 앉히고… 다음 지시를 기다려야지."

"보수는 섭섭지 않게 받겠지?

"우선 케셀바흐 부인의 보석을 갖게 될 거야."

"그건 계획이 성공했을 때 이야기지. 난 확실히 내 손에 떨어질 액수를 알고 싶어."

"일단 각자에게 100프랑짜리 지폐가 석 장씩 돌아갈 거야. 일이 끝나면 그 두 배가 지급될 거고."

"네가 돈을 가지고 있어?"

"그래."

"잘됐군. 이러니저러니 말은 했지만, 그래도 우리 대장만큼 보수를 후하게 챙겨주는 사람도 아마 없을 거야."

그러더니 뤼팽이 애써야만 간신히 들을 수 있는 낮은 목소리로 이렇게 말했다.

"말해봐, 고물장수. 만약 칼을 써야 할 일이 생긴다면, 특별 수당이 지급되겠지?"

"언제나 그렇듯 2000프랑이 지급될 거야."

"뤼팽을 죽이면?"

"3000프랑."

"아! 그놈을 잡아야 할 텐데…."

그들이 차례로 창고를 빠져나갔다.

고물장수의 마지막 말이 뤼팽의 귀에 들려왔다.

"공격 계획은 이래. 우리는 세 그룹으로 갈라질 거야. 휘파람

소리가 나면 그룹별로 즉각 전진한다….”

뤼팽은 서둘러 은신처를 벗어났다. 사다리를 타고 내려와 집 안으로 들어가지 않고 별장을 빙 돌아가서는 철책을 넘어 밖으로 나왔다.

“고물장수 말이 맞아. 치열한 싸움이 될 거야… 이런! 저들이 노리는 게 내 목숨이라니! 뤼팽을 죽이면 특별 수당이 지급된다니! 이런 악랄한 놈들!”

뤼팽은 입시세관을 지나 택시를 잡아탔다.

“레이누아르가로 갑시다.”

뤼팽은 비뉴가에서 300보 정도 떨어진 곳에서 택시를 멈춘 뒤 두 거리가 만나는 모퉁이까지 걸어갔다.

당황스럽게도 두드빌은 약속 장소에 없었다.

‘이상하군. 자정이 넘었는데… 왠지 석연치 않아.’

뤼팽이 중얼거렸다.

10분, 20분이 흘러 12시 반이 되어도 두드빌은 나타나지 않았다. 더 지체하다가는 위험할 듯했다. 설사 두드빌과 그의 동료가 오지 않는다 해도 샤롤레 영감과 영감의 아들 그리고 뤼팽이 충분히 공격을 저지할 수 있을 것이다. 케셀바흐 부인의 하인들을 제쳐 두고라도 말이다.

그러한 생각 끝에 뤼팽이 움직였다. 집 앞에 다다르자 건물 한구석 움푹 파인 곳에 몸을 숨기는 두 남자의 모습이 눈에 들어왔다.

‘제기랄, 선봉대 역할을 맡은 디외도네와 주플뤼로군. 멍청하게 추월을 당하다니.’

뤼팽이 중얼거렸다.

뤼팽은 또 한 차례 시간을 허비할 수밖에 없었다. 곧장 달려들어 방해하지 못하게 처리한 다음, 열린 찬방 창문으로 들어가 버릴까? 아마도 지금은 그것이 가장 신중한 대처일 것이다. 게다가 그렇게만 한다면 케셀바흐 부인도 안전한 곳으로 즉시 대피시킬 수 있다.

그렇긴 하다. 하지만 그것은 계획의 실패를 의미하기도 했다. 패거리를 일망타진하고, 특히 루이 드 말레이히를 잡아들일 유일한 기회를 놓치는 셈이었으니 말이다.

순간 집 반대편 어딘가에서 휘파람 소리가 들려왔다.

벌써 나머지 패거리들이 도착한 걸까? 이 정원에서 습격이 개시될까?

하지만 휘파람 신호가 떨어지자 두 남자가 창문을 넘어 시야에서 사라져버렸다.

뤼팽은 재빨리 몸을 날려 발코니를 기어올라 찬방 안으로 달려들었다. 발걸음 소리를 들으니 침입자들이 정원을 지나가고 있는 듯했다. 발걸음 소리가 아주 또렷하게 들려서 뤼팽은 오히려 안심했다. 샤롤레 영감과 아들이 그 소리를 못 들었을 리 없기 때문이다.

뤼팽은 곧장 위층으로 올라갔다. 케셀바흐 부인의 방은 층계참에 있었다. 뤼팽이 방 안으로 뛰어들었다.

방에는 야등이 켜져 있어서 소파에 쓰러져 누워 있는 돌로레스의 모습이 한눈에 들어왔다. 서둘러 달려가 돌로레스의 몸을 일으켜 세우고 강경한 어조로 다그치듯 물었다.

"정신 차리세요…. 샤롤레 영감은요? 그의 아들은요…? 지금 어디 있는 겁니까?"

돌로레스가 더듬거렸다.

"예…? 당연히… 떠났잖아요…."

"무슨 말입니까! 떠나다니요!"

"당신이 한 시간 전에 전화 메시지를 보내와서…."

뤼팽은 돌로레스 옆에 떨어진 푸른색 종이를 집어들어 내용을 읽었다.

즉시 경호원 두 명을 돌려보내 주십시오…. 다른 부하들도 모두…. 그랑 호텔에서 그들을 기다리고 있겠습니다. 부인은 안심하십시오.

"맙소사! 이 말을 믿다니! 그럼 하인들은 어디 있습니까?"

"그들도 떠났어요."

뤼팽은 창가로 다가갔다. 남자 셋이 정원 끝쪽에서 다가오고 있었다.

곧장 옆방으로 달려가 거리에 면한 창문으로 내다보니 또 다른 남자 둘이 눈에 들어왔다.

뤼팽은 디외도네와 주플뤼, 그리고 투명 인간처럼 주변을 어슬렁거리고 있을 끔찍한 인간, 루이 드 말레이히를 떠올렸다.

"제기랄! 망할 낌새가 보이는군."

검은 옷을 입은 사내

1

순간 아르센 뤼팽은 자신이 함정에 걸려들었다는 느낌, 아니 확신이 들었다. 지금으로서는 정체를 정확히 파악할 방도가 없지만, 아주 능숙하고 교묘한 솜씨로 설치해놓은 함정인 것만은 분명했다.

모든 것이 분명한 의도와 계획에 따른 것이다. 자신의 부하들이 떠나버린 것, 케셀바흐 부인의 하인들이 사라지거나 배신한 것, 자신이 케셀바흐 부인의 집에 발을 들여놓은 것까지 전부 말이다.

물론 이 모든 계략이 성공할 수 있었던 이유는 거의 기적에 가까울 정도로 상황이 적에게 유리하게 진행됐기 때문이다. 부하들이 가짜 메시지를 받고 떠나기 전에 자신이 먼저 도착할 수도 있었다. 만약 그랬다면 뤼팽의 부하들과 알텐하임의 패거리들 간에 한판 대결이 펼쳐졌을 것이다. 하지만 알텐하임을 단도로 찔러 죽이고 벨당츠의 소녀를 독살한 말레이히의 전적으로 보건대, 이번 함정도 오로지 자신만을 겨냥한 듯했다. 말레이히는 전면전을 벌인다거나 이제는 성가시기만 한 공범들을 제거할 생각은 애당초 염두에 두지 않은 듯했다.

이러한 섬광 같은 생각, 혹은 직관이 뤼팽의 뇌리를 스쳤다. 이제는 행동에 나설 때였다. 어쨌든 적들이 돌로레스를 납치할 목적으로 습격을 단행한 것만은 분명하니 어떻게든 돌로레스를 지켜야 한다.

뤼팽은 거리에 면한 창문을 조금 열고 권총을 겨누었다. 총성이 울려 퍼져 동네 사람들이 놀라 깨면 패거리들은 도망칠 것이다.

'이런! 안 돼. 그럴 순 없어. 싸움을 피하는 꼴이잖아. 이게 어떤 기회인데…. 그리고 저놈들이 실제로 도망칠지 누가 장담하겠어! 저렇게 떼 지어 있으니 동네 사람들쯤은 무시할지도 몰라.'

뤼팽은 돌로레스의 방으로 돌아왔다. 아래층에서 인기척이 들려왔다. 귀를 기울이니 층계를 올라오는 소리였다. 뤼팽은 서둘러 단단히 문을 닫아걸었다.

돌로레스가 소파에서 흐느끼며 떨었다.

뤼팽이 돌로레스를 달랬다.

"움직일 수 있겠습니까? 여기는 2층입니다. 내려가실 수 있도록 도와드리지요…. 창가에 침대 시트를 매달아…."

"아니, 싫어요. 저를 떠나지 마세요…. 저들이 날 죽일 거예요…. 제발 저를 지켜주세요."

뤼팽은 돌로레스를 품에 안아 옆방으로 옮긴 다음 몸을 기울여 나지막이 말했다.

"여기서 가만히 계십시오. 침착하시고요. 단언하건대 내가 살아 있는 한 저들 중 누구도 당신을 해치지 못할 겁니다."

첫 번째 방문이 덜컹거렸다. 돌로레스가 소리를 지르며 뤼팽에게 매달렸다.

"아! 그들이 왔어요…. 여기까지…. 저들이 당신을 죽일 거예요…. 당신은 혼자잖아요…."

뤼팽은 감정을 가득 담아 말했다.

"전 혼자가 아닙니다. 당신이 여기에 있으니…. 당신이 제 곁에 계시지 않습니까."

뤼팽은 여자의 손을 살며시 떼어내려 했다. 하지만 여자는 두 손으로 뤼팽의 머리를 붙잡더니 두 눈동자를 깊숙이 들여다보며 중얼거렸다.

"어디로 가시려고요? 어떻게 하시려고요? 죽지 마세요…. 그건 정말 싫어요…. 살아주세요…. 제발…."

돌로레스는 알아들을 수 없는 몇 마디를 중얼거렸다. 마치 입안으로 그 말들을 삼키는 듯했다. 그러고는 곧 온몸에 힘이 빠져 다시 의식을 잃고 쓰러졌다.

뤼팽은 몸을 기울여 잠시 돌로레스의 얼굴을 물끄러미 바라보고는 여자의 머리카락에 부드럽게 입맞춤했다.

그런 뒤 첫 번째 방으로 되돌아가 두 방을 연결하는 문을 꼼꼼히 잠근 후 전등을 켰다.

"잠깐만 기다리게, 풋내기들! 작살나고 싶어 안달이 났나…? 네놈들이 상대해야 할 사람이 뤼팽이란 건 알고 있겠지? 단단히 각오하라고!"

그렇게 소리치면서 가리개를 펼쳐 조금 전 케셀바흐 부인이 누워 있던 소파를 가렸다. 소파 위에는 옷가지와 담요를 던져 놓은 상태였다.

거센 공격에 곧 문이 부서질 것 같았다.

"좋아! 간다! 각오는 돼 있겠지? 자! 첫 번째 신사분 입장!"

뤼팽이 재빨리 자물쇠를 열고 빗장을 풀었다.

문이 열리자 고함과 협박, 거친 욕설들이 쏟아졌다.

하지만 누구도 선뜻 나서지 못했다. 그들은 공포와 불안으로 뤼팽에게 달려들기를 주저했다.

뤼팽이 예상한 그대로였다.

뤼팽은 불빛이 내리비추는 방 한가운데에 떡 버티고 선 채 지폐 뭉치를 든 팔을 뻗어 지폐를 한 장 한 장씩 일곱 등분으로 나누고 있었다. 그런 다음 차분한 목소리로 운을 떼었다.

"뤼팽을 저세상으로 보내면 각자 3000프랑의 특별 수당을 받는다지? 그렇게 약속이 돼 있는 걸로 아는데, 맞나? 여기, 그 두 배일세."

뤼팽은 상대가 손만 뻗으면 닿을 거리에 있는 탁자에 지폐 다발을 내려놓았다.

고물장수가 외쳤다.

"헛소리다! 시간을 벌려는 수작이야. 쏴버리자!"

고물장수가 팔을 들어 올렸다. 하지만 다른 동료가 고물장수를 말렸다. 뤼팽이 말을 이었다.

"물론 그렇다고 해서 자네들의 계획에 차질이 생기는 건 아닐세. 자네들이 이곳에 들어온 첫 번째 목적은 케셀바흐 부인을 납치하기 위해서고, 두 번째 목적은 납치하는 김에 보석을 빼앗기 위해서지. 만약 내가 이 두 가지를 훼방 놓는다면 난 세상에서 둘도 없는 파렴치한일세."

"이런! 대체 무슨 말이 하고 싶은 거야?"

본인의 의지와는 달리 뤼팽의 말을 경청하던 고물장수가 으르렁대며 물었다.

"아! 이런! 고물장수, 내 이야기에 관심이 생기기 시작한 모양이군. 들어오게, 친구…. 모두 들어들 오게…. 그 위쪽 계단은 외풍이 셀 걸세. 자네들 같은 귀여운 친구들은 감기에 걸릴 수 있어…. 왜! 겁이 나는가? 보다시피 난 혼자야…. 자, 용기를 내게, 내 강아지들."

그들은 불신과 호기심이 뒤섞인 표정으로 방에 들어섰다.

"문을 닫게, 고물장수…. 그럼 좀 더 마음이 편안해질 테니. 고맙네, 친구. 아! 슬쩍 보니 1000프랑짜리 지폐가 사라졌더군. 그럼 계약이 이루어진 걸로 알겠네. 역시 점잖은 사람끼리는 통하는 게 있나 보군!"

"이제는?"

"이제는? 아! 이제 협력하기로 했으니…."

"협력이라니!"

"이런! 내 돈을 받지 않았나? 이제 같이 일하는 거야, 친구. 힘을 모아 우선 젊은 여자를 납치하고 그다음에 보석을 훔치는 거지."

고물장수가 빈정거렸다.

"당신 도움 따위는 필요하지 않아."

"필요할 걸세, 친구."

"어째서?"

"자네는 보석이 어디에 숨겨져 있는지 모르지만 난 알고 있거든."

"그거야 우리도 찾으면 되지."

"내일쯤이라야 가능할 걸세. 오늘 밤 안에는 어림도 없을걸."

"좋아, 말해봐. 원하는 게 뭐야?"

"보석을 나누세."

"보석이 숨겨져 있는 장소를 안다면서 왜 독차지하지 않는 거지?"

"혼자서는 보석을 꺼낼 수 없기 때문이야. 암호가 설정되어 있는데 그 암호를 모르네. 이제 자네들이 있으니 도움을 받을 수 있겠지."

고물장수가 주저했다.

"나누자고… 나눈단 말이지…. 그래 봤자 보석 몇 개와 쇠붙이 조금이 전부일 텐데…."

"멍청하긴! 최소한 100만 프랑어치 정도는 된단 말일세."

그 말을 들은 사내들이 흠칫 놀라 몸을 떨었다.

"좋아. 하지만 케셀바흐 부인이 도망친다면? 그 여자는 지금 옆방에 있겠지?"

"아닐세. 여기 있네."

뤼팽은 가리개를 조금 걷어 자신이 소파 위에 미리 던져놓은 옷가지와 담요가 살짝 드러나게 했다.

"보다시피 여자는 여기 기절해 있네. 하지만 보석을 나눈 다음, 그때 가서 여자를 넘겨주겠네."

"하지만…."

"하든가 말든가 마음대로 하게. 사실 난 혼자여도 상관없어. 내 능력이 어느 정도인지는 자네들도 알 테지. 그러니…."

사내들이 모여서 의논하더니 마침내 고물장수가 나서서 말했다.

"보물이 숨겨진 장소가 어디지?"

"벽난로 아래지. 하지만 암호를 모르니 벽난로 전체와 거울 그리고 대리석을 통째로 들어내야 하네. 만만치 않은 작업이지."

"쳇! 그까짓 것쯤 우리가 얼마든지 해치울 수 있어. 두고 보기나 해. 5분 만에 끝낼 테니…."

고물장수가 명령을 내리자 그의 동료들은 경탄스러울 만큼 조직적이고 의욕적으로 작업에 착수했다. 그들 중 둘은 의자에 올라가 거울을 떼어내려 애썼다. 그리고 넷은 벽난로를 집중적으로 공략했다. 고물장수는 무릎을 꿇고 벽난로 바닥을 살펴보며 지시를 내렸다. "어이, 힘을 내! 한꺼번에 내리치라고… 조심해! 하나, 둘…. 아! 이제 움직이는군."

한편 뤼팽은 양손을 호주머니에 찔러 넣은 채 뒤편에 서서 측은한 마음으로 그들을 지켜보고 있었다. 아울러 자신의 놀라운 영향력과 권력, 권위를 보여주는 이 뚜렷한 증거를 예술가이자 거장으로서 무한한 자부심을 느끼며 한껏 음미했다. 저자들은 어떻게 이 허황한 이야기에 깜빡 넘어가 판단력을 송두리째 잃고 모든 공격 기회를 고스란히 넘겨줄 수 있단 말인가?

뤼팽은 양쪽 호주머니에서 커다란 고성능 권총 두 자루를 꺼내더니 먼저 쓰러뜨릴 두 명과 뒤이어 쓰러뜨릴 두 명을 침착하게 고른 후 사격장에서 과녁을 노리듯 팔을 뻗어 그들을 조준했다. 두 발의 총성이 동시에 울려 퍼졌고, 또다시 두 발의 총성이 그 뒤를 이었다….

방 안을 가득 채우는 비명…. 사내 넷이 공에 맞아 맥없이 쓰러지는 인형들처럼 차례차례 바닥에 나자빠졌다.

"일곱 중에 넷을 제거했으니 이제 셋만 남았군. 계속해야 하나?"

뤼팽은 권총을 쥔 손을 여전히 앞으로 뻗고 있었다. 이제 권총 두 자루는 고물장수와 그의 두 동료를 겨누고 있었다.

"비열한 자식!"

고물장수가 무기를 찾으며 이를 갈았다.

"두 팔 들어! 안 그러면 쏜다…. 좋아! 너희 둘은 저놈의 무기를 뺏어…. 그러지 않으면…."

두 사내는 공포로 몸을 떨며 자신의 우두머리를 꼼짝 못하게 한 뒤 강제로 무기를 빼앗았다.

"이제 그자를 묶어! 묶으란 말이야, 멍청한 자식! 그런다고 무슨 일이라도 생길 것 같나? 내가 떠나고 나면 자네들은 자유야…. 알겠나? 우선 자네들 허리띠로 그놈의 손목을 묶고… 발목도 묶어. 좀 더 빨리…."

당황하고 기가 죽은 고물장수는 더 이상 저항하지 않았다. 두 사내가 고물장수를 묶는 사이 뤼팽은 그 둘을 향해 몸을 숙인 다음, 권총 손잡이로 뒤통수를 세차게 내려쳤다.

"일이 깔끔히 마무리됐군. 쉰 명쯤 더 있어야 하는데 아쉬

위…. 이제 막 발동이 걸렸는데 말이야…. 웃으며 해도 될 만큼 쉬운 일이잖아…. 어떻게 생각하나, 고물장수?"

고물장수가 으르렁거렸다. 뤼팽이 말했다.

"너무 우울해하지는 말게, 친구. 케셀바흐 부인을 구하는 좋은 일에 일조했다고 생각하고 마음을 달래게. 부인이 자네의 호의에 직접 감사를 표할 걸세."

그러고는 옆방으로 다가가 문을 열었다.

"이런!"

방 안을 들여다본 뤼팽은 넋 나간 표정으로 문턱에 서서 탄식을 내뱉었다.

방이 텅 비어 있었다. 뤼팽은 창가로 다가가 밖을 내다보았다. 조립식 강철 사다리가 발코니에 기대어져 있었다.

"납치됐어…. 납치된 거야…. 루이 드 말레이히…. 이런! 천하에 나쁜 놈…."

2

 뤼팽은 케셀바흐 부인의 신변에 당장은 위험이 없을 것이니 너무 불안해할 필요는 없다고 애써 자위했다. 하지만 갑자기 화가 치밀어 올라, 옆방으로 달려가 상처 입은 몸으로 버둥대는 도둑들을 구둣발로 사정없이 걷어찬 뒤 몸을 뒤져 자신의 돈다발을 다시 챙겼다. 그러고는 그들의 입에 재갈을 물리고 커튼 줄, 담요 천, 침대 시트 등 끈 비슷한 것이라면 닥치는 대로 주위 손발을 꽁꽁 묶었다. 이어 뤼팽은 일곱 명의 인간 꾸러미들을 소포처럼 한데 엮어 소파 앞 양탄자 위에 나란히 늘어놓았다.

 "미라 꼬치구이군! 군침 도는 요리야! 멍청한 놈들, 어떻게 하면 그렇게 멍청해질 수 있나? 시체 안치실에 널린 익사체가 따로 없군…. 그런 주제에 감히 과부와 고아의 수호자이신 이 뤼팽님을 공격했겠다…! 떨고 있나? 그럴 필요 없네, 애송이들! 뤼팽은 버러지를 해치지 않아…. 뤼팽은 단지 악당을 싫어하고, 자신의 의무가 무엇인지 잘 아는 고결한 사람이지. 그러니 생각해봐, 뤼팽이 어떻게 자네들 같은 몹쓸 녀석들이랑 한

패가 될 수 있겠나? 네놈들이 하는 짓거리를 돌아보게. 이웃들의 생활을 존중하길 하나, 타인의 재산을 존중하길 하나, 그렇다고 법이나 사회규범을 준수하길 하나? 양심이란 게 있긴 한가? 괜찮은 구석이 조금도 없지 않나! 주여, 세상이 어찌 되려고 이러는 겁니까? 도대체 우리는 어디로 가고 있는 겁니까?"

뤼팽은 방문을 걸어 잠글 필요조차 느끼지 못하고 그대로 휑하니 밖으로 나가, 택시를 대기시켜 놓은 곳까지 걸어갔다. 운전기사에게 택시 한 대를 더 부르라고 지시한 뒤 두 대의 자동차를 이끌고 다시 케셀바흐 부인의 집으로 향했다.

팁을 미리 후하게 챙겨준 터라 이런저런 설명은 생략할 수 있었다. 뤼팽은 두 운전기사의 도움을 받아 일곱 명의 포로를 끌고 내려온 뒤 자동차 안에 되는 대로 쑤셔 넣었다. 부상자들이 비명과 신음을 내질렀다. 뤼팽은 아랑곳하지 않고 자동차문을 닫았다.

"손 조심해."

뤼팽이 앞차에 올라탔다.

"출발합시다!"

"어디로 갈까요?"

운전기사가 물었다.

"오르페브르 강둑 36번지 치안국으로 갑시다."

부릉거리는 모터 소리와 함께 이 괴상한 자동차 행렬이 트로카데로의 비탈길을 미끄러져 내려갔다.

거리에는 채소 수레 몇 대가 보였고, 장대를 들고 가로등을 끄는 사람들의 모습도 간혹 눈에 들어왔다.

하늘에는 별이 반짝였고 시원한 미풍도 불었다.

뤼팽이 노래를 불렀다.

콩코르드 광장, 루브르 궁… 저 멀리 희미하게 보이는 노트르담 성당의 검은 윤곽….

뤼팽이 몸을 돌려 차 문을 조금 열었다.

"기분은 괜찮나, 친구들? 난 괜찮네, 고맙군. 밤 나들이에 더없이 좋은 날씨야. 공기가 상쾌해!"

자동차는 강둑의 울퉁불퉁한 포석 위를 덜컹거리며 달렸다. 곧 법원 건물과 치안국 정문이 나왔다.

"여기서 기다리세요. 그리고 저 승객 일곱 명을 잘 부탁합니다."

운전기사에게 당부한 뒤 뤼팽은 안뜰을 거쳐 본관으로 통하는 오른쪽 복도를 따라 걸어갔다. 본관으로 들어서니 야간 임무를 맡은 형사 몇 명이 있었다.

"사냥감을 가지고 왔습니다, 신사분들. 게다가 큰 놈이지요. 베베르 부국장 계십니까? 저는 새로 부임한 오퇴유 경찰서 서장입니다."

"베베르 부국장님은 지금 댁에 계십니다. 연락해드릴까요?"

"잠시만요. 내가 좀 바쁘니 그저 메모만 남겨놓겠습니다."

뤼팽은 책상 앞에 앉아 글을 적기 시작했다.

친애하는 베베르,

알텐하임의 패거리인 악당 일곱 명을 데려왔네. 이자들이 구렐을 비롯해 여러 명의 목숨을 앗아갔지. 그 희생자 가운데 르노르망이라는 이름을 가진 나도 포함돼 있고 말일세.

이제 이들의 우두머리만 잡으면 되네. 곧 그놈을 체포하러 갈 걸세. 내게 합류하게. 놈은 뇌이 구역 들레즈망가에 살고 레옹 마시에라고 불리네.

그럼 이만.

— 치안국장 아르센 뤼팽

뤼팽은 봉투를 봉했다.

"베베르 부국장에게 전해주세요. 긴급한 일입니다. 이제 배달된 물건을 이곳까지 옮길 일곱 명이 필요합니다. 물건은 강둑 위에 있어요."

뤼팽이 차 앞에 도착하니 경감이 그곳에 있었다.

"아! 당신이군요, 르뵈프 경감. 내가 놈들을 모조리 다 잡아들였습니다… 알텐하임의 패거리를 말이지요…. 지금 저 차 안에 있습니다."

"어디서 잡았습니까?"

"케셀바흐 부인을 납치하고 그 집을 털려는 걸 내가 덮쳤지요. 자세한 이야기는 나중에 적당한 기회를 봐서 해주지요."

경감이 그를 따로 불러 어리둥절한 표정으로 물었다.

"죄송합니다만, 오퇴유 경찰서장이 저를 찾는다고 전해 들었는데, 당신은… 실례지만 누구신지…?"

"최고의 품질을 자랑하는 악당 일곱 명을 당신에게 선물하려고 나타난 사람이지요."

"더 자세히 알 수 있을까요?"

"내 이름 말입니까?"

"그렇습니다."

"아르센 뤼팽입니다."

말이 끝나기가 무섭게 뤼팽은 상대의 발을 냅다 걸어서 넘어
뜨린 후 리볼리가까지 뛰어갔다. 거기에서 택시를 잡아타고 테
른 문으로 향했다.

테른 문에서 레볼트가는 그리 멀지 않았다. 뤼팽은 3번지를
향해 결연하게 걸어갔다.

웬만한 일에는 흔들리지 않을 만큼 자기 통제력이 뛰어난 뤼
팽이지만 이번만은 두근대는 심장을 좀처럼 가라앉힐 수 없었
다. 돌로레스 케셀바흐를 찾아낼 수 있을까? 루이 드 말레이히
는 돌로레스를 자신의 집으로 데려갔을까, 고물장수의 창고로
데려갔을까?

뤼팽은 고물장수에게서 창고 열쇠를 빼앗아 갖고 있었다. 따
라서 그다음 일은 수월했다. 벨을 누르고 몇 개의 뜰을 거쳐 창
고 앞에 다다르자 열쇠로 문을 열고 잡동사니가 가득한 내부로
들어섰다.

전등를 켜 창고 안을 비추었다. 오른쪽에는 악당들이 마지막
비밀 모임을 했던 공간이 있었다.

지난번에 고물장수가 가리켰던 소파 위를 보니 검은 형체가
웅크리고 있었다.

재갈이 물리고 담요로 돌돌 싸인 돌로레스였….

뤼팽이 돌로레스를 흔들어 깨웠다.

"아! 당신이군요…! 당신이 와주셨군요…. 그들이 당신에게

아무 짓도 않던가요?"

그러고는 즉시 몸을 일으켜 창고 구석을 가리켰다.

"**그자**가 저쪽으로 떠났어요. 소리를 들었어요…. 확실해요…. 쫓아가야 해요…. 제발…."

"당신을 챙기는 게 먼저입니다."

뤼팽이 말했다.

"아니에요, 그자가 먼저예요…. 그자를 잡으세요…. 제발… 그자를 잡아주세요."

이번에는 공포가 돌로레스를 무너뜨리기는커녕 오히려 숨겨져 있던 힘을 불러일으킨 모양이었다. 자신을 끈질기게 괴롭히는 끔찍한 적을 잡고 싶은 욕구를 주체할 수 없는 듯, 돌로레스는 같은 말을 되풀이했다.

"그자를 먼저 쫓아야 해요…. 더 이상 이렇게 살 수는 없어요. 제발 그자에게서 저를 구해주세요…. 그러셔야만 해요…. 더 이상 이렇게는…."

뤼팽은 돌로레스의 몸에 묶인 끈을 풀어주고 소파 위에 조심스럽게 앉힌 뒤 이렇게 말했다.

"당신 말이 맞아요…. 게다가 여기는 안전할 겁니다…. 기다리세요, 곧 돌아오겠습니다…."

하지만 막상 떠나려 하자 케셀바흐 부인이 뤼팽의 손을 꽉 붙잡았다.

"하지만 당신이…."

"왜 그러십니까?"

"만약 그자가…."

여자는 막상 위험한 싸움판으로 뤼팽을 내몰자니 갑자기 걱정이 몰려와 붙잡고 싶어진 모양이었다.

뤼팽이 나지막이 말했다.

"고맙습니다. 걱정하지 마세요. 제가 두려울 게 뭐가 있겠습니까? 그자도 혼자일 텐데요."

뤼팽은 여자를 놔두고 창고 구석을 향해 걸어갔다. 예상대로 벽에는 사다리가 기대 세워져 있었다. 사다리를 올라가니 뤼팽이 악당들의 회동을 지켜보았던 그 작은 천창이 나왔다. 바로 이 경로를 통해 말레이히는 들레즈망가에 있는 자신의 집으로 되돌아간 것이다.

몇 시간 전 말레이히가 밟았을 경로를 따라 뤼팽은 옆 창고로 건너가 정원으로 내려갔다. 역시 말레이히의 집 뒤편이 나왔다.

이상하게도 말레이히가 집 안에 없으리라는 의심은 단 한 순간도 들지 않았다.

반드시 그자와 마주칠 것이고 둘만의 치열한 전투가 이제 곧 끝날 것이었다. 불과 몇 분 후면 드디어 대단원의 막이 내려지리라.

하지만 다음 순간 뤼팽은 당혹감에 휩싸였다. 예상과는 달리 살짝 힘을 주니 문 손잡이가 돌아가고 문이 스르르 열리는 게 아닌가. 별장 문은 잠겨 있지도 않았던 것이다.

뤼팽은 주방과 복도를 지나 계단을 올라갔다. 발소리를 죽이려 애쓰지도 않고 결연히 전진했다.

층계참에 다다르자 문득 발길을 멈췄다. 이마에서는 땀이 흘러내렸고 관자놀이는 피가 몰려 바르르 떨렸다.

하지만 감정을 통제하고 정신을 최대한 집중한 채 침착함을 유지했다.

뤼팽은 권총 두 자루를 계단 위에 내려놓았다.

"무기는 필요 없어. 내 두 손, 그거면 충분해…. 그게 낫지."

앞에는 세 개의 문이 있었다. 뤼팽은 가운데 문을 선택해 자물쇠를 돌렸다. 문은 순순히 열렸다. 뤼팽이 안으로 들어갔다.

방에는 아무런 불빛도 켜져 있지 않았다. 하지만 활짝 열린 창문을 통해 달빛이 흘러들고 있었다. 덕분에 어둠 속에서도 침대의 하얀 휘장과 시트가 어렴풋하게 보였다.

그리고 바로 그곳에서 누군가 몸을 일으켜 세웠다.

뤼팽은 이 검은 형체를 향해 서둘러 전등 불빛을 비추었다.

"말레이히!"

창백한 안색, 음울한 눈동자, 시체같이 툭 튀어나온 광대뼈, 앙상한 목… 분명 말레이히였다.

뤼팽이 다섯 발짝 앞까지 다가갔지만 남자는 꼼짝도 하지 않았다. 무표정하고 생기 없는 얼굴에는 그 어떤 공포나 불안도 떠오르지 않았다.

뤼팽이 더욱 바짝 다가갔다. 한 발짝, 두 발짝, 세 발짝….

여전히 남자는 미동도 하지 않았다.

무엇을 보고 있기는 할까? 상황을 인지하고나 있을까? 두 눈은 허공을 응시하고 있었다. 남자는 마치 자신 앞에 있는 것이 실질적인 형상이 아니라 환영이라고 생각하는 듯했다.

뤼팽은 다시 한 발짝 앞으로 다가갔다….

'방어하려 하겠지. 방어하게 돼 있어.'

뤼팽이 상대를 향해 팔을 뻗었다.

남자는 아무런 몸짓도 하지 않았고 뒤로 물러서지도 않았다. 심지어 눈조차 깜빡거리지 않았다. 뤼팽이 사내를 툭 쳤다.

당혹감과 공포에 휩싸여 정신이 혼미해진 쪽은 오히려 뤼팽이었다. 뤼팽은 남자를 쓰러뜨려 침대 위에 눕혔다. 그리고 시트로 몸을 둘둘 감아 담요로 꽁꽁 묶어서 마치 사냥해놓은 먹잇감을 다루듯 무릎으로 짓눌렀다. 그러는 동안에도 상대는 조금도 저항의 몸짓을 보이지 않았다.

"아! 드디어 네놈을 깔아뭉갰군, 지긋지긋한 녀석! 내가 최후의 승자다!"

뤼팽은 솟구치는 기쁨과 통쾌한 승리감에 취해 크게 소리 질렀다.

그 순간 바깥 들레즈망가에서 무슨 소리가 들려왔다. 철책 문을 두드리는 소리였다. 서둘러 창가로 달려간 뤼팽이 외쳤다.

"자네로군, 베베르! 벌써 도착하다니! 잘했네! 모범적인 일꾼이로군! 철책 문을 부수게, 친구. 그리고 이리로 뛰어오게. 대환영일세."

뤼팽은 몇 분 만에 포로의 옷을 뒤져 지갑을 낚아챈 다음 책상 서랍에서 서류를 찾아내 탁자 위에 쏟아놓고 내용을 살펴보았다.

뤼팽의 입에서 기쁨의 탄성이 흘러나왔다. 편지 꾸러미, 자신이 황제에게 찾아주기로 약속했던 그 말 많고 탈 많았던 편지 꾸러미가 있었던 것이다.

뤼팽은 서류를 제자리에 가져다 놓고 창가로 다시 달려갔다.

"끝났네, 베베르! 들어와도 좋아! 자네를 위해, 케셀바흐를 죽인 범인을 단단히 묶어 침대 위에 준비해놓았네…. 잘 있게, 베베르…."

베베르가 집 안으로 들어오는 사이 뤼팽은 재빨리 계단을 지나 창고로 달려가서 돌로레스 케셀바흐와 재회했다.

뤼팽 혼자 알텐하임의 공범 일곱 명을 모두 체포한 것이다!

그뿐이랴! 베일에 싸인 그 패거리의 대장, 추악한 괴물, 루이드 말레이히를 법의 심판대에 넘기는 쾌거까지 이루었다!

3

　널찍한 목재 발코니, 한 청년이 책상 앞에 앉아 글을 쓰고 있
었다.

　청년은 이따금 고개를 들어 눈앞에 펼쳐진 작은 언덕을 물끄
러미 응시하곤 했다. 언덕에는 가을이 되어 앙상해진 나무들이
마지막 남은 잎사귀들을 빌라의 붉은 지붕과 정원의 잔디밭 위
로 하나둘 떨어뜨리고 있었다. 청년은 다시 글 쓰는 일에 전념
했다.

　잠시 후 종이를 집어들고 자신이 쓴 내용을 큰 소리로 읽어
내려갔다.

　우리 인생은 하루하루 물결치는 대로 흘러가네

　바람에 떠밀리듯이

　우리 인생은 하루하루 기슭으로 떠밀려 가네

　죽어야만 닿을 수 있는 기슭으로

　"나쁘지 않아! 아마블 타스튀(프랑스의 여류 시인 – 옮긴이)도

이보다 더 잘 쓸 순 없었겠어. 그래도 모두가 라마르틴(프랑스의 대표적 낭만파 시인 - 옮긴이)처럼 위대한 시를 쓸 수는 없는 법이지."

청년의 뒤에서 누군가 불쑥 말을 던졌다.

"당신…! 당신은…!"

청년이 혼비백산한 채 말을 더듬거렸다.

"그래, 나라네, 시인 친구. 아르센 뤼팽이 친애하는 친구 피에르 르뒥을 보러 왔지."

피에르 르뒥은 고열에 시달리는 사람처럼 부들부들 몸을 떨었다.

"때가 된 건가요?"

"그렇다네, 피에르 르뒥. 지난 몇 달 동안 주느비에브 에르느몽과 케셀바흐 부인의 발치에서 영위해온 축 처진 시인의 삶은 그만두거나 잠시 접어두고, 내 연극 속에서 자네가 맡은 역할을 연기할 때가 된 걸세…. 정말로 멋진 연극이네. 예술성도 탄탄하고 전율과 웃음과 증오가 가득한, 구성이 치밀하게 짜인 드라마일세. 이제 연극은 막 5막으로 접어들었고 머지않아 대단원의 막이 내려질 걸세. 그리고 피에르 르뒥, 자네가 바로 이 연극의 주인공이야. 얼마나 큰 영광인가!"

청년이 몸을 일으켰다.

"만약 제가 거부하면요?"

"어리석은 녀석!"

"예, 만약 제가 거부하면요? 제가 왜 당신의 뜻이라면 무조건 따라야 하지요? 왜 내용도 알지 못하고, 혐오감과 수치만 안겨주는 그따위 역할을 받아들여야 하는 겁니까?"

"멍청한 놈!"

뤼팽이 재차 못마땅한 기색을 드러냈다.

그러고는 피에르 르뒥을 강제로 의자에 눌러 앉히고 자신도 그 옆에 자리를 잡은 뒤 한없이 부드러운 목소리로 말을 꺼냈다.

"청년, 자신이 피에르 르뒥이 아니라 제라르 보프레라는 사실을 까마득히 잊어버렸나 보군. 자네가 피에르 르뒥이라는 대단한 이름을 가지게 된 건 바로 자네, 제라르 보프레가 피에르 르뒥을 죽이고 그의 신분을 가로챘기 때문이라는 사실을 말일세."

청년이 화가 나서 펄쩍 뛰었다.

"미쳤군요! 그 모든 걸 계획한 사람이 바로 당신이란 사실을 그 누구보다 잘 알고 있으면서…."

"난 알지. 알고말고. 하지만 만약 내가 사법 당국에 진짜 피에르 르뒥은 타살됐고 자네가 그의 자리를 차지했다는 증거를 제시한다면, 과연 판사들은 어떤 반응을 보일까?"

청년은 아연실색해 말을 더듬거렸다.

"믿지 않을 겁니다…. 무엇 때문에 제가 그런 짓을 했겠습니까? 무슨 목적으로?"

"멍청하긴! 그 목적은 너무나 명백해서 베베르도 금방 유추해낼 걸세. 자네는 그 역할이 무엇인지 몰라 거부하고 싶다고 했지만, 그건 거짓말일세. 자네는 그 역할을 잘 알지. 피에르 르뒥이 살아 있었다면 그가 맡았을 역할이지."

"하지만 다른 사람들과 마찬가지로 저 역시 이름밖에 아는 게 없습니다. 피에르 르뒤이 누구입니까? 저는 누구인가요?"

"그걸 안다고 뭐가 달라지겠나?"

"알고 싶습니다. 제가 어디로 가고 있는지 알고 싶어요."

"그걸 안다면 목표를 향해 곧장 앞으로 나가겠나?"

"예. 그 목표가 그럴 만한 가치가 있다면 말입니다."

"그럴 만한 가치도 없는데, 내가 이토록 공을 들일 것 같나?"

"제가 누구입니까? 제 운명이 어떤 것이든 그에 걸맞은 인물이 될 테니 걱정하지 마세요. 전 단지 알고 싶을 뿐입니다. 전 누구입니까?"

아르센 뤼팽이 모자를 벗고 정중히 허리를 숙이며 말했다.

"되 퐁 벨당츠 대공이며 베른카스텔의 공작이자 트리에르 선거후(독일 황제의 선거권을 가진 귀족 – 옮긴이)이고 그 외 여러 지역의 영주이신 헤르만 4세 전하입니다."

사흘 후 뤼팽은 케셀바흐 부인을 차에 태우고 국경 근처로 데려갔다. 여행하는 동안 두 사람은 거의 아무 이야기도 하지 않았다.

뤼팽은 며칠 전 비뉴가 저택에서 케셀바흐 부인을 알텐하임의 패거리에서 구할 때 부인이 드러낸 우려의 몸짓과 말들을 설레는 마음으로 떠올리고 있었다. 뤼팽과 함께 있는 것을 눈에 띄게 어색해하고 쑥스러워하는 걸로 봐서는 케셀바흐 부인도 그때 일을 떠올리는 듯했다.

저녁 무렵, 두 사람은 잎사귀와 꽃으로 뒤덮인 아담한 성에

도착했다. 점판암 지붕을 인 그 성은 수백 년 된 나무들이 늘어
선 널찍한 정원에 둘러싸여 있었다.

성안에 들어서니 주느비에브가 이미 와 있었다. 옆 마을에서
현지 출신 하인들을 물색하고 돌아온 상태였다.

"여기가 앞으로 당신이 머무를 곳입니다, 부인. 브루겐 성이
지요. 이번 일이 마무리될 때까지 여기서 안전하게 기다리십시
오. 내가 미리 연락을 해두었으니 내일이면 피에르 르뫼이 이곳
에 도착할 겁니다."

뤼팽은 서둘러 벨당츠 성을 향해 떠났다. 발데마르를 만나
문제의 편지 꾸러미를 건네주었다.

"당신도 내가 내건 조건을 전해 들었을 겁니다. 발데마르 백
작…. 되 퐁 벨당츠 가문을 다시 일으켜 세우고, 그 영지를 헤르
만 4세 대공에게 되돌려 달라는 조건 말입니다."

"오늘부터 섭정 위원회와 협상을 시작하겠습니다. 내가 입수
한 정보로는 그 일이 순탄하게 해결될 것 같습니다. 하지만 헤
르만 대공은…."

"전하께서는 지금 피에르 르뫼이라는 이름으로 브루겐 성에
머물고 계십니다. 곧 그분의 신분을 증명할 모든 자료를 제시
하겠습니다."

그날 저녁 뤼팽은 말레이히와 악당 일곱 명의 소송을 적극
밀어붙이고자 서둘러 파리로 떠났다.

모두가 이 소송에 대해 아주 세세한 부분까지 기억하고 있을
테니, 어떤 방식으로 진행되었는지는 이 자리에서 굳이 지루하
게 언급할 필요는 없으리라. 벽촌의 촌부들 사이에서도 뜨거운

화젯거리였을 정도로 커다란 반향을 일으켰으니 말이다.

다만 한 가지, 소송 추진 과정과 예심 과정에서 아르센 뤼팽이 얼마나 지대한 역할을 수행했는지는 잠시 짚고 넘어가겠다.

예심 과정을 실질적으로 주도한 사람은 바로 뤼팽이었다. 초반부터 공권력을 대신해 수색을 지시했고, 취해야 할 조치를 명령했고, 피의자들에게 던질 질문을 결정했고, 심지어 되돌아올 답변까지 꿰뚫어 보았다….

당시 매일 아침 신문을 펼칠 때마다 도저히 부인할 수 없는 논리와 권위가 담긴 편지들을 읽으며 어안이 벙벙했던 기억을 그 누가 쉬이 잊을까. 편지들 말미에는 다음과 같은 서명이 번갈아가며 적혀 있지 않았던가.

예심판사 아르센 뤼팽

검찰총장 아르센 뤼팽

법무장관 아르센 뤼팽

경찰관 아르센 뤼팽

뤼팽은 자신도 놀랄 만큼 적극적이고 열정적으로, 심지어 때로는 맹렬하게 이 일에 매진했다. 평소에는 매사에 조롱기가 넘칠 정도로 여유로운 성향이었는데 말이다.

하지만 이번에는 달랐다. 증오심을 불태웠다.

뤼팽은 루이 드 말레이히를 증오했다. 끈질긴 공포에 사로잡히게 했던 피비린내 나는 악당, 그 혐오스러운 짐승은 이제 감옥에 갇혀서 꼼짝없이 패배자 신세가 되었지만, 여전히 흉측한 뱀과 다를 바 없는 두려움과 혐오감의 대상이었다.

게다가 말레이히는 감히 돌로레스를 괴롭히지 않았던가?

'그자는 도전을 걸어왔고, 그리고 패했어. 그러니 목을 내놓 아야 해.'

그것이 뤼팽이 바라는 끔찍한 적의 미래였다. 어슴푸레한 새 벽 공개 처형대 위, 기요틴의 칼날이 머리 위로 스르르 떨어져 놈의 숨통을 끊어놓기를 뤼팽은 간절히 바랐다.

그런데 예심판사가 몇 달 동안 집무실에서 신문한 이 사내는 괴이하기 짝이 없는 피의자였다! 뼈가 앙상하게 드러난 해골 같은 얼굴에 생기라고는 전혀 찾아볼 수 없는 눈동자의 사내는 정말로 이상야릇했다!

마치 혼이 빠진 사람 같았다. 정신은 저 멀리 딴 곳에서 배회 하는 듯했다. 당연히 질문에 제대로 답할 리 없었다!

"내 이름은 레옹 마시에입니다."

그것이 사내가 유일하게 입 밖으로 내놓은 대답이다.

뤼팽이 거칠게 반박했다.

"거짓말! 페리괴에서 태어나 열 살 때 고아가 된 레옹 마시에 라는 인물은 7년 전에 죽었어. 너는 그 사람의 신분 증빙 서류 를 가로챘지. 하지만 사망신고서를 깜빡한 거야. 여기 그 증거 가 있다."

뤼팽은 사망신고서 사본을 검찰청에 제출했다.

"나는 레옹 마시에입니다."

피의자가 같은 말을 되풀이했다.

"거짓말 마! 너는 18세기에 독일로 건너간 소귀족 가문의 마지막 자손, 루이 드 말레이히이다. 네게는 파버리, 리베이라, 알텐하임이라는 이름을 교대로 사용한 형이 한 명 있지. 그런데 네놈이 죽였어. 그리고 이질다 드 말레이히라는 여동생도 있지. 그 애도 역시 네놈 손에 죽었어."

"난 레옹 마시에입니다."

"거짓말! 넌 말레이히다. 여기 네 출생신고서가 있어. 이건 네 형의 것이고, 이건 네 여동생의 것이다."

뤼팽은 세 장의 출생신고서도 검찰청에 제출했다.

희한하게도 말레이히라는 자신의 신분에 관해서만은 이토록 끈질기게 입장을 굽히지 않으면서도 막상 자신에게 불리한 증거들이 우르르 쏟아져 나올 때는 단 한마디 반박도 하지 않았다. 하긴 어떻게 반박할 수 있겠는가? 직접 작성해 패거리에게 돌린 다음 회수했으나 미처 파기하지 못한 쪽지(필적 대조를 통해 친필임이 확인되었다) 마흔 장이 증거물로 확보된 상태였으니 말이다.

이 쪽지에는 케셀바흐 살해를 비롯해 구렐과 르노르망 국장 납치, 슈타인벡 노인 추적, 가르셰 지하 통로 건설 등과 관련된 지시 사항들이 고스란히 담겨 있다. 상황이 그러한데 범죄 사실을 부인하는 것이 가당키나 한 일인가?

하지만 검찰은 희한한 일 한 가지에 부닥쳐 꽤 당황했다. 대질 신문을 벌여보았지만 일곱 명의 악당들은 하나같이 자신의 우두머리가 누구인지 모른다고 진술한 것이다. 그들은 단 한 차례도 우두머리를 본 적이 없었다. 그저 전화통화나 어둑한 곳에서 아무 말 없이 건네받은 쪽지로 지시를 받아왔던 것이다.

하지만 들레즈망가의 별장과 고물장수의 창고가 서로 연결돼 있다는 사실만으로도 이들의 공범 혐의는 충분히 입증된 게 아니겠는가? 그 연결 통로는 틀림없이 말레이히의 눈과 귀가 돼주었을 것이다. 그곳을 통해 말레이히는 자신의 부하들을 줄곧 감시해왔을 테니 말이다. 모순점들? 표면상 논리적으로 앞뒤가 안 맞는 사실들? 그런 것들은 뤼팽이 나서서 모두 해명했다. 소송 당일 아침, 뤼팽은 이제는 아주 유명해진 한 기고문을 게재함으로써 사건을 처음부터 차근히 되짚었고, 내막을 공개했고, 실타래처럼 복잡하게 얽힌 부분을 속 시원히 설명해주었다. 이 기고문에는 말레이히가 파버리 소령 행세를 하던 형의 방에 아무도 몰래 기거하면서 팔라스 호텔의 복도를 투명 인간처럼 오가다가 케셀바흐와 호텔 종업원 그리고 채프먼을 살해한 과정이 낱낱이 담겨 있었다.

아마도 그날의 재판 심리를 모두 기억하고 있을 것이다. 끔찍하면서도 맥 빠지는 재판 심리였다. 끔찍했던 이유는 군중을 무겁게 짓누르던 불안이 감돌았고, 사람들의 뇌리 속에 강렬히 각인된 피비린내 나는 살인의 기억 때문이었다. 맥 빠지고 무겁고 음울하고 답답했던 이유는 피고가 지독히도 굳게 입을 다물고 있었기 때문이다.

아무런 이의 제기도, 아무런 움직임도, 아무런 말도 없었다.

아무것도 보지 못하고, 아무것도 듣지 못하는 밀랍인형이 따로 없었다! 침착하고 무표정한 그 섬뜩한 얼굴이라니! 법정 안에 있던 사람들은 모두 모골이 송연해졌다. 공포에 질린 사람들은 피의자를 사람이라기보다 초자연적인 존재, 동양의 전설 속에 등장하는 귀신, 이를테면 무자비하고 잔혹하며 살육과 파괴를 상징하는 인도의 어느 신을 보듯 바라보았다.

그러다 보니 다른 악당들에게는 아예 눈길조차 주지 않았다. 그들은 이 엄청난 우두머리의 그늘에 가린 한낱 조연에 불과했다.

이날 심리 중 가장 인상적이었던 진술은 바로 케셀바흐 부인의 증언이었다. 이전까지는 사람들의 시선을 피해 꼭꼭 숨어 지내며 판사의 소환에는 한 번도 응하지 않던 사람이 뤼팽을 비롯한 모두의 예상을 깨고 상심에 젖은 미망인의 모습으로 나타나 자신의 남편을 살해한 범인을 상대로 확고한 증언을 했던 것이다.

케셀바흐 부인은 피고를 한참 바라본 후 간략히 진술했다.

"비뉴가의 내 집에 침입한 사람도, 저를 납치한 사람도 저자입니다. 그리고 고물장수의 창고 안에 나를 가둔 사람 역시 저자입니다. 얼굴이 또렷이 기억납니다."

"확실합니까?"

"신과 여러분 앞에 맹세합니다."

이튿날 레옹 마시에라 불리던 루이 드 말레이히는 사형을 선고받았다. 그리고 말레이히의 압도적인 분위기가 공범들의 존재감을 흡수해버린 바람에 공범들은 얼떨결에 정상참작의 혜택을 받았다.

"루이 드 말레이히, 더 할 말 없습니까?"

아무 말도 하지 않았다.

하지만 뤼팽의 마음속에는 한 가지 의문이 여전히 남아 있었다. 무슨 이유로 말레이히는 이 모든 범죄를 저질렀을까? 무엇을 원했던 걸까? 목적이 무엇이었을까? 뤼팽은 머지않아 이 질문에 대한 답을 알게 된다. 치명적인 절망과 함께 공포와 충격이 몰아닥쳐 숨조차 제대로 쉬지 못할 그날… 끔찍한 진실과 대면할 그날이 점점 다가오고 있었다.

석연치 않은 마음이야 물론 있었지만 뤼팽은 더 이상 말레이히 사건에 열중하지 않았다. 멀리서 케셀바흐 부인과 주느비에브의 평온한 생활을 지켜보고 마음을 놓은 데다 벨당츠로 보낸 장 두드빌로부터 독일 궁정과 되 퐁 벨당츠 섭정 사이의 협상 진행 과정도 전해 들었기 때문이다. 뤼팽은 자신의 말대로 완전히 새로운 사람이 되고자 과거를 청산하고 새로운 미래를 준비하는 데 모든 시간을 투자했다.

케셀바흐 부인의 눈앞에서 새 삶을 꾸려나갈 생각을 하자 뤼팽의 마음에는 새로운 희망과 낯선 설렘이 요동쳤다. 이 새로운 삶의 밑그림에는 어렴풋이 돌로레스의 모습도 맴돌았다.

뤼팽은 몇 주에 걸쳐 언젠가 자신을 위기로 내몰지도 모를 모든 증거와 과거를 탄로 나게 할 모든 흔적을 깔끔히 없애 버렸다. 그리고 옛 동료에게 앞으로 생활하는 데 어려움이 없을 정도로 넉넉히 돈을 나눠주면서 자신은 이제 남아메리카로 떠날 예정이라며 작별 인사를 고했다.

자세히 상황을 고찰하고 꼼꼼히 분석하며 밤을 지새운 어느 날 아침, 마침내 뤼팽이 외쳤다.

"끝났어! 더는 걱정할 게 없어. 과거의 뤼팽은 죽었어. 새 뤼팽의 시대가 온 거야."

때마침 독일에서 전보 한 통이 날아왔다. 고대했던 소식이다. 베를린 궁정의 강력한 영향 아래 있던 섭정 위원회는 현안을 공국의 선거후들에게 위임했고, 섭정 위원회의 강력한 영향 아래 있던 선거후들은 옛 벨당츠 가문에 굳건한 지지의사를 표명했다는 내용이었다. 전보에는 이와 더불어 이제 곧 발데마르 백작이 귀족과 군대 그리고 관가를 대표하는 세 사람을 대동하고 브루겐 성으로 가겠다고 적혀 있었다. 헤르만 4세 대공의 신분을 철저히 조사할 것이며 신분 확인 절차를 마치는 즉시 다음 달 초쯤 선조의 영지로 화려하게 입성할 수 있도록 전하와 상세히 의논해 입성식을 준비할 예정이라는 것이다.

'마침내 성공했어. 케셀바흐의 대계획이 곧 이루어지는 거야. 이제 피에르 르뒥으로 발데마르를 낚는 일만 남았는데, 그거야 어린애 놀이일 뿐이지! 내일 주느비에브와 피에르의 결혼이 공시될 거야. 그러면 주느비에브는 대공의 부인으로서 발데마르에게 소개되겠지!'

뤼팽은 흐뭇한 기분에 취해 자동차를 타고 브루겐 성으로 향했다. 뤼팽은 차 안에서도 연신 노래를 부르고 휘파람을 부는가 하면 운전사에게 유쾌한 목소리로 말을 걸었다.

"옥타브, 자네가 지금 어떤 분을 모시고 가는 줄 아나? 세상의 주인이라네…. 그래, 친구, 놀랐지? 하지만 틀림없는 진실이지. 나는 이 세상의 주인이라네."

뤼팽은 손바닥을 비비며 다시 혼잣말을 중얼거렸다.

"하지만 긴 여정이었어. 여기까지 오는 데 1년 가까이 걸렸으니. 그 어느 때보다 혹독한 싸움이었지…. 젠장, 거인들의 혈투였다고…!"

계속 독백을 이어갔다.

"하지만 마침내 해낸 거야. 적들은 침몰했어. 이제 목표로 향하는 길에 더 이상 거추장스러운 장애물 따위는 없어. 광장은 비어 있으니 무언가를 짓자고! 재료도 인부도 마련돼 있으니 문제없어, 뤼팽! 그래, 자네한테 잘 어울리는 궁전을 짓는 거야!"

뤼팽은 되도록 사람들의 눈에 띄지 않으려고 성에서 몇 백 미터 떨어진 곳에 차를 세우게 한 다음 옥타브에게 말했다.

"자네는 20분 후, 즉 4시에 성안으로 들어와서 정원 구석에 있는 작은 별채에 내 짐을 옮겨놓게. 이제 그곳이 내 거처니까."

첫 번째 모퉁이를 돌자 보리수가 늘어선 어둑한 오솔길 너머로 성의 전경이 펼쳐졌다.

뤼팽의 가슴이 두근거렸다.

"주느비에브, 주느비에브…. 주느비에브, 죽어가는 네 엄마 앞에서 했던 약속을 이제야 지키게 됐구나…. 주느비에브 대공비…. 앞으로 주느비에브 곁의 음지에 머물면서 그 애의 행복을 지켜줄 거야. 뤼팽의 위대한 계획을 차근차근 수행해가면서 말이지."

뤼팽은 웃음을 터트렸다. 그러고는 오솔길 왼편에 빼곡히 심긴 나무들 뒤로 폴짝 뛰어든 뒤 울창한 덤불숲을 따라 걸어갔다. 그렇게 뤼팽은 누군가가 성의 거실이나 방의 전면 창가에서 내다봐도 발각되지 않도록 아주 은밀하게 성 앞에 도착했다.

뤼팽은 돌로레스의 눈에 띄지 않고 몰래 돌로레스를 바라보고 싶었다. 그 옛날 주느비에브에게 그랬던 것처럼 뤼팽은 돌로레스의 이름을 여러 차례 중얼거렸다. 자신도 놀랄 만큼 벅찬 감정이 솟아올랐다.

"돌로레스… 돌로레스…."

성안에 들어선 뤼팽은 살그머니 복도를 지나 식당으로 들어갔다. 그곳에서는 유리창을 통해 거실의 절반가량을 볼 수 있었다.

뤼팽은 서서히 유리창을 향해 다가갔다.

돌로레스는 긴 의자 위에 나른하게 누워 있고, 피에르 르뒥이 무릎을 꿇은 채 황홀한 표정으로 돌로레스를 바라보고 있었다.

유럽 지도

1

피에르 르뒥이 돌로레스를 사랑한다니!

뤼팽은 가슴에 날카로운 비수가 꽂힌 것처럼 쓰라렸다. 마치 인생 자체가 송두리째 무너지는 기분이었다. 극심한 고통이 밀려오자, 비로소 뤼팽은 돌로레스가 그동안 자신의 마음속에 어떤 의미로 서서히 자리 잡아왔는지 명료히 깨달았다.

피에르 르뒥은 돌로레스를 사랑한다. 돌로레스를 바라보는 그의 눈빛은 영락없이 사랑에 빠진 남자의 눈빛이다.

뤼팽은 이성이 마비되고 분노가 치밀어 올라 살인 충동마저 느꼈다. 저 눈빛, 젊은 여자를 바라보는 저 애정의 눈빛이 뤼팽을 미치게 했다. 마치 거대한 침묵이 두 사람을 감싼 듯했다. 모든 것이 정지된 침묵의 공간에는 살아 있는 모든 것이 사라진 채 오로지 사랑의 눈빛, 연인에게 바치는 온갖 격정적인 감정을 관능의 찬가로 쏟아내는 저 눈빛만 존재하는 듯했다.

뤼팽은 케셀바흐 부인의 표정도 살펴보았다. 돌로레스의 눈동자는 검고 긴 속눈썹이 달린 보드라운 눈꺼풀로 덮여 있어 보이지 않았다. 하지만 돌로레스 역시 자신의 시선을 애타게 갈구하는 뜨거운 눈빛을 느끼는 게 분명했다! 그 눈빛의 어루만짐에 파르르 몸을 떨고 있었으니!

'돌로레스도 그를 사랑하고 있어…. 피에르 르뒥을 사랑해.'

뤼팽은 뜨거운 질투심에 휩싸여 중얼거렸다.

피에르 르뒥이 움직이려 했다.

'이런! 건방진 놈! 감히 돌로레스에게 손을 대면 그 즉시 죽은 목숨이 될 거야.'

하지만 뤼팽은 이내 자신이 이성을 잃은 상태란 걸 깨닫고 마음을 가다듬으려 애썼다.

'어리석긴! 사태가 이 지경이 되도록 무얼 한 거야, 뤼팽! 이런, 돌로레스가 저 녀석을 사랑하는 것도 당연하지…. 그래, 그런데도 넌 저 여인이 네게 특별한 감정… 동요 같은 걸 느낀다고 지레짐작했지. 바보도 이런 바보가 없어. 넌 한낱 도둑, 사기꾼일 뿐이야. 하지만 저 녀석은 공작이면서 젊기까지 하잖아.'

피에르는 더 이상 움직이지 않았다. 하지만 입술이 달싹거렸다. 돌로레스가 잠에서 깨어난 것 같았다. 돌로레스는 천천히 눈을 뜨고 살짝 고개를 돌린 다음 청년을 바라보았다. 두 사람은 똑같은 눈빛으로 서로 바라보았다. 돌로레스 역시 청년에게 자신의 모든 것을 내어주는 눈빛, 그 어떤 입맞춤보다 더 그윽한 눈빛을 보내고 있었다.

그 순간 뤼팽은 천둥이 치듯 사나운 기세로 거실로 달려가 청년을 와락 덮쳐 바닥에 내동댕이쳤다. 그리고 가슴팍을 무릎으로 꽉 짓누른 채 케셀바흐 부인을 바라보며 소리쳤다.

"정말로 모르시는 겁니까? 이 음흉한 놈이 아무 말도 하지 않왔나요…? 이놈을 사랑하는 겁니까? 이 얼굴이 정말 대공의 얼굴로 보이십니까? 아! 정말 웃길 뿐입니다."

뤼팽은 분노에 휩싸여 조소를 터트렸고, 돌로레스는 그런 모습을 어리둥절한 표정으로 바라보았다.

"이놈이 대공이라니! 되 퐁 벨당츠 공작인 헤르만 4세라니! 영주라니! 대 선거후라니! 웃겨 죽겠군. 이자요? 이자의 이름은 보프레, 제라르 보프레입니다. 세상에 둘도 없는 부랑자지요…. 진흙탕 속에서 내가 건져준 비렁뱅이란 말입니다. 대공? 그 대공을 만들어준 사람이 바로 납니다! 하! 하! 정말 우습군요…! 이자가 스스로 새끼손가락을 자르는 꼴을 보셨어야 하는데…. 세 차례나 기절했지. 물에 빠진 닭 꼴이었어…. 이런! 그런 주제에 감히 귀부인에게 눈을 돌리다니…. 주인에게 반기를 들다니…! 조금만 기다리게, 되 퐁 벨당츠의 대공이시여."

뤼팽은 청년을 짐짝처럼 번쩍 들어 한두 차례 흔들더니 활짝 열린 창밖으로 냅다 던져버렸다.

"장미 덤불을 조심하게, 대공. 가시가 있을 걸세."

다시 몸을 돌리자 돌로레스가 바로 눈앞에서, 여태껏 한 번도 보지 못한 눈빛으로 노려보고 있었다. 증오와 분노를 품은 여자의 눈빛이었다. 이 여자가 정녕 연약하고 병약한 돌로레스가 맞단 말인가?

돌로레스가 더듬거리며 말했다.

"무슨 짓이에요…? 어떻게 이런 짓을…? 그리고 저 사람은…? 그 말이 사실이에요…? 저 사람이 거짓말을 한 건가요?"

뤼팽은 상대가 여자로서 느꼈을 모욕감을 눈치채고 이렇게 외쳤다.

"저 녀석이 거짓말을 했다면요…? 그랬다면요? 저 녀석이 대공이라니! 저놈은 꼭두각시입니다. 내 기분대로 곡을 연주하도록 조율해놓은 악기에 불과하단 말입니다. 이런! 멍청한 자식! 어리석은 놈!"

또다시 화가 치솟은 뤼팽은 발을 구르며 창밖을 향해 주먹을 휘둘렀다. 그러고는 방 이쪽 끝에서 저쪽 끝까지 왔다 갔다 하며 머릿속 은밀한 생각을 거침없이 쏟아냈다.

"어리석은 녀석! 내가 자신에게 무엇을 기대했는지 정녕 몰랐단 말인가? 자신이 맡은 역할이 얼마나 대단한 건지 짐작하지 못했단 말인가? 아! 그렇다면 녀석의 뇌에 강제로 주입해주겠어. 고개 들어, 이 멍청한 놈아! 넌 내 뜻대로 대공이 될 거야. 영주가 될 거란 말이다! 너는 국가원수로서 세비도 받을 거고, 세금을 거둬들일 백성도 가질 거야! 황제가 널 위해 새로 지어줄 궁전도 가질 테지! 그리고 네 주인은 바로 나, 뤼팽이다! 이제 이해되나, 멍청한 놈! 고개 들어, 제기랄, 더 들란 말이야! 하늘을 쳐다봐. 기억하나? 되 퐁 가문의 진짜 자손인 피에르 르뒤이 호엔촐레른가 근처에도 가보지 못하고 비참하게 도둑질이나 하다가 목매달아 죽은 사실을? 이제는 네가, 그 누구도 아닌 바로 네가 되 퐁가의 일원이다. 그리고 네 뒤에는 바로 나, 그 누구도 아닌 바로 나, 뤼팽이 있단 말이다! 단언컨대 넌 대공이 될 거야. 허울뿐인 대공 아니냐고? 맞아, 그래도 어쨌든 대공이야. 내 숨결로 움직이고, 내 열기로 타오르는 대공 말이야. 꼭두각시일 뿐이라고? 맞아. **내** 말과 **내** 몸동작을 통해 **내** 뜻을 수행하여 결국 **내** 꿈을 실현하는 꼭두각시지…. 그래, 내 꿈 말이야….”

뤼팽은 내면의 꿈에 정신이 빼앗겨 한동안 움직이지 않았다.

이윽고 돌로레스에게 다가간 뤼팽은 신비로운 열정에 사로잡힌 듯 목소리를 낮게 깔고 말했다.

“내 왼쪽에는 알자스와 로렌… 내 오른쪽에는 바덴과 뷔르템베르크, 바이에른…. 샤를마뉴 후계자의 발아래에 짓밟힌 독일 남부 지역들은 고립돼 있고 불만 또한 많지요. 하지만 이제 압제에서 벗어날 만반의 준비를 마친 채 들썩이고 있습니다…. 나 같은 사람이 이 혼돈 한가운데서 무슨 일을 할 수 있을지 짐작이나 가십니까? 내가 이 지역 사람들에게 열망을 일깨우고 증오를 부채질하고 저항과 분노를 부추길 수 있단 걸 알고 계시느냔 말입니다.”

뤼팽은 목소리를 더욱 내리깔며 이야기를 이어갔다.

“내 왼쪽에는 알자스와 로렌 지방이 있습니다…! 무슨 뜻인지 아시겠습니까? 그건 바로 꿈입니다! 머지않아 현실이 될 꿈 말입니다…. 예, 그걸 원합니다…. 그게 내 바람이지요. 아! 내가 원하는 모든 일, 내가 하려는 모든 일은 상상을 초월하는 것들입니다…. 생각해보세요. 알자스 국경에서 몇 발짝만 내디디면 독일이 펼쳐져 있습니다! 라인 강이 바로 옆에서 흐르고 있단 말입니다! 약간의 계략과 재능만 있다면 세상을 뒤집어놓을 수 있습니다. 그리고 나는 그 재능을 갖고 있지요…. 남들과 나눠도 될 만큼 많이요…. 나는 세상의 주인이 될 겁니다! 통치하는 자가 되는 거지요. 꼭두각시인 저자에게는 직위와 명예를 주고… 나는 권력을 가질 겁니다! 그리고 뒤편에 머물러 있을 겁니다. 아무런 책임도 지지 않고요. 장관도, 심지어 시종장도 되지 않을 겁니다. 아무것도요. 나는 그저 궁전의 하인이 될 겁니다. 그래, 정원사가 좋겠군요…. 아! 이 얼마나 멋진 삶입니까! 꽃을 가꾸면서 유럽의 지도를 바꾸다니!"

케셀바흐 부인은 남자가 내뿜는 강렬한 분위기에 압도되어 뜨거운 시선으로 뤼팽을 바라보았다. 두 눈동자에는 감탄의 감정이 고스란히 배어 있었다. 뤼팽이 두 손을 여자의 어깨 위에 올리며 말했다.

"이것이 내 꿈입니다. 상당히 거창해 보이긴 해도 단언하건대 반드시 현실이 될 겁니다. 황제는 이미 내 진가를 알아봤습니다. 언젠가는 그와 맞설 날이 올 겁니다. 이미 모든 패가 내 수중에 있습니다. 발랑글레가 날 위해 나서줄 겁니다…! 영국도 그럴 테고요…. 게임은 이미 시작됐습니다…. 이것이 내 꿈이지요. 또 하나의 꿈이 있긴 한데…."

뤼팽이 갑자기 말을 멈췄다. 돌로레스는 뤼팽에게서 시선을 떼지 않았다. 내면에서 이는 격렬한 감정이 돌로레스의 얼굴에 적나라하게 드러났다.

돌로레스가 자신 때문에 동요하는 모습을 이토록 분명히 확인하자, 뤼팽의 가슴속에는 기쁨이 물밀듯 밀려왔다. 이제 자신은 더 이상 한낱 도둑이나 강도가 아니라 사랑에 빠진 어엿한 남자인 듯했다. 그리고 뤼팽의 사랑은 여자의 마음 깊은 곳에서 표출되지 않고 머물러 있던 여러 감정을 뒤흔들었다.

뤼팽은 아무 말도 하지 않았다. 하지만 온 마음으로 달콤한 속삭임과 열렬한 구애의 말을 쏟아내는 거나 다름없었다. 그리고 돌로레스와 함께 벨당츠에서 그리 멀지 않은 곳에 정착해 세상 사람들의 기억에서 잊힌 채 전능한 권력을 누리는 새로운 삶을 떠올렸다.

긴 침묵이 두 사람을 이어주고 있었다. 이윽고 돌로레스가 자리에서 일어나 침묵을 깨뜨리며 부드럽게 말했다.

"그만 가세요. 부탁이에요…. 피에르는 주느비에브와 결혼할 거예요. 약속드릴게요. 하지만 당신은 그만 가시는 게 좋겠어요…. 여기 안 계시는 편이 낫겠어요…. 피에르는 주느비에브와 결혼할 거예요…."

뤼팽은 잠시 서서 다음 말을 기다렸다. 더 명확한 설명을 듣고 싶었지만 차마 물을 엄두가 나지 않았다. 그저 황홀한 기분에 취한 채 발길을 돌렸다. 돌로레스의 말에 복종하고, 돌로레스의 뜻을 자기 뜻보다 우선시하는 이 상황에 한없는 행복을 느끼면서!

뤼팽은 문 쪽으로 가는 도중 낮은 의자에 부딪혀 의자를 옆으로 살짝 옮겨놓았다. 그 순간 다리에 무언가 걸렸다. 고개를 숙여 내려다보니 금으로 문양이 새겨진 자그마한 흑단 손거울이었다.

별안간 뤼팽은 소스라치게 놀라며 거울을 잽싸게 집어들었다.

그 문양은 두 글자가 서로 얽힌 형태였는데, 다름 아닌 L과 M이었다.

L과 M이라니!

"루이 드 말레이히."

뤼팽이 진저리를 치며 중얼거렸다.

뤼팽은 돌로레스를 향해 몸을 돌렸다.

"이 거울은 어디서 났습니까? 누구 겁니까? 매우 중요한 문제입니다…."

돌로레스는 거울을 건네받아 자세히 살펴보았다.

"모르겠어요…. 이런 거울은 한 번도 본 적이 없는데…. 아마도 하인의 거울이겠지요."

"그래요, 하인의 것이겠군요. 하지만 이상하군요…. 이런 우연이…."

그 순간 주느비에브가 거실 문을 열고 들어왔다. 가리개 뒤에 있던 뤼팽을 보지 못한 주느비에브는 큰 소리로 외쳤다.

"아! 부인 거울이군요, 돌로레스…. 드디어 찾은 건가요? 얼마 전부터 계속 찾아달라고 하시더니! 어디에 있던가요?"

뒤이어 이렇게 말한 후 서둘러 방을 나갔다.

"아! 어쨌든 잘됐네요! 많이 걱정하셨잖아요! 이제 찾을 필요 없다고 말해주고 와야겠어요."

뤼팽은 어리둥절한 기분으로 꼼짝 않고 서서 상황을 이해해보려 애썼다. 왜 돌로레스는 진실을 말하지 않은 걸까? 왜 거울이 자기 것이라고 즉각 설명하지 않은 걸까?

한 가지 생각이 뇌리를 스쳤다. 뤼팽은 넌지시 떠보았다.

"루이 드 말레이히와 아는 사이입니까?"

"예."

돌로레스는 생각을 읽어내려는 듯 상대의 표정을 유심히 살

피며 대답했다.

뤼팽은 극도로 흥분해 여자에게 와락 다가갔다.

"그자와 아는 사이라고요? 그자는 누굽니까? 대체 누구예요? 어째서 지금껏 아무 말도 안 하신 겁니까? 어떻게 알게 된 사이입니까…? 말하십시오…. 대답하십시오…. 제발…."

"안 돼요."

돌로레스는 거부했다.

"하지만 말하셔야 합니다…. 그래야 합니다…. 생각해보십시오! 루이 드 말레이히, 그자는 살인자입니다! 괴물이라고요! 왜 여태껏 아무 말도 안 하신 겁니까?"

이번에는 돌로레스가 뤼팽의 어깨 위에 두 손을 올리더니 단호한 목소리로 말했다.

"잘 들으세요. 다시는 이 질문을 하지 마세요. 저는 결코 대답하지 않을 테니…. 제가 무덤까지 가지고 갈 비밀이에요…. 이 세상 그 누구도, 어떠한 수를 쓰더라도, 그 비밀을 알지 못할 겁니다. 절대로…."

2

몇 분 동안 뤼팽은 혼란과 불안에 빠져 여자 앞에 서 있었다.

불현듯 슈타인벡에게 비밀을 밝히라고 다그쳤을 때, 노인이 공포에 떨며 침묵했던 일이 떠올랐다. 돌로레스 역시 그 끔찍한 비밀을 알고 있고, 노인과 마찬가지로 굳게 입을 닫고 있다.

뤼팽은 아무 말 없이 방을 나갔다.

탁 트인 밖으로 나가 신선한 바람을 쐬니 마음이 조금 진정됐다. 뤼팽은 정원 담장을 지나 오랫동안 들판을 배회했다. 그러다 큰 목소리로 외쳤다.

"무슨 일이야? 무슨 일이 벌어지고 있는 거야? 수개월 전부터 나는 싸우고 부딪히면서 내 원대한 계획을 실현할 인물들을 꼭두각시처럼 조종해왔어. 하지만 그들에게 바짝 다가가 머리와 마음속을 들여다보는 일은 까맣게 잊고 있었지. 나는 지금 피에르 르뒥에 대해서도, 주느비에브에 대해서도, 돌로레스에 대해서도 전혀 아는 게 없어…. 살아 있는 인간을 그저 꼭두각시처럼만 대했어. 그래서 이렇게 뜻밖의 장애물에 부딪힌 거야…."

뤼팽은 발을 구르며 소리쳤다.

"존재하지 않는 장애물에 부딪힌 꼴이야! 주느비에브와 피에르의 마음이야 어떻든 상관없어…. 일단 행복을 안겨준 다음, 나중에 벨당츠에서 알아보면 돼. 하지만 돌로레스… 말레이히를 알고 있으면서도 아무 말도 하지 않다니…! 어째서일까? 둘이 어떤 관계일까? 그자를 두려워하는 걸까? 그자가 탈옥해서 복수하러 올까 봐?"

날이 저물어서야 뤼팽은 정원 한구석에 자리한 숙소로 돌아와 저녁을 먹었다. 언짢은 기분 탓에 괜히 옥타브에게 음식을 너무 빨리 가져왔느니, 늦게 가져왔느니 타박을 놓았다.

"됐네, 그냥 나가 보게…. 자네 오늘 실수투성이로군…. 이 커피는 뭔가…? 정말 끔찍한 맛이야."

뤼팽은 커피가 반쯤 남은 잔을 거칠게 밀어내고 두 시간 정도 정원을 거닐며 천천히 생각을 곱씹었다. 마침내 한 가지 가설이 명료하게 떠올랐다.

'말레이히가 탈옥한 거야. 그래서 케셀바흐 부인을 협박한 거고. 지금쯤이면 손거울 사건도 알고 있겠군….'

뤼팽은 어깨를 으쓱했다.

'오늘 밤 그자가 찾아와 내 발목을 잡아당길 거야. 이런, 이제 별 허튼 생각을 다 하는군. 돌아가 잠이나 자는 게 낫겠어.'

뤼팽은 방으로 돌아와 침대에 몸을 뉘었다. 곧 잠에 빠져들었다. 뒤숭숭한 꿈자리였다. 두 번이나 잠에서 깼고, 그때마다 촛불을 켜려고 했지만 풀썩 그대로 눕고 말았다.

마을 시계탑에서 어렴풋이 종소리가 들려왔다. 어쩌면 환청

일지도 몰랐다. 뤼팽은 일종의 마비 상태에 빠져 있었지만 스스로는 정신이 말짱하다고 느꼈다.

꿈이 뤼팽을 괴롭혔다. 불안과 공포로 얼룩진 꿈이었다. 그렇게 악몽에 시달리는 가운데 갑자기 창문 열리는 소리가 또렷이 들려왔다. 감긴 눈꺼풀 너머로 짙은 어둠을 가르며 어떤 형체가 다가오는 것이 **보였다**.

그 형체가 자신을 향해 몸을 숙였다.

뤼팽은 사력을 다해 눈꺼풀을 들어 올리고 형체를 바라보았다. 적어도 그랬다고 생각했다. 꿈을 꾸고 있는 걸까? 아니면 꿈에서 깬 걸까? 뤼팽은 필사적으로 질문에 대한 답을 찾았다.

또다시 소리가 들려왔다…. 옆에 있는 성냥갑을 집어드는 소리였다.

'드디어 누군지 알게 되겠군.'

커다란 안도감을 느끼며 속으로 중얼거렸다.

성냥 긋는 소리가 들리더니 초에 불이 붙었다.

온몸에서 식은땀이 흘러내렸다. 공포로 심장이 멎는 듯했다. **그자가 거기 있었던 것이다.**

이게 어찌 가능하단 말인가? 아니, 그럴 리 없다…. 하지만 두 눈이 분명히 그자를 **보고 있지 않은가**…. 아! 이 얼마나 끔찍한 광경인가! 그 사내, 그 괴물이 눈앞에 서 있다니.

"싫어…. 안 돼…."

뤼팽은 공포에 질려 더듬거렸다.

그 괴물, 검은 옷의 사내는 금발에 중절모를 눌러쓰고 가면을 쓴 채 서 있었다.

"아! 꿈일 거야···. 꿈이겠지···. 악몽일 뿐이야···."

뤼팽이 히죽히죽 웃으며 중얼거렸다.

뤼팽은 유령을 쫓아낼 단 한 번의 움직임을 위해 온 힘과 의지를 동원했다.

하지만 어림도 없었다.

불현듯 뇌리를 스치는 생각 하나가 있었으니, 그건 바로 저녁때 마신 커피였다! 그 맛이··· 벨당츠에서 마셨던 커피와 똑같았다···. 뤼팽은 비명을 내지르고 마지막으로 용을 쓰다가 기진맥진해 다시 쓰러지고 말았다.

하지만 정신이 혼미한 가운데서도 뤼팽은 남자가 자신의 셔츠 위쪽을 열어 목을 드러낸 후 한쪽 팔을 치켜드는 것이 느껴졌다. 남자는 손에 비수를 쥐고 있었다. 케셀바흐, 채프먼, 알텐하임 등 숱한 이들을 향해 내려친 바로 그 강철 비수였다···.

3

몇 시간 후 뤼팽은 간신히 눈을 떴다. 몸은 피로로 부서질 것 같았고, 입안은 쓴맛이 가득했다.

뤼팽은 몇 분 동안 생각을 집중하느라 꼼짝 않고 있다가 불현듯 어젯밤 일이 떠올라 지금 당장 누군가의 공격이라도 받은 듯 느닷없이 방어 태세를 취했다.

"멍청하긴⋯. 그건 악몽이었어, 환각이었다고. 조금만 생각해봐도 알 수 있잖아. 간밤에 나를 향해 칼을 치켜든 것이 정말 그자였다면, 정말 피와 살을 가진 인간이었다면 닭 모가지 따듯 내 목을 베어버렸을 거야. **그자**는 거침없어. 논리적으로 생각해봐. 왜 날 살려줬겠어? 내 눈이 아름다워서? 그럴 리가, 꿈이었을 뿐이야. 그뿐이야⋯."

뤼팽은 휘파람을 불며 옷을 갈아입는 동안 한없이 침착한 척했다. 하지만 실은 머리로는 끊임없이 생각했고 두 눈으로는 무언가를 찾아 헤맸다⋯.

바닥에도 창틀에도 아무런 흔적이 없다. 뤼팽의 방은 1층에 있고, 간밤에 창문은 활짝 열려 있었으므로 침입자가 들어왔다면 분명 창을 넘었을 것이었다.

하지만 아무것도 발견되지 않았다. 바깥벽 아래에도, 별채로 뻗은 오솔길의 모래 위에도 아무 흔적이 없다.

"하지만… 왠지…."

석연치 않은 마음이 들었다.

뤼팽은 옥타브를 불렀다.

"어젯밤 내게 가져온 커피 말일세, 어디에서 만든 건가?"

"다른 것들과 마찬가지로 성에서 가져왔습니다, 대장. 여기에는 화덕이 없어서요."

"자네도 그 커피를 마셨나?"

"안 마셨습니다."

"그럼 주전자 속에 남아 있던 커피는 모두 버렸나?"

"이런, 버렸는데요, 대장. 끔찍한 맛이라고 하셨잖아요. 겨우 몇 모금 마시더니 입도 대지 않으셔서…."

"알았네. 차를 대기시키게. 외출할 걸세."

뤼팽은 결코 손 놓고 앉아서 의혹만 품고 있을 사람이 아니었다. 무엇보다 돌로레스에 관한 궁금증을 말끔히 없애고 싶었다. 하지만 그러기 위해서는 모호하게 여겨지는 몇 가지 사항을 우선 명확히 밝혀내야 했고, 최근 벨당츠에서 이상한 정보를 보내온 두드빌을 만나봐야 했다.

곧장 벨당츠로 향했고 2시경 목적지에 도착했다. 뤼팽은 발데마르 백작과 만나 이런저런 핑계를 대며 섭정 위원회 대표들이 브루겐 성을 방문하는 일정을 조금 늦춰달라고 요청했다. 그런 다음 장 두드빌을 만나기 위해 벨당츠의 어느 선술집으로 발길을 옮겼다.

두드빌은 뤼팽을 다른 선술집으로 데려가 초라한 행색을 한 자그마한 남자 한 명을 소개했다. 헤르(영어의 미스터에 해당하는 독일어 – 옮긴이) 스토클리, 그 남자는 시청 호적과 직원이었다.

그들은 오랫동안 이야기를 나눴다. 그런 다음 함께 밖으로 나와 슬그머니 시청 관내의 사무실에 잠시 들렀다. 저녁 7시, 뤼팽은 저녁 식사를 마친 뒤 다시 길을 떠났다. 밤 10시, 브루겐 성에 도착했고 케셀바흐 부인의 방에 함께 들어갈 생각으로 주느비에브를 찾았다.

그런데 하녀가 말하길 에르느몽 양이 할머니의 전보를 받고 급히 파리로 떠났다는 것이다.

"알겠습니다. 그래도 케셀바흐 부인은 뵐 수 있겠지요?"

"부인은 저녁을 드시자마자 규방으로 들어가셨습니다. 주무시고 계실 텐데요."

"아닙니다. 부인의 방에 불이 켜져 있는 걸 봤습니다. 날 만나주실 겁니다."

뤼팽은 케셀바흐 부인의 답변을 기다리지도 않고 무작정 하녀를 앞세워 규방으로 향했다. 방 안에 들어선 뤼팽은 하녀를 내보내고 돌로레스에게 서둘러 이야기를 꺼냈다.

"부인, 할 말이 있습니다. 너무 급한 일이라⋯. 용서하십시오⋯. 이런 행동이 결례임을 잘 알고 있습니다⋯. 하지만 이해해주시리라 믿습니다⋯."

뤼팽은 지나치게 흥분해 있어서 자세한 설명을 덧붙일 여유가 없었다. 게다가 방에 들어서기 전에 무슨 소리를 들은 것 같아 한층 더 예민해진 상태였다.

하지만 방에는 힘없이 누워 있는 돌로레스뿐이었다. 돌로레스가 지친 목소리로 뤼팽에게 말했다.

"괜찮으시다면… 내일 이야기하지요."

뤼팽은 여자의 방에서 예상치 못한 담배 냄새를 맡고는 머리가 복잡해져 아무런 대답도 하지 않았다. 얼마 지나지 않아 뤼팽은 자신이 도착했을 때 이미 방에 남자가 있었고, 지금도 어딘가에 몸을 숨기고 있으리라는 확신이 들었다.

피에르 르뒤인가? 아니, 피에르 르뒤은 담배를 피우지 않는다. 그렇다면?

돌로레스가 나지막하게 말했다.

"그만 나가주세요, 제발."

"예, 알겠습니다. 하지만 그전에… 말씀 좀 해주시겠습니까?"

뤼팽은 문득 말을 멈췄다. 물어본들 무슨 소용이 있겠는가? 만약 남자가 방에 숨어 있다 해도, 과연 그 사실을 털어놓겠는가?

그래서 뤼팽은 일단 진정하고, 낯선 이의 존재에 집착하게 하는 위축되고 거북한 마음을 다스리려 애썼다. 그리고 돌로레스만 들을 수 있도록 나지막한 목소리로 말했다.

"내 말 잘 들으세요. 최근 어떤 사실을 알아냈는데… 그게 도통 이해가 가지 않아서… 굉장히 혼란스럽습니다. 그러니 내게 대답해주셔야 하지 않겠습니까, 돌로레스?"

뤼팽은 마치 목소리에 깃든 사랑과 우정으로 여자를 압도하려는 듯 한없이 부드럽게 여자의 이름을 불렀다.

"무슨 일인데요?"

돌로레스가 물었다.

"벨당츠의 호적에는 독일에 정착한 말레이히 가문의 마지막 후손, 세 명의 이름이 기재돼 있습니다…."

"그래요, 그 이야기는 이미 하셨잖아요…."

"우선 라울 드 말레이히라는 이름을 기억하실 겁니다. 알텐하임이라는 가명으로 더 잘 알려진 도둑, 상류층 불량배, 지금은 저세상 사람이 된… 암살당한 그자 말입니다."

"그래요."

"그리고 루이 드 말레이히도 기억하실 겁니다. 괴물에다 끔찍한 살인범이며 며칠 내로 교수형을 당할 그자 말입니다."

"그래요."

"마지막으로 미친 여자아이, 이질다도 기억하실 테고요…."

"그래요."

"이 모든 게 확실한 사실 아닙니까?"

"그래요."

뤼팽은 여자를 향해 더욱 몸을 기울이며 말을 이어갔다.

"그런데 제가 막 조사한 결과를 보면 말입니다, 누군가 이 세 이름 중 두 번째 이름을, 아니, 정확하게 말하자면 호적에서 그 이름이 기재돼 있는 칸을 교묘하게 긁어놓았더군요. 그리고 그 위에 새로운 이름을 덧입힌 선명한 잉크 자국이 있었지요. 하지만 다행히도 그 아래 감춰진 글씨의 흔적이 어렴풋이 남아 있었습니다. 그래서…."

"그래서요?"

케셀바흐 부인이 나지막한 목소리로 물었다.

"고성능 돋보기와 나만의 특별한 방법을 동원해 지워진 글씨 일부를 되살릴 수 있었고, 그런 식으로 계속 시도한 끝에 애초 호적에 기재돼 있던 이름을 착오 없이 확실하게 복원할 수 있었습니다. 그 이름은 루이 드 말레이히가 아니었습니다. 그러니까 그 이름은…."

"아! 그만하세요. 그만…."

오랫동안 안간힘을 쓰며 버텨오던 것이 한순간에 무너져 내린 듯, 여자는 허리를 완전히 숙이고 두 손으로 머리를 감싸 쥔 채 어깨를 들썩이며 울음을 터트렸다.

뤼팽은 무력하고 연약한 이 여인을 한동안 물끄러미 바라봤다. 무너진 여자의 모습은 너무도 애처로웠다. 뤼팽은 그만 입을 다물고 싶었다. 여자에게 고통을 안겨주는 신문을 그만두고 싶었던 것이다.

하지만 이 모든 것이 여자를 구하기 위해서가 아니던가? 당장은 여자가 몹시 괴로워하더라도 뤼팽이 여자를 구하려면 진실을 알아야 할 게 아닌가?

그러한 생각 끝에 다시 질문을 던졌다.

"어째서 가짜 이름을 기재해놓았을까요?"

"제 남편이에요. 그 사람이 그랬어요. 남편은 막대한 재산으로 무슨 일이든 할 수 있었어요. 결혼하기 전에 남편은 호적과 하급 직원을 매수해 말레이히 가문의 둘째 아이 이름을 바꾸게 했어요."

"이름과 함께 성별도 바꿨지요."

뤼팽이 덧붙였다.

"그래요."

여자가 인정했다.

"그러니까 내 생각이 맞았어요. 호적에 적혀 있던 원래 이름, 진짜 이름은 돌로레스로군요? 하지만 어째서 남편이 그런 짓을 한 거지요?"

돌로레스는 뺨 위로 눈물을 떨구며 수치심에 휩싸인 표정으로 나지막이 중얼거렸다.

"정말 모르시겠어요?"

"모르겠습니다."

돌로레스가 몸서리치며 말했다.

"생각해보세요. 저는 미친 소녀 이질다의 언니이자 악당 알텐하임의 여동생이었어요. 당시 제 약혼자였던 그이는 제가 그 상태로 남아 있는 걸 원치 않았어요. 그이는 저를 사랑했어요. 그리고 저 역시 남편을 사랑했지요. 그래서 그 사람의 뜻을 따르기로 한 거예요. 남편은 호적에서 돌로레스 드 말레이히라는 이름을 지운 다음 다른 신분증명서, 다른 신원, 다른 출생신고서를 사다 줬어요. 저는 네덜란드에서 다른 이름, 돌로레스 아몽티라는 이름으로 그이와 결혼했답니다."

뤼팽은 잠시 생각하더니 차분히 말했다.

"그랬군요…. 예, 이제 알겠습니다…. 하지만 그렇다면 루이드 말레이히는 존재하지 않는 겁니다. 당신의 남편과 여동생,

오빠를 죽인 사람의 이름은 그게 아닐 겁니다…. 그자의 이름은…."

돌로레스가 자리에서 벌떡 일어나더니 흥분한 어조로 말했다.

"그 이름이 맞아요! 예, 그게 그자의 이름이에요…. 그래요, 어쨌든 그자의 이름은 그게 맞아요…. 루이 드 말레이히, L과 M…. 기억하시잖아요…. 아! 더 이상은 알려고 하지 마세요…. 그건 끔찍한 비밀이에요…. 그리고 비밀을 안들 무슨 소용이 있겠어요…! 범인은 감옥에 있는데…. 그자가 범인이에요…. 확실해요…. 제가 증언할 때 그자가 반박이라도 하던가요? 이름이 무엇이든 그자가 자신의 죄를 부인할 처지이기나 한가요? 그자예요…. 그자… 그자가 죽였어요…. 그자가 찔렀어요…. 비수로… 강철 비수로…. 아! 모든 걸 털어놓을 수만 있다면…! 루이 드 말레이히… 그럴 수만 있다면…."

신경 발작을 일으킨 돌로레스는 다시 소파 위로 풀썩 주저앉았다. 여자는 뤼팽의 손을 움켜쥐었다. 그리고 연신 횡설수설하며 더듬거렸다.

"저를 지켜주세요…. 보호해주세요…. 당신만이 할 수 있는 일이에요…. 아! 저를 버리지 마세요…. 전 너무나도 불행한 여자예요…. 아! 너무 잔인해…. 잔인해…! 이건 지옥이에요."

뤼팽은 다른 한 손으로 한없이 부드럽게 여자의 머리카락과 이마를 어루만졌다. 뤼팽의 부드러운 손길에 마음이 진정되는지 돌로레스는 서서히 평정을 되찾았다.

뤼팽은 또 한번 여자를 물끄러미 바라보면서 이 단아한 이마

속에 대체 무엇이 들어 있는지, 어떠한 비밀이 이 신비로운 영혼을 피폐하게 만드는지, 깊은 상념에 빠져들었다. 여자는 두려워한다. 하지만 누구를 두려워하는 걸까? 누구에게서 자신을 지켜달라는 걸까?

뤼팽의 머릿속에 검은 옷을 입은 사내가 다시금 들이닥쳤다. 루이 드 말레이히, 예상치 못한 곳에서 습격을 가해오는 종잡을 수 없는 적의 그림자가 또다시 음산하게 그 앞에 드리운 것이다.

그자는 감옥에 갇혀 밤낮으로 감시를 받지만 그게 다 무슨 소용인가! 이 세상에는 감옥에 가둘 수 없는 존재가 있다는 사실, 원하는 순간에 얼마든지 족쇄를 풀 수 있는 존재가 있다는 사실을 뤼팽 자신이 그 누구보다 잘 알지 않는가? 루이 드 말레이히는 바로 그러한 부류의 인간이다.

그렇다. 상테 교도소 안 사형수 전용 독방 안에 누군가 갇혀 있는 것은 사실이다. 하지만 그저 말레이히의 공범이거나 희생양일 수도 있다…. 그사이 진짜 말레이히는 눈에 보이지 않는 유령처럼 브루겐 성을 어슬렁거렸을 것이다. 밤이 되자 어둠을 틈타 정원의 별채 안으로 슬며시 들어와 약에 마비되고 잠에 취한 뤼팽을 향해 비수를 치켜들었을 것이다.

그러니 돌로레스를 협박하고, 공포에 떨게 하고, 끔찍한 비밀로 옭아매고, 침묵과 복종의 포로로 만든 자는 다름 아닌 루이 드 말레이히다.

뤼팽은 적의 음모를 추측해보았다. 적의 계획은 공포로 휘청대는 돌로레스를 피에르 르뒥의 품에 던져놓고, 뤼팽 자신을 제

거한 다음 대공의 권력과 돌로레스의 재산으로 뤼팽 대신 벨당츠를 통치하는 것이다.

그것이야말로 그간 벌어진 일련의 사건들에도 들어맞고 모든 의문도 일시에 불식시켜줄 그럴듯한, 아니 확실한 가설이다.

'모든 의문이 해결된다고…? 그래…. 하지만 어젯밤 별채에서 날 죽이지 않은 이유는 무엇일까? 마음만 먹으면 됐는데, **날 죽일 생각이 없었던 거야**. 칼 한 번만 휘둘렀다면 난 죽은 목숨이었어. 하지만 그러지 않았지. 왜 그랬을까?'

살며시 눈을 뜬 돌로레스가 뤼팽을 바라보며 힘없이 미소 지었다.

"혼자 있고 싶어요."

뤼팽은 주저하며 자리에서 일어났다. 적이 커튼 뒤나 벽장 안 옷가지들 뒤에 숨어 있는지 확인해야 하나?

돌로레스가 다시 부드럽게 말했다.

"가주세요. 그만 자야겠어요…."

어쩔 수 없이 뤼팽은 자리에서 물러났다.

하지만 밖으로 나와 성의 정면에 거대한 그림자를 드리운 나무들 아래에 이르자 문득 걸음을 멈추었다. 돌로레스의 규방에서 새어나오는 불빛을 바라보았다. 불빛은 곧 침실로 옮겨갔다. 그리고 몇 분 후 꺼졌다.

뤼팽은 기다렸다. 만약 적이 저 안에 있다면 조만간 성 밖으로 모습을 드러내지 않겠는가?

한 시간이 흐르고 두 시간째… 아무 소리도 들려오지 않았다.

'공연한 짓을 했나 보군. 어쩌면 성안 후미진 곳에 웅크리고 있거나 여기서 안 보이는 문으로 빠져나갔을 수도 있지…. 어쨌든 내 가설이 그리 터무니없지만은 않은 것 같은데….'

뤼팽은 담배에 불을 붙인 다음 별채로 발걸음을 옮겼다.

별채 근처에 다다른 뤼팽은 저 멀리서 검은 그림자 하나가 멀어져가는 것을 목격했다.

뤼팽은 상대가 알아채지 못하도록 그 자리에 가만히 서 있었다.

이제 그림자는 오솔길을 가로지르고 있었다. 달빛에 어렴풋이 드러난 그림자의 주인은 말레이히의 검은 형체 같았다.

뤼팽은 냅다 달려들었다.

하지만 그림자는 쏜살같이 도망쳐 사라져버렸다.

4

뤼팽은 운전사인 옥타브의 방으로 가 그를 깨운 다음 이렇게
지시했다.

"지금 당장 차를 몰고 파리로 가게. 새벽 6시까지는 도착해
야 하네. 그리고 자크 두드빌을 만나 내 말을 전하게. 첫째, 사
형수의 소식을 알아내서 내게 전할 것. 둘째, 우체국 문이 열리
는 즉시 이러한 내용으로 내게 전보를 보낼 것."

뤼팽은 종이에 전보 내용을 적고 나서 덧붙였다.

"임무를 마치는 즉시 돌아오게. 이쪽 길로, 즉 정원 담벼락을
따라와야 하네. 그래, 아무도 자네가 없어진 걸 눈치채지 못하
게 감쪽같이 다녀오게."

뤼팽은 자기 방으로 돌아가 전등을 켜고 방 안을 철저히 살
폈다.

"분명해. 조금 전 창문 아래에서 망을 보는 사이 누군가 이곳
에 들어온 거야. 들어온 이유야 충분히 짐작이 가… 내 짐작이
정확히 맞았어. 상황이 심상치 않게 돌아가고 있어… 이번에
는 정말로 목에 비수가 꽂혔을 거야."

뤼팽은 혹시 모를 상황을 피하기 위해 이불을 들고 정원의 후미진 곳으로 가서 별빛을 받으며 잠이 들었다.

아침 11시경, 옥타브가 나타났다.

"시키신 일을 끝마치고 왔습니다, 대장. 전보도 부쳤습니다."

"잘했네. 그래, 루이 드 말레이히는 여전히 감옥에 갇혀 있나?"

"그렇습니다. 어제저녁 두드빌이 상테 교도소의 감방으로 그를 찾아가 보았답니다. 교도관이 자리를 비우기에 대화도 시도했다더군요. 하지만 말레이히는 여전히 굳게 입을 다물더랍니다. 그리고 기다렸다고 합니다."

"기다리다니, 무얼 말인가?"

"그야 물론 처형의 순간이지요! 경찰청에서 흘러나오는 이야기로는 집행 예정일이 모레라고 합니다."

"다행이군, 잘됐어. 탈옥하지 않은 건 확실하군."

뤼팽은 더는 상황을 이해하려고도, 수수께끼의 해답을 찾으려고도 하지 않았다. 머지않아 진실의 전모가 눈앞에 오롯이 드러나리라는 확신이 들었기 때문이다. 이제는 계획을 짜서 적을 함정에 빠뜨리는 일만 남았다.

"아니면 내가 함정에 빠지든지…."

뤼팽은 피식 웃음을 터트렸다.

매우 유쾌하고 홀가분했다. 이번 싸움은 그 어느 때보다 조짐이 좋았다.

성에서 하인 한 명이 집배원에게서 막 전해 받은 전보 한 통을 가져왔다. 뤼팽이 지시했던 두드빌의 전보였다. 뤼팽은 봉투만 열고 전보를 그대로 호주머니 속에 집어넣었다.

거의 정오 무렵, 뤼팽은 오솔길에서 피에르 르뒥을 만났다.
뤼팽이 곧바로 말했다.

"자네를 찾았네…. 심각한 일이야…. 내게 솔직하게 말해야
하네. 이 성에 들어온 이후 내가 직접 고용해 들인 독일 하인들
말고 또 다른 사람을 본 적 있나?"

"없습니다."

"잘 생각해보게. 방문객을 말하는 게 아닐세. 몸을 숨기고 있
는 누군가를 봤느냐는 말일세. 그것도 아니면, 왠지 수상한 흔
적을 발견했거나 꺼림칙한 기분이 들어서 성안에 누군가 있다
고 의심해본 적은 없나?"

"없습니다…. 당신은 그런 의심을 하고 있단 말입니까?"

"그래. 누군가 여기 숨어 있네…. 이 주변을 배회하고 있어….
어디에 있는지, 누구인지, 목적이 무엇인지, 지금은 모른다
네…. 하지만 곧 알아낼 걸세. 벌써 짚이는 구석이 있어. 그러
니 자네도 잘 살펴보게. 특히 케셀바흐 부인에게는 아무 말 말
게…. 공연히 부인까지 걱정하게 할 필요는 없으니…."

그 말만 남기고 뤼팽은 홀연히 자리를 떠났다.

당황하고 동요한 피에르 르뒥은 다시 성으로 발길을 옮겼다.

성으로 가는 도중 잔디밭 위에서 파란 종이 하나를 발견했
다. 종이를 주워보니 전보였다. 구겨져 있지 않고 말끔하게 접
혀 있는 것으로 보아 누가 버린 게 아니라 실수로 흘린 게 분명
했다.

전보는 뤼팽이 브루겐에서 사용하는 이름인 보니 씨 앞으로

온 것이었다. 내용은 다음과 같았다.

모든 진실을 알아냈음. 편지로는 밝힐 수 없음. 오늘 저녁 기차
를 탈 예정. 내일 아침 8시, 브루겐 역으로 나오기 바람.

'됐어!'
근처 잡목림에 숨어서 피에르 르뒥의 행동을 지켜보던 뤼팽
이 마음속으로 쾌재를 불렀다.
'좋았어. 저 멍청한 애송이는 2분 안에 돌로레스에게 달려가
전보를 보여주고, 내가 좀 전에 털어놓았던 고민거리를 전부
고하겠지. 두 사람은 종일 그 이야기를 할 테고, 그럼 **그자**도 알
게 될 거야. 그자는 모든 걸 염탐하고 있으니까. 그자는 돌로레
스의 그림자 속에서 살며 돌로레스는 힘 빠진 먹잇감처럼 그자
의 손아귀에 붙잡혀 있지…. 그자는 내가 진실을 알게 될까 봐
두려워서 오늘 저녁 곧바로 행동에 나설 거야.'
뤼팽은 노래를 부르며 발길을 옮겼다.
"오늘 저녁… 오늘 저녁… 춤판이 벌어질 거야…. 오늘 저
녁… 멋진 왈츠를 춰보세, 친구들! 번쩍거리는 비수의 리듬에
맞춰 피의 왈츠를…. 드디어! 신나게 즐기고 놀 시간이 왔어."
별채 문에서 뤼팽은 옥타브를 불렀고, 자기 방으로 곧장 올
라가 침대에 펄쩍 뛰어든 뒤 말했다.
"거기 앉게, 옥타브. 그리고 불침번을 서는 거야. 자네 주인은
이제부터 휴식을 취할 걸세. 충직한 부하답게 지키게."
뤼팽은 달콤한 잠에 빠져들었다.

"오스테를리츠 전투(1805년 프랑스가 오스트리아와 러시아 연합국을 상대로 벌인 전투. 이 전투에서 나폴레옹은 빛나는 대승을 거둠으로써 프랑스는 유럽의 패권을 장악함–옮긴이)날 아침, 나폴레옹 기분이 이랬겠군."

잠에서 깬 뤼팽이 호기롭게 말했다.

때는 저녁 식사 시간이었다. 두둑이 배를 채운 다음 담배를 피우며 권총 두 자루를 점검하고 총알을 갈아 끼웠다.

"내 친구 카이저가 말했듯, 화약을 말렸고 검을 갈았도다⋯. 옥타브!"

옥타브가 달려왔다.

"성에 가서 하인들과 식사하게. 하인들에게 오늘 밤 자동차를 끌고 파리로 갈 거라고 슬쩍 이야기를 흘리게."

"대장과 함께 가나요?"

"아니, 자네 혼자 간다고 하게. 그리고 식사를 마치자마자 최대한 요란하게 성을 떠나게."

"하지만 진짜 파리에 가는 건 아니지요?"

"물론이네. 정원에서 1킬로미터쯤 떨어진 곳 길가에서 날 기다리고 있게⋯. 내가 갈 때까지 말이야. 좀 오래 기다려야 할 걸세."

뤼팽은 담배를 한 대 더 피워 물고 산책에 나섰다. 성 앞을 지나가며 돌로레스 방에 불이 켜진 것을 확인한 다음 별채로 돌아왔다.

뤼팽은 책을 한 권 집어들었다. 플루타르코스의 《영웅전》이었다.

"이 책에는 정말 위대한 영웅 한 명이 빠져 있지. 하지만 시간이 모든 걸 바로잡아 줄 거야. 언젠가는 나를 위한 플루타르코스가 나타날 테니까 말이야."

뤼팽은 카이사르 편을 읽으며 여백에 몇 가지 단상을 적었다.

밤 11시 반, 뤼팽은 침실로 올라갔다.

활짝 열린 창문 밖으로 몸을 숙여 광활한 어둠을 내다보았다. 희미한 소리가 귓가를 간질이는 청명한 밤이다. 언젠가 책에서 읽었거나 직접 읊어본 사랑의 구절들이 저절로 입가에 맴돌았다. 뤼팽은 사랑하는 여인의 이름을 침묵에만 살짝 이야기하는 사춘기 소년의 열뜬 마음으로 돌로레스의 이름을 여러 차례 불러보았다.

"자, 이제 슬슬 준비해볼까."

뤼팽은 창문을 조금 열어놓고 가치작거리는 원탁을 치운 다음 권총 두 자루를 베개 밑에 묻어두었다. 옷을 갈아입고 아무런 감정의 동요 없이 편안히 침대에 누워 촛불을 훅 불어 껐다.

그러자 갑자기 공포가 찾아왔다.

한순간에 생긴 변화였다. 어둠이 감싸는 순간, 느닷없이 공포가 밀려왔던 것이다!

"제기랄…!"

뤼팽이 소리를 질렀다.

그러고는 침대를 박차고 나와 베개 밑에 놓아두었던 권총 두 자루를 꺼내 복도로 냅다 던져버렸다.

"내 두 손, 이 두 손이면 충분해! 내 손아귀 힘보다 더 강한 무기는 없어!"

뤼팽은 다시 침대로 돌아가 몸을 뉘었다. 다시금 어둠과 침묵이 엄습해왔다. 그리고 공포, 음산하고 지독하고 맹렬한 그 공포도….

마을 시계탑에서 열두 번의 종소리가 들려왔다….

뤼팽은 100미터, 어쩌면 50미터 근방에서 비수의 칼날을 갈고 있을 그 지긋지긋한 존재를 떠올렸다….

"어서 와라! 어서 와! 그럼 이 유령들이 사라질 테니…."

몸을 떨며 뤼팽이 중얼거렸다.

이제 시계탑 종소리가 1시를 알렸다.

또다시 영원 같은 몇 분이 흘렀다. 열과 불안에 허덕인 끔찍한 시간이었다…. 모공에서 식은땀이 스며 나와 이마로 흘려내렸다. 마치 피땀이 흘러나와 온몸을 적시는 것 같았다….

새벽 2시….

마침내 근처 어딘가에서 들릴 듯 말 듯 희미한 소리가 들려왔다. 나뭇잎이 바스락거리는 소리…. 하지만 밤바람에 흔들리는 나뭇잎 소리와는 전혀 달랐다….

일이 이렇게 될 줄 예측했던 뤼팽은 그 소리를 듣자 오히려 마음이 한없이 차분해졌다. 마침내 대모험가의 기질이 발동돼 벅찬 설렘으로 온몸이 떨렸다. 드디어 결전이 시작된 것이다!

이번에는 창문 아래에서 삐걱거리는 소리가 들려왔다. 조금 전보다 또렷이 들리기는 했지만 여전히 아주 희미했기에 뤼팽처럼 단련된 귀를 가진 사람이 아니면 감지해낼 수 없는 소리였다.

소름 끼치는 시간이 몇 분, 또 몇 분 흘러갔다…. 주변은 어둠이 완고하게 드리워 있었다. 그 어둠을 밀어낼 별빛도 달빛도 찾아볼 수 없었다.

그리고 어느 순간, 아무 소리도 듣지 못했지만 사내가 방에 들어와 있음을 분명히 깨달았다.

사내가 침대로 걸어왔다. 마치 유령이 걸어오듯 공기 한 점 날리지 않았고, 심지어 사내가 스치고 간 물건들도 꿈쩍하지 않았다.

하지만 뤼팽은 자신의 뛰어난 직감과 예민한 신경을 총동원해 적의 움직임을 보고 있었고 적의 생각마저 읽었다.

벽에 등을 기댄 사내는 무릎을 약간 구부려 금방이라도 덮칠 태세를 취하고 있었다.

가격할 곳을 정하려는 듯 그림자가 시트를 더듬었다. 놈의 숨소리가 들려왔다. 심장 뛰는 소리까지 들리는 듯했다. 뤼팽은 자신의 심장이 평소처럼 차분히 뛰는 것을 느끼며 뿌듯해했다. 하지만 놈의 심장은…. 그래! 분명했다. 종의 추처럼 흉벽을 사정없이 때리며 미친 듯 날뛰었다.

그자가 한 손을 치켜들었다….

1초… 2초….

주저하는 걸까? 이번에도 자신을 살려주려는 건가?

마침내 뤼팽의 날카로운 외침이 지독한 정적을 깨트렸다.

"찔러! 어서 찌르란 말이야!"

분노에 찬 고함과 함께… 용수철처럼 사나운 기세로 사내의 팔이 다가들었다.

곧이어 신음이 흘렀다.

뤼팽이 자신을 향해 날아오던 팔을 움켜잡았던 것이다….

뤼팽은 침대를 박차고 나가 사내의 목을 힘껏 움켜잡고 바닥에 쓰러뜨렸다.

그게 다였다. 싸움이랄 것도 없었다. 아니, 싸움할 상황조차 아니었다. 사내는 뤼팽의 두 손, 강철 못이나 다름없는 그 손으로 바닥에 단단히 고정돼 있었다. 그 억센 손아귀 힘에서 벗어날 자는 이 세상에 단 한 명도 없을 것이다.

뤼팽은 아무 말도 하지 않았다! 평소에는 그토록 빈정거리기를 좋아했던 뤼팽이 이번에는 입을 꾹 다물었다. 말하고 싶지 않았다. 그러기에는 너무나도 엄숙한 순간이었다.

뤼팽은 우쭐한 마음으로 들뜨지도, 승리감에 도취되지도 않았다. 마음속에는 그저 상대가 누구인지 어서 알고 싶다는 조급한 욕망만이 가득했다…. 루이 드 말레이히, 그 사형수일까? 다른 사람일까? 대체 누구란 말인가?

사내가 숨이 막혀 죽을지 모르는데도 뤼팽은 그자의 목을 조금 더, 조금 더 조여갔다.

적의 힘이 모두 빠져나간 게 느껴졌다. 사내의 팔 근육이 이완되더니 이내 축 늘어졌다. 주먹을 쥔 손이 펴지면서 비수가 바닥으로 굴러떨어졌다.

뤼팽은 강력한 고정 기구나 다름없는 손가락에 적의 목숨을 매달아놓고, 한결 자유로워진 손으로 손전등을 꺼내 사내의 얼굴로 가져갔다.

이제 스위치만 누르면 된다. 손가락에 살짝 힘을 주면 진실이 눈앞에 드러날 것이다.

뤼팽은 잠시 자신의 힘을 음미했다. 가슴속에서 한 줄기 감동이 솟아올랐다. 눈부신 승리를 곱씹으니 가슴이 벅차오른 것이다. 뤼팽은 또다시 위대하고 영웅적인 대가로서의 면모를 입증했다.

그러한 기분에 취한 뤼팽은 단번에 스위치를 눌렀다. 괴물의 얼굴이 드러났다.

뤼팽의 입에서 공포의 비명이 터졌다.

돌로레스 케셀바흐였다!

살인범의 정체

1

뤼팽의 머릿속에 거대한 태풍과 폭풍우가 몰아닥쳤다. 혼돈의 밤에 천둥이 요란하게 울려 퍼지고 돌풍과 광풍이 거세게 휘몰아쳤다.

강력한 번개가 어둠을 후려쳤다. 번개의 섬광 속에서 뤼팽은 공포와 당혹감에 몸을 떨며 눈앞에 펼쳐진 광경을 이해하려고 애썼다.

뤼팽은 손가락이 굳어버려 힘을 풀 수 없는 것처럼 적의 목을 누른 채 그대로 멈춰 있었다. 마침내 적의 정체를 **알게** 됐지만 그 적이 돌로레스라는 사실은 도무지 실감하지 못했다. 그자는 여전히 검은 옷을 입은 사내, 루이 드 말레이히, 어둠 속 흉측한 짐승이었다. 붙잡은 것은 바로 이 짐승이고, 따라서 결코 놓지 않을 작정이었다.

하지만 이내 진실이 뤼팽의 마음과 머릿속에 물밀듯 밀려왔다. 고통과 절망에 휩싸인 채 중얼거렸다.

"아! 돌로레스… 돌로레스…"

그 순간, 이 상황을 이해할 만한 단서 하나가 번뜩 뇌리를 스쳤다. 바로 광기였다. 돌로레스는 광기의 노예였던 것이다. 알 텐하임의 여동생이자 이질다의 언니, 정신병자인 어머니와 알 코올 중독인 아버지를 둔 말레이히 가문의 마지막 후손인 돌로 레스 역시 정신병자였다. 겉으로 보기에는 멀쩡하지만 내면은 불안하고, 곪고, 뒤틀리고, 흉측하기 그지없는 특이한 정신병 자였다.

그렇게 생각하고 나니 모든 게 명확히 설명되었다! 이 사건 은 광기에 의한 범죄다. 돌로레스는 마치 자동인형처럼 어떤 목적을 향해 맹목적으로 나아가다가 무의식적으로 피에 굶주 린 듯 사악하게 살인을 저질렀던 것이다.

돌로레스는 무언가를 얻고자 사람을 죽였고, 자신을 지키고 자 사람을 죽였고, 자신이 사람을 죽였다는 사실을 감추고자 또 사람을 죽였다. 하지만 그저 살인 욕구를 느껴 사람을 죽인 것이기도 했다. 여자의 내면에서 꿈틀대는 살인마가 그런 식 으로 충동적이고 거부할 수 없는 욕구를 충족시켜왔던 것이다. 돌로레스는 어느 순간, 어느 상황에서 상대가 적으로 느껴지면 불쑥 비수를 든 손으로 내리쳐야 직성이 풀렸던 것이다.

여자는 분노에 취해 맹렬하고 광적으로 비수를 휘둘렀다.

광기의 포로였으므로 살인 행각에 대한 책임은 없지만, 맹목 적으로 광기에 사로잡혀 있을 때조차 명석하기 그지없는 기묘 한 정신병자였다. 돌로레스는 혼란 속에서도 얼마나 논리적이 었던가! 당혹감 속에서도 얼마나 명석했던가! 그토록 교활할 수 있다니! 그토록 집요할 수 있다니! 이 얼마나 혐오스러운 동 시에 경이로운 술책인가!

뤼팽은 재빨리 비범한 통찰력을 발휘해 피로 얼룩진 그간의 사건들을 되짚으면서, 베일에 싸인 돌로레스의 지난 행적을 추정해보았다.

머릿속에 남편의 계획에 사로잡혀 집착하는 돌로레스의 모습이 떠올랐다. 물론 돌로레스 역시 계획의 일부만 알고 있을 뿐이다. 돌로레스는 남편과 마찬가지로 피에르 르뒥을 찾았다. 피에르 르뒥과 결혼해, 자신의 부모가 수치스럽게 쫓겨난 벨당츠라는 자그마한 왕국으로 여왕이 되어 금의환향하기 위해서였다.

이제 뤼팽의 머릿속에 팔라스 호텔에 있는 돌로레스의 모습이 떠올랐다. 모두가 몬테카를로에 있는 줄 알지만 돌로레스는 자신의 오빠인 알텐하임의 방에 숨어 있었다. 그렇게 숨어 지내는 동안 어두운 복장을 한 채 벽에 바짝 몸을 붙이거나, 어둠에 몸을 숨기면서 아무도 몰래 감쪽같이 남편을 염탐했다.

그러던 어느 날 밤 돌로레스는 우연히 결박당한 케셀바흐를 발견하고는 비수를 내리꽂았다.

그다음 날 아침, 발각될 위기에 처하자 호텔 종업원을 찔러 죽였다.

한 시간 후 이번에는 채프먼에게 발각될 위기에 처하자 오빠의 방으로 데리고 가 또다시 비수를 휘둘렀다.

이 모든 살인이 교묘한 솜씨로 가차 없이 잔인하게 이루어졌다.

역시나 교묘하게 돌로레스는 자신의 두 하녀, 게르트루드와 쉬잔에게 전화를 걸었다. 이 둘은 몬테카를로에서 막 도착한

참이었고, 그중 한 명은 자신의 여주인 행세를 하고 있었다. 돌로레스는 변장을 위해 착용했던 금발 가발을 벗어던지고 여자 옷으로 갈아입은 다음 1층으로 내려가 호텔로 막 들어선 게르트루드와 합류했다. 그러고는 마치 자신도 지금 막 호텔에 도착한 것처럼, 어떠한 비보가 기다리고 있는지 모르는 것처럼 자연스럽게 행동했다.

명배우조차 감탄할 정도로 비탄에 빠진 미망인 역을 천연덕스럽게 연기했다. 사람들은 미망인을 동정했고, 미망인을 위해 울어주었다. 대체 그 누가 돌로레스를 의심할 수 있겠는가?

그리고 뤼팽과의 결전이 시작되었다. 르노르망 국장과 세르닌 공작을 번갈아 상대하며 그토록 거친 전대미문의 싸움을 벌이는 동안 낮에는 소파에서 병약하고 쇠잔한 모습으로 누워 있고, 밤에는 섬뜩한 모습으로 지칠 줄 모르고 거리를 누볐다.

치밀한 계략이었다. 공포에 질려 위축된 게르트루드와 쉬잔은 순순히 돌로레스의 공범이 돼 밀사 노릇을 했고, 아마도 이따금 돌로레스 분장도 했을 것이다. 그렇게 그날 슈타인벡 노인이 알텐하임에 의해 법원 한복판에서 감쪽같이 납치된 것이리라.

이후에도 끔찍한 연쇄살인 사건이 이어졌다. 구렐은 익사했고 알텐하임은 칼에 찔려 죽었다. 오! 글리신 빌라의 지하 통로에서 벌였던 사투, 어둠 속 괴물의 보이지 않는 기습, 그 모든 것이 명확하게 설명되지 않는가!

뤼팽에게서 세르닌 공작의 가면을 빼앗은 사람도 돌로레스였고, 뤼팽을 경찰에 고발해 감옥에 처넣은 사람도 돌로레스였고, 결투에서 이기기 위해 수백만 프랑을 펑펑 써가며 뤼팽의 모든 계획을 좌절시킨 사람도 돌로레스였다.

연이어 여러 사건이 주마등처럼 눈앞을 스쳤다. 이미 저세상 사람이 돼 있을 쉬잔과 게르트루드의 실종 사건! 슈타인벡 살인 사건! 돌로레스의 친동생인 이질다 독살 사건!

"이런! 역겹고 끔찍해!"

혐오감과 증오로 진저리를 치며 뤼팽이 중얼거렸다.

눈앞에 있는 역겨운 살인마가 증오스러웠다. 짓이기고 파괴하고 싶었다. 밤의 어둠을 침투해오는 어슴푸레한 여명 아래 두 앙숙이 뒤엉킨 채 바닥에 꼼짝도 않고 있는 광경이라니…. 정말 숨 막히는 광경이었다.

"돌로레스… 돌로레스…."

뤼팽이 절망의 탄식을 내뱉었다.

불현듯 뤼팽은 눈을 휘둥그레 뜬 채 숨을 헐떡거리며 뒤로 펄쩍 물러났다. 이건 무슨 일이지? 무슨 일이 벌어진 건가? 두 손에서 느껴지는 이 싸늘한 기운은 대체 뭐란 말인가?

"옥타브! 옥타브!"

뤼팽은 운전사가 집에 없다는 사실조차 잊은 채 다급하게 옥타브를 소리쳐 불렀다.

도움이 필요했다! 도움이 절실했다! 자신을 안심시키고 도와줄 누군가가 곁에 있어야 했다. 뤼팽은 공포에 휩싸여 오들오들 떨었다. 이런! 방금 두 손에서 느낀 그 싸늘한 기운은 시체의 냉기였다. 어떻게 이런 일이…? 비운의 몇 분 동안 돌로레스의 목을 움켜잡고 있던 손이 그만….

외면하고 싶은 마음을 다잡고 뤼팽은 여자를 살펴보았다. 역시 돌로레스는 꿈쩍도 하지 않았다.

뤼팽은 재빨리 무릎을 꿇고 여자를 끌어안았다.

돌로레스는 죽어 있었다.

뤼팽은 잠시 일종의 마비 상태에 빠져들었다. 그러는 사이 고통이 서서히 사라지는 것 같았다. 더는 고통을 느끼지 않았다. 더는 두려움도, 증오도, 그 어떠한 감정도 느끼지 않았다…. 그저 둔기에 한 대 얻어맞은 듯 자신이 살아는 있는 건지, 생각은 하는 건지, 악몽에 갇힌 건 아닌지, 모든 게 모호하게 느껴질 만큼 멍했다.

하지만 무언가 정당한 일이 일어난 듯한 기분이 들었다. 한순간도 자신이 돌로레스를 죽였다는 생각은 들지 않았다. 그렇다, 돌로레스를 죽인 건 뤼팽이 아니다. 외부에서, 자신의 의지와 전혀 상관없이 벌어진 일이다. 그 일을 한 건 운명이다. 단호한 운명이 해로운 짐승을 제거함으로써 인과응보의 심판을 내린 것이다.

밖에서는 새가 지저귀었다. 이제 봄이 되어 막 꽃을 피우려는 고목 아래에서 생명이 움트고 있었다. 무기력한 상태에서 깨어난 뤼팽은, 추악하고 비열하며 파렴치한 범죄자였지만 너무나 젊은 나이에 세상을 떠난 이 딱한 여인에게 논리적으로 설명하기 어려운 묘한 연민을 느꼈다.

뤼팽은 여자가 이성이 돌아와 온전한 정신이었을 때 느꼈을 고통을 떠올렸다. 그럴 때면 돌로레스의 머릿속에는 자신이 저지른 추악한 짓들에 대한 기억이 악몽처럼 맴돌았을 것이다.

"저를 지켜주세요. 전 너무나도 불행한 여자예요…."

돌로레스는 그렇게 애원하지 않았던가.

자신을 언제나 살인으로 이끄는 야수의 본능, 내면에 자리한 괴물로부터 자신을 보호해달라는 뜻이다.

"언제나?"

뤼팽은 중얼거렸다.

문득 머릿속에 전전날 밤의 일이 떠올랐다. 돌로레스는 몇 달 동안 끈질기게 자신을 괴롭혀왔고 자신을 궁지로 몰아넣어 온갖 범죄를 저지르게 한, 그 지칠 줄 모르는 적을 향해 비수를 치켜들었으나 결국 죽이지 않았다. 마음만 먹으면 쉬운 일이었다. 적은 맥없이 무력하게 축 늘어져 있었다. 팔만 한번 휘둘렀다면 그 지긋지긋한 싸움을 단번에 끝낼 수 있었다. 하지만 돌로레스는 뤼팽을 죽이지 않았다. 자신의 내부에서 꿈틀대는 잔인성보다 더 강한 감정, 그토록 자주 자신을 압도한 자에 대한 경탄과 애정이 뒤섞인 모호한 감정에 굴복했던 것이다.

그렇다. 돌로레스는 그날 일부러 뤼팽을 죽이지 않았다. 하지만 가혹한 운명의 반전으로 결국 뤼팽이 돌로레스를 죽이고 만 것이다.

'내가 사람을 죽였어. 내 두 손이 한 생명을 앗아간 거야. 돌로레스의 생명을! 돌로레스… 돌로레스….'

뤼팽은 돌로레스의 이름, 고통을 의미하는 그 이름을 끊임없이 불렀다. 그리고 돌로레스에게서 시선을 떼지 않았다. 이제 돌로레스는 목이 부러져 길가에 죽어 있는 작은 새나, 초라하게 쌓인 낙엽 더미와 별반 다를 바 없는, 의식 없는 가련한 살덩이이자 더는 누구에게도 해를 끼칠 수 없는 생명이 사라진 서글픈 사물일 뿐이다.

아! 마주한 두 사람 중 뤼팽은 살인자이고 돌로레스는 희생자인데, 뤼팽이 어떻게 동정심에 몸을 떨지 않을 수 있겠는가?

'돌로레스… 돌로레스… 돌로레스….'

뤼팽이 죽은 여자 곁에 앉아 추억과 생각에 잠긴 채 이따금 입술을 움직여 '돌로레스… 돌로레스…' 하고 쓸쓸히 중얼거리는 사이, 어느새 날이 환하게 밝아 있었다.

이제 행동해야 한다. 하지만 머릿속이 너무 혼란스러워서 어떤 방향으로 가야 할지, 무슨 일부터 해야 할지 그저 막막하기만 했다.

'우선 돌로레스의 눈부터 감겨주자.'

뤼팽이 중얼거렸다.

모든 감정이 떠나 이제 공허만이 가득한 아름다운 황금빛 눈동자에는 두 눈을 그토록 매력적으로 보이게 했던 부드러운 우수가 여전히 어려 있었다. 이 눈동자가 어찌 괴물의 눈동자일 수 있단 말인가? 눈앞에 펼쳐진 냉엄한 현실을 받아들이려 애를 써보아도 여전히 뤼팽은 자신의 머릿속에서 완전히 대치되는 이미지로 각인된 두 존재를 한 인물로 인식할 수 없었다.

뤼팽은 재빨리 여자에게 몸을 숙여 길고 보드라운 눈꺼풀을 쓸어내린 다음 고통으로 일그러진 초라한 얼굴을 천으로 덮어주었다.

그러자 돌로레스는 한결 멀게 느껴졌고, 옆에 있는 사람은 살인을 저지르기 위해 변장하느라 어두운색 옷을 입은, 검은 옷을 입은 사내라는 생각이 강하게 들었다.

뤼팽은 용기를 내 시체를 건드리고 옷을 더듬었다.

안쪽 호주머니에서 지갑 두 개가 나왔다. 그중 하나를 열어 보았다.

우선 늙은 독일인, 슈타인벡의 서명이 적힌 편지 한 통이 발견됐다.

그 안에는 다음과 같은 내용이 적혀 있었다.

끔찍한 비밀을 밝히기 전에 죽을 것을 대비해 아래와 같은 사실을 적어놓는다. 내 친구 케셀바흐를 죽인 범인은 그의 아내이다. 그 여자는 알텐하임의 여동생이자 이질다의 언니이며 본명은 돌로레스 드 말레이히이다.

L과 M이라는 머리글자는 그 여자를 가리킨다. 케셀바흐는 사적인 자리에서는 결코 자신의 아내를 고통과 슬픔을 의미하는 돌로레스라는 이름으로 부르지 않았다. 그 대신 환희를 의미하는 래티시아Laetitia라고 불렀다. 그리고 래티시아 드 말레이히의 머리글자인 L과 M을 아내에게 주는 모든 선물에 새겨넣었다. 팔라스 호텔에서 발견된 담뱃갑도 그중 하나로, 그 담뱃갑의 주인은 케셀바흐 부인이다. 부인은 여행 중에 담배를 피우는 습관이 있다.

래티시아! 여자는 지난 4년 동안 자신의 이름대로 환희에 젖은 시간을 보냈다. 자신을 커다란 선의와 신의로 사랑해준 남편의 죽음을 차근차근 준비해온, 거짓과 위선으로 점철된 지난 4년 동안 말이다.

이 비밀을 즉시 털어놓았어야 했는지도 모른다. 하지만 내 오랜 친구인 케셀바흐를 생각하니 차마 그럴 용기가 나지 않았다. 여자는 여전히 친구의 성을 따르는, 친구의 부인이 아닌가. 또한 두렵기도 했다…. 법원에서 여자의 정체를 깨달은 그날, 여자의 눈동자에서 나를 향해 끓어오르는 살의를 느꼈다.

이런 나약함으로 내 생명을 구할 수 있을까?

'슈타인벡도 그렇게 죽었어. 돌로레스의 칼에 맞아 죽은 거야! 그럴 수밖에, 슈타인벡은 너무 많은 걸 알고 있었잖아! 머리글자… 래티시아라는 이름… 담배를 피운다는 사실까지….'

그러자 지난밤 돌로레스의 방에서 담배 냄새가 났던 기억이 떠올랐다.

뤼팽은 첫 번째 지갑을 다시 살펴보았다.

그 속에는 암호가 적힌 쪽지들도 있었다. 돌로레스는 어두운 곳에서 공범들에게 전달한 그 쪽지들을 회수했으리라….

또한 주소가 빽빽이 적힌 쪽지도 나왔다. 의상실, 여성용 모자 가게, 싸구려 술집, 누추한 호텔… 그리고 희한한 이름이 잔뜩 쓰인 쪽지도 있었다. 푸주한 엑토르, 아르망 드 그르넬, 병자 누구누구….

뒤이어 나온 사진 한 장이 뤼팽의 시선을 붙잡았다. 사진을 바라본 뤼팽은 갑자기 지갑을 떨어뜨렸다. 그러고는 마치 용수철에서 튕기듯 방을 박차고 나가 정원으로 내달렸다.

사진 안에는 상테 교도소에 갇힌 루이 드 말레이히의 얼굴이 담겨 있었다.

그제야 지금껏 까맣게 잊고 있었던 사실 하나가 불현듯 뇌리를 스쳤다. 사형집행 예정일이 바로 다음 날이었던 것이다!

검은 옷을 입은 사람, 그 살인자는 다름 아닌 돌로레스였으므로 루이 드 말레이히는 정말로 레옹 마시에이며 그에게는 죄가 없다.

죄가 없다고? 황제의 편지를 비롯해 집에서 발견된 부인할 수 없는 명백한 증거들은 다 무엇이란 말인가?

머리가 터질 듯해 뤼팽은 잠시 달음질을 멈췄다.

'아! 이러다 나도 미쳐버리겠군…. 하지만 막아야 해…. 내일이 처형일이야…. 내일… 그것도 새벽에….'

뤼팽은 시계를 꺼내 바라보았다.

'10시군…. 파리까지 가려면 몇 시간이 걸리지? 곧 도착할 거야. 그래, 그럴 거야. 그래야만 해…. 그리고 당장 오늘 저녁부터 처형을 막기 위한 행동에 나서는 거야…. 하지만 어떤 행동? 무슨 수로 무죄를 증명하지? 어떻게 처형을 막아야 하나? 이런, 됐어! 자세한 건 파리에 가서 생각하자. 난 뤼팽이 아닌가? 자, 부딪혀 보는 거야….'

뤼팽은 다시 내달려 성안으로 들어가 피에르 르뒤크을 찾았다.

"피에르! 피에르 르뒤크을 못 봤나? 아! 거기 있었군…. 긴히 할 말이 있네…."

뤼팽은 피에르 르뒤크을 한쪽 구석으로 데려가 명령조로 짤막한 문장들을 쏟아냈다.

"잘 듣게, 돌로레스는 이곳에 없어…. 그래, 급히 여행을 떠났지…. 어젯밤 내 자동차를 타고 떠났네…. 그냥 들어! 한마디도 하지 말게…. 일분일초가 다급한 상황일세. 자네는 하인들을 모두 내보내게. 여기 돈이 있네. 30분 내로 이 성을 비워야 하네. 그리고 내가 돌아올 때까지 아무도 성안에 발을 들여놓아서는 안 돼…! 자네도 마찬가지네. 알아들었나? 자네도 이 성에 돌아오지 말란 말일세…. 그 이유는 나중에 설명해주겠네…. 그래야만 하는 중요한 이유가 있어. 자, 열쇠 받게. 그럼 마을에서 날 기다리게…."

그러고는 다시 서둘러 어디론가 뛰어나갔다.

10분 후 옥타브를 만났다.

뤼팽은 차 안에 뛰어올라 외쳤다.

"파리로 가세!"

2

그 여행은 그야말로 죽음을 무릅쓴 질주였다.

뤼팽은 옥타브가 속도를 성에 찰 만큼 내지 않자 직접 운전대
를 잡았다. 그리고 현기증이 날 정도로 거칠게 차를 몰았다. 간선
도로 위에서도, 마을 길가에서도, 사람이 붐비는 도심 안에서도,
차는 시속 100킬로미터로 내달렸다. 차에 치일 뻔한 사람들이
화가 나서 소리를 질렀지만 차는 이미 저만치 가버린 후였다.

"대장, 파리에 도착하기도 전에 여기서 끝장나겠어요."

옥타브가 얼굴이 하얗게 질린 채 더듬거렸다.

"자네나 차는 그렇게 될지도 모르지. 하지만 난 파리에 도착
할 걸세."

뤼팽이 쏘아붙였다.

뤼팽은 자동차가 자신을 태우고 가는 것이 아니라 자신이 자
동차를 운반하는 것 같았다. 마치 자신의 힘과 의지만으로 공
간을 뚫고 지나가는 듯했다. 이토록 지칠 줄 모르는 힘과 한없
이 솟구치는 의지가 있는데, 무슨 일이 벌어진들 자신이 파리
에 가는 것을 막을 수 있겠는가?

"난 반드시 해낼 거야. 그래야만 하니까."

뤼팽은 자신이 제때 도착하지 못하면 죽게 될 사내, 고집스러운 침묵과 무표정한 얼굴로 사람들을 당황하게 한 수수께끼 같은 인물, 루이 드 말레이히를 떠올렸다.

머릿속에는 온갖 생각들이 뒤엉켜 윙윙거렸지만, 뤼팽은 시끌벅적한 거리 위에서도, 가지들이 성난 파도소리를 내는 나무 아래에서도, 하나의 가설을 세우기 위해 애썼다. 지금 이 순간, 그러니까 돌로레스의 끔찍한 정체를 알았고, 그 정신 나간 영혼이 지녔던 엄청난 수단과 혐오스러운 계획을 언뜻 엿본 이 시점, 드디어 그 놀라운 가설이 논리적인 설명과 함께 또렷이 윤곽을 드러내는 것 같았다.

'그래, 맞아. 말레이히를 상대로 끔찍하기 짝이 없는 술책을 부린 것도 그 여자야. 돌로레스는 대체 무엇을 원했던 걸까? 피에르 르뒥의 마음을 사로잡아 그와 결혼해서 자신이 쫓겨난 작은 왕국의 통치자가 되려고 했겠지. 목표가 바로 눈앞에 있었어. 유일한 장애물은… 나였지. 몇 달 동안 끈질기게 앞길을 가로막은 내가 장애물이었어. 살인을 저지르면 항상 현장에 내가 나타났지. 그리고 내 통찰력도 꽤 신경 쓰였을 거야. 게다가 나란 인간은 범인을 밝혀내고 황제의 편지를 되찾기 전까지는 결코 물러서지 않을 끈질긴 위인이란 걸 알았을 테니…. 그래! 상황이 이러니 내게 던져줄 범인이 필요했고, 그렇게 범인으로 내세운 사람이 바로 루이 드 말레이히, 아니 레옹 마시였던 거야. 레옹 마시에란 자는 대체 누구일까? 결혼하기 전부터 둘은 이미 아는 사이였나? 돌로레스가 사랑했던 남자였나? 그럴 수도 있지. 하지만 이제 자세한 내막은 영영 알 수 없을 거야. 어쨌든 돌로레스는 그 남자가 자신과 비슷한 체구와 키라는 점에 주목했던 건 확실해. 그 남자처럼 검은 옷을 입고 금발 가발을 쓰면 레옹 마시에 행세를 할 수 있을 정도로 비슷했지. 그래서 그 외톨이 남자의 괴상한 일상을 관찰했겠지. 밤에 돌아다니는 습관, 걸음걸이, 미행을 따돌리는 방식까지 말이야. 관찰을 끝마치고 만일의 경우를 대비해 남편인 케셀바흐에게 호적에서 돌로레스라는 이름을 긁어내 루이라는 이름으로 대체해달라고 부탁했을 거야. 그렇게 레옹 마시에와 머리글자가 똑같은 이름을 호적에 새겨넣은 거야. 행동해야 할 순간이 오자 돌로레스는 음모를 짜고 실행에 옮겼어. 레옹 마시에가 들레즈망가에 살았으니 패거리들도 옆 거리에 거주지를 마련해 살도록 했지. 내게 지배인 도미니크의 주소를 알려줘 일곱 명의 악당 뒤를 쫓게 한 사람도 바로 돌로레스잖아. 내가 한번 추적하기 시작하면 끝을 보리란 걸 알았던 거야. 즉 악당들의 뒤를 밟아 그들의 우두머리, 그들을 감시하고 지휘하는 인물, 검은 옷을 입은 사내, 레옹 마시에, 루이 드 말레이히까지 밝혀내리란 걸 미리 꿰뚫었던 거야. 실제로 나는 우선 악당 일곱 명을 찾아냈어. 그 후에는 어떤 일이 벌어질까? 내가 지거나 양쪽 다 무너질 수 있었지. 그게 바로 비뉴가에서 싸움이 벌어진 그날, 돌로레스가 꿈꿨던 시나리오였어. 이래도 저래도 어차피 날 제거할 수 있었을 테니 말이야. 하지만 뜻밖에도 내가 악당 일곱 명을 다 잡은 거야. 일이 꼬이자 돌로레스는 비뉴가에서 재빨리 도망쳤어. 곧이어 나는 고물장수의 창고에서 돌로레스를 찾아냈지. 돌로레스는 레옹 마시에, 즉

루이 드 말레이히를 쫓도록 나를 부추겼어. 그렇게 나는 그자의 집에서 **돌로레스가 가져다 놓은** 황제의 편지를 발견했고, 그자를 법원에 넘겼어. 그리고 **돌로레스가 만들어놓은** 두 창고 사이의 비밀 통로와 **돌로레스가 준비해둔** 온갖 증거들을 경찰에 알린 다음 **돌로레스가 위조해놓은** 서류를 근거로 레옹 마시에는 남의 신원을 도용해 만든 가짜 이름일 뿐이며 그자의 진짜 이름은 루이 드 말레이히라고 주장한 거야. 그렇게 루이 드 말레이히는 사형 선고를 받았지. 반면 범인이 붙잡혔으니 돌로레스 드 말레이히는 모든 의혹에서 벗어날 수 있었어. 게다가 이제 남편, 오빠, 동생, 하인 둘, 그리고 슈타인벡까지 죽고 없으니 피로 얼룩진 추잡한 과거에서 벗어난 데다, 내가 일곱 악당을 꽁꽁 묶어 베베르의 손에 넘긴 덕분에 성가신 자신의 공범들로부터도 자유로 워졌지. 결국 돌로레스 대신 무고한 남자를 교수형에 처하게 한 나 때문에 돌로레스는 자기 자신에게서 벗어나 승리자, 백만장 자, 피에르 르뒥의 연인이 되어 여왕이 될 뻔했던 거야.'

"이런! 그 남자는 죽지 않을 거야. 내 목숨을 걸고 맹세컨대, 절대로 죽지 않을 거야."

뤼팽은 흥분해서 소리쳤다.

"조심하세요, 대장. 이제 거의 다 왔어요…. 여긴 외곽 지대, 파리 근교예요…."

여전히 겁에 질린 기색이 역력한 옥타브가 소리쳤다.

"그래서 어쩌라는 건가?"

"차가 뒤집힐 것 같아요…. 도로가 미끄러워서 자칫하면…."

"그래도 어쩔 수 없는 거지."

"조심하세요…. 저기…."

"또 뭐가 어쨌다는 거야?"

"모퉁이에 전차가…."

"전차가 멈추겠지!"

"속도 좀 줄이세요, 대장."

"꿈 깨게!"

"이러다 끝장나요…."

"지나갈 수 있을 거야."

"못 지나가요."

"지나갈 수 있어."

"이런! 맙소사…."

요란한 굉음과 비명…. 전차를 들이받은 자동차는 방책으로 밀려나면서 판자를 10여 미터 무너뜨리고 결국 비탈길 한구석에 곤두박질쳤다.

"운전기사 양반! 그 차 좀 탈 수 있습니까?"

뤼팽이었다. 뤼팽은 비탈길 풀밭 위에 납작 엎드린 채 택시를 소리쳐 부르고 있었다.

이내 몸을 일으켜 부서진 자동차와 옥타브 주변에 모여든 사람들을 힐끗 쳐다보고는 택시에 냉큼 올라탔다.

"보보 광장, 내무부 청사로 갑시다…. 팁으로 20프랑을 주겠습니다…."

좌석 깊숙이 자리를 잡은 뤼팽은 다시 중얼거리기 시작했다.

"아! 안 돼. 그 남자는 죽지 않을 거야! 결코 그런 일은 없을 거야. 내 양심이 허락하지 않아! 그 여자의 농간에 놀아나고 풋내기처럼 함정에 빠진 것만으로도 충분해…. 여기서 멈춰야 해! 더는 실수하면 안 된다고! 내가 그 불쌍한 남자를 경찰에 넘겼고… 사형 선고를 받게 해 처형대 근처까지 끌고 갔어…. 하지만 그가 처형대 위에 올라가는 일은 없을 거야! 그것만은 절대 안 돼! 만약 그런 일이 벌어진다면, 내가 할 일이라고는 머리에 총알을 박고 죽어버리는 것뿐이야!"

자동차는 파리로 들어가는 관문에 점점 가까워졌다. 뤼팽이 몸을 숙였다.

"멈추지 않고 계속 달리면 20프랑을 더 주겠습니다, 운전기사 양반."

세관 앞에 이르자 뤼팽이 큰 소리로 외쳤다.

"치안국에서 나왔습니다!"

차는 그대로 직진했다.

"속도를 늦추지 마세요, 제기랄…! 더 빨리 달려요…! 좀 더 빨리! 저 할머니들을 칠까 봐 그러는 겁니까? 그럼 그냥 치고 가세요. 내가 책임지겠습니다."

몇 분 후 드디어 차가 보보 광장의 내무부 청사 앞에 도착했다. 서둘러 안뜰을 지나 중앙 계단을 올라갔다. 대기실은 사람들로 꽉 차 있었다. 뤼팽은 종이 위에 '세르닌 공작'이라고 휘갈겨 쓴 다음 경비원 한 명을 구석으로 밀어붙이며 말했다.

"나라네, 뤼팽. 날 알아보겠지? 내가 자네에게 이 자리를 마련해줬지. 이만하면 근사한 은신처 아닌가? 그러니 자네는 당장 내가 왔다고 전해야 해. 들어가서 내 이름을 말해. 내가 바라는 건 그게 전부야. 총리도 자네에게 고마워할 걸세, 틀림없네…. 나 역시 그럴 테고…. 그러니 빨리 들어가, 이 멍청이야! 발랑글레 총리가 날 기다리고 있을 테니….”

10초 후 발랑글레가 직접 집무실 문밖으로 나와 말했다.

“공작을 들여보내게.”

뤼팽은 서둘러 안으로 들어가 재빨리 문을 닫은 다음 총리가 하려는 말을 막고 이렇게 말했다.

“아니, 길게 말씀하실 필요 없습니다. 총리께서는 나를 체포하실 수 없습니다…. 그렇게 되면 총리께서는 실각할 거고, 독일 황제도 커다란 타격을 입을 테니…. 그건 그렇고… 오늘 내가 여기에 온 건 그 일 때문이 아닙니다. 용건은 이겁니다. 말레이히는 결백합니다. 내가 진범을 잡았습니다…. 바로 돌로레스 케셀바흐가 진범입니다. 돌로레스는 죽었습니다. 시체는 거기 그대로 있습니다. 내게는 반박할 수 없는 증거들이 있습니다. 의심의 여지가 없어요. 범인은 그 여자입니다….”

그렇게 말하고 나서 뤼팽은 문득 입을 다물었다. 발랑글레는 무슨 말인지 도통 이해하지 못 하는 눈치였다.

“여보세요, 총리각하. 말레이히를 구해야 합니다…. 생각해보십시오…. 사법부가 큰 실수를 저지를 수 있습니다…! 무고한 사람의 목이 달아날 수 있단 말입니다…! 명령을 내리세요…. 추가 조사를 지시하셔도 좋고… 어쨌든 무슨 조치라도 취해야 하지 않겠습니까…? 얼른, 시간이 없습니다.”

발랑글레는 뤼팽을 유심히 쳐다보더니 탁자로 다가가 신문을 집어들어 뤼팽에게 건네며 손가락으로 기사 하나를 가리켰다.

뤼팽은 기사 제목에 시선을 던진 후 읽기 시작했다.

괴물이 처형되었다. 오늘 아침 루이 드 말레이히의 사형 집행
이 이루어졌다….

뤼팽은 차마 더 이상 기사를 읽지 못했다. 진이 빠지고 맥이
풀린 뤼팽은 절망의 탄식을 내뱉으며 의자에 풀썩 주저앉았다.
얼마나 그러고 있었을까? 밖으로 나온 뤼팽은 무슨 일이 일
어났는지 기억이 가물가물했다. 그저 지독한 침묵이 흘렀던 기
억이 났고, 몸을 숙여 자신에게 찬물을 뿌려주는 발랑글레의
모습이 어렴풋이 떠올랐다. 총리가 나지막한 목소리로 속삭였
던 말이 머릿속에 맴돌았다.
"잘 들으세요…. 지금 그 이야기는 아무한테도 하면 안 됩니
다. 알겠습니까? 그자가 결백할 수도 있겠지요. 그걸 반박하자
는 게 아닙니다…. 하지만 그 사실을 밝혀봤자 무슨 소용이 있
습니까? 커다란 소요만 일어나지 않겠어요? 사법부의 실수는
엄청난 파문을 일으킬 수 있습니다. 굳이 그럴 필요가 있겠습
니까? 그의 명예를 회복하고 싶은 겁니까? 무엇 때문에? 그는
자신의 이름으로 사형 선고를 받은 것도 아니잖습니까. 대중이
증오한 건 말레이히라는 이름입니다…. 그 이름은 분명 범인의
이름이지요…. 그러니…."
발랑글레는 뤼팽을 조금씩 문 쪽으로 밀어내며 말했다.
"가세요…. 돌아가서… 시체를 치우세요…. 흔적이 남지 않
게, 알겠습니까? 그 누구도 이 사실을 알지 못하도록…. 당신을
믿어도 되겠지요?"
뤼팽은 다시 성으로 향했다. 자동인형처럼 무의식적으로 명

령에 따르듯 발길을 옮겼다. 뤼팽에게는 더 이상 아무런 의지
도 남아 있지 않았다.

뤼팽은 역에서 몇 시간을 보냈다. 기계적으로 음식을 씹고
표를 끊고 열차에 올라타 자리를 잡았다.

그러고는 선잠이 들었다. 머리가 불덩이처럼 달아오르고, 악
몽에 시달려 중간중간 눈이 뜨였다. 그럴 때마다 뤼팽은 어째
서 마시에가 자신을 변호하지 않았는지 알아내려 애썼다.

'그도 제정신이 아니었어…. 분명해…. 반미치광이였던 거
야…. 남자는 오래전부터 돌로레스와 알고 지냈겠지…. 돌로레
스가 점차 그 남자의 삶을 타락시켰을 테고…. 남자를 미치게
한 거야…. 사는 게 사는 게 아니었겠지…. 그러니 무엇하러 자
신을 변호하겠어?'

하지만 이러한 설명은 의문에 대한 속 시원한 해답이 되지
못했다. 뤼팽은 언젠가 이 수수께끼를 풀어서 마시에가 돌로레
스의 인생에서 정확히 어떤 역할을 담당했는지 밝혀내리라 다
짐했다. 하지만 지금은 그게 무슨 대수겠는가! 아무튼 마시에
가 정신 이상자라는 사실만은 확실해 보였다. 뤼팽은 끈질기게
중얼거렸다.

'남자는 정신 이상자였어…. 마시에란 자는 분명 미친 사람이
었어…. 아니, 마시에 가족 모두가 정신 이상자일지도 몰라…'

뤼팽은 넋이 나간 채 마시에라는 성을 붙여 이런저런 이름을
연신 중얼거렸다.

하지만 브루겐 역에서 내려 신선한 아침 공기를 마시자 번쩍

정신이 되돌아왔다. 갑자기 사태가 전혀 다른 모습으로 인식되었다.

"그래! 하는 수 없지! 마시에는 항소만 해도 살 수 있었어…. 내 잘못이 아니야…. 자기 목숨을 스스로 버린 건 그자란 말이야…. 마시에는 이 모험에서 단역일 뿐이야…. 그리고 죽었어…. 애석한 일이지…. 하지만 어쩌겠어!"

뤼팽의 마음속에서 다시금 의욕이 꿈틀댔다. 그 일이 자신의 탓이라는 걸 알기에 마음이야 아프고 괴롭지만, 눈앞에 펼쳐진 앞날을 내다보기로 했다.

'이건 전쟁 중 뜻하지 않게 발생한 사고 같은 거야! 더는 생각하지 말자. 사실 잃은 건 아무것도 없어. 아니, 오히려 반대지! 돌로레스는 앞길을 가로막는 암초였어. 피에르 르뒥이 그 여자를 사랑했으니까. 이제 피에르 르뒥은 내 차지가 됐어. 그는 계획대로 주느비에브와 결혼할 거야! 그리고 공국을 통치하겠지! 난 그 위에 올라서는 거고! 그렇게 되면 유럽, 유럽이 내 손안에 들어오는 거라고!'

마음이 편안해진 뤼팽은 불쑥 자신감이 솟구쳐 요란스럽게 거리를 활보했다. 그러면서 상상의 검을 휘둘렀다. 뜨거운 의욕으로 진두지휘하여 기필코 승리를 거두고 마는 사령관의 검을 말이다.

'뤼팽, 넌 왕이 될 거야! 네가 왕이라고, 아르센 뤼팽!'

브루겐 마을에 도착한 뤼팽은 수소문해 피에르 르뒥이 전날 점심을 먹었다는 여인숙을 알아냈다. 하지만 그 이후로 청년의 행방이 묘연했다.

"어젯밤 여기서 자지는 않았단 말입니까?"

"그렇습니다."

"그럼 점심 후 어디로 떠났습니까?"

"성 쪽으로 가던데요."

적잖이 놀란 뤼팽은 서둘러 성으로 향했다. 분명 그에게 하인을 모두 내보내고 성문을 굳게 잠근 다음 절대 돌아가지 말라고 단단히 일러두었는데, 이게 어찌 된 일이란 말인가.

곧 뤼팽은 피에르가 자신의 명령을 어겼음을 보여주는 명백한 증거와 마주했다. 철책 문이 열려 있었던 것이다.

뤼팽은 성으로 들어가 여기저기를 돌아다니며 피에르를 불렀다. 아무 대답이 없었다.

번뜩 청년이 별채에 있을지도 모른다는 생각이 들었다. 모를 일 아닌가! 사랑하는 여인에 대한 걱정으로 노심초사하던 피에르 르뒥이 직감에 이끌려 별채로 발길을 옮겼을지도. 그리고 그 안에는 돌로레스의 시신이 있다!

불안해진 뤼팽은 냅다 달리기 시작했다.

얼핏 보기에 별채 안에는 아무도 없는 듯했다.

"피에르! 피에르!"

뤼팽이 소리쳤다.

아무 소리도 들리지 않자 뤼팽은 현관을 지나 자신의 방으로 서둘러 걸어갔다.

그리고 못 박힌 듯 문턱에 멈춰 섰다.

돌로레스의 시신 위에 목매달아 죽은 피에르 르뒥의 몸뚱이가 있었다.

3

  아무런 감정도 느끼지 않으려고 노력하면서 뤼팽은 머리부터 발끝까지 힘을 주었다. 절망의 몸부림에 자신을 내맡기고 싶지 않았다. 단 한마디의 욕설도 내뱉고 싶지 않았다. 이미 여러 차례 운명으로부터 가혹한 기습을 당했다. 돌로레스가 살인범이라는 사실을 알자마자 돌로레스의 죽음과 대면해야 했고, 그것도 모자라 마시에가 죽어버린 사실을 확인했다. 그토록 끔찍한 혼란과 재앙을 겪고 난 지금 뤼팽은 자신을 통제해야 할 필요성을 절박하게 느꼈다. 그러지 않으면 미쳐버릴 테니까….

  "멍청이…! 모자라도 한참 모자란 녀석…! 기다릴 순 없었나? 그랬다면 우리는 10년 내로 알자스와 로렌을 되찾을 수 있었어."

  마음을 안정시키기 위해 무슨 말을 해야 할지, 어떤 행동을 취해야 할지 머리를 써보려고 노력했다. 하지만 희뿌연 생각들은 뿔뿔이 흩어져 좀처럼 잡히지 않았다. 당장이라도 머리가 터질 것 같았다.

  "이런! 안 돼, 맙소사! 그것만은 절대 안 돼! 뤼팽이 미쳐가다니! 이런! 안 돼, 이 친구야! 원한다면 자네 머리에 총알이라도 박아넣어. 사실 그것 말고 딱히 다른 방법도 없는 듯하고. 하지만 노망이 난 채 휠체어를 끌고 다니는 뤼팽이라니, 그건 안 될 말이야! 곱게, 이 친구야, 곱게 늙자고!"

뤼팽은 마치 미친 사람을 흉내 내는 배우처럼 무릎을 번쩍 들어 방 안을 이리저리 쿵쾅쿵쾅 걸어 다녔다.

"대범한 척해, 이 친구야, 거들먹거리라고! 신들이 널 지켜보고 있어. 고개 들어! 아랫배에 힘주고. 제기랄! 가슴도 펴! 네 주변 모든 게 무너지고 있어…! 그게 뭐가 어때서? 이건 재앙이야. 네게 남은 패는 이제 아무것도 없어. 왕국도 물 건너갔고 유럽도 잃었고 모든 게 신기루처럼 사라지고 있어…. 그래서 뭐가 어쨌다는 거야? 그냥 웃어! 뤼팽처럼 굴어. 그러지 않으면 넌 무너지고 말 거야…. 그러니 웃어! 잘했어…. 정말 재미있군! 이봐, 돌로레스, 담배 한 대만!"

비웃음을 띤 채 뤼팽은 몸을 숙여 죽은 여자의 얼굴을 건드렸다. 그러고는 휘청거리더니 그대로 의식을 잃고 쓰러졌다.

한 시간 후 정신을 차린 뤼팽은 몸을 일으켰다. 광기의 발작이 지나가 통제력과 침착함을 되찾은 뤼팽은 진지하고 과묵한 태도로 상황을 점검했다.

이제 돌이킬 수 없는 결정을 해야 할 순간이라는 느낌이 왔다. 승리를 확신한 순간, 예상치 못한 재앙들이 연달아 들이닥쳐 며칠 만에 자신의 인생을 산산이 부서트렸다. 이제 무엇을 해야 하나? 다시 시작할까? 무너진 것을 다시 일으켜 세울까? 뤼팽에게는 그럴 용기가 없었다. 그렇다면?

오전 내내 정원을 거닐었다. 그 비극적인 산책을 하는 동안 눈앞에는 자신이 처한 상황들이 속속들이 펼쳐졌고, 마음속에는 죽음에 대한 생각이 서서히 굳어갔다.

하지만 죽든 살든 그것은 차후 문제이고, 우선은 뤼팽의 손길을 기다리는 일련의 일들을 처리해야 했다. 불현듯 머릿속이 고요해지면서 무슨 일을 해야 할지 명확하게 가닥이 잡혔다.

때는 정오였다. 교회의 시계탑에서 삼종 기도 시간을 알리는 종소리가 울려 퍼졌다.

"일하자. 완벽하게 해내야 해."

그렇게 중얼거린 후 별채로 돌아갔다. 자기 방에 들어간 뤼팽은 차분하게 걸상 위로 올라가 피에르 르뒥의 시신이 매달린 줄을 끊었다.

"불쌍한 녀석. 자네는 결국 밧줄에 목매달아 죽을 운명이었나 보군. 이런! 자네는 애당초 위대함과는 거리가 먼 인물이었어…. 내가 그걸 미리 내다봤어야 했는데…. 내 운을 삼류 시인에게 맡기지 말았어야 했어."

뤼팽은 청년의 옷을 뒤졌지만 아무것도 발견하지 못했다. 그 순간 문득 자신이 미처 살펴보지 못한 돌로레스의 두 번째 지갑이 떠올랐다. 뤼팽은 여자의 주머니에서 지갑을 꺼냈다.

다음 순간 흠칫 놀랐다. 지갑 속에는 어디서 본 듯한 편지 꾸러미가 들어 있었던 것이다. 곧바로 뤼팽은 편지에 적힌 다양한 글씨들을 알아보았다.

"황제의 편지야! 비스마르크 수상에게 보낸 편지잖아…. 내가 직접 레옹 마시에의 집에서 발견한 편지를 발데마르 백작에게 건네줬는데…. 어떻게 된 일이지…? 돌로레스가 그 멍청한 발데마르에게서 되찾아 온 걸까…?"

갑자기 뤼팽은 이마를 탁 쳤다.

"아니야, 멍청한 건 나야. 이게 진짜 편지들이야! 적당한 기회를 봐서 황제를 협박하려고 간직하고 있었던 거야. 내가 찾아서 돌려준 편지들은 돌로레스나 공범 중 하나가 필사해 내 손이 닿는 곳에 놓아둔 가짜일 뿐이고…. 난 애송이처럼 함정에 빠졌던 거야! 맙소사, 여자들이란…."

이제 지갑 속에는 두꺼운 종이 한 장만 남아 있었다. 사진이었다. 꺼내보니 자신의 사진이었다.

"두 장이었군…. 마시에와 나…. 분명 돌로레스가 가장 사랑했던 두 남자겠지. 날 사랑했던 거야…. 자신이 보낸 악당 일곱 명을 혼자서 해치워버린 남자에 대한, 또한 대담한 모험가에 대한 일종의 경탄에서 비롯된 묘한 감정이었을 거야. 정말 특이한 사랑이군! 맞아, 돌로레스 앞에서 내 원대한 꿈을 이야기하던 날, 돌로레스 안에 그런 감정이 일고 있단 걸 눈치채긴 했잖아! 그 순간 돌로레스는 정말로 피에르 르뒥을 포기하고, 자신의 꿈을 쫓기보다 내 꿈을 따를 생각이었던 거야. 손거울 사건만 없었다면 돌로레스는 부드러워졌을 거야. 하지만 덜컥 겁이 났겠지. 내가 진실에 손을 뻗쳤으니까. 자신이 살기 위해서는 내가 죽어야 했어. 그래서 마음을 굳힌 거야."

뤼팽은 생각에 잠겨 여러 차례 되뇌었다.

"어쨌든 돌로레스는 날 사랑했어…. 그래, 날 사랑했어. 그리고 날 사랑했던 다른 모든 여자처럼… 불행해졌지. 이런! 날 사랑한 여자들은 모조리 죽는군…. 이 여자도 죽었어. 그것도 내 손에 목이 졸려서…. 이런 내가 살아서 무얼 하겠어…?"

뤼팽은 나지막한 목소리로 계속 중얼거렸다.

"살아서 뭐하겠어? 날 사랑했고… 사랑 때문에 목숨을 잃은 그 모든 여자를 만나러 가는 편이 낫지 않을까…? 소냐, 레이몽드, 클로틸드 데스탕주, 클라크 곁으로…?"

뤼팽은 시체 두 구를 나란히 눕히고, 베일 하나로 덮은 다음 탁자 앞에 앉아 펜을 들었다.

나는 모든 승리를 거머쥐었지만 이내 패배자가 되었다. 목표를 이루었지만 이내 추락했다. 운명의 힘을 당해낼 수 없다. 사랑했던 여인은 이제 이 세상에 없다. 그러니 나 역시 죽는다.

—아르센 뤼팽

서명을 마친 뤼팽은 편지를 봉하고 유리병에 밀어 넣었다. 유리병을 창가로 가지고 가 화단 위의 부드러운 흙에 던져놓았다.

그런 다음 오래된 신문 뭉치, 주방에서 긁어온 대팻밥과 밀짚을 바닥에 잔뜩 쌓았다.

그 위에 석유를 뿌렸다.

이어 초에 불을 붙여 대팻밥 위로 던졌다.

곧바로 불꽃 하나가 솟아오르더니 연달아 여러 불꽃이 탁탁 소리를 내며 거세게 타올랐다.

"그만 가자. 이 별채는 나무로 지어졌으니 성냥개비처럼 잘 탈 거야. 설령 마을에서 누군가 온다 해도 철책 문을 강제로 열고 정원 끝까지 달려왔을 땐… 모든 게 끝난 후겠지! 그저 잿더미 속에서 검게 타버린 시신 두 구와 그 옆에서 나뒹굴고 있을 병 속에 담긴 내 유서나 발견하겠지…. 잘 가게, 뤼팽! 이보게, 장례식은 생략하고 조용히 날 묻어주게나…. 가난한 이들을 위한 간소한 영구차 한 대면 충분하네…. 꽃도, 화환도 필요 없네…. 그저 소박한 십자가 하나 놓아주고 이런 비문 하나만 남겨주면 족하네."

모험가 아르센 뤼팽
이곳에 잠들다.

밖으로 나가 담장을 넘은 뤼팽은 뒤를 돌아보았다. 거센 불꽃이 소용돌이치며 하늘로 치솟고 있었다….

냉혹한 운명에 기가 꺾인 뤼팽은 절망을 가슴에 품은 채 파리를 향해 터벅터벅 걸어갔다.

시골 사람들은 30수(1수는 5상팀 – 옮긴이)짜리 밥을 먹고 지폐 다발을 내미는 여행객을 보고 눈이 휘둥그레지곤 했다.

한번은 숲에서 노상강도 세 명의 공격을 받기도 했다. 뤼팽은 그 자리에서 세 명 모두를 반쯤 죽을 때까지 몽둥이로 두들겨 팼다….

또 어느 한 여관에서 일주일을 보냈다. 어디로 가야 할지 막막했다…. 무엇을 해야 하나? 살아야 할 이유가 무엇인가? 사는 게 지겨울 뿐이다. 더는 살고 싶지 않았다…. 정말이지 살고 싶지 않았다….

"아니, 이게 누구야!"

가르셰 발라의 작은 방에 한 남자가 나타나자 에르느몽 부인은 벌떡 일어나 눈을 휘둥그레 뜨고 겁에 질려 부들부들 떨었다.

뤼팽…! 뤼팽이 나타난 것이다!

"세상에…! 도련님…! 하지만 신문에서는….'

뤼팽이 씁쓸한 미소를 지었다.

"예, 난 죽었어요."

"그런데…! 그런데…!"

에르느몽 부인이 속마음을 그대로 드러내며 중얼거렸다.

"죽었는데 여기에 무슨 볼일이 있어서 왔느냐는 거지요? 아주 중요한 이유 때문에 왔어요. 정말이에요, 빅투아르….'

"못 알아볼 정도로 얼굴이 야위었네!"

에르느몽 부인이 안타까워하며 중얼거렸다.

"힘든 일이 좀 있었어요…. 하지만 다 끝났어요. 그건 그렇고, 주느비에브 있나요?"

노파는 버럭 화를 내며 뤼팽에게 달려들었다.

"그 애를 가만히 좀 내버려 두세요, 아시겠어요? 이런! 이번에는 손 놓고 있지만은 않을 거예요. 그 애는 창백하고 지친 얼굴로 불안에 떨며 돌아왔어요. 이제야 겨우 혈색을 되찾았단 말이에요. 이제는 정말로 가만히 내버려 두셔야 해요."

뤼팽은 한 손으로 노파의 어깨를 강하게 눌렀다.

"내가 **원해요**···. 잘 들어요···. 내가 그 애와 이야기하길 **원한 단 말입니다.**"

"안 돼요."

"이야기해야 해요."

"안 된다니까요."

뤼팽은 노파를 거칠게 밀쳐냈다. 노파는 재빨리 몸을 일으키 고는 팔짱을 낀 채 앞을 가로막았다.

"그 애를 만나려거든 먼저 날 죽이고 가세요. 그 애의 행복은 다른 어느 곳도 아닌 바로 여기에 있어요···. 돈과 명예에 집착 하는 도련님은 그 애를 불행하게 만들 뿐이에요. 그렇게 돼서 는 절대 안 돼요. 피에르 르뒥이 다 뭔가요? 벨탕츠는 또 뭐고? 대공비 주느비에브라니! 도련님은 제정신이 아니에요. 그건 그 애의 인생이 아니에요. 아주 잘 알겠지만, 도련님은 자기 자신 만 생각했어요. 자신의 권력과 재산만 좇았지요. 그 애의 생각 같은 건 안중에도 없었어요. 그 애가 그 대공인가 뭔가 하는 건 달을 사랑하는지 물어본 적 있나요? 그 애가 다른 누군가를 사 랑하는 건 아닐까 마음 써본 적은요? 없었지요, 그저 자신의 목 표만 좇았어요. 그 애를 상처 입히고, 그 애의 남은 인생을 불행 하게 만들 위험까지 무릅쓰면서요. 그만두세요! 더는 용납할 수 없어요. 그 아이에게 필요한 건 소박하고 정직한 삶이에요. 그런 삶은 도련님이 줄 수 없는 거고요. 그러니 이곳에 오실 까 닭이 없잖아요?"

그 말을 듣고 뤼팽은 동요하는 듯했지만 그래도 여전히 뜻을 굽히지 않고 슬픔이 가득 묻어나는 목소리로 나지막이 중얼거렸다.

"그 애를 영영 안 보고 살 수는 없어요. 그 애와 이야기 한마디도 못 나누며 그렇게 살 수는 없어요…."

"그 애는 도련님이 죽은 줄 알아요."

"바로 그걸 원치 않는 거예요! 그 애가 진실을 알길 원해요. 그 애가 나를 이 세상에 없는 존재로 여길 걸 생각하면 가슴이 미어져요. 그 애를 불러주세요, 빅투아르."

너무나도 부드럽고 서글픈 목소리에 마음이 한결 누그러진 듯 노파가 물었다.

"좋아요, 우선 말해봐요. 무슨 말을 할지 들어보고 그다음에 결정할게요…. 솔직히 말해주세요, 도련님…. 주느비에브에게 무슨 말을 할 건가요?"

뤼팽이 진지한 어조로 대답했다.

"이런 이야기를 하려고 합니다. '주느비에브, 난 네 엄마에게 약속했단다. 네게 재물과 권력, 꿈 같은 삶을 주겠다고 말이야. 그리고 그 약속을 지키고 나면 네 곁에서 그리 멀지 않은 곳에 조그마한 자리 하나만 마련해달라고 네게 부탁하려고 했어. 네가 행복해지고 부유해지면, 그땐 내가 어떤 인물인지, 아니, 어떤 인물이었는지 모두 잊어버릴 것이라고 생각했어. 그래, 그렇게 확신했지. 하지만 불행하게도 난 운명의 힘을 당해내지 못했단다. 네게 재물도, 권력도 안겨주지 못한다. 아무것도 줄 수 없단다. 이제 오히려 내가 널 필요로 하게 됐구나. 날 도와주겠니. 주느비에브?'"

"무얼 도와달라는 말인가요?"

노파가 근심 어린 표정으로 물었다.

"계속 살아갈 수 있도록…."

"이런! 어쩌다 그 지경까지, 내 가여운 도련님…."

뤼팽은 고통스러운 마음을 감추며 그저 이렇게만 말했다.

"그래요, 그렇게 됐어요. 최근에 세 사람이 죽었어요. 내가 죽였지요. 내 손으로요. 그 끔찍한 기억이 나를 무겁게 짓누르고 있어요. 난 혼자예요. 내 인생에서 처음으로 누군가의 도움이 필요해요. 난 주느비에브에게 도와달라고 부탁할 권리가 있어요. 그리고 주느비에브는 내 부탁을 들어줄 의무가 있고요…. 그러지 않으면…."

"모든 게 끝장나는 거로군요."

노파는 창백한 얼굴로 온몸을 바들바들 떨었다. 노파는 자신이 젖을 물려 키운 뤼팽에게 다시금 강한 모성애를 느꼈다. 어쨌든 뤼팽은 여전히 노파에게 '**내 아가**'였던 것이다. 노파가 물었다.

"그 애를 어떻게 할 건가요?"

"같이 여행을 떠날 거예요…. 원한다면 유모도 함께…."

"하지만 도련님은 잊고 있는 게 있어요…. 잊고 있는 게…."

"그게 뭔가요?"

"도련님의 과거요…."

"그 애도 잊어버릴 거예요. 이제 나는 더 이상 그런 사람이 아니고, 그런 사람이 될 수도 없다는 사실을 곧 깨달을 거예요."

"정말로 그 애가 도련님의 삶을, 그러니까 뤼팽의 삶을 함께

하기를 원하는 건가요?"

"과거를 버리고 새롭게 태어난 나의 삶, 그 애를 행복하게 해주고 그 애가 사랑하는 사람과 결혼할 수 있도록 도와주는 그런 삶을 함께하기를 원하는 거예요. 우리는 한적한 곳에 정착해서 함께 이 세상을 헤쳐나갈 겁니다. 내가 그럴 수 있단 걸 유모도 알잖아요…."

노파는 뤼팽에게 시선을 고정한 채 천천히 같은 질문을 반복했다.

"정말로 그 애가 뤼팽의 삶을 함께하기를 원하는 건가요?"

뤼팽은 잠시, 아주 잠시 망설이더니 단호하게 대답했다.

"예, 그래요. 원합니다. 그건 내 권리예요."

"그 애가 지금껏 지극정성으로 보살펴 온 학생들을 떠나고, 그토록 좋아하고 애착을 품은 일을 그만두기를 원하시나요?"

"예, 원해요. 그건 그 애의 의무예요."

노파가 창문을 열고 말했다.

"그렇다면 그 애를 부르세요."

주느비에브는 정원 벤치에 앉아 있었다. 소녀 네 명이 그 곁에 찰싹 달라붙어 있었다. 다른 소녀들은 정원 이곳저곳을 뛰어다니며 놀고 있었다.

뤼팽은 주느비에브의 얼굴을 바라보았다. 주느비에브의 눈동자에는 진지함과 웃음기가 어려 있었다. 한 손에 꽃을 든 주느비에브는 그 잎을 하나둘 떼어내면서 호기심에 가득 차 초롱초롱 눈을 빛내는 학생들에게 무언가를 설명해주었다. 이어서 질문도 했다. 질문에 대답한 학생들은 상으로 입맞춤을 받았다.

뤼팽은 벅찬 감정과 한없는 비애감에 젖어 그 모습을 한동안 물끄러미 바라보았다. 생소한 감정이 마음속에서 부풀어 올랐다. 그 아름다운 아이를 가슴에 안고 입맞춤을 해주며 자신이 얼마나 존중하고 사랑하는지 말해주고 싶었다. 뤼팽은 아스프르몽에서 슬픔 때문에 죽은 그 아이의 엄마를 떠올렸다….

"부르시라니까요."

빅투아르가 다그쳤다.

뤼팽은 무너지듯 소파에 털썩 주저앉으며 더듬거렸다.

"못 하겠어요…. 도저히 못 하겠어요…. 내겐 그럴 권리가 없어요…. 내가 감히 할 수 있는 일이 아니에요…. 그냥 내가 죽었다고 여기게 놔두세요…. 그편이 나을 거예요…."

뤼팽은 깊은 절망감에 압도되고 애틋한 감정이 벅차올라 어깨를 들썩이며 흐느껴 울었다. 마치 봉오리를 틔우자마자 지고 마는 철 늦은 꽃처럼.

노파가 뤼팽의 옆에 무릎을 꿇고 앉아 떨리는 목소리로 말했다.

"역시 도련님의 딸이었네요, 그렇지요?"

"예, 내 딸이에요."

"아, 가여운 도련님. 가여운 내 아가…!"

노파는 눈물을 흘리며 탄식을 내뱉었다.

에필로그

Arsène
Lupin

자살

1

"말에 오르세!"

황제가 소리쳤다.

부하가 끌고 온 잘생긴 나귀를 보며 황제가 즉시 고쳐 말했다.

"당나귀로군. 발데마르, 이 짐승이 온순한 게 확실한가?"

"저만큼 온순하다고 말씀드릴 수 있습니다, 폐하."

"그렇다면 마음이 놓이는군."

황제가 웃으며 말했다.

그러고는 수행 장교들을 향해 몸을 돌렸다.

"귀관들도 말에 오르게."

카프리 섬의 마을 중앙광장에 이탈리아 헌병대를 비롯해 수많은 사람이 모여 있었고, 그 한가운데에는 황제가 이 아름다운 섬을 둘러볼 수 있도록 그 지역에서 동원된 당나귀들이 모여 있었다.

"발데마르, 어디부터 가는 건가?"

황제가 대열의 선두로 나서면서 물었다.

"티베리우스(로마제국 제2대 황제로 카프리 섬에 별장을 짓고 은 둔하며 10년 동안 원격 정치를 폈음 - 옮긴이)의 별장부터 갈 예정 입니다."

대열이 문을 지나 섬의 동쪽 갑을 향해 뻗은 울퉁불퉁한 비 탈길을 올라갔다.

괜스레 기분이 언짢아진 황제는, 죄 없는 당나귀를 압사시킬 듯 짓누른 채 양쪽 발을 땅에 스치며 뒤따라오는 뚱뚱한 발데 마르 백작을 놀려댔다.

약 45분 후 그들은 티베리우스의 절벽이라고 불리는 300미 터 높이의 거대한 암벽에 도착했다. 그 폭군이 희생자들을 가 차 없이 바다에 내던진 곳이다….

황제는 당나귀에서 내려 난간 가까이 다가가 절벽 아래의 심 연을 슬쩍 바라보았다. 그런 뒤 티베리우스의 별장 유적지까지 걸어갔고 그곳의 방들과 무너진 복도를 거닐었다.

황제가 문득 걸음을 멈춰 세웠다.

갑자기 시야가 확 트여서 소렌토 곶과 카프리 섬 전체가 한 눈에 내려다보였던 것이다. 바다의 선명한 푸른빛이 만의 아름 다운 굴곡을 또렷이 그렸고, 상쾌한 바다 냄새가 레몬 나무 향 기와 뒤섞여 대기 중에 은은히 감돌았다.

"폐하, 꼭대기에 있는 은자의 예배당에서 내려다보는 경치는 이보다 더 장관입니다."

발데마르가 말했다.

"그리로 가보세."

그런데 그 은자가 직접 가파른 오솔길을 따라 내려오고 있었다. 주춤대는 걸음걸이에 등이 굽은 노인이었다. 손에는 여행객들이 통상적으로 소감을 기록하는 방명록 하나가 들려 있었다.

은자는 돌의자 위에 이 방명록을 펼쳐놓았다.

"뭐라고 쓰면 되오?"

황제가 물었다.

"폐하의 성함과 방문 날짜, 폐하께서 남기고 싶은 말씀을 적으시면 됩니다."

황제는 은자에게서 펜을 건네받고 몸을 숙였다.

"조심하십시오, 폐하, 조심하십시오!"

공포의 비명… 예배당 쪽에서 들려오는 굉음…. 황제는 뒤를 돌아보았다. 거대한 바위 하나가 질풍처럼 자신을 향해 굴러 내려오고 있는 게 아닌가.

그 순간 은자가 황제의 허리를 안고 10미터 떨어진 곳까지 나뒹굴었다.

바위는 조금 전 황제가 서 있던 돌의자를 강타해 산산조각을 내버렸다.

은자가 아니었다면 황제는 영락없이 바위에 깔려 죽을 뻔했다.

황제가 은자에게 손을 내밀며 짤막하게 말했다.

"고맙소."

장교들이 황제 주변으로 황급히 모여들었다.

"별일 아니네, 귀관들…. 놀라긴 했지만 다친 곳은 없네…. 하지만 솔직히 정말 놀라긴 했지…. 어쨌든 이 용감한 사람이 도와줘서….”

황제가 은자에게 다가갔다.

“친구, 이름이 무엇이오?”

은자는 쓰고 있던 두건을 조금 걷은 다음 황제만 들을 수 있도록 아주 작은 목소리로 말했다.

“폐하께서 악수를 청해주신 걸 무한한 기쁨으로 여기는, 바로 그 사람이지요, 폐하.”

황제는 소스라치며 주춤 물러났다. 그리고 이내 마음을 가다듬고 말했다.

“귀관들, 예배당까지 먼저 올라가 있게. 바위가 또 떨어질지도 모르니 지역 당국에 알리는 게 좋을 듯하네. 나도 곧 합류하겠네. 이 용감한 사람에게 감사의 마음을 좀 더 표하고 나서 말일세.”

황제는 은자와 함께 조용한 곳으로 발길을 옮겼다. 단둘이 되자 황제가 대뜸 입을 열었다.

“아니, 당신은! 어떻게 여기에 있소?”

“드릴 말씀이 있어서 왔습니다, 폐하. 알현을 청했다면 저를 만나주셨겠습니까? 그래서 직접 나서기로 했지요. 애당초 계획은 폐하께서 방명록에 서명하실 때 제 정체를 밝힐 생각이었으나 그 황당한 사고가 일어나는 바람에….”

“용건이 뭐요?”

황제가 말했다.

“발데마르가 제게서 건네받아 폐하께 전달한 편지들 말입니다, 폐하. 모두 가짜입니다.”

황제는 심히 언짢은 기색을 드러냈다.

"가짜라고? 확실하오?"

"분명합니다, 폐하."

"그렇다면 말레이히란 자는….”

"범인은 말레이히가 아니었습니다."

"그럼 대체 누구란 말이오?"

"그 질문에 대한 답은 부디 비밀에 부쳐주십시오. 진범은 케셀바흐 부인이었습니다."

"케셀바흐의 아내가?"

"그렇습니다. 지금은 케셀바흐 부인이 죽었습니다. 폐하께서 가지고 계신 편지들은 그 여자가 필사했거나, 아니면 다른 누군가에게 필사시킨 것입니다. 진본은 케셀바흐 부인이 보관하고 있었습니다."

"그렇다면 지금 진본은 어디에 있소? 이건 매우 중요한 문제요! 어떻게든 그 편지를 찾아야만 하오! 내겐 상당히 중요한 편지들이니….”

"여기 있습니다, 폐하."

황제는 잠시 멍했다. 뤼팽을 보다가 편지를 보고 다시 한 번 뤼팽을 보았다. 그러고는 뤼팽이 내민 편지 꾸러미를 살펴보지도 않고 그대로 주머니에 집어넣었다.

이 종잡을 수 없는 남자 때문에 또다시 당혹감을 느꼈다. 이 토록 강력한 무기를 아무 조건 없이 선뜻 내주는 작자의 정체는 과연 무엇인가? 그저 편지를 보관하고 있다가 원할 때 마음대로 이용하면 될 것인데! 그렇다, 뤼팽은 편지를 넘겨주기로 약속했고 그 약속을 기어코 지킨 것이다.

황제는 이 남자가 이룬 수많은 경이로운 일들을 떠올렸다.

황제가 다시 입을 열었다.

"신문을 보니 당신은 죽었다고 하던데…."

"그렇습니다, 폐하. 실제로 저는 죽었습니다. 마침내 저에게서 벗어나 신이 난 우리나라 사법 당국은 형체를 알아볼 수 없을 정도로 불탄 주검을 제 시신이라 단정 짓고 묻어버렸지요."

"그렇다면 이제 자유의 몸이겠군?"

"늘 그랬듯이요."

"그럼 이제 홀가분한 몸이란 말이오?"

"완전히 홀가분한 몸입니다."

"그렇다면…."

황제는 잠시 망설이다가 이내 단호하게 말했다.

"그렇다면 내 사람이 되는 건 어떻겠소. 개인 경찰의 수장 자리를 맡길까 하오만. 막강한 권력을 누릴 수 있는 자리요. 독일 경찰까지 휘두를 엄청난 권력을 가질 수 있지."

"싫습니다, 폐하."

"어째서?"

"전 프랑스인입니다."

잠시 침묵이 흘렀다. 그 대답이 황제의 심기를 불편하게 한 듯했다.

"하지만 이제 모든 관계가 끊어진 홀가분한 몸이니…."

"그 관계만은 끊어낼 수 없습니다, 폐하."

그러고는 미소를 지으며 이렇게 덧붙였다.

"저는 인간으로서는 죽었지만 프랑스인으로서는 살아 있습니다. 폐하께서 이 점을 이해하지 못하신다니 의외입니다."

황제는 잠시 좌우로 서성이다가 다시 입을 열었다.

"그래도 당신에게 진 빚을 갚고 싶소. 벨당츠 대공을 복위시키고자 벌였던 협상이 결렬된 것으로 알고 있소만."

"예, 폐하. 피에르 르뒥은 사기꾼이었습니다. 지금은 저세상 사람이 됐지요."

"내가 무얼 해주면 좋겠소? 이 편지를 되찾아 주고… 내 생명을 구해줬으니… 내가 무얼 해주면 좋겠소?"

"아무것도 안 해주셔도 됩니다, 폐하."

"기어코 날 빚진 사람으로 남겨둘 작정이오?"

"그렇습니다, 폐하."

황제는 자신 앞에서 대등하게 버티고 선 이 기묘한 남자를 마지막으로 물끄러미 쳐다보았다. 그러고는 살짝 고개를 숙여 인사를 던지고 아무 말 없이 자리를 떠났다.

"아! 폐하, 드디어 당신에게 한 방 먹였군."

뤼팽이 멀어져가는 황제의 뒷모습을 눈으로 좇으며 중얼거렸다.

그런 다음 달관한 태도로 말을 이었다.

"물론 약한 보복이긴 했지. 알자스 - 로렌 지방을 거머쥘 수도 있었는데…. 그래도 어쨌든 …."

뤼팽은 갑자기 말을 멈추고 그 자리에 섰다.

"못 말리겠군, 뤼팽! 지긋지긋하고 음산한 네 인생의 마지막 순간까지도 여전히 이 모양이로구나! 좀 진지해지라고, 제길!
지금이 네 인생에서 마지막으로 진지해질 순간이야!"

뤼팽은 예배당 쪽으로 향하는 오솔길을 올라가 바위가 떨어
져 나간 장소에서 문득 걸음을 멈췄다.

그러고는 웃음을 터뜨렸다.

"일이 깔끔하게 마무리됐군. 황제의 장교들은 아무것도 알
아채지 못했어. 하긴 나 때문에 바위가 굴러떨어졌으리라고 그
누가 짐작이나 하겠어? 바위에 곡괭이질을 해놓고 결정적인
순간을 기다렸다가 황제가 지나갈 예상 경로로 굴린 후 모르는
척 황제의 목숨을 구한 사실을 어떻게 눈치챌 수 있겠느냐고."

뤼팽이 한숨을 내쉬었다.

"휴! 뤼팽, 너도 인생 참 복잡하게 사는구나! 황제가 악수를
청하는 꼴을 기어코 보고 말리라는 다짐을 지키겠다고 이 모든
일을 꾸미다니! 공연한 짓이었어…. '황제의 손에도 손가락은
다섯 개뿐이다'라고 빅토르 위고가 말했잖아."

뤼팽은 예배당 안으로 들어가 특수 열쇠를 꺼내 아담한 제의
실의 쪽문을 열었다.

짚단 더미 위에 한 남자가 재갈이 물리고 결박당한 채 누워
있었다.

"아! 은자 양반, 그다지 오래 기다리진 않았을 겁니다. 그렇
지 않나요? 겨우 스물네 시간 정도…. 하지만 다 당신을 위해
서 열심히 일하느라 그런 거예요! 당신이 지금 막 황제의 목숨
을 구했다고 생각해보세요…. 그래요, 친구. 당신은 황제의 목
숨을 구한 사람입니다. 엄청난 행운이 굴러온 거지. 이제 사람

들은 당신에게 성당을 지어줄 거고 동상까지 세워줄 거예요….
그러다 결국에는 당신을 증오하겠지만… 당신 같은 사람들에
겐 그런 것들이 모두 불행의 씨앗이거든! 특히나 교만함에 취
해 정신 못 차릴 기미가 보이는 당신에게는 더욱 그렇지. 자, 옷
이나 입어요, 은자 양반."

얼이 빠진 데다 아무것도 먹지 못해 초주검 상태에 이른 은
자는 휘청거리며 몸을 일으켰다.

뤼팽은 재빨리 옷을 갈아입으며 말했다.

"안녕히 계세요, 노인장. 소동을 일으켜서 미안하게 됐군요.
그리고 날 위해서 기도 좀 해주세요. 곧 내게 기도가 절실히 필
요한 순간이 올 테니. 영원으로 가는 문이 내 눈앞에 활짝 열려
있거든요. 그럼 부디 잘 계세요!"

뤼팽은 예배당 문 앞에서 잠시 걸음을 멈춰 세웠다. 끔찍한
결말을 앞두고 본능적으로 주저하는 순간, 그런 엄숙한 순간이
었다. 하지만 뤼팽의 결심은 돌이킬 수 없을 정도로 확고했다.
생각을 비운 뤼팽은 그대로 몸을 날려 비탈길을 뛰어 내려가
티베리우스의 절벽 입구까지 단숨에 도착해 암벽 난간에 한쪽
다리를 걸쳤다.

"뤼팽, 내 자네에게 연기를 펼칠 수 있도록 3분의 시간을 허
락하지. 아마도 자넨 '그건 해서 뭐하게? 보는 사람도 없는데'
라고 반박할 테지…. 하지만 자네가 있지 않은가…? 자신을 위
해 인생 최후의 연기를 펼쳐보지 않겠나…? 이야, 볼만하겠
군…. 여든 장으로 이루어진 영웅극이지…. 드디어 죽음의 서
막이 오르는군…. 뤼팽이 직접 주연을 맡았고… 브라보, 뤼

팽…! 내 가슴에 손을 한번 대보십시오, 여러분…. 1분에 일흔 번을 뛰고 있습니다…. 입가에는 미소를 띠었지요! 브라보! 뤼팽! 괴짜 녀석, 대단한 배짱이야! 어이! 이제 뛰어내려, 사내대장부…. 준비됐나? 마지막 모험을 떠나는 거야, 친구. 후회는 없나? 후회라니? 맙소사, 그런 게 있을 턱이 있나! 내 인생은 정말 멋졌다네. 아! 돌로레스! 당신은 내 인생에 나타나지 말았어야 했어, 이 고약한 괴물아! 그리고 자네, 말레이히, 어째서 그토록 입을 굳게 다물고 있었나…. 그리고 너, 피에르 르뒤…. 내가 여기 있네…! 나 때문에 죽은 세 사람아, 내가 곧 그리로 가마…. 오! 나의 주느비에브, 사랑하는 주느비에브…. 아! 이런, 연극이 끝난 건가, 늙은 배우…? 자! 때가 왔어! 내가 간다…."

뤼팽은 다른 발 한쪽도 마저 난간 밖으로 내려놓은 다음 고요하고 어두운 심연을 내려다보았다. 그리고 고개를 들며 이렇게 외쳤다.

"안녕, 축복받은 불멸의 자연이여! 모리투루스 테 살루타트(Moriturus te salutat, 라틴어로 '죽음을 앞둔 자가 그대에게 인사하네'라는 뜻-옮긴이)! 안녕, 아름다운 모든 것들이여! 안녕, 찬란한 만물이여! 안녕, 인생이여!"

뤼팽은 입맞춤을 보냈다. 허공에, 하늘에, 태양에…. 그리고 팔짱을 긴 채 뛰어내렸다.

2

시디 벨 아베스, 외인부대 병영. 특무상사 한 명이 보고실 옆에 있는 천장이 낮은 아담한 방에서 신문을 읽으며 담배를 피우고 있었다.

그 옆, 연병장 쪽으로 나 있는 창문 옆에는 덩치가 산만 한 부사관 두 명이 남들은 좀처럼 알아들을 수 없는 독일식 표현이 섞인 거친 프랑스어로 이야기를 나누었다.

그 순간 문이 열렸다. 누군가 들어왔다. 야윈 체격에 보통 키, 우아한 복장의 사내였다.

불청객의 등장으로 심기가 불편해진 특무상사는 자리에서 일어나 투덜거렸다.

"이런! 당직 연락병은 대체 뭐하는 거야? 거기, 선생, 용건이 무엇입니까?"

"복무하고 싶습니다."

단호하고 위압적인 대답이었다.

두 부사관이 헛웃음을 쳤다. 사내가 그들을 홀겨보았다.

"한마디로 외인부대에 입대하겠다는 겁니까?"

"그렇습니다, 바로 그 말입니다. 하지만 한 가지 조건이 있습니다."

"조건이라니, 맙소사! 그래, 무슨 조건입니까?"

"날 여기서 썩히지 마십시오. 모로코 파병 부대가 있다고 들었습니다. 그리로 가겠습니다."

부사관 한 명이 또다시 헛웃음을 치더니 뒤이어 중얼거렸다.

"놈들, 한동안 고생 좀 하겠어. 저렇게 대단한 분이 참전하신다니…."

"입 다무십시오! 남이 날 조롱거리로 삼는 걸 가만히 두고 보는 성격이 아닙니다."

사내가 소리쳤다.

단호하고 권위적인 말투였다.

거대한 체구의 부사관이 험상궂은 표정을 지으며 대꾸했다.

"이봐! 신병, 말조심하는 게 좋을 거야…. 그러지 않으면…."

"그러지 않으면?"

"내가 어떤 사람인지 똑똑히 보여주지…."

그러자 사내가 부사관에게 다가가 허리를 덥석 붙잡더니 그 거구를 들어 올려 창틀 위에서 흔든 다음 밖으로 냅다 던져버렸다.

그러고는 다른 부사관을 노려보며 말했다.

"이젠 자네 차례야. 같은 꼴 당하기 싫으면 어서 꺼져."

부사관이 줄행랑을 놓았다.

사내는 즉시 특무상사에게로 돌아가 정중히 말했다.

"친애하는 상사, 부탁인데 소령한테 가서 스페인 귀족이지만 마음만은 프랑스인인 돈 루이스 페레나가 외인부대에 입대하고 싶어 한다고 전해주십시오. 서둘러 주십시오, 친구."

특무상사는 어안이 벙벙해 꼼짝하지 않았다.

"어서, 친구, 지금 즉시 가십시오. 낭비할 시간이 없단 말입니다."

특무상사는 자리에서 일어나 얼빠진 눈으로 이 황당무계한 사내를 잠시 바라보다가 더없이 온순한 태도로 방을 나갔다.

뤼팽은 담배를 집어들고 불을 붙인 다음 특무상사의 자리에 앉으며 큰소리로 이렇게 외쳤다.

"바다가 날 원치 않았으니, 뭐…. 실은 마지막 순간에 내가 바다를 원치 않았지. 모로코 놈들의 총알은 과연 내게 좀 더 동정심을 보여줄지 어디 한번 알아보자고. 게다가 그편이 더 멋있잖아…. 프랑스를 위해 적과 맞서 싸우는 뤼팽이라!"